Management

21世纪高等院校工商管理精品教材

赵伊川　主编

管理学

东北财经大学出版社
Dongbei University of Finance & Economics Press

大连

图书在版编目（CIP）数据

管理学／赵伊川主编. —大连：东北财经大学出版社，2009.8
21世纪高等院校工商管理精品教材
ISBN 978－7－81122－770－3

Ⅰ. 管… Ⅱ. 赵… Ⅲ. 管理学－高等学校－教材 Ⅳ. C93

中国版本图书馆 CIP 数据核字（2009）第 148557 号

东北财经大学出版社出版
（大连市黑石礁尖山街 217 号　邮政编码　116025）
教学支持：（0411）84710309
营 销 部：（0411）84710711
总 编 室：（0411）84710523
网　　址：http：//www. dufep. cn
读者信箱：dufep @ dufe. edu. cn

大连理工印刷有限公司印刷　　　　东北财经大学出版社发行

幅面尺寸：170mm×240mm　　　字数：444千字　　　印张：20 1/4
2009 年 8 月第 1 版　　　　　　　2009 年 8 月第 1 次印刷

责任编辑：蔡　丽　龚小晖　　　　责任校对：孙萍　王娟
封面设计：冀贵收　　　　　　　　版式设计：钟福建

ISBN 978－7－81122－770－3
定价：32.00 元

前　言

近年来，管理教育在我国得到了空前的繁荣与发展。从事管理实践与研究的管理人员、学者们对管理学孜孜不倦地追求，有关管理的新理论、新方法、新思路层出不穷，管理学的发展发生日新月异的变化。随着中国高等教育的不断壮大和教育体系的日臻完善，管理教育的未来将会更加灿烂辉煌。为了能够更好地满足教学和社会实践对管理学越来越高的要求，我们合力编写了这本管理学教材，希望能够为中国的管理教育和管理科学的发展贡献一点力量。

本书在编写过程中，力求能够反映管理学的最新成果，特别是对管理沟通与冲突、领导与激励等新的理论和成果作了较为系统和全面的介绍，对"组织"一章在结构上作了较大的调整与改进。多年的教学与科研实践，使我们深深感到要想学好管理学，必须有很强的综合能力，为此，我们在编写过程中克服了过去许多国内教材单调的文字描述缺陷和不足，使用了大量的图表，以期帮助学生在学习过程中更好、更快地掌握课程的主要内容和精髓，同时也加快与国际教材的接轨步伐。管理科学在国际上既具有广泛的通用性，又由于其所处文化与社会环境有所差异而具有一定的特殊性，在编写过程中，我们尽可能保持与国际接轨，同时又充分注意在中国文化背景下的管理特点，特别是对中国传统文化在管理科学上的贡献进行了一定的论述，力争达到中西合璧、融会贯通的效果和目的。

本书适合工商管理、管理科学与工程以及行政管理类等各专业的本科课程教学使用，也可以供企业和各级行政管理部门的实际管理工作者学习使用，同时我们也希望能够以此书与管理学界的同行们进行互相交流与学习，共同取长补短，以资共勉。

本书由大连海事大学的赵伊川教授担任主编，并编写第五、七章，冯茹梅编写第一章，姜秀敏编写第二、四章，韩震编写第三、九章，马鹤丹编写第六、八章，杨兴艳、祝宇参与了部分内容的编写工作，全书由赵伊川教授统稿。管理学是一门飞速发展的科学，也许在此书的编写与出版过程中，新的理论、方法、思想已经诞生，我们不苛求尽善尽美，也难于做到最新、最全，但我们力求能够更快、更新。由于我们编写水平有限，书中难免有不足与疏漏之处，敬请各位读者给以指正。

作　者

2009 年 5 月

目　录

第一章　管理与管理者

引例

　　一条猎狗将兔子赶出了窝，一直追赶它，追了很久仍没有捉到。牧羊犬看到此种情景，讥笑猎狗说："你们两个之间小的反而跑得快得多。"猎狗回答说："你不知道我们两个的跑是完全不同的！我仅仅为了一顿饭而跑，他却是为了性命而跑呀！"

　　这话被猎人听到了，猎人想：猎狗说的对啊，如果我要想得到更多的猎物，就得想个好法子。于是，猎人又买来几条猎狗，凡是能够在打猎中捉到兔子的，就可以得到几根骨头，捉不到的就没有饭吃。这一招果然有用，猎狗们纷纷去努力追兔子，因为谁都不愿意看着别人有骨头吃，而自己没的吃。就这样过了一段时间，问题又出现了。大兔子非常难捉到，小兔子好捉。但捉到大兔子得到的骨头和捉到小兔子得到的骨头差不多，善于观察的猎狗们发现了这个问题，专门去捉小兔子。慢慢的，大家都发现了这个窍门。猎人对猎狗说："最近你们捉的兔子越来越小了，为什么呢？"猎狗们回应道："反正（捉到大的兔子和捉到小的兔子在待遇上）没有什么区别，为什么费那么大的劲去捉那些大的呢？"

　　猎人经过思考后，决定不将分得骨头的数量与是否捉到兔子挂钩，而是采用每过一段时间就统计一次猎狗捉到兔子的总重量的方法。按照捉到的兔子的重量来评价猎狗，然后决定一段时间内的待遇。于是猎狗们捉到兔子的数量和重量都增加了，猎人很开心。但是又过了一段时间，猎人发现，猎狗们捉兔子的数量又少了，而且越有经验的猎狗捉兔子的数量下降的就越厉害。于是猎人又去问猎狗。猎狗说："我们把最好的时间都奉献给了您，我的主人，随着时间的推移我们也会老呀，当我们捉不到兔子的时候，您还会给我们骨头吃吗？"

　　猎人做了论功行赏的决定。分析与汇总了所有猎狗捉到兔子的数量与重量，规定捉到的兔子超过了一定的数量后，即使捉不到兔子，每顿饭也可以得到一定数量的骨头。猎狗们都很高兴，大家都努力去达到猎人规定的数量。一段时间过后，终于有一些猎狗达到了猎人规定的数量。这时，其中有一只猎狗说："我们这么努力，只得到几根骨头，而我们捉的猎物远远超过了这几根骨头。我们为什么不能给自己捉兔子呢？"于是，有些猎狗离开了猎人，自己捉兔子去了……

　　资料来源　http://www.csyucai.com/sitesonwebservice/autoclasssite/savefiles/641218371348640921.doc.

　　管理是人类各种活动中最普通和最重要的一种活动。近百年来，人们把研究管理活动规律所形成的基本理论与方法统称为管理学。作为一种知识体系，管理学是管理思想、管理原则、管理技能和管理方法的综合。随着管理实践的发展，管理学不断充实新的内容，成为指导人们开展各种管理活动，有效达到管理目的和实现组织目标的指南。

第一节　管理的概念、内涵及特性

一、为什么需要管理

1. 人类文明与管理

把管理作为一门学科进行系统的研究，只是最近一两百年的事情，但是，管理实践却和人类的历史一样悠久，至少可以追溯到几千年以前。世界上的文明古国早在几千年前就对自己的国家进行了有效的管理，并且建立了庞大、严密的组织，完成了许多今天看来仍十分巨大的建筑工程。古代中国人建长城，古埃及人建金字塔，是规模巨大的建筑工程，也是纷繁复杂的管理工程。几十万人共同劳动，谁来吩咐每一个人干什么？谁来保证在工地上有足够的石料和工具？这些宏伟的建筑均可证明，两千年前的人类已能组织、指挥、协调数万乃至数十万人的劳动，历时许多年去完成经过周密计划的宏伟工程，其管理才能不能不令人折服。管理活动无处不在，只要有共同活动，就有管理：大到国家，小到企业、家庭，都有管理的问题。

2. 资源的有限性和目标的多样化需要管理

当今世界的资源仍然是有限的。以我国为例，2008 年中国 GDP 总量为 300 670 亿元，按照中国 13 亿人口初步匡算，中国人均 GDP 为 23 128 元，按照 1 美元兑换 6.8 元人民币的汇率水平计算，中国人均 GDP 约 3 401 美元（与泰国相当），相当于世界平均水平的 41%[①]，相当于美国人均 GDP 44 970 美元的 6.7%。根据国家统计局的数据，2008 年中国全年能源消费总量为 28.5 亿吨标准煤，比 2007 年增长 4.0%；煤炭消费量为 27.4 亿吨，增长 3.0%；原油消费量为 3.6 亿吨，增长 5.1%；天然气消费量为 807 亿立方米，增长 10.1%；电力消费量为 34 502 亿千瓦小时，增长 5.6%，全国万元国内生产总值能耗下降 4.59%。中国水资源短缺的问题依然突出，全国水资源短缺 400 亿立方米。

一方面是资源的稀缺，而另一方面又是人们所要追求的多种多样的目标。这些目标在实现的过程中，围绕着争夺资源而进行无情的竞争。有限的资源与互相竞争的多种目标的矛盾，这就是管理所要面对、解决的基本矛盾。那么，有限的资源如何在互相竞争的多种目标间合理分配？分配之后的资源如何组织、控制和协调？对于其中最宝贵的资源——人，如何进行领导和激励？这些都需要去思考、组织、实施，也就是要进行有序的管理。伴随着生产力的发展和人类社会的进步，资源与目标的矛盾越来越复杂、越来越尖锐，管理也就越来越成为人们关注的焦点。

3. 社会生活中需要管理

凡是有人群从事活动的地方都需要管理。许多人在一个组织内共同工作，首先要靠一个共同的目标把大家维系在一起，按一定的结构组织起来，在共同遵守的规章制度下协调工作，这就是管理。企业、学校、医院、银行等各种不同的组织构成的更大

---

① 中华人民共和国国家统计局：《2008 国际统计年鉴》，北京，中国统计出版社，2008。

管理实践1—1	分粥的奥妙

由7个人组成的小团体，其中每个人都是平凡而且平等的，但不免自私自利。他们想通过制定制度来解决每天的吃饭问题——要分食一锅粥，但并没有称量用具。大家试验了不同的方法。

方法一：指定一个人负责分粥事宜。很快大家就发现，这个人为自己分的粥最多。于是又换了一个人，结果总是主持分粥的人的碗里的粥最多、最好。阿克顿勋爵作的结论是：权力会导致腐败，绝对的权力导致绝对腐败。

方法二：大家轮流主持分粥，每人一天。虽然看起来平等了，但是每个人在一周中只有一天吃得饱而且有剩余，其余6天都饥饿难忍。大家认为这种办法造成了资源浪费。

方法三：大家选举一个信得过的人主持分粥。开始这位品德尚属上乘的人还能公平分粥，但不久他开始为自己和溜须拍马的人多分。

方法四：组建一个分粥委员会和一个监督委员会，形成监督和制约。公平基本上做到了，可是由于监督委员会常提出种种议案，分粥委员会又据理力争，等分粥完毕时，粥早就凉了。

方法五：每个人轮流值日分粥，但是分粥的那个人要最后一个领粥。令人惊奇的是，在该制度下，7只碗里的粥每次都是一样多。每个主持分粥的人都认识到，如果7只碗里的粥不相同，那么他确定无疑将享用那碗最少的。

分粥的故事给我们的启示是：只要是在一个群体中，哪怕是简单的分粥工作，没有管理技术，不实施管理，也难以做到公平、公正，难以实现最初设想的目标。因此，管理作为一门科学，具有独特的重要性。

资料来源　赵继新、吴永林：《管理学》，1页，北京，清华大学出版社，2007。

范围的社会，也要靠管理来保证社会的各部分能有序运行。就是个人的工作、学习、生活，也需要进行很好的管理、合理的安排。可以说，人人从事管理，事事需要管理，这是管理的普遍性。因此，管理是一切人类有组织的社会生活所不可缺少的。

管理是一种"基础国力"。一个国家和地区的繁荣取决于这个国家和地区的企业的发展，一个企业的实力如何、竞争力是强是弱，往往决定了这个企业的命运。一个企业的实力和竞争力取决于许多因素，如拥有的资源数量、商誉、开发新产品的能力、商品的品牌等等，其中最重要的因素是企业的管理水平。企业能否适应变化着的环境，能否生产出合乎市场需求的产品，能否以较低的成本生产出合乎质量要求的产品，能否以有效的促销方式打开市场，能否建立起完善的售后服务体系，都要靠科学有效的管理，这就是企业的"内功"。管理大师德鲁克曾经说过，"没有落后的国家和地区，只有落后的管理"。在市场经济体制下，一个组织的管理好坏是决定其成败的最重要的因素之一。企业管理的好坏决定了一个企业的成败，对一个国家来说也是同样的，最明显的例子莫过于日本了。第二次世界大战战败后，日本近乎一片废墟。一个岛国，面积狭小，自然资源贫乏，可是在短短二三十年时间内日本的经济飞速发展，日本的汽车、家电等许多产品遍布全世界，国民生产总值跃居世界第二位。或许我们惊叹日本的先进技术，可他们认为经济发展有两个重要因素，一是管理，二是技术，并且是七分管理，三分技术。资料记载，20世纪80年代初期，日本专家到我国考察后说，如果中国全部工厂由日本人管理，不增加一分钱的硬件投入，只需改变一下管理软件，就可以提高效率5～10倍。从小的方面讲，日常生活也离不开管理。国际商用机器公司（IBM）的创始人托马斯·沃森讲过这样一个故事：有个男孩子弄到一条长裤子，穿上一试太长了，他请奶奶剪短一点，但奶奶说家务事太多了。于是他去找妈妈，妈妈却回答说没时间。他又去求姐姐帮忙，但姐姐有约会，也不能帮他的忙。这个男孩十分沮丧，又担心明天不能穿这条裤子去上学，他就怀着这样的心情去睡觉了。奶奶干完了家务事，想起孙子的裤子，把裤子剪短了一点。妈妈忙完了工作，把儿子的裤子也给剪短了一点。姐姐赴约回来，心疼弟弟，把弟弟的裤子又给剪短了一点。第二天早晨，全家发现长裤子成了短裤。这就是一种没有管理的行动所带来的尴尬后果。哲学家罗素曾经论述："如果你不会管理，你的生活将是一团糟。"

由此可见，管理无处不在。市场经济中，人们根据市场上的价格信号决定自己的行为，每个人和组织在追求自身利益时实际上被一只"看不见的手"——市场机制引导着，整个社会的生产和消费也因此得到协调。然而，市场机制这只神奇的"看不见的手"有时也会失灵，于是政府要伸出"看得见的手"对市场行为进行干预。上述两只手一只在背后，一只在空中，由于经济信息的不完全对称、不公平竞争以及人们认识的局限性等因素，两只手有时都会发生失灵现象。因此，还需要一只实实在在的"摸得着的手"——管理来具体操作。这只"摸得着的手"更关心政府部门、企事业单位的日常运作，并能在一定程度上弥补上面两只手的不足。因此，管理是社会生产力发展的保证。

我国具有数千年的文明历史，早期社会繁荣昌盛，但自19世纪以来国家明显由盛转衰，直到20世纪中叶才停止衰败趋势。近几十年通过改革开放，社会各业获得长足发展。历史清楚表明：只有建立和完善反映时代进步要求的、科学的管理体制，国家才能兴旺。长期以来，我们把众多问题都归结为社会制度问题，而忽视了管理体制的作用。认为旧中国的落后都是社会制度的产物，一旦铲除旧的社会制度，人民当家做主，众多问题就会迎刃而解，其实不然。

从个人发展的角度上看，我们生活在这个世界上就两种角色，要么是管理者，要么是被管理者。无论作为管理者还是作为被管理者都需要与他人沟通，需要与别人协调，需要与各类部门、机构打交道，需要适应社会。因此，每个人都应当学习一些基本的管理理论。

4. 管理存在于组织之中

人们都生活在各种不同的组织之中，如工厂、学校、医院、军队、公司等，人们依赖组织，组织是人类存在和活动的基本形式。没有组织，仅凭个体的力量，人们无法征服自然，也不可能有所成就；没有组织，也就没有人类社会今天的发展与繁荣。组织是人类征服自然的力量源泉，是人类获得一切成就的主要因素。所谓组织，是由两个或两个以上的个人为了实现共同的目标组合而成的有机整体。然而，仅仅有了组织还是不够的，因为人类社会中存在组织就必然有人群的活动，组织需要合作、协调，于是管理就应运而生了。管理，是一切组织正常发挥作用的前提，任何一个有组织的集体活动，不论其性质如何，都只有在管理者对它加以管理的条件下，才能按照所要求的方向进行。组织是由组织的要素组成的，组织的要素互相作用产生组织的整体功能。然而，仅仅有了组织要素还是不够的，这是因为各自独立的组织要素不会完成组织的目标，只有通过管理，使之有机地结合在一起，组织才能正常地运行与活动。组织要素的作用依赖于管理。管理在组织中协调各部分的活动，并使组织与环境相适应。一个单独的提琴手是自己指挥自己，一个乐队就需要一个乐队指挥，没有指挥，就没有乐队。在乐队里，一个不准确的音调会破坏整个乐曲的和谐，影响整个演奏的效果。同样，在一个组织中，没有管理，就无法彼此协调地进行工作，就无法达到既定的目的，甚至连这个组织的存在都是不可能的。集体活动发挥作用的效果大多取决于组织的管理水平。

当组织规模比较小时，管理对组织的影响不大，因为组织中的管理活动还比较简单，并未形成独立的管理职能，因而也就显现不出管理的重要性。但随着人类的进步和组织的发展，管理所起的作用越来越大。组织对管理的要求和对管理的依赖性与组织的规模是密切相关的，共同劳动的规模越大，劳动分工和协作越精细、复杂，管理工作也就越重要。一般来说，在手工业企业里，生产规模较小，生产技术和劳动分工比较简单，管理工作也相对简单。现代化大工业生产，不仅生产技术复杂，而且分工协作严密，专业化水平和社会化程度都高，社会联系更加广泛，需要的管理水平就更高。工业如此，农业亦如此，一个规模大、部门多、分工复杂、物质技术装备先进，并且社会化、专业化、商品化水平高的农场，较之规模小、部门单一、分工简单、以手工畜力劳动为主、自给或半自给的农业生产单位，就要求有高水平、高效率的管理。

总而言之，管理是保证组织有效地运行所必不可少的条件，组织的作用依赖于管理，管理是组织中协调各部分的活动并使之与环境相适应的主要力量。另一方面，管理又离不开组织，所有的管理活动都是在组织中进行的，有组织，就有管理，因此，组织与管理是现实社会中普遍存在的现象。

5. 管理是生产力的第四要素

随着社会生产力的发展，科学科技的日新月异，人类社会有组织的活动规模越来越大，协作的范围越来越广，管理也越来越向精细化、科学化方向发展，管理的地位也日益突出和重要，世界上一些著名的管理学家和经济学家将管理看作是推动人类社会进步、科技发展的催化剂或原动力，将管理同土地、劳动和资本并列称为社会的"四种经济资源"，有的也将管理同人力、物力、财力和信息称为组织的"五大生产要素"。许多发达国家在总结工业化经验时指出："管理和科技是社会发展的两大轮子。"毫无疑问，技术进步是社会发展特别是企业生产经营不可缺少的，但是有技术人员和技术设备而缺乏管理，技术不仅很难发挥应有的作用，而且会流失和老化。相反，如果管理优秀，落后的技术也可以设法改造更新，先进的技术可以充分发挥应有的作用，这说明技术是生产力，管理也是生产力，因为管理决定着其他各种要素作用的发挥。

二、管理的概念与内涵

1. 管理的概念

自从有了人类的共同劳动，就有了管理。综观人类社会的历史不难发现，管理是小到家庭大到国家的各种组织由强变弱或由弱变强的根本，管理是一种特殊的人类社会实践活动，因对象的不同而具有特殊性，但其概念、原理、职能、要素和过程等具有显著的普遍性。

什么是管理？这是每个初学管理的人首先遇到的问题。

管理涉及各个领域，如行政管理、经济管理、企业管理以及各种行业、部门和过程的管理。不同的人站在不同的角度也有不同的解释。从字面上看，管理就是管辖、梳理、治理。大到国家，小到企业或学校，几乎任何组织都离不开管理。可以说，管理的范围与人类活动的范围同样宽广。现实生活中的每一个人实际上都在不同领域、不同层次上担负着一定的管理工作，比如行政管理、企业管理、科学文化管理，甚至家庭管理等。然而，要给管理下一个简洁、确切的定义却并非易事。

政治学家认为管理是建立有效的权力管理系统，科学地分权、授权和集权；经济学家认为管理是对组织的资源进行计划、组织、领导和控制，以实现既定目标的过程，优秀的管理是一种稀缺的经济资源；心理学家则认为管理是沟通、协调与激励，是使人适应于组织和社会的过程；社会学家则认为管理是一种文化活动，管理水平是社会进步、社会文明的一种标志。

管理学是一门综合性的学科，它是从管理实践中产生和发展起来的，是由一系列原理、理论、方法和技巧等组成的体系。人们给管理下过多少不同的定义无从考证，可以说几乎每一本管理学教科书都给管理下一个不同的定义，不同的学者会从不同的角度来理解管理。

科学管理理论创始人弗雷德里克·泰勒（Frederick Taylor）认为，管理就是"确切了解希望工人干些什么，然后设法使他们用最好、最节约的方法去完成它"。这说明管理是一种明确目标，并授予被管理者工作方法，以求更好地达到目标的活动。

亨利·法约尔最早在一般意义上概括管理的含义，他区别经营与管理这两个容易混淆的概念，指出管理是经营活动中的一种活动，它包括计划、组织、指挥、协调和控制等五个要素。这是从管理的基本职能出发，说明什么是管理，同时也表明管理是一个过程。他的《工业管理和一般管理》一书中阐述，管理是所有的人类组织（不论是家庭、企业还是政府）都有的一种活动，这种活动由五项要素组成：计划、组织、指挥、协调和控制。计划就是探索未来和制订行动方案；组织就是建立企业的物质和社会的双重结构；指挥就是使其人员发挥作用；协调就是连接、联合、调和所有的活动和力量；控制就是注意一切是否按已制定的规章和下达的命令进行。法约尔的这一看法使人相信，当你从事计划、组织、指挥、协调和控制工作时，你便是在进行管理，管理等同于计划、组织、指挥、协调和控制。

对决策有独特研究的赫伯特·西蒙（Herbert Simon）认为"管理就是决策"，强调决策，认为管理的过程就是决策的过程，决策正确与否关系到企业的成败。这一定义虽然未能全面反映管理的内容，但它突出了决策在管理中的主导地位，并强调了决策贯穿于管理的全过程，表明了决策与管理的内在联系。

穆尼认为："管理就是领导。"该定义的含义是，任何组织中的一切有目的的活动都是在不同层次的领导者的领导下进行的，组织活动的有效性，取决于领导者工作的有效性，所以管理就是领导。

哈罗德·孔茨则认为："管理就是设计和保持一种良好的环境，使人在群体里高效率地完成既定目标。"这一定义强调管理的服务功能，说明管理是为有效实现组织目标而服务的过程。

斯蒂芬·P. 罗宾斯认为：一个过程，是协调工作活动使之有效率和有效果的过程。管理是指同别人一起或通过别人使工作活动完成得更有效率和更有效果的过程。

上述定义各有特色，给人以有益的启示。

管理背景1—1　　　　　　　　　　走近哈罗德·孔茨

哈罗德·孔茨（1908—1984）是当代著名的管理学家，是西方管理思想发展史上过程学派最重要的代表人物。

哈罗德·孔茨1931年开始在美国西北大学攻读企业管理硕士学位，1935年获得耶鲁大学哲学博士学位，1950年以后担任加利福尼亚大学管理研究院管理学教授，同时还兼任休斯车床公司、荷兰皇家航空公司、西方石油公司和通用电话公司的顾问。他是美国和国际管理学会会员，1963年曾任美国管理学会主席，1962年起，担任加利福尼亚大学米德约翰逊讲座管理学教授，曾获米德·约翰逊奖。1978—1982年，担任国际管理研究院院长。1974年，获得美国管理促进协会的最高奖——"泰罗金钥匙"。由其本人撰写或与人合作的学术著作共19部，学术论文90篇，他的《管理学原理》已经被译成16种文字，具有广泛的社会知名度，他的《董事会和有效管理》于1968年获得"管理学院学术书籍奖"，并被录入《美国名人录》、《世界名人录》、《金融和实业界名人录》。

哈罗德·孔茨和海因茨·韦里克合著的《管理学——全球化视角》已被翻译成16种文字在全球发行，是美国管理院校工商管理专业的必修课教材，多年来该书一直是畅销书，目前在中国更是如此。

资料来源　蒋永忠、张颖：《管理学基础》，22页，北京，清华大学出版社，2007。

---

2. 管理的内涵

综合学术界关于管理的各种说法，结合现代管理发展趋势，本书将管理定义为：在特定的环境下，对组织所拥有的资源进行有效的计划、组织、领导和控制，以便实现既定的组织目标的过程。这一定义包含着四层含义，如图1—1所示。

（1）管理具有一定的目的性。管理作为组织的一种有目的的活动，必须为有效实现组织目标服务，这是管理的基本出发点。管理活动的效果主要取决于组织目标的实现程度。管理作用于组织之上，离开组织目标的实现，管理就毫无意义。

（2）管理依赖于一定的环境。管理活动是在一定的环境中进行的，环境给管理创造了一定的条件和机会，同时也对管理形成一定的约束和威胁。管理者必须正视环

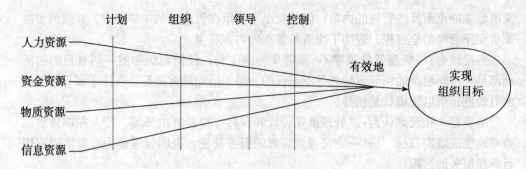

图1—1　管理过程

境对组织的这两方面影响，努力改善组织的物质和文化环境。要审时度势，趋利避害，抓住机遇，利用一切可以利用的外部条件，促进组织目标的实现。

（3）管理的对象是组织的资源。管理的实质是对组织拥有的各项资源的协调和整合。组织拥有的资源包括人、财、物、信息、技术、时间、社会关系和组织的声誉等。资源的有限性和组织运营目标的不断提升，是管理需要解决的基本矛盾。为了利用有限的资源最大限度地满足组织运营的目标，管理的有效性首先表现为必须"做正确的事"，防止做错事。在此基础上进一步要求"用正确的方法做事"，使有限的资源发挥最大的效用。当然，资源的协调和整合始终是一个动态过程，没有一劳永逸的管理。

（4）管理由一系列相互关联的职能构成。管理活动最终要落实到计划、组织、领导和控制等一系列管理职能上，它们是管理工作最基本的手段和方法，也是管理活动区别于一般作业活动的主要标志。计划、组织、领导和控制是每个管理工作者必须开展的工作，迄今为止人们对管理的研究仍然较多地集中在这几项职能的应用上。

更先进的理念认为管理是一种思想，是一种文化，是管理者的社会道德责任，是管理者所管理的机构取得经济和社会成就。管理是为了所处社会的全面和长远利益而必须关心、全力履行的责任和义务，表现为管理者对社会的适应和对发展的参与。现在通常所说的管理的社会责任主要是指经济责任以外的社会道德责任，特别是建立在经济责任和法律责任基础上的道德责任。

三、管理的目标与特性

1. 管理的目标

哈罗德·孔茨认为："管理人员必须创造一种良好的环境，使人们能够以最短的时间、最少的资金和原材料以及最大的个人满足程度来实现全体目标，或使人们能够利用现有的资源，尽可能地达到预期的目标。"管理的目标是什么呢？严格地说，管理并不存在自己独立的目的或目标。管理是组织的血液，它无时不在，是为了服务组织而存在的，不能为了管理而管理，应该为了实现组织的目标而管理。应该说，管理是为了使组织更有效地利用资源，从而实现组织目标。

管理目标是与组织的目标连在一起的。管理最基本的目标是提高效率，以实现资源利用最优化，从而达成组织目标。管理促进组织目标实现的情况可以从下面三个角度来衡量：一是组织的产出目标。一个组织要开展活动，必须拥有一定的人、财、物和信息等资源，这些构成了组织的投入，通过对投入的运用，就可以产生组织的成果。这些成果被称为"产出"。具体表现形式可以是学校培养出的人才，也可以是生产企业制造的产品、服务企业提供的各项服务等。不同类型的组织，其成果的具体表现形式可能各不相同。二是组织的绩效目标。组织的绩效目标是对组织所取得的成果与所运用的资源之间转化关系的衡量。组织的绩效高低，表现在效率和效果两大方面。三是组织的终极目标。根据组织的性质不同，组织的终极目标可以有不同的表现形式，有一些组织以追求利润和资本保值增值为主要终极目标，这样的组织被称为营利性组织。另一些组织则以满足社会利益和履行社会责任为主要终极目标，这样的组织被称为非营利性组织。营利性组织终极目标的实现程度可以通过经市场检验的较为客观的绩效指标来衡量，非营利性组织终极目标的实现情况须依赖一些定性的和相对主观的指标加以衡量。但无论组织的终极目标有何差别，管理工作的使命基本上都是一样的，即都要使组织以尽量少的资源，完成尽可能多的合乎要求的目标。只有这样，才能称得上是有效的管理。

不论什么组织，它都是一个投入和产出系统。组织的投入要素有人力、物力、财力等，产出就是组织活动的结果。这个产出的过程是要付出成本的，所以常常认为管理的基本目的在于提高工作的效率和效果。效果是解决"做什么"的问题，它要求确定正确的目标；效率是指投入与产出的比值，是解决"怎么做"的问题，它要求选择合适的行动方法和途径，以求比较经济、比较快地到达既定的目标。因此，在某种意义上讲，管理所追求的效率与效果，就成为了管理的目标。

管理的最终目的就是追求某种效益。在任何管理活动中，都要讲究实效，力求用最小的投入和消耗创造出最大的经济效益和社会效益，这是管理的效益原理。效益是管理的永恒主题，任何组织的管理都是为了获得某种效益，效益的高低直接影响着组织的生存和发展。

管理定义中的"有效"指的是既要注意效率，又要注重效果，从而取得好的效益。

效益、效果和效率从概念上理解是有其相似之处的，都是衡量结果的名词，但实际上它们是有差别的。效益是指人们从事某种活动所得到的有益的结果，它可用劳动成果与劳动消耗的比值来表示，也可用产出与投入的比例来表示。在人类所从事的活动中，效益表现在各个方面，既包括经济效益，也包括社会效益和生态效益等。经济效益直接、显见，可用具体的经济指标来计算和考核；而社会效益和生态效益则较难以计量，必须借助其他形式来间接考核。这对管理者而言，就有较大的难度，需要在管理过程中认真地把这三者统一起来，综合考虑。

效果是指由投入经过转换而产出的有用成果，指人们在社会实践活动中通过某种行为、力量、方式或因素而产生的结果。它强调这种结果符合目的性的程度，凡是符合组织目的的结果就是好的，反之则是不好的、无效的。就管理效果来说，在其对经济和社会造成的影响中，也可分为正效果和负效果。就以用发放奖金来激励员工这种做法为例，如果采用平均主义的手段，最终就不能达到奖勤罚懒的效果，反而会造成劳动积极性下降。因此，管理效益是指正的效果，也就是说管理效益就是要引导人们做正确的事情。相对而言，效果是第一位的。

效率表明了投入和产出间的关系，是指某一特定系统所消耗的能量与所收获效果的比率，是实施管理后所得的收益和管理成本之间的比率，也反映对劳动时间的利用状况。例如，设备利用率、工时利用率、劳动生产率、资金周转率以及单位产品成本等，这些是对组织效率的具体衡量。由于组织所拥有的资源通常是稀缺、有价的，所以管理者必须关心这些资源的有效利用。对于给定的资源投入，如果你能获得更多的产出，那么你就有了较高的效率。类似的，对于较少的资源投入，你要是能够获得同样的甚至更多的成果产出，你也有了高效率。管理效率的高低是测评管理者工作绩效的重要标志，也是决定组织能否实现更好效益的关键。管理者仅仅关心组织活动的效率是不够的，管理工作的完整任务是使组织在高效率的基础上实现正确的活动目标，也就是要达成组织活动的效果。效果，是指达到组织目标的程度。效果的具体衡量指标有销售收入、利润额、销售利润率、产值利润率、成本利润率、资金利润率等。管理效率无所谓对与错，主要目的是以最小的代价将事情做完，即管理效益又是指高效率，引导人们用正确的方法做事。

管理行为既讲效率，又涉及怎样使活动按计划完成，正确实现预定的目标，即寻求活动的效果。当管理者实现了组织的目的，我们通常就认为是有成效的。所以，效率涉及手段，是活动的方式；而效果涉及目的，是活动的结果（如图1—2所示）。

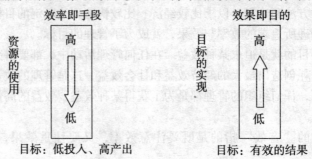

图1—2　管理的效率与效果

效率和效果是互相联系的，效率涉及的是活动的手段，效果涉及的是活动的结果。如果不顾效率，很容易达到效果，也就是工作做了，成本太高，不讲效率。管理不仅关系到使活动达到目标，而且要做得尽可能有效率，管理追求效率和效果。如果说高效率是追求"正确地做事"，好效果则是保证"做正确的事"。在效果好的情况下，高效率无疑会使组织的有效性增大。但从本质上说，效率性和有效性之间并没有必然的联系。有时，一个企业的效率可能比较高，但如果所生产的产品没有销路，或者说不能满足顾客的需要，这样效率越高反而会导致有效性越差。所以，一个有效的管理者，应该一方面既能指出应当怎么做才能使组织保持高的效率，另一方面又能指出应当做什么才能取得好的效果，这样组织才具有最大的有效性。管理者的最终责任是实现较高的绩效，即通过有效果和高效率地运用组织资源达成组织目标。因此，对于人们来说，了解什么是管理、怎样通过管理的改进来提高组织的绩效是非常必要的。例如，如果某个人不顾效率，它很容易达到好的效果。精工（Seiko）集团如果不考虑人力、材料输入成本的话，它还能生产出更精确和更吸引人的钟表。因此，管理不仅关系到使活动达到目标，而且要做得尽可能有效率，即多、快、好、省。

2. 管理的特性

20世纪以来，管理知识逐渐系统化，并形成了一套行之有效的管理方法，尽管与自然科学相比，它还不够精确，但管理已成为一门科学是毋庸置疑的。自从有人群组织以来，便存在管理这类活动，这类活动不同于文化活动、科学活动和教育活动等，是因为它有自己的特性。

（1）动态性。管理这类活动的动态性特征主要表现在这类活动需要在变动的环境与组织中进行，需要消除资源配置过程中的各种不确定性，因此管理不是停留在书面上的东西，它是现实实践中的操作。书面上的东西最多是管理实践的总结或理论的推演，它是一种静态的东西，学习管理需要学书面上的东西，但更重要的是学会在什么样的状况下如何实施具体的管理。事实上，由于各个组织所处的客观环境与具体的工作环境不同，各个组织的目标与从事的行业不同，从而导致了每个组织中资源配置的差异性，这种差异性就是动态特性的一种派生，因此不存在一个标准的处处成功的管理模式。

（2）科学性。管理的动态性并不意味着管理这类活动没有科学规律。管理活动尽管是动态的，但还是可将其分成两大类：一类是程序性活动，另一类是非程序性活动。程序性活动是指有章可循，照章运作便可取得预想效果的管理活动。非程序性活动是指无章可循，需要边做边探讨的管理活动。这两类活动虽然不同，但是可以转化的，实际上现实的程序性活动就是由非程序性活动转化而来的，这种转化的过程是人们对这类活动与管理对象规律性的科学总结，管理的科学性在这里得到了很好的体现。

（3）艺术性。管理既是一门科学，又是一种艺术，有效的主管人员就是把二者有机结合地运用于实践中。艺术性是指在掌握一定理论和方法的基础上，灵活运用这些知识和技能的技巧和诀窍。管理的艺术性强调管理者必须在管理实践中发挥积极性、主动性和创造性，因地制宜地将管理知识与具体管理活动相结合，才能进行有效的管理。管理之所以具有艺术性，主要是因为影响管理的因素，不仅有确定的因素，还有不确定的因素；不仅具有相对稳定的因素，还有突发性、偶然性的因素。由于管理对象分别处于不同环境、不同行业，并且有不同的产出要求、不同的资源供给条件等，就导致了对每一具体管理对象的管理没有一个唯一的完全有章可循的模式，特别是对于那些非程序性的、全新的管理对象来说，则更是如此，从而造成了具体管理活动的成效与管理主体管理技巧发挥得是否充分相关性很大，这就决定了管理不仅要制定具有普遍意义的科学原则，运用能解决规律性问题的科学方法，而且还要有随机应变的能力和灵活发挥的艺术。这就像阅读有关游泳的书籍，并不意味着你就一定会游泳一样，掌握了大量的管理理论、原理或知识，并不能表明你就是一个出色的管理者，并不能保证你的管理活动就是有效的、成功的。如果只凭书本上的知识来进行管理，无视实践经验的积累，无视对理论知识的灵活运用，那么管理工作则注定要失败。需要注意的是，我们强调管理的艺术性，并不否认管理的科学性。管理活动不但需要利用经过整理的基本知识，而且需要根据实际情况加以创造性地、灵活性地运用，才能取得预期的成效。因此，管理工作是科学性与艺术性的有机统一，是结合实际进行的一种创造性活动。事实上管理主体对这种管理技巧的运用与发挥，体现了管理主体设计和操作管理活动的艺术性。

（4）创造性。管理的艺术性特征实际上已经与管理的另一个特征相关，这就是创造性。管理既然是一种动态活动，又没有统一的模式可以参照，那么要实现既定的组织目标，就需要有一定的创造性。试想现实中只要按照程序便可做好管理工作，如果真的有某种模式成为"灵丹妙药"的话，那岂不是人人都可以成功，都可以成为有效的管理者？这显然是不可能的。所以管理的创造性根植于动态性之中，与科学性和艺术性相关，正是由于这一特性的存在，才使得管理创新成为必需和必然。

（5）经济性。资源的配置使用是需要成本的，因此管理就具有经济特性。管理的经济性首先反映在资源配置的机会成本上，管理者选择一种资源配置方式是以放弃另一种资源配置方式为代价的，这里有一个筹划选择的过程。其次，管理的经济性反映在管理方式方法的选择上也有一个成本比较，因为在众多进行资源配置的方式方法中，不同方法所花费的成本是不一样的，所以如何选择也就有个经济性的问题。再次，管理是对资源有效整合的过程，因此选择不同的资源供给和配比，也有成本大小的问题，这是经济性的另一种表现。

四、管理的基本职能及其演变

在日常生活中，存在着各种各样的管理现象：工厂的厂长管理着企业的生产经营活动；学校的校长管理着学校的教育工作；政府机关的各级领导管理着我们的城市和农村等。尽管这些组织的目标不同，管理的要求也不同，但若去掉管理的具体形式、做法，就可以看到有些基本工作是任何管理者都在做的，而且都共同遵循着一定的规律，这些工作就是所谓的管理职能。

管理作为一个工作过程是管理者在其中要开展的一系列活动，这就构成了管理者的职能，通常称之为管理职能，最早由法约尔提出，目前大部分管理学教材都是围绕管理职能加以组织。这里，"职能"一词指的是"活动"、"行为"的意思。因此，一项职能就表示一类活动，而管理的基本职能就是管理工作所包的几类基本活动内容，主要是计划、组织、领导和控制。

1. 计划职能

任何有组织的集体活动，都需要在一定的计划指引下进行，计划是对组织未来活动进行预先筹划。管理者通过制订计划，帮助组织成员认清所处的环境和形势，指明活动的目标以及实现目标的途径。任何活动在开始之前，首先都需要制订出计划，这样才能做到有的放矢。

计划工作主要包括以下内容：

（1）研究活动条件。组织的活动总是在某种环境条件下进行的，活动条件研究包括组织外部环境研究和组织内部条件研究两部分。外部环境研究是分析组织活动的环境特征及其变化趋势，了解环境是如何从昨天演变到今天的，找出环境变化的规律，并据以预测环境在明天可能呈现的状态。组织内部条件研究主要分析组织内部对各种资源的拥有状况和对这些资源的利用能力。

（2）制定经营决策。活动条件研究为组织活动决策的制定提供了基本依据。对企业这种经济组织来说，在活动条件研究基础上制定经营决策，就是根据这种研究所揭示的环境机会和威胁以及组织在资源拥有和利用方面的优势和劣势，确定组织在未来某个时期内的总体目标和方案。

（3）编制行动计划。确定了组织未来的活动目标和方案以后，还要详细分析为了落实这种决策，组织需要采取哪些方面的具体行动，这些行动对组织内各部门、各环节在未来各个时期的工作提出了哪些具体的要求。编制行动计划的目的就是将决策所确定的目标在时间上和空间上分解落实到组织的各部门、各环节，对每个单位和每个成员的工作提出具体要求。

2. 组织职能

为确保制订出来的计划能够顺利得到实现，管理者还需要对组织中每个单位、每个成员在工作执行之中的分工协作关系作出合理的安排。为此，管理者需要围绕组织职能完成下述几方面的工作：

（1）设计组织结构。组织结构设计者首先需要在组织任务目标分解的基础上将各部分需要分工开展的工作落实到具体的承担者，同时设计出机制和手段来确保执行具体工作的个人和单位能够密切配合、协调行动，使个体或局部的力量整合成为组织整体的力量。组织结构指的就是界定组织中所进行活动的分工和协作关系的一种架构或框架。

（2）配备人员。配备人员即根据各岗位（职位）所从事工作活动的要求，以及组织所拥有员工的素质和技能特征，将适当的人员安置在组织适当的岗位上，使适当的工作由适当的人去从事。

（3）运行组织。运行组织即向配备在各岗位上的工作人员发布工作指令，并提供必要的物质和信息条件，从而使组织按设计的方案运行起来。

（4）变革组织。变革组织是指对组织运行的过程进行监控，根据组织活动开展及内外环境变化的情况，研究和推行必要的组织变革。

3. 领导职能

为了有效地实现计划，管理者不仅要设计出合理的组织结构并为组织配备合适的人员，同时还要设法使组织中的每一个成员都以高昂的士气、饱满的热情投身到组织活动中去，这便是领导工作的任务。所谓领导，是指管理者利用组织所赋予的职权和自身拥有的权力去指挥、影响和激励组织成员为实现组织目标而努力工作的一种具有很强艺术性的管理活动过程。

沟通和激励是领导工作的主要内容。沟通工作是领导者与同事或下属交流思想、互通信息、协调关系，在相互理解的基础上求同存异，增强组织的凝聚力。沟通是消除隔阂、解决矛盾和冲突的有效途径。激励工作是领导者把实现组织目标与满足个人需要有机结合起来，通过激励元素激发和强化下属工作的动力。另外，领导者还必须正确认识权力的性质和作用，努力提高自身素质，不断改善领导作风，从实际出发随机选择领导方式，并充分发挥领导集体的作用。

4. 控制职能

控制是为了保证组织各部门、各环节能按既定的计划开展工作从而实现组织目标的一项管理活动。其内容主要包括根据计划标准检查各部门、各环节的工作情况，判断其工作结果是否与计划要求相吻合以及存在偏差的程度。如果存在较大的偏差，则分析偏差产生后对业务活动的影响程度及偏差产生的具体原因，在此基础上，如果有必要的话还要针对所发现的原因，制定并实施纠正偏差的措施，以确保组织目标和计划的有效实现。

控制不仅是对组织计划执行情况的检查和监控，而且可能在偏差纠正措施难以取得预期效果，或者组织内外环境出现重大变化时，导致管理者在本计划执行期尚未结束前就作出使某时点以后的组织活动发生局部甚至全局调整的计划修订或重新制定行为。这样，控制可能意味着新的计划过程的提前开始。

上述各项管理职能是带有普遍性的，所有管理者不论其有什么头衔、在何岗位、处于哪一管理层次，都要执行这些基本管理职能，同时它们相互关联、相互作用，共同为实现组织目标服务（如图1—3所示）。

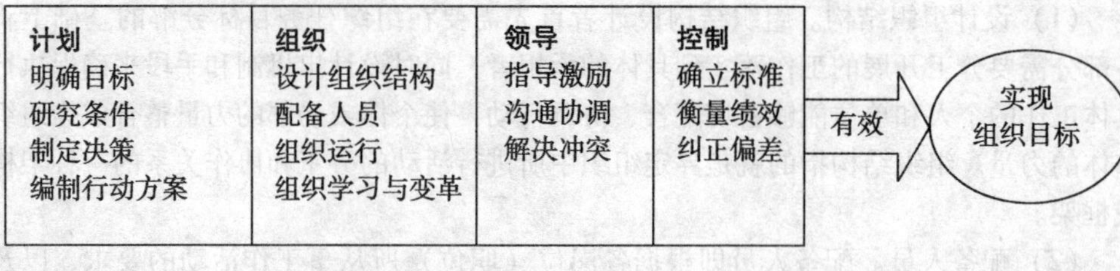

计划	组织	领导	控制		
明确目标 研究条件 制定决策 编制行动方案	设计组织结构 配备人员 组织运行 组织学习与变革	指导激励 沟通协调 解决冲突	确立标准 衡量绩效 纠正偏差	有效	实现 组织目标

图1—3　管理职能关系

5. 管理职能间的关系

从理论上说，这些职能之间存在某种逻辑上的先后顺序关系，即这些职能通常是按照"先计划，继而组织，然后领导，最后控制"的顺序发生。但从不断持续进行的实际管理过程来看，管理工作过程中各项管理职能在现实中并不是被严格分割开来进行的，它们更经常地是有机地融合成一体，形成各职能活动相互交叉、周而复始地不断反馈和循环的过程。

（1）管理的基本职能具有内在的联系。在实践中，管理过程并不是四种独立活动，或者相互松散地联系在一起的活动，而是一组具有内在联系的职能（见图1—4）。

（2）不同业务领域在管理职能内容上有所差别。虽然管理工作和作业工作是两类性质不同的工作，但管理工作通常需要紧密地联系作业工作。由于不同组织、不同部门的具体业务领域各不相同，其管理工作也就表现出各自不同的特点。例如，同为计划工作，营销部门做的是产品定价、推销方式、销售渠道等的计划安排，人事部门做的是人员招募、培训、晋升等的计划安排，财务部门做的则是筹资规划和收支预算，它们各自在目标和实现途径上都表现出很不相同的特点。当然，在不同的组织层

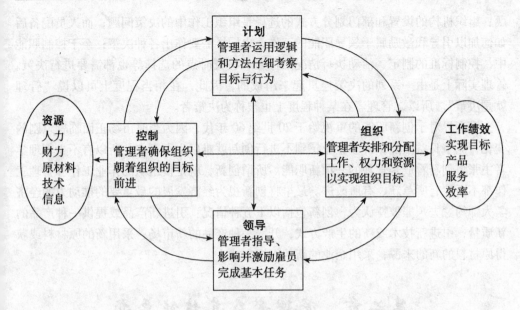

图1—4 管理各职能间的关系

次上，管理工作与作业工作联系的密切程度是不一样的。一般来说，低层次的管理工作与作业工作联系得较为紧密，而高层次的管理工作与作业工作的联系相对少些。

（3）不同组织层次在管理职能重点上存在差别。一般来说，不同的管理层次花在不同管理工作上的时间比重不一样。高层管理者花在组织工作和控制工作这两项职能上的时间要比基层管理者相对多一些，而基层管理者花在领导工作上的时间则要比高层管理者多一些。即使就同一管理职能来说，不同层次管理者所从事的具体管理工作的内涵也并不完全相同。例如，就计划工作而言，高层管理者关心的是组织整体的长期战略规划，基层管理者则更侧重于短期、局部性的作业计划。

（4）对管理职能的认识不断深化。对计划、组织、领导和控制这四个基本职能，早在20世纪初管理界就已有认识。随着管理理论研究的深化和客观环境对管理工作要求的变化，人们对管理职能有了进一步的认识。这表现在：一方面人们对于上述各项基本职能所涵盖的内容和所使用的方法已经加深了理解；另一方面，人们在此基础上又提出了一些新的管理职能，或者更准确地说，是对原有四个职能的某些方面进行强调，从中分离出新的职能，其中特别值得一提的是决策和创新这两个职能。

（5）有人认为协调也是管理的一个单独职能。可以说每一项管理职能的开展，都是为了更好地促进协调，有了协调组织可以收到个人单独活动无法收到的良好效果，即通常说的"1＋1＞2"的协同效应。

6. 管理职能的演变与发展

决策职能是从20世纪50年代开始受到人们的重视的。有些管理学者如西蒙就特别强调指出，管理就是决策，决策贯穿于管理过程的始终。因为无论计划、组织、领导还是控制，其工作过程说到底都是由决策的制定和决策的执行两大活动所组成的。比如，确定组织的使命目标、制订各种战略计划和战术计划等是计划工作中的决策问题；组织机构的设置和部门划分方式的选择是组织工作中的决策问题；而人员配备后如何加以引导和激励属于领导职能的工作，也同样需要作出各种决策；至于控制职能中，控制标准的制定、活动执行情况的检查和检查时点的选择等也都需要进行决策。管理实际上是由一系列的决策连贯起来组成的，因此，在相当程度上可以说"管理就是决策"。所以，管理者在某种程度上也被称为决策者。

管理界对于创新职能的重视始于 20 世纪 60 年代，因为当时市场正面临着急剧的变化，竞争日益激烈，许多企业感到不进行创新就难以生存下去，所以有不少管理学者主张将创新看成是管理的一项新职能。所谓创新，就是使组织的作业工作和管理工作都不断地有所革新、有所改进。最早将创新视为经济发展的最重要的推动力的经济学大师约瑟夫·熊彼特认为，创新包括以下五种情况：引进新产品或提供一种产品的新质量；引进新技术或新的生产方式；开辟一种产品的新市场；采用新的原材料或获得原材料的新的来源；采用企业的新的组织方式。

第二节　管理者及其技能要求

一、管理者的定义及分类

1. 管理者的定义

组织是管理的载体，管理者是在组织中执行管理职能的人员。著名的组织学家巴纳德认为，由于生理的、心理的、物质的和社会的限制，人们为了达到个人的和共同的目标，就必须合作，于是形成群体，群体发展为组织。管理学上的组织是"为完成特定的工作，达成管理目的，把分散的人或事物按一定的关系，有秩序地组合在一起的有机体"。

组织的基本要素即共同的特征有三点。共同目标是组织存在的前提，没有目标的组织是低效的，不同的组织有不同的目标，而且组织目标应为组织全体成员所了解，并成为全体成员的共同目标；组织成员间具有合作意愿、共同的意志，组织的所有成员都有为实现组织目标而积极努力的决心，组织应该而且能够把成员的这种共同意志协调和统一起来；组织内部有畅通的信息沟通渠道，能够将组织的目标或目标指导下的某项工作的目的和职工的意志联系起来。

组织中有许多成员从事一线的操作工作，一些成员从事生产辅助性工作，也有一些成员从事管理事务，各自有分工。管理者在组织中工作，但并非组织中的每一个人都是管理者。一个组织中的成员可以分为两类：操作者和管理者。

管理者是指在组织中从事管理活动的全体人员，即在组织中担负计划、组织、领导、控制和协调等工作，以期实现组织目标的人，是组织中最为重要的一个因素。

在组织中，操作者是指直接从事具体实施和操作工作的人。例如，汽车装配线上的装配工人、饭店里的厨师、商场的营业员、医院里的医生、学校里的教师等，这些人处于组织中的最底层，不具有监督他人工作的职责。

2. 管理者的类型

一个组织可能很庞大，工作涉及方方面面非常复杂，而每个管理者的管理能力又是有限的，因此组织内要进行分工，从而产生了各种各样的管理者，由于他们的层次、责任和权限不同，就产生了不同的划分方法。

（1）按管理层次不同划分为高层管理者、中层管理者和基层管理者。这些人都是管理者，他们都在为了实现组织的目标，对人或事进行计划、组织、领导和控制（如表1—1所示，以企业为例）。

表1—1　　　　　　　　　　　　　管理者的类型

组织级别	职位	职能头衔
高层管理者 （下属是管理者）	执行官	总裁 生产副总裁 销售副总裁 人力资源副总裁 首席财务官
中层管理者 （下属是管理者）	经理或总监	生产总监 销售总监 人力资源部经理 财务部经理
基层管理者 （下属是操作者）	主管	生产监督员 地区销售经理 人力资源助理经理 主管会计师

不同层次的管理者工作的重点不同。

高层管理者是一个组织的高级执行者并负责全面的管理，他们的主要任务是制定组织的总目标、总战略，把握组织的发展方向，如"在未来两年中销售额翻一番"。不过，现在的高层管理者更多地被叫做组织的领导者，他们必须创造和阐述一个为人们所认知和积极认同的公司目的。组织有大小，成员有多少，但只要是代表该组织的管理者，就是高层管理者。大学、中学、小学的校长，都是他所代表的那个学校的高层管理者。高层管理者除了代表一个组织外，主要是要把握本组织的目标及发展方向、作出计划和决策、审核组织业绩、保持与其他组织的联系。因此，组织的高级管理者应具备较高的文化素质和较强的战略意识。

中层管理者位于组织高层管理者和基层管理者之间，有时被叫做战术管理者，他们的主要职责是贯彻执行高层管理者所制定的重大决策和管理意图，监督和协调基层管理者的工作，或对某一方面的工作进行具体的规划和参谋，如"招聘两名销售员"，"推出三种新产品"等。中层管理者角色的变化需要他们不仅是管理的控制者，而且还是其下属的成长教练。他们必须支持下属并训导他们，使其更具创新精神。中层管理者就是我们通常所说的中层干部。他们是一个组织中各个部门的负责人，如公司中的部门经理、企业中的车间主任、大学中的系（部）主任等。他们要贯彻、执行高层管理者的指令、计划和意图，把任务落实到基层单位，并检查、督促、协调基层管理者的工作，保证任务的完成。他们要完成高层管理者交办的工作，并向他们提供进行决策所需的信息和各种方案。他们的作用主要是上情下达、下情上达、承上启下。随着社会经济从工业化时代进入知识经济时代，大量高科技手段在管理中运用，组织结构发生了深刻的变化，大公司的管理层次减少了，企业对中层管理者的需求量也锐减。

基层管理者或一线管理者是组织中最下层的管理者，直接面向在第一线工作的组织成员。这个角色在组织内是非常关键的，因为基层管理者是管理者与非管理者之间的纽带，主要职责是直接给下属作业人员分派具体工作任务，直接指挥和监督现场作业活动。基层管理者传统上受上层管理者的指导和控制，以确保其成功地实施支持公司的战略行动。但在一些优秀的企业内，其作用扩大了。在优秀的公司中，基层管理者执行的作用变弱了，而对其创新和创造性的需要在增加，以实现成长和新业务的开发。通常我们熟知的企业车间里的班组长，职能部门中的科长、股长、组长，大学各系（部）中的教研室主任等就是基层管理者。他们所接到的指令是具体的、明确的，所能调动的资源是有限的，工作目标也是比较明确的，即带领和指挥一线工作人员有效地完成任务。他们要向上级报告任务的执行情况，反映工作中遇到的困难并请求支持，可以说，基层管理者的工作对组织目标的实现和实际业绩起着直接的决定作用。

这三个层次的管理者应是有机的整体，保证整个组织的管理工作正常进行。但不同层次的管理者工作上有所差别，各项管理职能履行的程度和重点不同。

由图1—5可以看出高层管理者花在计划、组织职能上的时间较多，基层管理者花在领导职能上的时间较多。即使同一管理职能，不同层次管理者所从事的具体管理工作的内涵也不完全相同。

图1—5　管理层次的职能差异

（2）按管理范围与职责领域不同划分为综合管理者和职能管理者。

综合管理者是指负责整个组织或部门全部管理工作的管理者。他们是一个组织或部门的主管，对整个组织或部门目标实现负有全部责任，有权指挥和支配该组织或部门的全部资源与全部职能活动，如厂长、车间主任、工段长等。

职能管理者是指在组织内只负责某一种职能的管理者，只在本职能或专业领域里行使职权，指导工作。职能管理者大多具有某种专业或技术专长，如工厂里的总工程师、财务处处长等。

（3）按职权关系的性质不同划分为直线管理者和参谋人员。

　　直线管理者是指有权对下级进行直接指挥的管理者，简称直线人员。他们与下级之间存在着领导隶属关系，是一种命令与服从的职权关系。直线管理者的主要职能是决策和指挥，他们是组织等级链中的各级主管，如企业中的总经理、部门经理、班组长等就是典型的直线管理者。

　　参谋人员是指对上级提供咨询、建议，对下级提供专业指导的管理者。参谋人员通常是各级职能管理者。在实际管理中，参谋人员往往也可能同时还是直线人员。

二、管理者的角色

1. 亨利·明茨伯格

　　20世纪60年代后期，亨利·明茨伯格挑战传统观点，他对五位总经理的工作进行了认真仔细的现场观察研究，明茨伯格发现，他所观察的经理们经常陷入大量变化的、无一定模式的和短期的活动中，他们几乎没有时间静下心来思考，因为他们的工作常常被打断。有半数的管理者活动持续时间少于9分钟。在大量观察的基础上，明茨伯格提出了一个管理者究竟在做什么的分类纲要。明茨伯格提出了管理者在管理过程中扮演着3个方面的10种角色（见表1—2）。

2. 费雷德·卢森斯

　　美国学者卢森斯和他的助手研究了450多位管理者，发现管理者都从事以下活动：

　　（1）传统的管理：决策、机会和控制；

　　（2）沟通：交换日常的信息和处理文件；

　　（3）人力资源管理：激励、执行纪律、冲突、人事工作及培训等；

　　（4）网络联系：社会活动、政治活动以及与外界人士的联系。

　　研究标明，通常的管理者32%的时间用于传统的管理活动，沟通的时间占29%，用于人力资源管理的时间占20%，而用于网络联系的时间则占19%。但是不同的管理者在这四项活动上所花的时间与努力差异很大。

　　这项研究使我们对管理者的活动有了更深刻的了解，明白了管理者究竟在做些什么。不同管理者花在这四项活动上的时间和精力显著不同。成功的管理者（在组织中晋升得快）用于网络联系的时间最长，而有效的管理者（工作业绩好）用于业务沟通的时间最多（如图1—6所示）。

三、管理者应具备的技能

　　管理者要履行管理职能，必须具备一定的素质和技能。一般来讲管理者需要具备三种基本技能，即技术技能、人际技能和概念技能。任何管理者，不管其所处的管理地位怎样，都必须不同程度地具有这三种技能。

1. 技术技能

　　技术技能是指从事自己的具体工作所需要的技能、方法，即对某一特殊活动（特别是包含方法、过程、程序或技术的技能）的理解和熟练程度，包括在工作中运用具体的知识、工具或技巧的能力，如财务管理中的会计核算的技能。具备这种技能

表1—2 **管理者的角色**

角色	描述	特征活动
人际关系方面		
1. 挂名首脑	象征性的首脑，必须履行许多法律性的或社会性的例行义务	迎接来访者，签署法律文件
2. 领导者	负责激励和动员下属，负责人员配备，履行培训和交往的职责	实际上从事所有的有下级参与的活动
3. 联络者	维护自行发展起来的外部接触和联系网络，向人们提供恩惠和信息	发感谢信，从事外部委员会工作，从事其他有外部人员参加的活动
信息传递方面		
4. 监听者	寻求和获取各种特定的信息，以便透彻地了解组织与环境，作为组织内部和外部信息的神经中枢	阅读期刊和报告，保持私人接触
5. 传播者	将从外部人员和下级那里获得的信息传递给组织其他成员——有些是解释和综合组织中有影响的人物的各种价值观点	举行信息交流会，传达信息
6. 发言人	向外界发布有关组织的计划、政策、行动、结果等信息，作为组织所在产业方面的专家	举行董事会议，向媒体发布信息
决策制定方面		
7. 企业家	寻求组织和环境中的机会，制订"改进方案"以发起变革，监督某些方案的策划	制定战略，检查会议决议执行情况，开发新项目
8. 纠纷调解者	当组织面临重大的、意外的动乱时，负责补救行动	制定混乱和危机时期的应对策略
9. 资源分配者	负责分配组织的各种资源——批准所有重要的组织决策	调度、询问、授权、从事涉及预算的各种活动和安排下级的工作
10. 谈判者	在主要谈判中作为组织的代表	参与工会的合同谈判

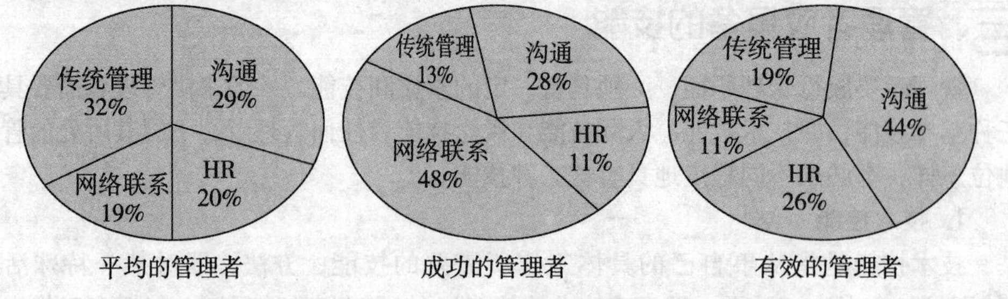

图1—6 **成功的管理者和有效的管理者**

是对基层管理者或一线工作人员的基本要求，即所谓的要懂行。对于一个管理者来说，虽然没有必要成为精通某一专业领域或专业技能的专家（因为他可以依靠有关专业领域来解决专门的问题），但仍需要掌握与其管理的专业领域相关的基本技能，否则管理者就很难与其所主管的组织内的专业技术人员进行有效的沟通，从而也就难于对自己所管辖的业务范围内的各项工作进行具体、有效的指导。

2. 人际技能

人际技能又称人际关系技能、人事技能，是指一个人能够以群体成员的身份有效地工作的行政能力，是管理者应当掌握的最重要的技能之一。因为管理活动最根本的是对人的管理，而对人的管理的每一项活动都要处理人与人之间的关系。你可以聘到世界上最聪明的人为你工作，但如果他不能与其他人沟通并激励别人，则对你一点用途也没有。简言之，人事技能即理解、激励和与他人融洽相处的能力。这项技能不仅要求管理者要善解人意，而且要能创造一种使上级信任、下级感到安全并能自由发表意见的氛围。现代社会的每一项工作几乎都需要与他人沟通协作，因此，各个层次的管理者以及一线操作人员都应善于自我把握，即理解、控制自身情绪并自我激励，善于感知并与他人交往，即理解他人情绪、引起他人关注、激励和领导下属。

总之，管理者应努力提高自己的情商（emotional quotation），具备一定的人事技能。这样，对外就有利于争取对方的合作，对内则可以了解、协调下属，调动其积极性和创造性，对上有利于争取上级的满意与支持，最终有利于工作目标的实现。

3. 概念技能

概念技能亦称思想技能或观念技能，是一种把握大局，预测本行业未来发展趋势，并在此基础上作出正确决策、引导组织发展方向的能力。该技能包括系统性、整体性的识别能力以及创新能力和抽象思维能力。这种技能有利于管理者胸怀全局、认清左右形势的重要因素、评价各种机会并决定如何采取行动，使本组织在激烈的竞争中处于有利地位。

概念技能的提高也需要通过一定的学习。一个人受教育的时间越长，掌握的知识越丰富、越广泛，他的概念技能越高，但提高概念技能是一个潜移默化的过程。

成功的管理者应具备上述技能，但对不同层次的管理者在这三方面有不同的要求。基层管理者或一线工作人员应当不断学习，具有较高的技术技能，只有这样才能做好本职工作，才能在工作岗位上具有竞争力。高级管理者须具备战略眼光，审时度势，应具有较高的概念技能，这样企业才能可持续发展；所有的管理者都在与他人打交道，都应具备一定的人际关系技能（如图1—7所示）。

随着创新在管理中的作用日益增强，管理者还应具备创新能力。管理者遇到的问题中会有相当数量与前人或同代人遇到的并已解决的问题相类似，这时他可以借鉴别人的经验来解决，当然，要考虑时间、地点、环境的不同所带来的可能变化。但随着社会经济发展的全球化进程加快，环境的不确定性增强了，新问题不断出现。管理者要研究新问题是在什么条件和什么背景下产生的，与以往相类似的问题有什么不同之处，运用自己多方面的知识和经验，进行分析和判断，找出新问题中的内在规律性的东西，进行逻辑推理，再到实践中去验证解决问题的方案，然后总结提高，形成新概

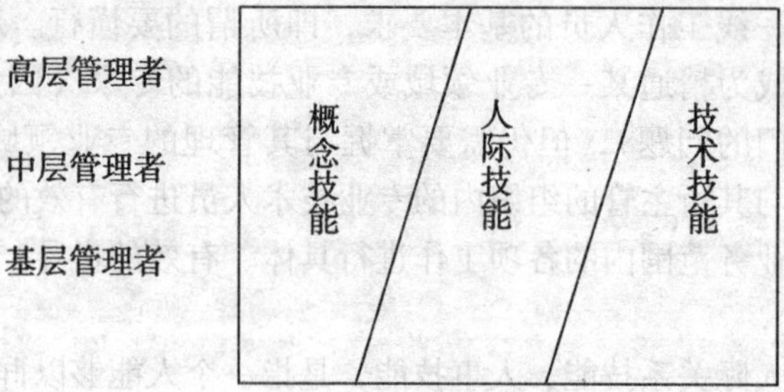

高层管理者

中层管理者

基层管理者

概念技能　　人际技能　　技术技能

图1—7　管理者应具备的技能

念和新思想。

创新能力的提高有赖于丰富的知识和丰富的实践经验，有赖于逻辑思维和推理的能力，有赖于综合判断的能力，最后要强调的一点是对新生事物的敏感性。有的人对周围发生的事情熟视无睹，一切都习以为常，他怎么会去创新、去提高创新能力呢？我们常说失败是成功之母，其中的含义还应包括失败有可能带来创新的机会。越是高层的管理者，他遇到新问题的可能性越大，因此就越需要有较强的创新能力，尤其是组织的管理战略创新。

4. 管理技能与管理职能的关系

当今的管理者应该具备哪些技能？特别是处在今天的规范和动态的工作场所中，员工要成为组织的重要资产就必须不断地更新自己的技能，包括掌握所处特定职位之外的技能。这些技能包括获取权力技能、积极倾听技能、选择有效的领导方式技能、授权技能、设计富有挑战性的工作的技能、访谈技能、管理时间技能、解读组织文化技能、设立目标技能、创造性地解决问题技能等等。这些管理技能体现在组织的管理过程中（计划、组织、领导、控制）。有些管理技能不仅体现在计划中，有时也会体现在其他的组织、领导、控制等管理职能中。表1—3表明了管理技能与管理职能之间的关系。

表1—3　　　　　　　　　　　　　管理技能与管理职能之间的关系

技能	职能			
	计划	组织	领导	控制
获取权力		·	·	
积极倾听				·
预算	·			
选择有效的领导方式			·	
创建有效的团队		·	·	
授权		·		
设计富有挑战性的工作		·	·	
执行纪律			·	
访谈		·		
减小变革的阻力		·		

技能	职能			
	计划	组织	领导	控制
管理时间				·
指导			·	
谈判			·	
提供反馈			·	
解读组织文化	·			
主持有效果的会议			·	
审视环境				·
设立目标	·			
创造性地解决问题	·			

资料来源　［美］斯蒂芬·P. 罗宾斯、玛丽·库尔特：《管理学》，7 版，孙健敏等译，22页，北京，中国人民大学出版社，2006。

管理实践1—2　　　　美国福特汽车公司的兴起、衰落和复兴

　　福特汽车公司的创始人亨利·福特有着精明强干的头脑和丰富的技术经验。自从1889 年《科学美国》作了有关德国奔驰汽车的结构和制造的报导，他于1896 年制造出第一辆福特汽车。

　　1903 年福特汽车公司成立，开始生产"A"型到"R"和"S"型汽车，当时还没有什么优势。但1908 年开始生产福特"T"型车就标志着福特公司垄断局面的开始，"T"型车的特点是结构紧凑、设计简单、坚固、驾驶容易、价格较低。1913 年福特公司采用了汽车装配的流水生产法并实行汽车零件的标准化，形成了大量生产的体制，当年产量增加到 13 万辆，1914 年增加到 26 万辆，1923 年增加到 204 万辆，在美国汽车生产中形成了垄断的局面。福特从而建立起一个世界上最大和盈利最多的制造业企业，从利润中积累了 10 亿美元现金储备。可是，福特坚信企业所需要的只是企业家和他们的一些"助手"，企业只需"助手们"的汇报而由企业家发号施令即可运行。他认为公司组织只是一种"形式"，企业无需管理者和管理。

　　随着环境的变化和其他竞争者的兴起，汽车有着不同档次的需要，科技、产供销、财务、人事等管理日趋复杂，个人管理难以适应这种要求。只过了几年，到了1927 年，福特公司已丧失了市场领先的地位，以后的 20 年，逐年亏本，直到第二次世界大战期间都无法进行有力的竞争。当时它的强劲对手——通用汽车公司，从20 世纪 20 年代开始走着一条与福特相反的路子。"通用"原是由一些竞争不过福特的小公司拼凑起来的，在建立之初，这些小公司作为"通用"的一部分各自为政，通用汽车公司组织机构不健全，公司许多工作集中在少数几个人身上，不仅使这些人忙于事务，无暇考虑公司的发展方针政策，并且限制了各级人员的积极性。

1920 年后，新接任的通用汽车公司总裁小艾尔弗雷德·斯隆在大整顿、大改组过程中建立起一套组织结构和处理问题的方法，根据市场不同层次顾客的需要，确定产品方向，加强专业化协作，谋取大规模生产，按照分散经营和协调控制的原则建立管理体制，组织坚强的领导班子，加强科研和发展工作，使技术、产品保持先进，加强产供销管理，做好工资福利和人事管理，建立起财务管理制度等。这一系列措施大大提高了通用汽车公司的组织管理水平，从而于 1926—1927 年使"通用"的市场占有率从 10%一跃达到 43%，此后多年均占 50%以上，而"福特"则每况愈下，到 1944 年，福特的孙子——福特二世接管该公司时公司已濒于破产。

当时 26 岁的福特二世向他的对手"通用"学习，着手进行斯隆在"通用"所做的事，创建了一套管理组织和领导班子，5 年后就在国内外重新获得了发展和获利的力量，成为通用汽车公司的主要竞争者。

问题：

1. 福特汽车公司在 20 世纪 20 年代初期为何能获得成功而后又为何濒于破产？结合环境变化来分析。

2. 从福特汽车公司的复兴和通用汽车公司的兴起来看，管理者和管理是如何发挥作用的？分析在哪些方面必须有专业的管理。

资料来源　蒋永忠、张颖：《管理学基础》，17 页，北京，清华大学出版社，2007。

第三节　管理学的特性及研究方法

一、管理学的特性

管理学是研究管理活动的基本规律、普遍原理及其应用的学科。管理活动是普遍存在的，不同性质的组织活动有差异，方法也不尽相同，在此基础上进行科学总结和概括形成了各具特色的管理方法。但是，管理学所研究的是管理中的一般原理和规律总结，管理学是各类管理活动的基础理论。与其他许多学科不同，管理学是一门综合性学科，管理学既是科学又是艺术，是一门不精确的学科。

在管理实践的推动下，管理学在不断深入研究和进行理论方法创新的基础上，已经成为一门独立的学科，并形成了自己的学科特征，它作为一门学科具有如下特性：

1. 综合性

管理学的主要目的是要指导管理实践活动，管理活动包括的范围非常广，涉及的知识也异常复杂。管理活动的复杂性、多样性决定了管理学内容的综合性，决定了管理学要应用到社会科学、自然科学以及工程技术等众多学科。如果把管理研究定位于实用导向型，则其研究体系有四个层次（如图 1—8 所示）。

从管理的过程来看，在制定组织的计划目标时，首先就应当考虑和预测社会政治和经济技术环境，而管理的这种环境总是在变化和动荡的，这就大大增加了管理的复杂性；管理过程中不但要合理配置组织结构、有效利用各种资源，还要研究人的心

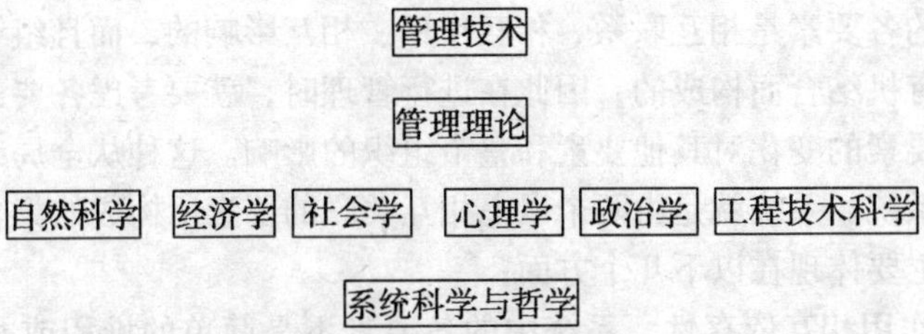

管理技术

管理理论

自然科学　经济学　社会学　心理学　政治学　工程技术科学

系统科学与哲学

图1—8　管理学体系与研究基础

理，掌握与别人交往的技巧，努力调动员工的积极性与创造性。所有这一切表明了管理和管理学的综合性，作为管理者仅掌握某一方面的知识是远远不够的，只有具备广博的知识才能对各种管理的问题应付自如。以企业为例，厂长要处理有关生产、销售、计划和组织等问题，他就要熟悉工艺、预测方法、计划方法和授权的影响因素等等，这里包括了工艺学、统计学、数学、经济学和心理学等内容。

2. 应用性

管理学是为管理者提供从事管理的有用的理论、原则和方法的实用性学科。它的思想、理论和方法来源于管理活动的社会实践，管理学是对社会管理活动的内容、方式和方法的概括和总结，具有很强的应用性。将管理学的理论与其他学科领域的知识相结合，融合到实践中去，可以带来经济效益和社会效益。因此，管理学是一门应用性学科，只有管理理论与管理实践相结合，才能真正发挥这门学科的作用。

3. 不精确性

在给定条件下能够得到确定结果的学科被称为精确的学科。管理学与数学、物理学等学科不一样，数学、物理学是一种精确的科学，根据规律（一般都可以用数学公式表示）和所给定的初始条件就可以得出问题的解。管理学则不同，管理学所提供的理论、原则和方法，在实际的应用中，不可能像数学等精确科学那样，在相同的条件下，必然得出同一种结果。管理工作中有许多因素是不能用数学关系式表示的，呈现一种错综复杂的关系，有的甚至是演绎推理也无法表达清楚的。管理主要是同人发生关系，对人进行管理，那么人的心理因素就必然是一种不可忽略的因素。而人的心理因素是难以精确测量的，它是一种模糊量。管理是人类有意识、有目的的活动，管理的主体、管理的对象、管理的环境都不可能是完全相同的，影响管理效果的因素也是非常复杂且变化无常的。再比如某种激励政策在这个单位非常见效，到了别的单位就不怎么见效；或是对同一组织内的这部分成员起作用，对另一部分成员不太起作用。这种激励政策和所达到的效果之间就很难用精确的数据来反映。

因此，即使在"相同"的条件下，运用相同的管理方法，不同的管理者的管理活动的效果也会有很大的差别。在这样复杂的情况下，还没有找出更有效的定量方法，使管理本身精确化，而只能借助于定性的办法，或者利用统计学的原理来研究管理。因此，我们说管理学是一门不精确的学科。但是，管理学的不精确性丝毫不会降低管理理论的作用。

4. 系统性

在一个组织中，它的每个要素的性质或行为都将影响整个组织的性质或行为，这是因为组织内的各要素是相互联系、相互作用、相互影响的，而且组织作为一个整体是由各要素的有机结合而构成的，因此在进行管理时，就要考虑各要素之间的相互关系，考虑每个要素的变化对其他要素和整个组织的影响。这种从全局或整体考虑问题的方式就称为系统。系统就是由两个以上相互关联的要素所构成的集合。

理解系统主要体现在以下几个方面：

（1）相互作用相互依存性。系统中的各要素不是简单的堆积或叠加，它们互相作用，互相制约，互为存在的条件。

（2）重视系统的行为过程，即从行为与功能的角度来确定系统的要素及其联系。同时，为了更好地把握系统的功能与行为，也应注重对系统的结构进行分析。

（3）根据研究目的来考察系统。系统的要素及其联系，乃至系统与外部环境的边界等方面的内容都与目的有关。

（4）系统的功能或行为可以通过输入与输出关系表现出来，即可以把系统看成一个转换模式，它接受投入，在系统中进行转换，从而输出产品。

（5）系统趋向目标的行为是通过信息反馈，在一定的有规律的过程中进行的。反馈是指将产出或系统过程的信息作为系统的投入，返回系统所导致转换过程和未来产出的变化。

（6）系统具有多级结构。系统都是由次一级的子系统所组成的，同时它又是高一级系统的子系统或组成部分。一个企业可以看成是一个系统，它是由人事、生产、销售、财务等次一级子系统组成的，同时它又是整个国民经济的一个子系统。

（7）等价原则。系统的某一给定的最终状态可以通过不同的方式、不同的途径来达到，这些不同的方式和途径是等价的，组织可以通过不同的投入和不同的内部运动来达到组织目标。管理活动并不一定非要寻找最优的固定的解决办法，而在于寻求各种可能的令人满意的解决方案。

（8）开放系统与封闭系统。系统按其与外部环境的关系可分为开放系统和封闭系统。开放系统是指系统本身和外部环境有信息交流。封闭系统是与外部环境没有信息交流的系统。开放与封闭都是相对的，不是绝对的，是相比较而言的。

（9）系统通过其要素的变化而得到发展，最后达到进一步整合，即系统达到更高层次的整体优化。这一过程可以由外部施加影响来完成，也可以由内部机制变化来完成。

上述几种系统观点对管理都是十分重要的，在学习管理时以及实际进行管理时应该给予高度重视。

二、管理学的研究内容

管理学是一门独立的学科，具有其他一切学科所具有的基本特征。它具有特定的研究对象和研究范围，具有一系列含义清楚明确的基本概念。它具有经过实践检验证明其正确的原理和原则，它能够形成一个完整的比较严密的理论体系，最根本的也是最重要的是它能反过来指导人们的管理实践。

管理学的研究对象应当是管理学研究的直接指向，即管理活动。现代管理学是在总结管理发展历史经验的基础上，综合运用现代社会科学、自然科学和技术科学所提供的理论和方法，研究现代社会条件下进行的各种管理活动的基本运动规律和一般方法论的学科。准确地讲，管理学的研究对象应当是各类管理活动共同的特点、本质、内在联系和要求。

1. 管理思想和管理理论的发展史

管理思想和管理理论的发展史包括古代管理思想、近代管理理论、现代管理流派及其发展趋势。管理学通过这种历史研究，把握管理思想、理论和方法演变的历史脉络，以便总结管理的经验教训。

2. 管理的基本原理及原则

管理的基本原理及原则是在对管理的实质内容进行科学分析的基础上得出来的，研究这些原理和原则在管理的各个环节中是如何发生作用的，有利于管理者在实践中掌握行动的准则。

3. 管理的各项职能

现代管理学把计划、决策、组织、人事、领导和控制等作为重要内容来研究，并揭示其内在的联系。比如在管理组织方面，需要研究正式组织与非正式组织、组织形式和组织结构、组织变革和组织学习发展等内容。这些管理职能，不仅体现了管理的基本任务，还反映了管理全过程的完整程序。

4. 环境差异与管理创新

管理原理、原则的运用及管理职能的发挥都要受限于管理的环境条件。不同的国家有不同的管理特色，各国之间，相互学习借鉴管理经验，要从实际出发，不可生搬硬套。环境差异分析与管理创新研究是取得管理成效的保证。

5. 管理方法、技术和艺术

管理方法、技术和艺术是贯彻管理原则的工具，要实现最优化管理，管理者就必须应用科学的思想方法、有力的行政方法和实际的经济方法，结合现代科学的成就，有效地运用管理的艺术。

三、管理学的研究方法

鉴于管理的自然属性与社会属性和管理学的学科综合特征，管理学的研究方法应该是综合性的。从综合的角度看，管理学的研究方法主要有如下几种：

1. 案例分析与实证研究方法

管理学理论源于实践，在管理学的发展中一些经典的理论成果往往通过典型的案例分析与实证研究获得，这是一种典型的经验积累和归纳的研究方法，目前已成为管理学研究中的经典模式。

案例分析法是通过对客观存在的一系列有代表性的实例的观察，获取组织运行状况和实施管理的完整特征资料，从分析其中的因果关系及典型规律入手进行经验性总结并对结果加以验证，从而得出可以利用的研究结果的归纳方法。

实证研究不仅是对某一理论假设或结论的实际验证，而且是一种规范性的系统性研究。采用实证方法进行管理学课题研究，首先应根据课题内容、性质和要求，在调查分析的基础上选择相当数量的例证，继而弄清管理实证中研究对象的相关关系，分析事件的发生过程及相关因素的影响，最后通过规范性研究得出结论，同时确认其研究的可靠性和结论的应用范围。

2. 试验方法

管理中的许多问题，特别是微观组织内部的一些管理问题，如企业生产管理流程的改革、全面质量管理指标体系的确立、工资奖励条例的推广等，都可以采用试验方法进行研究。泰勒的一些科学管理理论以及后来的人际关系学说，都是在实验中得到多次证明后才为人们认可的、具有普遍适用性的理论。利用试验方法进行管理问题研究的要点是，首先为某一管理试验样本创造一定的条件或在管理中采取相应的变革措施，然后观察其实际试验结果，再与未给予这些条件或未采取相应的变革措施的对比试验样本的实际结果进行比较分析，寻求在施加了外加条件或管理变革措施之后的试验样本与对比试验样本结果之间的因果关系，得出客观的试验结论。

试验方法的应用具有普遍意义，如著名的霍桑研究就是采用这种方法进行的。但是，管理中也有许多问题，如高层所进行的风险性决策管理，由于问题的复杂性和环境变化的不确定性，很难通过试验进行研究。由此可见，试验方法的应用也是有条件限制的。

3. 要素分析方法

要素分析方法是围绕管理活动和组织运行中起关键作用的因素进行分析，通过各因素之间的关联作用反映管理活动的客观规律，继而寻求有效的管理方式的一种适用方法。要素分析方法的适用性在于它突出了管理活动中起关键作用的因素以及因素之间的关联作用，这样不仅有利于问题的综合解决，而且有利于管理活动本质的揭示。

例如，孔茨等将管理职能归纳为计划、组织、人事、领导和控制等五个方面，然后通过对各方面要素的作用的分析，着重于实质性研究。又如，麦肯锡企业咨询公司在咨询活动中从 7 要素出发对管理活动进行分析，提出了著名的"7S"体系，着重于对策略（strategy）、结构（structure）、系统（systems）、作风（style）、人员（staffs）、共有价值观（shared values）和技巧（skills）等要素的研究，以解决管理咨询中的实际问题。

4. 数理方法

管理的自然属性和科学性决定了在管理学研究中也要用到数学方法，数理科学不仅是自然现象研究的基础，而且是一门与人类社会实践密切关联的科学。在社会科学与自然科学交叉的管理科学领域，数理方法的应用一是通过建立数学模型，解决程序化的管理问题；二是从管理运筹出发进行管理模式的优化，实现优化管理的目标。

如果将计划管理、业务流程组织和人力资源配备看作是一个有规可循的程序化过程，那么，就应该利用严格的数学模型方法构建客观的管理模型，从定量研究的角度分析内、外部因素的影响，寻求最优的管理方案。同时，组织资源的管理、工作量分配和程序安排，也应利用数学方法进行精确的计算，从而使定性管理定量化。

5. 决策科学方法

决策科学作为软科学的核心，其应用已得到管理学界的公认。事实上，在管理学研究中已形成了面向组织发展的决策理论派。对于管理中的决策科学方法的应用，必须强调管理的决策职能以及从决策作用出发对计划、组织、领导、控制等基本环节的研究。

决策科学方法在管理学中的应用主要集中在管理的决策层次，即：各层次管理决策的分析；管理中的决策制定过程与程序组织；管理中的决策信息支持方法；管理决策方案的选择方法；管理中的决策实施与评价方法等。决策科学方法是在交叉学科的基础上形成的，是优化理论、协同论、系统论、控制论以及领导学、战略学、政策学、咨询学等方法的集合。在应用中，我们不仅要立足于管理中决策问题的解决，而且要注重从软科学研究的角度，应用软科学中的综合决策方法，研究管理机制和战略、战术层次及组织持续发展中的管理问题。

本章小结

1. 管理就是在特定环境下，对组织拥有的资源进行计划、组织、领导和控制，以便有效实现组织目标的过程。

2. 管理具有一定的目的性，管理依赖于一定的环境，管理的对象是组织的资源，管理是由一系列相互关联的职能构成的。

3. 管理行为既讲效率，又涉及怎样使活动得以按计划完成，正确实现预定的目标，即寻求活动的效果。管理者实现了组织的目的，我们通常就认为他们是有成效的。所以效率涉及手段，是活动的方式；而效果涉及目的，是活动的结果。

4. 四项基本管理职能是计划、组织、领导和控制。组织中所有层次、所有部门的经理都在执行这些职能，有效的管理意味着成功地管理这些组织活动。

5. 组织总共有三个管理层次。一线经理负责对一般员工进行日常监管，中层经理负责有效和高效地开发、利用组织资源，高层经理有跨部门管理的职能。高层经理的工作是要为整个组织提出恰当的目标并对中层经理是否利用组织资源完成了目标进行核实。

6. 明茨伯格从研究中得出结论，管理者扮演着 10 种不同的角色。他将这些角色划分为三组：第一组涉及人际关系（挂名首脑、领导者、联络者）；第二组与信息传递有关（监听者、传播者、发言人）；第三组涉及决策的制定（企业家、纠纷调解者、资源分配者、谈判者）。卢森斯和他的助手发现成功的管理者（那些提升最快的管理者）强调网络关系活动；相反，有效的管理者（那些绩效最佳的管理者）则强调沟通。

7. 管理者要履行管理职能，必须具备一定的素质和技能。一般来讲，管理者需要具备三种基本技能，即技术技能、人事技能和概念技能。任何管理者，不管其所处的管理地位怎样，必须不同程度地具有这三种技能。

8. 管理学上的组织是"为完成特定的工作，达成管理目的，把分散的人或事物按一定的关系，有秩序地组合在一起的有机体"。

9. 管理学具有综合性、应用性、不精确性和系统性等特性。

10. 管理学是在人类长期管理实践的基础上，经过理论概括和抽象升华而形成的新兴学科。它是系统研究管理过程的普遍规律、基本原理和一般方法的科学，有特定的研究对象和范畴。

关键术语

管理（management）　管理者（manager）　概念技能（conceptual skills）　人际技能（human skills）　技术技能（technical skills）　效率（efficiency）　效果（effectiveness）　计划（plan）　组织（organizing）　领导（leading）　控制（controlling）

复习与思考

1. 管理的定义和内涵是什么？对于这一定义说明你的看法。

2. 效益、效率和效果之间有什么关系？

3. 如何理解管理的重要性？

4. 如何理解管理的基本职能？将四种管理职能与明茨伯格的 10 种角色相对照。

5. 管理者应掌握哪几个方面的技能？

6. 管理学的特性和研究的方法是什么？

7. 如何培养自己优秀的管理才智？

8. 某公司刘总经理在听完有关管理课程之后，产生了两个困惑：（1）"管理有艺术性？我在工作中怎么没发现？"（2）"既然管理学是不精确的，那它对实践还有指导意义吗？"你能帮他解决这两个困惑吗？

9. 试列举 5 个管理事例，说明管理的 5 个特性。

案例分析

希尔顿的管理之道

唐拉德·希尔顿（1887—1979）是曾控制美国经济的十大财阀之一，举世闻名的旅店大王。他出生在美国新墨西哥州圣安东尼奥镇，笃信宗教、善良的母亲和为人诚实勤恳的父亲对他的成长和日后的成功影响很大。希尔顿少年时代便边读书边在父亲的店里工作，培养了勤勉和善于经营的本领。

第一次世界大战期间，希尔顿应征入伍，赴欧作战。1919 年，希尔顿退伍返乡，偕老友去得克萨斯州闯世界，买下了"毛比来"旅馆，从此开始经营旅馆业。他以 5 000 美元起家，艰苦奋斗，历尽磨难，在破产的边缘毫不却步，终于把旅馆开遍美国及世界各地，成为世界闻名的旅店大王和亿万富翁。他的成功，在一定程度上应归功于他那独特的用人之道及以此为基础所形成的管理风格。

希尔顿七八岁时，父亲就让他到畜栏里工作了。小希尔顿开始上学以后，做过助理店员，并且是学徒，按月发薪。17 岁那年，小希尔顿告诉父亲，他不想再去学校读书了。父亲同意了，并说："好吧，我想你已经够格当一名正式职员了，月薪 25 块钱，干吧！"于是，他跟着父亲学着做生意，也学着做人。父亲的忠诚、坦率和对人们善意的爱感染着他，使他日趋成熟。在小希尔顿 21 岁那年，父亲把圣·安东尼奥店的经理之职交给了他，同时转让了部分股权给他。在此后的两年里，他学着处理各种各样的业务，学习如何衡量信用，如何还价，如何与各个行业有经验的老顾客交易，以及如何在紧要场合保持心平气和。这些都是必要的训练和宝贵的经验，正是这些促成了他日后的成功。

然而，在这段时期中有一件事令小希尔顿非常恼火，这就是父亲经常的干预。父亲总是不能完全信任他，一方面是因为父亲总觉得他还太年轻，另一方面也许是因为事业尚未稳固，经不起因儿子可能的失误而带来的重大打击。也许是因为 21 岁那年亲口"品尝"了有职无权、处处受制约之苦，所以当希尔顿日后有权任命他人时，总是慎重地选拔人才，但只要一下决定，就给予其全权，他只是在一旁看他的选择是对是错。这样，被选中的人也有机会证明自己是对还是错。

在希尔顿的旅馆王国之中，许多高级职员都是从基层逐步选拔上来的。由于他们都有丰富的经验，所以经营管理非常出色。希尔顿对于提升的每一个人都十分信任，放手让他们在各自的工作中发挥聪明才智，大胆负责地工作。如果他们之中有人犯了错误，他常常单独把他们叫到办公室，先鼓励安慰一番，告诉他们："当年我在工作中犯过更大的错误，你这点小错误算不得什么，凡是干工作的人，都难免会出错的。"然后，他再帮他们客观地分析错误的原因，并一同研究解决问题的办法。他之所以对下属犯错误采取宽容的态度，是因为他认为，只要企业的高层领导，特别是总经理和董事会的决策是正确的，员工犯些小错误是不会影响大局的。如果一味地指责，反而会打击一部分人的工作积极性，从根本上动摇企业的根基。希尔顿的处事原则使手下的全部管理者都对他信赖、忠诚，对工作兢兢业业、认真负责。

希尔顿对下属的信任、尊重和宽容使公司上下充满了和谐的气氛，创造了一种轻松愉快的工作环境，从而才使得希尔顿有可能获得其经营管理中的两大法宝——团队精神和微笑。希尔顿在第一次世界大战期间赴欧作战的经历使他深刻地认识到团队精神对一个组织的重要性。当有人后来问他，为什么要在旅馆经营中引进团队精神时，他回答道："我是在当兵的时候学到的，团队精神就是荣誉感和使命感。单靠薪水是不能提高店员热情的。"不论是在创业阶段与合伙人之间，还是在进行企业经营时与职工之间，希尔顿总是坦诚相待，发扬团队精神，把所有的人拧成一股绳。事实证明，这种精神对于希尔顿的事业非常重要。不论是企业发展中的资金短缺，还是大萧条时期的困境，希尔顿得以渡过难关，团队精神都发挥了重要的作用。这一切的基础，是希尔顿坦诚、信任的用人之道。

当希尔顿的资产从几千美元奇迹般地增值到几千万美元时，他曾欣喜而自豪地把这一成就告诉了母亲。然而，母亲却淡然地说："依我看，你跟从前根本没有什么两样……你必须把握更重要的东西：除了对顾客诚实之外，还要想办法使来希尔顿旅馆住过的人还想再来住，你要想出一种简单、容易、不花本钱而行之久远的办法去吸引顾客，这样你的旅馆才有前途。"为了找到一种具备母亲所说的"简单、容易、不花本钱、行之久远"四大条件的办法，希尔顿逛商店、串旅店，以自己作为一个顾客的亲身感受，终于找到了答案——微笑服务。只有它才实实在在地同时具备母亲所提出的四大条件。同时，他一贯坚持的用人之道和经营风格，足以保证员工的笑容是真实的、发自内心的。希尔顿要求每个员工不论如何辛苦，都要对顾客投以微笑，即使在旅店业务受到经济萧条的严重影响时，他也经常提醒职工记住："万万不可把我们心里的愁云摆在脸上，无论旅馆本身遭受的困难如何，希尔顿旅馆服务员脸上的微笑永远是属于旅客的阳光。"因此，在经济危机中纷纷倒闭后幸存的20%的旅馆中，只有希尔顿旅馆服务员的脸上带着微笑。结果，经济萧条期刚过，希尔顿旅馆就率先进入新的繁荣时期，跨入了黄金时代。

资料来源　http：//www.job711.com.

思考题：

1. 总结希尔顿的管理精髓。

2. 希尔顿的管理有科学性吗？有艺术性吗？你是如何看的？

3. 对希尔顿而言，为什么人的因素很重要？为了保持员工的士气和忠诚，你觉得还需要做些什么？

附录　自我评估资料

管理动机强烈程度自我评估
——你在一个大型组织中从事管理的动机有多强

要求：下面的问题用来评价你在一个大型组织中从事管理工作的动机。对每一个问题，在最能反映你的动机强烈程度的数字上划上圆圈，然后加总你的分数。

	弱						强
1. 我希望与我的上级建立积极的关系。	1	2	3	4	5	6	7
2. 我希望和与我具有同等地位的人在游戏中和体育运动中比赛。	1	2	3	4	5	6	7
3. 我希望和与我具有同等地位的人在与工作有关的活动中竞争。	1	2	3	4	5	6	7
4. 我希望以主动和果断的方式行事。	1	2	3	4	5	6	7
5. 我希望吩咐别人做什么和用法令对别人施加影响。	1	2	3	4	5	6	7
6. 我希望在群体中以独特的和引人注目的方式出人头地。	1	2	3	4	5	6	7
7. 我希望完成通常与工作有关的例行职责。	1	2	3	4	5	6	7

评分标准为：

7～22分：具有较强的管理动机。

22～34分：管理动机强弱一般。

35～49分：具有较弱的管理动机。

第二章 组织环境与组织文化

第一节　组织环境概述

　　任何组织都是在一定环境中从事活动的, 环境的特点及其变化必然制约组织活动方向和内容的选择。组织环境研究就是要通过分析组织活动的内外影响因素, 揭示活动条件的变化, 预测未来发展, 为组织活动方向和内容的选择与调整提供依据。管理者了解环境的变化规律是保证管理有效的前提。

一、组织环境的概念和环境研究的作用

(一) 组织环境的概念

　　管理是社会化活动的产物, 组织的社会环境无疑是影响组织管理的重要因素。从管理的宏观组织和微观作用上看, 环境的优化与机制的变革, 不仅对组织管理提出了新的要求, 而且促进了管理的发展。

　　环境总是作为某一中心事物的对立面而存在的, 并且因中心事物的不同而不同。例如, 人类环境、社会环境、自然环境、学习环境、投资环境、办公环境、家庭环境等都分别对应着不同的中心。因此, 环境是一个相对于某一中心事物而客观存在的具有多种含义的概念。一般认为, 环境 (environment) 是指对组织运行与绩效起着潜在

影响的外部机构或力量。罗宾斯认为从整个宇宙中减去代表组织的那一部分，余下的部分就是环境。

（二）　环境研究的作用

环境是组织生存的土壤，它既为组织活动提供生存与发展的条件，又必然对组织的活动起制约作用。综合起来看，环境研究对组织决策有着非常重要的影响，具体表现在以下三个方面：

（1）提高组织决策的正确性。研究外部环境可以为组织提供大量的能够客观反映环境特点及变化趋势的信息；分析内部环境可以使组织明确自己的资源状况和利用能力，了解组织文化的特点及对组织成员行为倾向的影响。在此基础上，组织可以根据自己的优势和劣势，制定出既符合环境要求，又能为组织成员所接受，从而愿意为其实施而努力的正确决策。

（2）提高组织决策的及时性。环境在变化中提供的发展机会，只有及时加以利用，才能实现组织发展；同样，对于环境在变化中造成的威胁，组织更应及时避开，否则便难以存续。要及时利用机会、避开威胁，必须在机会刚刚出现或威胁尚未来到时发现，这样才能使组织及时制定决策、采取措施。

（3）提高组织决策的稳定性。决策的稳定性和活动的适应性之间的矛盾可以通过环境研究来解决。环境研究可以帮助组织认识环境变化的规律，预测环境发展的前景，从而使组织今天的决策不仅适应今天的环境特点要求，而且能符合明天发生变化的环境特点要求，这样决策就可以保持相对的稳定性。

二、环境的基本类型

按照环境的性质和作用范围来划分，环境可以分为外部环境和内部环境两种。组织的内部环境表现为组织文化，它由组织内部所共享的价值观、规章制度、风格特征等内容构成，我们将在本章的下一节专门进行介绍，在此我们只介绍组织的外部环境。

外部环境（external environment）是指能够对组织绩效造成潜在影响的外部力量和机构。外部环境由两个要素组成：具体环境与一般环境。

1. 具体环境

具体环境（specific environment）包括那些对管理者的决策和行动产生直接影响并与实现组织目标直接相关的要素。具体环境对每一个组织而言是不同的，并随着条件的改变而变化。具体环境主要包括顾客、供应商、竞争者和压力集团。

（1）顾客。顾客是指组织产品或服务的购买者，主要包括所有出于直接使用目的而购买以及为再加工或再销售目的而购买本组织产品或服务的个体和组织。在商业发达的社会中，企业的产品尤其是消费品，通常需要经过多个中间环节才能到达最终使用者手中。这样，不仅消费该产品的最终使用者是企业的顾客，而且产品在离开生产企业之后所经历的各环节的销售商，也都是该企业的顾客，即中间顾客。

组织能否成功，其关键就在于能否满足顾客的需求，使顾客满意。但是，顾客的需求是不断发生变化的，这意味着顾客存在着潜在的不确定性。因此，如果组织要在激烈的市场竞争中立足，就必须培养和巩固顾客的忠诚度；如果希望能不断提高自身的市场占有率，就必须进行市场研究，做好广告宣传，并且不断地改善服务，树立"顾客至上"的经营观念。

（2）供应商。供应商泛指组织活动所需各类资源和服务的供应者。例如，对于企业来讲，供应商主要包括为企业提供原材料、设备、工具、能源及土地和房地产的各类供应商，为企业提供资本金和信贷资金的股东、银行、保险公司、福利基金会及其他类似的组织，以及在劳动力市场上为企业提供人力资源的个体和中介机构等。

（3）竞争者。竞争者是指与本组织存在资源和市场争夺关系的其他同类组织。企业的竞争对手包括现有生产和销售与本企业相同产品或服务的企业、潜在的进入者以及替代品制造厂商等。就好似可口可乐与百事可乐，通用汽车与丰田汽车、大众汽车一样，没有任何管理者能够忽略竞争对手，否则其代价将是非常昂贵的。

（4）压力集团。压力集团是指某些政府机构及特殊利益团体。政府机构作为社会经济管理者，对企业的经营行为需要从全社会利益角度进行必要的调节和控制。而工会、妇联、消费者协会、绿色和平组织、新闻传播媒介等各种特殊利益代表团体和反映公众利益要求的团体，也会对企业经营行为产生不容忽视的某种影响和制约。

2. 一般环境

一般环境（general environment）是在一定时空内存在于社会中的各类组织均会面对的环境，其内容庞杂，包括可能广泛影响组织的政治和法律环境、社会和文化环境、经济环境、技术环境、自然与国际环境等五个方面。

（1）政治和法律环境。政治和法律环境泛指一个国家的社会制度，执政党的性质，政府的方针、政策以及国家制定的有关法令、法规等。随着社会法律体系的建立和完善，组织必须了解与其活动相关的法制系统及其运行状态。通过政治和法律环境研究，组织可以明确其所在的国家和政府目前禁止组织干什么、允许组织干什么以及鼓励组织干什么，以便使组织活动符合社会利益并受到有关方面的保护和支持。

（2）社会和文化环境。社会和文化环境包括一个国家或地区的人口数量及其增长趋势，居民受教育的程度和文化水平，以及宗教信仰、风俗习惯、审美观念、价值观念等。人口的素质及文化观念对组织活动绩效水平有着重要的影响，如居民受教育程度会影响劳动力的技能和心理需求层次以及消费者的基本行为特点；宗教信仰和风俗习惯会禁止或抵制某些活动的进行。

（3）经济环境。经济环境包括宏观经济环境和微观经济环境。

宏观经济环境主要指国民收入、国民生产总值等经济总量的变化情况。它反映国民经济发展水平和发展速度。宏观经济的发展和繁荣显然会为企业等经济组织的生存和发展提供有利机会，而萧条、衰退的形势则可能会给所有经济组织带来生存的困难。

微观经济环境主要指企业所在地区或所服务市场区域的消费者的收入水平、消费偏好、储蓄情况和就业程度等因素。这些因素直接决定着企业目前及未来的市场规模。假定其他条件不变，一个地区的就业越充分、收入水平越高，那么该地区的购买能力就越强，对某种活动及产品的需求就越大。

（4）技术环境。首先，从组织作业活动过程来看，无论何类组织开展何种作业活动，都需要利用一定的物质手段。社会科技的进步会促进组织活动过程物质条件的改善和技术水平的先进化、现代化，从而使利用这些物质条件和技术进行活动的组织取得更高的效率。

其次，从组织活动成果来看，不同的产品或服务代表着不同的技术水平，对劳动者和劳动条件有着不同的技术要求。技术进步了，企业现有产品就可能被采用了新技术的竞争产品所取代。产品更新换代后，企业现有的生产设施和工艺方法可能显得落后，生产作业人员的操作技能和知识结构可能不再符合要求，生产所用的原材料也可能需要作相应的更新。

最后，从组织活动的管理方面来看，现代信息和通讯技术的发展使管理手段、方法乃至管理思想和管理模式发生了重大的变化。现在电子计算机不仅在各项专业管理工作中得到应用，而且使各方面管理系统实现了集成化和一体化，乃至在企业与外部关系上出现了网络化联结，改善了组织内外整体管理的水平。

（5）自然与国际环境。中国人做事向来重视"天时"、"地利"、"人和"。其中的"地利"主要与地理位置、气候条件以及资源状况等自然因素相关。地理位置是制约组织活动特别是企业经营活动的一个重要因素。企业选址是否靠近原料产地或产品销售市场，也会影响到资源获取的难易和交通运输的成本等。从利用国家政策的角度讲，当国家在经济发展的某个时期对某些地区采取倾斜政策时，地理位置对企业活动的影响是相当明显的。

在今天的社会里，地球上已没有任何一块土地能完全地独立于世界之外了，而国际因素也将不可避免地影响到世界每个角落中的每个组织。"地球村"时代的到来，给众多组织的海外发展创造了机遇，像波音、IBM、百事可乐等世界知名的公司现都已成为遍布几大洲的大型跨国公司。

三、全球环境中的管理

1. 三种全球观念

如今，会说三四种语言的人并不罕见，中国的小孩从幼儿园起就开始学习英语，许多日本、韩国等国家的小学生也在低年级就开始学习英语，同时，美国人也对汉语越来越感兴趣，这实际上反映了在全球化的背景下人们看待全球事物时的一种观念变化。管理者在看待全球事务时，可能会持有三种全球观念中的一种，即民族中心论、多国中心论、全球中心论。表2—1总结了每一种全球观念的主要内容。

（1）民族中心论（ethnocentric attitude）。民族中心论是种狭隘的观念，认为母国（公司总部所在国）的工作方式和惯例是最好的。持民族中心论的管理者认为，外国国民不像本国国民那样具备制定最优的经营决策所必需的技能、专业技术、知识或经验。他们不放心让外国雇员掌握关键的决策权和技术。

（2）多国中心论（polycentric attitude）。这种观点认为，东道国（在母国之外经营业务的国家）的管理者知道经营业务的最佳工作方式和惯例。持多国中心论观点的管理者认为，国外的每一个运营单位都是不同的，也是难以了解的，因而，这些管理者很可能给予这些国外机构独立经营的权利，并由外国雇员掌握决策权。

表2—1　　　　　　　　　　三种全球观念的主要内容

	民族中心论	多国中心论	全球中心论
取向	母国取向	东道国取向	全球取向
优点	1. 结构比较简单 2. 控制比较严密	1. 广泛了解国外市场和工作环境 2. 东道国政府更多支持 3. 鼓舞当地管理者士气	1. 熟悉全球事务的动力 2. 当地目标和全球目标平衡 3. 选用最优秀人才和最佳工作方式，不受国籍限制
缺点	1. 管理比较无效 2. 缺乏灵活性 3. 社会政治力量的强烈反对	1. 重复性工作 2. 低效率 3. 因过于关注当地传统而难以维护全球目标	1. 很难实现 2. 管理者必须同时具备当地知识和全球知识

　　（3）全球中心论（geocentric attitude）。这种观点的核心是在全世界范围内选用最佳工作方式和最优秀的人才。持这种观点的管理者认为，在母国的组织总部和各国工作机构都具有全球观念是很重要的，应不受国籍的限制来寻找最佳工作方式和人选，从而实现用全球观考虑重大问题和决策。

　　成功的全球管理需要对民族习俗和管理具有高度敏感性，在中国的管理惯例或许并不适用于美欧和日本。以下是几个文化误区的实例：

管理实践2—1　　　　　　　　　文化误区的几个实例

　　（1）你在上海工作，某天在街上散步的时候碰到一个外国同事，你问对方："吃了吗？"结果对方一脸茫然，这种中国式的问候外国人并不能理解。

　　（2）一位美国主管第一次去德国时，应邀到一位最大的客户家里做客，他希望成为一个得体的客人，于是给女主人送了一束红玫瑰，共12支，后来，他才知道，在德国，如果花是偶数则代表坏运气，而且红玫瑰象征爱情。

　　（3）一位在美国经营的主管，被秘鲁管理者认为是冷酷、不值得信任的。因为在面对面讨论问题时，他总是站得很远，他并不知道，在拉丁语系国家中，人们习惯与谈话的人站得很近。

　　（4）在土耳其，如果你和某个人面对面时双臂交叉是很不礼貌的。

　　（5）"竖起两个大拇指"在中东国家被视为一种冒犯的手势，在法国则表示"OK"。

　　资料来源　［美］斯蒂芬·P. 罗宾斯、玛丽·库尔特：《管理学》，7版，孙健敏等译，92页，北京，中国人民大学出版社，2006。

2. 全球环境中的管理

　　在外国工作的管理者常常会面临着极大的个人工作上的难处。另外，他们还必须保持对文化差异微妙之处的敏感，并懂得在不同的文化背景中，进行恰如其分的领导、决策、激励和控制的方式方法。

（1）对全球管理者个人的挑战。在国外工作，突然之间置身于完全不同的语言、饮食、价值观、信念和行为方式的文化氛围中间，大多数管理者都会有一段时间的思乡病、孤独症和文化休克感。文化休克（culture shock）是指置身于异族文化之中，因为持续受制于奇异的、不熟悉的关于做什么和怎么做的暗示而产生的挫折感、迷惘感、失落感和焦虑感。甚至简单地说，日常事件都有可能成为紧张的源泉。另外，在外国工作的管理者可能还得在缺乏母国支持系统的情况下处理政治问题、政府腐败、暴力威胁和其他情境变故。

在这样的全球环境背景下，要让管理者做好在外国工作的准备。有些公司为员工创造了接触外国文化的机会。美国运通公司是与旅游有关的服务公司，它为美国商学院的学生提供暑期工作，学生可以在美国之外工作达 10 周之久，其他很多公司也都会为未来的管理者创造在海外培训的机会。

（2）跨文化管理。管理具有"开放系统"的特点，受社会文化背景的影响。20世纪 90 年代以来，伴随着知识经济和全球一体化进程，跨国公司以及企业国际化经营蓬勃兴起。可是不同民族文化之间的世界观、价值观以及伦理法规都存在很大的差距，因此人们的消费模式与行为方式和管理思想也不尽一致。企业的经营管理超出了原有的文化边界，企业在从事跨国跨地区经营活动时都不约而同地遇到了同样的问题——跨文化管理。

跨文化管理又称交叉文化管理，就是在跨国经营中对不同种族、不同文化类型、不同文化发展阶段的公司所在国的文化采取包容的管理方法。在不同形态的文化氛围中，企业应设计出切实可行的组织结构和管理机制，克服异质文化冲突，在管理过程中寻找超越文化冲突的企业目标以维系不同文化背景下成员共同的行为准则，创造公司独特文化，从而最大限度地发挥企业潜力，形成卓越有效的管理过程，实现企业目标。

管理实践2—2

请思考：熊猫、香蕉和猴子，这三者之中哪两个是可以归到一起的？

这个问题的答案反映了你是处在什么样的文化背景中成长起来的。人们思考和看待世界的方式是存在文化差异的，而这些差异正好影响着工作关系。要在全球环境的经营中取得成功，管理者需要熟悉其所工作的国家和组织文化，培养对文化差异的敏感性，以便更好地应对。

资料来源　［美］理查德·L.达夫特、多萝西·马西克：《管理学原理》，4 版，高增安译，65 页，北京，机械工业出版社，2009。

第二节　环境分析方法

环境分析是一项复杂的工作，涉及政治、经济、社会文化和技术等多方面的知识。时间跨度越长，环境的不确定程度就越大，环境分析就越困难。

一、环境分析的程序

1. 确定课题

环境分析的课题应围绕组织活动中存在的问题来确定。课题的确定可能涉及整个组织活动，也可能只涉及组织活动的某个方面。课题的确定是一项非常重要的工作，它看似简单，实际上做起来很复杂。在进行环境分析时，首先要明确需要分析的问题是什么，主题内容是什么，这些大都是企业经营活动中的战略问题。提出的问题对环境分析效果的好坏影响很大，课题确定正确，实质上就抓住了问题的主线，就能取得好的环境分析效果。决策者必须具备敏锐的洞察力，抓住企业经营过程中的关键问题，确定环境分析课题。

2. 提出假设

在确定课题的基础上，环境分析人员还要利用组织现有的资料，根据自己的经验、知识和判断力，进行初步的分析，提出关于组织活动中所遇问题的初步假设，即判断组织问题可能是由哪些因素造成的，在众多的可能原因中，哪些是主要的。

3. 收集资料

提出假设后，还要对这些假设进行验证。如果假设是成立的，那么组织就需采取相应的措施去消除原因，解决问题。验证假设需要有能反映组织内外环境的资料，这些资料的来源有两个：一是组织内外现存的各种资料，但现存资料在适用性和时间性上可能有一定的局限性。为了进行正确的验证，充分进行环境研究，组织还应进行专门的环境调查，以收集所需资料，即通过环境调查来取得分析问题所需的第一手资料。

4. 资料整理

环境调查收集的原始资料经过加工整理才有意义，整理资料包括两项工作：一是审查资料的准确性、真实性，以求去伪存真、去粗取精，消除资料中的错误或含混不清的概念，并采取措施对资料中不正确的问题予以澄清、补充和纠正。二是利用经过整理的资料，分析影响组织活动的各种因素之间的关系，验证资料中相关问题的假设是否正确。如果正确，就可利用资料进行针对原因采取措施后可能收到效果的预测。

5. 环境预测

所谓环境预测是指利用一定的科学方法和环境调查取得的资料，对环境的发展趋势和组织未来的发展进行评估。因此，预测的内容主要包括两个方面：首先是利用对有关资料的分析，找出环境变化的趋势，然后根据这个趋势预测环境在未来可能呈现的状况；其次是根据对假设原因的验证，根据对组织活动影响因素之间关系的分析，研究采取了相应措施后，组织存在的问题是否可解决，预测组织未来的活动条件能否得到改善。

二、外部环境分析方法

组织面对其赖以生存和发展的环境，要解决的第一个问题便是要分析这种环境的性质、特点和变化趋势，以便制定出正确合理的决策。下面主要从环境的不确定性、竞争性的角度分析组织环境的特征。

（一）　环境的不确定性分析

组织环境的不确定性由环境的复杂性和环境的动态性两项指标来衡量。一般说来，环境的复杂性取决于组织环境中的要素数量和决定这些要素的影响因素，此外，环境的复杂性还取决于环境性质。这意味着要素少的和关系固定的环境的复杂程度相对较低，要素多的和受多层因素影响的环境，其复杂程度较高。环境的动态性是指组织环境总是处于不断变化之中，环境的变化是绝对的，而稳定则是相对的。根据组织所在环境的复杂性和动态性这两项指标，可以将组织环境划分为以下四种不确定性情形：

（1）低度不确定性：简单和稳定的环境。组织环境中的构成要素较少，而且它们不发生变化或仅有缓慢的变化。在这种环境下，管理者对内部可采用强有力的组织结构形式，通过计划、纪律、规章制度及标准化生产来管理。日用品生产企业大都处于此类环境中。

（2）中低程度不确定性：复杂和稳定的环境。随着组织所面临环境要素的增加，环境的不确定程度也会相应升高。大量的不同质要素的存在，无疑使企业的经营管理工作复杂化，但环境各构成要素能基本保持不变或变化缓慢。处于这种环境中的组织为了适应复杂的环境都采用分权形式，强调根据不同的资源条件来组织各自的活动。汽车制造业基本处于此类环境中。

（3）中高程度不确定性：简单和动态的环境。有些组织所面临的环境复杂程度并不高，但因为环境中某些要素经常发生难以预见的变化，从而使环境的不确定性明显升高。面临这种环境的组织一般都采用调整内部组织管理的方法来适应变化中的环境，纪律和规章制度占主要地位，但也可能在其他方面（如市场销售方面）采取强有力的措施，以对付快速变化中的市场形势。像唱片制造公司等就处于此类环境中。

（4）高度不确定性：复杂和动态的环境。当组织面临许多不同质的环境要素，而且经常有某些要素发生重大的变化，且这种变化很难加以预料时，这种环境的不确定程度最高，对组织管理者的挑战最大（如表2—2所示）。管理者必须更强调组织内部各方面及时有效的相互联络，并采用权力分散下放和各自相对独立决策的经营方式。一般电器制造、高新技术企业处于此类环境中。

环境的不确定性一方面要求管理者能积极地适应环境，寻求和把握组织生存和发展的机会，避开环境可能造成的威胁。管理者能采取的一个主要行动是设计组织的机械结构或有机结构。在变化程度和复杂程度较低的稳定环境中，管理者比较容易获得资源，能有效地利用机械结构来协调他们的行动，权力集中于上层，工作和任务清楚明了，有助于组织在稳定环境中有效地利用资源；当环境迅速改变时，竞争程度较高，有机型结构更加合适，鼓励管理者针对新产品的不断出现来进行协调或寻找办法来作出创造性的反应。

另一方面，组织也不能只是被动地适应环境，还必须主动地选择环境，改变甚至创造适合组织发展的新环境。

表 2—2　　　　　　　　　　　　　　**组织环境的不确定性**

		变化程度	
		静态（稳定）	动态（变化）
复杂程度	简单	Ⅰ. 低度不确定性 1. 外部环境要素少，而且要素相似 2. 要素维持不变或变化缓慢	Ⅲ. 中高程度不确定性 1. 外部环境要素较少，要素相似 2. 要素常常变化，而且不可预测
	复杂	Ⅱ. 中低程度不确定性 1. 外部要素多，且要素不相似 2. 要素维持不变或变化缓慢	Ⅳ. 高度不确定性 1. 外部环境要素多，且要素不相似 2. 要素常常变化，而且不可预测

（二）　环境的竞争性分析

行业环境的竞争性直接影响着企业的获利能力。美国学者波特认为，影响行业内竞争结构及其强度的主要有现有竞争对手、潜在的竞争者、替代品制造商、原材料供应商及产品用户等五种环境因素（如图 2—1 所示）。

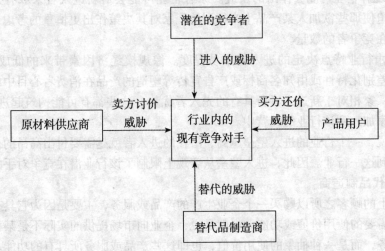

图 2—1　影响行业竞争的五种环境因素

1. 现有竞争对手

企业面临的市场通常是一个竞争性市场，也即从事某种产品制造和销售活动的企业通常不止一家。在多家企业同时生产相同或相似产品的情况下，相互间必然会因为争夺顾客而形成激烈的市场竞争。对行业内现有竞争对手的研究主要包括以下内容：

（1）行业内竞争的基本情况。它包括：竞争对手的数量有多少；它们分布在什么地方；它们在哪些市场上活动；它们各自的规模以及资金和技术力量如何；其中哪些竞争对手对自己的威胁特别大。研究基本情况的目的是要在众多的同种产品的生产厂家中找出主要竞争对手。

（2）主要竞争对手的实力。找出了行业内现有的主要竞争对手后，还要研究这些对手的竞争实力主要来源于哪些方面，什么因素使其对本企业构成了威胁。只有深入地了解竞争对手的竞争实力，企业才有可能在知己知彼中制定出有效的对策。

判断一个企业的竞争实力强弱可以对销售增长率、市场占有率和产品获利能力三个指标加以衡量。

（3）竞争对手的发展方向。企业分析所处行业的竞争环境，不仅要对自己与竞争对手的实力进行研究和对比，同时还必须对整个竞争格局的变化和主要对手的战略动向作出分析与判断，这样才有可能制定出相应有效的竞争策略。

竞争对手的发展方向包括产品动向与市场拓展或转移动向等。要收集有关资料，分析竞争对手可能会开发哪些新产品、新市场以及是否会退出现有的经营领域或地域，从而帮助本企业作出筹划，以便在竞争中取得主动权。

2. 潜在的竞争者

任何一种产品的生产经营，只要有利可图，都有可能会招来新的进入者。这些新进入的企业既可能会给行业经营注入新的活力，促进市场的竞争和发展，但也势必会给现有厂家造成压力，威胁它们的市场地位。新厂家进入特定行业的可能性的大小取决于两个方面：

（1）现有企业可能会作出的反应。原有企业可能会对新进入者采取有力度的反击措施，迫使那些欲加入某产品生产行列的厂家对其决策作出更慎重的考虑，从而减少行业潜在竞争者的数量。

（2）由行业特点决定的进入的难易程度。像规模经济因素带来的低成本优势，产品内在差别化特性或由知名商标或广告宣传等塑造的产品在消费者心目中的牢固地位，现有厂家相对于新进入者所具有的先入者优势，这些都有可能构筑起进入壁垒，阻碍新厂家加入到该行业的经营中。

可以说，一个行业的进入壁垒越高，潜在的进入者就越需要付出高昂的代价才有可能进入到这一行业。因此，进入壁垒从客观上限制了该行业潜在竞争对手的进入。

3. 替代品制造商

市场上的顾客之所以购买一个企业生产的产品或服务，主要是因为它具有能满足人们某种需要的使用价值或功能。也就是说，企业向市场提供的实际不是某种具体的产品或服务，而是一种抽象的使用价值，也即这些产品或服务所具有的功能。不同的产品，其外观形状、物理特性可能不同，但完全可能具备相同的功能。比如，自行车、摩托车、汽车、轮船、火车、飞机，它们是一些外观形状、内部结构以及物理性能等都有很大差异的产品，但它们都具有能够帮助人们在地球上的两点之间移动的功能。

对替代品生产厂家的分析主要包括两方面的内容：一是确定哪些产品可以替代本企业提供的产品，这实际上是确认具有同类功能产品的过程。二是判断哪些类型的替代品可能会对本行业和本企业的经营造成威胁。这需要比较这些产品的功能能够给使用者带来的满足程度与获取这种满足所需付出的费用，即功能价格比。

4. 原材料供应商

企业生产经营所需的生产要素通常需要从外部获取，这样，提供这些生产要素的经济组织就对企业具有两方面的影响，其一，这些经济组织能否根据企业要求按时、保质、保量地提供企业生产经营所需要的生产要素，这影响着企业生产经营规模的维持和扩大。其二，这些经济组织提供货物时所要求的价格在相当程度上决定着企业生产成本的高低，从而影响着企业的获利水平。因而，对有关原材料供应商的研究也就包括两个方面的内容：供应商的供货能力或者企业寻找其他供货渠道的可能性和供应商的讨价能力，这两个方面是相互联系的。

5. 产品用户

这里是从购买该行业产品或服务的用户方面来研究行业环境。作为市场上的买方，用户在两个方面影响着行业内企业的经营：其一，用户对产品或服务的总需求决定着行业的市场潜力，从而影响行业内所有企业的发展边界；其二，不同用户的讨价还价能力会影响到提供这种产品或服务的企业的获利状况。前者是属于市场需求潜力研究的内容，后者则是有关用户讨价还价能力的研究。

三、SWOT 环境综合分析方法

20 世纪 90 年代中期以来，随着改革开放的不断深入和市场经济的逐渐成熟，企业竞争已经超越"机会竞争"而进入到"实力竞争"和"持久竞争能力的竞争"的阶段。无论企业还是特定业务，决策者要成功制定出指导其生存发展的战略，必须在组织目标、外部环境和内部条件三者之间取得动态的平衡。企业不能孤立地看待外部环境的机会和威胁，而必须结合自己的经营目标和内部条件来识别适合于本组织的机会。环境中的机会只有与本企业自身所拥有的资源以及与众不同的能力相匹配的情况下，才可能变为组织的发展机会。如果存在于环境中的机会并不与本企业的资源能力等优势相适应，那么组织就必须先着眼于改善和提高自身的内部条件。

SWOT 分析思想是由安索夫于 1956 年提出来的，后来经过多人的发展而成为一个用于环境战略分析的实用方法（如图 2—2 所示）。SWOT 分析就是帮助决策者在对企业内部的优势（strengths）、劣势（weaknesses）以及外部环境的机会（opportunities）、威胁（threats）的动态综合分析中，确定相应的生存和发展战略的决策分析方法。通过研究环境，认识外界的变化可能会对组织造成的威胁或提供的发展机会，同时分析企业自身在资源和能力上的优势和劣势，由此两方面的结合制定出企业生存和发展方向战略。

图 2—2 中 I 类企业具有良好的外部机会和有利的内部条件，可以采取增长型战略（如开发市场、增加产量等）来充分掌握环境提供的发展良机。Ⅱ类企业虽然面临良好的外部机会，但是受到内部劣势的限制，因此可采取扭转型战略，设法清除内部不利的条件，以便尽快形成利用环境机会的能力。Ⅲ类企业内部存在劣势，外部面临巨大威胁，可以采用防御型战略，设法避开威胁和消除劣势。Ⅳ类企业具有强大的内部实力，但外部环境存在威胁，宜采用多种经营战略，一方面使自己的优势得到更充分的发挥，另一方面也使经营的风险得以分散。现利用 SWOT 分析方法对耐克公司的状况进行分析，其结果如表 2—3 所示。

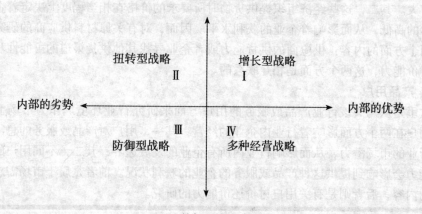

图 2—2   SWOT 分析示意图

表 2—3   耐克公司 SWOT 分析应用实例

战略选择 \ 内部因素 外部因素	优势（strengths） 1. 品牌忠诚度 2. 有效的市场营销技术 3. 在产品研发技术领先 4. 低成本高质量制造体系 5. 高于平均水平的利润率	劣势（weaknesses） 1. 高于平均水平杠杆作用限制了借款能力 2. 不能达到30%增长目标 3. 沟通不充分 4. 缺少正式的管理体系，造成控制不利 5. 产品线太宽
机会（opportunities） 1. 由于休闲和奥运市场需求增长 2. 引入了低成本的产品线 3. 增加了新的个性化产品 4. 海外市场的扩大	S＋O 战略选择 1. 大范围地进行 R&D，开发新的产品线，如足球装 2. 开发中等收入、妇女以及国际市场	W＋O 战略选择 1. 削减产品线，将精力集中在盈利多的产品上 2. 重新设计组织机构使方向能更集中
威胁（threats） 1. 市场成熟，竞争加剧 2. 顾客对价格的敏感性增加，导致价格竞争加剧 3. 一般品牌和私人商标的增加 4. 社会潮流由运动装向时尚装转变 5. 新竞争者的进入	S＋T 战略选择 1. 继续创新，缩短新产品开发周期 2. 制定富有竞争力的价格策略	W＋T 战略选择 1. 削减产品线 2. 加强管理控制系统，使产品线得以控制

第三节　组织文化

文化是人类历史文明的积淀，是整个社会的遗产，它具有非生物属性的人类遗传特性，包含着人类行为的经济、社会和政治形式。一般说来，我们在谈到文化的时候，总是指某一地域和与其相毗邻的地域之间的具体文化。管理者在特定的文化价值准则构成的环境下，对机构进行管理，并受社会文化背景的影响。

文化管理（cultural management）又称基于价值观的管理（managing by values），它是一种以人为中心、以塑造共同价值观为手段的管理模式，即通过企业文化来治理企业。正如有人指出的那样："如果说 20 世纪是由经验管理进化为科学管理的世纪，可以说 21 世纪是由科学管理进化为文化管理的世纪。"在一个组织中能取得杰出业绩的管理者，之所以在另一个组织中不一定能取得杰出的业绩，在很大程度上与不同的组织具有不同的组织文化有关。

一、组织文化的概念与内涵

组织文化（organizational culture）是处于一定经济、社会、文化背景下的组织，在长期的发展过程中逐步形成和发展起来的日趋稳定的、独特的价值观，以及以此为核心而形成的行为规范、道德准则、群体意识、风俗习惯等。从这个定义可以看出，组织文化实际上是指组织的共同观念系统，是一种存在于组织成员之中的共同理解。因此，组织中不同背景和地位的人在描述其组织文化时基本上用的是相同的语言。在每一个组织中，都有各种不断发展着的价值观、仪式、规章、习惯等，这些观念一旦为全体员工所接受，就变成了组织的共同观念，即成为组织文化的一部分。而组织文化一旦形成，就会在很大程度上对管理者的思维和决策施加影响，具体体现在组织的各种行为准则和组织的外在形象中（如图 2—3 所示）。

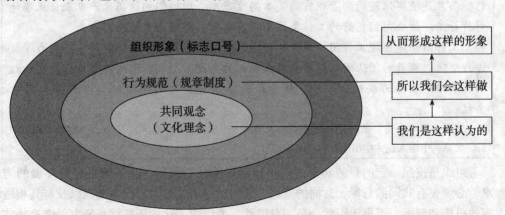

图 2—3　组织文化的构成

资料来源　邢以群：《管理学》，49 页，北京，高等教育出版社，2008。

组织文化与组织成员如何理解这个组织有关，它是描述性的，人们可以从组织控制的程度、导向性、管理者与员工的关系、管理者对员工的基本看法、风险容忍度、纷争容忍度、沟通的模式、协作意识、整体意识、奖励的指向以及组织哲学、组织目标、民主意识、规章制度、团体意识、经营理念、行为准则以及组织形象等方面来描述。

| 管理实践2—3 | 两种截然不同的组织文化 |

组织 A

组织 A 是一家制造公司，要求管理者对所有的决策彻底地文件化，而"优秀"的管理者是那些能够提供精细的数据来支持其提案的人，导致重大变革和风险的、具有开创性的决策是不被鼓励的，由于计划失败的管理者会被公开地批评或惩罚，因此管理会尽量实施那些不太偏离现状的构想。一位基层管理者引用公司常用的一句话来说就是，"如果没坏，就不要修理它"。

公司要求雇员遵守大量的规章制度，管理者严密监督雇员以保证不发生偏离，管理当局关心的是高生产率，而不管它对雇员士气或流动率的影响。

工作活动是围绕个人设计的。组织中有明确的部门和权力线，并希望雇员尽量减少与专业领域外或指挥线外的雇员正式交流。虽然上级往往是决定加薪和晋升的主要因素，但是绩效评估和奖励强调的是个人的努力。

组织 B

组织 B 也是一家制造公司，管理当局鼓励并奖励冒险和变化。基于直觉的决策与那些经过充分合理化的决策受到同等程度的重视。管理当局以不断试验新技术并成功地定期引入创新产品为荣。公司会鼓励那些具有好点子的管理者或雇员大胆去做，而失败被视为"学习经验"，公司以自己成为市场推动型的公司而骄傲，并对顾客变化的需求作出快速反应。

雇员只需遵守少量的规章制度，监督较松，因为管理当局相信他们会努力工作，而且是值得依赖的。管理当局关心高生产率，但他们相信高生产率来自正确地对待员工。该公司因良好的工作氛围而享有盛誉，公司也为此感到自豪。

工作活动是围绕工作团队设计的，公司鼓励团队成员跨越职能领域和权力等级进行交流。雇员对团队间的竞争表现出积极的态度。个人和团队都有目标，发放红利的基础是取得的成就。此外，雇员在选择实现目标的手段时具有相当大的自主权。

资料来源　[美] 斯蒂芬·P. 罗宾斯、玛丽·库尔特：《管理学》，7 版，孙健敏等译，64 页，北京，中国人民大学出版社，2006。

组织是按照一定的目的和形式而构建起来的社会集团，为了满足自身发展的需求，必须要有共同的目标、共同的理想、共同的追求、共同的行为准则以及与其相适应的机构和制度，否则组织就会是一盘散沙。而组织文化的任务就是努力创造这些共同的价值观念体系、共同的行为准则。对组织文化的界定比较经典的是西方学者希恩于1984 年下的定义："组织文化是特定组织在适当处理外部环境和内部整合过程中出现的各种问题时，所发明、发现或发展起来的基本假说的规范。这些规范运行良好，相当有效，因此被用作教导新成员观察、思考和感受有关问题的正确方式。"

第二次世界大战结束后的几十年的时间内，日本以惊人的速度从战败的废墟中爬了起来，恢复和发展本国的经济实力。特别是 20 世纪 70 年代之后，日本企业在电子、汽车等生产领域和传统的工业企业对美国企业长期占据的优势地位提出了挑战，到了 80 年代，日本在很多方面都超过了美国。在对日本的探索中，美国研究人员逐渐意识到，促使日本企业形成巨大生产力、高质量产品和强大竞争能力的不仅仅是发达的科学技术、先进的机器设备，而且包括了更为深刻的社会历史、文化传统、心理状态等文化背景因素，正是这诸多因素的融合，使日本企业独具特色，造就了日本与众不同的企业精神。这种对日本企业成功奥秘的探究，引起了美国理论界对本国组织文化实践的深刻反思，并由此在美国拉开了企业文化理论研究的序幕。1980 年秋美国《商业周刊》的一期报道中首先使用了"企业文化"，而后得到了企业界和理论界的认同。

企业文化作为组织文化的一种典型，是指一种人们在企业中形成的共同拥有的经营理念、信仰和行为准则，是企业全体员工所共有的集体价值观，应该在企业中营造一种和谐共处、轻松向上、感情色彩浓厚的文化氛围，使员工树立起与企业荣辱与共的信念、团队精神和强烈的责任感。

二、组织文化的构成要素

组织文化是一个有着丰富内涵的系统体系，其中包括许多相互联系、相互制约的基本要素。迪尔和肯尼迪认为构成组织文化的要素有五种：环境条件、价值信仰、英雄人物、习俗礼仪、文化网络。

而美国学者彼得斯和沃特曼认为至少有七种要素：经营战略、组织结构、管理风格、工作程序、工作人员、技术能力、共同价值。这七种要素被称为"麦金瑟 7-S 结构"。

它的构成要素有：组织精神、组织理念、组织价值观、组织道德、组织素质、组织行为、组织制度、组织形象等，由此构成一个有着内在联系的复合网络图（如图 2—4 所示）。

如果从最能体现组织文化特征的角度看，组织文化的基本要素包括以下几点：

1. 组织精神

如同人类和民族有精神一样，组织作为有机体也是有精神的。正如美国管理学家劳伦斯·米勒在《美国企业精神》中所说的："一个组织很像一个有机体，它的机能和构造更像它的身体，而坚持一套固定信念、追求崇高的目标而非短期的利益是它的灵魂。"

作为组织灵魂的组织精神，一般是指经过精心培养而逐步形成的并为全体组织成员认同的思想境界、价值取向和主导意识。它反映了组织成员对本组织的特征、地位、形象和风气的理解和认同，也蕴含着对本组织的发展、命运和未来所抱有的理想与希望，折射出一个组织的整体素质和精神风格，成为凝聚组织成员的无形的共同信念和精神力量。组织精神一般是以高度概括的语言精练而成的，如日本松下电器公司

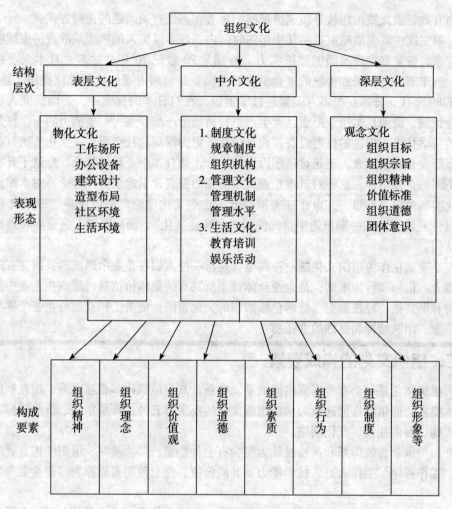

图2—4　复合网络图

的"七精神"：工业报国、光明正大、团结一致、奋发向上、礼节谦让、适应形势、感恩报国；美国国际商业机器公司的精神：IBM 就是服务等。

2.组织价值观

组织价值观是指组织评判事务和指导行为的基本信念、总体观点和选择方针。

（1）调节性。组织价值观以鲜明的感召力和强烈的凝聚力，有效地协调、组合、规范、影响和调整组织的各种实践活动。

（2）评判性。组织价值观一旦成为固定思维模式，就会对现实事物和社会生活作出好、坏、优、劣的评判，或者肯定与否定的取舍选择。

（3）驱动性。组织价值观可以持久地促使组织去追求某种价值目标，这种由强烈的欲望所形成的内在驱动力往往构成推动组织行为的动力机制和激励机制。

组织价值观具有不同的层次和类型，而优秀的组织总会追求崇高的目标、高尚的社会责任和卓越创新的信念，如美国百事可乐公司认为"顺利是最重要的"；日本三菱公司主张"顾客第一"；日本 TDK 生产厂则坚持"为世界文化产业作贡献"。

3. 组织形象

组织形象是指社会公众和组织成员对组织、组织行为与组织各种活动成果的总体印象和总体评价，反映的是社会公众对组织的承认程度，体现了组织的声誉和知名度。组织形象包括人员素质、组织风格、人文环境、发展战略、文化氛围、服务设施、工作场合和组织外貌等内容，其中对组织形象影响较大的因素有以下五个。

（1）服务（产品）形象。对于企业来说，社会公众是通过产品和服务来了解企业的，在使用产品和享用服务的过程中形成对企业的感性化和形象化认识的。因此，那些能够提供品质优良、造型美观的产品和优质服务的企业，总是能够赢得良好的社会形象。

（2）环境形象。这主要指组织的工作场所、办公环境、组织外貌和社区环境等。它反映了整个组织的管理水平、经济实力和精神风貌。因为整洁、舒适的环境不仅能够保证组织工作效率的有效提高，而且也有助于强化组织的知名度和可信赖度。

（3）成员形象。这是指组织的成员在职业道德、价值观念、文化修养、精神风貌、举止言谈、装束仪表和服务态度等方面的综合表现，是组织形象人格化的体现。一般而言，组织成员整洁美观的仪容、优雅良好的气质、热情服务的态度，再加上统一鲜明的衣帽服装，既反映了个人的不俗风貌，也反映了组织的高雅素质，有利于在社会公众中树立良好的组织形象。

（4）组织领导者形象。组织领导者（也指企业家）的形象是指其在领导行为、待人接物、决策规划、指导监督、人际交往乃至言谈举止之中的文化素质、敬业精神、战略眼光、指挥能力的综合体现。那些富有领导能力、公正可靠、气度恢宏、勇于创新、正直成熟、忠诚勤奋的组织领导者不仅能以无形的示范魅力潜移默化地影响组织中的每个成员，而且也会在社会公众中争取对组织的信赖和支持，以利于不断扩大和巩固组织的知名度。

（5）社会形象。这是指组织对公众负责和对社会贡献的表现。组织要树立良好的社会形象，一方面有赖于与社会广泛的交往和沟通，实事求是地宣扬自己的社会形象，另一方面要在力所能及的条件下积极参与社会公益活动，如支持公益事业、支援受灾地区、开展社区文明共建活动等。这样良好的社会形象就会使组织在社会公众的心目中更加完美，使之增加对组织的认同。

三、组织文化的特性

组织文化本质上属于"软文化"管理的范畴，是组织的自我意识所构成的文化体系。组织文化是整个社会文化的重要组成部分，既有与社会文化和民族文化相同的属性，也有自己的特性。作为一种独特的文化，组织文化具有以下五个特性：

1. 形式的文化性

组织文化是以一种文化的形式出现的，这也正是组织文化得此命名的主要原因。在一个组织中，生产经营、工作生活等活动都可以以不同的形式展现其内容，有以物质形式出现的，如厂房、设备、产品等，有以技术形式出现的，如生产技术、推销技术等，还有以其他形式出现的，但只有当这些内容以文化的形式出现时，它们才和其他以文化形式出现的内容一样被称为组织文化，如组织哲学、制度文化、目标文化、价值观、道德文化等。形式的文化性是组织文化区别于组织其他内容的根本所在，是最明显、最重要的特征之一。

2. 内容的综合性

文化是一切精神活动、精神性行为及精神文化产品的总称，文化内容的综合性使组织文化也带有综合性的特征，组织文化的中心是以人为主体的人本文化。组织文化作为一种独特的文化，其内容渗透到组织的各个方面。一个员工的价值观不是企业文化的内容，而大部分员工共同的价值观就是组织文化的一部分；一种推销技术不是企业文化的内容，而组织共同的营销观念，如"顾客至上"，就是组织文化的一部分；组织的一项制度不是组织文化的内容，而组织所有制度的共性，如"以人为本"，就是组织文化的一部分。因此，组织文化的内容是包罗万象的。

3. 功能的整合性

组织文化的整合性是指其具有强大的凝聚力，具有调整员工思想行为的重大作用。组织文化的目标是通过精神力量的作用，使组织成为一个有机的整体，显示共同的意志、目标和追求。因此，组织文化能使员工认识组织的共同目标和利益，齐心协力，尽可能减少内耗。它以文化的手段达到了调整职工行为的作用，使全体职工行为趋于一致。

4. 形成的自觉性

一般的文化都是在非自觉的状态下形成的，是在社会、政治、经济等客观因素影响下，在人们自觉意识之外形成的。而组织文化则是在主体高度自觉的努力下形成的，是组织自觉的自我意识所构成的精神文化体系。在组织的实践中，一些管理学者、企业家甚至包括一些员工，在总结组织经验教训的基础上提出了组织文化理念，并将其付诸实践，从而培养、升华出高水平的精神文化。因此，组织文化是高度理性化的文化，形成的自觉性是组织文化的又一特性，也是组织文化具有管理功能的前提条件。

5. 目的的实践性

一方面，从组织文化的形成过程来看，它是在实践中得到的结论，是为了更好地进行管理实践，它直接出于实践的需要，作为一种实践工具而存在；另一方面，从组织文化内容来看，它也是和实践密不可分的，不论是组织哲学、组织精神，还是价值观念、道德规范，都是针对管理实践而言的。因此，组织文化是一种实践的文化，目的上具有强烈的实践性。

四、组织文化的功能

组织文化是一种先进的文化管理模式，是情感管理或人性化管理，是管理的最高境界。这种高层次管理具有以下几方面的功能：

1. 导向功能

组织文化反映了全体员工的共同追求、共同的价值观和共同的利益，对企业经营者和生产者的思想、行为产生导向作用，使全体成员为实现企业的目标而共同奋斗。

组织文化对员工行为的引导，是通过组织整体的价值认同进行的，员工在本组织价值观念的熏陶下，能够自觉地按照它来行动，即使在没有各种硬性的规章制度约束的时候，也能自觉地朝着本组织的目标努力。也正因为如此，组织文化才可以将理性管理与情感管理有机地结合起来，将强制性行为转化为自觉行为，将消极的被动行为转化为积极的主动行为，并在共同的组织目标下将组织成员的行为协同起来。

2. 凝聚功能

在特定的文化氛围之下，员工们通过自己的切身感受，产生出对本职工作的自豪感和使命感，产生对企业目标、准则和观念的认同感和对本企业的归属感，使员工把自己的思想、感情、行为与整个组织联系起来，从而使组织产生一种强大的向心力和凝聚力，发挥出巨大的整体效应。

3. 整体功能

从管理"硬"的方面扩展到管理"软"的方面，通过制度文化和道德规范对全体成员的行为产生约束作用，使其符合企业的价值观念和企业发展的需要。

4. 激励功能

组织文化创造一种"人人受重视，个个被尊重"的文化氛围，在这种尊重人、理解人、关心人的氛围中，激发和调动全体成员的积极性和创造性。每个人的贡献都会及时受到肯定、赞赏和褒奖，而不会被埋没。这样，员工就时时受到鼓舞，处处感到满意，有了极大的荣誉感和责任心，自觉地为获得新的、更大的成功而瞄准下一个目标。这就应了一句西方谚语："没有什么比成功更能导致成功的了。"

5. 调节与自我延续功能

将组织人格化为"文化人"，在组织文化的作用下，全体成员间有共同的价值观，有共同的语言、理解，能进行充分的交流，在工作中形成良好的人际关系，能很好地调整自己的心理状态去适应外界环境的变化。另外，组织文化的形成是一个复杂的进程，往往会受到社会的、人文的和自然环境等诸多因素的影响，因此，它的形成和塑造不是一蹴而就的，必须经过长期的耐心倡导和精心培育，以及不断地实践、总结、提炼、修改、充实、提高和升华。

五、组织文化对管理职能的影响

虽然所有的组织都有文化，但并非所有的文化对成员都有同等程度的影响。强文化比弱文化对成员的影响更大，组织文化强弱与否，取决于企业的规模、历史、雇员的流动程度及文化起源的强烈程度。一个组织的文化，尤其是强文化会制约一个管理者的涉及所有管理职能的决策选择。这是因为企业文化具有特殊的强制渗透功能，因而成为管理者进行管理的依据，同时也是管理者管理活动的限制因素。在组织中，人们所公认的管理要素如计划、组织、领导、控制等本身就带有一定程度的文化色彩，脱离文化的管理活动是不存在的。尽管企业文化很少形成文字，甚至连口头上的明确说明也很少，不是明晰可见的，但它确实存在于企业之中并影响着管理活动（如表2—4所示）。

表2—4 企业文化对管理者职能的影响

	计划应包含的风险度
计划	计划应由个人还是群体制订
	管理者参与环境扫描的程度
	成员工作中应有的自主权程度
组织	任务应由个人还是小组来完成
	部门经理间的相互联系程度
	管理者关心成员日益增长的工作满意度
领导	哪种领导方式更为合适
	是否所有的分歧都应当消除
	是允许成员控制自己的行为还是施加外部控制
控制	成员绩效评价中应强调哪些标准
	个人预算超支将会产生什么反响

六、组织文化的塑造途径

组织文化是组织内管理者及其全体员工以已有的思想（传统文化、现代观念）为基础，通过组织内部一定时期的实践、加工而逐步形成的。例如，"爱厂如家"这种企业文化的形成，首先是以人们倍感亲切、温暖，并且安全可靠的"家"文化为基础，然后按"家"文化模式来运作，如上班时厂长主动问候，使人由衷感到亲切，产生了一种"家"的感觉，最后，把这种"家"的信息转换成为物质的、制度的、观念的形态，从而固定下来成为企业文化的一部分。

由于形成怎样的组织文化是可以有意识地加以引导的，因此，高层管理者要有意识地去引导良好的组织文化的形成。应明确企业理念，以清楚的企业价值观引导员工；确定组织长期目标，使员工围绕目标开展工作；建立一整套的规章制度，以规范员工的行为；处事客观，使组织内部形成民主的气氛；关心和体贴下属，使员工团结一致，产生向心力；以身作则，在组织中树立榜样，以榜样的力量感召员工。

管理实践2—4 联想的组织文化的形成

联想以拿来主义的态度直接汲取 IBM 和惠普的个体主义思想，努力建设分享型文化的过程，显得波澜不惊。大家对杨元庆在联想公司推行直呼其名的做法可能印象较为深刻，这看起来是小事，其实质是在用平等思想改造中国的根深蒂固的等级文化。联想的文化不高调，不强调新旧传统中的那些牺牲型价值观。著名的提法包括：光说不练假把式，光练不说傻把式，能说会练的才是真把式。（柳传志）这里强调的不仅仅是表达能力，实际上也是鼓励劳动者通过沟通，取得自己应得的利益。联想的四条价值观（服务客户、精准求实、诚信共享、创业创新）中的第三条"诚信共享"公司的标准解释为：

　　我们诚实做人，注重信誉，坦诚相待，开诚布公；我们尊重人，注重平等、信任、欣赏和亲情；我们分享远景，相互协作，共享资源，共同发展；我们把个人追求融入企业的长远发展之中。

　　不讳言个人利益，平等，尊重，信任，分享，联想已颇得共享型价值观的精髓。

　　资料来源　肖知兴：《中国人为什么组织不起来》，54～55页，北京，机械工业出版社，2006。

塑造组织文化的主要途径如下：

1. 选择价值标准

由于组织价值观是组织文化的核心和灵魂，因此选择正确的组织价值观是塑造组织文化的首要战略问题。选择组织价值观有两个前提：

（1）要立足于本组织的具体特点。不同组织有不同的目的、环境、习惯和组成方式，由此构成千差万别的组织类型，因此必须准确地把握本组织的特点，选择适合自身发展的组织价值观，否则就不会得到广大员工和社会公众的认同与理解。

（2）要把握住组织价值观与组织文化各要素之间相互协调，因为各要素只有通过科学的组合与匹配才能实现系统整体优化。

在此基础上，选择正确的组织价值标准要抓住四点：

（1）组织价值标准要正确、明晰、科学，并且具有鲜明的特点。

（2）组织价值观和组织文化要体现组织的宗旨、管理战略和发展方向。

（3）要切实调查本组织员工的认可程度和接纳程度，使之与本组织员工的基本素质相和谐，过高或过低的标准都很难奏效。

（4）选择组织价值观要坚持群众路线，充分发挥群众的创造精神，认真听取群众的各种意见，并经过自上而下和自下而上的多次反复，审慎地筛选出既符合本组织特点又反映员工心态的组织价值观和组织文化模式。

2. 强化员工认同

选择和确立了组织价值观和组织文化模式之后，就应把基本认可的方案通过一定的强化灌输使其深入人心。

（1）充分利用一切宣传工具和手段，大张旗鼓地宣传组织文化的内容和要求，使之家喻户晓，人人皆知，以创造浓厚的环境氛围。

（2）树立榜样人物，典型榜样是组织精神和组织文化的人格化身与形象缩影，能够以其特有的感染力、影响力和号召力为组织成员提供可以仿效的具体榜样，而组织成员也正是从英雄人物和典型榜样的精神风貌、价值追求、工作态度和言行表现之中深刻理解到组织文化的实质和意义的。尤其是组织发展的关键时刻，组织成员总是以榜样人物的言行为尺度来决定自己的行为导向。

（3）培训教育。有目的的培训与教育，能够使组织成员系统接受和强化认同组织所倡导的组织精神和组织文化。但是，培训教育的形式可以多种多样，当前，在健康有益的娱乐活动中恰如其分地融入组织文化的基本内容和价值准则，往往不失为一种有效的方法。

3. 提炼定格

（1）精心分析。在经过群众性的初步认同实践之后，应当将反馈回来的意见加以剖析和评价，详细分析和仔细比较实践结果与规划方案的差距，必要时可吸收有关专家和员工的合理化意见。

（2）全面归纳。在系统分析的基础上，进行综合的整理、归纳、总结和反思，采取去粗取精、去伪存真、由此及彼、由表及里的方法，删除那些落后的、不为员工所认可的内容与形式，保留那些进步的、卓有成效的、为广大员工所接受的内容与形式。

（3）精炼定格。把经过科学论证的和实践检验的组织精神、组织价值观、组织文化，予以条理化、完善化、格式化，加以必要的理论加工和文字处理，用精炼的语言表达出来。

建构完善的组织文化需要经过一定的时间过程，如我国的东风汽车公司经过将近三十年的时间才形成"拼搏、创新、竞争、主人翁"的企业精神。因此，充分的时间、广泛的发动、认真的提炼、严肃的定格是创建优秀的组织文化所不可缺少的。

4. 巩固落实

（1）建立必要的制度。在组织文化演变为全体员工的习惯行为之前，要使每一位成员都能自觉主动地按照组织文化和组织精神的标准去行事，几乎是不可能的。即使在组织文化业已成熟的组织中，个别成员背离组织宗旨的行为也会经常发生。因此，建立某种奖优罚劣的规章制度是十分必要的。就连具有高度文明和自律精神的新加坡，也少不了近乎苛刻的处罚制度。

（2）领导率先垂范。组织领导者在塑造组织文化的过程中起着决定性的作用，他本人的模范行为就是一种无声的号召和导向，会对广大员工产生强大的示范效应。所以任何一个组织如果没有组织领导者的以身作则，要想培育和巩固优秀的组织文化是非常困难的。这就要求组织领导者观念更新、作风正派、率先垂范、真正担负起带领组织成员共建优秀组织文化的历史重任。

5. 丰富发展

任何一种组织文化都是特定历史的产物，所以当组织的内外条件发生变化时，需要不失时机地调整、更新、丰富和发展组织文化的内容和形式。这既是一个不断淘汰旧文化性质和不断生成新文化特质的过程，也是一个认识与实践不断深化的过程，组织文化由此经过循环往复达到更高的层次。

七、组织文化的国际比较

文化与民族分不开，一定组织的文化总是一定民族的文化。而企业是众多组织中最具代表性的一个类型，企业文化是一个国家的微观组织文化，它是这个国家民族文化的组成部分，所以一个国家企业文化的特点实际上就代表这个国家民族文化的特点。下面将对欧、美、日以及中国的企业文化进行简单的比较。

1. 欧洲的企业文化

欧洲文化是受基督教影响的文化，信仰上帝，认为上帝是仁慈的，上帝要求人与人之间应该互爱。受这一观念的影响，欧洲文化崇尚个人的价值观，强调个人高层次的需求。欧洲人还注重理性和科学，强调逻辑推理和理性的分析。

虽然欧洲企业文化的精神基础是相同的，但由于各个国家民族文化的不同，欧洲各个国家的企业文化也存在着差别。英国人由于文化背景的原因，世袭观念强，一直把地主贵族视为社会的上层，企业经营者处于较低的社会等级。因此，英国企业家的价值观念比较讲究社会地位和等级差异，不是用优异的管理业绩来证明自己的社会价值，而是千方百计地使自己进入上层社会，因此在企业经营中墨守成规，冒险精神差。

法国最突出的特点是强调民族主义，傲慢、势利和具有优越感，因此法国人的企业管理表现出封闭守旧的观念。

意大利崇尚自由，以自我为中心，所以在企业管理上显得组织纪律差，企业组织的结构化程度低。但由于意大利和绝大多数的企业属于中小企业，组织松散对企业生机影响并不突出。

德国人的官僚意识比较浓，组织纪律性强，而且勤奋刻苦。因此，德国的企业管理中，决策机构庞大、决策集体化，保证工人参加管理往往要花较多的时间论证，但决策质量高。企业执行层划分严格，各部门只有一个主管，不设副职。职工参与企业管理广泛而正规，许多法律都保障了职工参与企业管理的权力。职工参与企业管理主要是通过参加企业监事会和董事会来实现。按照《职工参与管理法》的规定，2万人以上的企业，20名劳资代表，各占一半，劳方的10名代表中，企业内推举7人，企业外推举3人；1万~2万人的企业中，监事会成员16人，劳方代表8人，其中企业内推举6人，企业外推举2人，1万人以下的企业，监事会成员中的劳资代表均各占一半。

管理实践 2—5　　　　　　　　　欧洲的企业文化

尼采、黑格尔、马克思，这些名字是闪烁在人类历史天穹上的星星。拥有众多伟大哲学家的德国，被赋予了严谨、冷静、内敛的特质。德资企业是否也具备这些特点呢？

安琪是西门子的部门经理，她在这里已经服务4年了。"德国的企业文化，就好像西门子的手机，简单、大方"，安琪三句话不离本行，"公司给了员工不小的自由度。我们上下班不用打卡，待遇优厚，但工作压力却很小。德企的人手，总是比实际需要的多很多，这是德国人大方的表现吧！我们从不加班，公司也不鼓励加班，因为德国人善于享受生活，不会把工作变成生活的全部，德国人中出现工作狂的机会非常小"。

"德国人的严谨、细致举世闻名，我们公司当然也有体现，那就是我们的规章制度，细化到了让人难以想象的地步。在制度的执行上，德国公司一丝不苟，不讲情面。奇怪的是，你并不会被这些制度束缚住，它们只是恰到好处地告诉你工作有哪些流程。只要按照流程做，没有人会来干扰你的具体操作，因为德国人更重视结果。"

"我们的培训体系相当完善，只要做到主管级，就能被派到德国学习，我已经去了三四次了。公司还要出钱送我去中欧攻读MBA，十几万的学费呀，这么大的手笔，只有德国公司才会有。"

"人际关系方面，在德国，如果你不喜欢别人，还可以照样拿薪水，做好自己的工作。而在中国，'关系'和工作目标密不可分，关系始终是很重要的。"

资料来源　http://www.4oa.com/office/748/940/952/200712/149188.html.

2. 美国的企业文化

美国企业文化的主要特点如下：

第一，以人为中心的价值追求。美国企业在 20 世纪七八十年代后摈弃了"人并非生产力中关键因素"的陈旧观念，而是认识到人是企业发展的根本，所以在企业的组织管理中突出强调对人的关怀、尊重、信任，以激发员工的责任感和使命感，克服传统的单打独斗意识，强调集团意识，即企业与员工的一体精神。

第二，管理体制的开放性。建立一种开放型的管理体制，更多运用人与人之间的默契合作来纠正僵化的行政协调措施，以创新行为代替繁杂分析。在强调管理体制开放的观念中，最富有革命性的观念是提倡企业内部竞争，以提高企业效率。

第三，强调顾客至上、树立企业形象。成功的美国公司都非常尊重顾客，和顾客建立长久的联系，克服那种"价格傲慢"和"技术傲慢"的思想；做到对顾客充分负责，否定了过去"只要卖掉就是成功"的理念；追求精益求精的产品质量，树立良好的企业形象。

管理实践 2—6	美国的企业文化

Bill 是一家全球著名的美国电脑公司的销售工程师，他的眼里激情洋溢："你见过这样的办公室吗？它完全是开放式的，没有隔断，每人每天的位置都不同，打卡时自动分配 location！所有人都忙得团团转，打电话、敲键盘的声音交织在一起。我一走进办公室，看到繁忙的景象，就觉得浑身的血液都沸腾了，体内的干劲就像要往外溢似的。"

Bill 说，在公司里，大家不论职位高低，一律直呼对方的英文名，感觉很平等，很民主，这也算外企特有的风景线吧！公司对员工的创造力和工作效率要求很高，大家工作都很拼命，通宵加班是常事。"我们的待遇很好，但正式员工并不多，老美精明着呢！很多员工是以协作形式聘请的，公司里的电脑、电话系统也都是外包的，成本降低了不少。"

Bill 最满意的是公司浓厚的学习氛围。"如果你要求加薪，公司可能会犹豫；如果你要学习，公司一定赞同。从我们进入公司的那一天起，就开始接受永不停止的'魔鬼式'培训了，即使做到经理，仍有不同的培训在等着你。经过打磨，我们每个人都拥有一种特有的、健康的自信，这种自信，几乎成了公司员工脸上的标签，走在人群里，我们能被准确无误地认出来。"

资料来源　http://job. shnu. edu. cn/readnews. php? id = 1815.

3. 日本的企业文化

日本企业文化的主要特点如下：

第一，"和"的观念。"和"是被运用到日本企业管理范畴中的哲学概念和行动指南，其内涵是指爱人、仁慈、和谐、互助、团结、合作、忍让，它是日本企业成为高效能团队的精神主导和联系纽带。它源于中国的儒家理论，但又将儒家思想进行了发展。中国儒家理论强调的是"仁、礼、义"，而在日本则强调"和、信、诚"。日本企业文化中包含的"和、信、诚"的成分，使人们注重在共同活动中与他人合作，追求与他人的和谐相处，并时刻约束自己，所有日本企业都信奉"和"的观念行事。

第二，终身雇佣制。终身雇佣制于第二次世界大战后在日本全面推广，目前已作为一种制度沿用下来。尽管这种制度不是由国家法律规定的，但终身雇佣制是贯穿日本企业员工生活与工作的纲领。日本的年轻人一旦进入一家大公司，就把自己的一生交给了这家公司。公司成了员工的第二家庭或大家庭。既然企业成了员工的大家庭，那么情感的纽带、道义和责任的要求都使企业不会轻易辞退员工，而且社会也给辞退员工的企业一种文化的压力，使这类企业形象不佳，经营难以成功。

第三，推行企业工会制度。日本企业工会组织形式分为两种：一种是以企业单位成立的工会，工人一进工厂就自动加入工会成为会员，而科长以上的管理者不是工会成员；另一种是按工种和行业组成的工会，这种工会占工会总数的比重很小。日本企业工会多封堵在一个企业里，力量有限，但它们容易与资方达成各种协议。因此，日本企业推行工会制度，以缓解劳资关系的紧张。

管理实践 2—7　　　　　　　　　日本的企业文化

日本，一个资源匮乏的国家，在不到 30 年的时间内，以流星般的速度在战争废墟上异军突起，秘密何在？在日本某重工公司担任主管的 Jacky，认为企业文化在其中起到了很大的作用。

"日本企业具有很强的凝聚力，'和为贵'是企业文化的核心。这一点上，是受了中国儒家文化的熏陶。他们管理严格，但为了让员工能更卖命地工作，也尽力把企业弄出家的氛围。众所周知的终身雇佣制、企业工会，都是人情味的表现。员工过生日、结婚，都能收到公司的祝福。日企的福利相当好，红利、津贴就不必说了，公司还兴建游泳池、体育馆，不定期举办一些健康咨询、心理培训方面的活动，丰富我们的工余生活。"

但是，日企的一些做法也让 Jacky 不习惯。"日企是个只讲团体，不讲个性的地方，你在这里一定要服从服从再服从。日本人觉得，市场竞争是团队和团队之间的竞争，雇员队伍必须整齐划一，所以我们即使有意见，也很少提出来。另外，日本人个个是拼命三郎，在他们眼里，按时下班是一件可耻的事情，他们几乎每天都在比赛谁更晚下班。结果，我们明明事做完了，却都不敢走，还要装出一副很忙的样子。更有甚者，很多日本人加班都不拿加班费，他们觉得这是理所应当的，搞得我们也不好意思拿。"

"日企的工作效率比较低，因为强调绝对服从，一个提案必须层层上报审批，耗时耗力，这一点，倒和有些国企的作风比较像。"

资料来源　http：//www.21ic.com/hr/200507/8604.htm.

---

4. 中国的企业文化

中国企业文化跟日本、美国都不同，它更多地受到了中国传统文化的影响，而且中国市场经济运作时间并不长，企业管理还处于不成熟阶段，因此，中国目前的企业文化状况还比较稚嫩。

中国引入"企业文化"是在 20 世纪 70 年代末，但目前有许多人对企业文化的认识依然比较模糊和混乱，有认为是企业形象的，有认为是思想政治工作的，甚至有认为是员工的娱乐活动的。中国特色企业文化的内容是思想政治工作，由于我国企业原来的体制问题，在很长时间内企业文化与思想政治工作基本是画等号的。但思想政治工作是国有企业特殊背景下所产生的管理文化之一，它只是中国特殊背景下企业文化的组成部分，而不是中国企业文化的全部内容。中国现阶段的企业形态除了国有企业外，还有外资企业和民营企业。对于它们而言，思想政治工作就不可能等同于企业文化了。

中国目前的企业文化类型包括：

（1）伦理型企业文化：主张德治，重视道德感化而轻视制度，以是否符合道德伦理作为一切行为的评价标准，并不关心是否体现工作能力；管理手段上要求老板通过道德修养来感化职工。

（2）关系型企业文化：强调各种关系的重要性，将人事关系作为一切活动的中心；敬重人事，而不尊重科学；重视同事关系，以关系是否融洽为衡量成绩的主要标准。

（3）政治型企业文化：企业行为受到行政干预，企业体制行政化，政企不分，致使企业管理官僚主义严重，机制不灵活，运作缓慢，缺乏独立人格，不能成为独立的商品生产者和经营者。

如今，中国的市场竞争日趋激烈，面对优胜劣汰的残酷现实，中国企业早已开始考虑生存与发展的问题，希望通过研究和培育来创建自己的企业文化，使企业在竞争中处于不败之地。中国香港、台湾由于较早融入全球化，其企业文化的形成较中国内地要早，但受整个中华文明圈的潜移默化影响，体现为一种混合的企业文化形态。

第四节　管理伦理与企业的社会责任

置身于社会之中的组织，其管理活动受到了社会规范的影响。如今，道德问题成了管理学中的热点问题，特别是企业经营活动的伦理问题。20世纪60年代以来，在欧美经济发达国家出现了不少的社会问题，如环境污染、商业诈骗、侵犯消费者权益、员工歧视等。更加突出的有：接连不断的经济丑闻、贿赂、偷窃等，如安然公司、环球电信、世界通信、施乐等一切企业巨头财务舞弊事件的曝光，引起了全社会的震荡。企业缺乏社会良知，不择手段的谋利行为遭到猛烈抨击，它也迫使人们重新思考组织伦理问题。

组织的管理伦理观体现了组织所确立的价值观，它反映了该组织对某些事件、某些问题的观点与态度，并在很大程度上决定了组织在承担社会责任方面的意愿。

一、什么是管理伦理

伦理很难用精确的方法来定义。广义的伦理是一套关于道德原则和价值观的准则，它们支配着个人和团体的行为，并帮助我们判断什么是对的以及什么是错的。伦理为我们确定了标准，据此我们知道了哪些行为和决策是善的或者好的、哪些是恶的或者坏的。伦理涉及作为企业文化一部分的内部价值观，影响与外部环境有关的公司社会责任方面的决策。当一个人或组织的行为会使他人受害或受益时，伦理问题就出现了。

管理和伦理都是人类生产劳动和社会实践活动的产物，且都随着人类社会的发展而发展。随着人类社会实践活动的不断深入，无论对人性之路的认识，还是对管理理论的演进，人们已普遍注意到人文伦理对现代管理的重大价值，并开展了广泛深入的研究。

20世纪管理科学的建立、发展以及广泛应用，使人类社会获得了空前的进步。考察管理科学的发展历程，管理理论和管理实践愈来愈呈现出伦理化趋势已是一个不争的事实。从"古典管理"、"行为管理"、"管理理论的丛林"直到今天的"企业文化"、"学习型组织"阶段；从"机械人"、"社会人"、"决策人"直到今天的"复杂人"，无论是管理科学自身的演进，还是其对人性之律的认识和把握，人类对现代管理本身的认识已发生显著变化，特别是近一二十年来，人们已普遍注意到了人文伦理对于有效管理的重大价值，并已呈现出一种由单纯科学技术主义到综合科学与人文新理性主义的趋势。在这一大趋势下，甚至有的学者断言管理与伦理结合将带来管理思想的深刻变革并会成为管理科学发展史上的新的里程碑。

管理和伦理都是人类生产劳动和社会实践活动的产物，且都是伴随着人类社会的出现而出现的。然而，使全社会普遍关注管理与伦理之间的联系，并将管理的伦理问题在"管理伦理"的名称下加以专门研究则主要是近一二十年的事。

首先是西方，从20世纪70年代的美国到80年代的欧洲，管理伦理成为管理学和伦理学交叉研究的一个热门话题，并迅速发展成为一门正式学科，其直接起因则是一系列的"经济丑闻"和"寻租行为"，如飞机采购中的行贿受贿，化学工厂中有毒气体的大爆炸，对湖泊、河流和海洋的大量污染，食品、药品的中毒事件，走私和非法出口等。阿基·B. 卡罗（Archie B. Carroll）1993年指出："回顾过去30年来人们对企业伦理的兴趣，可以得出两个结论：一是对企业伦理的兴趣不断加深；二是对企业伦理的兴趣看来是由重大丑闻曝光引发的。"

其次是东方，日本和亚洲"四小龙"经济的迅速崛起，特别是其成功的经营管理之道，进一步推动了管理伦理研究的深化和东西方研究的融合。其基本经验就是将西方管理理论的科学精神和东方传统文化中深厚的人文伦理精神有机结合，用"日本近代化之父"涩泽荣一的话说，这种日本式的管理乃是一种《论语》加算盘的管理，它既不轻视管理的科学技术基础，并开放性地汲取西方合理有效的管理理论和经验，又不因此而放弃自身传统文化的资源，并积极地吸取中国传统儒家伦理的精髓（如义利之道、诚信仁爱等），从而创造了成功管理范式，这正好印证了西方管理哲学的先驱谢尔登在其《管理哲学》（1923）一书中所说的那种管理哲学——它使"科学原则"与"伦理原则"达到了和谐统一。所以，自20世纪80年代初开始，西方管理学界明确提出了"学习日本"、"学习东方"的口号。

正是在这样的背景下，"管理伦理"成为一个既具有学科交叉性质，又具有前沿开放性质的重要概念，并成为当代管理理论研究中的一个世界性课题。

二、四种管理伦理观

管理的社会责任本质上是一个企业道德的概念，它要求企业对自己的行为结果负道德的责任，同时也要求企业履行对社会的义务。伦理（ethics）通常是指规定行为是非的规则和原则，顾名思义，管理伦理观（managerial ethics）即指在管理领域内所涉及的是非规则和准则。一个组织的管理伦理观通常都能较为清晰地反映出在该组织文化中所蕴藏的价值观、态度、信念、语言以及行为模式等。所以，管理伦理既是一个个人行为，同时也是一个组织行为。组织中的伦理行为通俗一点讲就是职业道德问题。

对企业、社会及个人相互依存关系的分析与认知，就是对管理伦理与社会责任基本内容的确定，也是构筑企业社会责任体系和企业经营道德自律的基石。一个企业的管理伦理观可以反映出该组织文化所蕴藏的价值观、态度、信念、语言以及行为模式等。任何一个企业都必然要约束和规范自身的管理理念和行为模式，并按照社会的期待和社会进步发展的基本趋势不断地对自身的企业文化、价值观念和行为取向进行审视、自查、定位、纠偏与反省，以确保组织的生存、发展与社会的进步、发展协调一致。

企业的管理伦理观经历了以利润最大化为目标的功利观、尊重和保护个人基本权利的权利观和强调公平和公正地执行规则的公平伦理观以及契约理论观等阶段。

1. 功利观

该观点认为企业经营决策仅是以经营业绩为导向，即只重视结果、企业的盈利性和股东利益的增加。接受功利观的管理者可能认为解雇其工厂中 20% 的工人是正当的，因为这将增强工厂的盈利能力，使余下的 80% 的工人的工作更有保障及符合股东的利益。功利主义对效率和生产率有促进作用，并符合利润最大化的目标，但同时，它会造成资源配置的扭曲，也会导致一些利益相关者的权利受到忽视。

2. 权力观

该观点认为管理者的决策必须适当强调经营决策的过程，尊重和保护组织成员的基本权利，包括个人的隐私、意愿和言论自由等。但对组织而言，由于管理者把对个人权利的保护看得比工作的完成更加重要，从而会产生对生产率和效率有不利影响的工作氛围。

3. 公平理论观

该观点认为管理者的决策必须强调和满足基本的行业规则，强调和促进管理行为的公正性及公平性。通过在企业内部建立和健全完善的规章制度，实现"依靠制度管理"的经营机制，使每个员工都能够平等地完成自己分内的工作并获取与之相应的报酬。换言之，就是在企业内部实现机会平等，鼓励创新。它保护了那些未被充分代表的或缺乏权力的利益相关者的利益，但它可能不利于培养员工的风险意识和创新精神。

4. 契约理论观

该观点综合了两种"契约"：一种是经济参与人当中的一般社会契约（做企业的

基本行为准则），另一种是一个社区中特定数量的人当中的特定的契约（可以被认同接受的行为方式）。该观点积极主张企业经营决策必须实现经济性和社会性的统一，与其他三种观点的区别在于它要求管理者考察各个行业和各个公司中的现有道德准则，以决定对错。

研究表明，许多企业的管理行为有明显的功利色彩。这是因为功利主义与诸如生产率、效率和高额利润之类的目标相一致。随着个人权利和社会公平日益被重视，功利主义遭到了越来越多的非议，因为它忽视了个人和相关人的利益。对个人权利和社会公平的考虑，意味着管理者要在非功利标准的基础上建立道德标准。结果是，管理者不断发现自己处在道德困境之中。

影响和制约管理者的道德选择有个人特征、企业内部的组织结构变量、组织文化等几个方面的要素，管理者从面临道德困境开始到作出道德行为选择，中间需要经历一个非常复杂的过程（如图2—5所示）。

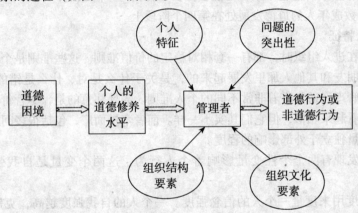

图2—5　管理者道德决策的过程

从长远发展来看，提高企业伦理道德水平是企业经营管理和企业发展过程中的一个重要方面。它不应该被轻率地理解为是企业不得已而为之，或认为它是法律强迫和政府直接干预的结果，而应该把它定位于企业在发展过程中必然的行为选择。事实证明，符合社会道德、伦理规范的企业将得到社会的认可，具有相应的信誉，可以从此出发建立良好的公共关系和发展业务系统，可以在获取经济效益的同时产生巨大的社会效益；相反，如果不符合社会道德、伦理规范，企业将不可能取得社会公众、客户和往来同行的信任，势必失去市场，导致经营失败。在目前的国际交往中，我国企业正面临着企业社会责任国际标准的考验。

社会文明进步与现代化水平提高离不开企业的推动。因此，现代企业必须从人类社会的可持续发展的战略角度出发，承担起真正意义上的社会责任与义务，积极地通过各种方式和途径不断提高经营活动中的管理道德水平。

三、影响管理伦理的因素

1. 道德发展阶段

国外学者的研究表明，道德发展要经历三个层次，每个层次又要分为两个阶段。随着阶段的上升，个人的伦理判断越来越不受外部因素的影响。

道德发展的最低层次是前惯例层次。在这一层次，个人只有在其利益受到影响的情况下才会作出伦理判断。道德发展的中间层次是惯例层次。在这一层次，伦理判断的标准是个人是否维持平常的秩序并满足他人的期望。道德发展的最高层次是原则层次。在这一层次，个人试图在组织或社会的权威之外建立伦理准则。

有关道德发展阶段的研究表明：

（1）人们一步一步地依次通过这六个阶段，不能跨越；

（2）道德发展可能会中断，可能会停留在任何一个阶段上；

（3）多数成年人的道德发展处在第四个阶段上。

2. 个人特征

每个人在进入组织时，都有一套相对稳定的价值准则。这些准则是个人早年从父母、老师、朋友和其他人那里发展起来的，是关于什么是对、什么是错的基本信念。从而组织的管理者通常有着非常不同的个人准则。需要注意的是，尽管价值准则和道德发展阶段看起来相似，但它们其实不一样。前者牵扯面广，包括很多问题，而后者专门用来度量独立于外部影响的程度。

人们还发现有两个个性变量影响着个人行为，这两个变量是自我强度和控制中心。

自我强度用来度量一个人的信念强度。一个人的自我强度越高，克制冲动并能遵守内心信念的可能性越大。这就是说，自我强度高的人更加可能做他们认为正确的事。我们可以推断，对于自我强度高的管理者，其伦理判断和伦理行为会更加一致。

控制中心用来度量人们在多大程度上是自己命运的主宰者。具有内在控制中心的人认为他们在控制着自己的命运，而具有外在控制中心的人则认为他们生命中发生什么事是由运气或者机会决定的。从伦理角度看，具有外在控制中心的人不大可能对其行为后果负责，更可能依赖外部力量。相反，具有内在控制中心的人则更可能对后果负责并依赖自己内在的是非标准来指导其行为。与具有外在控制中心的管理者相比，具有内在控制中心的管理者的伦理判断和伦理行为可能更加一致。

3. 结构变量

组织的结构设计有助于管理者伦理行为的产生。一些结构提供了有利的指导，而另一些令管理者模糊不清。模糊程度最低并时刻提醒管理者什么是"伦理"的结构设计有可能促进伦理行为的产生。正式的规章制度可以降低模糊程度。职位说明书和明文规定的伦理守则就是正式指导的例子。不断有研究表明，管理者的行为符合行为伦理或者不符合行为伦理对员工有着最重要的影响。人们密切关注管理者在做什么并以此作为可接受行为和期望他们做什么的标准。一些绩效评估系统仅评估结果，另一些则既评估结果也评估手段。与评估系统密切相关的是报酬的分配方式。奖赏或惩罚越依赖于特定的结果，管理者所感到的取得结果和降低伦理标准的压力越大。在不同的结构中，管理者在时间、竞争和成本等方面的压力不同。压力越大，越可能降低伦理标准。

4. 组织文化

组织文化的内容和强度也会影响伦理行为。最有可能产生高伦理标准的组织文化是那种有较强的控制能力以及风险和冲突承受能力的组织文化。处在这种文化中的管理者，具有进取心和创新精神，意识到不符合伦理的行为会被发现，以及对他们认为不现实或个人所不合意的需要或期望进行自由、公开的挑战。与弱组织文化相比，强组织文化对管理者的影响更大。如果组织文化是强的并支持高伦理标准，它就会对管理者的伦理行为产生重要的和积极的影响。而在弱组织文化中，管理者更有可能以亚文化准则作为行为的指南。工作小组和部门标准会对弱文化组织中的伦理行为产生重要影响。

5. 问题强度

影响管理者伦理行为的最后一个因素是伦理问题本身的强度，后者又取决于以下六个因素。

(1) 某种伦理行为对受害者的伤害有多大或对受益者的利益有多大。例如，使1 000人失业的行为比仅使10人失业的行为伤害更大。

(2) 有多少人认为这种行为是邪恶的（或善良的）。例如，较多的美国人认为对得克萨斯州的海关官员行贿是错误的，而较少的美国人认为对墨西哥的海关官员行贿是错误的。

(3) 行为实际发生并造成实际伤害（或带来实际利益）的可能性有多大。例如，把枪支卖给武装起来的强盗，比卖给守法的公民更有可能带来危害。

(4) 行为和其预期后果之间的时间间隔有多长。例如，减少目前退休人员的退休金，比减少目前年龄在40～50岁之间的雇员的退休金带来的直接后果更加严重。

(5) 你觉得行为的受害者（或受益者）与你（在社会上、心理上或身体上）挨得有多近。例如，自己工作单位的人被解雇，比远方城市的人被解雇对你内心造成的伤害更大。

(6) 伦理行为对有关人员的影响的集中程度如何。例如，担保政策的一种改变——拒绝给10人提供每人10 000元的担保，比担保政策的另一种改变——拒绝给10 000人提供每人10元的担保的影响更加集中。

综上所述，受到伤害的人数越多，越多的人认为这种行为是邪恶的，行为发生并造成实际伤害的可能性越高，行为的结果出现得越早，观测者感到行为的受害者与自己挨得越近，问题强度就越大。这六个因素决定了伦理问题的重要性，伦理问题越重要，管理者越有可能采取伦理行为。

管理实践 2—8　　　　伦理困境：提高品质还是关门歇业

从庆祝 A 金属制品公司进入国际市场的午餐会回家的路上，费尔斯应该是一直都在笑。在公司投入几百万美元试图打入这块可获战果的市场之后，他所在的团队成功达成了交易，将公司产品组件卖给了亚洲商用机器公司。倘若这第一笔国际业务能够顺利进行的话，往后还有几笔生意。

对 A 金属制品公司的生存来讲，向新兴市场扩张是非常重要的。正如总裁所说的："如果我们不能在 5 年内走向全球化，我们可能只有关门走人。"今晚听到的消息让费尔斯很紧张：第一笔海外销售业务投标竞争非常激烈，顾客在最后一刻要求做的几处改动已经迫使 A 金属制品公司必须大规模修改生产工艺流程。生产部经理吐露说："虽然我们的产品乱七八糟，但还是比大多数竞争对手的好。"他继续保证说，公司产品虽然大大低于规范标准的要求，但这种质量差异"可能不会引起任何麻烦"，而且再多接到几份订单以后，问题就可以解决了。

过去几个月来，费尔斯一直凭借 A 金属制品公司良好的信誉推销新产品，他深知，开始几批货他们可能混得过去，也能满足交货期限的要求。他担心，把潜在的问题告诉顾客，或者要求延长交货期，不但可能会坏了这笔生意，而且还可能会使后几笔生意面临风险。但他同时也知道，如果产品出了问题，A 金属制品公司在亚洲市场的前景也就泡汤了，费尔斯没有把握：A 公司是否敢赌一把，用次等产品去打开国际市场？

你会怎么办：

(1) 要求客户延长交货期，使产品达标。

(2) 拿开始几批货赌一把，但愿产品不要出问题。

(3) 把存在的问题告诉客户，让顾客自己做决断。

资料来源　[美] 理查德·L. 达夫特、多萝西·马西克：《管理学原理》，4 版，高增安译，69 页，北京，机械工业出版社，2009。

四、企业的社会责任

社会可以定义为一个社区、一个国家或由一群有共同传统、价值观、制度和相同志趣的人所组成的团体。当我们谈论企业与整个社会的关系时，我们把社会看成是由许多利益集团、规范或不规范的组织及各种各样的机构构成的集合。从系统的观点看，社会是一个大系统，是由若干子系统构成的，子系统就是这些集团、组织、机构。社会对其所有子系统都有约束作用，而各个子系统对社会具有依赖作用及反作用。作为一个市场主体和经营实体，企业经营行为必然要符合社会阶层、群体等利益主体的需要，如满足社会对产品和服务的需要，革新技术、保护环境、改善劳动条件、创建精神文明、维护社会安定以及促进社会进步和满足社会持续进步与发展的要求。换言之，企业在谋求经济利益满足的同时，必须自觉地或自愿地履行其应尽的社会责任。

我们知道，企业要承担法律上和经济上的义务（法律上的义务是指企业要遵守有关的法律，经济上的义务是指企业要追求经济利益）。除此之外，从企业经营和企业发展历史的角度出发，根据企业对经营自律和社会责任的态度、认知程度及其履行的范围与方式，我们可以把企业的经营自律和承担社会责任的水平分为以下几个层次：

1. 社会义务

此种类型的企业只愿意承担法律上明文规定的义务和政府的一些严格的明文规定，一切经营活动建立在满足国家法律的要求和企业经济利益要求的基础之上，对一些模棱两可的社会责任往往采取漠视态度。

2. 社会响应

此种类型的企业不仅能履行法律上规定的社会义务，而且能够满足一些基本的社会要求。他们认为企业承担社会责任能提高企业形象，因而符合企业的根本利益，所以他们愿意用一定的经营资源支持一些社会事业。这种类型的企业通常是从中期和短期的利益出发，侧重于特定的社会领域、具体项目和事件，他们比较重视参与社会事业的手段，强调参与本身所能够产生的社会响应。

3. 社会责任

此类企业的一切经营活动和经营决策着眼于企业的长期利益，高度重视企业经营的道德自律和道德自觉。他们不仅强调参与社会事业的义务性和自觉性，而且还力求取得良好的社会效果，热衷于社会的公益事业，而且还积极赞助基础科学研究、文化、艺术和教育事业等。社会责任的模型见表2—5。

表2—5　　　　　　　　　　**企业社会责任的模型**

责任模型	社会期望	案　例
慈善事业责任	社会对企业的期望	捐赠、支持教育、自愿行为
道德责任	社会对企业的预期	避免不良行为、坚持道德的指导地位
法律责任	社会对企业的要求	遵守法律规章制度、履行所有的契约责任
经济责任	社会对企业的要求	盈利性、收入最大化、成本最小化、作出明智的决策

企业的社会责任是企业对社会的整体影响。根据企业利益相关者模型，企业的社会责任首先是对利益相关者负有的责任，企业在自身发展的同时，也实现了社会赋予它的使命。总之，企业的社会责任是指企业对市场化的资源配置和消耗使用采取更加积极的社会态度，对顾客、员工、投资者等自然和社会主体采取更为主动的态度，同时在环境保护、社区服务和社会福利事业参与等方面更多地承担责任和义务。

五、企业社会责任演变

企业的社会道德责任问题研究，最初来源于古典经济学和社会经济学中对工商企业管理的社会责任的认识。古典观（Classical View）的代表人物经济学家弗里德曼（Milton Friedman）认为管理唯一的责任就是使利润最大化，这是企业的本质；持社会经济观（Social-economic View）的学者认为利润最大化是企业的第二位目标，而不是第一位目标，企业的第一位目标是保护和增加社会财富，这样才能保证自身的生存与发展。

企业社会责任问题的提出及其内容与形式的变化经历了四个基本阶段：

1. 利润最大化管理阶段

20 世纪 30 年代以前，绝大多数组织都以利润最大化作为自己主要的经营哲学。这种观点的存在主要是基于这样一种认识：追求组织利益应优先于追求社会利益。当时很多管理者都认为社会利益的实现是以组织利益的实现为基础的，社会需要是从属于组织需要的。所以在那时，很多管理者都认为自己的唯一目标就是追逐尽可能多的利润，而不管实现利润最大化的手段或途径是否有损于社会利益。

2. 信托人管理阶段

自从全球经济经历了大萧条后，世界上一些主要的组织都开始采用公司制的形式，将组织改制为由众多股东控股的企业模式。这时组织内部的管理者就成了众多股东们的信托人，承担着协调内、外部各种群体不同需求的职责。而所谓的信托人管理事实上就是指调和各种需求冲突的过程，信托人管理当局应对所有这些对组织有助益的群体负责。这种组织职责观主要是建立在这样一种假设上的：组织与社会之间应是相互合作的伙伴关系，为了彼此的共同生存，两者必须相互协作。

3. 生活质量管理阶段

对于生活质量管理的关注最早出现于 20 世纪 60 年代初。在这个历史阶段社会上不断呈现出动乱、幻想破灭以及对组织信任丧失的迹象。人们开始意识到提高国民生活水准不能仅强调数量标准，还需注重质量标准。倡导提高生活质量的人们认为：组织与社会之间不应该是合伙人关系，相反的，组织需要应从属于社会需要。

4. 可持续发展阶段

经济全球化进程赋予企业社会责任新的形式与内容，这就是可持续发展问题和企业社会责任的国际合作问题。一方面，企业根据社会要求和环境保护原则进行大规模的生产工艺革新和技术改造，以适应新的技术标准、环境标准和贸易标准；另一方面，许多跨国公司在对高耗能、重污染的生产项目进行国际转移时，越来越多地受到来自东道国政府的限制以及合作伙伴要求进行技术改造和污染治理等方面讨价还价的压力。越来越多的企业认识到企业的经营发展过程中必须考虑环境、生态与经济社会的可持续性，考虑对人性的关爱，考虑更广阔的全球利益。

包括企业在内的一切社会组织的责任规范经历了范围扩大和强度增加的发展过程：所有者与管理者、组织内所有成员、组织与具体环境中的各种成分、更广阔的社会及各种环境。从第一阶段到第四阶段，管理的社会责任从小到大发生着改变。

六、企业的利益相关者

企业利益相关者（stakeholder）本意是指企业权益的拥有者。传统股东模式认为，企业权益只能归资本拥有者，这种企业模式主要关心的是企业财务或经济关系。企业管理的道德逻辑，从本质上改变了人们对企业主体的认知。也就是说，我们并不能简单地说，企业是投资者的企业，企业管理的目标也不能简单地归结为追求股东利润的最大化。因为作为社会活动的主体，企业的经营受限于企业环境中的其他行为者，企业利润是这些行动者的集体贡献。因而，企业有责任保护这些行动者的利益；同时，企业的经营活动也影响了其他行动者的行为，企业是通过与其他行动者建立社会契约而获得合法性的，这些行动者有权利要求得到社会契约所规定的道德权利，如公平、正义等等。因此，企业利益相关者就是任何能够影响企业活动，从而在不同程度上影响企业目标实现的所有个体和群体。一个组织的利益相关者如图2—6所示。

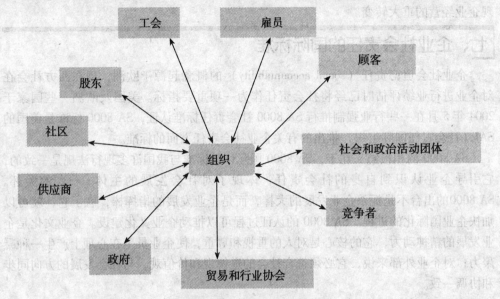

图2—6 组织的利益相关者

按这些利益相关者对企业所产生的影响不同，可以分为以下几种：

（1）潜在的利益相关者。虽然有些社会行动者现在可能还没有进入企业的视线，可是他们具有非凡的影响力，这些人是企业的潜在利益相关者，一旦企业经营与他们的利益发生关联，他们就会引发不可想象的后果。因此，企业要对他们始终保持关注。例如，法律制定者和媒体操纵者都对企业有着重要的影响，如果企业的行动与他们的目标相冲突，他们就会成为企业危机的引发者。

（2）可自由对待的利益相关者。他们是那些对企业影响较小的利益相关者，虽然他们的要求有一定的合理性，但他们难以对企业目标的实现产生影响。因而，企业可以根据战略需要和环境变化，观察他们影响力的变化趋势而加以自由处置。

（3）苛求的利益相关者。他们是那些要求紧急但不合理并对企业影响较小的人，这些利益相关者时常是企业负面消息的制造者。

（4）主要的利益相关者。他们要求合理，有着较强的影响力。例如，股东对投资回报率的要求、员工对公平性薪水的要求、顾客对产品安全质量的要求等，如果企业不能解决，将导致企业失去这些利益相关者，对企业利益造成损失。

（5）引起危机的利益相关者。虽然他们的要求不合理，但他们对企业有较强的影响力，而且事态紧急，他们是麻烦的制造者，而且对企业的经营活动会产生负面影响，因此，需要企业具有快速反应的能力和处理复杂问题的能力。

（6）依靠的利益相关者。虽然他们对企业影响较小，但他们的要求紧急且合理，如等着发工资回家过年的农民工，他们是企业利益的创造者，企业需要及时解决他们的问题。

（7）决定性的利益相关者。他们是那些要求合理、影响力强、要求紧急的利益相关者，他们是企业发展的决定性力量，企业要和他们同甘共苦，并依靠他们共同实现企业经营的重大转变。

七、企业社会责任的国际标准

企业社会道德责任（social accountability）的概念起源于欧洲，现在西方社会在对企业进行业绩评估时已经将社会责任作为一项重要指标。美国及欧洲一些国家于2004年5月在一些行业强制推行 SA 8000 社会责任标准认证，SA 8000 标准是美国的 SAI（社会责任国际组织）推出的有关企业社会责任方面的标准。

SA 8000 的积极意义在于，SA 8000 国际认证标准与我国许多现行法规是一致的，它引导企业认识到自身的社会责任，体现了对社会发展的主体——人的关怀。SA 8000 的出台不是扼杀企业发展的大棒，而是企业发展的指挥棒，有了它，就可以加快企业国际化的进程。SA 8000 的认证过程可以推动企业文化建设。企业文化是企业发展的精神动力，它的核心是对人的重视和尊重，使企业员工在心理上产生一种凝聚力；对企业外部来说，它必须符合社会的道德观和价值观，与社会发展的方向同步和协调一致。

SA 8000 的主要内容如下：（1）童工（child labor）；（2）强迫性劳工（forced labor）；（3）健康与安全（health & safety）；（4）组织工会的自由与集体谈判的权利（freedom of association and right to collective bargaining）；（5）歧视（discrimination）；（6）惩戒性措施（disciplinary practices）；（7）工作时间（working hours）；（8）工资（compensation）；（9）管理体系（management systems）。

本章小结

1. 环境是指对组织运行与绩效起着潜在影响的外部机构或力量。罗宾斯认为从整个宇宙中减去代表组织的那一部分，余下的部分就是环境。

2. 组织环境包括组织的外部环境，也包括组织的内部环境。外部环境分为一般环境与具体环境。一般环境包含经济、政治、社会、技术和自然因素；具体环境是指与实现组织目标直接相关的那部分环境。

3. 环境的不确定性取决于环境的变化程度和复杂程度。稳定和简单的环境是相当确定的，越是动荡和复杂的环境，其不确定性越大。

4. 行业环境的竞争性直接影响着企业的获利能力。美国学者波特认为影响行业内竞争结构及其强度的主要有现有竞争对手、潜在的竞争者、替代品制造商、原材料供应商及产品用户等五种环境因素。

5. SWOT 分析就是帮助决策者在企业内部的优势（strengths）和劣势（weaknesses）以及外部环境的机会（opportunities）和威胁（threats）的动态综合分

析中，确定相应的生存和发展战略的决策分析方法。

6. 企业文化是指在企业中形成的一种人们共同拥有的经营理念、信仰和行为准则，是企业全体员工所共有的集体价值观，应该在企业中营造一种和谐共处、轻松向上、感情色彩浓厚的文化氛围，使员工树立起与企业荣辱与共的信念、团队精神和强烈的责任感。

7. 组织文化有以下几方面的功能：导向功能、凝聚功能、整体功能、激励功能和调节与自我延续功能。

8. 组织文化由七种因素构成，可以概括为"麦金瑟7-S结构"。

9. 企业的社会责任是指企业对市场化的资源配置和消耗使用采取更加积极的社会态度，对顾客、员工、投资者等自然和社会主体采取更为主动的态度，同时在环境保护、社区服务和社会福利事业参与等方面更多地承担责任和义务。

10. SA 8000 社会责任标准推出了有关企业社会责任方面的国际标准。

11. 管理伦理观即在管理领域内所涉及的是非规则和准则。一个组织的管理伦理观通常都能较为清晰地反映出在该组织文化中所蕴藏的价值观、态度、信念、语言以及行为模式等。

关键术语

管理环境（management environment） 一般环境（general environment） 具体（任务）环境（task environment） 组织文化（organizational culture） 环境的不确定性（environment uncertainty） 环境的复杂性（environment complexity） 全球化（globalization） 企业社会责任（corporate social responsibility） 利益相关者（stakeholder） 管理伦理观（managerial ethics）

复习与思考

1. 举例分析：企业外部竞争环境分析。
2. 试对环境的不确定性进行分析。
3. 组织文化的含义、内容和功能是什么？
4. 组织的塑造途径有哪些？
5. SWOT 分析如何应用？
6. 企业的任务与社会责任分别是什么？
7. 影响管理道德的因素有哪些？
8. 分析企业社会责任演变经历与我国企业管理者的道德责任提升。
9. 什么是麦金瑟7-S结构？

案例分析

从三聚氰胺奶粉事件看企业的社会责任与管理伦理

2008 年 9 月 8 日，中国人民解放军第一医院泌尿科接收了一名来自甘肃岷县的特殊患者，病人是一名只有 8 个月大的婴儿，可是却患有"双肾多发性结石"和"输尿管结石"病症，这是该院自 6 月 28 日以来收治的第 14 名患有相同疾病的不满周岁的婴儿。两个多月，14 名婴儿陆续患同样的病，这引起了医院的高度重视。经过对患者父母的询问，大夫和所有家长都发现了同一个问题：患病的婴儿都来自武山、永靖、岷县、永登、秦安等县农村，由于母亲奶水不足等种种原因，这些不足周岁的婴儿都在食用三鹿牌奶粉，据了解，这种市场零售价为 18 元/400 克的奶粉在当地销路十分好，几乎成为这些农村新生儿父母的首选。之后，各地陆续发现类似患情：

浙江：已确诊结石患儿 1 319 例，住院患儿 115 例。

福建：发现服用问题奶粉患结石症婴幼儿 75 人。

青海：三鹿问题奶粉致肾结石患儿增至 119 例。

甘肃：泌尿系统结石患儿激增至 1 695 名。

新疆：报告患儿 86 例，下架 5 万余千克三鹿奶粉。

天津：三鹿问题奶粉导致肾结石患儿增至 50 例。

陕西：确诊结石婴儿 132 例，定点医院名单公布。

广东：新增患儿 323 例，深圳 159 例。

国家质检总局专项检查结果显示，共有 22 家奶粉厂家 69 批次产品检出三聚氰胺，三鹿、蒙牛、伊利、圣元、施恩、雅士利、金必氏等众多奶粉厂家均榜上有名。

各界对"三聚氰胺"事件的回应为：

（1）政府

三鹿婴幼儿奶粉事件发生后，党中央、国务院启动国家重大食品安全事故 I 级响应对此作出专门部署。一是立即启动国家重大食品安全事故 I 级响应，成立由卫生部牵头、质检总局等有关部门和地方参加的国家处理三鹿牌婴幼儿奶粉事件领导小组，追究在此次事件中负有主要责任的领导者的刑事责任。二是全力开展医疗救治，对患病婴幼儿实行免费救治，所需费用由财政承担。三是全面开展奶粉市场治理整顿，由质检总局负责会同有关部门对市场上所有婴幼儿奶粉进行全面检验检查，对不合格奶粉立即实施下架。四是尽快查明婴幼儿奶粉污染原因，组织地方政府和有关部门对婴幼儿奶粉生产和奶牛养殖、原料奶收购、乳品加工等各环节开展检查。五是在查明事实的基础上，严肃处理违法犯罪分子和相关责任人。六是有关地方和部门要认真吸取教训，举一反三，建立完善的食品安全和质量监管机制，切实保证人民群众的食品消费安全。

（2）其他奶粉企业

蒙牛集团发布郑重承诺，将不合格的婴幼儿奶粉全部召回，由此产生的所有费用由蒙牛集团承担，相关产品的生产线停产整顿，对因食用上述批次奶粉造成身体疾患的消费者，蒙牛将按照国家标准加倍赔偿，五年内查出由此造成的疾患将负责到底。同时，蒙牛集团将委托国家及地方相关检测机构，对蒙牛所有产品进行全面检测。蒙牛集团董事长牛根生表示：如果不能解决这个问题就引咎辞职。

伊利集团则表示，在接到国家质检总局的通知后，已在第一时间将市场上该含有三聚氰胺批次奶粉全部回收。

圣元副总裁吴为桥表示："奶源是导致圣元奶粉不合格的唯一原因。"圣元将召回八个不合格批次的产品，而且全部召回涉及的三个工厂生产的奶粉。同时无限期停止在这些地区的收奶工作，无限期关闭圣元在内蒙古和河北省境内的三家工厂，直至这些工厂所在地奶源状况得到根本改善，并承诺，一旦发现，"将承担全部损失并进行赔偿"。

其他企业也进行了积极回应。光明就问题奶作出 5 点承诺；施恩（广州）问题奶粉已召回 86%；雅士利发承诺书，急购专业仪器加强原料奶检测；金必氏发出召回声明。

思考题：

1. "三聚氰胺"事件反映了奶粉企业普遍存在的一个什么问题？
2. 企业在经营过程中是否应当承担社会责任？
3. 政府对这一问题的处理是否适当？为什么？
4. 你如何看待各奶粉企业对此事件的回应？

第三章 计划与决策

第一节 计 划

    计划是管理活动的首要职能，在整个管理活动中，它是一切管理活动的起点。当一个人开始思考一个问题时，计划就已经开始了。计划主要是一种思维的过程。计划工作的质量也体现了组织管理水平的质量。

一、计划工作的含义、特点与作用

1. 计划的含义

    （1）计划是一种普遍和连续的执行功能，包括复杂的领悟、分析、理性思考、沟通、决策和执行的过程。

    （2）计划包括定义组织的目标，制定全局战略以实现这些目标，开发一个全面的分层计划体系以综合和协调各种活动。计划既涉及目标（做什么），也涉及达到目标的方法（怎么做）。

    （3）阿考夫——对所有追求的目标及实现该目标的有效途径进行设计。

（4）计划是预先指定的行动方案，其基本要素有：目标、行动、认知与因果关系，以及实现计划的组织或个人。

（5）摩尔——计划就是为我们所做的事情制定规则，避免迷惑或匆忙行事，充分利用资源并且减少浪费。

综合以上观点，我们把计划定义为：对组织未来工作进行的预先安排，是对组织未来的筹划、规划、谋划、企划等。计划制订并通过后，其他工作就应该按计划的内容进行，并把阶段性成果与计划的要求进行比较。如果偏离了计划的方向和标准，应及时采取补救措施，以确保组织目标的实现。

5W2H法是由美国陆军兵器修理部首创的，它对计划的含义作了详尽的说明：

（1）Why（为什么）：为什么要这样计划？为什么要进行这样的工作？

（2）What（什么）：目的是什么？任务完成后，将会获得怎样的收益？

（3）Where（何处）：从何处入手？何处最适宜？

（4）When（何时）：何时开始？何时完成？

（5）Who（谁）：由谁来完成？谁最适合？

（6）How（怎样）：怎样做？怎样做效率最高？

（7）How much（多少）：成本是多少？利润是多少？

2. 计划的特点

（1）首位性。在组织的管理活动中，计划是进行其他管理活动的基础和前提，管理始于计划。

（2）普遍性。作为组织的计划或者某项工作及活动的计划，会涉及组织中的各个部门及其成员。它不仅是管理者的计划，也是全体组织成员的计划。计划的制订也不仅是管理者的工作，而且应该由所有的组织成员共同制订。这样既有利于制订符合组织需要的计划，又调动了员工的积极性和创造力。

（3）目的性。目的性是计划的基本特性。任何组织制订并执行计划，都是为了实现一定的目标。围绕着组织目标，组织在计划的指导下，充分合理地调配与运用组织的各种人力和物力资源。

（4）可行性。计划的制订是为了在组织活动中实施，以实现既定的目标，因而计划的制订必须遵循符合实际、易于操作、目标适宜的原则。因此，在制定目标前必须充分进行调查研究，正确分析当前环境及自身的优势和劣势，明确组织的需要，制定合理的目标，实施方法和措施要具体、明确、有效。此外，要保持计划的弹性，以克服环境中不确定因素的干扰。

（5）明确性。计划的制订应该具体、明确，使管理者和下属能够正确地认识和理解，以更好地完成计划的内容。按照明确性的要求，计划不仅要有定性的理解，而且应该有定量的标准，包括时间的限制，实施计划所需的资源以及手段、方法，员工和管理者享有的权利和应承担的责任。

（6）收益性。计划的实施是为了完成组织一定时期内的工作目标，获得一定的收益。这就要求正确估计为了完成计划而进行的投入和产出，追求最大的投入产出比。

3. 计划的作用

（1）为组织成员指明方向，协调组织活动。好的计划可以通过制定明确的组织目标和各个层次的计划，较好地凝聚组织内部成员的力量，向着同一个目标奋斗，这样有助于减少内耗，降低成本，提高效率。

（2）减少风险。计划是面向未来的，而不论是未来的环境还是组织自身都具有一定的不确定性和变化性。计划可以通过对组织未来进行周密细致的预测，分析环境的变化趋势，制定相应的对策，主动采取措施，而不是等到变化和危机到来时再作决策，这样可以变被动为主动，减少环境和组织的变化带来的影响。

（3）有助于选择适合组织的发展机会。对组织未来和环境进行预测，结合组织自身的情况，有助于组织选择适宜的发展计划。

（4）减少具有重复性和浪费性的活动，有助于组织的节约。组织在实现组织目标的过程中，会出现一些工作协调不一致、相互缺乏联系的现象，将造成组织资源的浪费，并影响组织目标的实现进度。良好的计划可以较好地协调各方面的工作，调配组织资源，从而在一定程度上避免重复性和浪费性的活动。

（5）有利于组织进行控制。组织在实施计划的过程中离不开控制，而控制中所有的标准又都来自于计划，可以说，没有既定的计划和标准，控制工作就会无的放矢，失去了应有的效用。

二、计划的表现形式

按照计划的表现形式，可以将计划分为宗旨、目标、战略、政策、规则、程序、规划和预算等几种类型。这几个计划的关系可以描述为一个等级层次（见图3—1）。

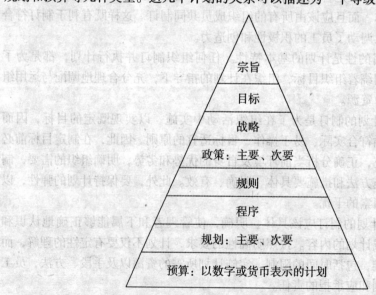

图3—1　计划的等级层次

（1）宗旨（purpose）。一个组织的宗旨是一个组织存在的基本理由。这种目的或使命，是社会对该组织的基本要求，我们称之为宗旨。换句话说，宗旨即表明组织是干什么的，应该干什么。例如，一个企业的基本宗旨是向社会提供有经济价值的商品或劳务；法院的宗旨是解释和执行法律；大学的宗旨是培养高级人才等等。

（2）目标（objective）。确定了组织的宗旨之后，为了实现它，就应该制定更为具体可行的目标。它具体规定了组织及其各个部门的经营管理活动在一定时期要达到的具体成果。目标不仅是计划工作的终点，而且也是组织工作、人员配备、指导与领导工作和控制活动所要达到的结果。例如，一家企业的目标可能是通过生产一种家用娱乐设备而获得一定的利润；而制造部门的目标也许是要按既定成本，以及按既定的设计和质量，生产所需数量的电视机。这些目标是一致的，但是，由于制造部门单独不能确保完成公司的目标，所以这些目标又是不同的。

（3）战略（strategy）。战略是为实现组织或企业长远目标所选择的发展方向、所确定的行动方针，以及资源分配方针和资源分配方案的一个总纲。战略是指导全局和长远发展的方针，它不是要具体地说明企业如何实现目标，因为说明这一切是许多主要的和辅助的计划任务。战略是要指明方向、重点和资源分配的优先次序。企业战略就是以最有效的方式，努力提高企业相对于其竞争对手的实力，而且组织在制定战略时，要仔细研究其他相关的组织，特别是竞争对手的情况。例如"百年竞争"中的两个主角——可口可乐公司和百事可乐公司，它们在制定各自的战略时必定要研究分析对手的战略。除了长期竞争需要战略外，那些涉及长远发展、全局部署的管理活动也需要制定战略。

（4）政策（policy）。政策是行动的指南，它规定允许做什么和不允许做什么。政策的制定是为了规定组织行为的指导方针，它一般是以明文规定的形式出现。政策有助于将一些问题事先确定下来，避免重复分析，并给其他派生的计划以一个全局性的概貌，从而使主管人员能够控制住全局。制定政策还有助于主管人员把职权授予下级。

组织为了促使目标得以实现，就要使其政策保持连续性和完整性，这样才能使政策深入员工的思想，形成一种持久作用的机制。但是为了保持政策的连续性，会遇到很多问题：①由于政策的表述不够规范和精确，将很容易使人们曲解政策的含义。②由于组织所实施的是逐级授权的政策，造成了权力的分散，从而导致人们广泛地参与政策的制定和对政策的解释，这将使各级管理者和员工对政策的理解不能达到统一。③政策的影响性差，这很容易带来政策不稳定和不连贯的问题。由于环境的不断变化，而政策大多只是根据当初的具体情况制定的，当情况发生变化时，就不得不修改政策以适应变化了的情况。可见，制定政策和保持政策的连续性是一种比较困难的计划工作。

（5）规则（rule）。规则是一种最简单的计划。它规定了在某些具体场合和具体情况下，采取或不能采取某种具体行动。规则常常与政策和程序想混淆，所以要特别注意区分。规则和政策的区别在于前者是一种没有回旋余地的规定，没有自由处置权，而后者却正好相反。规则和程序都直接指导行动本身，都要抑制思考，但规则只是对具体情况下的单个行动的规定而不涉及程序所包含的时间序列，也可以说程序就是多个规则按照一定的时间序列的组合。

（6）程序（procedure）。程序也是一种计划，它规定了处理那些经常发生的问题的方法和步骤。程序是指导如何采取行动，而不是指导如何去思考问题。程序的实质是对所要进行的活动规定时间顺序，因此，程序也是一种工作步骤。制定程序的目的是减轻主管人员决策的负担，明确各个工作岗位的职责，提高管理活动的效率和质量。此外，程序通常还是一种经过优化的计划，是通过大量经验事实的总结而形成的规范化的日常工作过程和方法，并以此来提高工作的效果和效率。程序往往还能较好地体现政策的内容。

（7）规划（program）。规划是为了实施既定方针所需的目标、政策、程序、规则、任务分配、执行步骤、使用的资源等而制订的综合性计划。它的作用是根据组织总目标或各部门目标来确定组织分阶段目标或组织各部门的分阶段目标。规则有大有小，大的如国家的科学技术发展规划，小的像企业中质量管理小组的活动规划等。规划有长远的和近期的，如我国国民经济发展的五年规划，以及企业的职工培训规划等。规划一般是粗线条的、纲要性的。大的规划往往派生有许多小的规划，而每个小的派生规划都会在一定程度上影响总规划，它们相互依赖、互相影响。由于计划的好坏总是取决于它的薄弱环节，所以，小规划不当会影响整个规划。这就需要特别严格的管理技能，以保证规划工作的各个部分彼此协调。

（8）预算（budget）。预算是一种"数字化"的计划，把预期的结果用数字化的方式表示出来就形成了预算。例如企业中的财务收支预算，也可称之为"利润计划"或"财务收支计划"。预算可以帮助组织或企业各级管理人员从资金和现金收支的角度，全面、细致地了解企业经营管理活动的规模、重点和预期效果。预算工作的主要优点是它促使人们去详细制订计划，去平衡各种计划。由于预算总要用数字来表示，所以它能使计划工作做得更细致、更精确。另外，预算也是一种控制手段，是控制的衡量标准。

三、计划的分类及构成

一些管理者没有认识到计划有许多不同的种类，因而他们在制订有效的计划时常常感到非常棘手。一个重大项目，比如建立一个新工厂，是一个计划，而未来的行动方案也是计划。由于组织活动的复杂性和多元性，计划的种类也变得十分复杂和多样。

1. 按照计划内容的时间界限划分

（1）长期计划，一般是5年以上的计划。

（2）中期计划，一般是1年以上，5年以下的计划，它介于长期计划和短期计划之间。

（3）短期计划，一般是1年以下的计划。

长期计划具有方向性和长远性，包含了组织的长远目标和发展方向等问题，对组织活动起着指导作用，包括经营目标、战略、方针、远期的产品发展计划、规模等等；中期计划是根据长期计划制订的，较长期计划更具体、更详细，是结合组织内部和外部条件与环境变化情况后制订的可执行计划；短期计划较中期计划更加详细具体，更具操作性，它是指导组织具体活动的行动计划，一般是对中期计划的分解和落实。长期计划、中期计划和短期计划是相互关联的，长期计划要对中、短期计划具有指导作用；而中、短期计划的实施要有助于长期计划的实现。表3—1是对长期计划、中期计划和短期计划的分析和比较。

表3—1　　　　　　　　　　**计划的时间分类表**

计划类型 要点	短期计划	中期计划	长期计划
着眼点	完成近期目标 ● 人、财、物、信息流 ● 高效、有序运行	完成中期目标 ● 实现管理模式变革 ● 形成战略优势	完成长期目标 ● 企业战略位势根本转变 ● 企业战略思考能力增强
对象	● 具体项目 ● 具体工作 ● 岗位职责 ● 预算	● 相关项目群 ● 具体项目 ● 关键岗位职责 ● 预算	● 成功关键因素/战略优势 ● 相关项目群 ● 关键岗位职责 ● 预算
责任单位	● SBA ● 职能部门 ● 相关项目群 ● 具体项目	● SBA（事业部、分公司、子公司） ● 职能（人事、财务、生产等）部门 ● 相关项目群负责人	● 公司总部 ● SBA ● 职能 ● 相关项目群
责任者	● 中层、基层 {直线指挥者 　职能管理者 ● 相关项目负责人 ● 具体项目负责人	● 高层、中层 {直线指挥者 　职能管理者 ● 相关项目群负责人	● 高层、中层 {直线指挥者 　职能管理者 ● 相关项目群负责人
参与者	基层执行人员	基层直线指挥者 内外有关专家	内外有关专家
详尽程度	很详细、具体、可控	较详细	不详细

2. 按计划制订者的层次划分

（1）战略计划。由组织的高层来制订，涉及的时间较长。它包括决定整个组织的主要目标及用于指导实现这些目标的方针政策，具有长远性、单值性和较大的弹性，它的制订需要所有类型的预测信息，应谨慎制订以指导组织的全面活动。

（2）战术计划。它是一种局部性的、阶段性的计划。它多用于指导组织内部某些部门的活动，以完成某些具体的任务，实现某些具体的阶段性目标。

（3）作业计划。它是某个部门或个人的具体行动计划，一般是必须执行的命令性计划。作业计划通常具有可重复性、个体性和较大的刚性。

战略计划、战术计划和作业计划，强调的是组织纵向层次的指导和衔接。战略计划一般是由高层管理者负责，战术计划和作业计划往往由中层、基层管理者甚至是具体作业人员负责，战略计划对战术计划和作业计划具有指导作用，而较好的完成战术计划和作业计划能够确保战略计划的实施。

3. 按计划的职能标准划分

（1）财务计划。财务计划是组织在一定时期内，关于资本、利润以及成本费用的计算，以促进业务活动的有效进行。

（2）销售计划。销售计划是关于产品销售的种类、规格、价格、销售渠道以及销售策略和方法方面的计划。

（3）生产计划。生产计划的重点是根据市场需求量生产产品，包括计划期产品（或服务）生产的数量、结构、质量要求、物资供应以及生产社会协作方面的安排。

（4）人事计划。人事计划用来分析如何为业务规模的维持或扩展提供人力资源方面的保证，包括用系统的方法确定长期计划和短期计划中所需要的各类人员，以及随后的关于员工的招聘、配备、培训、选拔、工资报酬等方面的安排。

虽然计划根据不同的标准，可以划分为不同的类型，但它们仍具有一定的联系。在时间的坐标系中，各种计划的分类如图3—2所示。

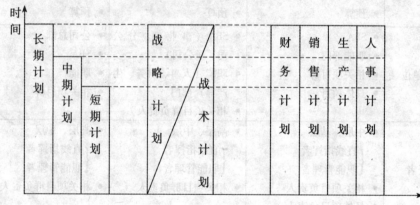

图3—2　计划的分类图

四、计划工作的原理

计划工作作为一项重要的管理活动，应该遵循一定的规则，自然也应该有其基本的原理。同时，运用计划工作的原理应与具体的环境相结合。

1. 灵活性原理

计划必须具有灵活性，即当出现意外情况时，有能力改变方向而不必花太大的代价。所谓灵活性原理，就是计划中体现的灵活性越大，由于未来意外事件引起损失的危险性就越小。但是，对于执行计划，则一般不需要灵活性。例如，执行一个生产作业计划必须严格准确，否则就会发生组装车间停工待料或在制品大量积压的现象。

对管理者来说，当计划的时期长、任务重的时候，灵活性就显得很重要了。当然，灵活性也有一定的限度，具体如下：

（1）不能以推迟决策的时间为代价，来确保计划的灵活性。因为未来的不确定性是很难预测到的，为了保证计划决策的准确性，而等到具备了足够的信息，可以充分考虑未来可能发生的问题时才进行决策，那势必会错失良机。

（2）计划需要付出一定的代价才能具备灵活性，有时由此得到的收益不能弥补其带来的费用成本，这就违背了计划的收益性。

（3）有些情况常常无法使计划具有灵活性。例如，企业销售计划在执行过程中遇到困难，不能如期完成目标。如果允许其灵活处置，则可能危及全年的利润计划，从而影响到新产品开发计划、技术改造计划、供应计划、工作增长计划、财务收支计划等许多方面，以至于企业的主管人员在经过反复权衡之后，不得不动员一切力量来确保销售计划的完成。

因而，具有灵活性的计划也称为"弹性计划"，即能适应变化的计划。

2. 限制因素原理

所谓限制因素，指妨碍组织目标实现的因素，或者是在其他因素不变的情况下，只改变这些因素，就可以影响组织目标的实现程度。管理者越是能够了解对达到目标起主要限制作用的因素，就越能够有针对性地、有效地制订各种行动方案。有人把限制因素原理称为"木桶原理"，其含义是木桶能盛多少水，取决于桶壁上最短的那块木板条。根据限制因素原理，管理者在制订计划时，应该明确在实现组织目标的过程中，起主要限制作用的因素，有针对性地提出解决方案。

3. 许诺原理

其内容为，任何一项计划都是对完成各项工作所作出的许诺，因而，许诺越大，实现许诺的时间就越长，实现许诺的可能性就越小。许诺原理涉及的是计划期限的问题。由于计划工作和它所依据的预测工作是很费钱的，所以，如果在经济上不合算的话，就不应当把计划期限定得太长。合理计划工作要确定一个未来的时期，这个时期的长短取决于实现决策中所许诺的任务所需的时间。按照许诺原理，计划必须有期限要求。如果主管人员失信许诺所需的时间长度比他可能正确预见的未来期限还要长，如果他不能获得足够的资源，使计划具有足够的灵活性，那么他就应当断然减少许诺，或是将他所许诺的期限缩短。例如，他所许诺的如果是一项投资的话，他就应该采取加速折旧提存等措施使投资的回收期限缩短，以减少风险。

4. 改变航道原理

制订出计划之后，就是要实施计划。作为计划的制订者，在实施计划的过程中，应按制订的计划进行活动，但不能被计划束缚住，而应该根据当时的实际情况做必要的检查和修正，以保证组织目标的实现。就好像在海中航行，目的地不变，一旦遇到障碍可以绕道而行。所谓改变航道原理，就是组织计划的总目标不变，但实现目标的进程（即航道）可以因情况的变化而随时改变。我们知道，未来的环境是不断变化的，尽管我们在制订计划时预测了未来可能发生的情况，并制定了相应的应急措施，但是因为计划不可能面面俱到，环境是不断变化的，而且计划没有变化快，所以，管理者要定期地对计划进行检查和修正。另外，改变航道原理与灵活性原理不同，后者是计划本身具有适应性，而前者是使计划执行过程具有应变能力。

五、制订计划的程序

　　计划的类型和表现形式多种多样，但科学地编制计划所遵循的程序还是具有普遍性的，依次包括以下内容：估量机会、确定目标、确定计划工作的前提条件、拟订可供选择的方案、评价各种备选方案、选择方案、拟订派生计划、编制预算（如图3—3所示）。

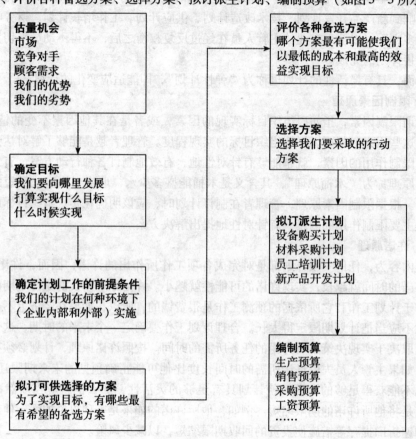

图3—3　制订计划的程序

1. 估量机会

　　机会的估量，要在实际的计划工作开始之前就进行，它虽然不是计划的一个组成部分，但调查研究外部环境和组织内部的机会却是计划工作的一个真正起点。一个好的计划是建立在对环境因素和组织内部现状进行充分的调查和分析之上的。所有的管理者都应根据自己的优势和不足清楚自己所处的位置，明白需要解决的问题，并且应当了解希望达到的目标。制定切实可行的目标取决于对所有这些内容的正确估计。

2. 确定目标

　　计划工作的第一步就是为整个计划确立目标，即计划预期的成果。它指明了要达到的终点和重点所在之处以及依据战略、政策、程序、规则、预算和规划来完成预期的任务。目标是机会的主要组成部分，它指明个体或组织想要前进的方向。在目标的选择上应注意：①计划设立的目标应对组织的目标有明确的价值并与之相一致；②要注意目标的内容，并且要分清哪些是优先目标，这是目标选择过程中的重要工作；③目标应该尽可能地量化，使其具有明确的衡量指标，以便于度量和控制。以下是组织中不同层次的目标：

（1）公司管理层——获得10%或更高的净利润；

（2）生产部门——来年将产品产量提高5%；

（3）市场营销部门——保持目前12%的市场份额；

（4）领班——以后6个月内将本部门的次品率降低15%；

（5）销售人员——一年内将销量从10%提高到15%。

3. 确定计划工作的前提条件

这是计划工作的一个重要内容。选定目标即确定计划的预期成果，而确定前提条件则是要确定整个计划活动所处的未来环境。负责制订工作计划的人员对计划的前提条件了解得越细，并能始终运用同一前提条件，那么计划工作将会做得越协调。因为未来的环境是极其复杂的，所以对计划中未来环境的每一个细节都进行假设是不经济的，也是不现实的。一般来讲，对以下因素进行假设是必要的：

（1）社会的经济环境，包括整体环境以及与计划内容密切相关的因素。

（2）政府政策，包括政府的税收、信贷、能源、进出口、技术、教育等政策。

（3）市场，包括市场的变化、供货商、批发商、零售商及消费者的变化。

（4）组织的竞争者，包括现有的和潜在的竞争者，国内的和国外的竞争者。

（5）组织内部的资源，包括为实施组织计划所需的各项资源，如资金、原料、设备、人员、技术、管理理念等。

上述这些因素，有组织内部的，也有组织外部的；有可控的，也有不可控的。因此，在实际工作中，组织的管理者应遵循"重要性"原则，只对实施计划影响最大的因素进行假设。

4. 拟订可供选择的方案

计划工作的第三步就是要制订出可供选择的行动方案。要发掘出多个高质量的方案必须集思广益、开拓思路，需要发挥创造性。在实际中，我们可以采用数学方法和利用计算机技术，但是能够分析的备选方案还是有限的。因此，方案不是越多越好，而是要减少可供选择的数量，以便能够着重分析那些最有希望的方案。

5. 评价各种备选方案

计划工作的第四步就是要根据计划的目标和前提条件，通过分析和比较各个方案的优缺点，来对各个方案进行评价。也许一个方案获利程度最大，但需要大量资金支出而且投资回报期较长；而另一个方案获利较小但风险也小。这时，组织就需要考虑各个备选方案的价值。评价备选方案的尺度有两个：一是评价的标准；二是各个标准的相对重要性，即其权数。显然，计划前期工作的质量直接影响着方案评估的质量。在评价方案时，可以运用成本效益分析法，即用所选方案的成本与所得收益进行比较，也可以采用运筹学中的矩阵评价法、层次分析法等。

6. 选择方案

选择方案就是在备选方案中作出选择，选出最优的或最令人满意的方案。这一步骤是整个计划过程中的关键，它是建立在以前工作的基础之上的，是实质性决策。可能遇到的情况是，管理者在分析和评价方案时发现两个或多个可取方案，在这种情况下，必须决定采取哪个方案，而将其他方案进行细化和完善，以作为后备方案。

7. 拟订派生计划

确定了要采取的计划后，计划工作并没有结束，还必须为涉及计划内容的各个部门制订派生计划。派生计划是总计划下的分计划，是总计划的支持和保证，是总计划的基础。

8. 编制预算

计划工作的最后一步就是将计划转变为预算，使之数字化。这一步骤的工作实质上是制订资源的分配计划，并以量化的方式表示。另外，预算可以成为衡量计划是否完成的标准，当既定目标和方案发生偏差时，必须采取纠正措施，此时预算就成了控制工具。

六、制订计划的方法

计划工作的优劣在很大程度上取决于所采用的计划方法。管理者可以运用计算机借助许多量化的和科学的方法来进行计划。管理者应根据组织的需要选出最适合自己的计划方法。计划的方法多种多样，这里仅介绍三种较常用的方法，即滚动计划法、运筹学法和网络分析法。

1. 滚动计划法

滚动计划法是一种根据计划的执行情况和环境变化情况定期修订未来计划的方法。由于长期计划的计划期较长，很难准确地预测影响组织经营的各种因素的变化，所以计划的不确定性就非常大。而滚动计划法可以根据环境变化和实际完成情况，定期地对原计划进行修改和补充，使组织始终有一个切实可行的长远发展方向。其基本原则就是：近详细，远概略，逐期滚动地制订计划。图3—4所示的就是五年期的滚动计划法。

滚动计划法的优点：

（1）使计划更加结合实际。未来的环境变化很难准确预测，而滚动计划法可以较好地克服未来不确定因素的影响，加大了长期计划的准确性和可操作性。

（2）有利于促进长、中、短期计划的相互衔接。在计划实施的过程中，应将远期计划逐渐地具体化，使之更加适应环境的变化，更具可操作性，进而把长期计划、中期计划和短期计划有机地结合起来，保持组织发展的连续性。

2. 运筹学法

运筹学法是计划工作中最全面的分析方法之一，是"管理科学"理论的基础。就内容来讲，运筹学法又是一种分析的、实验的和定量的科学方法，为了完成一定的组织目标，对组织中的人、财、物等有限资源进行统筹安排，为决策者提供最优的方案，以进行最好的管理。

在计划工作中应用运筹学的程序主要包括：

（1）提出问题，即对研究的问题进行系统的观察分析，总结出组织中人、财、

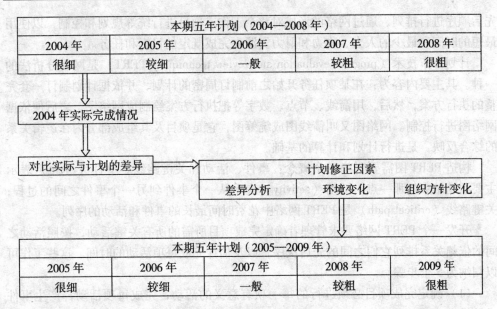

图3—4 五年期的滚动计划法

物等资源的状况和限制。首先提出一个初步的目标，通过对系统中各个因素和其相互关系的研究，使目标更加明确和具体。

（2）建立数学模型。首先根据研究目的对问题的范围进行界定，确定描述问题的主要变量和问题的约束条件，然后根据问题的性质确定采用哪一类运筹学方法，并且按此方法将问题描述为一定的数学模型。

（3）求解模型。找出使目标函数达到最大（或最小）的最优解。一般应用相应的数学方法或其他工具，对模型进行求解，并且需要对这个解进行检验，常采用回溯的方法，即将历史资料输入模型，通过研究模型的最优解与历史实际的符合程度来判断模型是否合理。

（4）实施方案。这一步要求确定方案由谁去实施、何时去、采用何种方式，以及对突发事件的应付措施。

然而，自20世纪五六十年代以来，一些管理学家对运筹学的作用也提出了质疑。他们对运筹学的批评大多集中在两个根本问题上：

（1）任何模型的应用都必须满足一定的条件，在研究是让模型适合问题还是让问题适合模型这一点上，许多运筹学家实际上是让管理问题"削足适履"。他们将原始问题加以抽象，直到数学难点或计算难点都被舍去为止，从而使问题的解答失去实际应用价值。

（2）运筹学最终要得到的是问题的最优解，而从管理实践的角度来看，由于决策目标通常有多个，且各个目标间又存在冲突，因此，解决方案只能是一个折中。

为了解决这些问题，运筹学家们正在努力改进运筹学的方法，计算机模拟技术的应用和发展就是一个很好的开始。

3. 网络分析法

所谓网络分析法，就是把一项工作或项目分成各个部分，然后根据各部分作业的先后顺序进行排列，通过网络的形成对整个工作或项目进行统筹规划和控制，以便用最短的时间和最少的人力、物力和财力资源去完成既定的目标和任务。

计划评审技术（program evaluation and review technique，PERT）是网络分析法的一种。其主要内容为：在某项任务开始之前制订周密的计划，并依据计划制订一套完整的执行方案，然后，用箭线、节点、数字等把执行方案绘制成网络图，之后便依据网络图进行控制。网络图又叫箭线图或统筹图，它是项目及其组成部分内在逻辑关系的综合反映，是进行计划和计算的基础。

构造 PERT 图需要明确三个概念：事件、活动和关键路线。事件（event）表示主要活动结束的那一点；活动（activity）表示从一个事件到另一个事件之间的过程；关键路线（critical path）是 PERT 网络中花费时间最长的事件和活动的序列。

开发一个 PERT 网络要求管理者确定完成项目所需的所有关键活动，按照活动之间的依赖关系排列它们之间的先后次序，以及估计完成每项活动的时间。这些工作可以归纳为 5 个步骤。

（1）确定完成项目必须进行的每一项有意义的活动，完成每项活动都产生事件或结果。

（2）确定活动完成的先后次序。

（3）绘制活动流程从起点到终点的图形，明确表示出每项活动及与其他活动的关系，用圆圈表示事件，用箭线表示活动，结果得到一幅箭线流程图，我们称之为 PERT 网络。

（4）估计和计算每项活动的完成时间。

（5）借助包含活动时间估计的网络图，管理者能够制订出包括每项活动开始和结束日期的全部项目的日程计划，及找出关键路线。在关键路线上没有松弛时间，沿关键路线的任何延迟都直接延迟整个项目的完成期限。

下面举一个例子来说明。假定你要负责一座办公楼的施工，你必须决定建这座办公楼需要多长时间。表 3—2 概括了主要事件和你对完成每项活动所需时间的估计，图 3—5 是其网络图。

表3—2　　　　　　　　　　　建办公楼的 PERT 网络

事件	期望时间（周）	紧前事件
A. 审查设计和批准动工	10	—
B. 挖地基	6	A
C. 立屋架和砌墙	14	B
D. 建造楼板	6	C
E. 安装窗户	3	C
F. 搭屋顶	3	C
G. 室内布线	5	D, E, F
H. 安装电梯	5	G
I. 铺地板和嵌墙板	4	D
J. 安装门和内部装饰	3	I, H
K. 验收和交接	1	J

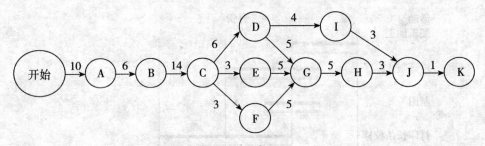

图3—5　网络图

完成这栋办公楼将需要 50 周的时间，这个时间是通过追踪网络的关键路线计算出来的。

该网络的关键路线为：A—B—C—D—G—H—J—K，沿此路线的任何事件完成时间的延迟，都将延迟整个项目的完成时间。

网络计划技术在实践中被广泛使用，其优点是：

（1）清晰地表明了整个项目的各项工作的时间顺序和相互关系，并标明了完成任务的关键路径。

（2）有助于对项目时间进度和资源利用的优化。管理者可调动非关键路线上的资源支援关键工作的完成，进行综合平衡，既节省资源又可以加快进度。

（3）可以事先估计完成任务的可能性。通过对工作中的难点的预测和分析，可以帮助管理者准备好应急措施，降低风险。

（4）便于组织和控制。特别是复杂的大项目，可分为许多支持系统来分别组织和控制，最终保证了整个任务的完成。

（5）适用范围广，易于操作。

另外，其局限性也是很明显的，如很难准确估计作业时间、忽视了费用问题等。

4. 甘特图（Gantt chart）

甘特图是在 20 世纪初由亨利·甘特开发的。它基本上是一种线条图，横轴表示时间，纵轴表示要安排的活动，线条表示在整个期间上计划的和实际的活动完成情况。甘特图直观地表明了任务计划在什么时候进行，以及实际进展与计划要求的对比。

下面我们来举一个图书出版的例子来说明甘特图（如图 3—6 所示）。时间以月为单位表示在图的下方，主要活动从上到下列在图的左边。计划需要确定书的出版包括哪些活动，这些活动的顺序，以及每项活动持续的时间。时间框里的线条表示计划的活动顺序。甘特图作为一种控制工具，帮助管理者发现实际进度偏离计划的情况。在这个例子中，除了打印长条校样以外，其他活动都是按计划完成的。

5. 负荷图（Load chart）

负荷图是一种修改了的甘特图，它不是在纵轴上列出活动，而是列出或者整个部门或者某些特定的资源。负荷图可以使管理者计划和控制生产能力的利用，它是工作中心的能力计划。

下面我们举一个例子来说明负荷图（如图 3—7 所示）。以下的例子是某出版公司 6 个

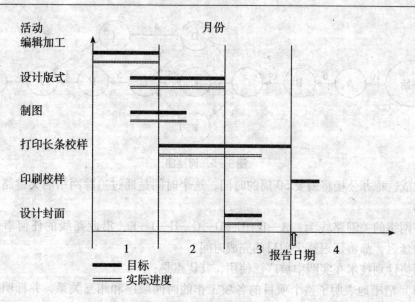

图3—6 甘特图

责任编辑的负荷图，每个责任编辑负责一定数量书籍的编辑和设计。通过检查他们的负荷情况，管理 6 个责任编辑的执行编辑可以看出，谁有空闲时间可以编辑其他的图书。

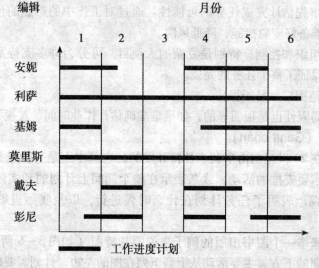

图3—7 负荷图

计划的实施都需要考虑完成的进度，并且需要随时与原计划进行比较，以便及时作出调整，保证计划的按时完成。

七、计划的目标

在本章我们已经讨论和学习过的内容中，一直都是在围绕组织的目标来进行的，但是对于目标却还没有系统地介绍过。下面，我们主要介绍和学习目标的内容。

1. 什么是目标

组织目标是一个组织经营活动的目的，是一切管理活动的终点。每个组织都会寻求和确定自己的目标，以指导组织在未来一段时间内的工作。具体地讲，目标是根据组织宗旨而提出的组织在一定时期内要达到的预期成果，并且作为标准可以用来衡量实际的绩效。

每一个组织都需要制定组织目标。一旦确定了组织目标，其就会成为引导组织活动的一个重要的激励和方向。例如，一个房地产企业，一旦确定自己的目标是成为中国最好的房地产企业时，就会对企业产生一种激励作用；对个人也是这样，一个学生想成为科学家，这个目标将会激励他不断向着这个方向努力。一个好的目标之所以会对组织或个人产生激励和引导的作用，是因为目标明确了组织和个人前进的方向（如图3—8所示）。

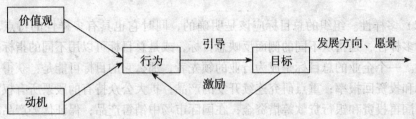

图3—8　目标的作用

目标作为对组织和个人行动起着重要激励和引导的因素，其设定应遵循一定的要求：

（1）目标必须是经努力可以实现的。

（2）目标实现后应有相应的报酬配合。

（3）对目标的表述应明确清楚，切忌含糊不清。

（4）目标最好是自己首先提出来的。

（5）目标符合组织的共同愿景。

（6）本单位、本部门、个人的目标应与其他有关方面和成员的目标相协调与配合。

（7）目标易于考核评价。

2. 目标的性质

目标是组织活动的最终结果。在实施目标管理的过程中，组织内部会形成一个目标体系，通过子目标对总目标的支持，保证了组织总体目标的实现。为了协调总目标与各个子目标，在制定目标前，必须明确目标的一些属性。

（1）层次性。目标的层次性与组织结构的层次性是相关联的。为了实现组织的总目标，组织的各个层次需要在总目标的指导下，根据自身的工作特性和具备的职权，制定服务于总目标的子目标，从而，在组织内部形成了目标的层次性（如图3—9所示）。

将组织目标逐层分解成一个与组织层次和组织分工相适应的层次体系，让组织的每一个层次、每一个部门、每一个员工都有具体的目标。在组织的活动中，这些目标

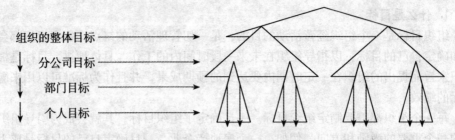

图3—9　目标的层次

不仅能够为各层的管理者和各个员工指明行动的方向，而且起到了激励的作用。在目标层次体系中，越上层的目标越抽象，越下层的目标越具体。可以说，下层目标是上层目标实现的手段和方法，即只有下层目标较好地完成了，才能有力地支持上层目标的实现。

（2）多样性。组织的总目标应该是明确的，同时它也具有多样性的特点。所谓目标的多样性，是指从不同的侧面反映总目标，或是总目标可以用不同的指标来全面地反映。一个企业的总目标是成为行业的领先者，那么它的目标可能是：获得一定的利润率和投资回报率；重点研究连续开发的产品；扩大公众持有的股票所有权；主要通过利润再投资和银行贷款筹措资金；在国际市场中销售产品；保证优势产品的竞争价格；取得行业中的优势地位；体现企业经营业务的社会价值。与企业相似，一所大学可能制定的总目标是：吸引特别优秀的学生；在文科和理科各方面以及某些专业领域提供基本训练；对合格的人授予博士学位；聘请有名望的教授；通过研究发现并组织新知识；通过收取学费和吸引校友及朋友的捐赠来获得支持，像私立学校一样地运转。

同样的，目标层次中的每个层次，都可能会有多个具体的目标。有人认为，一名管理者最多只能有效地追求 2~5 个目标。过多的目标会使管理者分散精力，而没有足够的精力去实现组织的主要目标，所以对各个目标的相对重要性进行排序是很重要的。

（3）网络性。一个组织的目标，通常是在一系列的活动的相互联系、相互作用、相互促进中实现的。因而，目标和计划常常形成一个预期结果和事件的网络图，它们之间很少表现为线性关系，一个目标的实现，紧接其后的可能是多个任务，形成了一个连锁的网络。图3—10 是一个企业开发新产品的网络示意图。

（4）时限性。目标是在一定时期内所要达到的预期成果。如果没有时间的限制，目标就失去了实际意义。所以说，任何目标都是有其时限性的，即规定了在某一时间点之前，必须完成所分配的任务，达到预期的目的。从时间的长度来讲，目标又分为长期目标和短期目标，而且这里的长期和短期是相对而言的。短期目标是长期目标的基础，长期目标又对短期目标起指导作用。

另外，一个组织在某一时间内可以拥有很多的目标，而一个目标只能对应某一个时间。目标的时间一般是较稳定的，但是，当组织内外环境发生变化时，对目标进行一定的修改也是必要的。

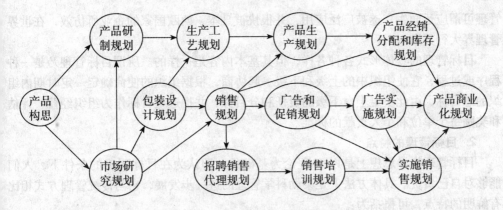

图3—10 新产品开发的网络示意图

（5）可考核性。为了使目标具有可考核性，最简便的方法是量化组织的目标。制定定量目标有助于执行者准确方便地考核目标完成的情况，但不是所有的目标都能够量化，如果生硬地对一些定性的目标进行量化，只会适得其反。

3. 目标制定的原则

制定目标看起来是一件简单的事情，每个人都有过制定目标的经历，但是如果上升到技术的层面，则需要学习并掌握 SMART 原则。

所谓 SMART 原则，即

（1）目标必须是具体的（specific）；

（2）目标必须是可以衡量的（measurable）；

（3）目标必须是可以达到的（attainable）；

（4）目标必须和其他目标具有相关性（relevant）；

（5）目标必须具有明确的截止期限（time-based）。

无论是制定团队的工作目标还是员工的绩效目标都必须符合上述原则，五个原则缺一不可。制定目标的过程也是自身能力不断增长的过程，管理者必须和下属员工一起在不断制定高绩效目标的过程中共同提高绩效。

八、目标管理

1. 目标管理的提出

"目标管理"的概念是管理大师彼得·德鲁克（Peter Drucker）1954 年在其著作《管理实践》中最先提出的。德鲁克认为，并不是有了工作才有目标，而是相反，有了目标才能确定每个人的工作。所以"企业的使命和任务，必须转化为目标"，如果一个领域没有目标，这个领域的工作必然被忽视。因此管理者应该通过目标对下级进行管理，当组织最高层管理者确定了组织目标后，必须对其进行有效分解，转变成各个部门以及各个人的分目标，管理者根据分目标的完成情况对下级进行考核、评价和奖惩。

目标管理提出以后，便在美国迅速流传。时值第二次世界大战后西方经济由恢复转向迅速发展的时期，企业急需采用新的方法调动员工积极性以提高竞争能力，目标管理可谓应运而生，遂被广泛应用，并很快被日本、西欧国家的企业所仿效，在世界管理界大行其道。

目标管理的具体形式各种各样，但其基本内容是一样的。所谓目标管理乃是一种程序或过程，它使组织中的上级和下级一起协商，根据组织的使命确定一定时期内组织的总目标，由此决定上、下级的责任和分目标，并把这些目标作为组织经营、评估和奖励每个单位和个人贡献的标准。

2. 目标管理的特点

目标管理指导思想上是以 Y 理论为基础的，即认为在目标明确的条件下，人们能够对自己负责。具体方法上是泰勒科学管理的进一步发展，它与传统管理方式相比有鲜明的特点，可概括为：

（1）目标管理是参与式的管理。目标的实现者同时也是目标的制定者，即组织的上下级共同制定目标。通过对组织总目标的分解、细分和具体化，层层展开，使各个部门和人员明确了各自的任务和职责。组织通过总目标来指导分目标，又通过分目标支持总目标的实现。这里需要注意的是，各种目标在方向上必须是高度一致的。

（2）强调"自我控制"。德鲁克认为，员工在工作中是愿意负起责任的，他们愿意发挥自己的技能和创造性。而通过目标管理，可以最大限度地发挥员工的能动性，让他们参与目标的制定，并在接下来的工作中进行自我管理和控制，保证目标的完成。目标管理对员工起到了很大的激励作用。

（3）权力下放。通过权力的下放，有助于在保持有效管理的情况下，最大限度地调动员工的积极性，并且有效缓和了组织中集权和分权的矛盾。

（4）保证了评价的有效性和真实性。在传统的管理方法中，评价员工或管理者的工作表现时，往往根据个人印象等定性因素来衡量，不够客观，也缺乏说服力。运用目标管理，通过较为完善的评估体系，有助于提高绩效评估的质量。

（5）重视人的因素。目标管理是一种参与的、民主的、自我控制的管理制度，也是一种把个人需求与组织目标结合起来的管理制度。在这一制度下，上级与下级的关系是平等、尊重、依赖、支持的，下级在承诺目标和被授权之后是自觉、自主和自治的。

（6）建立目标锁链与目标体系。目标管理通过专门设计的过程，将组织的整体目标逐级分解，转换为各单位、各员工的分目标。从组织目标到经营单位目标，再到部门目标，最后到个人目标。在目标分解过程中，权、责、利三者已经明确，而且相互对称。这些目标方向一致，环环相扣，相互配合，形成协调统一的目标体系。

（7）重视成果。目标管理以制定目标为起点，以目标完成情况的考核为终结。工作成果是评定目标完成程度的标准，也是人事考核和奖评的依据，成为评价管理工作绩效的唯一标志。至于达到目标的具体过程、途径和方法，上级并不过多干预。所以，在目标管理制度下，监督的成分很少，而控制目标实现的能力却很强。

3. 目标管理的基本程序

目标管理的具体做法分三个阶段：第一阶段为目标的设置；第二阶段为实现目标过程的管理；第三阶段为测定与评价所取得的成果。

（1）目标的设置

这是目标管理最重要的阶段，第一阶段可以细分为四个步骤：

①高层管理预定目标。这是一个暂时的、可以改变的目标预案，即可以由上级提出，再同下级讨论，也可以由下级提出，上级批准。无论哪种方式，都必须根据企业的使命和长远战略，估计客观环境带来的机会和挑战，共同商量决定。

②重新审议组织结构和职责分工。目标管理要求每一个分目标都有确定的责任主体。因此预定目标之后，需要重新审查现有组织结构，根据新的目标分解要求进行调整，明确目标责任者和协调关系。

③确立下级的目标。首先下级明确组织的规划和目标，然后商定下级的分目标。在讨论中上级要尊重下级，平等待人，耐心倾听下级意见，帮助下级发展一致性和支持性目标。分目标要具体量化，便于考核；分清轻重缓急，以免顾此失彼；既要有挑战性，又要有实现可能。每个员工和部门的分目标要和其他的分目标协调一致，支持本单位和组织目标的实现。

④上级和下级就实现各项目标所需的条件以及实现目标后的奖惩事宜达成协议。分目标制定后，要授予下级相应的资源配置的权力，实现权、责、利的统一。由下级写成书面协议，编制目标记录卡片，整个组织汇总所有资料后，绘制出目标图。

（2）实现目标过程的管理

目标管理重视结果，强调自主、自治和自觉并不等于领导可以放手不管，相反由于形成了目标体系，一个环节失误，就会牵动全局，因此领导在目标实施过程中的管理是不可缺少的。首先进行定期检查，利用双方经常接触的机会和信息反馈渠道自然地进行；其次要向下级通报进度，便于互相协调；再次要帮助下级解决工作中出现的困难，当出现意外、不可测事件严重影响组织目标实现时，也可以通过一定的手续，修改原定的目标。

（3）测定与评价所取得的成果

达到预定的期限后，下级首先进行自我评估，提交书面报告，然后上下级一起考核目标完成情况，决定奖惩，同时讨论下一阶段目标，开始新循环。如果目标没有完成，应分析原因总结教训，切忌相互指责，以保持相互信任的气氛。

九、目标管理体制的评价

目标管理与其他任何事物一样具有两个方面，既有积极的优点，又有本身的局限性。

1. 目标管理的优点

（1）管理强化，水平提高。目标管理能促使管理水平的提高。以最终结果为导向的目标管理，它迫使各级管理者去认真思考计划的效果，而不仅仅是考虑计划的活动。为了保证目标的实现，各级管理者必然要深思熟虑实现目标的方法和途径，考虑相应的组织机构和人选，以及需要怎样的资源和哪些帮助。

（2）成果导向，结构优化。目标管理促使管理者根据目标去确定组织的任务和结构。目标作为一个体系，规定了各层次的分目标和任务，那么，在允许的范围内，组织机构要按照实现目标的要求来设置和调整，各个职位也应当围绕所期望的成果来建立，这就会使组织结构更趋合理与有效。为了取得成果，各级管理者必须根据他们期望的成果授予下属人员相应的权力，使其与组织的任务和岗位的责任相对应。

（3）任务承诺，责任明确。目标管理是由各级管理者和工作人员去承担完成任务的责任，从而让各级管理者和工作人员不再只是执行指标和等待指导，而成为专心致志于自己目标的人。他们参与自己目标的拟定，将自己的思想纳入计划之中，他们了解自己在计划中所拥有的自主处理的权限，能从上级领导那里得到多少帮助，自己应承担多大的责任，这样他们就会把管理工作做得更好。

（4）监督加强，控制有效。目标管理能使责任更明确，由此就不难推理，它会使控制活动更有效。控制就是采取措施纠正计划在实施中出现的与目标的偏离，确保任务的完成。有了一套可考核的目标评价体系，监督就有了依据，控制就有了准绳，也就解决了控制活动最主要的问题。

2. 目标管理的局限性

目标管理也存在一些缺陷，有些缺陷是方式本身存在的，有些缺陷是在实施过程中因工作做得不到位而引起的。

（1）目标难确定。真正可考核的目标是很难确定的，尤其是要让各级管理者的目标都具有正常的"紧张"和"费力"程度是非常困难的。而这个问题恰恰是目标管理能否取得成效的关键。为此，对目标设置要比对展开工作和拟订计划做更多的研究。

根据先进性、可行性、可量化、可考核等要求确定管理目标体系，会对各级管理者产生一定的压力。为了达到目标，各级管理者有可能会出现不择手段的行为。为了防止采用不道德的手段去实现目标，高层管理者不仅要确定合理的目标，还要明确表示对行为的期望，给道德的行为以奖励，给不道德的行为以惩罚，这无形中增加了目标确定的工作难度。

（2）目标短期化。在实行目标管理的组织中，确定的目标一般都是短期的，很少有超过一年的。这是由于组织外部环境的变化使各级管理者难以作出长期承诺所致。短期目标的弊端在管理活动中是显而易见的，短期目标会导致短期行为，以损害长期利益为代价，换取短期目标的实现。为防止这种现象发生，高层管理者必须从长远利益来设置各级管理目标，并对可能会出现的短期行为作出某种限制性规定。

（3）目标修正不灵活。目标管理要取得成效，就必须保持目标的明确性和肯定性，如果目标经常改变，说明计划没有深思熟虑，所确定的目标是没有意义的。但是，如果目标管理过程中，环境发生了重大变化，特别是上级部门的目标已经修改，计划的前提条件或政策已变化的情况下，还要求各级管理者继续为原有的目标而奋斗，显然是愚蠢的。然而，由于目标是经过多方磋商确定的，因此要改变它就不是轻而易举的事，常常修订一个目标体系与制定一个目标体系所花费的精力和时间是差不多的，结果很可能不得不中途停止目标管理的进程。

综上所述，目标管理可能看起来简单，但要切实可行地付诸实施，必须对它要有很好的领会和理解，这对管理者来说要求相对较高，且在目标的设定中总是存在这样、那样的问题，使得目标管理在付诸实施的过程中往往流于形式，不能达到预期的效果。

<h1 style="text-align:center">第二节 决 策</h1>

管理者在计划、组织、领导和控制组织活动时必须制定一系列的决策。以开一家新餐馆为例，管理者必须作出有关餐馆地点、提供的食品和顾客群等的决策。决策制定是管理者所参与的每一项任务最基本的组成部分。这一节我们就来学习如何制定决策。

一、决策的概念与内容

1. 决策的概念及特点

狭义地说，决策似乎是在几种行动方案中进行选择。广义地说，决策还包括在作出最后选择之前必须进行的一切活动。所以，我们把决策定义为：组织或个人为了实现某种目标，在充分分析和研究有关资料和环境因素的基础上，对未来一定时期内有关活动的方向、内容及方式的选择和调整过程。

决策具有目标性、可行性、选择性、满意性、过程性、动态性的特点。

（1）目标性。任何决策都必须根据一定的目标来作出。目标是组织在未来特定时限内完成任务所预期要达到的水平。没有目标，人们就难以拟订未来的活动方案，评价和比较这些方案也就没有了标准，对未来活动效果的检查更失去了依据。旨在选择或调整组织在未来一定时间内活动方向、内容或方式的组织决策，比纯粹个人的决策更具有明确的目的性或目标性。也正是从这种目标性角度，我们说组织决策是一种理性的决策。

（2）可行性。组织决策的目的是为了指导组织未来的活动。组织的任何活动都需要利用一定资源。缺少必要的人力、物力和技术条件的支持，理论上非常完善的决策方案也只会是空中楼阁。因此，决策方案的拟订和选择，不仅要参考采取某种活动的必要性，而且要注意实施条件的限制。组织决策应在对外部环境与内部条件结合研究和寻找动态平衡的基础上来制定。

（3）选择性。决策的实质是选择，或是"从中择一"。没有选择就没有决策，而要能有所选择，就必须提供可以相互替代的多种方案。事实上，为了实现相同的目标，组织总是可以从事多种不同的活动。这些活动在资源需求、可能结果及风险程度等方面均有所不同。因此，组织决策时不仅要具有选择的可能，即提出多个备选方案，而且还要有选择的依据，即提供选择的标准和准则。从本质上说，决策目标与决策方案两者是经由"选择"而确定的。

（4）满意性。选择组织活动的方案，通常根据的是满意化标准，而不是最优化标准。最优决策往往只是理论上的幻想，因为它要求：①决策者了解与组织活动有关的全部信息；②决策者能正确地评估全部信息的有用性，了解其价值，并据此制订出没有疏漏的行动方案；③决策者能够准确地计算每一个方案在未来的执行结果；④决策者对组织在某段时间内所要达到的结果具有一致而明确的认识。

（5）过程性。首先，组织决策不是一项决策，而是一系列决策的综合。通过决策，组织不仅要选择业务活动的内容和方向，还要决定如何具体地展开组织的业务活动。同时还要决定资源如何筹措，组织结果如何调整，人事如何安排。只有当这一系列的具体决策已经制定，相互协调，并与组织目标相一致时，才能认为组织的决策已经形成。

其次，这一系列决策中的每一项决策，其本身就是一个包含了许多工作，有众多人员参与的过程，从决策目标的确定，到决策方案的拟订、评估和选择，再到对决策方案执行结果的评价，这些诸多步骤构成了一项完整的决策。

（6）动态性。一项决策不仅仅是一个过程，而且是一个不断循环的过程。作为过程，决策是动态的，没有真正的起点，也没有真正的终点。另外，决策的主要目的之一是使组织的活动适应外部环境的变化，然而，外部环境在不断地发生变化，决策者必须不断监视和研究这些变化，从中找到组织可以利用的机会，并在必要时作出新的决策，以及时调整组织的活动，从而更好地实现组织与环境的动态平衡。

2. 决策的内容

（1）决策的主体是管理者。从计划的制订到组织实施过程中的一系列的决策工作，都是由组织的管理者负责的，这是管理者工作范围内的事，也是管理者的主要任务。

（2）决策的本质是过程。不能把决策仅仅理解为"瞬间"作出的决定。决策总是决策者先进行调查预测确定行为目标，然后围绕目标指定若干方案，再经过比较分析，最后选择最优的方案，所以，决策是由决策者一系列相互关联活动所构成的过程，可以描述为：分析内外环境，识别机会—确定目标—拟订可行方案—评估备选方案—选择最佳方案—选择实施战略—检查、监督、评估。

（3）决策的目的。决策的目的是解决问题，利用机会。决策是一种自觉的有目标的活动。决策是为了解决某个问题、达到一定目标而采取的决断行动。

3. 合理决策的标准

什么样的决策是合理有效的？在方案决策阶段，应该确定一个衡量决策质量的标准。关于这方面的内容，有三种具有代表性的观点。

（1）"最优"标准。这一观点是由科学管理的创始人泰勒首先提出的。他认为，任何一项管理工作，都存在一种最佳的实施方案。但是并非所有的管理工作都能够模型化，从而求出最优的解，所以追求"最优"的解决方案只能是决策者的一种优秀品质。管理既是门科学，也是门艺术，决策也是这样。所谓"最优"，只能是在一定条件制约下得出的。

（2）"满意"标准。这一观点是由西蒙提出的。他针对运筹学家们的"最优"决策标准提出了尖锐的批评，认为"最优"的解，只是在数学模型范围内得出的。但是在将现实问题转换成抽象模型的过程中，很容易低估了适用条件的严格要求，所以，数学模型的可信度大打折扣。

他认为："对于使用'运筹学'方法来说，不需要什么精确性，只要能足够给出一个近似的比不用数学而单靠常识得出的那种结果要更好的结果来，而这样的标准是不难达到的。"后来，为了避免这个概念的模糊性，补充道："如果认为某事物在本质上就是定性的，在应用数学家作出尝试之前不能简化为数学形式，否则这将是危险的。"

（3）"合理性"标准。这是由美国管理学家哈罗德·孔茨提出的。他对决策的"合理性"标准的解释是：

第一，组织的管理者必须具有达到目标的决心；

第二，他们必须制订适应组织内、外部环境变化的计划、方针；

第三，他们必须具备足够的信息，并有能力正确分析和评价备选的方案；

第四，他们必须具有用最好的办法解决问题的愿望，并能够选出最满意的方案。

孔茨提出的"合理性"标准的实质，是注重决策过程中各项工作的质量，而不是在选择方案时采用"最优"还是"满意"的标准。

二、决策的类型

决策的环境及决策的种类是多种多样的。采用不同的衡量标准来对决策进行分类，有助于管理者更清楚地认识决策的特点和意义，了解决策过程，提高决策的质量。

1. 组织决策与个人决策

按照决策的主体进行划分，可以将决策分成组织决策和个人决策。

（1）组织决策。组织决策又称为群体决策，是组织整体或组织的某个部门对未来一定时期的活动所作的选择或调整，鼓励大家参与到预测的过程中，充分发挥集体的智慧。

组织决策的决策者应该是相互制约、相互补充的人群，他们不仅应具有必要的专业知识，还应考虑这个共同体的智能结构和决策方式。常用的组织决策形式有：

第一，头脑风暴法。它是一种创意产生的过程，鼓励提出任何种类的备选方案，同时禁止对这些方案进行批评，并且记录所有的备选方案，稍后再作讨论和分析。

第二，名义群体法。在决策过程中禁止讨论，要求参加的人员独立行事，秘密地写下对问题的分析及看法，提出解决方案。这种方法的好处是不限制个人的独立思考，有助于提出新颖并富有创造性的想法和方案。

第三，电子会议。最近的组织决策方法是将名义群体法与尖端的计算机技术相结合的电子会议。50多个人围坐在一张马蹄形桌子旁，这张桌子上除了一些计算机终端外别无他物，将问题显示给决策者，他们把自己的回答输入计算机中，个人评论和票数统计都投影在会议室内的屏幕上。其优点是匿名、真实、迅速。

（2）个人决策。简单地说，决策者只有一个人的决策活动称为个人决策。因此，个人决策主要受到决策者个人的经验、知识水平、决策能力、思想观点、欲望、意志等因素的影响。

组织决策相对于个人决策的优点是：第一，可以收集较为完整的信息；第二，可以产生更多的方案；第三，提高了决策的接受程度；第四，提高决策的合法性，决策过程与民主思想相一致，减少了个人独断专行的情况。但是，组织决策的主要缺点是：第一，消耗时间，效率不高；第二，在实施的过程中，很难保证个人能够充分表达自己的意见，而且个人意见也常常受到组织成员的影响；第三，责任不清。表3—3从七个方面对组织决策与个人决策进行了比较。

表3—3 组织决策与个人决策比较

项　目	组织决策	个人决策
果断性	差	好
责任明确	差	好
决策成本	高	低
决策质量	好	一般
一贯性	好	差
可实施性	好	一般
开放性	好	差

那么，组织决策与个人决策哪个方法更适合组织的决策工作呢？这取决于组织对决策的要求。如果组织需要迅速作出决策，那么个人决策是更好的选择；如果需要得出具有创新性的决策，那么组织决策更为有效。

2. 初始决策与追踪决策

按照决策的起点进行划分，可以将决策划分为初始决策和追踪决策。

（1）初始决策。它是依据最初的环境而进行的决策，是指组织对从事某项活动或从事该项活动的方案所进行的初次选择。初始决策是建立在对组织内、外部环境的某种认识和分析的基础上的。

（2）追踪决策。组织中的大部分决策都是追踪决策，它是基于环境的变化进行的决策，是在初始决策的基础上进行对组织活动方向、内容或方式的重新调整。

相对于初始决策，追踪决策具有如下的特点：

第一，回溯分析。这是对初始决策形成的过程和环境重新进行客观的分析，找出不足的地方，并有针对性地采取改进措施；对于初始决策中符合组织内、外部环境变化的内容，继续坚持和保留，并作为调整和改进的基础。

第二，非零起点。初始决策是在环境和组织活动都处于初始阶段的时候作出的。而追踪决策则是组织已经采取了一定的决策，并且在某种程度上影响了组织所处的环境，即在组织和环境都发生变化时，进行的决策。

第三，双重优化。初始决策是在备选方案中择优选出的，而追踪决策是在初始决策的基础上进行的再次优化。通过追踪决策，既可以改善初始决策，又能够在改善方案中选取最优或最令人满意的决策。

3. 战略决策与战术决策

按照决策的作用范围进行划分，可以将决策划分为战略决策与战术决策。

（1）战略决策。它是指为了组织全局的长远发展而作出的决策，一般是由组织的高层管理者作出的。战略决策一般涉及组织全局，而且起着较长的指导作用，主要是为了适应外部环境的变化所采取的对策，以谋求长期发展，如组织使命的确定、组织发展战略与竞争战略、收购与兼并等。

（2）战术决策。它通常包括管理决策和业务决策，属于战略决策实施过程中的具体决策。管理决策是带有局部性的具体决策，它直接关系着为实现战略决策所需的组织人、财、物等资源的合理调配和使用，如产品开发方案、营销计划和营销策略的组合、员工招聘和培训、财务决策等。业务决策又称为日常管理决策，是为了提高组织日常业务活动而作出的决策，它与改善组织内部的运营效率有关，如生产任务的日常分配决策、库存控制、广告设计等。

战略决策是战术决策的前提，起着指导的作用，没有战略决策，战术决策就会迷失方向；实施战术决策是实施战略决策的必要的环节和过程，没有战术决策的实施，战略决策就失去了前进的动力。因此，战略决策和战术决策是相互依靠和相互补充的，缺一不可。

4. 程序化决策与非程序化决策

按照决策的重复程度进行划分，可以将决策划分为程序化决策与非程序化决策。

（1）程序化决策。程序化决策又称规范化决策或重复性决策，它是指那些例行的、按照一定的时间间隔重复进行的决策。程序化决策主要解决的是常规的、重复的问题。通过采取建立相应的制度、规则、程序的方式，管理者和员工在遇到类似的问题时可以根据已有的规定进行处理。为了提高程序化决策的效率和效果，必须详细规定处理这些重复性问题的政策、程序和规则。管理者只有事先较好地完成这些工作，才能在遇到问题时及时采取有效的决策。

（2）非程序化决策。非程序化决策又称为一次性决策，它是指没有规范的方法可遵循，对不经常重复发生的业务工作和管理工作所做的决策。非程序化决策主要解决的是非常规的、例外的问题，如新产品开发、组织变革等问题。在进行非程序化决策时，管理者既没有现成的方案可以借鉴，也没有固定的解决模式，他们通常需要通过大量的分析研究工作来制订出相应的解决问题的方案，这是一种创造性活动。高层管理者进行的决策大多是非程序化决策。

程序化决策与非程序化决策没有明确的界限，在特定的条件下，二者可以相互转化。可以说，程序化决策与非程序化决策是决策的两个极端，就好像光谱的黑色波段和白色波段一样。在实际工作中，多数决策都是介于程序化决策和非程序化决策之间的。

5. 确定型、风险型和不确定型决策

一般来讲，任何决策都是在某些不确定因素的环境下制定的。按照决策问题具备的条件和决策的可能程度，可以将决策划分为确定型决策、风险型决策和不确定型决策。

（1）确定型决策。它是指决策者确切知道自然状态的发生，每个方案只有一个确定的结果，方案的选择取决于对各个方案的结果的比较，如任务分配的决策等。

（2）风险型决策。它是指决策者对未来的状况不能作出肯定的判断，选择任何

一种方案都要面临一定的风险。这时，自然状态不止一种，决策者不能知道哪些自然状态会发生，但能知道有多少种自然状态及每种自然状态发生的概率。

（3）不确定型决策。它是指决策的过程受到许多不确定因素的影响，决策者可能不知道有多少种自然状态，也无法知道每种自然状态发生的概率，决策者只能靠经验和直觉来确定一个主观的概率，进而作出相应的决策，并且决策者不能肯定每个方案的执行后果，如在不能确定市场的变化时所进行的生产决策等。

三、决策的程序

决策是一个过程，而不是一瞬间完成的工作。这其中包括了一系列的步骤（如图3—11 所示）。可以说，良好的决策结果是由良好的决策过程产生的。为了完成组织目标，决策者在进行决策的过程中应按以下步骤进行。

1. 界定问题，识别机会

决策过程的第一步就是要界定将要面临的问题，即可能的发展机会，或是可能遇到的危机，要注重考虑组织中人的行为以及信息的准确与时效。寻找问题的方法有：例外原则法；偏差记录法；组织诊断法。

2. 明确目标

组织内部的管理者的行动也可能导致产生决策的需要。组织拥有着许多技术和资源以及各种职能部门，当管理者想抓住商机而应用这些资源时，就需要确认组织的经营目标，而目标制定的合理性又是至关重要的。

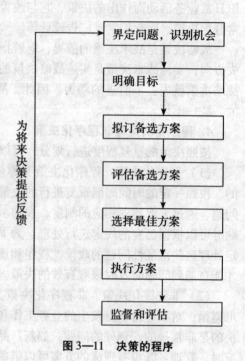

图 3—11　决策的程序

在明确目标时要注意的问题是：（1）目标的概念、内容；（2）目标的时间要求；（3）明确各分目标的关系；（4）决策目标的约束条件；（5）决策目标尽量用数量表示。

3. 拟订备选方案

一旦我们明确了组织的经营目标，接下来就是要制订解决问题的备选方案。根据所搜集的信息，管理者应尽可能多的制订可供选择的方案，可供选择的方案越多，解决办法越完善。寻求备选方案的过程是一个创造性的过程，在这一过程中，决策者必须开拓思维，充分发挥想象力。寻求备选方案常用的方法有：①头脑风暴法，即一群具备专业知识和专长的人聚集在一起，讨论出尽可能多的潜在解决方案；②集思广益法，即几个具有不同背景和专业知识的人聚集在一起，讨论出一个新的备选方案。制订备选方案的过程如图3—12 所示。

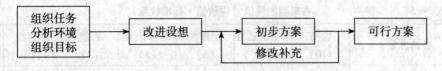

图 3—12 制订备选方案的过程

4. 评估备选方案

一旦管理者提出了各种方案，他们接下来就需要仔细评估各个方案的优劣。有效评价的关键就在于明确机会和威胁，并指定与机会和威胁相关的影响到方案选择的标准。总体来说，成功的管理者用四个标准来评价各种方案的利弊。

（1）合法性。管理者必须确保可行方案是合法的，并且不会违反国内和国际各项法律及政府的各项规定。

（2）伦理性。可行方案必须是符合伦理的，并不会损害到相关利益集团。有许多管理者制定的决策可能使一部分利益相关者受益了，但同时却损害了其他利益相关者的权益。所以在评估各种可行方案时，管理者必须十分明确其决策可能会产生的影响。

（3）经济可行性。管理者必须判断各种方案在经济上是否是可行的，也就是说方案是否能达到组织的绩效目标。特别的，管理者可以用成本收益分析法来决定哪一个方案能带来最大的财务收益。

（4）实用性。管理者必须考虑他们是否有实施方案的能力和资源，并确保方案的实施不会威胁到其他组织目标的实现。可能有的方案刚开始看上去有明显的利润优势，但仔细分析会发现它将影响到其他重要项目的实施，因而也是不可取的。

例如，选购一辆汽车，需要对各种车型的价格、样式、性能等进行全面的评价，如表 3—4、表 3—5 所示，最后选择综合指数最高的方案。

通过对各种车型的分析和比较，应选择综合得分最高的马自达 626（44 分），如果考虑权重的话，应选择购买丰田佳美（224 分）的方案。

表 3—4　　　　　　　　　　　　　　购车备选方案的评价

备选方案	价格	车内舒适性	耐用性	维修记录	性能	操作性	总分
切诺基吉普	2	10	8	7	5	5	37
福特·野马	9	6	5	6	8	6	40
梅塞德斯 C230	8	5	6	6	4	6	35
雪佛兰 Camaro	9	5	6	7	6	5	38
马自达 626	5	6	9	10	7	7	44
道奇勇士	10	5	6	4	3	3	31
沃尔沃 V70	4	6	7	6	8	9	42
铃木庆铃柔道	7	6	8	6	5	6	38
宝马 318	9	7	4	4	4	5	33
奥迪 90	5	8	5	4	10	10	42
丰田佳美	6	5	10	10	6	6	43
大众帕萨特	8	6	6	5	7	8	40

表3—5 各车型的评价（评价值＊标准权重）

备选方案	价格(10)		车内舒适性(8)		耐用性(5)		维修记录(5)		性能(3)		操作性(1)		总分
切诺基吉普	2	20	10	80	8	40	7	35	5	15	5	5	195
福特·野马	9	90	6	48	5	25	6	30	8	24	6	6	223
梅塞德斯 C230	8	80	5	40	6	30	6	30	4	12	6	6	198
雪佛兰 Camaro	9	90	5	40	6	30	7	35	6	18	5	5	218
马自达 626	5	50	6	48	9	45	10	50	7	21	7	7	221
道奇勇士	10	100	5	40	6	30	4	20	3	9	3	3	202
沃尔沃 V70	4	40	8	64	7	35	6	30	8	24	6	6	202
铃木庆铃柔道	7	70	6	48	8	40	6	30	5	15	6	6	209
宝马 318	9	90	7	56	4	20	4	20	4	12	5	5	203
奥迪 90	5	50	8	64	5	25	4	20	10	30	10	10	199
丰田佳美	6	60	5	40	10	50	10	50	6	18	6	6	224
大众帕萨特	8	80	6	48	6	30	5	25	7	21	8	8	212

5. 选择最佳方案

决策者要想作出一个好的决定，必须仔细考察全部事实，确定是否可以获取足够的信息，并考虑组织可以利用的资源。在选择方案时应考虑的因素如下：

（1）经验：在选择最佳方案时，将过去的经验作为一个指南。

（2）直觉：直觉与经验有关，它包括唤起决策者过去的记忆，并将其应用于对未来的预测。

（3）他人的建议：决策者必须从同事、上级和下级那里寻求帮助和指导。

（4）实验：如果可能的话，应检测备选方案。这类实验不应过多地消耗成本和时间。

以上因素是选择最佳方案时应该考虑的，而这些因素的相对重要性取决于所要完成目标的性质、完成任务的人员、完成任务所需时间等。

6. 执行方案

作出决策之后，就必须贯彻执行，并且还要作出与之相关问题的决策。比如，要开发一种新的女士服装，还需要进一步作出附属决策，如选聘服装设计师、获取原材料、寻找质量可靠的生产商、与经销商签订销售合同等。具体工作如下：（1）制定保证方案实施的措施；（2）确保与方案有关的各种指令能被所有人员充分接受和了解；（3）将决策目标分解，落实到单位或个人；（4）建立工作报告制度，了解方案的进展，并及时调整。

7. 监督和评估

决策过程的最后一步就是接受信息的反馈。有效的管理者总是进行回顾分析来从过去的成功和失败中获取经验教训。不对决策的结果进行重新评价的管理者就不会从经验中吸取知识，因而他们就会停滞不前，很可能在以后的工作中再犯同样的错误。

为避免这个问题,管理者就应建立一个正式的程序来从过去的决策中学习经验。这个程序应包括以下步骤:(1)比较决策的期望结果和实际结果;(2)寻找未能达到期望结果的各种原因;(3)总结对将来决策有益的指导。

经常对过去决策进行反馈分析的管理者会不断提高自己的决策质量,进而提高组织绩效。

四、影响决策有效性的因素

1. 环境

每个组织都是处于某个环境中的,在进行决策时,应充分考虑环境要素的影响。

环境是不断变化的,其变化趋势基本分为两类:一类是环境威胁,另一类是市场机会。所谓环境威胁,是指环境中一种不利于组织生存发展的变化趋势,如果不及时采取必要的应对方案,这种不利的趋势将会损害组织的利益。所谓市场机会,是指对组织有吸引力或有利于组织建立竞争优势的变化趋势。每一个组织都会面临若干环境威胁和市场机会。组织的管理者可以利用"环境威胁矩阵图"和"市场机会矩阵图"来分析和评价环境的影响,如图3—13所示。

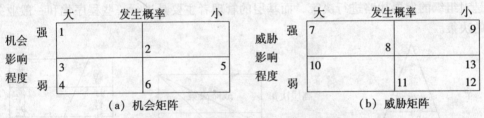

图3—13 市场机会矩阵图和环境威胁矩阵图

图3—13(a)的机会矩阵表述了四种情况:1的机会最好,实现的概率很大,对企业的吸引力最强;2的机会也很好,只是实现的概率较小,企业要想加以利用,需要创造一定的条件;3、4的机会影响程度较弱,但发生的概率很大,企业应加以利用;5、6的机会影响弱,而且发生的概率也小,企业可以不考虑。

同样的,图3—13(b)的威胁矩阵也表述了四种情况:7、8的威胁程度强,发生的概率大,企业应特别重视;9的威胁很强,但实现的概率较小;10的影响较小,但发生的概率很大,企业应加以重视;11、12、13威胁程度和发生概率都较小,所以企业可以不予考虑。

2. 过去的决策

组织过去的决策是目前决策过程的起点,它总是影响着正在进行着的决策工作,这一因素也可以称为"非零起点"因素。在大多数情况下,组织的决策工作并不是完全从"零"开始的,而是对初始决策的修改、调整或完善。

过去决策对目前决策的影响程度,主要受它们与现任决策者的关系的影响。如果现任决策者也是过去决策的制定者,那么他将倾向于坚持过去的决策,而不会对它进行重大的调整。相反,如果现任决策者跟过去决策没有重要的关系,那么他将倾向于进行重大的改革。

3. 决策者对待风险的态度

组织执行任何一项计划，都将面临一定的风险。而组织的决策者对风险的态度，将在很大程度上影响组织选择哪种方案。可以说，具有高回报率的方案，同时也包含了很多风险。决策者可以分成两大类：风险偏好型和风险回避型。但是，对将来所做的决策，决策者不可避免地要承担一定的风险。因此，对于决策者来说，其需要具备如下的素质：

（1）要有胆识、有勇气，敢于冒风险，敢于承担责任；

（2）能够收集足够的信息，准确分析发生风险的可能性和后果，并制订相应的解决方案。

（3）对决策的时机是否成熟有准确的判断。

这些都有助于决策者将方案的风险降至最低。

4. 组织的层次

由于不同层次的管理者拥有不同的权利，并承担相应的义务，所以为了完成各自的任务，他们会根据自身的工作内容，从事不同的决策工作。如图 3—14 所示，组织的管理层次与决策的类型具有一定的关系，一般来讲，组织的高层管理者主要是对组织的发展战略进行决策，而基层的管理者主要是进行一些程序化和一般业务的决策。

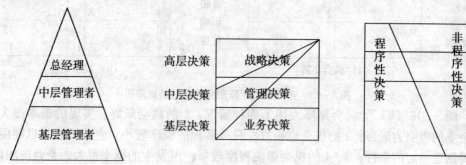

图 3—14　组织层次与决策类型的关系

5. 组织文化

在管理领域里，组织文化主要指组织的指导思想、经营理念和工作作风，包括价值观念、行业标准、道德规范、文化传统、风俗习惯、典礼仪式、管理制度以及企业形象。

组织的管理者在进行决策时，不可避免地要考虑本组织的组织文化。当环境发生重大变化时，组织的文化也应该做相应的变化，以保证组织文化与组织的新决策相一致。

6. 时间

为了保证决策的时效性，就应考虑时间对决策的制约作用。决策是在特定的环境下，把组织的需求与内外部条件结合起来制订的一种行动方案。只有在一定的时期内实施此决策才能达到预期的效果，而当决策的实施超出了时间的限制时，决策就失去了实际意义。

7. 组织的生命周期

任何组织在它的发展过程中，都会经历一个生命周期，包括萌芽、成长、成熟、衰退四个阶段，管理者需要根据组织所处的发展阶段，进行相应的决策工作。很明显，处在不同阶段的组织所制订的计划是不同的，随着组织的发展，计划也应做适当的调整，以适应组织发展的需要。

如图 3—15 所示，在萌芽阶段，管理者应当多采取指导性的计划，以提高组织的灵活性，便于组织及时调整工作目标和内容。在成长阶段，组织的目标更明确、资源更易获得，计划也更具有明确性，为加速组织的发展壮大，管理者应制订短期具体的、见效快的计划。在成熟期，组织的业务已相对稳定，可预见性最大，应选择长期的具体计划。当组织进入衰退期，管理者需要重新考虑确立目标，重新分配资源，制订短期的、更具指导性的计划。

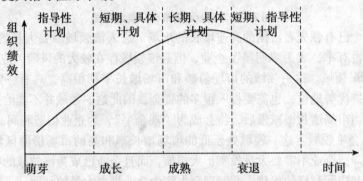

图 3—15 组织的生命周期对决策内容的影响

五、常用的决策方法

随着社会和科技的进步，以及决策理论和决策实践的发展，组织为保证影响未来生存和发展的决策的正确性和科学性，创造出很多种决策的方法，归纳起来可以分成两大类：定性决策方法和定量决策方法。在这里，我们主要挑选了以下几种方法进行详细的介绍。

1. 企业经营单位分类组合图

企业经营单位分类组合图的目的是帮助企业确定自己的经营范围，从而进一步决定自己的市场行为。对于企业的高层管理者来说，在对企业发展目标进行决策时，应该知道哪些领域是"明日之星"，哪些领域是"明日黄花"，这些不能单凭自己的主观臆断，而是必须根据其潜在利润进行科学的分析判断。美国波士顿咨询公司制定并推广了如图 3—16 所示的分析方法。

图 3—16 中横轴代表企业相对于最大竞争者的市场份额，10 意味着企业销售额是第二位的 10 倍，0.1 意味着企业销售额是最大竞争者的 10%；纵轴代表市场年增长率，超过 10% 则属于高增长。该矩阵分为四个方格，每个方格代表不同类型企业的业务领域：

（1）问题领域。这一领域处于高的市场增长率和低的市场份额区域，说明企业

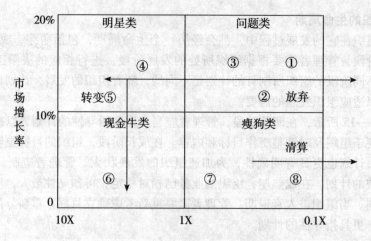

图3—16　企业经营单位分类组合图

力图进入这个已有领先者占据的高速增长的市场。进入该领域需要大量的开发资金，以提高市场占有率，成为"明星"企业，但是该领域存在较大的风险，应慎重考虑。

（2）明星领域。这一领域的市场份额和市场增长率都很高，具有一定的竞争优势。为了保持优势地位，也需要投入很多的资金，因此这一领域并不能给企业带来丰厚的利润，当市场增长率减慢后，将会成为"现金牛"，为企业创造利润。

（3）现金牛领域。这一领域处于低的市场增长率和高的市场份额区域。由于市场增长率下降，企业不需要大量投资扩大规模，而且企业已成为该领域的领先者，享有规模经济和边际利润的优势，此时现金牛将为企业带来大量的利润。

（4）瘦狗领域。这一领域处于低市场增长率和低市场份额区域，没有太大的发展前途，企业应考虑其存在的必要性。

利用企业经营单位分类组合图进行决策，是以企业的目标是追求利润为前提的。企业可以将获利较高而潜在增长率不高的经营单位所创造的利润，投向那些增长率和潜在利润都很高的经营单位，从而使资金在企业内部得到最有效的分配和利用。表3—6列出了处于不同领域的经营单位的决策选择。

表3—6　　　　　　　　　　　　**不同经营单位的决策选择**

单位类型	对策选择	利润率	需求投资	现金流
明星	维持或提高市场占有率	高	高	零或略小于零
现金牛	增加市场份额	高	高	为正且大
问题	提高市场占有率	零或负	非常高	为负且大
	收获或放弃	低或负	不需投资	正数
瘦狗	收获	低或负	不需投资	正数

2. 盈亏平衡分析法

盈亏平衡分析法又称量本利分析法，它是根据盈亏平衡点来选择合理的产量。所谓盈亏平衡点是指产品销售收入等于产品总成本时的销售量或销售额。它被广泛地运用于利润预测、目标成本的控制、生产方案的优选、制定价格等决策问题。

盈亏平衡分析法的基本公式如下：

$$\pi = R - C = Q \cdot (p - v) - F \tag{3—1}$$

式中：π 表示利润；R 表示销售收入；C 表示总成本；Q 表示销售量；p 表示销售单价；v 表示单位变动成本；F 表示固定成本。

如图 3—17 所示，销售输入减去变动成本后的余额称临界贡献。用临界贡献减去固定成本后的余额为利润。当总的临界贡献与固定成本相等时，恰好盈亏平衡。这时，在一定范围内增加产销量会增加利润。

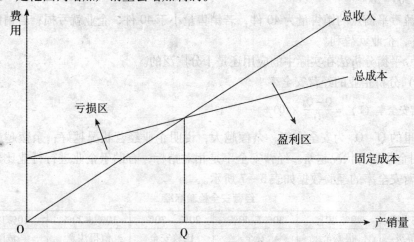

图 3—17 盈亏平衡图

在式（3—1）中，当 $\pi = 0$ 时，企业盈亏平衡，则有：

$$Q_0 \cdot (p - v) = F$$

$$Q_0 = \frac{F}{p - v} \tag{3—2}$$

式中：Q_0 表示盈亏平衡点的产销量；$p - v$ 表示单位临界贡献。

$$R_0 = \frac{F}{1 - \dfrac{v}{p}} \tag{3—3}$$

式中：R_0 表示盈亏平衡点的销售收入；$1 - \dfrac{v}{p}$ 表示临界贡献率。

式（3—3）还可写成：

$$R_0 = \frac{F}{U} \tag{3—4}$$

式中：U 表示加权平均临界贡献率。

企业在满足市场需求的前提下，要以利润最大化为主要的经营目标，因此求得一定目标利润下的产销量已成为盈亏平衡分析的一个重要的问题，可以利用以下的公式计算：

$$Q_\pi = \frac{F + \pi}{p - v} \tag{3—5}$$

$$R_\pi = \frac{F + \pi}{1 - \dfrac{v}{p}} \tag{3—6}$$

【例 3—1】某企业生产某种产品，单位售价为 300 元，单位产品变动成本为 200

元，生产该产品的固定成本为 4 000 元，盈亏平衡点是多少？

【解】根据盈亏平衡图和式（3—2）得：

$$Q_0 = \frac{F}{p-v}$$

$$Q_0 = \frac{4\ 000}{300-200} = 40\ （件）$$

即盈亏平衡点的销售量为 40 件，若销售量小于 40 件，企业就亏损；若销售量大于 40 件，企业就盈利。

盈亏平衡分析法在实际中的应用还是十分广泛的。

（1）分析企业的经营安全率

$$经营安全率（L）= \frac{Q-Q_0}{Q} \times 100\%$$

这里的 $Q-Q_0$ 为安全余额，余额越大，说明企业经营状况越好；余额越趋近于 0，说明企业经营状况越差。经营安全率是相对指标，有助于企业进行行业比较。企业的经营安全率的经验数据如表 3—7 所示。

表 3—7 　　　　　　　　　　　经营安全检验标准

经营安全率	40% 以上	30% ~ 40%	20% ~ 30%	10% ~ 20%	10% 以下
安全等级	很安全	安全	比较安全	值得注意	危险

（2）企业利润的预测

【例 3—2】某企业生产销售一种产品，单位变动成本为 5 元，年固定成本为 3 000 万元，销售单价为 20 元，根据市场推测，年度销售量为 300 万件，企业可获利多少？

【解】根据式（3—1）得：

$$\pi = R - C = Q \cdot (p-v) - F$$
$$= 300 \times (20-5) - 3\ 000 = 1\ 500\ （万元）$$

因此，企业可获利 1 500 万元。

（3）企业目标成本的确定

目标成本 = 预计销售收入 - 目标利润

【例 3—3】某企业生产的冰箱每台 2 000 元，单位变动成本 1 200 元，年固定成本 8 000 万元，目标利润 8 000 万元，目标成本是多少？

【解】根据式（3—6）得：

$$R = \frac{F+\pi}{1-\dfrac{v}{p}}$$

$$= \frac{8\ 000 + 8\ 000}{1-\dfrac{1\ 200}{2\ 000}}$$

$$= 40\ 000\ （万元）$$

目标成本 = 预计销售收入 - 目标利润
$$= 40\ 000 - 8\ 000 = 32\ 000\ （万元）$$

因此，在保证 8 000 万元的年目标利润的情况下，目标成本应为 32 000 万元。

（4）多品种生产经营的量本利判断

【例3—4】某企业生产 A、B、C 三种产品，固定成本 2 000 元，有关资料如表3—8 所示。

表3—8 A、B、C 三种产品的有关资料

项目 \ 产品	A	B	C	合计
单位（元）①	10	9	8	
单位变动成本（元）②	8	6	4	
单位临界贡献③＝①－②	2	3	4	
单位临界贡献率④＝$\frac{③}{①}$	20%	33.33%	50%	
销售量（万件）⑤	100	300	500	
销售收入（万元）⑥＝⑤×①	1 000	2 700	4 000	7 700
占总销量的比重（%）⑦＝⑥÷7 700	12.99	35.06	51.95	100.00
加权边际贡献率（%）⑧＝④×⑦	2.598	11.685	25.975	40.258

【解】根据式（3—4），盈亏平衡点的销售额为：

$$R_0 = \frac{F}{U} = \frac{2\ 000}{40.258\%} = 4\ 967.96（万元）$$

可见，盈亏平衡分析法在企业经营决策中的应用非常广泛。

3. 线性规划法

线性规划法是运筹学中较为常用的一种方法，属于确定型决策。运筹学是将分析的、实验的和定量的科学方法应用于决策之中，主要研究在物质条件已定的情况下，为了达到一定的目的，如何统筹兼顾整个活动各个环节之间的关系，为选择一个最好的方案提出数量上的依据，以便能为最经济、最有效地使用人、财、物作出综合性的合理安排，取得最好的效果。

该方法的一般程序如下：

（1）建立问题的数学模型；

（2）规定一个目标函数，作为对各种可能的行动方案进行比较的尺度；

（3）规定模型中各参量的具体数值；

（4）求解模型，找出使目标函数达到最大值（或最小值）的最优解。

20 世纪五六十年代是运筹学研究和应用的鼎盛时期，但有人对运筹学的作用提出了怀疑，主要集中在两个方面：一方面，许多运筹学家把原来的问题抽象简化，直到数学难点和计算难点都被舍去为止，从而使问题的解答失去了实际意义。另一方面，运筹学最重要的是得到问题的最优解，但从管理实践的角度，由于决策目标通常有多个，且各个目标之间常常存在冲突，因此最终的解决方案一般都是折中的结果，而不是数学上的最优解。

这里通过一个例子来介绍这种方法。

【例3—5】某产品 A、B，价格分别为 60 元/件、30 元/件，其生产关键设备有效工时为 4 650 小时/年，A、B 产品的定额分别为 3 小时/件、6 小时/件；A、B 产品

每件需关键材料分别为 2 千克/件、4 千克/件，关键材料的最大供应量为 4 600 千克/年；A 产品的某配套元件订货量为 2 400 件/年；B 产品的年销售量少于 2 000 台。应如何组织 A、B 产品的生产？

【解】目标函数：$P_{max} = 60x + 30y$

约束条件：$2x + 4y \leqslant 4\ 600$

$3x + 6y \leqslant 4\ 650$

$x \leqslant 2\ 400$

$y < 2\ 000$

$x,\ y > 0$

解得：$x = 900$

$y = 1\ 900$

$P_{max} = 112\ 500$

4. 决策树法

决策树法是风险决策常用的一种方法，如图 3—18 所示。风险决策需要具备以下条件：

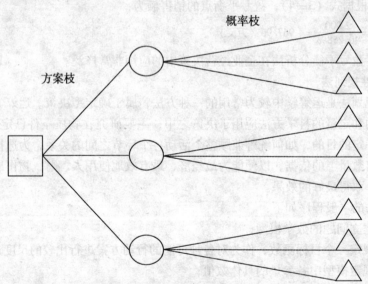

注：□——决策点。它是对几种方案的选择结果，即最后选择的最佳方案。如果是多级决策的情况，那么决策树的中间可以有多个决策点，以决策树"根"部的决策点为最终决策方案。从决策点引出的每一条方案枝代表了一个方案，在方案枝上要标明该方案的内容。

〇——自然状态点。它代表备选方案的经济效果（期望值），对比各个状态点的经济效果，按照一定的决策标准就可以选出最佳方案。由自然状态点引出的概率枝的数目表示可能出现的自然状态的数目，在概率枝的下面标出这种自然状态的概率值。

△——结果节点。在该点上标明自然状态下的损益值。

图 3—18　决策树示意图

第一，组织具有明确的目标；

第二，存在着两个以上可供选择的行动方案；

第三，存在两种以上不以决策者意志为转移的自然状态；

第四，能够计算出各个行动方案在不同自然状态下的损益值；

第五，能够大致估算出各个自然状态出现的概率。

决策树又分为单级决策和多级决策。如果一个决策树只在树的根部有一个决策点，称为单级决策。如果一个决策树不但在树的根部有决策点，而且在树的中间也有决策点，则称为多级决策。下面介绍决策树的应用步骤：

（1）画决策树。决策树的画法应从左向右，即先在左边画出决策点，从决策点出发引出各方案枝，标明各方案所面临的自然状态及其概率，并计算各方案在不同自然状态下的损益值。

（2）推算各备选方案的期望值。期望值的计算是自右向左的，计算公式为：

$$E_i = \sum_{j=1}^{n} P_j \cdot Q_{ij} \qquad (i, j = 1, 2, \cdots, n, \text{表示自然状态的序数})$$

式中：E_i 表示第 i 个方案的期望值；Q_{ij} 表示方案 i 在第 j 种自然状态下的损益值；P_j 表示第 j 种自然状态出现的概率。

（3）选择最佳决策方案。从中选择收益最大或损失最小的方案为最佳方案。对被排除的方案在方案枝上画"‖"，表示剪枝。

【例3—6】某企业准备今后五年生产某种产品，需要确定产品批量。根据预测估计，这种产品的市场状况的概率是畅销——0.3，一般——0.5，滞销——0.2。产品生产提出大、中、小三种批量的生产方案，怎样决策才能取得最大经济效益？有关数据如表3—9所示。

表3—9　　　　　　　　　**各方案损益值表**　　　　　　　　　单位：万元

自然状态 概率 损益值 方案	畅销 0.3	一般 0.5	滞销 0.2
大批量（Ⅰ）	30	25	12
中批量（Ⅱ）	25	20	14
小批量（Ⅲ）	18	16	15

【解】（1）绘制决策树（如图3—19所示）。

（2）计算各方案的损益期望值如下：

大批量生产①的期望值 ＝（30×0.3＋25×0.5＋12×0.2）×5＝119.5（万元）

中批量生产②的期望值 ＝（25×0.3＋20×0.5＋14×0.2）×5＝101.5（万元）

小批量生产③的期望值 ＝（18×0.3＋16×0.5＋15×0.2）×5＝82（万元）

（3）选择最佳方案。把以上计算结果注明在各个方案结点上，然后比较各个方案的期望值。经过比较，应剪去中批量和小批量方案枝，选择大批量生产方案。

5. 非确定型决策方法

非确定型决策是指决策人无法确定未来各种自然状态发生的概率的决策。不确定型决策的主要方法有：等可能性法、保守法、冒险法、折中法和最小最大后悔值法。

（1）等可能性法。采用这种方法是假定自然状态中所有情况发生的可能性是相

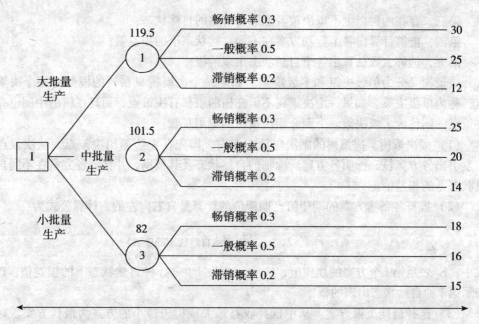

图3—19 单级决策树

同的，通过比较每个方案的损益平均值来进行方案的选择，在利润最大化目标下，选择平均利润最大的方案，在成本最小化目标下选择平均成本最小的方案。

（2）保守法。保守法也称悲观法、小中取大的准则，决策者不知道各种自然状态中每种情况发生的概率，决策目标是避免最坏的结果，力求风险最小。运用保守法进行决策时，首先要确定每一可选方案的最小收益值，然后从这些方案的最小收益值中选出一个最大值，与该最大值相对应的方案就是决策所选择的方案。

（3）冒险法。冒险法也称乐观法、大中取大的准则，决策者不知道各种自然状态中每种情况发生的概率，决策的目标是选最好的自然状态下确保获得最大可能的利润。冒险法在决策中的具体运用是：首先，确定每一可选方案的最大利润值；其次，在这些方案的最大利润中选出一个最大值，与该最大值相对应的那个可选方案便是决策选择的方案。由于根据这种准则决策也能产生最大亏损的结果，因而称之为冒险投机的准则。

（4）折中法。折中法是对上述两种方法进行折中，其基本假设是最好的自然状态和最差的自然状态均有出现的可能。因此，在运用此法决策时，决策者首先给最好自然状态一个乐观系数，给最差自然状态一个悲观系数，二者之和为1，然后用最好自然状态下的期望收益（收益乘以乐观系数）加上最差自然状态下的期望收益值（收益乘以悲观系数），得出每个方案的期望收益值，期望收益值最大的方案就是决策所选择的方案。

（5）最小最大后悔值法。最小最大后悔值法也称萨凡奇决策准则，决策者不知道各种自然状态中每种情况发生的概率，决策目标是确保避免较大的机会损失。运用最小最大后悔值法时，首先要将决策矩阵从利润矩阵转变为机会损失矩阵；其次确定每一可选方案的最大机会损失；最后，在这些方案的最大机会损失中，选出一个最小值，与该最小值对应的可选方案便是决策选择的方案。

　　某企业打算生产一种新产品，有四种方案可供选择：A1——改造原有生产线；A2——新建一条生产线；A3——把一部分配件包给外厂；A4——从市场上采购一部分配件。

　　产品投放市场后可能有四种状态：S1——需求量高；S2——需求量一般；S3——需求量较低；S4——需求量很低。由于缺乏资料，无法对各种自然状态的发生概率作出估计。乐观系数＝0.2；悲观系数＝0.8。这种产品在各种方案、各种自然状态下每年的损益情况、按各种决策方案进行决策的过程及结果如表3—10所示。

表3—10　　　　　　　　　　　　决策过程及结果

决策方法＼方案	A1	A2	A3	A4	行最大值	行最小值
最好状态 S1	600	800	350	400	800	350
S2	400	350	220	250	400	220
S3	-150	-300	50	90	90	-300
最差状态 S4	-350	-700	-50	-100	-50	-700
等可能性法（每种状态概率25%）	125	37.5	142.5	160		
小中取大法（各列最小值）	-350	-700	-50	-100		
大中取大法（各列最大值）	600	800	350	400		
折中法（乐观系数＝0.2，悲观系数＝0.8）	$0.2 \times 600 + 0.8 \times (-350) = -160$	$0.2 \times 800 + 0.8 \times (-700) = -400$	$0.2 \times 350 + 0.8 \times (-50) = 30$	$0.2 \times 400 + 0.8 \times (-100) = 0$		
最小最大后悔值法 后悔值	200	0	450	400		
	0	50	180	150		
	240	390	40	0		
	300	650	0	50		
最大后悔值	300	650	450	400		

　　注：阴影所在的列表示所选择的方案。

　　资料来源 范厚明：《管理学基础》，大连，大连海事大学出版社，2004。

　　根据表3—10最终可以得出如下结论：按照等可能性法，应采用A4方案；按照小中取大法，则应采用A3方案；按照大中取大法，则应采用A2方案；按照最小最大后悔值法应该采用A1方案。以上情况说明，对于不确定类型的决策，决策者本身对方法的选择将最终影响其对决策方案的选择。对于同一个问题，决策方法不同，决策所选用的方案也各不相同，所以决策方法的选择、决策的成败与决策者的知识、观念、综合分析判断能力和魄力有很大关系。

本章小结

　　1. 计划是管理的重要职能，它是管理者确定和选择恰当组织目标以及制定行动方案的过程。

　　2. 进行计划工作时，应遵循灵活性原则、限定原则、许诺原则和改变航道原则，并要考虑影响计划的权变因素，如组织层次、组织的生命周期、环境的不确定性。

3. 制订计划的程序包括：估量机会，确定目标，确定计划工作的前提条件，拟订可供选择的方案，评价各种备选方案，选择方案，拟订派生计划，编制预算。制订计划的方法有：滚动计划法、运筹法、网络分析法。

4. 决策按照不同的标准可以划分为多种类型。

5. 目标是活动指向的终点，目标管理被广泛地应用于业绩评价和员工激励活动中，实施目标管理应最大限度地发挥其优势，同时也要注意并克服目标管理的缺点。

关键术语

计划（plan）　计划工作（planning work）　目标（objectives）　目标管理（management by objectives）　决策（decision）　决策过程（decision-making process）　程序化决策（programmed decisions）　非程序化决策（non-programmed decisions）

复习与思考

1. 在未来，计划工作对管理者是更重要还是不重要？为什么？

2. 在什么情况下"短期计划"更为适用？

3. 你个人生活中采用何种方式进行计划？根据下面一些要求来描述这些计划：（1）战略性的还是运营性的；（2）短期的还是长期的；（3）具体的还是方向性的。

4. 有一种说法，当管理者越来越经常地使用电脑和软件工作时，他们将能够制定更理性化的决策，你是否同意这种说法？为什么？

5. 解释决策过程与计划过程的相互关系。

6. 什么是满意决策？它与最优决策有何不同？

7. 过去 20 年中，组织越来越多地采用组织决策，你认为这是为什么？在什么条件下你会建议采用组织决策？

8. "保持竞争优势的主要方法就是比竞争对手更快地对环境作出相应调整。"你同意这一观点吗？试解释。

9. 你认为在什么条件下目标管理最有用？

第四章 组 织

引例　　　　　　　　　　如何设计一个组织?

　　诺基亚公司在 1865 年建立时只是一家木材加工厂，但它发展迅速。在一段时间内，诺基亚进入了一系列的产业领域，从造纸到化工、橡胶等。进入 20 世纪 90年代后，公司大幅度调整了经营方向，进军正在发展中的电信业。现在，作为一家全球化公司的诺基亚，主要经营领域已转为无线和有线电信业务。它在全世界有超过 5.6 万名的员工，平均每 3 个人中就有一个人介入某种形式的产品研制中。它对创新的执著追求已经为 20 世纪 90 年代的事实所证实。诺基亚持续不断地推出比竞争对手更好的产品，并能适时地将适量的产品送至零售商及蜂窝电话企业。它是如何做到的呢? 前首席执行官 Jorma Ollila 认为，存在某种独特的运行方式，使诺基亚比其他公司更注重实用、更为聚集、更具柔性。

　　Jorma Ollila 为诺基亚设计了一个相当非层级化的结构。公司中通常并不明确规定谁负责什么，尽管员工得花一段时间习惯了以后才会喜欢这种自由。这种无为而治的管理激发了创造性、创业精神和个人责任感。作为这种灵活性的平衡措施，公司制定了严格的财务绩效目标，使员工全力完成组织的任务。Jorma Ollila 相信，要是能够建成一个学习型组织，诺基亚将变得更好。请站在首席执行官的立场想一想，如何才能把诺基亚设计成一个学习型组织?

　　资料来源　[美]斯蒂芬·P. 罗宾斯、玛丽·库尔特:《管理学》，7 版，孙健敏等译，266页，北京，中国人民大学出版社，2006。

第一节　组织概述

　　作为一项管理的基本职能，组织工作就是要把为了实现组织目标而必须从事的各项工作或活动进行分类组合，其主要作用是为了实施管理、落实计划而进行组织结构的设计、构造、调整和创新。作为结构，组织是把动态活动中有效合作的相互关系相对静止而形成的静态模式；作为一个系统的组织，是人们在工作中形成的相互间的关系。

一、组织的含义与构成要素

1. 组织的含义

　　组织是指具有明确的目标、精心设计的结构、有意识协调的活动系统，同时又同外部保持密切联系的社会实体。巴纳德认为"组织不是集团，而是相互协作的关系，是人们相互作用的系统"。哈罗德·孔茨把组织定义为"正式的有意识形成的职务结构或职位结构"。由此可见，组织不仅是人的结合，而且是一种特有的体系。

2. 组织的构成要素

组织作为一个开放的系统，一般包含四个重要因素：

（1）组织的目标和宗旨，又称为使命。其说明了组织存在的理由，描述了组织的愿景、共享的价值观和信念。目标是组织存在的前提，组织通过连续更新宗旨和目标保持其延续性。

（2）人员与职务。人既是组织中的管理者，又是被管理者，建立并保持良好的工作关系，是保持组织系统有效运行的基本条件和要求。明确每个人在组织系统中所处的位置及相应的职务，便可形成一定的职务结构。

（3）职权与职责。职权（authority）是经过正式程序赋予某个职位的一项权力。拥有职权，就可以承担指挥、监督、控制、惩罚、裁决等工作。这种权力来源于职位的权力，而不是特定个人的权力。在赋予某项职位职权的同时，必须指定该职权对应的职责。职责（responsibility）反映了上下级之间的一种关系。下级有向上级报告工作的责任和义务，上级有对下级工作进行监督和指导的责任。

（4）协调。在组织成员付出努力的同时，必须对这些努力进行协调，以便最有效地实现目标。因为任何组织的效果都不是由个人决定的，而由组织内各部门和力量的共同作用决定，所以，良好的人事协调对实现组织良好的效果是至关重要的。

二、组织的类型

1. 按组织的社会职能分类

（1）经济组织。经济组织是人类社会最基本、最普遍的社会组织，担负着为人们提供衣食住行等物质生活资料的任务，履行着社会的经济职能。经济组织是一种专门追求社会物质财富的社会组织，存在于生产、交换、分配、消费等不同领域。工厂、工商企业等社会组织都属于经济组织。

（2）政治组织。政治组织出现于人类社会划分阶级之后，是一种为某个阶级的政治利益服务的社会组织。国家的立法机关、司法机关、监狱、军队等都属于政治组织。

（3）文化组织。文化组织是一种人们之间相互沟通思想、联络感情、传递知识和文化的社会组织。各类学校、研究机关、艺术团体、图书馆、艺术馆、博物馆、展览馆、纪念馆、报刊出版单位等都属于文化组织。文化组织一般不追求经济效益，属于非营利组织。

（4）群众组织。这类组织是社会各阶层、各领域的人民群众，为开展各种有益活动而形成的社会团体，如工会、共青团、科学技术协会等。

（5）宗教组织。宗教组织是以某种宗教信仰为宗旨而形成的组织。

2. 按组织的形成方式分类

（1）正式组织。正式组织是为了有效地实现组织目标而明确规定组织成员之间职责范围和相互关系的一种结构，其组织制度和规范对成员具有正式的约束力。如果一个社会组织内部存在着正式的组织任务分工、组织人员分工和正式的组织制度，那么它就属于正式组织。政府机关、军队、学校、工商企业等都属于正式组织。正式组织是社会中主要的组织形式，是人们研究和关注的重点。

（2）非正式组织。非正式组织是人们在共同工作或活动中，由于具有共同的兴趣和爱好，以共同利益和需要为基础而自发形成的团体。如果一个社会组织的内部既没有确定的机构分工和任务分工，没有固定的成员，也没有正式的组织制度等，这种组织就属于非正式组织。非正式组织可以是一个独立的团体，如学术沙龙、文化沙龙、业余俱乐部等，也可以是一种存在于正式组织之中的无名而有实的团体。这是一种事实上存在的社会组织，现在正日益受到重视。在一个正式组织的管理活动中，应特别注意非正式组织的影响作用。对这种组织现象的处理，将会影响到组织任务的完成和组织运行的效率。

3. 按组织的规模分类

根据该种分类方法，组织可分为小型、中型和大型组织。比如，同是企业组织，就有小型企业、中型企业和大型企业；同是医疗组织，就有个人诊所、小型医院和大型医院；同是行政组织，就有小单位、中等单位和大单位。按这个标准进行分类具有普遍性。按组织规模划分组织类型，是对组织现象的表面的认识。

三、组织工作的任务与作用

1. 任务

组织工作作为管理的一项职能，是指在组织目标已经确定的情况下，将实现组织目标所必须进行的各项业务活动加以分类组合，并根据管理宽度原理，划分出不同的管理层次和部门，将监督各类活动所必需的职权授予各层次、各部门的主管人员，以及规定这些层次和部门之间的相互配合关系。其主要任务可以概括为：

（1）组织机构的设计。当组织目标确定以后，管理者首先要对为实现组织目标的各种活动内容进行区分和归类，把性质相近或联系紧密的工作进行归并，成立相应的职能部门进行专业化管理，并确定合适的组织层次。

（2）适度和正确授权。在确定了组织机构的形式后，要进行正确、适度的授权。分权是组织内管理的权力由高层管理者委派给各层次和各部门的过程。正确、适度的授权有利于组织内各部门为实现组织目标而协同工作。

（3）人力资源管理。人是组织的主体，组织活动包括人员的选择和配备、培训和考核、奖励和惩罚，以及对人的行为的激励等。

（4）组织文化的建设。组织活动包括为创造良好的组织气氛而进行团体精神的培育和组织文化的建设。

2. 作用

组织工作的目的就是要建立一个适于组织成员相互合作、发挥各自才能的良好环境，从而消除由于工作或职责方面所引起的各种冲突，使组织成员都能在各自的岗位上为组织目标的实现作出应有的贡献。

组织工作的作用，绝不是简单地把个体力量集合在一起。群体力量与个体力量的简单总和有着质的不同，它可以完成个体力量的简单总和所不能完成的任务。优良的组织可以避免集合在一起的个体力量相互抵消，而寻求汇聚和放大个体力量的效应。

一个组织为了有效地发挥和利用其人、财、物资源，必须妥善地开展组织设计与变革工作。

（1）组织力量的汇聚作用。把分散的个体汇集成为集体，用以完成较大的艰巨任务，这是组织力量汇聚作用的表现。用简单的数学公式表示，就是"$1+1=2$"。

（2）组织力量的放大作用。良好的组织还能发挥组织力量的"相乘"效果。组织对汇聚起来的力量有放大或相乘的作用，力量放大作用是在力量汇聚作用基础上产生的，但不是简单的"$1+1=2$"，更多的是"$1+1>2$"。

（3）个人与机构之间的交换作用。从个人的角度来看，个人之所以加入某一组织并对其投入一定的时间、精力和技能，其目标不外乎想从机构中得到某种利益或报酬，以满足个人的需求。而组织之所以愿意对个人投入上述成本，是希望个人能因此对组织有所贡献，以达到组织预定的目标。这就必须借助组织活动的合成效应的发挥，使个人集合成的整体在总力量上大于所有组成人员的个体力量的简单相加。因此，个人与组织之间的关系，是建立在一种相辅相成、平等交换的基础之上的，形成双方都感到满意的结果。

四、组织工作的过程

组织工作是维持与变革组织结构，并使组织发挥作用，完成组织目标的过程。这一过程的具体步骤是：

（1）确定组织整体目标。组织工作首先必须明确实现组织目标所必需的各种活动，并对之进行分类，这涉及组织中的岗位设计问题。

（2）对目标进行分解，形成目标体系。将组织所必需的各种活动进行分解、组合，形成可以管理的部门或单位，形成不同的组织结构类型。

（3）明确各部门的职责与权力。将各部门或单位所必需的职权授予各个管理者，并且赋予他们相应的责任。

（4）合理配备人员。为组织中的职位配备适当的人员，即进行人力资源管理工作。

（5）制定规章制度，建立运行机制，保持组织的灵活性、开放性、适应性和相对稳定性。

（6）组织工作还必须从纵横两个方面对组织结构进行协调和整合，使组织成为一个精干高效的整体，以保证组织目标的顺利实现。

第二节　组织设计

良好的计划，常常因为管理者没有适当的组织结构予以支持而落空。而某一时期合适的组织结构，可能过了一两年以后就不再适合。选择合适的组织结构在组织演进的过程中起着至关重要的作用。

一、组织设计的影响因素、原则与内容

（一）　组织设计的影响因素

1. 战略

组织战略是影响企业组织设计的一个重要因素。历史发展表明，战略决定着组织结构的形式，反过来，组织结构与组织战略适应与否又是决定战略能否顺利实现的重要因素。一方面，战略的制定必须考虑组织结构的现实；另一方面，一旦战略形成，组织结构就应作出相应的调整。不同的战略要求开展不同的业务活动，这会影响管理职务的设计；战略重点的改变会引起组织中各职能部门重要程度的改变，从而影响结构的设计。企业战略对组织设计的影响主要表现在三个方面：

（1）不同战略中心的形成。组织为了自身的生存与发展，需要具备一些最基本的管理职能，如生产、销售、研发、财务等。但在不同的组织中，这些职能所处的地位、所起的作用也是不同的。有些职能在一个组织中处于中心位置，在另一个组织可能就只是辅助性的。由于职能的重要性不同，就形成了不同类型的组织结构。而职能重要性的高低是由组织的经营战略决定的。

在某些组织中，产品的原材料供应、销售都有固定的渠道，生产技术比较成熟，这类组织往往实施以质取胜的经营战略，质量管理就成为组织的关键职能，组织结构也就会形成以质量为中心的结构。有些组织所处行业产品更新换代速度较快，这类组织会实施以新产品、新技术取胜的战略，技术开发成为关键职能，并形成以技术开发为中心的组织结构。

（2）不同的产品经营战略对组织结构的影响。从经营领域来划分，组织的经营战略可以分为单一产品战略和多种经营战略。不同的经营战略要求不同的组织结构与之相适应。

单一产品战略的企业经营范围仅局限于某一行业或某种产品，与这种战略相适应的组织结构是简单的职能式结构。这种结构有利于减少人员，降低成本。

多种经营战略的企业经营领域包括行业内或跨行业的多种产品。有的企业为了减少经营风险，维持均衡的投资利润率，会将资金投入到多个期望盈利高又各不相关的产业或部门，这类企业在组织结构上实行比较彻底的分权，建立事业部制结构或实行子公司的形式。还有些企业实行多种经营的领域是生产技术上有一定关联但行业不同的领域。这类企业在经营领域之间的联系比较紧密，在组织结构上多以混合型为主。

（3）不同风格的战略思想对组织结构的影响。美国学者麦尔斯和斯诺根据企业对竞争的认识和处理方式的不同，将战略思想分为以下风格（见表4—1）：

第一，保守型战略思想。认为企业的需求环境比较稳定，因而战略目标是努力扩大产品市场份额，企业自身致力于提高效益、降低成本。采取这种思想的企业在组织结构上强调管理的规范性和严格的等级制度，一般采用机械式组织结构，以集权的职能式结构为主。

表4—1　　　　　　　　　三种战略思想及其相应的组织结构特征

组织结构特征	保守型战略思想	风险型战略思想	分析型战略思想
一般结构形式	职能式结构	事业部制结构	混合式或矩阵式结构
集权程度	高	低	中等
计划性	严格	不严格	中等
高层管理者构成	工程师、成本专家	营销、研发专家	联合
沟通方式	纵向为主	横向为主	纵向、横向并重

第二，风险型战略思想。企业面对的环境复杂多变，企业必须抓住机会开拓市场、开发新产品。这种思想具有强烈的进攻性，讲求开拓和创新，一般采用有机式组织结构，以分权的事业部制结构为主。

第三，分析型战略思想。一方面努力保持已有产品和市场的稳定性，另一方面又不断寻求开发新的产品和市场，在组织设计上实行分权与集权、机械式和有机式适当结合的混合式或矩阵式结构。

2. 环境

作为社会经济大系统中的一个子系统，组织与其他社会子系统之间存在分工问题，不同分工决定了组织内部工作的内容、任务、所需设立的职务和部门。外部环境是否稳定，对组织结构的要求也不同：稳定环境中的组织内部权责分明，工作内容有着严格规定，等级结构严密；多变的环境要求组织结构灵活，各部门权责关系和工作内容能够经常作适应性调整，等级关系不严密。

（1）影响组织的外部环境因素。组织所处的外部环境对组织生产经营的各个方面都会直接或间接地产生影响。对于每一个组织，环境都可以分为10个子环境：产业、原材料、人力资源、财务资源、市场、技术、经济状况、政府、社会文化和国际环境。

（2）环境的不确定性。组织能够有效运营的前提是设法应对不确定性。不确定性意味着决策者没有关于环境因素的足够信息，并且他们难以预测外部环境的变化。不确定性增加了组织对环境作出反应时失效的风险。对于环境的不确定性，可以用两个指标来衡量：一是环境的复杂性；二是环境的稳定性。在复杂的环境中，影响企业组织的因素较多，且各因素之间差异较大，可能还会有因素之间的相互作用。一些大型企业如中国电信，就处在一个复杂的环境中，它不仅要面对复杂的顾客群和文化环境，政府的规章制度也在不断地与企业相互作用。

对大多数企业来说，外部环境正变得越来越不稳定。不过仍有一些环境，如边远的农村地区，相对稳定性较强，其顾客群、消费习惯、商品供需等变动都不大。

根据环境的复杂性和稳定性两个指标，我们可以把环境分为四种类型，具体分类讨论参见第二章相关内容。

（3）适应环境的不确定性。企业在组织结构方面应对环境不确定性的对策有许多，最主要的有：增加组织中的部门和职位，增强组织的对外缓冲作用；对部门之间的差别进行整合和协调；增加组织的有机性特征；机构模仿；加强计划和预测等。

3. 规模

组织规模的大小也是影响企业组织结构的一个重要因素。随着全球合并浪潮的不断涌动，大型乃至巨大型的国际性企业越来越多，它们以无与伦比的优势实现着小企业无法企及的功能。例如，只有波音这样的公司才能够制造 7×7 系列的大型客机，也只有大规模的公司才能买得起这样的飞机。同时，在新技术的推动下，一些新型的小企业也以其灵活、快捷的运营表现出了极强的生命力，而它们体现出的创新能力更是令人惊叹。

随着组织的发展，组织活动会日趋复杂，人数日益增多，组织规模越来越大，组织的结构也需要随之作出相应调整。大型组织为了防止管理上的混乱，往往需要一个标准化的、机械性的组织结构。这种结构能保证大型企业的上百个部门协调地完成复杂的工作任务，但这种结构往往也是阻碍企业实现迅速创新的一个重要因素。小企业的组织结构则相对灵活，但由于小企业自身的劣势，它们又总是在寻找成功的同时不断扩大组织的规模。组织规模大小的比较参见表4—2。

表4—2   **大型组织与小型组织之间的区别**

大型组织	小型组织
实现全球性经济规模	实现地区性反应与灵活性
纵向层级，机械式	扁平化结构，有机式
复杂	简单
稳定的市场	寻找适当的位置
"组织人"	企业主

组织的不同规模与组织结构的关系体现在以下几个方面：

（1）规范化。一般来说，大型组织比小型组织具有更高的规范化程度。因为大型组织的员工多，管理层次也多，为了对较多的部门行使有效的控制与协调，需要有标准化的规章制度来规范人们的行为。

（2）集权化。在完全的官僚制结构中，实行的是严格的高度集权化，所有的决策都由组织的最高管理层作出。随着组织成长、人员与部门增多，许多规模大的企业需要实行分权化管理，以保证信息传递的畅通和决策的及时性。

（3）复杂性。大规模的组织需要完成的任务本身就具有复杂性。人员和部门大量增多，为保持管理的有效性，管理幅度不应设置太宽，进而使管理层次增加，增加了复杂性。

（4）专业化。一般规模小的组织专业化程度较低，每一种工作的任务量相对少得多。与之相反，大规模组织中每一种工作的任务量都比较繁重，因此每个人负责的工作范围较窄，专业化程度较高。

（5）人员结构。大多数规模较大的组织中的管理者比例要比小规模组织的低，因为专业化使一些专业人员分担了一部分原来需要管理者做的工作。专业人员和办事人员的比例一般随着规模的增大而增多。

4. 科学技术

技术是用来使组织的投入（材料、信息、概念）转变为组织产出（产品和服务）的工具、技术、机器和行动。技术水平不仅影响组织活动的效果和效率，而且会作用于组织活动的各个方面，尤其是对管理者的素质提出要求。在信息化的组织中，由于大量的工作部分或全部由计算机完成，致使管理者的管理幅度加宽、管理层次减少，使组织从"高耸结构"转变为"扁平结构"。组织的技术水平不同，其对组织结构的影响方式也不同。

（1）企业级技术对组织结构的影响。对企业级技术作过开创性研究的是英国的工业社会学家琼·伍德沃德。他指出，企业的产品和市场决定着企业的技术复杂度。技术复杂程度越高，企业生产过程的机械化程度就越高，大多数操作由机器来完成，可预测性也就较高；相反，技术复杂程度低就表示人的手工操作在生产过程中起很大作用。伍德沃德根据企业技术复杂程度的高低将企业归纳为三个基本的技术组群（如图4—1所示）。

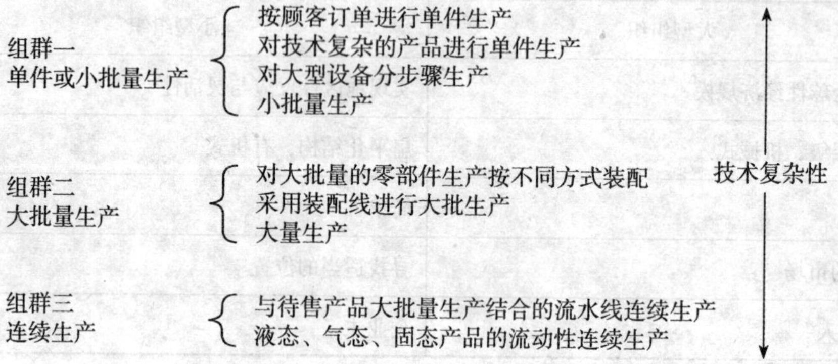

组群一
单件或小批量生产
- 按顾客订单进行单件生产
- 对技术复杂的产品进行单件生产
- 对大型设备分步骤生产
- 小批量生产

组群二
大批量生产
- 对大批量的零部件生产按不同方式装配
- 采用装配线进行大批生产
- 大量生产

组群三
连续生产
- 与待售产品大批量生产结合的流水线连续生产
- 液态、气态、固态产品的流动性连续生产

技术复杂性 ↑↓

图4—1　伍德沃德对100家英国企业的分类

（2）部门级技术对组织结构的影响。部门级技术指的是企业内部不同的部门之间都具有不同的技术特点。美国管理学家查尔斯·佩罗（Charles Perrow）提出的部门技术类型模式有着广泛的影响和适用性。佩罗把部门工作划分为四种类型：

第一，例行性工作。这类工作变化少，可分解性高，工作规范化、标准化程度高，如汽车装配线上的工人、银行出纳员等。

第二，技能性工作。这类工作多样性较低，比较固定，但可分解性也低，如高级工艺品制造、炼钢厂的钢铁混合等。

第三，工程技术性工作。这类工作变化多，但每种工作都有既定的解决方法和工作程序，如工程设计、会计工作等。

第四，非例行性工作。这类工作具有高度的变化性，而且不易分解，很少能发现可以借鉴的既定的工作程序来解决新出现的问题，如高层领导、基础研究等。

部门的技术类型与组织结构的关系如表4—3所示。

表4—3 部门的技术类型与组织结构的关系

组织结构的特征	部门的技术类型			
	例行性工作	技能性工作	工程技术性工作	非例行性工作
1. 规范化	高度规范化	中度规范化	中度规范化	低度规范化
2. 集权程度	高度集权	中度集权	中度集权	低度集权
3. 管理幅度	宽	中偏宽	中	较窄
4. 员工技能水平	少许训练或经验	需要工作经验	需要正规专业知识	需要专业教育和经验
5. 沟通类型及方式	纵向、书面沟通	横向、口头沟通	书面、口头沟通	横向，会议沟通
6. 有机性或机械性	机械性	有机性高	机械性高	有机性

（3）部门的相互依赖程度对组织结构的影响。依赖性指的是部门之间为获取资源和材料以完成部门工作所形成的彼此之间相互依存的特性。美国管理学家詹姆斯·汤普森（James Thompson）在这方面的研究最具影响力。汤普森对相互依赖性和组织结构的关系的研究如表4—4所示。

表4—4 部门的相互依赖程度对组织结构的影响

相互依赖性		图示	组织结构的特征			
依赖模式	依赖程度		集权程度	沟通要求	协调方式	组合优先次序
组合式	低		高	低	规章标准	最后
序列式	中等		中等	中等	计划、日常沟通	中间
相互式	高		低	高	计划、协调会议	优先

5. 其他因素

（1）企业生命周期。美国学者托马斯·卡农（Thomas Cannon）提出了组织发展五阶段理论：创业阶段、职能发展阶段、分权阶段、参谋激增阶段、再集权阶段。美国学者奎因和卡梅隆认为，企业的发展可分为四个阶段，在每一阶段上，企业都有与之相应的组织机构形式。

第一，创业阶段。组织的创立者就是某种技术的拥有者，他们几乎将所有的精力投入到产品生产和销售上，而不是放在企业的管理上；企业人数少，规模小，没有规范、正式的组织结构，多采用非正式方式进行交流；企业内部控制由个人决策和监督。

第二，集体化阶段。组织有了按职能分工的组织结构，一些工作标准逐步建立起来；员工之间的交流采取一些较为正式、书面的形式；企业的决策权、控制权集中掌握在经理或最高管理者手中。

第三，规范化阶段。组织开始实行分权制结构，权力下放到较低的管理层次；组织的专业化、正规化程度更高；书面进行正式沟通的方式被普遍接受。

第四，精细阶段。组织中强调合作和配合，形成工作小组；经常举行主要管理者的会议，协商重大问题；有时组织会细分成小的独立团体来保持必要的活力和适应性。

企业生命周期每个阶段的组织特征如表4—5所示。

表4—5   企业生命周期各阶段的组织特征

项 目	创业阶段	集体化阶段	规范化阶段	精细阶段
产品或服务	单一产品或服务	几种主要产品或服务	产品或服务系列	多重产品或服务
规范化程度	非规范化	初步规范化	规范化	规范化
集权程度	个人集权	上层集权	有控制的分权	有控制的分权
奖励标准	凭个人印象	个人印象加考核制度	考核和奖励制度	按小组考核
高层管理方式	个人家长制	激励忠诚，指明方向	有控制的授权	团队方式
企业目标	生存	成长	扩大市场	创造声誉，完备企业

（2）智力资本。为了生存和发展，组织日益依靠的是它们的智力资本，而不是它们的有形资本。这是因为，越来越多的组织正在朝知识化的方向演进，组织形式也越来越灵活了。因此，要想挖掘出组织的潜力，吸引和留住一些既有丰富的专业技能又懂信息网络的人才是十分重要的。对一个组织而言，智力资本日益增强的重要性使组织要特别依靠员工自觉的努力，这就引发了组织脆弱性的问题。

（3）民族文化。民族文化是另一个潜在的重要因素。伴随着全球化和国家内部文化多样性的丰富，民族文化或地方文化正成为日益重要的因素。在一个国家可行的管理结构和管理实践也许很难照搬到另一个国家，因为它们实施的环境是不可迁移的。从其他国家引进管理实践也是如此。当地的管理者需要根据当地的情况，调整组织的结构、政策和工作惯例。本地化调整需要考虑的因素包括：地理位置与气候等环境因素、教育和科学技术水平、经济基础、社会和政治结构、当地的商务惯例、宗教、法律、语言、历史等。

（4）信息技术。信息的迅速获得会产生一种集中化的效果，并且使得高层管理者直接管理更多的员工。尽管员工数量相对较少，但组织还是能提供大量的产品和服务。组织将最终发展成为一个通过电子传输提供信息和服务的虚拟单位。虽然仅有少数的组织会完全在这一基础上运作，但一些大规模组织只需要很少的员工就能正常运作。耐克公司和锐步公司就是这样的例子，它们的核心员工皆为设计人员，根本不承担生产任务。

（二） 组织设计的原则

组织设计的原则是人们经过长期的大量实践活动总结出来的，其中包含了许多成功的经验和失败的教训，在组织设计时遵循这些原则会大大减少组织结构的不合理现象，少走弯路，为组织的生存和发展奠定良好的基础。

1. 任务目标原则

组织结构的设计和组织形式的选择必须有利于组织目标与任务的实现。组织的目标又称为使命，即组织存在的原因。目标描述组织的愿景、共享价值观、信念以及存在的原因，它对组织具有强有力的影响。组织目标层层分解，机构层层建立下去，直到每一个人都了解自己在总目标实现中应完成的任务。这样，建立起来的组织机构才是一个有机整体，才能为保证组织目标的实现奠定基础。

2. 统一指挥原则

统一指挥原则就是组织中每一个下级只能接受一个上级的指挥，并向这个上级负责。统一指挥原则，排除了组织中更高级别的主管人员或其他部门的主管越级指挥或越权发布命令的现象，有利于组织的政令统一、高效率地贯彻执行各项决策。但是，在实践中，这一原则有时过于刻板，使组织缺乏必要的灵活性，同层次的不同部门之间的横向沟通困难。因此，在组织结构设计和沟通方式设计时应采取适当的措施予以弥补。

3. 管理幅度原则

管理幅度原则就是要求一个领导人要有一个适当的管理幅度。管理幅度是指一个领导者直接指挥下级的数目。一个组织的各级管理者究竟选择多大的管理幅度，应视实际情况而定。一般来讲，主管人员的能力强、精力充沛，下级人员的能力强、素质较高，管理幅度可以大些；反之，应小些。组织中较高层次的管理者，需要处理的重要事务较多，可以比较低层次的管理者有较小的幅度。

4. 责权一致原则

责权一致原则是指在赋予每一个职务责任的同时，必须赋予这个职务自主完成任务所需的权力，权力的大小和责任相适应。只有职责，没有职权或职权太小，则职责承担者的积极性、主动性就会受到束缚，无法承担相应的责任；相反，只有职权而无任何责任，或责任程度远远小于职权，将会导致滥用权力，产生官僚主义等。在实际组织设计时应尽量避免这两种倾向。

5. 精干高效原则

精干高效原则是指在能够保证组织活动正常开展的前提下，尽可能减少管理层次，简化部门机构，并配备少而精的主管人员。坚持这个原则的优点是：第一，组织精干，反应敏捷，协调工作量小，工作效率高；第二，节省人员的费用开支和组织的管理费用。

6. 分工协作原则

分工协作原则就是指在组织设计时，按不同专业和性质进行合理的分工，并规定各个部门之间或部门内部的协调关系和配合方法。这是提高组织效率的有效手段。由于组织规模的扩大，管理问题日益复杂化，很需要将有专业知识和技能的人纳入管理系统中来。直线人员的职责是指挥和命令，参谋人员的职责是建议。在组织运作中区分这两者之间的差别是必要的，无论上司和下属人员都必须了解自己是以参谋的资格还是直线人员的资格从事活动，这样才能实现组织的协调运行。

（三）　组织设计的过程

尽管每一个组织的目标不同，组织结构形式也不同，但一个组织的基本设计过程是相同的。具体而言，组织结构设计一般包括以下几个步骤：

1. 岗位设计：工作的专业化

组织结构设计的第一步是将实现组织目标必须进行的活动划分成最小的有机联系的部分，以形成相应的工作岗位。

活动划分的基本要点是工作的专业化，即按工作性质的不同进行划分。通过工作的专业化，每一个组织成员或若干个成员能执行一组有限的工作。

2. 部门化：工作的归类

部门是指组织中主管人员为完成规定的任务有权管辖的一个特定的领域，在对整个组织的工作进行充分、细致分类后，进行科学的综合就形成部门。一旦将组织的任务分解成了具体可执行的工作，第二步就是将这些工作按某种逻辑合并成一些组织单元，如任务组、部门、处（室）等，这就是部门化（departmentalization）过程。将整个组织通过部门化划分为若干个管理单元的目的是据此明确责任和权力，并有利于不同的部门根据其工作性质的不同采取不同的政策和加强本部门内的沟通与交流。部门的划分是组织的横向分工，具有普遍性，其目的在于：确定组织中各项任务的分配与责任的归属，有效达到组织目标。部门的划分应当确保有利于实现组织目标，保持组织一定的弹性，力求精简。部门的划分方法如下：

（1）职能部门化。这是现代组织采用最为广泛的一种方法。这种方法根据专业化的原则，以工作的性质为依据划分部门（见图4—2）。

图4—2　某公司的职能部门化

职能部门化的优点是：遵循分工和专业化原则，有利于提高人员使用效率；重视组织中的基本活动，从而有利于实现组织目标；最高主管对最终成果负责，从而为最高层实施控制提供了严密的手段。

职能部门化的主要缺陷在于：容易产生"隧道视野"，各职能主管只关注于自身领域内的问题，忽视了组织的总体目标；对环境变化的适应能力较差，不利于培养素质综合的管理人才。

（2）地区部门化。这是指当组织分布于不同地区，各地的政治、经济、文化等因素影响到组织的经营管理时，把某个区域的业务活动集中起来，委派相应的管理者，形成区域性部门（见图4—3）。

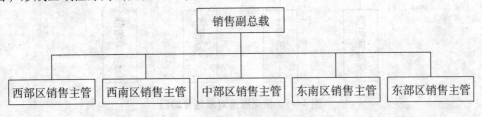

图4—3 典型的按地区划分部门

地区部门化的优点是：有利于地区活动的协调；有利于调动各地区的积极性；有利于更好地满足区域市场的独特需要；有利于培养能力全面的管理者。

地区部门化的缺点是：机构重复设置导致费用增加，增加了最高主管对地方控制的难度，对管理者的能力也提出了较高的要求；与组织其他领域产生隔离。

（3）产品部门化。按产品划分部门是按产品或产品系列来组织业务活动的一种方法。许多多元化经营的组织，常采用这种划分部门的方法。产品部门化是从采用职能部门化的组织中发展而来的。在这种组织结构下，产品分部主管对某产品或产品系列的所有职能活动拥有充分的职权，同时也对产品利润负有很大责任（见图4—4）。

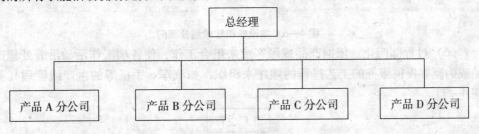

图4—4 按产品划分部门

产品部门化的优点是：能够发挥个人的专业技能，提高专用设备使用效率；贴近顾客，有利于产品和服务的改进和发展；有利于锻炼和培养能力全面的总经理型人才。

产品部门化的缺点是：要求部门主管具备全面的管理能力；各部门产品的独立性强、协调性差，这就导致了主管在协调和控制方面的难度增加；职能重复设置，增加成本；缺乏对组织整体目标的认识。

（4）顾客部门化。这种方法能够更好地迎合特定顾客群体的需求，在分类的基础上划分各个部门（见图4—5）。

顾客部门化的优点是：重视顾客的需要，增加特定顾客的满意度，社会效益比较好；由专家来满足和处理顾客的需求和问题。

顾客部门化的缺点是：常常要求给予顾客特殊的照顾而造成部门间的协调困难；使专业人员和设备得不到充分的利用；职能重复设置，增加管理成本；各个部门缺乏对组织整体目标的认识。

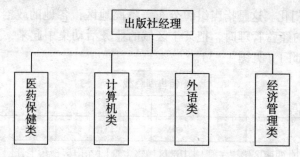

图 4—5　按照服务对象划分部门

（5）设备或技术部门化（见图 4—6）。这种方法常常和其他划分方法结合起来使用。其优点在于：能够经济地使用设备，充分发挥设备的能力，同时有利于发挥专业技术人员的特长，以及为上级主管的监督管理提供方便。

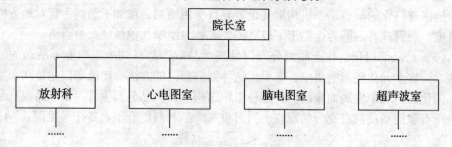

图 4—6　按设备和技术划分部门

（6）过程部门化。依据产品或顾客流来组合工作，使各项工作活动沿着处理产品或为顾客提供服务的工艺过程的顺序来组织，如汽车、手机等的生产线管理（见图 4—7）。

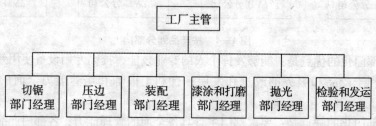

图 4—7　按生产过程划分部门

过程部门化的优点是使工作活动能更有效地流动；缺点是只适用于某些类别产品的生产。

除了以上介绍的基本方法外，还有一些方法，如按市场销售渠道、时间、人数划分等。总之，设计组织的横向结构，即划分各层次的业务部门，是为保证组织目标实现而对工作进行安排的一种手段。在实际运用中，每个组织都应根据自己的特定条件，选择能取得最佳效果的划分方法。在很多情况下，常常采用混合的方法来划分部门，能更有效地实现组织的目标。

3. 确定管理幅度和层次：形成组织结构

部门化解决了各项工作如何进行归类以实现统一领导的问题，接下来需要解决的是组织层次问题，即要确定组织中每一个部门的职位等级数。组织层次的多少与管理幅度的大小有直接关系。按照不同的管理幅度和层次会形成两种截然不同的组织结构，即扁平型组织结构和高耸型组织结构。前者管理幅度大、组织层次少，后者管理幅度小、组织层次较多。在管理幅度确定的情况下，我们可以根据操作人员的多少和各级管理者管理幅度的大小，计算出所需的管理者数量和相应的组织层次，这部分内容我们会在后文详细讲解。

二、职务设计

（一）　职务设计与职务分析

组织设计的第一步是将实现组织目标必须进行的活动划分成最小的有机联系的部分，以形成相应的职务。职务设计，就是将任务组合起来构成一项完整职务的方式。职务因任务组合的方式不同而异，而这些不同的组合则创造了多种职务设计选择。

要使组织中的每一个职位存在并有意义，职务必须具有明确且能检验的目标。为此要在确定职务工作内容时，既考虑工作效率的要求，又要兼顾职务承担者能从中体验到内在的工作满足，以使在任务和人员两方面要求的相互平衡中，确定职务的合理深度与广度。因此，职务分析与设计是组织设计的基础工作。只有了解人的特征，又了解工作的特征，才能做到人与事很好地结合，做到人事两宜。而要了解各种工作的特征，就要进行认真的工作分析。工作设计是在目标活动逐步分解的基础上，设计与确定组织内从事具体管理工作所需的职务类别和数量，分析每个任职人员应负的责任和应具备的素质。

职务分析是对某一特定的工作作出明确界定，并确定完成这一工作需要有哪些行为的过程，为这一工作收集所有与它相关的信息并进行评价的系统工程。

外国的人事心理学家从人力资源管理的角度提出了一个非常容易记忆的6W1H职务分析公式，从7个方面对职务进行分析：（1）Who——谁来完成这项职务；（2）What——这项职务具体做什么；（3）When——职务时间的安排；（4）Where——职务地点在哪里；（5）Why——他为什么从事这项职务；（6）for Who——他在为谁服务；（7）How——他是如何服务的。

（二）　职务设计的内容

作为一名主管人员，通常需要搜集以下一类或几类信息进行职务设计：

（1）工作活动——从事工作的人必须进行的与工作有关的活动有哪些，以及应如何来执行工作中所包括的每一项活动。

（2）工作中人的行为——工作对承担工作的人有什么样的要求。

（3）工作中所使用的工具、设备及其他辅助工具——工作中生产什么样的产品，运用何种知识，以及需要提供何种服务。

（4）工作的绩效标准——应当使用何种标准对从事这一工作的人进行评价。

（5）工作背景——工作的组织形式和社会环境，以及工作中将获得何种激励。

（6）工作对人的要求——工作本身对人的知识或技能和个人特征有何种要求。

（三） 职务设计的程序

（1）准备阶段。这一阶段的任务是了解情况，建立与各种信息渠道的联系，设计全盘的调查方案，确定调查范围、对象和方法。

（2）调查阶段。在这一阶段对整个工作过程、工作环境、工作内容和工作人员等主要方面作一个全面的调查。

（3）分析阶段。对调查阶段所获得的信息进行归类、分析、整理和综合，是整个分析过程的核心阶段。

（4）总结及完成过程。在深入分析的基础上，编制职务说明书和工作规范。

（四） 职务设计的目的

职务设计的主要目的有两个（见图4—8）：

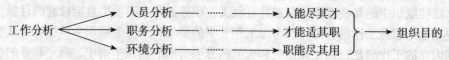

图4—8 职务设计的目的

（1）职务设计所得到的关于工作人员的技术、知识和能力等方面的资料可以作为人员选拔的依据，从而达到人与工作的最佳匹配；

（2）职务设计所得的工作规范的资料可作为工作绩效考核的依据。

（五） 职务设计的方法

（1）访谈法。在访谈时设法得到被访问者的充分合作极为重要，使他们确信访谈并不是了解他们的能力，消除抗拒心理，同时注意修正偏差。

（2）问卷法。职务定向问卷法比较强调工作本身的条件和结果；人员定向问卷法则集中于了解人员的工作行为。

（3）观察法。在观察中，观察多个在职者的工作情形可以纠正对单个在职人员观察可能造成的偏差。

（4）工作日记法。要求员工在一段时间内对自己工作中所做的一切进行系统的记录，会提示一些其他方法无法获得或观察不到的细节。

（5）工作参与法。通过实地考察，可以细致、深入地体验、了解和分析某种心理因素和行为模型，可以对某一工作者有一个深刻的了解。

（6）关键事件法。关键事件记录如下几个方面：导致事件发生的原因和背景；员工的特别有效或多余的行为；关键行为的后果；员工自己能否支配或控制上述后果。

（六） 职务说明书

我国许多组织在招聘中都存在这样的问题：对某一职务的职能描述不清楚，如工作内容、职责及范围、机构等，并缺少向相应的人员作专项交代和培训。由此造成的直接后果往往是：挑选和录用的员工与工作要求不相符合；绩效考核时感到缺乏依据，无从着手；培训方案不适合工作要求；经常造成生产效率和服务质量的降低等。这在很大程度上是由于组织未能设计好职务说明书，没有发挥其在管理中应有的作用。

1. 职务说明书的成长：职务分析

进行科学而有效的职务分析是设计组织职务说明书的前提。职务分析主要是对组织职务的设置目的、中心职责、工作内容、权限范围、结构关系、工作环境、工作条件等进行全面的分析、描述和记录，然后形成重要文字说明——概念文件。通过职务分析可以明确每个工作职务在组织中所处的层次，以及该职务与其他职务之间的关系，使每个任职者分清权力与责任。

2. 职务说明书的思想：解决问题

通过职务分析，把每个职务的性质、任务、责任、权力、工作内容等以书面形式记录下来，即成为组织的职务说明书。组织在制定职务说明书时必须要解决以下几个问题：

（1）描述职务目标：企业中不同的职务有不同的目标。描述职务目标应遵循3W法，即为什么要设计本职务（目的）——Why；职务有多大权力（职权范围）——Within；本职务主要干哪些工作（工作内容）——What。

（2）确定职务职责：职责要按照由主到次的顺序书写，用关键词描述所应担负的责任。

（3）指明关键要素：明确每一个职务最关键、最重要的要素。例如，新建企业招聘部门经理，经验即为该岗位的关键要素；运转成熟的企业招聘部门经理，创新则成了关键要素。

（4）规定核心能力：核心能力是完成职务工作的前提和保证，如企业的销售人员说服他人、影响他人的能力。

3. 职务说明书的精髓：具体内容

一般来讲，规范的职务说明书应包含以下几个要素：

（1）表头格式——注明企业中各职务名称、归属部门、隶属关系、级别、编号等。

（2）任职条件——描述某职务所需的相关知识和学历要求、培训经历和相关工作经验及其他条件。

（3）工作要求——主要描述该职务对一个合格员工的具体要求。这主要从工作本身的性质、数量、范围、时效性等方面进行全方位考虑。

（4）责任范围——描述该职务的主要责任及影响范围。

（5）管理结构——描述实施管理的性质、管理者或员工性质，包括水平、类型、管理的多样性、职务权限、直接和间接管理员工的层次和数量。这给职务任职者一个非常清晰的工作内容和管理范围。

（6）工作关系——根据职务在企业组织中的地位和协作职务的数量，描述完成此项工作需要与企业其他部门（人员）的联系要求；描述相互关系的重要性和发生频率等。

（7）操作技能——描述完成该项工作对任职者的灵活性、精确性、速度和协调性的要求，操作技能对于此项工作的重要性程度，以及应如何改善和提升。

需要说明的是，这几项要素贯穿在组织所制定的职务说明书中，而并非一定按顺序罗列。

4. 职务说明书的多发病：问题

翻看许多组织的职务说明书，虽然洋洋洒洒，内容丰富，但仔细推敲却存在不少问题，概括起来大致有以下几点：

（1）职务说明书的格式、语言和内容不规范，给管理造成很大麻烦。

（2）对职务描述的语言比较模糊或者空洞，让任职者不知所以然。

（3）关键词运用不当，混淆了职务间的区别，或将职务和职位混为一谈，造成职责和职权的重叠，使努力重复和无效。

（4）设计职务说明书的人员缺乏专业水平，未充分考虑行业特点，或将其他组织的职务说明书照抄照搬，缺乏针对性，所制定的职务说明书流于形式。

制定职务说明书是防止企业内各工作岗位之间互相扯皮、推诿的有效方法，有利于改进工作方法，并可作为招聘、培训、任用、提升、调动、考评等人力资源管理各种功能的依据。表4—6是一份总经理的职务说明书。

（七） 职务特征模型

我们知道教师的岗位与消防员或水泥匠岗位存在本质的区别。那么，是什么因素使得这些岗位如此不同呢？哈克曼（J. R. Hackman）提出的职务特征模型（job characteristics model, JCM）为我们提供了实际的答案。

如图4—9所示，根据职务特征模型，任何职位都可以从5个维度描述其主要的特征：

（1）技能多样性（skill variety）：一个岗位要求员工使用多种技能从事各种不同的行为的程度。

（2）任务特性（task identity）：一个岗位要求完成全部和具有同一性的任务的程度。

（3）任务重要性（task significance）：一个岗位对其他人的工作和生活具有实质性影响的程度。

（4）工作自主性（job autonomy）：一个岗位给予任职者在安排工作进度和决定工作方法方面提供的实质性自由、独立和自主的程度。

（5）信息反馈（information feedback）：任职者从事该岗位工作时所能获得的有关其绩效信息的直接和清晰程度。

表4—6　　　　　　　　　　　　**总经理岗位职务说明书**

岗位名称	总经理		岗位编号	CEO－001
所在部门	无		薪酬等级	级
直接上级	董事会及上级公司领导		工资范围	
直接下级	副总经理、商务总监、营销总监、现场管理总监、财务部部长		编制日期	2009 年 12 月
岗位目标	领导制定和实施公司总体战略，完成上级公司下达的年度经营目标；建立健全公司各部门间良好的沟通渠道；建设高效的组织团队；有效管理直接所属部门的工作			

岗位职责与工作任务：

职责一	职责表述：负责与上级公司的沟通及汇报工作情况	
	工作任务	根据上级公司下达的年度经营目标，组织制订和实施公司年度经营计划
		负责定期向上级公司汇报经营战略和计划执行情况、资金运用情况和盈亏情况
		负责定期向上级公司汇报公司的机构和人员调配情况及其他重大事宜
职责二	职责表述：组织制定公司的整体发展战略，并根据内外部环境变化进行适时调整	
	工作任务	主持公司的经营管理工作，组织实施上级公司各项决议
		发掘市场机会，领导创新与变革
职责三	职责表述：负责公司的管理体系建设工作	
	工作任务	领导制定和不断完善公司的内部管理制度体系
		主持公司管理制度和规章、流程的优化调整工作
		监督、控制经营计划的实施过程，并对结果负全面责任
职责四	职责表述：负责公司各部门的统筹管理和协调	
	工作任务	领导建立公司内部良好的沟通机制，协调各部门关系
		协调各部门、分管各部门的领导之间的关系
		主持召开总经理办公会，对重大事项进行决策
职责五	职责表述：负责公司的人力资源和健全公司的企业文化	
	工作任务	领导建立健全公司人力资源管理制度，组织制定人力资源政策，审批重大人事决策
		负责公司员工队伍建设，选拔中高层管理干部
		领导营造企业文化氛围，塑造和强化公司的价值观
职责六	职责表述：负责公司的整体公共关系，维护公司良好的企业形象	
	工作任务	领导建立公司与合作伙伴、上级主管部门、政府、金融机构等部门间顺畅的沟通渠道
		代表公司参加重大的社会公共关系活动，树立良好的企业形象
		负责处理公司重大突发事件，并及时向上级公司汇报

续表

职责七	职责表述：领导建立健全公司财务组织，制定财务政策，审批重大财务支出	
	工作任务	组织实施公司的财务预算方案及利润分配、使用方案
		监督分管部门的工作目标和经费预算的执行情况，及时给予指导
职责八	职责表述：完成上级公司下达的其他工作任务	

岗位权力：

1. 公司重大问题的决策权

2. 向上级公司提出公司经营目标的建议权

3. 除公司领导班子成员外的人事任免权

4. 对公司各项工作的监控权

5. 对公司员工奖惩的决定权

6. 对下级之间工作争议的裁决权

7. 对所属下级的管理水平、业务水平和业绩的考核评价权

8. 上级公司预算内的财务审批权

工作协作关系：

内部协调关系	董事会、上级公司、高层管理者、公司内各部门
外部协调关系	上级行政主管部门、政府机构、金融机构、媒体等

任职资格：

年　龄	不　限	性　别	不　限
教育水平	大学本科以上	专　业	管理学相关专业
培训经历	接受过 MBA 系统职业培训，财务、人事、法律等知识培训等		
经　验	8 年以上工作经验，5 年以上本行业或相近行业管理经验，3 年以上高层管理经验		
知　识	通晓企业管理和战略管理知识，具备技术管理、财务管理、法律等方面的知识		
个人素质	具有很强的领导能力、判断与决策能力、沟通能力、影响力		

考核指标：

1. 销售收入、利润额、市场占有率、应收账款、重要任务完成情况

2. 公司预算控制、关键人员流失率、全员劳动生产率

3. 领导能力、判断与决策能力、沟通能力、影响力

职务特征模型指出，技能多样性、任务特性和任务重要性共同创造了有意义的工作，即当一个岗位具有以上三种特征时，可以预计任职者会把他的岗位看作重要的、有价值的和值得做的。另外，具有工作自主性的岗位会给任职者带来个人责任感，而如果该岗位能获得工作绩效反馈，则员工可以知道他所进行的工作效果。

从激励的角度，职务特征模型指出，当员工能够了解到工作绩效，并认为自己从事的是有意义的工作，自己应该对工作结果负责时，他就会获得一种内在的激励。这

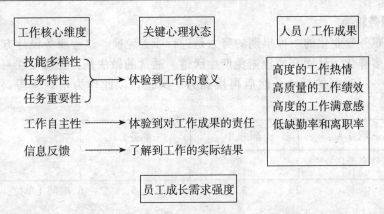

图4—9　职务特征模型

种内在的激励将提高员工的工作动机、工作绩效和工作满意度，并降低旷工和辞职的可能性。该模型还进一步指出，工作核心维度与这些结果度量之间的关系会受到个人成长需求程度（员工对自尊和自我实现的需要强度）的中和与调整。也就是说，具有高成长需求的员工，面对核心维度特征高的岗位，在心理状态上要比那些低成长需求的员工有更高程度的体验；当这种心理存在时，高成长需求的员工也比低成长需求的员工能作出更为积极的反应。

将各工作核心维度综合成一个单一的指标，可得到以下的岗位激励潜力得分的计算公式：

$$岗位激励潜力得分 = \frac{技能多样性 + 任务特性 + 任务重要性}{3} \times 工作自主性 \times 信息反馈$$

（八）　职务设计方法

职务特征模型为管理者进行职务设计提供了具体指导。为了减少工作枯燥感，提高员工的生产力，在管理实践中人们总结出了以下职务设计方法。

1. 职务专业化

早期，人们在职务设计方面，基本上都是致力于通过提高专业化和分工的程度来取得规模经济和高效率。专业化分工的好处是：有利于提高员工的熟练程度，减少因工作变化而损失的时间，使用专用设备减少培训要求，以及降低劳动成本等。但其会造成工作简单、重复、标准化以及任务狭窄，从而使工作枯燥、单调，造成员工在生理和心理上的伤害，挫伤了员工的积极性，协调成本上升，影响了总体的工作质量。这是一种需要改进的职务设计方法。

管理背景4—1　　　　　　　　　　亚当·斯密论分工

亚当·斯密认为，分工能够提高劳动生产率。"有了分工，同数劳动者就能完成比过去多得多的工作量，其原因有三：第一，劳动者的技巧因业专而日进；第二，由一种工作转到另一种工作，通常须损失不少时间，有了分工，就可以免除这种损失；第三，许多简化劳动和缩减劳动的机械的发明，使一个人能够做许多人的工作。"

2. 职务轮换

避免职务专业化的一种早期的努力是进行职务轮换。这一职务设计方法使员工活动得以多样化，从而有效地避免产生厌倦。通常的做法是：让员工在一个工作岗位上从事一段时间的活动，然后再换到另一岗位，以此作为培训手段（如图4—10所示）。

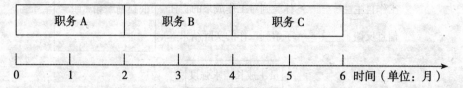

图4—10 职务轮换

职务轮换的优点是：拓宽了员工的工作领域，给予他们更多、更广泛的工作体验，使其对组织中其他活动有更多的了解，为员工担任高层职务作好了准备。

职务轮换的缺点是：增加培训成本，导致生产效率下降；大量的工作人员安置在他们经验有限的岗位上，会增加日常决策与处理的问题；非自愿地对员工进行职务轮换，可能使那些聪明而富有进取心的员工的积极性受挫，因为他们喜欢在其所从事的专业中寻找更大的、更具体的责任。

3. 职务扩大化

职务扩大化是增加一个工人任务的横向多样性，即增加一项职务的范围，并减少职务循环重复的频率（见图4—11）。通过增加一个工人所执行任务的数目，职务扩大化也提高了工作多样性。职务扩大化试图避免过度专业化造成的缺乏多样性，往往造成工人不喜欢从事的工作的工作量增加。

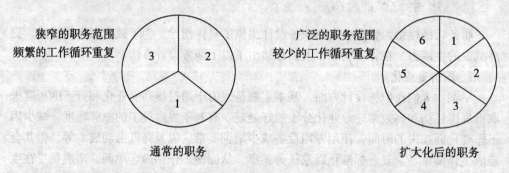

图4—11 职务扩大化

资料来源 ［美］斯蒂芬·P. 罗宾斯：《管理学》，4版，孙健敏等译，266页，北京，中国人民大学出版社，2003。

4. 职务丰富化

职务丰富化是指增加职务深度，允许员工对他们的工作施加更大的控制（见图4—12）。丰富化后的职务应当允许工人们以更大的自由权、独立性和责任感去从事一项完整的活动。这种任务还应该提供反馈，以使员工可以评价和改进自己的工作业绩。

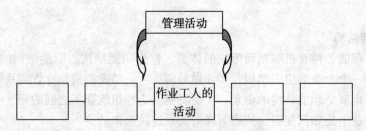

图4—12　职务丰富化

资料来源　〔美〕斯蒂芬·P. 罗宾斯：《管理学》，4 版，孙健敏等译，266 页，北京，中国人民大学出版社，2003。

5. 工作团队

当职务是围绕小组，而不是围绕个人来进行设计时，就形成了工作团队。团队的主要特点是：打破了部门的界限，促进员工之间合作；可以快速灵活组合、重组、解散团队；促使管理层进行战略性思考。图4—13 显示的是根据自主性多少划分团队的不同类型。

传统工作群体　　质量小组　　高绩效工作团队　　半自动工作群体　　自我管理团队　　自我设计团队

低团队自主性 ————————————————————————→ 高团队自主性

图4—13　根据自主性划分团队类型

资料来源　Rajiv D. Banker, Joy M. Field, Roger G. Schroeder and Kingshuk K. Sinha, Impact of Work Teams on Manufacturing Performance：A Longitudinal Field Study, The Academy of Management Journal, Vol. 39, No. 4（Aug. 1996），pp. 867–890.

工作团队大体上有两种：综合性的和自我管理式的。在综合性工作团队中，一系列的任务被分派给一个小组，然后决定每个成员分派什么具体的任务，并在任务需要时负责在成员之间轮换工作（如图4—14 所示）。

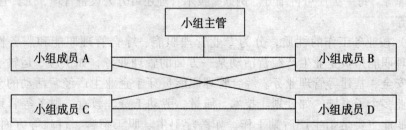

图4—14　综合性工作团队

资料来源　〔美〕斯蒂芬·P. 罗宾斯：《管理学》，4 版，孙健敏等译，267 页，北京，中国人民大学出版社，2003。

三、职能设计

1. 职能设计的内容

职能设计工作一般包括三项基本内容：职能分析、职能整理、职能分解。可能发现的问题大体有以下三种类型：职能需要增减；职能的具体内容需要充实；职能的地位需要改变。

2. 职能结构

组织管理的各种有机联系而形成的体系，称为职能结构。职能结构的概念说明，描述或设计一个企业的组织结构，必须做到两点：一是要搞清企业管理系统的各种各样的职能，也就是职能结构的要素；二是要阐明这些组织职能之间的相互关系，即这些职能在企业中是如何配置、依照怎样的关系连接起来的。

3. 职能类型

职能划分具有相对性，可以采用不同的标志，从不同角度加以分类。在组织设计中，常用的、可操作性较强的分类方法有以下几种：

（1）按管理范围和权限，分为经营职能和生产管理职能。经营职能是指协调企业内部生产技术经济活动与外部环境的关系，使之适应市场需要和变化，提高企业适应能力和经营能力，保证经济效益长期稳定增长的综合性职能。它是外向的、决策性的职能。生产管理职能是指局限于企业内部，按照既定的经营决策和计划，组织企业内部活动的综合性职能。它以提高生产效率、增加产量、提高质量、降低消耗等为目的，是内向的、执行性的职能。

（2）按管理层次，分为高层职能、中层职能和基层职能。高层也称经营层，其管理职能关系到企业全局。中层也称管理层，其职能对上负有执行、协作和参谋的责任，对下要发挥指挥、服务和监督的作用。基层也称作业层，是企业的生产现场，高层和中层对产品的各项要求（产量、质量、品种、成本、交货期、安全等）都要在这个层次上得到落实。

（3）按管理工作过程的不同阶段，分为决策、计划、组织、协调、控制、监督、反馈等职能。

（4）按管理专业分工，分为生产管理、技术管理、供销管理、人力资源管理、财务管理等。每一类还可再细分。例如，技术管理还可分为设备管理、工具管理、工艺管理等。

（5）按业务工作的性质，分为专业管理职能、综合管理职能和服务性职能。专业管理职能担负企业生产经营活动某一方面的管理业务，如供应、运输、设备、动力、安全、基建等管理业务。综合管理职能贯穿于企业生产经营活动的全过程，涉及企业多个子系统，如计划、技术、质量、劳动工资、教育、财务等管理工作。服务性职能主要是指生产后勤工作，如医疗卫生、职工宿舍、行政等方面的管理工作。

（6）按制定和贯彻落实组织经营决策的不同作用，分为决策性职能、执行性职能和监督保证性职能。决策性职能是制定经营决策与经营计划，将其分解下达并进行考核的一系列管理工作，是企业的首要职能。执行性职能是指贯彻落实经营决策和计划，具体组织产品开发、生产、销售的全过程的活动。监督保证性职能一方面适应上述两类职能的要求，从思想政治工作、人事、资金、生活后勤等方面为其提供必要条件，另一方面也发挥监督作用。

四、职权设计

在一个组织中，任何一个组织成员都拥有为实现组织目标而开展相应活动的权力，即职权，职权就是职务范围内的权限。所有主管人员要想通过他所率领的隶属人员去完成各项工作，就必须拥有包括指挥、命令等在内的各种权力，通过职权关系上传下达，下级按指令行事，上级得到及时的反馈，从而进行有效的控制。

1. 职权的类型

（1）直线职权（line authority），是指直线人员所拥有的包括发布命令及执行决策的各项权力，是组织中上级指挥下级工作的权力，表现为上下级之间的命令权力关系。直线职权是管理者所拥有的特殊权力，每一层管理者都应具备这种权力，其职权的大小范围各有不同。职权的指向由上到下，从组织的上层到下层的主管之间形成一个权力线，亦称指挥链（chain of command）。在指挥链中，职权关系有两条原则：一是分权原则，即每一层的直线职权分明，有利于决策的执行和信息沟通；二是职权等级原则，应当在自己职权范围内作出决策，只有当问题超越自身职权界限时，才可提交给上级。

（2）参谋职权（staff authority），是组织成员所拥有的向其他组织成员提供咨询或建议的权力，属于参谋性质。组织中的任何一位成员都拥有参谋职权，他们可以就组织发展中存在的问题发表自己的意见，管理者当然也拥有这种权力。随着组织的日益扩大与日趋复杂，管理者可能越来越难以有足够的时间、精力与知识来有效地完成其职责，因此，他们还会在组织中设立专门的参谋人员来协助自己，以减轻自己的负担。

（3）职能职权（functional authority），是指参谋人员或某部门的主管人员所拥有的原属直线主管的那部分权力，是某一岗位或部门根据高层管理者的授权而拥有的对其他部门或岗位直接指挥的权力。它是一种有限的权力——只有在被授权的职能范围内有效。职能职权大部分是由业务或参谋部门的负责人来行使的，这些部门一般都是由一些职能管理专家组成。职能职权介于直线职权与参谋职权之间，因为为了改善和提高管理效率，主管人员把一部分属于自己的直线职权授予参谋人员或某个部门的主管人员，便产生了职能职权。

2. 三种职权之间的关系

要保持组织结构正常运转，处理好三种职权的关系，是组织结构运行中的一个重要问题。应注意以下几个问题：

（1）拥有三种职权的人员在管理工作中的相互关系本质上是一种职权关系。在任何一个组织中，各级管理者都兼具直线、参谋或职能的因素，这三种职权是使组织活动朝向组织目标的不可分割的整体。直线职权意味着作出决策，发布命令并付诸实践，是保证组织目标实现的基本权力；参谋职权意味着协助和建议的权力，它保证了直线人员作出决策的科学性与合理性；职能职权是直线职权的一部分，它主要解决怎么做和何时做的问题，不能包揽一切直线人员的权力。

（2）注意发挥参谋人员的作用。参谋人员为直线人员提供信息、出谋划策，配合直线人员工作，应独立地提出建议，而不应左右他们的建议。同时，直线人员不能为参谋人员所左右，最终的决策应由直线人员作出。美国学者路易斯·艾伦（Louis Allen）提出 6 个有效发挥参谋人员作用的准则：

第一，直线人员可作最后的决定，对基本目标负责，故有最后之决定权。

第二，参谋人员提供建议与服务。

第三，参谋人员可主动地从旁协助，不必等待邀请，时刻注意业务方面的情况，予以迅速地协助。

第四，直线人员应考虑参谋人员的建议，当最后决定时，应与参谋人员磋商，参谋人员应配合直线人员朝向目标行进。

第五，直线人员对参谋人员的建议，如有适当的理由，可予拒绝。此时，上级主管不能受理，因直线人员有选择之权。

第六，直线人员与参谋人员均有向上申诉之权，当彼此不能自行解决问题时，可请求上级解决。

（3）适当限制职能职权的作用。要限制使用的范围和级别，不应越过上级下属的第一级，而应当集中在组织结构中关系最接近的那一级。

3. 集权与分权

集权是指决策权在组织系统中较高层次上一定程度的集中；与此相对应，分权是指决策权在组织系统中较低层次上一定程度的分散。在组织管理中，集权和分权是相对的，不存在绝对的集权或分权。如果最高主管把权力都集中在自己手里，这就意味着没有下属，因而没有组织；如果最高主管把权力全部委派给下属，则组织中的管理者就不存在，也不成其为组织。因此，为使组织有效地运转，必须有一定程度的分权。

（1）组织中集权的倾向及存在的弊端

几乎所有的组织都普遍存在集权的倾向。从组织发展的历史来看，如果组织是在自身较小规模的基础上发展起来的，则显示出鲜明的集权化倾向。当组织随着事业的发展而不断壮大、规模增大时，最高主管仍愿意保留大部分权力，因为一旦失去这些权力，他们便会感觉丧失控制力。合并后的组织很可能显示出权力的分散。为了确保组织总体政策的统一，保证政策的执行效率，合并后的组织必然要求加速集权化的过程。此外，组织中个性较强和有自信心的领导者，往往希望有足够的权力使组织按照自己的意愿运行，并以此提高自己在组织中的声望和地位。

以上原因都加速了组织的集权化过程。但是过分的集权存在着其固有的弊端，主要有以下几点：

第一，不利于合理决策，降低决策质量。在过度集权的管理体制下，大规模组织中的最高领导者很难一一把握基层的情况，他们总会显得心有余而力不足，往往会因为层次过多而影响决策的正确性与及时性。

第二，不利于调动下属的积极性。由于实行高度的集权，决策权主要集中在高层管理者中，下层管理者只能按照上面的命令和规定的程序行事，没有任何决策权、发言权和自主性，因而他们的积极性和创新性受到压抑，导致工作热情低下，也不利于培养他们成为全面的管理人才。

第三，阻碍信息交流，降低组织的适应能力。在高度集权的组织里，由于最高管理层与中下层之间存在着多级管理层次，信息传递的路线较长，因而信息的交流比较困难，使下情难以上达。另外，过分的集权可能使各部门失去适应和自调整的能力，从而减弱组织整体的应变能力。

第四，助长组织中的官僚主义。过分集权的体制，势必会制定许多烦琐的办事程度和规章制度，这极易助长官僚主义作风，使组织机关化，办事公式化，使组织显得毫无活力和生气。

（2）分权的意义

职权分散化以后，组织的决策权不再完全集中在最高管理层，而是适当下放到中下层管理单位，使其有一定的自主权，根据各自面临的实际情况作出决策，增强了决策的灵活性与及时性。职权分散化也使最高管理层摆脱了日常程序性的事务，有利于实行分级决策和分层负责，从而实现上下级合理的分工与协作。另外，职权分散后，需要中层管理者独当一面地工作，因而他们有更多机会受到锻炼，积累经验。

（3）影响集权与分权的因素

第一，决策的数量。组织中较低层次作出决策的数目或频度很大，则分权程度高，集权程度低。

第二，决策的重要性。组织中较低层次作出决策的重要性较高，则分权程度较高，集权程度低。

第三，决策的范围。组织中较低层次决策的范围越广，涉及的职能越多，则分权程度越高；反之，集权程度越高。

第四，决策的审核。上级对组织中较低层次决策的审核越低，则分权程度越高；反之，集权程度越高。

任何组织都要根据组织的实际需要来决定集权和分权的程度，以保持二者相平衡。例如，当组织的外部环境比较稳定时宜采用集权，当外部环境变化激烈时宜采用适当程度的分权；当组织规模较小时宜采用集权，当规模较大时宜采用相当程度的分权等。

4. 合理授权

这是指管理者通过指挥他人去实现组织的目标。高层管理者不可能亲自实施或监控一个组织中所有的活动，他们需要把一部分任务和权力授予下层管理者，即要学会合理授权。

（1）授权及其益处

授权（delegation）是指管理者把由其全权负责的一项任务委托给下属。在授权过程中，上级赋予下级一定的权力和责任，使下属在一定的监督之下拥有相当的自主权而行动。授权者对被授权者有指挥、监督权，被授权者对授权者负有汇报情况及完成任务之责。

授权对于一个组织的发展来说是十分重要的。通过授权，可获得如下益处：

第一，可使高层管理者从日常事务中摆脱出来，专心处理重大问题。随着组织规模的扩大，由于受一定的时间和空间及生理条件的限制，高层管理者不可能事事过问，而通过授权可使高层管理者既能从日常事务中摆脱出来，又能控制全局，这符合泰勒的"例外原则"。

第二，可提高下属的工作积极性，增强其责任心，并增进效率。通过授权，下属不仅拥有一定的权力和自由，而且也分担了相应的责任，从而可调动其工作积极性和主动性，还可提高下属的工作效率。

第三，可增长下属的才干，有利于管理者的培养。通过授权，下属有机会独立处理问题，从实践中提高管理能力，从而为建设一支管理队伍打下基础，这对于一个组织的长期持续发展是十分重要的。

第四，可充分发挥下属的专长，以补救授权者自身才能之不足。随着组织的发展和环境的日趋复杂，管理者面对的问题越来越多，越来越复杂，而每一个人由于受自身能力的限制，不可能样样精通。通过授权，可把一些自己不会或不精的工作委托给有相应专长的下属去做，从而弥补授权者自身的不足。

（2）授权的基本过程

第一，分派任务。权力的分配和委任来自于实现组织目标的客观需要。因此，授权首先要选择可以并且应该授权的任务，明确授权人所应承担的职责。所谓任务（task），是指授权者希望被授权人去做的工作。它可能是写一份报告或计划，也可能是担任某一职务、承担一系列职责。不管是单一的任务，还是某一固定的职务，授权时所分派的任务都是由组织目标分解处理的工作或一系列工作的集合。

第二，授予权力。在明确了任务之后，仔细考虑完成该项任务所需要具备的技能和所需要承担的责任，仔细考虑团队中所有成员的素质，根据他们各自的优缺点分析各项任务授权给谁最为合适。

在明确被授权人以后，就要考虑所应授权的相应权力，即给予被授权者相应的开展活动或指挥他人行动的权力，如有权调阅所需的情报资料、有权调配有关人员、有权要求相关部门给予相应的配合等。给予一定的权力是使被授权人完成所分派任务的基本保证。

第三，明确责任。当被授权人接受了任务并拥有了所必需的权力后，就有义务正确运用所获得的权力去完成分派的工作。被授权人的责任主要表现为向授权者承诺保证完成所分派的任务，保证不滥用权力，并根据任务完成情况和权力使用情况接受授权者的奖励或惩处。要注意的是，被授权者所负的只是工作责任，而不是最终责任。授权者可以分派工作责任，并且被授权者还可以把工作责任进一步地分派下去，但授权者对组织的责任是不可能分派的。被授权者只是协助授权者来完成任务，对于组织来说，授权者对于被授权者的行为负有最终的责任，即授权者对组织的责任是绝对的，在失误面前，授权者应首先承担责任。

第四，确立监控权。正因为授权者对组织负有最终的责任，因此，授权不同于弃权，授权者授予被授权者的只是代理权，而不是所有权。为此，在授权过程中，要明确授权者与被授权者之间的权力关系。一般而言，授权者对被授权者拥有监控权，即有权对被授权者的工作进展情况和权力使用情况进行监督检查，并根据检查结果调整所授权力或收回权力。

（3）授权的原则

授权看起来似乎很简单，但许多研究表明，管理者由于授权不当所引起的失败要比其他原因引起的失败多得多。根据实践总结，正确授权要注意以下几条原则：

第一，明确授权的目的。授权可以是具体的，也可以是一般的，可以是口头的，也可以是书面的。但不管采用何种形式，授权者都必须向被授权者明确所授事项、工作要求、任务目标及权责范围，使其能十分清楚地工作。不清楚或没有明确目的的授权，会使被授权人在工作中摸不着边际，无所适从。

因此，必要的任务说明是不可少的，我们不可能要求员工对模糊不清的任务负责。任务说明应该明确指出被授权者应取得什么结果、可获得或利用哪些资源、时限要求、被授权者可自主决定的事项等。

在说明任务时，可选择使用不同的任务说明方式。其中，具体的书面授权对于授予和接受双方都很有益处。因此，在组织设计中，对于各项职务的工作内容、权责范围应尽可能用书面的形式予以明确。这样不仅能使授权者更容易看到各职务之间的矛盾或重叠之处，而且也能更好地确定其下属能够且应该负起的责任。

第二，职、权、责、利相当。为了保证被授权者能够完成所分派的任务，并承担起相应的责任，授权者必须授予其充分的权力并许以相应的利益。只有职责而没有职权，会导致被授权者无法顺利地开展工作并承担起相应的责任；只有职权而无职责，就会造成滥用权力、瞎指挥和官僚主义。因此，授权必须是有职有权、有权有责且有责有利。

职、权、责、利相当，即所授予的权力应能保证被授权者履行相应职责，完成所分派的任务，做什么事给什么权；而被授权者对授权者应负的责任大小应与被授权者获得的权力大小相当，有多大的权力就应该承担多大的责任；给予被授权者的利益必须与其所承担的责任大小相当，有多大的责任就应承诺给予多大的利益。权力太小是被授权者无法尽责的普遍原因；权力过多则常常会造成对他人职权范围内事务的干涉；缺乏利益驱动则是被授权者不愿过多承担责任的主要原因。

第三，保持命令的统一性。从理论上说，一个下级同时接受两名以上上级的授权并承担相应的责任是可能的，但在实际工作中存在着较大的困难。因此，通常要求一个下级只接受一个上级的授权，并仅对一个上级负责，这就是所谓的命令统一性原则。保持命令的统一性原则，应要求：

①全局性的问题集中统一，由高层直接决策，不授权给下级。各部门之间分工明确，不交叉授权。每一主管都有其一定的管辖范围，不可将不属于自己权力范围之内的权力授予下级，以避免交叉指挥，打乱正常的上下级关系和管理秩序，造成管理混乱和效率降低。

②不越级授权。授权者如发现下属职权范围内的事务有问题，可以向下属询问、建议、指示，甚至在必要时命令下属、撤换下属，但不要越过下级去干涉下级职权范围内的事务，即不要越级授权。这样会使直接下属失去对其职权范围内事务的有效控

制，从而难以尽责。

第四，正确选择被授权者。由于授权者对分派的职责负有最终的责任，因此慎重选择被授权者是十分重要的。权力只能授予那些有能力运用好所授予的权力的人。为此，在选择被授权者时，应遵循"因事择人，视能授权"和"职以能授，爵以功授"的原则。也就是说，要根据所要分派的任务，来选择具备完成任务所需条件的被授权者，以避免出现力不胜任或不愿受权等情况；应根据所选被授权者的实际能力授予相应的权力和对等的责任；对既能干又肯干的，要充分授权，对适合干但能力有所欠缺或能力强但可能滥用权力的，要适当保留决策权。

在选择被授权者时，应优先考虑具有主动性的员工。同时，为了正确选择被授权者，在授权前，除对被授权者进行严格考察外，还可以"助理"、"见习"等名义先行试用，合格的再正式授权。

第五，加强培训和监督控制。在授权的同时，管理者需要对被授权者进行培训，教会他们如何行使这些权力。如果下属不知道该做什么，那么把权力授予他们根本就没有用。

进一步来说，所有授权都需要附带有效的监督机制。既然授权者要对被授权者的行为负责，那么，授权者加强对被授权者的监督控制就是十分必要的。不愿授权和不信任下级的情况多半是因为担心失去控制。为此，授权者要建立反馈渠道，及时检查被授权者的工作进展情况以及权力的试用情况。对于确属不适合此项工作的，要及时收回权力，更换被授权人；对滥用权力的，要及时予以制止；对需要帮助的，要及时予以指点，从而保证既定目标的实现。另外要注意，控制并不是去干预被授权者的日常行为，否则就会使授权失去意义；监督也不是为了保证不出任何差错，因为人人都会犯错误，只有允许人们犯错误，才能使人们愿意接受授权，并在实践中培养出合格的管理者。

五、结构设计

（一） 管理幅度与管理层次的基本概念与相互关系

1. 管理幅度与管理层次的概念

管理幅度（span of control）是指某一特定的管理者可有效管理的直接下属的数量。例如，经理直接领导多少名副经理和科长，副经理直接领导多少名科长和车间主任，车间主任直接领导多少名班组长，班组长直接领导多少名生产人员等。上级直接领导的下级人数多，称为管理幅度大；反之，则称为管理幅度小。

管理层次（level of control）是指在职权等级链上所设置的管理职位的级数。当组织规模相当有限时，一个管理者可以直接管理每一位作业人员的活动，这时组织就只存在一个管理层次。而当规模的扩大导致管理工作量超出了一个人所能承担的范围时，为了保证组织的正常运转，管理者就必须委托他人来分担自己的一部分管理工作，这使管理层次增加到两个。随着组织规模的进一步扩大，受托者又不得不进而委托其他人来分担自己的工作，依此类推，形成了组织的等级制或层次性管理结构。

2. 二者之间的关系

在管理幅度给定的条件下，管理层次与组织规模的大小成正比，组织规模越大，管理层次越多；在组织规模给定的条件下，管理层次与管理幅度成反比，每个主管直接控制的下属越多，所需的管理层次越少。每个组织都必须根据自身的特点，确定适当的管理幅度和相应的管理层次。

（二） 垂直型结构与扁平型结构

管理幅度与管理层次的反比关系决定了两种基本的管理组织结构形态：垂直型（锥型）结构与扁平型结构（见图4—15）。

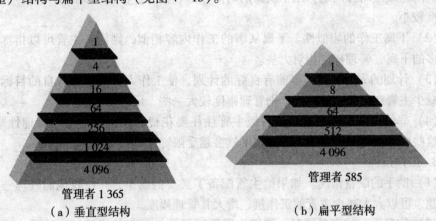

（a）垂直型结构　　　　　　　　　　（b）扁平型结构

图4—15　垂直型结构和扁平型结构

垂直型结构（tall structure）是指管理幅度小，从而管理层次较多的高、尖、细的金字塔形态。其优点是：较小管理幅度可以使每位主管仔细地研究从每个下属那儿得到的有限信息，并对每个下属进行详尽指导。其缺点是管理层次过多，这样就会造成：不仅影响信息从基层传递到高层的速度，而且由于经过的高层太多，使信息在传递过程中失真；使各主管感到自己在组织中的地位相对渺小，从而影响其积极性的发挥；容易使计划的控制工作复杂化。

扁平型结构（falt structure）是指组织规模已定，管理幅度较大、管理层次较少的一种组织结构形态。这种结构的优点是：管理层次少，信息传递速度快，使高层尽快地发现信息所反映的问题，并及时采取相应的纠偏措施；同时，由于信息传递经过的层次少，传递过程中失真的可能性也较小；较大的管理幅度，使主管人员对下属不可能控制得过多、过死，从而有利于发挥下属的主动性和创造性。这种结构的缺点是：主管不能对每位下属进行充分、有效的指导和监督；每个主管从较多的下属那里获取信息，众多信息可能淹没了其中最重要、最有价值的，从而可能影响信息的及时利用等。

组织设计要尽可能地综合两种基本组织结构形态的优势，克服它们的局限性。

（三）　影响管理幅度的因素

1. 主管与其下属双方的素质与能力

主管的综合能力强，可以迅速地把握问题的关键，缩短与每一位下属接触的时间，就可以管理较多的下属。同样，如果下属具备符合要求的能力，受过良好的系统训练，可以根据自己符合组织要求的意见解决许多问题，不必事事向上级请示，从而减少与主管接触的时间，增大主管的管理幅度。

2. 工作的内容和性质

（1）主管所处的管理层次。处在组织中较高层次的主管，通常面临的是较复杂、困难的问题或战略性问题，用于决策的时间较多，指导、协调下属的时间较少，其管理幅度较小。

（2）下属工作的相似性。下属从事的工作内容相似，则同一主管可以指挥和监督较多的下属，管理幅度相对大些。

（3）计划的完善程度。事前有良好的计划，使工作人员能明确各自的目标和任务，减少主管纠正偏差的时间，则管理幅度较大一些，反之则不然。

（4）非管理性事务的多少。各级主管往往要花费时间从事一些非管理性事务，处理这些事务所需时间越多，管理幅度就会越受限。

3. 工作条件

（1）助手的配备情况。如果给主管配备了必要的助手，并授权他们处理一些次要问题，可以大大减少主管的工作量，增大其管理幅度。

（2）信息手段的完备情况。组织沟通渠道畅通，信息传递迅速、准确，可以使下属更多地了解与自己工作有关的信息，更好地处理自身事务，有利于管理幅度的扩大。

（3）工作地点的接近程度。下属之间的工作地点的地理位置接近，会降低下属与主管或下属之间的沟通难度，从而增加每个主管直接管理下属的数量。

4. 工作环境

环境变化越快，变化程度越大，组织中遇到的新问题越多，下属向上级的请示就越必要、频繁。此时，上级利用更多的时间去关注环境的变化及应变的措施，能用于指导下属工作的时间就较少。因此，环境越不稳定，各层次主管的管理幅度就越受到限制。

5. 信息沟通的效率和效果

管理离不开上下级的沟通，如果沟通的效果很好且效率很高，显然能够为管理者节省不少时间和精力，增大管理幅度；假如沟通不畅，就需要频繁接触和反复沟通，管理者花费的时间和精力必然会增加，则会减少管理幅度。

6. 内部管理体系

组织是否有明确的目标、职责计划及相应的运作程序对管理幅度会产生影响。当内部有一个良好运作的管理体系时，员工按所要求的明确的规则完成工作，从而减少管理者的工作量，提高管理幅度。

7. 组织变革的速度

每个企业组织都会随着环境的变化而发生或大或小、或快或慢的变化。变革的速度慢，则企业的各方面都会比较稳定，企业员工习惯成自然，都能按部就班地完成自己的任务，管理起来就容易得多；反之，如果企业经常变动，员工往往无所适从，必须经常请示领导，则管理幅度就要相应变小一些才能应付过来。

（四）管理幅度设计方法

1. 经验统计法

这种方法是通过对不同类型企业的管理幅度进行抽样调查，以调查所得的统计数据为参照，再结合企业的具体情况去确定管理幅度。美国管理学家 E. 戴尔曾调查了100 家大型企业，其最高管理层的管理幅度为 1 ~ 24 人不等，中位数是 8 ~ 9 人；另一次在 41 家中型企业中所作的相同调查显示，中位数是 6 ~ 7 人（如表4—7 所示）。

表4—7　　　　　　　　　　美国公司管理幅度调查数据

下级人数	1	3	4	5	6	8	9	10	11	12
公司数	6	1	3	7	9	11	8	8	6	7	10
下级人数	13	14	15	16	18	20	21	23	24
公司数	8	4	1	5	1	1	1	2	1

2. 变量测定法

这种方法是把影响管理幅度的各种因素作为变量，采用定性分析与定量分析相结合的做法来确定管理幅度。其具体步骤和方法如下：

（1）确定影响管理幅度的主要变量。由于组织的具体情况差别很大，影响组织管理幅度的若干主要变量可能有所不同，因而需要从多种因素中选择，并确定对特定组织影响较大的主要变量。通常变量测定法主要依据 6 个变量：

①职能的相似性，指同一上级领导下的各单位或人员执行的职能的差异程度。

②地区的相似性，指同一上级领导下的各单位或个人的工作地点相距远近程度。

③职能的复杂性，指主管的任务和下属或部门的工作性质。

④指导与控制的工作量，涉及下属的素质及需要训练的工作量、所能授予的职权范围，以及需要亲自关心的程度。

⑤协调工作量，指上级为使下属及部门与公司其他部门的业务活动步调一致所需花费的时间。

⑥计划工作量，反映主管及其所在单位的计划工作的重要性、复杂性和所需要的时间。

（2）确定各变量对上级工作负荷的影响程度。为了定量反映各个变量对上级工作负荷的影响程度，首先要按照每个变量本身的差异程度将其划分为若干个等级（如洛克希德公司把每个变量分成 5 个等级），然后根据处在不同等级上的变量对上级工作负荷的影响程度，分别给予相应的权数，权数越大则表示这个等级上的变量对管理幅度的影响较大。权数表如表 4—8 所示。

表4—8 权数表

等级影响变量	1	2	3	4	5
职能相似性	完全一致 1	基本相似 2	相似 3	存在差别 4	根本不同 5
位置相似性	都在一起 1	同在一座大楼里 1	在同一工厂的 不同大楼里 3	在同一地区， 但不在同一厂区 4	在不同的地区 5
职能复杂性	简单重复 2	常规工作 4	有些复杂 6	复杂多变 8	高度复杂多变 10
指导与指挥的工作量	最少的监督、指导 3	有限的监督、指导 6	适当的监督、指导 9	经常、持续的监督、指导 12	始终严格的控制、指导 15
协调的工作量	同别人的联系极少 2	关系仅限于确定的项目 4	易于控制的适当关系 6	相当紧密的关系 8	紧密广泛而又不重复的关系 10
计划的工作量	规模和复杂性都很少 2	规模和复杂性有限 4	中等规模和复杂性 6	要求相当高，但只有广泛的政策指导 8	要求极高，范围与政策都不明确 10

（3）确定各变量对管理幅度总的影响程度。运用上一步得到的权数表，对照企业各变量的实际情况，确定该企业各变量应该取的权数，将其加总而得到一个总数值，然后根据主管拥有的助理人数及其工作内容，对这个总数值加以修正，即得到决定管理幅度大小的总权数。这个总权数越大，意味着领导者的工作负荷越重，管理幅度就越小。

（4）修正总数值。修正总数值时，系数一般取 0~1 的小数。主管拥有的助理越多，系数就越小。例如，有 1 位助手的主管的系数为 0.9，有 2 位助手的为 0.8，依次类推。助手的工作内容也影响修正系数。例如，配有分担一部分主管工作的直线助理，采用系数 0.7，在计划和控制方面的参谋助理可用 0.75 或 0.8 的系数。

（5）确定具体的管理幅度。将计算出来的主管的总权数同管理幅度的标准（如表4—9 所示）相比较，就可以判定企业目前的实际管理幅度是高于还是低于标准值，也可以为新机构的管理幅度提出建议人数。

表4—9 管理幅度的标准

影响管理幅度的各变量的权数总和	建议的标准管理幅度（人）
40~42	4~5
37~39	4~6
34~36	4~7
31~33	5~8
28~30	6~9
25~27	7~10
22~24	8~11

六、组织结构模式

组织结构受到多种因素的综合影响，由于不同因素的作用，组织所选择的结构模式也不一样。

（一）　组织结构设计的一般模式

1. 机械式结构

机械式结构也称官僚行政组织，它是综合使用传统设计原则的自然产物。机械式结构的特点是：具有明确的控制等级系统、高度的专业化分工以及协调组织内部分歧的参照依据；因为坚持统一指挥，所以产生了一条正式的职权层级链，每个人只受一个上级的监督和控制；保持小的管理幅度，随着组织层次的增加缩小管理幅度，形成了一种高耸的、非人性化的结构。

对于那些有充裕时间来详细制定各项活动和程序的组织来说，这种类型的构架十分合适，因为这样可以使它们更加适应组织运作的环境。一个"机械"的系统光凭简单地适应或迅速地作出反应，是不足以保持其竞争力的。这种结构提倡组织应该像高效率的机器那样，以规则、条例和正规化作为润滑剂。人性和人的判断被减少到最低限度，因为它会产生非效率和不一致，而标准化可以导致稳定和可预见性。

2. 有机式结构

有机式结构也称适应性组织，它是和机械式结构相对的（见图4—16）。有机式结构的特点是：低复杂性、低正规化和分权化；有更广阔的创新、沟通和合作空间，以适应某些特定环境的需要，而并非正式组织的需要。

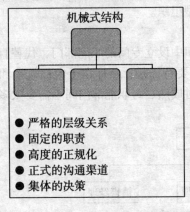
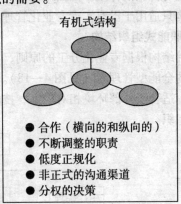

机械式结构
- 严格的层级关系
- 固定的职责
- 高度的正规化
- 正式的沟通渠道
- 集体的决策

有机式结构
- 合作（横向的和纵向的）
- 不断调整的职责
- 低度正规化
- 非正式的沟通渠道
- 分权的决策

图4—16　机械式与有机式结构的对比

有机式结构是一种松散、灵活的具有高度适应性的形式，它不具有标准化的工作和规则条例，能根据需要迅速地作出调整。有机式结构的工作不是标准化的，员工是职业化的，他们有足够的权力与能力对问题作出迅速的反应。

机械式和有机式这两种结构，是一个连续统一体的两端，二者不是纯粹的相互替代关系。纯粹的机械式结构和纯粹的有机式结构几乎是不存在的。管理者必须根据权变的原则，综合分析影响组织结构设计的多种权变因素，在二者之间权衡，以采取最适用的组织结构来取得最高的组织效率。

（二）　组织结构的具体模式

对于不同性质、不同规模的组织来说，组织结构多种多样。随着环境的快速变化，多年来已经开发了一些较新的组织类型。组织的具体结构模式如下：

1. 直线式组织结构

直线式组织结构是最简单、最古老的一种组织结构（见图4—17）。其特点是：组织中各种职务按垂直系统直线排列，各级主管对下属拥有直接的领导权，每一职位只能向一个直线上级汇报，组织中不设专门的职能部门。

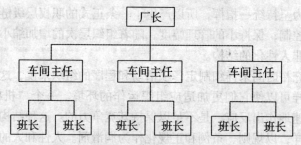

图4—17　直线式组织结构

这种组织结构的优点是：权力集中、权责分明、命令统一、行动快捷。其缺点是：在组织规模较大的情况下，权力集中在高层管理者手中，往往因为个人的知识和能力有限而不能深入、细致地考虑管理问题；组织成员只注意本部门的工作，忽视了横向沟通与协调的作用，因而难以培养全能型、熟悉组织情况的管理者。一般来说，这种结构只适用于没有实行专业化管理的小型组织。

2. 职能式组织结构

这种结构根据专业化分工的原则，在组织中设立专门的职能部门，代替直线式组织结构的全能型管理者（见图4—18）。其主要特征是：目标在于内部效率和技术的专业化，适合于外部环境相对稳定、技术相对成熟、跨职能部门间不需要太多依存的中小型组织。

图4—18　职能式组织结构

职能式组织结构的优点是：能够适应现代组织技术比较复杂和管理分工较细的特点；能够发挥职能部门的作用，减轻上层主管的负担；能较好地实现部门内部的规模经济。其缺点是：过分强调本部门的作用，而忽视相互配合和组织总体目标；妨碍组织中必要的集中领导和统一指挥，形成多头领导；对外界环境变化的反应太慢，不易作出及时有效的决策；加大高层主管监督和协调整个组织活动的难度。这种结构比较适合于中小型企业。

3. 直线职能式组织结构

直线职能式组织结构是对职能式组织结构的改进，是以直线式为基础，设立相应的职能部门（见图4—19）。其特点是：直线部门人员在自己权责范围内有决定权，有权指挥和命令从属人员；职能部门人员仅发挥参谋作用，只对下属提供建议和指导，没有指挥和命令的权力。

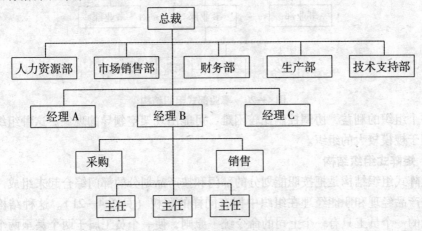

图4—19 直线职能式组织结构

该组织结构的优点是：结合了直线式和职能式组织结构的优点，既保证了统一指挥，又有利于发挥专家的辅助作用；职能高度集中、职责明确、工作效率高，组织有较高的稳定性。其缺点是：下级部门的主动性受到限制；各部门自成体系，不重视信息的横向沟通；直线部门与职能部门之间容易产生矛盾，协调难度大；整个组织适应性较差，缺乏灵活性。这种结构在规模大、决策复杂的大型企业不适用，只适合于中小型组织。

4. 事业部式组织结构

事业部式组织结构也称产品部式组织结构，是在产品部门化基础上建立起来的（见图4—20）。组织的高层领导下设立多个事业部，各事业部都有自己的产品和特定的市场，能够完成某种产品或服务的生产经营全过程。事业部式组织结构实行分权化管理，在企业统一政策的领导下每个事业部负责本部门的生产、销售等全部活动，形成各自的利润中心，而且有较大的生产经营权限。

与职能式组织结构不同，事业部式组织结构有许多前者无法比拟的优点：由于每个事业部能规划自己的未来发展，也能灵活自主地适应市场出现的变化，因而更能适应环境的需要；组织最高层摆脱了日常管理事务，有利于集中精力作好长远规划和战略决策；事业部经理负责领导一个独立经营的部门，相当于一个完整的企业，有利于接受各种考验，培养全面的管理人才；具有高度的产品前瞻性，消费者对产品的意见和建议能及时反映到分部，对产品作出适当改进，以适应市场需要。

该组织结构的不足之处在于：职能部门分散，一些资源不能充分共享，造成了人员和设备的浪费；不同的事业部之间沟通关系较差，相互支援较差；各事业部考虑问题往往从本部门出发，它们之间独立的经济会引起激烈的竞争，甚至产生内耗；由于

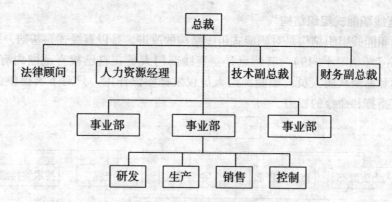

图4—20　事业部式组织结构

忽视整个组织的利益，协调控制比较困难，可能出现架空领导的现象。这种组织结构多适用于规模较大的组织。

5. 矩阵式组织结构

矩阵式组织结构是把按职能划分的部门和按产品划分的部门综合起来组成一个矩阵，使产品经理和职能经理在组织中拥有同样的职权（见图4—21）。这种结构打破了传统的一个员工只有一个上司的命令统一原则，使一个员工属于两个甚至两个以上的部门，许多员工同时要向两个经理负责。企业在存在某些约束条件时往往采用矩阵式组织结构。为完成某一项目，由各职能部门抽调人员组成项目经理部，当项目完成后，各类人员另派工作，此项目经理部不复存在。

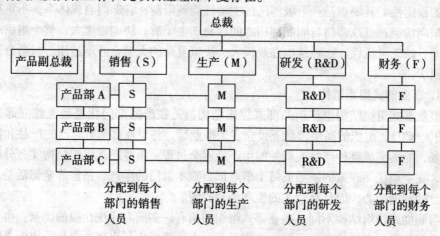

图4—21　矩阵式组织结构

矩阵式组织结构的优点是：具有较大的互动性，能克服职能部门相互脱节的现象；专业人员和专用设备能够得到充分利用；各行业人员可以在完成同一任务的过程中相互学习、相互帮助，有利于人才的培养；实现集权与分权优势的结合。其缺点是：由于实行横向、纵向双重领导，容易造成冲突或相互推卸责任；组织关系复杂，对项目负责人要求较高；要花大量时间举行会议，集中解决问题，造成决策迟缓。

当下列条件具备时，这种组织结构是恰当的：第一，环境的压力来自于两个或两个以上重要方面。这些压力意味着对环境的反应必须要有一个双重的结构来达到权力的平衡。第二，组织所处的环境是复杂且不确定的。外界经常性的变化和企业内各单位之间的高度依赖性，需要组织在水平方向和垂直方向上都极为有效地进行联系。第三，在使用内部资源（人员、设备、资金、信息）时，需要考虑规模经济的因素。

6. 多维立体组织结构

多维立体组织结构是综合发展矩阵式组织结构和事业部式组织结构而形成的（见图4—22）。这种组织结构由三个管理系统组成：（1）按产品划分的部门是产品利润中心；（2）按职能划分的专业参谋机构是职能利润中心；（3）按地区划分的管理结构是地区利润中心。

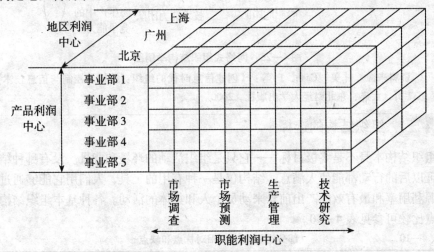

图4—22　多维立体组织结构

在这种组织结构下，每一系统都不能单独作出决策，而是必须经过三方共同协调才能采取行动。因此，多维立体结构能促使每个部门从整个组织的全局来考虑问题，易于产品、职能、地区三方面的统一和协调。这种类型的组织结构最适用于巨型的跨国公司或全球公司。

7. 网络式组织结构

网络式组织结构是一种全新的组织形式，是由传统的"命令和控制"组织向一个"以信息为基础"的组织的重大转变（见图4—23）。传统的等级制以及与它相关的计划、控制和人力资源系统适合于对事务进行预测和管理；新的网络形式则用来利用不确定性，而不是减少不确定性，强调在一个不断变化的环境中的柔性调整。

网络式组织结构中的人员、决策权限、角色和领导关系是临时根据特定的项目或事件组成的，一旦需要，可能随时改变。因此，网络式组织结构具有快捷的优势，能对变化的事件作出快速响应。不过，该结构可能导致资源重复和行为责任的错误划分。网络式组织结构最适合于变化迅速且剧烈的环境，在这种环境中，战略优势取决于创新能力。

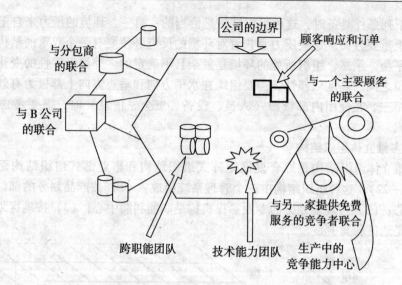

图4—23　网络式组织结构举例图

资料来源　〔美〕Cash，J. 等：《创建信息时代的组织：结构、控制与信息技术》，刘晋等译，37 页，大连，东北财经大学出版社，2000。

（三）　组织结构的选择

组织结构本身不是终极目标——它只是组织活动的环境和背景。没有哪种结构可以保证以后的行动都能使人满意。结构仅是一种有用的工具，人们用它能够通过最大的资源利用率和最有效的产出前景来动员个人和集体的活动。各种基本组织结构类型的特点比较可参见表4—10。

表4—10　　　　　　　　　**部分组织结构的相对优点和缺点**

组织结构	职能式	事业部式	矩阵式	网络式
劳动分工	通过输入	通过输出	通过输入和输出	通过知识
协调机制	层次管理、计划和程序	事业部经理和公司职员	双重领导关系	交叉职能团队
决策权	高度集中	战略和执行的分离	分担	高度分散
边界	核心/周边	内部与外部市场	多种界面	可渗透与变化的
非正式机构的重要性	低	中等	较高	高
政治	职能部门之间	公司的事业部和事业部之间	在矩阵的各维中	变化的联合
权威的基础	职务和专业知识	总经理的职能和资源	谈判技巧和资源	知识和资源
资源效率	优	差	中	良
时间效率	差	良	中	优
响应能力	差	中	良	优
责任感	良	优	差	中
最适合的环境	稳定的环境	复杂的环境	复杂且有多种需求的环境	剧烈变化的环境
最适合的战略	集中/低成本战略	多样化战略	快速响应战略	创新战略

资料来源　〔美〕Cash，J. 等：《创建信息时代的组织：结构、控制与信息技术》，刘晋等译，38～39 页，大连，东北财经大学出版社，2000。

什么条件使得一种组织设计优越于另一种？我们将已经讨论过的基本结构进行归纳，如表4—11所示。

表4—11　　　　　　　　　　　　组织设计选择

结构类型	优　点	适用的条件
直线式	快速、灵活、经济	小型组织；发展初期；简单、动态的环境
职能式	专业化的经济性	单一产品或服务的组织
事业部式	对结果的责任感	大型组织；多种产品或多个市场的组织
矩阵式	专业化的经济性与对结果的责任感	有多个产品或规划、需要依靠职能专长的组织
网络式	快速、灵活、经济	工业企业；发展初期；有许多可靠的供应商；需要海外低廉的劳动力

（1）对于开展专业化经营的大型组织，职能式结构和事业部式结构较适用，两者本质上都是机械式机构。

（2）当员工人数较少，或者组织处于创建时期、动态环境的情况下，直线式结构较好。这种结构易于管理，具有对不能预见的环境变化作出迅速反应的灵活性。

（3）当组织有多种产品规划，需要职能部门辅助时，利用矩阵式结构可以取得专业化优势，同时注意克服其存在的问题。

（4）网络式结构是信息技术革命的产物，它对于刚开业的制造企业是一种特别有效的手段，可以使风险和投入大大地降低。管理者必须熟练地发展和维持与供应商的关系，以取得优势。就组织而言，它们应该同时具有机械式和有机式结构的特点。但最基本的出发点是，组织的基本结构应该促进必要的信息沟通。组织的运作环境也是会改变的，因此有必要定期检查，以确保组织结构与环境相适应。为了弥补正式结构中的一些缺点，也可以建立一些非正式的机制，通过这样一些非正式的手段，管理者可以了解组织的一些具体动态。

第三节　组织人员配备

企业的组织建设除了要设计适应组织战略的组织结构，还要为组织结构配备适当的人员来完成各项工作。也就是说，组织设计仅为系统运行提供了可供依托的框架，框架要能发挥作用，还需由人来操作。这是实施任何组织的人力资源战略的核心内容，它要估算出实现组织目标所必需的人员配备，指导招募及其他人员配备活动，帮助管理者确保满足组织的人才需求。

一、人员配备的概念

人员配备，就是利用合格的人力资源对组织结构中的职位进行不断填充的过程。它包括明确组织人才的需求，对现有的人力资源进行招募、选拔、安置、提拔、考评、奖酬和培训等一系列活动。

组织中任何一项管理职能的实施、任何一项任务或工作的完成都是由人来进行的。人是组织实现其目标的直接推动力，因此组织中每一职位的人员配备是所有组织都应十分关心的问题，因为它直接关系到组织的活动是否有效、组织目标能否实现。

二、组织人员配备的任务

人员配备的直接任务是为组织结构中的各个职位配备合适的人员，应不仅满足组织的需要，同时也必须关注组织成员个人的特点、爱好和需要，以便为每个员工安排适当的工作。因此，人员配备要分别从组织和个人这两个不同角度考察。从组织角度考察，人员配备必须保证组织中的每个岗位都有合适的人选，同时注意组织后备人才的储备，培养员工的献身精神。从个人角度看，人员配备必须确保组织中的人有能力、有兴趣从事所做的工作，能够公平地评价、承认和应用每个人的知识和能力。从实施人员配备的管理者的角度看，人员配备作为管理的一项职能，各级主管必须负有为所属的机构或部门的空缺职位配备适当人员以及考评和培训下属的职责。

管理者的质量是任何一个组织不断取得成功的最重要的决定因素，因此，组织能否选拔和招聘到合适的管理者，是关系到组织活动成败的关键。有些时候，组织中有可能会出现一些空缺职位而无法从组织内部挑选到合适的人来填补。很多组织的做法是，等到一旦这类职位空缺出现之后，才想尽办法找人来填补它。这种方法对较小的组织来说可能是有效的，但是对于大型组织来说，必须作适当的人员预测和配备计划。

制订人员配备计划应考虑以下几个方面：

1. 管理者需要量的确定

一个组织中未来主管的需要量，基本上取决于组织的现有规模、机构、岗位设计与工作的复杂程度，以及组织的扩充发展计划和主管的流动比率。从现实的观点来看，市场或顾客对组织的产品和服务的需求量是最为重要的。这样，在生产性企业中，首先要对销售额进行预测，然后决定要满足这些销售额需要生产多少产品，以此作为衡量人员需要量的依据。

此外，还需要考虑其他几个方面的因素：（1）可能的员工流动比率；（2）员工的性质和质量；（3）与提高产品或服务质量有关的决定；（4）导致生产率提高的技术与管理方面的变化；（5）本部门能获得的经济资源。

2. 管理者的来源

选聘主管的途径有两种：一是从组织内部提升（内升制）；二是从组织外部选聘（外求制）。

内升制是指随着组织内部成员能力的增强，在得到充分证实后，对那些能够胜任的人员委以承担更大的责任的更高职位。外求制是指根据一定的标准或程序，从外部的众多候选人中选择符合实际空缺职位工作要求的管理者。两种制度的优缺点如图4—24所示。

主管的选聘无论是内升制还是外求制，都不是十全十美的，在实际工作中应当两

内升制	外求制
优点： ● 有利于对选聘对象全面了解，人选比较准确 ● 组织成员对组织的历史、现状和目标比较了解，能快速胜任工作 ● 激励组织内成员的上进心，调动他们的积极性 ● 组织对其成员的培训投资获得回报	优点： ● 较广泛的人才来源，可能招聘到第一流的管理人才 ● 避免"近亲繁殖"，给组织带来新的观念和思想 ● 可避免组织内部未被提升者积极性受挫 ● 节省在培训方面所耗费的大量时间和费用
缺点： ● 当组织内部人才储备的质或量不能满足发展需要，会使组织失去得到一流人才的机会 ● 容易造成"近亲繁殖"，不易带来创新观念 ● 提升人数有限，容易挫伤未被提升者的积极性和信心	缺点： ● 组织内部的士气或积极性受到影响 ● 应聘者对组织历史和现状不了解，无法快速胜任工作 ● 招聘注重应聘者的资历、学识，会导致应聘者很大失望

图4—24 内升制与外求制的优缺点比较

者结合使用。成功的组织大都主张采取内部提升和培养的方法，同时结合组织具体情况，随机制宜地选择选聘的途径。

3. 管理者选聘的标准

选聘主管首先要明确选聘的依据，总的标准应该是德才兼备，可以概括为职位本身的要求以及主管人员应具备的素质和能力。职位设计要求对职位的性质和目的有一个清楚的了解。主管应具备的技能包括技术技能、人际技能和概念技能等。

4. 管理者选聘的程序和方法

在组织未来所需主管的数量和要求已经明确，制定了选聘政策之后，就要开始实施具体的选择工作。选聘的具体程序及步骤，随着组织的规模、性质以及空缺职位的特殊性和要求而有所不同，主要为：公开招聘──→初选──→对初选合格者进行考核──→选定管理者。

三、人员配备的基本原则

1. 因事择人、适应发展原则

组织中配备一定人员的目的在于希望其能够完成组织所分配的任务，从而为实现组织目标作出贡献。为此，就要求在人员配备过程中根据工作需要配备具备相应知识和能力的人员，因事择人是人员配备的首要原则。

同时，为了适应组织发展的需要，在岗位设置和人员配备过程中，要留有一定的余地。不能仅根据组织目前的需要配备人员，以至于当组织发展需要员工履行更多的职责或需要进一步提高技能时，现有的员工难以胜任或提高技能，从而减缓组织的发展步伐。在人员配备过程中，要作好人力资源储备，配备一定的培养性人员，或在配备某些岗位的人员时给其留出一定的学习和培训的时间。

2. 因材器使、客观公正原则

因材器使原则就是要求在人员配备过程中，根据一个人的特长和兴趣爱好来分配不同的工作，以最大限度地发挥其才能和调动其积极性。不同要求的工作需要不同才能的人胜任，而不同的人因为其具有不同的素质和能力，适合于从事不同的工作。从人的角度考虑，只有根据不同人的特点来安排工作，才能使人的潜能得到最大限度的发挥，使人的工作热情得到最大限度的激发。因此，要根据不同的人的兴趣爱好和才能结构为其分配适合的工作内容，在条件允许的情况下，尽可能地把一个人所从事的工作与其兴趣爱好、能力特长结合起来。

客观公正原则是要求在人员配备过程中，明确表明组织的用人理念，为人们提供平等的就业、竞争上岗和培训机会，对素质能力和工作绩效进行客观的评价，以最大限度地获得适合的人员，并获得社会和员工的理解和支持。

3. 合理匹配、动态平衡原则

合理匹配原则是指除了要根据各个岗位职责要求配备相应素质的人员以外，还要求合理配备同一部门中不同岗位和层次间的人员，以保证同一部门中的人员能协调一致地开展工作，充分发挥群体的功能。

动态平衡原则要求管理者根据组织和员工的变化，对人与事的匹配进行动态调整。补充组织发展所需要的人员，辞退多余的或难以适应组织发展的人员；将能力提高并得到充分证实的员工提拔到更高层次、承担更多责任的岗位上去，将能力平平、不符合现在岗位要求的人通过轮岗或培训使其有机会从事力所能及的工作。通过人与工作的动态平衡，使绝大多数员工能够发挥能力，进而使实现组织目标所需要开展的工作都有合适的人来承担。

第四节　组织变革与发展

环境对组织的影响程度是巨大的——外部环境因素作用于组织，对其管理活动及其生产经营活动产生影响。当今，由于组织面对的是一个动态的、变化不定的大环境，在这种环境条件下，一种组织结构、组织制度在当前是合适的，但是过一段时间，在新的环境条件下，可能它们就不再适应。为了组织适应环境的变化，更有效地利用资源，最大限度地实现组织目标，组织必须不断地进行变革。可以说，组织变革是组织保持活力的一种重要手段。从组织的发展历史看，每次组织变革都使组织的管理和效率发生一个飞跃。如图4—25所示，有许多环境因素驱动着组织作出重大的变革。

一、组织变革的动因与阻力

环境对组织的影响程度是巨大的，一个组织必须与它的环境相适应，组织必须快速行动，以便跟上周围所发生的变化。

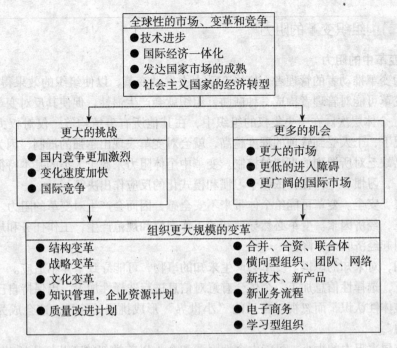

图4—25　组织重大变革的驱动因素

资料来源　John P. Kotter, The New Rules: How to Succeed in Today's Post-Corporate World. New York: The Free Press, 1995.

（一）　组织变革的动因

在全球化和信息化日益发展的今天，由于组织面对的是一个动态的、不稳定的环境，一个组织要能够生存、发展、壮大，并不断地趋于成熟，不断取得成功，就必须根据外部环境和内部条件的变化而适时调整其目标与结构。从这个意义上讲，不仅老化的组织需要变革，实际上，处于每一个成长阶段的组织都需要考虑变革问题。促使组织变革的动因可以归纳为两个方面：外部动因和内部动因。

1. 组织外部环境的变化

从系统的观点看，任何组织都是一个开放系统，它属于社会大环境中的一个子系统，因此，它无力控制外部环境，而只能主动适应外部环境。它通过与其所在的环境不断地进行物质、能量、信息的交换而生存与发展。组织外部环境的变化是组织变革的重要动因，主要包括经济变化、知识与技术的进步、企业竞争优势的新来源等。

2. 组织内部条件的变化

组织内部条件的变化也会形成对变革的需要。这些内部条件可能最初产生于组织的内部运营，也可能产生于外部变化的影响，主要包括组织技术的发展、内部运营机制的优化、组织中人员与设备的调整等。

除此之外，组织变革的内部动因还包括：组织运行政策和目标的改变；组织成员对工作的期望与个人价值观念的变化等。

（二） 组织变革的阻力

1. 变革中的阻力

作为变革推动者的管理者，应当有动力去发动变革，以使组织的效果得到改进。然而，变革可能对管理者构成一种威胁，组织就会产生惯性，促使其反对变革。

（1）个体层次。在中央集权的组织中，在其他所有事情均等，仅对权力进行分配的情况下，个人受到管理的程度越高，就会对变革表现出越强的抵制，因为他们会觉得自己缺乏对所遇到的事情的控制。变革中个体阻力来源于人类的基本特征：

第一，习惯。个体往往依赖于习惯和模式化的反应作出决策。

第二，安全。变革可能给个体带来不安全感，因而会产生对变革的阻力。

第三，经济因素。变革必然导致新的工作岗位和规范产生，工作任务和规范的改变可能引起经济收入下降。

第四，对未知的恐惧。变革会产生未知的事物，可能导致个体不适应。

第五，选择性信息加工。个体会有意对信息进行选择性加工，以保持自己以往对世界的整体性认识，而忽视对自己的"小世界"形成挑战的信息，这会成为组织变革的阻力。

个体层次阻力的大小，可能由个性因素和个人以前类似的变革经历所共同决定。员工在经历了以前的组织变革后形成的态度，对此有非常重要的影响。例如，科特和施莱辛格（1979）认为，这种态度和四个方面的原因的共同影响有关：相互之间缺乏信任而误解组织变革的目的；对变革的容忍程度较低；狭隘的利己主义；某人在组织中的不同地位所决定的对相同的变革过程的矛盾的评价。

（2）群体层次。在群体层次的分析上，强调维持现状的群体在群体结构、组成和工作关系方面的许多内在因素都能引起阻力的产生。这些因素具体包括：群体的凝聚力、社会行为准则、决策参与程度和自主行为的独立性。此外，组织权力和权威的分配也会影响不同环境下阻力产生的程度。主要的影响因素有：

第一，组织群体惯性。即使个体想改变他们的行为，群体规范也会形成约束力。

第二，组织已有的专业知识。组织中的变革可能会威胁到组织整体的专业技术知识。

第三，组织已有的权力关系。任何决策权力的重新分配，都会威胁到组织长期以来形成的权力关系。

（3）组织层次。在组织层次的分析上，产生阻力的各种相互关联的因素构成了一幅复杂的、千变万化的画面。这个画面处于不断变化中，并根据个人优势地位的不同而表现出巨大的差异。相互关联的因素主要包括：

第一，组织结构惯性。组织有其固有的机制保持其稳定性，当组织面临变革时，结构关系的稳定就会起到反作用。

第二，组织的变革点。组织由一系列相互依赖的子系统组成，一个子系统的变革必然会影响其他子系统。

第三，组织已有的权力分配。组织中控制资源的群体常常视变革为威胁，其倾向于保持原有状态。

2. 反对组织变革的原因

人们反对组织变革的原因可概括为以下几个方面：

（1）历史的惯性或惰性。人们往往习惯于原有的一切管理制度、行为方式，任何变革都会使他们感到不习惯、不舒服，都将会威胁到原有的安全与内心的平衡，因而有恐慌感。

（2）未看清未来的发展趋势。有时人们对未来的发展趋势缺乏清醒的认识，对环境给组织造成的压力认识不足。他们会满足于维持现状，看不到变革的必要性。

（3）威胁到既得利益和地位。一旦变革将有可能损害人们的既得利益，出于对自身安全的考虑，人们就会极力反对变革。

（4）对发起变革的人怀有成见。有时人们并不是反对变革本身，而是对发起这场变革的人怀有成见，由反对变革者而导致反对变革。

（5）心理上的障碍。这主要表现在对待组织变革没有信心、热情、冒险意识，缺乏一种改革的勇气和必要的心理承受能力。

3. 降低组织变革阻力的策略

（1）教育与沟通。通过与员工们进行沟通，帮助他们了解变革的理由，澄清他们的错误认识，这样会使阻力自然减退。

（2）参与。在变革决定之前，需要将持反对意见的人吸引到决策过程中来。如果参与者能以其专长为决策提供有益的意见，他们的参与就能降低阻力，使阻力变为动力。

（3）促进与支持。变革推动者可以通过提供一系列支持性措施减少阻力。

（4）谈判。为了降低潜在的阻力，以某些有价值的东西换取阻力的减少。

（5）操纵与合作。操纵是将努力转移到施加影响上，如有意扭曲事实而使变革显得更有吸引力，使员工接受变革；合作是通过"收买"反对派的领袖人物参与变革来降低阻力。

（6）强制。直接对抵制者进行威胁和控制。

二、组织变革的原则

组织在进行变革的过程中，常常会遇到许多在制定变革策略时未估计到或者不可能完全估计到的问题，有三个基本原则可以作为组织实施变革的基本依据。

1. 适度变革原则

组织的目标和经营战略总是通过一定的组织职能分工实施的，组织机构是为了适应企业经营战略的需要而建立的。但一个组织机构一旦建立就不可避免地形成自己所关注的问题。这种本位利益在各组织之间以及和企业整体利益之间会发生一些矛盾和冲突，为此，组织变革者要做的工作是对这些矛盾冲突进行协调一致、折中、妥协，以寻求各方面都能接受的解决方法，而不可能离开客观条件去寻求所谓绝对的合理性。只要不损害总体目标和战略的实现，这些冲突是可以容忍的，即在变革过程中遵循适度变革的原则。

2. 权变原则

组织目标与战略的制定是基于一定的环境变化的假设之上的，在战略实施中，事情的发展与原先的假设有所偏离是不可避免的。在对组织结构进行变革的过程中，关键在于如何掌握环境变化的程度。如果当环境发生并不重要的变化时就修改了原定的战略，这样容易造成人心浮动，带来消极后果；如果环境确实已经发生了重大变化，仍然坚持实施制定的战略，将最终导致整个组织的失败。因此，关键在于如何衡量企业环境的变化。权变原则的本质是"视情况而定"，变革要考虑组织所处的内外环境因素，并以此为根据来选择合适的方法与程度。

3. 系统原则

组织变革要追求成功和效益，顺利实现预期的目标，就必须坚持运用系统的原则，对组织系统的整体作充分、细致的认识和把握。这包括把握组织的总体目标，认识实现目标应采取的基本战略措施、主要条件，以及如何正确处理该系统与其外部环境的关系等。通过系统的整体优化，使管理工作在各种错综复杂的关系中不偏离总目标，并为科学的分工和协作奠定良好的基础。在组织变革中遵循系统原则要做到：（1）具有全局观念；（2）关注系统结构的状况；（3）处理好管理幅度与管理层次的关系。

三、组织变革的内容

组织变革是各类组织对于管理理念、工作方式、组织结构、人员配备、组织文化等多方面进行不断调整、改进和革新的过程。管理者对组织变革的内容主要包括三个基本方面：组织结构、任务和技术、人员。组织结构变革包括改变组织的复杂性、正规化、集权化、职务再设计及其他因素；任务和技术变革包括工作过程、方法和设备的改造等；人员变革是指员工工作态度、期望、认知和行为的改变。

1. 以组织结构为重点的变革

这是指通过改变组织结构形态、信息沟通渠道和方式、管理的规章制度、成员的工作环境等实现组织变革。管理者要对组织的正式设计、职权分配、分权化程度及职务设计等活动负有责任，但这些决策不是一旦作出就是一成不变的。变化的环境条件要求管理者作为变革的推动者，适时地根据需要对结构进行调整。

一个组织的结构是由其复杂性、正规化和集权化程度共同决定的。管理者可以对这些结构要素的一个或多个加以变革。例如，可将几个部门的职责组合在一起，或者精简某些纵向层次，拓宽管理幅度，以使组织扁平化和具有更少的官僚机构特征。为提高组织的正规化程度，可以制定更多的规章制度。而通过提高分权化程度，则可加快决策制定的过程。

此外，也可以对实际的结构设计作出重大的改变。这可能包括职能式向事业部式结构的转变，或者形成一种矩阵式结构设计或者混合式结构设计。管理者可能考虑重新设计职务或工作程序，或者修订职务说明书、丰富职务内容或实行弹性工作制。

以组织结构为中心的变革使人们采用较多的变革方式，其优点是操作起来相对容易，且效果比较明显。

2. 以任务和技术为重点的变革

组织面临的大环境变了，组织的任务也随之发生变化，其发挥的职能也要变化。这时的组织变革就是明确、突出新任务，根据新任务调整职能，彻底转变职能。

管理者也可以对其用以将投入转换为产出的技术进行变革。今天，许多技术变革通常涉及新的设备、工具和方法的引进，以及实现自动化等。产业内竞争的力量或者新的发明创造，常常要求组织引入新的设备、工具或操作方法。近年来，最明显的技术变革来自于组织努力扩大自动化的应用范围，许多组织都安装复杂的管理信息系统。

3. 以人员为重点的变革

这是指通过改变成员的态度、价值观念、需求层次和种类、行为方式等实现组织变革。这种方式的变革要求组织的管理者针对员工的不同特点和所处的不同状态，有目标、有计划、有步骤地进行深入细致的教育、引导和培训，改变他们看问题的角度与方式，激发他们的工作热情，引导其需求的偏好和兴趣，提高他们的岗位技能和工作效率。因此，这种变革一般需要较长的时间，并要求组织的管理者具有极高的素质。该方式的效果迟缓，但具有持久性。

组织发展有时泛指各类变革，但更通常地是侧重仅以改变人员及人际工作关系的本质和性质的各种方法或方案。贯彻这种变革方法的共同主线是，它们都设法带来组织人员内部或相互关系的改变。具体有以下几种方法：

（1）敏感性训练，是指通过非结构化的群体互动来改变人的行为的一种方法。该群体往往由一位职业行为学者和若干参与者组成，职业行为家为参与者创造表达自己思想和情感的机会。

（2）调查反馈，是指对组织成员的态度进行评价，确定其态度和认识中存在的差异，并使用反馈小组得到的调查信息帮助消除其差距的一种方法。

（3）过程咨询，是指依靠外部咨询者帮助管理者对其必须处理的过程事件形成认识、理解和行动的能力。咨询者帮助管理者更好地认识他们的周围、自身内部或与其他人员之间正在发生的事情。

（4）团队建设，是指使工作团队的成员在互动中了解其他人是怎么想和怎么做的。通过高强度互动，团队成员学会相互信任和开诚布公。

（5）组际发展，是指改变不同工作小组成员之间的相互看法、认知和成见，各个小组考察存在差异的原因，并努力制定解决办法以改进小组间的关系。

四、组织变革的程序

1. 卢因的三步模型

库尔特·卢因（Kurt Lewin）认为，成功的组织变革应该遵循以下三个步骤：解冻现状，移动到新状态，重新冻结新变革，使之持久（如图4—26所示）。

现状可以视为一种平衡的状态，要打破这种状态，必须克服个体阻力和群体的从众压力，因此解冻是必要的。一旦变革付诸实施，要想成功，就需要重新冻结新形式，这样才能长时间维持它。如果不采取最后这个步骤，变革就可能是短命的，员工

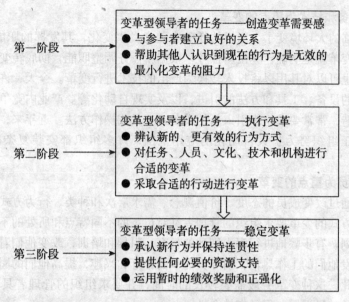

图4—26　卢因的计划型组织变革的三个阶段

也会试图回到以前的状态。重新冻结的目的是通过平衡推动力和约束力，使新状况更为稳定。

2. 组织变革的一般程序

（1）诊断组织状态。根据组织的表现和运行现状准确地确定组织所处的生命周期阶段，依据组织的生命周期理论和现实情况，认真寻找组织在运行和发展过程中存在的问题。要特别注意组织外部环境和内部条件的变化，将出现的问题进行分类，按其重要性和急迫性进行研究，找出产生这些问题的根源和解决这些问题所需要改变的因素，并初步确定出组织变革的具体目标。

（2）选择变革重点。对组织状态作出诊断后，接着根据确定出的组织变革目标，结合本组织的实际情况，确定变革的突破口和重点。依次考虑组织结构、任务和技术及人员方面所应采取的变革，可以将三种方式有机结合，循序渐进推行组织变革。

（3）分析限制因素。为了使组织变革获得成功，还应分析变革的限制因素，即组织变革有哪些制约环节，需要具备什么条件。上级主管部门是否支持、组织内部是否具备变革的条件是两个必须考虑的限制因素。另外，还要分析组织是否能够承受变革的成本和代价，选择实施变革的最佳时机。

（4）制订变革方案。该方案包括变革的目标、组织存在的严重问题和根源、变革的方式和步骤，以及完成这些步骤的详细时间表等。方案的制订要理由充分、思考周密、便于实施，要广泛征求各方面的意见并对方案进行反复的论证和修改。

（5）全面实施变革。在变革计划的实施过程中，如果发现变革方案和实际情况有较大出入，可对其作出相应的调整，以保证变革的顺利进行。

（6）组织变革的效果评价。变革者评价行动计划的效果，以收集到的原始资料为参考点，对随之发生的变革进行比较和评价。

五、组织变革的一般模式

组织变革的模式，可以从不同角度进行划分。组织在选择变革方式时，需要本着权变和适用的原则，根据所处的具体条件选择合适的变革模式。

1. 按变革的程度，分为量变式和质变式

（1）量变式，是以改变组织机构和人员数量为主的一种变革方式。其变革的重点在于增设或撤销部门单位，增加或减少管理者等。这种变革简单易行，适合于在组织关系结构、责权体制都适用的情况下，解决机构臃肿、管理费用开支较大的问题。

（2）质变式，是以解决组织的深层次问题为重点的，能使组织效能和内部关系发生根本变化的一种变革方式。从质变的广度来看，它可以是局部性的，也可以是全局性的。部分质变对全局性质变的影响程度，不仅取决于这一部门在整个组织中所处的地位，同时还与它同其他部门联系的密切程度有关。从质变的深度来看，质变可能发生于组织中较浅的层次，也可能发生于深层次。越是深层的变革，越要涉及基本价值观念和制度体制的改变。

2. 按变革的对象，分为正式关系式、非正式关系式和人员式

（1）正式关系式，即以组织中经过正式筹划的为实现组织的目标而围绕着工作任务开展的人与人或人与机构之间的关系作为变革的对象。其变革对象，主要是通过管理机构和管理体制的设计和再设计实现的。

（2）非正式关系式，即以组织中未经正式筹划而产生的相互影响和相互作用关系为变革对象。

（3）人员式，即以改变组织成员的知识、技能、态度和价值观为对象。

3. 按变革的分量来源，分为主动思变式和被动应变式

（1）主动思变式，其动力来源于组织内部，是在事先预见的基础上作出变革的决策。组织能在危机来临之前就着手进行变革，以避免仓促地进行变革。

（2）被动应变式，是在迫于外部压力的情况下产生的，如经济绩效不佳的压力以及宏观行政干预和政治环境的压力。

4. 按变革的进程，分为突变式和分段发展式

（1）突变式，是在短时间内一次性地变革组织。这种变革方式雷厉风行，一次到位，解决问题迅速。但由于涉及面广，速度快，容易引起社会心理震荡，并招致成员抵制。因此，必须在成员社会心理承受能力和国家政治条件都充分允许，并作了认真准备和周密计划的基础上执行。

（2）分段发展式，既不是迅猛的革命，也不是逐步演变，而是在对组织现状和内外条件的全面论断及综合分析的基础上，有计划、有步骤地逐个实现变革的分阶段目标，最终实现变革的总目标。这种变革的优点是可以随时加以调整，每个分阶段目标实现后可以及时总结经验教训，修正和完善下一阶段的目标，但见效较慢。

5. 按变革方案的形成过程，分为强制式、民主式和参与式

（1）强制式，是指变革涉及者都不参加变革方案的制订过程，形成的方案往往需要通过强制命令来实施。由于有关人员对变革没有事先准备，推行中可能面临很大的阻力。

（2）民主式，是与强制式截然相反的方式，指在变革的有关人员相互协商的基础上形成变革方案。变革一般历时较长，见效缓慢。

（3）参与式，是在变革方案形成过程中，既广泛地动员各层次人员参与，又对人们的思想观念有意识地加以引导，以便尽快形成统一的方案。其主要特点是寓实施于制订过程中，其优缺点介于强制式和民主式之间。

6. 按变革的起始点，分为自上而下式、自下而上式和上下结合式

（1）自上而下式，即先从上层组织的变革入手，再扩展到整个组织。这种方式便于对总体的组织作出调整，但涉及面大、范围广，需要进行周密的计划。

（2）自下而上式，既先从基层组织的变革入手，再考虑中、上层组织的变革。自下而上式便于"分块"进行变革，待收到局部效果后再扩展到整个组织。

（3）上下结合式，即对组织的上下各方面同时进行变革。

上述从不同的侧面对变革方式所作的区分是相对的，它们在实际中往往相互交叉、相互渗透。组织变革不能绝对地采取某一种方式，而应根据实际情况灵活、综合地运用各种方式，充分发挥它们各自的功效，取长补短，相得益彰，取得整体最佳的变革效果。

六、组织发展的趋势

人类社会正在经历一场极深刻的信息革命，这将改变人们职业生活中相互作用的方式。传统的韦伯科层组织结构理论在解决后现代社会出现的新问题上，日益显得力不从心，社会环境的急剧变化也要求加强组织结构理论的研究，以提出适应当代环境的组织结构体系。面对这种组织环境及组织中人员的巨大变化，组织结构发展表现出如下趋势：

1. 组织扁平化

信息技术的迅猛发展使组织内外的信息传递更为方便、直接，原有组织内大量中间层面得以删除，管理层次的减少有助于增强组织的反应能力。组织中的所有部门及人员更直接地面对服务的对象，减少了决策与行动之间的延迟，加快对组织外部环境动态变化的反应，从而使组织的反应更加灵敏。

2. 柔性化

组织结构的柔性化主要表现为在组织结构上不设立固定的和正式的组织结构，而代之以一些临时性的、以任务为导向的团队式组织或项目小组等形式。采取柔性化组织结构的组织在实际运行中有两个主要的特点：第一，在上下级之间能够建立起有效的信息沟通渠道，及时进行沟通联络，适时调整组织中的权责结构，保证组织的战略发展目标和组织的各项具体活动之间形成有机的联结关系。第二，把组织结构分为两个组成部分，一部分是为完成组织的经常性任务，比较稳定；另一部分是为完成创新性任务、临时性工作，具有较大的变动性。

3. 网格化

从狭义的组织结构即组织内部结构来看，组织可以充分利用互联网进行自身部门之间的网络化管理，将组织各部门所面临的众多分散的信息资源加以整合利用，通过一个界面观察到很多不同的系统，从而实现迅速而准确的决策。从广义的组织结构即组织间的结构来看，把不同组织的联结关系纳入一定的组织结构框架之下，这拓宽了组织模式的适用范围，应该说是组织结构理论上的一个重大创新。

4. 虚拟化

网络技术正在形成一个网络化社会、一个"超文本"的社会。网络的普及使传统的政府职能可以延伸进家庭或者私人生活空间，传统公共组织的边界线、组织层级消失，有形组织向无形组织方向发展，直接的权力控制变成了间接的制度控制，权力权威变成了制度权威。这不但能够大幅度降低公共组织人力成本，增强公共组织的透明性、回应性，也能提高公共部门信息资源的利用率，增强公共组织的责任感。

5. 无边界化

随着信息技术在公共组织中的广泛应用，组织再也不会用许多界限将人员、任务及地点分开，而是将精力集中于如何影响这些界限，以尽快地将信息、人才、奖励及行动落实到最需要的地方。因此，无边界化是使公共组织具有可渗透性和灵活性的边界，以柔性组织结构模式替代刚性模式，以可持续变化的结构代替原先相对固定的组织结构，从而将可能和必须涵盖的外部组织和外力也视为组织结构的一部分，从而构成新的机能，形成新的组织活力、生产力。

本章小结

1. 作为实体的组织是具有明确的目标导向和特定结构的开放系统，组织活动是无形的关系网络或力量协作系统。组织的要素包括目标或使命、人员与职务、职权与职责以及协调关系。

2. 组织工作的任务就是要建立一个适于组织成员相互合作以达到组织目标的环境。

3. 影响组织设计的因素有组织所处的环境、组织战略、组织的技术水平、组织规模及组织生命周期等。

4. 进行组织结构设计要做的工作是：职务设计、职能设计、职权设计、结构设计、选择组织结构模式。

5. 常见的组织结构类型包括直线式、职能式、直线职能式和事业部式等。随着组织面临情况的日益复杂与环境变化的日益剧烈，出现了矩阵式、多维立体以及网络式等新类型。

6. 在组织力量的整合过程中，主要解决的问题是正确处理直线与参谋的关系，缓解二者之间固有的矛盾；把握好集权和分权的程度，避免过分集权的弊端；明确正式组织与非正式组织的关系，充分发挥非正式组织的积极作用，并且对其活动采取必要的控制与管理。

7. 组织变革的动因来源于内部和外部两个方面。内部动因包括组织技术的革新、内部运营机制的优化以及人员和设备的调整；外部动因包括经济变化、知识与技术的进步以及企业竞争优势的新来源。

8. 变革也可能对管理者构成威胁，造成组织变革的阻力。变革中的阻力来源于三个层次：个体层次、群体层次和组织层次。

9. 不同组织的变革重点或任务主要有三种：以组织结构为重点、以任务和技术为重点和以人员为重点。

关键术语

部门化（departmentalization）　　管理幅度（span of control）　　管理层次（level of control）　　直线职权（line authority）　　参谋职权（staff authority）　　职能权力（functional authority）

复习与思考

1. 为什么说组织是一个开放的社会子系统？组织活动在维持与推进组织与其环境协调方面有哪些作用？

2. 为什么组织的设计随着组织环境的变化而变化？影响导致不确定性的因素有哪些？请举例说明。

3. 参谋职权可有可无，只要直线部门发挥好自身的监督和协调作用就行了。你同意这种说法吗？为什么？

4. 影响管理幅度的主要因素有哪些？你能想出更多的影响管理幅度的因素吗？

5. 如何进行组织设计？请举例说明。

6. 职能式结构和矩阵式结构的组织冲突是如何产生的？应采取哪些办法来解决这些矛盾？

7. 组织变革的阻力产生于哪几个层次？各层次阻力相互之间的关系是什么？你认为产生阻力的最根本原因是什么？

案例分析

学生会组织结构评价

据某大学学生会章程介绍，该校学生会是全体大学生的群众性组织，在校党委的领导下和校团委的直接领导下独立自主地开展工作。学生会的宗旨是团结全校学生，坚决贯彻党的基本路线和教育方针，坚持以广大学生成才为中心，为促进学校改革发展和拓展广大学生的素质服务，促进广大学生在德、智、体、美等诸方面的发展，成为社会主义文化建设的合格人才。因此，学生会的基本任务是：

（1）发挥"桥梁"和"纽带"作用，疏通学生与学校之间的正常沟通渠道，倾听和反映学生的建议、意见和要求，参与涉及学生事务的民主管理，维护学生的正当利益。

（2）倡导和组织学生进行自我教育、自我管理、自我服务。积极开展有益于学生成才的学习、科研、文体、公益等活动，全心全意为学生服务。

（3）加强与校内各有关单位的联系，争取得到最广泛的理解和支持；密切与各兄弟院校学生会的关系，交流经验，加强合作。

（4）积极负责地完成上级组织布置的各项任务。

学生会的基本结构是：由主席1人、副主席5人、主席助理1人组成主席团。主席团下设办公室、秘书处、宣传部、外联部、生活部、女生部、文艺部、体育部等。主席团和各部门的职责如下：

（1）主席团：校学生会的核心机构。负责对各个部门进行整体规划和部署，就各项活动的总体安排进行协调，审批各部的活动计划、经费预算，监督和指导各项活动的开展，讨论各部门的人事任免。主席总体指导所有部门并兼管办公室、秘书处；副主席具体分管不同部门，进行日常监督和指导；主席助理协助主席处理日常事务。校学生会实行主席团负责制，由各部长向主席团负责，主席团定期举行例会，讨论总结活动安排和开展情况，以作出不同阶段的具体部署。

（2）办公室：协助学生会各部门工作，做好文档、财务、信函、内部管理等工作，负责文件起草、打印、登记、分发、通讯报道、刊物投稿、财务管理、日常事务处理等。

（3）秘书处：服务于学生会办公室及其他各部门。协助主席和各部门筹备规模较大的会议，并作好记录，进行日常考勤登记、物品领用登记。负责起草、打印学生会工作文件、通知等。

（4）宣传部：积极配合校党委、团委等有关部门，在学生中开展思想政治教育活动，办好各种校报、墙报、橱窗设计。负责各项重大活动的前期策划、舞台背景制作、图案设计和宣传工作，负责重大节日、纪念活动的有关宣传工作，组织各类讲座及举办特色竞赛活动。

（5）外联部：加强对外交流，开展各种服务性创收活动；协助团委组织大学生暑期社会实践活动；组织青年志愿者参与社会公益活动及社区援助等活动，协助并完成团委及学生会的各项工作。

（6）生活部：及时了解并反映广大同学对于后勤生活的意见及建议，配合学生会有关部门搞好后勤生活的管理工作，开展各项服务活动，为全校学生提供生活便利。

（7）女生部：服务于广大女生，关心女大学生的身心健康，积极引导，不断创新，丰富女生的课余生活。致力于女生外在形象的塑造及内在素质的提高，承担校内外活动的礼仪服务，树立青春向上的良好形象。

（8）文艺部：组织各种健康的群众性娱乐活动，举办各种艺术讲座、演出，帮助同学活跃身心、陶冶情操，组织大型节目和文艺会演、卡拉 OK 大赛等活动，丰富校园文化生活。

（9）体育部：组织群众性体育活动，举办各种业余体育比赛，帮助并指导组建体育社团，为广大体育爱好者提供展现自我的舞台。

各部室各设部长 1 名，副部长 1~3 名，干事若干名。由于学生的流动性，每年都要进行纳新或改选。各部门人员通常是新老结合，大三、大四的一部分，大一、大二的一部分，以大二和大三的为主。

资料来源　邢以群：《管理学》，201~202 页，北京，高等教育出版社，2008。

思考题：

1. 分析该学生会的机构设置是否合理？存在什么问题？应该如何改进？

2. 在设计各部门岗位职责时，怎样设计才能调动各组织成员的积极性，并充分发挥各组织成员的才能？

3. 为了适应学生会成员不能长期稳定的特点，在组织结构设置和人员配备上应采取什么措施才能保证组织的可持续、稳定发展？

第五章 领 导

引例 　　　　　　　　　　　管理者的困境

　　鲍勃·罗斯别克（Bob Ross Buick）公司不折不扣地垄断着俄亥俄州代顿市的汽车市场，连续 5 年来一直是俄亥俄州最大的别克汽车经销商。由于公司创建人老鲍勃·罗斯意外早逝，他的太太诺玛·罗斯继任公司总裁兼首席执行官，儿子小鲍勃·罗斯与女儿吉奈尔担任副总裁职务。诺玛说："我们从来就没想过要把公司卖掉，或与其他公司重组，或脱离这个行当。"实际上，鲍勃去世仅一天之后，诺玛就和孩子们建立起一道联合战线，他们要向员工、客户以及汽车代表证明他们有能力接手老鲍勃创建的产业。

　　老鲍勃创造了一个代表着卓越和繁荣的商业神话。他 1962 年做汽车推销员起家。由于 10 年间的杰出业绩而进入别克销售精英俱乐部。他的成就使他被选定进入十分知名的通用汽车少数民族经销商学院（General Motors Minority Dealer Academy）学习，而且鲍勃成为第一个得到通用汽车特许经销权的毕业生。而后近 20 年里，他在代顿地盘上建立了一家十分知名的汽车行。

　　这家公司所取得的卓越业绩并不仅仅因为鲍勃敏锐的商业头脑。女儿吉奈尔说："父亲总是给我们灌输这样的思想，我们和员工都处于同样的地位。"他对员工很好，而且员工的满意度很高，不少员工一直在公司里干了很多年。

　　现在诺玛不得不取而代之了。她面对的领导挑战是，自己的前任如此受到员工的爱戴和尊重！吉奈尔解释道："任何领导人去世时，都是一个人们可能会弃船而去的重大关头。"现在假设你处于诺玛·罗斯的位置，你如何与公司员工之间建立一种信任的文化，使他们依然对组织具有忠诚感和奉献精神？

　　资料来源　［美］斯蒂芬·P. 罗宾斯、玛丽·库尔特：《管理学》，7 版，孙健敏等译，489 页，北京，中国人民大学出版社，2006。

第一节　领导概述

　　领导是管理的重要职能，领导的根本任务就是将独立的个人组织起来，实现组织的预定目标。无数企业的实践表明，成功的管理者往往是组织群体中的领导者，他们对企业的生存和顺利成长具有深远的影响。领导水平的高低常常决定了组织的生死存亡。

一、领导与管理的区别和联系

1. 领导的内涵

　　传统观念认为，领导是上级组织赋予领导者一定的职位与权力，领导者通过运用这些法定的权力，带领下属完成组织的任务，实现组织的目标，其核心是强调领导者的权力因素。

管理过程学派认为，领导是管理职能的基本组成部分，它侧重于对组织中的人的行为施加影响，发挥领导者对下属的指挥、协调、沟通和激励作用，以便更好地完成组织的目标和任务。

组织绩效理论认为，领导者的行为必须对组织的运营绩效负责，绩效是衡量领导者是否称职和才能大小的标准。

现代管理理论认为，领导是指激励、引导和影响个人或组织在一定条件下，实现组织目标的行动过程。这一定义包含以下的内容：领导一定要与群众或组织中的其他人发生联系；权力在领导和其他成员中的分配是不平等的；领导者能对组织中的其他成员产生各种影响；领导的目的是影响被领导者为实现组织的目标而努力，而不是更多地体现个人权威。

此外，一些管理学家从不同的侧面对领导给予了定义。孔茨（Koontz）和韦里克（Weihrich）认为，领导是一种影响力，是影响人们心甘情愿地和满怀热情地为实现群体的目标而努力的艺术或过程。泰瑞（Terry）认为，领导是影响人们自动为达成群体目标而努力的一种行为。罗伯特（Robert）认为，领导是在某种条件下，经由意见交流的过程所实行出来的一种为了达成某种目标的影响力。斯托格迪尔（R. M. Stogdill）认为，领导是对组织内群体或个人施加影响的活动过程。

以上各种定义虽不尽相同，但从不同的角度论述了领导的含义。概括起来，领导有三层含义：领导要有领导者和被领导者；领导是一个动态的过程；领导是为了实现某种目标。

2. 领导的功能

领导的功能归结起来主要是处理三方面的关系：

（1）处理与人的关系。领导工作首先是做人的工作。在所有资源中，排在第一位的是人力资源，管理是以人为本的管理。领导面对的是人，是通过一系列的措施，了解、掌握人的需要，从而有目的地引导、指挥和协调人的行为，千方百计地通过提高员工的满意度来调动人的积极性。可见领导与激励有着非常密切的关系。领导在处理与人的关系中，一项非常重要的工作是识人和用人，识人、用人的关键在于发现人的长处，敢于、善于用人的长处。

（2）处理与事的关系。一个组织或群体有其存在的一定目的，为实现目的要进行大量的工作。领导的一个职能就是处理这些事务，尤其是制定各种决策，进行现场指挥，使各项工作有条不紊地进行。

（3）处理与时间的关系。一方面，领导需合理安排个人和组织的时间，有计划、有条理地根据轻重缓急原则安排组织的各项活动，从而充分有效地利用时间，达到组织目标；另一方面，领导是面向未来的工作，需要预测未来，走在时间的前面，真正做到把握时机，使组织持续发展。

3. 领导与管理的区别

领导与管理既相互联系又相互区别：①领导职能是管理职能的一部分，管理职能大于领导职能。②领导和管理活动的特点和着重点不同。领导活动侧重于对人的指挥和激励，强调领导者的影响力、艺术性和非程序化管理；管理活动强调管理者的职责，以及管理工作的科学性和规范性。管理更科学，领导更艺术；管理是解决问题，领导是不让问题产生，或将问题消灭于萌芽阶段；管理是管好与理顺，领导是带领与指导（辅导）；管理强调规范化，领导则更注重创新；管理基于事实，领导基于价值观；管理是提供方案，执行决策，领导是作决策，监督执行；管理是推力和支持力，领导是拉力。

4. 领导者与管理者

领导者是指在社会共同生活中，经过选举、任命、聘用或从群众中涌现出来的能够指导和协调组织成员向着既定目标努力的，具有影响力的个人或集体。领导者是一个组织正常运转和发展的发动者和推动者。领导者通过计划、组织、指导和监督组织成员的活动，发展和维持成员之间的团结以及调动其工作积极性，使之成为一个有机的整体。

领导者和管理者的关系同领导和管理的关系一样，既有区别又有联系。组织的每一个层级都有管理者，管理者可以是领导者，但领导者不一定是管理者。一个人可能是领导者，但不一定是管理者，也不一定具有管理的才能。非正式群体组织中最具有影响力的人就是典型的例子，组织并没有赋予他们正式的管理职位和职权，他们也没有义务去负责组织的计划和组织工作，但他们却能引导、激励甚至命令自己的追随者。领导者与管理者的区别具体如表5—1所示。

表5—1 领导者与管理者的联系与区别

对象与职能	类别	领导者	管理者
	对象	以人为主	以事为主
职能	决策	宏观、重大、非规范性的决策	微观、普通、规范性的决策
	计划	审定	制订、落实
	组织	机构设置与调整，负责人聘用	各种资源的具体配置
	指挥	总的任务布置，工作指导	分配具体任务、下达指令
	控制	事前控制、事后控制为主	事中（即过程）控制为主
	协调	人事和人际关系的协调为主	事务的协调为主
	激励	对经理人员的激励为主	对普通员工的激励为主

由于领导者能够有效地激发和调动群体积极性，增强群体内聚力，并使追随者自觉地听从指挥，因此，组织中的管理者应该成为领导者，以有效地提高管理的效率和效益。虽然管理者通过周密的计划、严密的组织、严格的控制也能取得一定的成效，但若管理者在他们的工作中加上有效的领导成分，则收效会更大。

二、领导结构

从系统的观点来看，世界上的任何事物都是由一定的结构组成的系统，系统的性质和功能是由构成系统的要素的联系方式所决定的。领导班子作为系统也具有自己的特点。领导结构的延续与复制，不断确定着人们在领导活动中的角色意识。因此，领导活动正是依赖结构性的力量不断存续下去。

领导内部结构决定其性质功能，合理的结构能够促进功能的优化，不合理的结构导致系统功能的内耗，只有通过结构的合理化才能实现系统功能的优化。正是由于结构问题对系统功能的影响，所以，在配备领导团队时，要高度重视领导团队内部的结构合理化问题。

领导团队怎样才算是结构科学合理呢？衡量的标准主要有四条：整体性、互补性、平衡性、高效性。

整体优化是衡量领导结构合理化的基本标准。领导的效能，不仅要看每个素质不同的领导成员的效能，还要看由每个成员组合为一个整体之后所产生的效能。

结构合理的领导团体，其成员在专业知识、工作能力、年龄、性格气质、性别等方面必定是相互补充的。他们之间相互联系、相互作用，彼此都能放出或吸收一定的能量，产生一种结合能。组配恰当，结构合理，所产生的互补效应就大。

领导团队结构合理，领导成员之间必定是团结合作、配合默契、稳定协调。没有相对的平衡和稳定，不可能产生对外界的作用力。要保持相对稳定和平衡，就要对领导团队内部的各个要素进行平衡协调，力求搭配合理、排列科学。

平稳性是优化领导结构的根本目的，是为了提高领导的整体效能，从而实施有效的领导。所以，领导的结构是否合理，也要看其能否充分发挥领导效能。根据系统论"整体大于部分之总和"的原理，如果领导团队各成员科学合理地组成一个有机整体，相互配合、取长补短，必然形成一种高能的机体。结构合理化程度越高，领导团队拥有的能量越大，越容易实现高效的领导。

领导结构是一种多系列、多层次、多因素、全方位的动态结构。领导结构主要包括年龄结构、知识结构、专业结构、能力结构等方面的内容。

（1）年龄结构。年龄结构指的是不同年龄段的领导人才在领导团队的分布状况及比例关系。领导的年龄结构应该体现为"老、中、青"梯形结构。从各年龄区段的能力指数来看，明显地具有一种梯形特点：一般中年人应占50%～60%，老年人和青年人各占20%左右。这样的年龄结构长处在于：能够充分发挥各个年龄段的领导人才的优势，保证事业前有古人后有来者，继往开来。老年人经验丰富，考虑问题周密，处事稳健，在团队内部可以起到老马识途、指引方向的作用；中年人年富力强，其经验和精力都处在黄金阶段，可以作为领导团队的中流砥柱，发挥核心、中坚的作用；青年人思想敏锐，开拓性强，接受新事物快，敢作敢为，可以充当从事攻坚工作的突击队。

（2）知识结构。所谓领导集体合理的知识结构，指的是具有不同门类知识和不同知识水平的领导人才的组合方式及比例关系。领导集体成员在知识水平、专业方面的合理组合可以使领导集体能够有效应对各种新问题，使其知识组合产生一种整体效应。

（3）专业结构。作为一个现代的领导者，拥有专业知识尤其是科技专业知识是非常必要的。但是专业化并不等于科技专家化，即硬专家化，而是要实现管理专家化，即软专家化。

（4）能力结构。这里的能力指的是人们掌握和运用知识的能力，即分析问题、处理问题的能力。能力结构是指领导集体中各种智能水平人的配比组合。一个合理的领导集体应该是领导成员各种不同能力的组合搭配、互补，使领导集体具有全面高效的领导能力。

巴顿将军认为：在军队中，又懒又聪明的兵可以当统帅，又勤快又聪明的兵可以当参谋，又懒又愚蠢的兵可以当卫士，而又勤快又愚蠢的兵是不能留在军队中的。

管理背景5—1　　　　　　　　　狮子与绵羊

拿破仑把这样一个道理运用于战争，提出了一个著名的论断：

一个由狮子指挥的绵羊军队绝对能够战胜由绵羊指挥的狮子军队。狮子军队就单个来看，每一个要素都很强，但组合成一个整体，由于内部结构不合理，导致内耗严重，从而产生了一个一加一小于二或者等于零的效果。而绵羊军队虽然每一个要素都很弱，但组合成一个整体，由于内部结构合理，就产生了一加一大于二的效果。

三、领导的权力与权威

1. 领导权力的构成与来源

马克斯·韦伯从社会学的角度对权力下了这样一个定义：权力是指"一个人或几个人所拥有的机会，这些机会使他们通过集体行为，甚至是在他人反对的情况下，实现自己意志的可能性"。法约尔认为："权力是下达命令的力量和要求他人严格服从的权限。必须将管理者的政治权力和由智力、经验、道德价值、领导能力、过去的工作经历等等而形成的个人权力区分开来。"作为一个出色的领导人，个人权力是正式权力必不可少的构成部分。权力既可以产生于组织，也可以产生于对匮乏的供给和对生产资料的控制，还可以产生于法律和其他一些要素。因此，权力是一种影响他人做某种事的力量。这种力量可能是强制性的（如职权），也可能是来自领导者自身的人格感召力，它表现为下属的自愿服从与自愿归依。

领导有效的一个关键成分就是权力，它有不同的类型，如法定权、奖励权、强制权、专长权和个人影响权（如图5—1所示）。有效的领导者能采取措施来确保他们拥有每一种权力类型，并且在有益的方法下运用权力。

（1）法定权。法定权是指管理者由他（她）在组织中所担任的职务授予的权力。个人的领导风格经常影响管理者如何运用法定权。

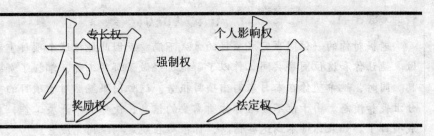

图 5—1　领导权力类型

（2）奖励权。奖励权是指管理者有能力给予或扣除有形的奖励（提升、奖金、工作安排等）和无形的奖励（口头的表扬、轻拍背部表示赞许等），这种基于绩效给予或扣除奖励的能力，就是权力，它能够使领导者有高度被激励的员工。

有效的管理者运用他们的奖励权，使他们的下属能感受到他们的奖励以表明下属工作得很好和下属的成果受到赏识。无效的管理者的奖励是更多地运用在控制行为方面（提出不能兑现的允诺来代替挥舞棍棒进行指挥），这些只能向下属表明管理者是下属的上级。

（3）强制权。强制权是指管理者有能力惩罚他人。惩罚包括语言的训斥、减少工资或立即免职。管理者越多依赖强制权就越趋向于成为无效的领导者，甚至有时会使自己被解雇。

过度运用强制权很少会产生很好的工作成绩，而且在道德上是会让人产生质疑的。有时候它无异于精神上的责难，剥夺工人的尊严和引起过度的压力。过度运用强制权甚至能产生危险的工作条件，运用奖励权则会产生相对好的结果。

（4）专长权。专长权是指由个人的特殊知识、技能和专业知识而产生的权力。根据领导等级层次的划分，专长权的本质也是不同的。基层和中层的管理者一般会有专门的知识，这些都与他们下属执行的任务有关。他们的专长权使他们对其下属有相当大的影响。

一些高层管理者的专长权来源于他们的专业知识。有效的领导者能够采取措施保证他们能够有充分的专长权而胜任领导角色。他们能在他们所管理的领域内得到额外的培训和教育，确保他们在科技方面跟上最新的发展和变化，通过在专家团内讨论问题确保他们跟上变化，而且能够广泛地阅读以便指导组织任务和应对普通环境的重大变化。专长权趋于以引导和辅导的方式被更好地使用，而不是以一种傲慢的、高高在上的方式被使用。

（5）个人影响权。个人影响权是比其他类型的权力更加不正式的权力。个人影响权是领导者的个人特点所起的作用，这种权力来自于下属和同事的尊重、赞扬和忠诚。往往是那种受下属喜爱的，而且下属都愿意把他作为模仿对象的领导才有可能拥有个人影响权。管理者可以采取措施增加他们的个人影响力，如花时间去了解他们的下属或对他们的下属表示出关心。

管理实践 5—1　　　　　　　　　　　　　个人权力的力量

　　老板对你的一位同事完成项目的方式不满意，因此她把这个项目重新分给你来做。她让你和这位同事共同工作以了解他已经做了哪些工作，掌握了哪些必要的信息。同时，她希望你在本月末写出项目报告。这位同事显然对于项目的重新安排十分沮丧和愤怒。由于他不会给你你所需要的信息，使你很难开展工作，更不用说完成项目了。如果你得不到这些信息，你很难在规定期限内完成它。

　　你的同事使用了什么类型的权力？你可以使用哪些影响以赢得他的合作？如果你处在这个情境中，你怎么做可以既成功又符合道义地解决这个问题？

　　资料来源　［美］斯蒂芬·P. 罗宾斯、玛丽·库尔特：《管理学》，7 版，孙健敏等译，508 页，北京，中国人民大学出版社，2006。

2. 领导的权威

　　"权威"一词源于拉丁文的 auctoritas，含有尊严、权力和力量的意思。在我国的《辞海》里，"权威"是指权力与威势。事实上，权威是一种以职位性权力为基础或以个人拥有的特殊资源（如出生、业绩、品德、名望等）为基础而形成的一种影响力。从领导过程与领导结果来看，权威性是领导活动的又一重要特性。恩格斯在《论权威》一书中指出：所谓权威，是指把一部分人的意志强加给另一部分人，它是以服从为前提的。罗伯特·R. A. 达尔在《现代政治分析》中认为："如果说 Y 承认 X 控制 Y 的合法性，X 就对 Y 有权威；或者，如果 Y 承认有义务服从 X，X 对 Y 也有权威。"据此，领导活动的权威性既来自合法性的确定，又来自其人格等的凝聚性要素的同化力。合法性确定了领导在其展开的过程中必须建立在相应的地位等级、权力容量这一基础上。因此依法取得权力的领导者都当然对被领导者具有足够的权威，原因是具有强制性的职位和权力仅仅是构成了领导权威的一个要素而已，领导活动的成功与否最终还要取决于人们对权威的接受。在权威的接受过程中，领导者的能力、学识与品德等凝聚性要素起着决定性作用。因此，权力并不等同于权威，人们对领导行为的接受，主要是基于对合法性权威的肯定性的认同。可见，领导活动的权威不是凭借职权这一强制性要素建立起来的，它取决于这一强制性的权威能否转化为一种自愿接受的权威。

　　（1）领导者应该正确认识自己身上的任务和责任

　　一般来说，领导者的任务有两项：一是完成组织目标，即完成上级和组织上交给的任务；二是尽可能满足组织成员的需要，这种需要既有物质的，也有精神的。

　　为什么必须有两项任务？如果只有第一项任务，没有第二项任务，就难以调动群众的积极性，难以保持旺盛的士气，领导者本人也难以施加影响，因为群众总是倾向于追随那些能满足他们欲望和需要的人，没有追随就没有影响力。当然只有第二条没有第一条就成了福利主义、讨好主义。

　　领导者的两项任务，决定了领导者的双重立场：一方面要代表上级和组织，代表组织成员的长远和整体利益；另一方面他又应当代表组织成员的利益。一个高明的有威信的领导者的重要标志，首先是善于将这两者巧妙地协调起来，只有存在矛盾而又无法协调时，才按局部服从整体、个人服从集体的原则处理，并对组织成员进行教育。

一个领导者为了完成组织目标必须对他的下级有影响和支配能力，但是为了代表员工的利益，满足员工的需要又必须允许他对上级也有一定影响力，使他能够影响和改变上级的政策、措施和规定。某些领导者只允许自己对下级有影响力，而不允许下级对他有影响力，这势必会使下级难以完成领导者的两项任务，处于为难的境地。

（2）领导者应该树立正确的权威观

①破除对职位权力的迷信。不要以为自己有了职位，有了权力，就一定会有威信。靠行政权力导致的服从往往是表面的，甚至是虚假的，一旦失去权力，往往是"树倒猢狲散"，甚至于"墙倒众人推"。领导者若要避免这样不光彩的下场，唯一的出路是在个人权力上下工夫，使自己的专长更突出些，使个人的品德更高尚些，从而吸引下级真心地信任和跟随自己。

②正确地认识权力的来源。领导者手中的权力是谁给的？"当然是上级给的，所以我要向上级负责。"这种回答很常见，但存在着片面性。中国唐代名臣魏征说过："君如舟，民如水，水能载舟，亦能覆舟。"这就是著名的"载舟覆舟论"。它告诫所有领导者：你有没有权威，甚至你的生死存亡，完全取决于你的下级，即广大群众。美国著名的管理学家巴纳德则提出了"权威接受论"，他认为：领导者的权威不是来自上级的授予，而是来自下级的认可。这两种理论可以说有异曲同工之妙。领导者应该清楚地认识到：上级只能授予你权力，但无法授予你威信，而且上级授予你的权力，只有当你的下级愿意接受它时，它才是有效的。从这个意义上讲，你手中的权力，归根结底是由下级给予的。因此，你在向上级负责的同时，必须全力争取下级的理解、认同和拥护。

③正确地使用权力。其一是勤政，即要有高度的责任感和良好的敬业精神，要全身心地投入工作，干实事，见实效。其二是廉政。绝不能以权谋私，而应该出以公心，办事公道，清正廉明。其三应该看到影响力是双向的，你既要对下级施加影响，又要首先虚心地听取下级的意见和建议，主动接受下级的影响。

根据上面的分析，一个领导者要使自己有威信，一要素质好，即具有足够的知识、能力和经验，善于集中群众的智慧；二要有权，即说话算数，有明确的组织赋予的权力；三要人和，即能和别人和睦相处，具有良好的人际关系，善于洞察群众的心理，创造激励的工作环境，满足群众的需要；四要让人信服，即为人正派，办事公道，具有献身精神，不利用职权谋取个人私利。不要认为领导就是利用职位权力发号施令，对下级实行监督，而应当引导、指挥和率先。领导者要首先使用个人权力，必要时才使用职位权力。

3. 领导者的性别差异

越来越多的女性进入管理层，同时女性也要面对很多问题，她们的努力使她们成为公司的管理者，这些促使研究者开始探求性别与领导之间的关系。尽管现在女性在管理职位的人数比十年前相对增多，但是在一些组织内，在高层管理职位上，甚至在中层管理职位上的女性还是很少。

　　大量的研究表明，组织中的领导位置上的男性和女性管理者的行为是一样的。然而，研究也表明，男性和女性的领导风格是不一样的，女性作为领导者相对于男性倾向于采用参与行为，包括与下属共同作决策和寻求他们的投入。男性管理者相对于女性管理者就较少采用参与行为，他们自己做决策并用自己的方式做事情。

第二节　领导理论

一、领导特质理论

　　从 20 世纪初到 20 世纪 30 年代，领导理论的研究，主要侧重于研究领导人的性格、素质方面的特征。这种理论首先是心理学家开始研究的，他们的出发点是，根据领导效果的好坏，找出好的领导与差的领导在个人品质或特性方面有哪些差异，由此确定优秀的领导应具备哪些特征。研究者认为，只要找出成功的领导应具备的特点，再考察每个组织中的领导者是否具备这些特点，就能断定他是不是一个优秀的领导者。这种归纳分析法成了研究领导特性理论的基本方法。

　　领导特性理论按其对领导特性来源所做的不同解释，可分为传统特性理论和现代特性理论。传统特性理论认为领导者所具有的特性是天生的，是由遗传因素决定的，现在已很少有人赞同这样的观点。现代特性理论认为领导者的特性和品质是在实践中形成的，是可以通过教育训练培养的。

　　到底领导者应当具有哪些特征呢？不同的研究者说法不一。

1. 亨利·法约尔的领导特质理论

　　行为科学家亨利·法约尔于 1949 年在调查研究的基础上，归纳出了一个成功的领导者应具备的 12 种品质：

　　（1）成就需要强烈。他把取得工作上的成就看成是最大的乐趣，将其置于金钱报酬和职位晋升之上，因此愿意完成艰巨的工作任务。

　　（2）干劲大，工作积极努力，希望承担富有挑战性的新工作。

　　（3）用积极的态度对待上级，认为上级水平高、经验多，能帮助自己上进和提高，因而尊重上级，与上级关系较好。

　　（4）组织能力强，能把混乱的事物组织得很有条理，并有较强的预测能力，能从有限的资料中预测出事物的发展动向。

　　（5）决断力强，能在较短的时间内对各种备选方案加以权衡并迅速作出决断。

　　（6）自信心强，对自己的能力有充分的自信，对自己的目标坚定不移，不受外界的干扰。

　　（7）思维敏捷，富有进取心。

　　（8）竭力避免失败，因而不断地接受新的任务，树立新的奋斗目标，驱使自己前进。

　　（9）讲求实际，重视现在，而不大关心不确定的未来。

　　（10）眼睛向上，对上级亲近而对下级较疏远。

（11）对父母没有情感上的牵扯，而且一般不同父母住在一起。

（12）忠于组织，忠于职守。

2. 彼得·德鲁克的领导特质理论

德鲁克认为，一个有效的领导者，必须具有以下五种习惯：

（1）要善于处理和利用自己的时间，把搞清楚自己的时间花在什么地方作为起点，必须了解时间是一项限制因素，时间的供给永远没有弹性，时间永远是短缺的。要记录自己的时间，管理自己的时间，减少非生产性工作所占用的时间，善于集中自己的零星时间。

（2）注重贡献，确定自己的努力方向。有效的管理者并非为工作而工作，而是为成果而工作。

（3）善于发现和用人之所长，包括自己的长处、上级的长处和下级的长处。

（4）能分清工作的主次，集中精力于少数主要的领域，在这少数主要的领域中，如果能有优秀的成绩就可以产生卓越的成果。

（5）能作有效的决策。有效的管理者知道一项有效的决策必是在"议论纷纷"的基础上作出的判断，而不是在"众口一词"的基础上作出的判断。

3. 埃德温·吉赛利的领导特质理论

美国管理学家埃德温·吉赛利（Edwin E. Ghiselli）在20世纪60年代就指出领导者的个性因素同领导效率有关，凡自信心强并且魄力大的领导者，成功几率就大。20世纪70年代，他又进一步提出影响领导效率的八种品质（个性）特征和五种激励特征。

这八种品质（个性）特征包括：①才能、智力；②独创性（创造与开拓），是否能开拓新方向；③果断性和决断能力；④自信心；⑤指挥能力；⑥成熟程度；⑦是否受下级爱戴和亲近；⑧性别。

五种激励特征是：①对职业成就的需要；②自我实现的需要；③对权力的需要；④对金钱报酬的需要；⑤对安全（工作稳定性）的需要。

吉赛利认为，影响领导效率最重要的因素有指挥能力、职业成就与自我实现的需要、才能、自信心、决断能力等，其次是对工作稳定性和金钱报酬的需要、同下级亲近、创造和开拓、成熟程度等，至于性别则关系不大。

4. 美国管理协会的研究成果

美国管理协会在20世纪70年代花了5年的时间，对在事业上取得了成功的1812名主管人员进行了调查和研究，发现成功的主管人员一般具有以下特点：（1）工作效率高；（2）具有主动进取精神，总想不断改进工作；（3）逻辑思维能力强，善于分析问题；（4）有概括能力；（5）有很强的判断能力；（6）有自信心；（7）能帮助别人提高工作能力；（8）能以自己的行为影响别人；（9）善于用权；（10）善于调动别人的积极性；（11）善于利用谈心做工作；（12）热情关心别人；（13）能使别人积极而又乐观地工作；（14）能实行集体领导；（15）能自我克制；（16）能自行作出决策；（17）能客观地听取各方面的意见；（18）对自己有正确估价，能以他人之长补自己之短；（19）勤俭；（20）具有技术和管理方面的知识。

管理背景 5—2	美国人的有效领导观

　　劳伦斯·格利纳（Lawrance Graner）在哈佛商学院通过对 300 多人进行调查研究，整理出了有效的领导者应具备的重要特质：（1）劝告、训练与培训下属；（2）有效地与下属沟通；（3）让下属知道对他们的期望；（4）确定标准的工作要求；（5）给予下属参与决策的机会；（6）了解下属人员及其能力；（7）了解企业的士气状况，并能鼓舞士气；（8）不论情况好坏，都应让下属了解实情；（9）愿意改进工作方法；（10）下属工作好时，及时给予表扬。

　　麦金泰公司通过美国公认的 37 家优秀企业中的 10 家进行调查研究，得出了有效领导者的标准是：（1）善于迅速行动，能边工作、边计划、边解决问题；（2）简化组织机构，防止人浮于事；（3）重视市场研究，一切从实际出发；（4）与基层人员经常联系，并通过各种办法激励其努力工作；（5）善于授权；（6）善于选择业务，发扬本公司的长处。

5. 威廉·鲍莫尔有效领导者的条件理论

美国普林斯顿大学教授鲍莫尔（W. J. Banmal）提出了十大条件论：

（1）合作精神，即愿意与他人共事，能赢得别人的合作，对人不用压服，而用说服和感化。

（2）决策能力，即能根据客观实际情况而不凭主观想象作出决策，具有高瞻远瞩的能力。

（3）组织能力，即善于发掘下级才智，善于组织人力、物力和财力。

（4）精于授权，即能大权独揽，小权分散。

（5）善于应变，即机动灵活，善于进取，不墨守成规。

（6）敢于创新，即对新事物、新环境和新观念有敏锐的感受能力。

（7）勇于负责，即对上级、下级和用户及整个社会，都有高度的责任心。

（8）敢担风险，即敢于承担企业发展不景气的风险，在困难面前有开创新局面的雄心和信心。

（9）尊重他人，即能听取别人的意见，不盛气凌人，器重下级。

（10）品德高尚。具有高尚的品德会被社会上和组织内的人所敬仰。

除了上述观点外，还有一些类似的研究，但是领导特质理论对领导及其有效性的解释是不完善的，受到了许多人的批评和质疑，并未取得多大的成功。这是因为，第一，每一个研究者所列领导素质的特性包罗万象，说法不一，且互有矛盾。第二，这些研究大都是描述性的，并没有说明领导者应在多大程度上具备某种特质。第三，并非一切领导者都具备所有这些特质，而许多非领导者则可能具备大部分或全部这样的品质。

虽然领导特质理论不能从根本上解决领导的有效性问题，但是这方面的研究却一直没有间断过，因为这些理论系统地分析了领导者所应具有的能力、品德和为人处世的方式，向领导者提出了要求和希望，这对我们培养、选择和考核领导者是有帮助的。在一些成功的领导者身上，确实存在其鲜明的个性特征，譬如一些学者研究发现，领导者有六项特质不同于非领导者，即进取心、领导愿望、正直与诚实、自信、智慧和工作相关知识，如表5—2所示。

表5—2 **区分领导者与非领导者的六项特质**

进取心	领导者表现出高努力水平，拥有较高的成就渴望；他们进取心强，精力充沛，对自己所从事的活动坚持不懈，并有高度的主动精神
领导愿望	领导者有强烈的愿望去影响和领导别人，他们表现为乐于承担责任
正直与诚实	领导者通过真诚与无欺以及言行高度一致而在他们与下属之间建立相互信赖的关系
自信	下属觉得领导者从没缺乏过自信。领导者为了使下属相信他的目标和决策的正确性，必须表现出高度的自信
智慧	领导者需要具备足够的智慧来收集、整理和解释大量信息，并能够确立目标、解决问题和作出正确的决策
工作相关知识	有效的领导者对于公司、行业和技术事项拥有较高的知识水平。广博的知识能够使他们作出富有远见的决策，并能理解这种决策的意义

管理实践5—2 沟通中的幽默

克林顿当年访问中国在北大演讲时，北大的学生准备了一些比较尖锐的问题，比如人权问题、中国台湾问题等。克林顿在回答了几个问题之后，认为气氛如果再这样下去的话，于人于己都不是很好，于是克林顿就说，你们中国人有一句话，对最好的朋友才会讲真心话，可见我虽然第一次来北大，可在北大的真心朋友真不少啊。这就是一种幽默感，结果大家都笑了，而且接受了他的这个高帽子，接下来的问题就没有那么尖锐了。

二、领导行为理论

1. 四分图理论

1945年美国俄亥俄州立大学工商企业研究所开展了一项范围广泛的关于领导问题的调查。一开始，他们列出一千多种刻画领导行为的因素，通过逐步筛选、归纳，最后概括为"抓组织"和"关心人"两大类。"抓组织"是以工作为中心，包括确定工作目标、组织设计、制订计划和程序、明确职责和关系等。"关心人"是以人际关系为中心，包括建立相互信任的气氛，尊重下级的意见、注意下属的感情和问题等。他们按照这两类内容设计了"领导行为描述问卷"，以便作进一步的调查研究。结果发现，用这两个因素来分析领导者，有的人在某一方面比较厉害，而在另一方面则不行；有的人两方面都比较厉害。通常一位有效的领导者，往往是在两个方面都很厉害的组合体。因此他们认为领导行为是这两种行为的具体组合，领导者的行为可以用两维的四分图来表示（如图5—2所示）。从图5—2中可知，如果一位领导者是"高组织、低关心人"的，他最为重视的是组织任务和组织的规章制度等，对组织成员的心理需要一般不太关心。反之，如果他是"低组织、高关心人"的，则会更重视上下级的相互沟通、相互信任和相互合作。该理论认为，一位两方面都厉害的领导者，其工作效率与领导的有效性必然较高。

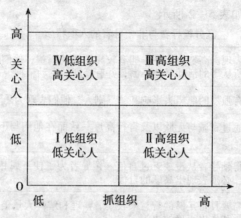

图5—2　领导行为四分图

四分图理论从关心人和抓组织两个方面来考察领导者行为，比较简单和切合实际，具有独特的价值，为领导行为理论的研究提供了一条新的途径。

2. 布莱克的管理方格图理论

在管理四分图理论的基础上，美国著名的行为科学家布莱克（R. Blake）和莫顿（J. S. Mouton）于1964年出版了《管理方格》一书，提出了管理方格图理论。该理论也是用二维方法来描述领导行为，横坐标表示领导者对生产的关心程度，纵坐标表示领导者对人的关心程度，再将横轴和纵轴划分为1～9个标准，作为衡量关心生产和关心人的程度的标准，见图5—3。

图5—3　管理方格图

在评价领导者时，可根据其对生产的关心程度和对下属员工的关心程度，在图5—3上寻找交叉点，这个交叉点就是他的领导行为类型。

例如，某领导者关心人的程度很高，达到了9，而关心生产的程度很低，只有1，两者的交叉点就在（1，9），他的领导行为就是（1，9）型。

布莱克和莫顿在方格图中列出了五种基本类型的领导方式：

①（1，1）型：贫乏型管理。这种领导者对职工和生产都漠不关心，只以最小的努力来完成必须做的工作或者将上级的信息简单地传递下去。

②（9，1）型：任务型管理。这种领导者只关心生产，不关心人，只是一味追

求工作绩效，注重于计划、指导和控制职工的工作活动，领导作风是非常专制的。

③（1，9）型：俱乐部型管理。这种领导者注重对职工的支持和体谅，努力创造一种舒适和睦的组织气氛，但对组织任务和规章制度等很少关心。

④（5，5）型：中间型管理。这种领导者对人的关心程度和对生产的关心程度虽然都不算高，但也不算低，能保持一种平衡，是一种温和式的领导行为。

⑤（9，9）型：战斗型管理。这种领导者对职工和生产都极为关心，努力使员工的个人目标与组织目标最有效地结合，建立个人与组织命运共同体。

莫顿和布莱克认为，（9，9）型领导方式是最有效的领导方式。

尽管以上两种理论的研究者都认为对组织和对人的关心都高的双高模型是最佳的领导方式，但仍有许多学者有不同的看法。他们用大量试验和调查结果证明，在许多情况下，高工作、低关系的领导行为最佳，例如在战争或救火的实例中就是这样；也有的人用研究院的实例证明低关系、低工作的领导行为很有成效；还有的人用工厂班组的实例证明高关系、低工作的领导行为效率最高等。总之，很难找到一种公认的最有效的领导方式。

3. 利克特的四种管理方式

密执安大学伦西斯·利克特教授和他的同事对领导人员和经理人员的领导类型和作风作了长达30年之久的研究，利克特在研究过程中所形成的某些思想和方法对理解领导行为很重要。他认为，成功的管理者坚决地面向下属，依靠人际沟通使各方团结一致地工作。包括管理者或领导者在内的群体全部成员都采取相互支持的态度，在这方面，他们具有共同的需要、价值观、抱负、目标和期望。鉴于这种领导方式采取激励人的办法，利克特认为，这是领导一个群体的最有效方式。

利克特提出了四种管理方式（如表5—3所示），以其作为研究和阐明他的思想的指导原则。管理方式Ⅰ被称为"专制—权威式"。采用这种方式的管理者非常专制，很少信任下属，采取使人恐惧的惩罚方法，偶尔用奖赏来激励人们，采取自上而下的沟通方式，决策权也只限于最高层。

表5—3　　　　　　　　　　　　　利克特的四种管理方式

组织变数		专制—权威式	开明—权威式	协商式	群体参与式
上下关系	信任程度	对下属无信心	有主仆之间的信赖关系	有相当的但不完全的信任	有完全的信任
	交往	极少交往或交往在恐惧和不信任下进行	在上级屈就下属惶恐的情况下进行	适度的交往并在相当的信任下进行	深入友善的交往，有高度的信赖
	沟通程度	只有自上而下的沟通	有一定的自下而上的沟通	双向沟通	上下左右完全沟通
工作激励	奖惩	恐吓、威胁和偶尔的奖励	奖惩并用	奖励为主，偶尔惩罚	奖励、启发、自觉
	参与程度	极少参与决策	决策在上层，下级在一定限度内参与	上层作主要决策，下层对具体问题可作决策	完全参与
非正式组织		与正式组织目标相对立的非正式组织	目标不一定与正式组织对立	可能支持正式组织目标，偶尔反对	与正式组织融为一体

管理方式 II 被称为"开明—权威式"。采用这种方式的管理者对下属怀有屈尊俯就的信任和信心；采取奖赏与惩罚齐用的激励方法；允许一定程度的自下而上的沟通，向下属征求意见；授予下级一定的决策权，但牢牢掌握政策性控制。

管理方式 III 被称为"协商式"。采取这种方式的管理者对下属抱有相当大的但又不是充分的信任和信心，通常设法采纳下属的想法和意见；采用奖赏的激励方法，偶尔用惩罚和一定程度的参与；上下双向沟通信息；在最高层制定主要政策和总体决策的同时，允许低层部门作出具体问题决策，并在某些情况下进行协商。

利克特认为管理方式 IV 是最有参与性的方式，可称之为"群体参与式"。采取这种方式的主管人员对下属在一切事务上都抱有充分的信心和信任，总是从下属那里获取设想和意见，并且积极地加以采纳；对于确定目标和评价实现目标所取得的进展方面，组织群体参与其事，在此基础上给予物质奖赏；更多地从事上下级之间与同级同事之间的沟通；鼓励各级组织作出决策，或者本人作为群体成员同下属一起工作。

总之，利克特发现那些应用管理方式 IV 从事经营的管理者都是取得最大成就的领导者。此外，他指出了采取管理方式 IV 进行管理的部门和公司在制定目标和实现目标方面是最有效率的，通常也是更富有成果的。他把这种成功主要归于群体参与程度和对支持下属参与的实际做法坚持贯彻的程度。

尽管对于管理方式 IV 的理论有不少人表示赞成，但对它也不是没有批评的。这个理论的研究焦点在于小群体，然而论述的范围往往外延扩大，涉及整个组织；而且，这项调查研究主要是在组织的低层次进行的，而来自最高层管理者的数据资料支离破碎，这个理论可能会站不住脚。利克特及其同事懂得有必要对角色界定加以澄清，不过，与此同时，他们提出的像矩阵式部门划分通常是增加了角色冲突和不确定性。因为当涉及盈利的公司时，往往提到了管理方式 IV，这样，调查反馈法所得的结果实际上可以归因于企业的全面繁荣。那么，看来评价管理方式 IV 的人应该仔细考虑周围有关的情况。对于管理者来说，这意味着，对归功于管理方式 IV 的种种好处必须加以慎重估量。

4. 勒温理论

关于领导作风的研究最早是由心理学家勒温（Kurt Lewin，1890—1947）进行的，他以权力定位为基本变量，通过各种试验，把领导者在领导过程中表现出来的工作作风分为三种基本类型：专制作风、民主作风、放任自流作风（见图5—4所示）。

（1）专制领导作风。专制领导作风是指以力服人，靠权力和强制命令让人服从的领导作风，它把权力定位于领导个人。专制领导作风的主要行为特点是：

①独断专行，从不考虑别人的意见，所有的决策由领导者自己作出；

②领导者亲自制订工作计划，确定工作内容和进行人事安排，从不把任何消息告诉下属，下属没有参与决策的机会，而只能察言观色、奉命行事；

③主要靠行政命令、纪律约束、训斥和惩罚来管理，只有偶尔的奖励；

④领导者很少参加群体活动，与下属保持一定的心理距离，没有感情交流。

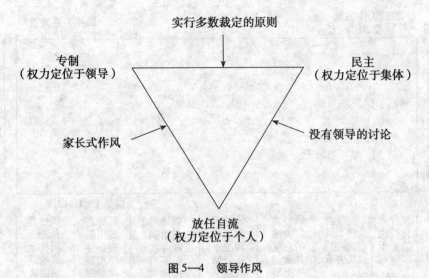

图 5—4 领导作风

（2）民主领导作风。民主领导作风是指以理服人、以身作则的领导作风，它把权力定位于群体。其主要的行为特点是：

①所有的政策都是在领导者的激励和引导下由群体讨论确定的；

②分配工作时尽量照顾到个人的能力、兴趣，对下属的工作也不安排得那么具体，下属具有较大的工作自由、较多的选择性和灵活性；

③主要以非正式的权力和权威而不是靠职位权力和命令使人服从，谈话时多使用商量、建议和请求的口气；

④领导者积极参与团体活动，与下属无任何心理上的距离。

（3）放任自流的领导作风。放任自流的领导作风是指工作事先无布置，事后无检查，权力定位于组织中的每一位成员，一切悉听尊便的领导作风，实行的是无政府管理。

勒温在实验中发现：在专制领导带领的团队中，各成员之间攻击性言论显著；成员对领导服从但表现自我或引人注目的行为较多；成员多以"我"为中心；当受到挫折时，常彼此推卸责任或进行人身攻击；当领导不在场时，工作动机大为下降，也无人出来组织工作。而在民主型领导带领的团队中，成员间彼此很友好；很少使用"我"字而具有"我们"的感觉；遇到挫折时，人们团结一致以图解决问题；领导不在场时和在场时一样继续工作；成员对团体活动有较高的满足感。

根据试验结果，勒温认为，放任自流的领导作风工作效率最低，只达到社交目标而不完成工作目标；专制的领导虽然通过严格的管理达到了工作目标，但群体成员没有责任感，情绪消极，士气低落，争吵较多；民主领导作风使工作效率最高，不但能够完成工作目标，而且群体成员之间关系融洽，工作积极主动，有创造性。因此，最佳的领导行为风格是民主领导作风。

5. 领导行为连续统一体理论

该理论是由组织行为学家坦南鲍母（R. Tannenbaum）与施密特（W. H. Schmidt）于 1958 年提出来的。他们指出，领导包含从以领导者为中心到以下属为中心的各种作风，民主与独裁仅是两个极端的情况（如图 5—5 所示）。

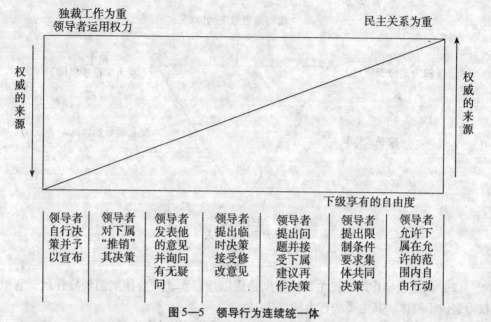

图5—5 领导行为连续统一体

图5—5 的左端是独裁的领导行为，右端是民主的领导行为。之所以形成这两个极端，首先是基于领导者对权力的来源和人性的看法不同，独裁的领导者认为权力来自于职位，人生来懒惰而没有潜力，因而一切决策均由领导者作出；而民主型的领导者则认为，权力来自于群体的授予和承认，人受到激励能自觉、自治、发挥创造力，因此决策可以公开讨论，集体决策。其次，独裁型领导者比较重视工作，并运用权力支配影响下级，下级的自由度较小。而民主型领导者重视群体关系，给予下属以较大的自由度。领导行为连续统一体从左至右，领导者运用职权逐渐减少，下属的自由度逐渐加大，从以工作为重逐渐变为以关系为重。图5—5 的下方依据领导者把权力授予下属的程度不同、决策方式的不同，描述了一系列领导方式，因此可供选择的领导方式不是民主与独裁两种，而是多种。

坦南鲍母与施密特认为说不上哪种领导方式是正确的，哪种领导方式是错误的，领导应当根据具体情况，考虑各种因素选择图5—5 中的某种领导行为。在这个意义上，领导行为连续统一体也是一种情境理论。

领导行为连续统一体理论根据权力的来源和应用、下属参与决策的程度，划分出多种领导行为，这对我们研究领导方式是有益的。但是，在图5—5 中把独裁和以工作为重，将民主和以关系为重联系在一起并且等同起来；将以工作为重与以关系为重、领导的职权与下属的自由度互相对立起来，而且仅从领导的决策过程、群众的参与程度来划分领导方式，这是不全面的。

三、领导权变理论

简单地拥有一定的特质或做出一定的行为并不能保证管理者在所有情况下的领导都是有效的。一些管理者似乎拥有"正确"的特质和能够做出"正确"的行为却不能成为有效的领导者。管理者是在很多不同的环境和组织内进行领导，而且还是在一个多种多样的环境背景下领导不同类型的下属做不同的工作。考虑到领导是在各种不同的环境下进行的，所以管理者需要的不是在一种环境下成为有效的领导者，而是在不同的环境下都能够有效领导。在一定条件下一名管理者成为一名有效的领导者所拥有的特质和行为，往往事实上是这名管理者在另一种条件下是一名无效的领导者。

领导的权变模型就考虑了领导行为发生的情景和场合。根据权变模型，管理者是否是一位有效的领导者，这是由管理者的特点，他或她的行为和领导行为发生的条件相互作用所决定的。权变模型提出领导者所拥有的特定特质和所做的特定行为是否有效是依情景和场合而定的。

1. 卢桑斯的权变管理理论

权变理论的内容相当庞杂，较权威表述权变理论内容的是美国尼勃拉斯加大学教授卢桑斯。他在《权变管理理论：走出丛林的道路》（1973）和《管理导论：一种权变学说》（1976）两本书中都系统地介绍了权变理论。

"权变"（contingency）从字面上理解是因情境的不同而变。卢桑斯指出，如果单从字面上来理解，可能会把权变理论看成是一种紊乱的、非科学的、凭感官判断的学说。他认为，实际恰恰相反，权变关系是两个或两个以上的变量之间的一种函数关系，即是一种"如果—那么"的函数关系。"如果"是自变量，"那么"是因变量。在权变管理中，通常的情况是，环境是自变量，管理的观念和技术是因变量。就是说，如果存在某种环境条件，那么对达到目标来说，某种管理的观念和技术将比其他的更加有效。为此，卢桑斯提出了一个观念性的结构，如图5—6所示。

图5—6 权变管理理论

　　沿着矩阵的横轴是独立的"如果"，纵轴是从属的"那么"。权变管理就是要确定有关的环境条件，然后同一种能最有效地达到目标的相应的管理观念和技术联系起来。图5—6只是一个观念模式，实际情况要复杂得多。

　　卢桑斯的这个观念性结构有三个主要部分：环境变量、管理变量以及它们两者之间的权变关系。

　　（1）环境变量。环境分为外部环境和内部环境两方面。外部环境又分为一般的外部环境和特有的外部环境两种。一般的外部环境是由社会的、经济的、政治的、法律的和技术的力量所组成的。它们对正式组织系统的影响一般不是直接的，但却是巨大的。特有的外部环境包括供应者、顾客、竞争者。他们对正式组织系统的影响是直接的。内部环境基本上是正式组织系统，包括组织结构、决策、交流和控制过程，以及工艺的组织状态。卢桑斯虽然把内部环境列入横轴"如果"的部分，但他在论述中，却明确地把大部分内部环境变量并入到从属的管理变量中去了。

　　（2）管理变量。卢桑斯把过去的管理理论划分为作业学说、计量学说（即"管理科学"）、行为学说和系统学说四种。他认为，这四个学说的管理观念和技术都是权变理论中的管理变量，如作业的管理变量有计划、组织、指挥、交流和控制；计量的管理变量有基本的计量方法、决策模式、运筹学；行为的管理变量有学习、行为的改变、动机的形成、集体动态、组织行为；系统的管理变量有普通系统理论、系统设计和分析、信息管理系统。这些管理变量还可以进一步细分，如计划可细分为预测、战略计划、战术计划等。

　　（3）权变关系。权变关系就是环境变量同管理变量的函数关系，这是权变理论的核心，也是权变理论区别于其他学说的地方。但是，要确定权变关系是十分复杂的，因此卢桑斯认为，到目前为止，已经被经验明确证实的权变关系为数不多，要填满权变矩阵中的小格将是缓慢的、艰苦的过程，但权变学说的力量正在于它提供了一种关于这种复杂性的思想方法，它的将来是充满希望的。

　　2. 费德勒的权变模型

　　弗莱德·E. 费德勒是第一批领导研究者中的一员，他认为有效的领导者是依据领导者的特点和环境的特点而定的。费德勒的权变模型可以解释为什么一个管理者在一种条件下是有效的领导者，而在另一种条件下是无效的，这也能推出哪种管理者在何种环境下是最有效的。

　　（1）领导风格。就如特质的研究方法，费德勒假设个人特点能影响领导行为的有效性，他用领导风格与领导者的特点相联系去解释领导，并分出两种基本的领导风格：关系导向型和任务导向型。所有的管理者都能被认为具有这两种风格中的一种风格。

　　①关系导向型领导者。这种领导注重与其下属发展友好的关系并被他们所喜欢。关系导向型领导者注重与他的下属有高质量的人际关系。然而，这并不意味着关系导向型领导者没有把工作做好，意思是关系导向型领导者最基本关注的是与下属的人际关系。

　　②任务导向型领导者。这种领导者重视的是能够确保下属高水平地完成任务。任

务导向型领导者关注任务的完成情况和保证工作进展得顺利。

　　在费德勒的研究中，对领导风格的评价是让领导者评出最难一起工作的同事（称为最难共事者或LPC），这种评定包括很多方面，如这个人是令人讨厌的还是讨人喜欢的，是让人感觉郁闷的还是使人高兴的，是充满热情的还是缺乏热情的，是善于合作的还是不善于合作的。关系导向型的领导者趋向于用积极的语言描述LPC，他们关注友好的人际关系，这就致使他们从积极的方面去考虑其他人；任务导向型领导者趋向于用消极的语言去描述LPC，他们关注任务的完成情况，所以使他们从消极的方面去考虑没有把工作做好的人。因而，关系导向型的领导和任务导向型的领导有时会分别被定为LPC值高的领导者和LPC值低的领导者。表5—4是费德勒在他的研究中发展和使用的最难共事者问卷。

　　（2）情景因素。根据费德勒的研究，领导风格是稳定不变的因素，管理者不能改变他们的风格，也不能在不同类型的情景下采用不同的领导风格。依据这种想法，费德勒列出了三项情景因素用以决定领导有效性：领导者—成员关系、任务结构和职位权力。当情景有利于领导行为时，管理者相对容易影响下属，这样他们的行为有效性很高，而且有利于组织管理的效果性和效率性。当情景不利于领导行为时，管理者很难对其下属施加影响。

　　①领导者—成员关系。费德勒描述的第一个情景因素是领导者—成员关系，是指下属对其领导者喜欢、信任和忠诚的程度。当领导者与下属的关系很好时，这种情景有利于领导。

表5—4　　　　　　　　　　　　　　**最难共事者问卷**

　　介绍：想出你最不喜欢与其一起工作的那个人，他（她）可能是现在与你一起工作的某个人，他（她）也可能是以前你知道的某个人。

　　他（她）不一定是你最不喜欢的那个人，但是这个人是你认为最难一起工作的人。描述一下这个人。

```
快　乐——87654321——不快乐
友　善——87654321——不友善
拒　绝——12345678——接　纳
有　益——87654321——无　益
不热情——12345678——热　情
紧　张——12345678——轻　松
疏　远——12345678——亲　密
冷　漠——12345678——热　心
合　作——87654321——不合作
助　人——87654321——敌　意
无　聊——12345678——有　趣
好　争——12345678——融　洽
自　信——87654321——犹　豫
高　效——87654321——低　效
郁　闷——12345678——开　朗
开　放——87654321——防　备
```

　　将得出的总分进行平均，LPC值高的领导者有较高的平均分（在4.1到5.7之间），LPC值低的领导者有较低的平均分（在1.2到2.2之间）。

资料来源　Fiedler, F. E., A Theory of Leadership Effectiveness. New York：McGraw-Hill., 1967.

②任务结构。费德勒所描述的第二个情景因素是任务结构，是指组织工作被划分得很清楚，能使领导者的下属知道什么需要完成和如何进行工作。当任务结构明确时，这种情景适合领导。当任务结构不明确时，目标是模糊的，下属也许不知道他们应该做什么和如何做工作，这种情景是不适合领导的。

③职位权力。费德勒描述的第三个情景因素是职位权力，是指领导者在组织中的职位所能提供法定、奖励和强制权的总和。当职位权力很大时，领导的情景因素就对领导者有利。

（3）领导风格与情景的结合。如图5—7所示，任务导向型领导者在有利的情景和不利的情景下工作得更好。也就是说，当面对Ⅰ、Ⅱ、Ⅲ、Ⅶ、Ⅷ类型的情景时，任务导向型领导者干得更好；关系导向型领导者则在中等有利的情景，即Ⅳ、Ⅴ、Ⅵ类型的情景中干得更好。

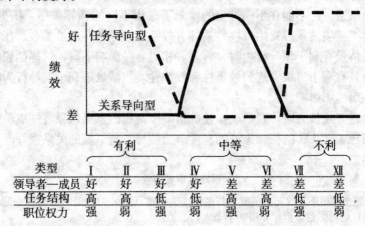

类型	Ⅰ	Ⅱ	Ⅲ	Ⅳ	Ⅴ	Ⅵ	Ⅶ	Ⅻ
领导者—成员	好	好	好	好	差	差	差	差
任务结构	高	高	低	低	高	高	低	低
职位权力	强	弱	强	弱	强	弱	强	弱

图5—7　费德勒模型图

（4）在实践中运用权变模型。根据费德勒的观点，领导风格是稳定不变的，管理者并不能改变。这就意味着，为了提高领导的有效性，管理者需要被放在合适的领导情景下以适应他们的领导风格。例如，通过给予管理者更多的职位权力和采取一些措施（如阐明目标）来明确任务结构改变环境。

研究结果都趋向于支持费德勒的模型，但如同大多数理论一样，这个模型还需要更多的证明。一些研究者质疑LPC数值真正测试的是什么，还有一些研究者质疑模型的假设，认为领导者不能改变领导风格是有错的。

3. 路径—目标理论

领导行为研究者罗伯特·豪斯（Robert House）认为，领导者能激励下属去完成团队和组织目标，并以此提出了路径—目标理论。路径—目标理论为管理者成为有效的领导者提供了三个指导方针：

（1）明确你的下属试图从他们的工作和组织中所要得到的报酬。这些报酬包括满意的薪酬和工作的安全感，合理的工作时间和具有趣味性和挑战性的工作。当明确这些目标后，管理者应该保证其拥有奖励权去分配或拒发这些报酬。

（2）对高绩效和完成目标的下属，用他们所需要的报酬奖励他们。

（3）明确下属达到目标的途径，消除任何影响高绩效的障碍，并对下属的能力表示出信心。这并不意味着管理者需要告诉其下属做什么，而是指管理者应确保下属明确地知道他们要完成的任务和成功完成任务所需要的能力、资源和信心。

路径—目标理论把领导激励下属的领导行为分为四种类型：

（1）指令型行为。指令型行为与定规行为相似，包括设置目标、安排任务、向下属展示如何完成任务和采取措施提高绩效。

（2）支持型行为。支持型行为与关怀行为相似，包括对下属表示关心和注意他们的兴趣。

（3）参与型行为。参与型行为是指领导者邀请下属一起参与决策，征求他们的意见，将他们的建议融入到组织将要执行的那些决策中去。

（4）成就导向型行为。成就导向型行为是指领导者激励下属尽可能高绩效地工作，例如，设置富有挑战的目标，期望他们达到目标并相信下属的能力。

图5—8表明，路径—目标理论提出了两大类情境（或权变）变量作为影响领导行为—结果之间关系的中间变量：其一是下属可控范围之外的环境（包括任务结构、正式职权系统、工作群体等因素），其二是下属个人特点中的一部分内容（包括控制点、过去经验、知觉能力等）。要使下属的产出最大化，环境因素决定了需要什么样的领导行为类型，下属的个人特点决定了个体对于环境和领导者行为如何解释。这一理论指出，当环境内容与领导者行为彼此重复时，或领导者行为与下属特点不一致时，效果均不佳。

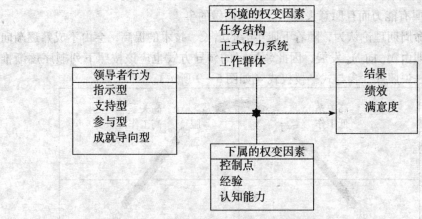

图5—8　路径—目标理论

管理者选择哪一种领导行为能使其领导有效呢？这个问题的答案要依据下属的本性和他们所选择目标的种类得出。

当下属在完成安排的任务过程中有困难时，指令型行为可能是较好的。但是当下属是独立思考者并能单独做好工作时，这种行为就是有害的。当下属处于高度的压力下时，支持型行为一般是适当的。当需要下属支持某项决策时，参与型行为是特别有效的。成就导向型行为能对那些认为挑战太小从而厌烦工作的有潜力的下属增加激励程度，但是对那些已经发挥其最大能力的下属，选择这种行为可能会产生事与愿违的结果。

4. 领导生命周期理论

领导生命周期理论由卡曼（A. K. Korman）于1966年首先提出，其后由何塞（Paul Hersey）和布兰查（Kenneth Blanchard）予以发展。卡曼把俄亥俄州立大学的管理四分图理论和阿吉里斯（Chris Argyris）的"不成熟—成熟"理论结合起来，创造了三维空间领导效率模型。

该理论认为，有效的领导行为应该把工作行为、关系行为和被领导者的成熟程度结合起来考虑，要根据下级不同的年龄、成就感、责任心和能力等条件，采取不同的领导行为。

何塞和布兰查认为，成熟度是指人们对自己的行为承担责任的能力与愿望的大小。它包含两个方面的内容：任务成熟度和心理成熟度。任务成熟度是相对于一个人的知识和技能而言的，若一个人具有无须别人的指点就能完成其工作的知识、经验和能力，那么他的工作成熟度就高，反之则低。心理成熟度与做事的愿望或动机有关，如果一个人能自觉地去做工作，而无须外部的激励，则认为他有较高的心理成熟度。

何塞和布兰查把成熟度分成四个等级，即不成熟、初步成熟、比较成熟、成熟。分别用 M_1、M_2、M_3 和 M_4 表示：

M_1：下属缺乏接受和承担任务的能力和愿望，他们既不能胜任工作又缺乏自信。

M_2：下属愿意承担任务但缺乏足够的能力，他们有积极性但没有完成任务所需要的技能。

M_3：下属具有完成领导所交给的任务的能力，但动机不充分。

M_4：下属有能力而且愿意去做领导要他们做的事。

领导生命周期理论认为，随着下属年龄的增长、技术的提高，会由不成熟逐渐向成熟发展，即由 M_1 向 M_4 发展，因此领导者的领导方式也应该按照下列顺序逐渐推移：命令式—说服式—参与式—授权式（如图5—9所示）。

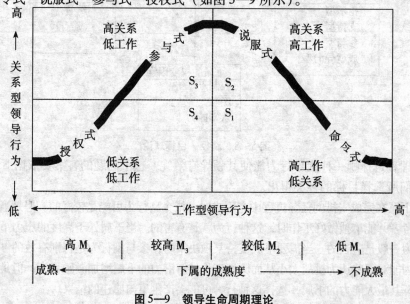

图5—9　领导生命周期理论

（1）命令式（高工作、低关系）：在下属不成熟的情况下，领导者对下属进行具体分工并明确命令下属干什么、如何干和何时干等。

（2）说服式（高工作、高关系）：当下属稍成熟时，领导者自己作出决策，但在决策下达过程中宜采用说明的方式让被领导者了解所作出的决策，并在决策任务执行中给予指导和帮助，并注意保护和鼓励下属的积极性。

（3）参与式（低工作、高关系）：当下属较成熟时，领导者与下属共同决策，领导者的主要任务是为下属提供便利条件与沟通渠道。

（4）授权式（低工作、低关系）：当下属很成熟时，领导者可以不下达命令，也不加以指点，由下属自己决定和控制整个工作过程，独立地开展工作，领导者只起监督的作用。

领导生命周期理论告诉我们，领导者应把组织内的工作行为、关系行为和下属的成熟度结合起来考虑，随着下属成熟度的不同，领导行为也要随之加以调整，才能达到有效的领导。

四、领导理论的新发展

1. 魅力型领导理论

魅力型领导理论（Charismatic Leadership Theory）是指领导者利用其自身的魅力鼓励追随者并作出重大组织变革的一种领导理论。

20世纪初，德国社会学家韦伯（Max Weber）提出"charisma"，即"魅力"这一概念，他将这种魅力定义为"存在于个体身上的一种品质，超出了普通人的品质标准，因而会被认为是超自然所赐，超凡的力量，或者至少是一种与众不同的力量与品质"。这些品质普通人难以企及，往往被视为超凡神圣和具有模范性质，或者至少他们会将具有这种魅力品质的人视为领袖。由于这种魅力超出了人们的正常生活，所以它难以用理性、美学或者别的观点加以解释。

但从20世纪70年代后期开始，一些学者对这一概念作了重新解释和定义，进行了深入的研究，充实了新的内容。

豪斯（Robert House）于1977年指出，魅力型领导者有三种个人特征，即高度自信、支配他人的倾向和对自己的信念坚定不移。

随后，本尼斯（W. Bennis）在研究了90名美国最有成就的领导者之后，发现魅力型领导者有4种共同的能力：有远大目标和理想；明确地对下级讲清这种目标和理想，并使其认同；对理想的贯彻始终和执著追求；知道自己的力量并善于利用这种力量。

随着经济全球化的发展，市场竞争日趋激烈，各类组织，尤其是企业组织迫切需要魅力型领导者的改革和创新精神，以应对环境的挑战。因此，魅力型领导理论从20世纪80年代起，日益受到研究者的重视。

1987年，麦基尔大学（McGill University）的康格（J. A. Conger）与卡纳果（R. N. Kanungo）对魅力型领导者进行了系统的研究，概括出魅力型领导者区别于无魅力领导者的下述特征：

（1）他们反对现状并努力改变现状；

（2）设置与现状距离很远的目标；

（3）对自己的判断力和能力充满自信；

（4）能深入浅出、言简意赅地向下级说明自己的理想和远大目标，并使之认同；

（5）采取一些新奇、违背常规的行为，当他们成功时，会引起下属的惊讶和赞叹；

（6）对环境的变化非常敏感，并会采取果断的措施改变现状；

（7）经常依靠专长权力和参照权力，而不仅用合法权力；

（8）经常突破现有秩序的框架，采用异乎寻常的手段达到远大的目标；

（9）被认为是改革创新的代表人物。

一些学者的研究也指出，魅力型领导的优点在于：①强势领导，绝对服从。其尤其适用于困难时期或危险情境，如组织突变时。②有效。如果领导者的愿景正确，其领导力无疑极为高效。③修辞能力。④精力充沛、内在清晰、远见卓识、反传统、具有模范性。但是，魅力型领导也存在着较为明显的缺点：①长时间的强势领导、绝对服从会造成领导者身边聚集的都是"唯命是从者"。②代表性差。具有魅力型品质特征的领导者毕竟还是少数。③容易自我陶醉，忽略现实，对他人不敏感。④无内在道德束缚。这样的领导者既能够成就组织，也能够毁灭组织。⑤有潜在危险。如果魅力型领导者过分强调自己的个人需要高于一切，要求下级绝对服从，或利用其高超的说服能力误导或操纵下级，则可能会产生不良后果。

目前，多数研究者还是采用面谈、传记、观察等描述性方法对魅力型领导者进行定性研究。不少研究者正在探索研究魅力型领导者的定量方法。

2. 变革型领导理论与交易型领导理论

随着时代的变迁，企业所面临的经营环境越来越趋于全球化、信息化与多元化。信息科技的发展，知识型员工的不断涌现，使得领导者再也不能以独裁的方式来管理员工。特别是在我国社会经济转型的背景下，什么样的领导行为才能有助于塑造一种新型的就业关系，才能留住优秀员工，并且提高他们的工作热忱及对组织的承诺，是值得我们深入探讨的问题。过去 20 年来，交易型领导（transactional leadership）与变革型领导（transformational leadership）逐渐成为领导理论研究的重要方向，并取得了众多的研究成果，为我们探讨社会转型时期的领导行为提供了重要的研究基础。

交易型领导认为，领导者与成员之间是基于经济的、政治的及心理的价值互换的关系，领导者的任务是设定员工达成组织目标时所能获得的奖酬，界定员工的角色，提供资源并帮助员工找到达成目标及获得奖酬的途径。而变革型领导则是领导者通过改变下属的价值观与信念，提升其需求层次，使下属能意识到工作目标的价值，或是为组织规划出愿景、使命以激励下属，进而使下属愿意超越自己原来的努力程度，并且帮助下属学习新技能、开发新潜能，增进组织的整体效能。在交易型领导与变革型领导的研究中，领导的有效性，特别是领导行为与部门及员工的绩效之间的关系是一个重要方面。

学者们一般认为，变革型领导是建立在交易型领导的基础上的，会对下属有额外的影响效果，如 Hater 和 Bass（1988）的研究结果表明，不管是优秀的管理者，还是普通的管理者，变革型领导与下属的有效性及满意度之间的关系要比交易型领导与这些变量之间的关系要强；优秀管理者在变革型领导上的得分要高于普通管理者的得分。Lowe 等（1996）对以往的 38 项研究进行了元分析，结果也表明变革型领导与领导有效性的各项指标之间有着明显的正向关系。在 Sosik、Avolio 及 Kahai（1997）针对团队所进行的研究中，也显示了变革型领导对于团队效能的影响比交易型领导要大。

那么，是不是变革型领导在任何情境下都是有效的？是否变革型领导在任何条件下都优于交易型领导？我们认为，对这个问题需要进行权变的分析，即有效的领导不仅仅取决于领导者本身，而且与被领导者以及情境因素有着密切的联系。变革型领导与交易型领导并非两个互相独立的领导风格，领导者在组织的实际运作中，为了提升员工的动机水平，同一个领导者在不同的情境和时间下，可以同时运用交易型领导及变革型领导。

3. 仆从领导理论

仆从领导理论认为，领导不是无所不能的天神，不是光耀史册的帝王将相，也不是具有传奇色彩的英雄，领导首先是仆从。该理论源自于这样一种真切而朴素的观念：每一个人都需要服务，然后，他才希望得到引导。当人们得到一个人的服务和引导时，他们转而会服务、引导更多的人，推而广之，更广大的员工、消费者乃至整个社会都会感受到这种服务。因此，一个最有益于组织发展与社会进步的领导，首先必须是一位诚心诚意为他人服务的仆从。

仆从领导理论最先由美国的罗伯特·K. 格林里夫（Robert K. Greenleaf）在 20 世纪 70 年代提出。1964 年，格林里夫成立了应用伦理中心，1985 年该中心更名为"格林里夫仆从领导中心"。

（1）仆从领导的特征

格林里夫仆从领导中心负责人 Larry C. Spears 对格林里夫的原著进行过长期的潜心研究，从中归纳出仆从领导的 10 个特征。它们分别是：倾听（listening）；移情（empathy）；愈合（healing）；觉醒（awareness）；劝导（persuasion）；构想（conceptualization）；远见（foresight）；管家（stewardship）；员工成长承诺（commitment to the growth of people）；建立社群（building community）。

但 Spears 同时指出，这 10 个特征并不是对仆从领导"穷尽性的概括"，因此美国其他学者根据格林里夫的原著，又概括出仆从领导的其他特征。这方面最具代表性的是 Robert F. Roussel 和 A. Gregory Stone 的研究，他们对 20 世纪 90 年代以来近 100 位学者的研究进行了统计，从中归纳出仆从领导的 20 个特征。其中 9 个特征被他们称为"功能性特征"，另有 11 个特征是功能性特征的派生特征，被他们称为"派生性特征"（见表 5—5）。[①]

---

① Russell, R. F. & Stone A. G., A review of servant leadership attributes: developing a practical model, Leadership & Organization Development Journal, 2002, 23（3 - 4），pp. 145-158.

表5—5 仆从领导的特征

功能性特征	派生性特征
（1）愿景（vision）	（1）沟通（communication）
（2）真诚（honesty）	（2）信赖（credibility）
（3）诚实（integrity）	（3）干练（competence）
（4）信任（trust）	（4）管家（stewardship）
（5）服务（service）	（5）预见性（visibility）
（6）垂范（modeling）	（6）影响力（influence）
（7）充当先锋（pioneering）	（7）劝导（persuasion）
（8）欣赏他人（appreciation of others）	（8）倾听（listening）
（9）授权（empowerment）	（9）激励（encouragement）
	（10）教导（teaching）
	（11）谈判（delegation）

（2）仆从领导的哲学基础

20世纪90年代初就开始研究仆从领导理论的学者Lee Chris和Zemke Ron认为，格林里夫的仆从领导理论的哲学基础可以追溯到20世纪40年代马斯洛的需要层次理论和20世纪60年代麦格雷戈的"Y理论"。仆从领导致力于员工的成长，对仆从领导的最好检验是：那些受到他服务的人是否作为独立的人格获得不断的成长，他们受到服务以后是否变得更加健康、聪明、自由、独立，而且他们本人是否更有可能成为仆从。这同马斯洛所强调的"自我实现的需要"显然是一致的。仆从领导理论强调对员工的信任、激励和授权，并最终建立与他们之间的伙伴关系，这与"Y理论"——"将人们看作是负责任，有抱负、精力、智慧和创造性"的基本假设也是完全一致的。

（3）仆从领导理论在当代组织中的应用

①作为一种管理哲学。《印第安纳商业杂志》的评论员认为："仆从领导正逐渐成为当今时代人们广泛谈论、占主导地位的哲学。"它已引起美国实业界的浓厚兴趣。美国很多著名企业都将仆从领导作为本公司的管理哲学，如西南航空公司、TD工业公司和Synovus财务公司。

②运用于教育培训。仆从领导理论目前正被广泛运用于董事会成员、非营利机构信托人的教育培训。

③应用于社群领导培训项目。仆从领导应用于西方的社区领导培训已有20多年的实践，尤其是在知识经济与信息时代造成的动荡面前，人们的感情纽带被割裂，原有的价值观被撕裂，甚至建立在传统信仰基础上的伦理、道德观也遭到分裂。

④开发服务—学习项目。在过去的26年里，美国的大学和中学开展了一系列"边干边学"的教学实验项目。自20世纪80年代开始，一批教育工作者将仆从领导的概念与实验式学习结合起来，称之为"服务—学习（service-learning）"，实际上就是强调学生在为社会服务的过程中学到真正有用的社会知识与社会经验。

⑤领导教育培训。将仆从领导理论纳入大学和企业的领导学课程，目前在美国正

进行得如火如荼，50多所大学都开设了有关仆从领导的教学课程、奖学金。

⑥促进个人成长。该理论为个人精神、职业、感情和智力方面的成长提供了必要的精神支柱和强大的精神动力。

仆从领导的理论研究与实践应用已形成以美国为中心、向全球扩展的趋势，它在当今社会管理中的应用远非以上所列举的几个方面。

五、领导艺术

1. 决策艺术

领导者在做决策时，除需遵循科学的决策程序外，还必须讲求决策的艺术。

（1）对信息的查证。决策是建立在正确的信息基础之上的，因此在做决策之前，必须注重对信息，尤其是重要信息的核查与去伪存真工作。对信息的查证可以通过多种渠道咨询、调查、考察等来进行。

（2）广泛征求意见。对决策方案的形成及方案的选择，必须充分征求有关专家、相关部门主管人员和群众的意见。这样一来，既可以做到集思广益，群策群力，获得更多的信息、有创意的思路和方案，开阔自己的思路和眼界，使自己考虑问题较为全面与深入，从而使自己所做的决策更为科学与完备，又可以树立自己民主工作作风的形象，此外还有利于上下级统一思想认识，从而使决策方案得以顺利实施。在做决策或征求意见的讨论会议中，为使大家充分发表意见，领导者需要做到：其一，不作先入为主的发言；其二，不过多设置约束条件；其三，事先规定，不容许攻击他人的意见；其四，适当引导，鼓励和支持发表反面意见或是有创新的意见。

（3）充分重视反面意见。没有反面意见、一致通过的决策，往往是有问题的决策。"真理有时会掌握在少数人手里"，所以，领导者必须充分重视反面意见。除了在会议上鼓励和支持发表反面意见外，必要时，领导者还可以采用私下个别谈话的方式征求反面意见。

（4）重视经验，又不局限于经验。自己和他人的经验对于处理同类决策问题是十分有益的，其可以作为处理同类决策问题的基础，必须予以充分地借鉴。但经验毕竟是过去的，他人经验的背景与自己所要决策的问题所处的背景多多少少存在着这样或那样的不同。因此，在决策中，既要借鉴有益的经验，又要充分考虑到经验背景的可比性，必须在经验的基础上有所创新，切不可原封不动地套用经验。

（5）决策意向的吹风。领导者在对决策问题有一个意向方案时，为了在更大的范围内征求意见，或是测试下属与群众对这一意向方案的支持度与承受力，可以采用吹风的方式，发布信息，然后再根据收集到的反馈信息，调整决策方案，或是作出对这一意向方案实施或放弃的决策。

（6）决策方案的试点。对于那些涉及面宽的、争议较大且一时难以把握正确与否的、重大问题的决策，可以采用对选中的方案进行小范围试点的方式运作。这样做，既可以降低因决策失误带来的风险，又可以为选中的方案的修正与大范围的全面实施积累经验。

2. 用人艺术

（1）善于发现人才。不断发现和起用新人（即人才，这里的人才指的是能胜任关键工作岗位的能人）是组织保持生机与活力的关键所在。正所谓千里马易找，只是伯乐难寻，在任何组织中都会存在着这样或那样的人才，关键是领导者能否做到慧眼识才。领导者要想发现人才，就必须做到深入基层，有针对性地与人接触，深入了解人；不偏听偏信对一个人的评价；不以老眼光固定对一个人的看法，即不以一时一事论英雄，对任何人都应持"士别三日，当刮目相看"的观点；在组织中建立岗位竞争机制，营造员工积极向上的气氛，给人才以招聘、毛遂自荐、试用等脱颖而出的机会，所谓"千里马是识出来的，但更是跑出来的"正是这个道理。

（2）用能人，不用完人。金无足赤，人无完人。但凡能人往往会存在这样或那样的毛病与缺点，作为领导者不应求全责备。只要工作需要，这个人具有业务能力与岗位要求的相关能力，具有良好的职业道德，敬业勤业，具有基本的做人品行，领导者就应考虑使用。事实上，在现实中并不存在所谓的完人。当然，当能人的毛病与缺点有碍于工作时，领导者应予以指出，以使其收敛或是改正，以利于其更好地开展工作。

（3）用人所长，避其所短。尺有所短，寸有所长。有的人业务能力强，但有些骄傲；有的人原则性强，办事果断，但与别人的协作能力弱一些；有的人能团结同事，协作能力强，但缺乏主见；有的人组织能力强，但业务能力弱。人才是由其长处所决定的，领导者使用人才须用到一个人的长处，才可能充分发挥人力资源的效用；否则，不但等于没有用人才，反而会产生负面作用。所以在用人中必须注重弃人所短，用人所长，因其材以取之，审其能以任之。

（4）疑人不用，用人不疑。领导者选用人才时，需要对人才加以多方面考核。对于那些能力有限（工作不能独当一面）、德行不好与综合素质不高的，自己对其顾虑重重的人选，要果断地不予录用，否则，其一直会使自己分心，最终还有极大可能要为其"收拾残局"，给工作带来重大损失；而对那些基本条件具备，特长突出的人选，则要大胆地予以录用，授之以权，委之以任，给予其充分的信任，使其能够自主地、大胆放手地开展工作。

（5）培养、爱护人才与激励人才。领导者对于人才（包括后备人选）需要加强指导与培训，及时指出他们的缺点，以使他们迅速成长起来，胜任工作。领导者要积极为他们开展工作创造有利条件，及时充分肯定他们的成绩，并允许他们在工作中犯一些错误，同时还要帮助他们分析问题的症结、指出前进方向并帮助其树立信心。此外，还要通过激励机制的建立与运作，给予成绩突出的人以大力的表彰、物质奖励和晋级提拔，使其更加努力工作，并通过其示范作用，在组织中形成比学赶超积极向上的氛围，从而使组织充满活力。

（6）尊重人才，但不迁就人才。尊重人才就是指领导者重视和重用人才，尊重人才的人格、工作方式、做事方法、生活方式，给予人才充分的信任。只有尊重人才，才能有效地调动起人才的工作积极性，使上下级之间相互尊重、信任与合作，同心同德、协调一致、高效地搞好工作。但尊重人才并不意味着一味迁就他们的缺点与错误。搞一团和气，只会助长他们的脾气和缺点，使他们积小错为大错，反而对他们有害。因此，从关心与爱护人才的角度出发，领导者对待人才该坚持原则的就要坚持原则，该批评指正的就要批评指正。当然在其过程中更需讲究方式方法。此外，还必须通过岗位竞争机制、培训制度的建立，建立起岗位人才后备力量，以保持对在位人才的竞争压力，促使他们积极向上、改正缺点与错误。

（7）用人适度。其主要体现在三个方面：其一，在工作岗位人员的配置上，同一团队成员的能力需拉开层次，同一层次人才的使用不要集中，不拉开层次能人就会感到屈才，就会不稳定，同类、同水平的人才集中，会浪费人力资源，增加人力资源的使用成本，还容易因相互的不服气，而产生内耗，反而降低人才使用的效能；其二，在工作岗位的人选安排上，要选择最合适、最满意的人，而不是选最优的人，最优的人其能力水平往往高于该工作岗位的要求，选最优的人，就会造成大材小用、浪费人力资源和增加人力资源的使用成本，就会使人感到屈才，就会使组织的能级层次不合理、不稳定；其三，在工作岗位人员的配置与任务的安排上，不勉为其难于能力差的人员，那样只会给工作带来损失。

3. 用权艺术

（1）集权有道。大权独揽，小权分散；统一指挥，分级管理。领导者要掌握对重大问题的决策权，如经营战略、人事、财务的决策权，而将重大问题的执行权和非重大问题的决策权与执行权授予副手或下级部门负责人。如此，才能保证领导者对组织或团队重大问题的控制，才能保证对重大事务令出一门，指令畅通；把握住组织或团队的前进方向，领导者才具有权威，也才能从繁杂的事务性工作中解脱出来，更有效地履行他应履行的职责。同时，也才能使副手或下级部门负责人具有履行职责所必须的权力和工作的积极性。

（2）分权有序。一是要逐级授权，上级领导只对直接下级授权，而不干扰下级的再授权。二是要考虑下级的能力，若其能力尚处于成长过程中，就要考虑逐步授权。

（3）授权有章。授权要有规章制度，不得随意授权。所授出的权力的性质与大小要与下级履行职责的性质与范围相称，而且一般要以书面形式加以明确，并当众宣布。

（4）用权有度。对所授出的权要保持控制，要对授出的权制定明确的考核办法、报告制度与监督机制，以防止权力授空，或下级滥用职权。针对临时性的授权，一旦工作事项结束，就应立即收回所授之权。发现下属不合理或滥用职权，应及时加以指正，必要时则应收回所授之权。

（5）信赖有加。领导者既然授出了权力，就应对下属给予充分的信任，而不要干预下属在工作中的用权（除了必要的监督与纠偏以外），而是要鼓励与支持下属大胆用权，放手开展工作。

（6）授权培训。在授权之前，需对下属进行必要的培训和交代，使他们明确授权的意义和要求，了解自己的目标、职务、责任和权力的具体内容以及它们之间的关系，以便下属明确领导的意图，有效地使用权力。

4. 人际交往艺术

（1）人际关系艺术：虚怀若谷；以诚相待；循循善诱；刚柔相济；朴实无华。

（2）人际沟通艺术：态度和蔼、平等待人；尊重别人、注意方法；简化语言；积极倾听；抑制情绪；把握主动；创造互信环境。

（3）处理人际纠纷艺术：严己宽人；分寸得当、审时度势；讲究策略；把握主动。

5. 变革艺术

领导者从来就没有像今天这样对自己进行如此伤筋动骨的改造，为了取得成功，领导者应该具有各种各样的能力和才华。目前领导者面临的一个重大挑战是如何有效地掌握变革的艺术。

领导者在进行自身的改造和企业的变革时，可以采取以下七个具体的步骤：

（1）对待变革首先要有"能字当头"的精神。做好思想准备，变革可能比预想的更艰巨，有时还会很痛苦，但是不变革就没有前途。因此，要欢迎变革，预计可能有什么困难，鼓励员工投身于变革。

（2）分析一下哪些人是"旁观式批评家"，哪些人是"参与式支持者"。领导者也许会发现，由于变革深入的程度和变革性质的不同，每个人对变革的反应也不同。立即让"参与式支持者"投身于变革的进程，设法让他们清楚地了解变革的情况以及期望他们扮演的角色。帮助那些"旁观式批评家"看清楚变革将给他们带来的好处和机会。一定要保证他们真正理解这一点，并将其转化为实际的行动。

（3）为了消除由于情况不明或担心变革失败而造成的疑惧，务必向每一位员工讲清实际的情况和变革的方法。如果以前有人进行这类变革，那么在实施变革前，可以用具体的实例或请人作指导，说明如何仿效或演练变革的进程。

（4）向每个人征求关于变革的建设性意见，评估他们在变革中取得的进展，并广泛宣传和庆贺他们取得的成绩。

（5）在战略设想、经营策略、企业文化和日常活动中，从员工的雇佣、培训和指导，一直到报酬、奖励和考评，都要创造性地体现变革精神。

（6）将变革与提高质量、优质服务、持续发展、开拓创意和日常教育联系起来。创建一种学习的环境，让大家学会顺应变革的节奏，最大限度地利用变革来推动事业的发展。

（7）发动每一个人，尤其是第一线领导者、销售人员，还有企业的客户、供应商，参与驾驭变革的竞赛。让他们聚集在一起，互相合作，有条不紊地进行适当的变革，使每个人都能从变革中受益。

本章小结

1. 领导有三层含义：领导要有领导者和被领导者；领导是一个动态的过程；领导是为了实现某种目标。领导的功能是处理与人、事和时间的关系。领导的权力构成包括法定权、奖励权、强制权、专长权和个人影响权。

2. 可以从对象、决策、计划、组织、指挥、控制、协调和激励这些方面对领导者和管理者加以区别。领导者在组织决策方面起指向和决断作用，在组织体系中起纽带及核心作用，在组织行为方面发挥激励和协调作用。领导者的权力与权威也有区别，权力并不等同于权威，人们对领导行为的接受，主要是基于对合法性权威的肯定性的认同。

3. 领导行为理论包括：四分图理论、管理方格图理论、领导行为连续统一体理论、利克特的管理方式理论以及勒温理论。

4. 领导权变理论包括：卢桑斯的权变理论、费德勒的权变模型、路径—目标理论和领导生命周期理论。

5. 领导理论的新发展主要有领导魅力理论、变革型领导理论与交易型领导理论、仆从领导理论这几个方面。

6. 领导艺术包括：决策艺术、用人艺术、用权艺术、人际交往艺术、变革艺术。

关键术语

领导（leadership） 领导者（leader） 领导特质理论（trait theories） 领导行为理论（behavior theory of leadership） 领导权变理论（contingency theory of leadership） 领导艺术（the art of leadership）

复习与思考

1. 举例说明什么是管理者，什么是领导者。
2. 你认为领导的艺术中哪一项是最重要的？
3. 领导的权力类型中哪一个是经常用到的，哪一个是使用之后最有效果的？
4. 讨论领导的特质理论的优点和缺点。
5. 什么是管理方格？将这种方法与俄亥俄州立大学工商企业研究所关于领导的研究进行比较。
6. 如何确定最难共事者？对于费德勒的领导理论来说，一个人的 LPC 有何重要意义？
7. 你认为什么样的领导者是有魅力的领导者？

案例分析

丰田公司中的硬派老板

奥田硕可以说是个地地道道的"丰田人"。自从从一桥大学商学部毕业后，他就进入了丰田汽车销售股份公司工作。此后，凭借其出色的表现，一路平步青云，1988年任专务董事，1995年任社长，1999年任会长。奥田硕在位的这些年里，是丰田变革发展最快的时期。

奥田硕从不畏惧直言自己的想法或对组织实施激烈的变革。也正是由于这些特点，作为丰田汽车公司的董事会主席，他给人们留下了最为深刻的印象。担任董事会主席之前，奥田硕曾担任丰田公司总裁——这也是公司 30 多年来第一位非家族成员做最高领导者。在日人高层经理中，他属于十分独特的人物。在日本，高级经理人被认为是一些深藏不露者，但奥田硕却认定自己的坦率直言和进取风格对公司的变革来说十分重要，否则公司就会成为死水一潭并且过度官僚。

在奥田硕上任伊始，他就曾表示"丰田首先要占据全球汽车市场的 10%，到 2010 年要达到和通用汽车现在市场占有率一样的 15%"。1990 年时，丰田在 14 个国家拥有 20 家工厂，现在丰田已在 26 个国家建立了 46 家工厂。在经过一系列的改革后，丰田开始从保守走向世界汽车潮流的尖端：在外形设计上，丰田拥有像 Echo 这样"古怪"的小型轿车；在新能源的开发上，丰田有最为先进和可靠的普锐斯混合动力车……另外，奥田硕还认为对员工的观念改造是丰田更加全球化也是扩张的必要手段之一，为此他打破了长期以来日本薪水与资历紧密相关的传统企业结构，主张薪水与业绩挂钩，并将经理层更新换代，大力提拔新人，让丰田年轻化。所有的一切都标志着丰田正在改变。

"我们仍然被认为是十分保守的，我们需要改变，但条件是不能影响我们正在取得的良好利润。"奥田硕说。丰田要改变但不盲目，一直以来丰田都更乐意做敏捷的追随者，它总是先让人去冒险，本田和日产都比丰田在美国的建厂时间早，但丰田却后来居上，产销量全面超过本田和日产。看来，销量、市场份额和利润才是丰田真正关注的。

20 世纪 90 年代，奥田硕上台后，中国市场成了丰田继欧美市场后的又一目标。

那个时期，美国车和德国车是中国汽车市场的主角，一直在疲于应付欧美市场的丰田，虽然有皇冠的投放，但在中国的主流市场却渐渐趋于边缘化。为了夺回在中国市场的话语权，丰田马上喊出了"尽丰田集团之全力，助中国汽车之发展"的口号，以求能得到中国政府的支持。按照奥田硕的规划，20 世纪 90 年代初是丰田在中国的第一阶段，是助跑阶段；第二阶段奥田硕称之为起跳阶段，就是按照中国政府对汽车工业产业政策的要求，从零部件生产开始，为整车生产做准备；第三阶段是奥田硕三级跳中的最后一跳，就是借天津夏利撕开一个缺口，全面进攻中国市场。

一汽丰田已经成了国内响当当的一线汽车生产企业，也是国内市场上表现最好的日资企业之一。现在，随着广州丰田的加盟，丰田在中国的势力已经越来越大。奥田硕说："我们是一家成长型公司，我们还有增长的余地。"在中国市场，这一增长尤为显著。

在互联网上搜索"奥田硕"，除了丰田的领导人之外，他还是日本经团联的主席。作为一名优秀的经理人，奥田硕不仅服务于丰田，它更为日本的大经济环境出谋划策。

针对目前北美汽车企业所面临的困境，奥田硕曾表示，可能会提高丰田汽车在美国的销售价格，以便留给身处困境的美国汽车制造商"一些喘息空间"。奥田硕表示，他对通用汽车目前的状况相当担忧。他担心的不只是通用汽车的经营状况，而是整个美国汽车行业。汽车行业是美国工业的象征，这个行业出现问题，虽然不会导致日本和美国间出现政治上的问题，但会对日本的汽车行业产生连带影响。

虽然稍后丰田公司否认了这一说法，美国的汽车企业也对此并不领情，但是对于一个经历过美日汽车争端的人来说，这一说法也并不是没有道理的。现在，日本汽车公司每年从北美汽车市场中获得的利润占了其总利润的 60% 到 70%。而北美市场的巨大波动，肯定会使美国消费者和政客们作出针对日本的负面政治反应，或导致日本汽车制造商陷入痛苦的价格战。

遗憾的是，奥田硕的一些活动遭到了公司内部的反对。据推测，主要原因在于他在变革中的直率要求常常超越了他的权限。另外，他反对丰田家族企业中的其他成员享有优先分红的特权，也触犯了丰田创建家族的利益。种种原因最终使他于1999年6月卸任公司总裁。但是，他的战略型领导风格，使他卸任总裁之后，被任命为董事会主席。

资料来源 〔美〕斯蒂芬·P.罗宾斯、玛丽·库尔特：《管理学》，7版，孙健敏等译，516页，北京，中国人民大学出版社，2006。

思考题：

1. 如何描述奥田硕的领导风格？

2. 当公司面临危机时，你认为需要一个激进的领导者来扭转局面吗？公司发展周期对领导者风格的选择有何要求？

第六章 激 励

引例　　　　　　　　　如何应对员工的职业倦怠

　　2008 年，人力资源网站"中国人力资源开发网"开展了一项《2008 中国职场人士工作倦怠现状调查》，根据衡量工作倦怠的三项指标（即情感衰竭指标、玩世不恭指标、个人成就感指标）同时拥有的多少，将工作倦怠分成了低、中、高三个等级。结果显示，74.6% 的人有一种症状，为轻度工作倦怠；43.2% 的人出现了两种症状，为中度工作倦怠；10.8% 的人则同时具备三种症状，为严重工作倦怠。职业倦怠的常见表现是：工作时常常感到精疲力竭、情绪容易产生波动、经常妄自菲薄、服务质量下降、工作欠缺主动性、频繁跳槽、工作效率低等。

　　5 年前，孟飞只身一人来到广州，什么困难都不怕，一心向前冲，从当初的业务员奋斗到现在的业务经理，薪水涨了好几倍。然而他现在说话的口气却不如以前"硬气"。"如果我每月的利润不能达到一定的数额，我的业务就无法运转下去。"他已难以做到当初"从零开始"的坦然。迫于业绩压力，他每天都处于一种极端的焦灼状态。"稍遇不顺，我的厌职情绪就滋生出来，非常想逃避，不想上班。每天晚上，我必须靠安眠药才能入睡，并且多次因为情绪失控而影响到家人。真的很讨厌这样的状态。"

　　小柯是一家知名旅游公司的员工。在大多数人的眼里，她是一个幸运儿——目前从事的旅游策划工作，既和自己的专业对口，又与自己的兴趣相投。她已经在这个公司工作了整整 8 年。8 年来，小柯的职位并没有发生明显的变化。目前的工作她已经完全驾轻就熟，觉得工作越来越没劲。"我每天都不想上班，对工作没有了热情，就想着只要不出错就万事大吉了。可这是我曾经最喜欢的职业呀！我也曾为了能实现自己的梦想付出了很多，但现在那种职业的成就感没有了，我具备的这些知识应付目前的工作绰绰有余，但我还不到 30 岁，我实在不知道自己脚下的路通往何方。"

　　资料来源　http://blog.vsharing.com/pmt/A848836.html.

　　随着社会的变革转型，就业压力增大。企业求创新，必然给管理者、员工带来一定的压力，职业倦怠不可避免。但人是企业的根本，一旦人倦怠了，必将影响工作效率进而成为影响企业发展的绊脚石。作为管理者，帮助员工防治职业倦怠，激发员工的创造性，是其必须掌握的技能。

第一节　激励概述

一、人性假设

1."经济人"假设

"经济人"（economic man）（又称"实利人"或"唯利人"）假设最早由英国经济学家亚当·斯密（Adam Smith）提出。"经济人"假设是从经济的角度寻求人进行劳动的最主要的动机。此假设认为，人的一切行为都是为了最大限度地满足自己的利益，工作动机是为了获得经济报酬；每个人只服从理性，只想以最小牺牲来满足自己的最大需要。

美国管理学家麦格雷戈（D. M. McGregor）在所著的《企业的人性面》一书中，提出了两种对立的管理理论，其中，X 理论就是对"经济人"假设的概括。其基本观点如下：（1）多数人十分懒惰，他们总想方设法逃避工作；（2）多数人没有雄心大志，不愿负任何责任，而甘心情愿受别人指导；（3）多数人的个人目标都是与组织目标相矛盾的，必须用强制、惩罚的方法，才能迫使他们为达到组织的目标而工作；（4）多数人工作都是为了满足基本的需要，只有金钱和地位才能激励他们工作；（5）人大致可以划分为两类，多数人符合上述的设想，少数人能够克制自己，这些人应担当管理的责任。

基于这种假设应采取的管理方式是：（1）组织是用经济性奖酬来获取员工们的劳动与服从；（2）管理的重点主要在于高效率的工作，人们的感情和士气则是次要的；（3）强调严密的组织结构、标准化的作业方式、集权化的领导方式。

泰罗制就是"经济人"观点的典型代表。这种以效率为核心的管理模式对丰富社会财富、改善生存条件、促进社会发展起到了一定的推动作用。但这种理论把人看成是非理性的，天生懒惰而不喜欢工作的"自然人"，否认了人的自觉性、主动性、创造性与责任心，把管理者与被管理者绝对对立起来，反对工人参与管理，否认工人在生产中的地位与作用，对工人采取"胡萝卜加大棒"的政策，这是错误的。

管理背景6—1　　　　　　　荀子的性恶论

《荀子·性恶》："今人之性，生而有好利焉，顺是，故争夺生而辞让亡焉。生而有疾恶焉，顺是，故残贼生而忠信亡焉。生而有耳目之欲，有好声色焉，顺是，故淫乱生而礼义文理亡焉。然则从人之性，顺人之情，必出于争夺，合于犯分乱理而归于暴。"

《荀子·荣辱》："凡人有所一同，饥而欲食，寒而欲暖，劳而欲息，好利而恶害。是人之所生而有也，是无待而然者也，是禹桀之所同也……好荣恶辱，好利恶害，是君子小人之所同也。人之生固小人，无师无法则唯利之见耳。尧禹者，非生而具者也，夫起于变故，成乎修为，待尽而后备者也。"

《荀子·正名》："生之所以然者谓之性，不事而自然谓之性，性之好恶、喜怒、哀乐谓之情……不可学，不可事，而在人者，谓之性。可学而能，可事而成之在人者谓之伪。是性伪之分也。"荀子的性恶论认为人的性和情是天生的，人性只限于食色、喜怒、好恶、利欲等情绪欲望，不论"君子"或"小人"都一样。"经济人"假设对人本性的认识是以"恶"为基础的，与性恶论相似。

2. "社会人"假设

"社会人"（social man）假设认为在社会上活动的人们不是各自孤立存在的，而是作为某一个群体的一员，有着社会和归属的需要。"社会人"假设是由霍桑实验的主持者梅奥首先提出来的，之后又经英国塔维·斯托克学院煤矿研究所再度验证。后者发现，在煤矿采用较短墙法技术先进的长壁开采法后，劳动生产率理应提高，但由于破坏了原来工人之间的社会组合，劳动生产率却反而下降。随后吸收了社会科学的知识，重新调整了生产组织，劳动生产率也随之上升。这两项研究的共同结论是，人除了物质需要外，还有社会需要，人们需要从社会关系中寻找乐趣。

"社会人"假设认为：

（1）社会交往的需要是人们行为的主要动机；

（2）工业革命所带来的专业分工和机械化的结果，使工作本身失去了意义，因此只能从工作中的社会关系上寻求安慰；

（3）工人与工人之间的关系所形成的影响力，要比管理者所采取的管理措施和给予的经济诱因更有影响力；

（4）员工的工作效率随着管理者满足他们社会需要的程度不同而改变。

从"社会人"假设出发，管理者必须从社会心理方面来激励员工提高生产率，而不是单纯从技术条件来着眼。其主要包括：

（1）管理者不应只专注于生产任务的完成，而应将关注的重点放在关心人和满足人的社交需要上。

（2）管理者不能只注意计划、组织、指挥、监督、控制等，而应在员工与上级之间起联络人的作用。一方面，要倾听员工的意见和了解员工的思想感情；另一方面，要向上级呼吁、反映。

（3）在进行奖励时，应提倡集体的奖励制度，而不主张单纯的个人奖励。

从"经济人"假设到"社会人"假设，从以工作任务为中心的管理到以工人为中心的管理，无疑是在管理思想与管理方法上前进了一步。它开创了管理科学发展过程中的一个新阶段，即行为科学阶段，而且使现代管理学中"人"的研究开始进入一个全面的发展阶段，并最终确立"人"这一因素在整个管理过程中的主导地位。

管理背景6—2　　　　　　　　　孟子的性善论

《孟子·告子上》："恻隐之心，人皆有之；羞恶之心，人皆有之；恭敬之心，人皆有之；是非之心，人皆有之。恻隐之心，仁也；羞恶之心，义也；恭敬之心，礼也，是非之心，智也。仁义礼智，非由外铄我也，我固有之也。"

《孟子·公孙丑上》："人皆有不忍人之心。先王有不忍人之心，斯有不忍人之政矣。以不忍人之心，行不忍人之政，治天下可运之掌上。所以谓人皆有不忍人之心者，今人乍见孺子将入于井，皆有怵惕恻隐之心。非所以内交于孺子之父母也，非所以要誉于乡党朋友也，非恶其声而然也。"

《孟子·尽心上》："人之所不学而能者，其良能也；所不虑而知者，其良知也。孩提之童无不知爱其亲者，及其长也，无不知敬其兄也。"

孟子的性善论指出人的道德本性是"恻隐之心，人皆有之"，人的善性是先天就具有的，向善是人性的本质。由本心论本性，人有"仁义礼智"四德。"社会人"假设与之相似，本质上也是以人的善和需要作为出发点，将人的社会与归属的需要看成人行为的主要动机。

3. "自我实现人"假设

"自我实现人"（self-actualizing man）假设是于20世纪50年代末，由马斯洛（Abraham Maslow）、阿吉里斯（Chris Argyris）、麦格雷戈等人提出的。这种假设认为：人并无好逸恶劳的天性，人的潜力要充分挖掘才能得以发挥，人才能感受到最大的满足。

马斯洛通过对社会知名人士和一些大学生的调查，指出自我实现的人具有15种特征，主要有敏锐的观察力，思想高度集中，有创造性，不受环境偶然因素的影响，只跟少数志趣相投的人来往，喜欢独居等等。但马斯洛也承认，在现实中这种人极少，多数人不能达到自我实现人的水平，这是由于社会环境的束缚，没有为人们自我实现创造适当的条件。

阿吉里斯认为组织中的个人作为一个健康的有机体，无可避免地要经历从不成熟到成熟的成长过程。在成长过程中要经历着一系列的变化，从被动到主动，从依赖到独立，从缺乏自觉自制到自觉自制。但是社会的现实和管理制度压制着人们人格上的成熟，导致个体难于自我实现。

麦格雷戈总结并归纳了马斯洛等人的观点，结合管理问题，提出了Y理论。其基本内容如下：

（1）工作中的体力和脑力的消耗就像游戏或休息一样自然，厌恶工作并不是普通人的本性，人们对于工作的喜恶取决于他们对工作带来的满足和惩罚的理解。

（2）外来的控制和处罚的威胁不是促使人们努力达到组织目标的唯一手段，人们愿意实行自我管理和自我控制完成应当完成的任务。

（3）人的自我实现的要求和组织要求的行为之间是没有矛盾的。如果给人提供适当的机会，就能将个人目标和组织目标统一起来。

（4）普通人在适当条件下，不仅学会了接受职责，而且还学会了谋求职责。逃避责任，缺乏抱负以及强调安全感，通常是经验的结果，而不是人的本性。

（5）大多数人，而不是少数人，在解决组织的困难问题时都能发挥较高想象力、聪明才智和创造性。

（6）在现代工业化社会的条件下，普通人的智能潜力只得到了部分发挥。

"自我实现人"假设内含有以下管理策略：

（1）管理重点的改变。"经济人"假设重视物质因素，重视工作任务，轻视人的作用和人际关系。"社会人"假设正相反，重视人的作用和人与人的关系，而把物质因素放在次要地位。"自我实现人"假设又把注意的重点放在能使人得以发挥才能的工作环境上，使人们能在这种环境下充分挖掘自己的潜力，充分发挥自己的才能，也就是说能够充分地自我实现。

（2）管理者职能的改变。从"自我实现人"假设出发，管理者不是指导者、调节者和监督者，而是一个辅助者。他们的主要任务在于如何为发挥人的潜力创造适宜的条件，减少和消除员工自我实现过程中所遇到的障碍。

（3）奖励方式的改变。"经济人"假设依靠物质刺激调动员工的积极性，"社会人"假设依靠搞好人际关系来调动员工的积极性，这都是从外部来满足人的需要，而且主要满足人的生理、安全和归属（交往）需要。而对"自我实现人"主要是给予来自工作本身的内在奖励，让他承担具有挑战性的工作，担负更多的责任，满足人们的自尊和自我实现的需要。

（4）管理制度的改变。从"自我实现人"假设来看，管理制度也要作相应的改变，应给予员工更多的自主权，实行自我控制，让其参与到管理中来。

4."复杂人"假设

"复杂人"（complex man）假设是 20 世纪 60 年代末至 70 年代初提出的。该假设认为人不是单纯的"经济人"，也不是完全的"社会人"，而应该是因时、因地、因各种情况采取适当反应的"复杂人"。其主要内容包括：

（1）人的需要是多种多样的，而且这些需要随着人发展的不同阶段、不同的生活条件而发生变化。每个人的需要都各不相同，需要的层次也因人而异。

（2）人在同一时间内有各种需要和动机，它们相互作用、相互结合，形成错综复杂的动机模式。

（3）在人生活的某一特定时期，动机模式是内部需要与外界环境相互作用的结果。由于人在组织中的工作和生活条件是不断变化的，因此会不断产生新的需要和动机。

（4）一个人在不同组织或同一组织的不同部门工作，会产生不同的需要。例如，一个人在正式组织中可能会郁郁寡欢，但在非正式组织中却如鱼得水。

（5）一个人是否感到满足，取决于自己本身的动机及同组织的关系。工作能力、工作性质以及与同事相处的状况皆可以影响他的积极性。

（6）由于人的需要不同，能力各异，对于不同的管理方式每个人会有不同的反应。因此，没有一套适合于任何时代、任何组织和任何个人的普遍行之有效的管理方法。

根据这一假设，约翰·摩尔斯（J. Malse）和杰伊·洛希（J. W. Lsch）在分别对 X 理论和 Y 理论的真实性进行实验研究的基础上于 1970 年提出了"超 Y 理论"。他们认为，X 理论并非一无是处，Y 理论也不是普遍适用，应该针对不同的情况，选择或交替使用 X、Y 理论。

超 Y 理论具有权变理论的性质，要求将工作、组织、个人三者做最佳的配合，其基本观点是：

（1）人怀着各种不同的需要和动机加入工作组织，但最主要的需要乃是实现其胜任感。

（2）胜任感人人都有，它可能被不同的人用不同的方法去满足。

（3）当工作性质和组织形态适当配合时，胜任感是能被满足的（工作、组织和人员间的最佳配合能引发个人强烈的胜任动机）。

（4）当一个目标达到时，胜任感可以继续被激励起来，目标已达到，新的更高的目标就又产生。

"复杂人"假设没有要求采取和前三种假设完全不同的管理方法，而是要求对不同的个体，在不同的情况下采取不同的措施，不能一刀切。一些研究结果表明，同一个管理方式，对不同类型的组织以及不同的地区效果不同，所以调动积极性的办法也应不同。

管理背景6—3	性无善恶论与性善恶混论

告子用水作比喻说："性，犹湍水（急流的水）也，决诸东方则东流，决诸西方则西流。人性之无分于善不善也，犹水之无分于东西也。"

王充在《论衡》一书中记载："周人世硕，以为人性有善有恶，举人之善性，养而致之则善长；恶性，养而致之则恶长。"东汉杨雄主张："人之性也，善恶混，修其善则为善人，修其恶则为恶人。"

性无善恶论认为人后天的习性有善有恶，但先天的本性却是"无善无不善"，即善恶不是人先天的自然属性。性善恶混论则主张人性有善也有恶。性无善恶论与性善恶混论揭示了人性的复杂性，与"复杂人"假设把人看成是一个复杂的个体是相通的。

人性假设是管理理论和方法建构的基础。迄今为止，学者们对于人性假设的探索仍在继续，提出了"观念人"、"决策人"、"文化人"、"制度人"、"生态人"等等的人性假设，不断推动着管理思想的创新。管理者应看到人性的丰富性，不仅要把需要的满足理解为人们的行为动力，而且要把需要的创造理解为人们的行为动力，把握人性的本质，使企业和企业管理体现出人性的魅力。

二、人的需要、动机和行为

1. 需要

人的一切行为都是由需要引起的。需要是一种人类心理反应过程，指人对于某种目标的渴求或欲望。人如果认识到这种潜在的需要，就会以一定的行为动机的形式表现出来，进而支配人的行为。

形成一种需要必须具备两个条件：一是人们感到缺乏什么，有不足之感，这种不足之感可以由他人引发；二是人们对缺乏的东西有一种想要得到的渴望，主观上有不足之感。认识到缺乏的东西，若人们不需要它，也就难以产生对这种东西的需要，人的需要是发展着的，总是表现为一种需要产生—满足—新的需要产生—再满足的过程。在这一过程中，人的需要具有社会性，即需要的产生除了由生存的天然特性所引发之外，更多的是由所处的社会环境引发的。并且，不同的需要对人的行为的作用力量是不同的。

2. 动机

动机是人类行为产生的直接原因，它引起行为去满足某种需要。动机是需要与行为的中介。需要被人意识到就会产生动机，动机的产生会激发人的行为。但是这并不意味着有某种需要就会有某种动机，有某种动机就有某种行为。因为一个人同时可以有许多种需要和动机，一般而言，在特定的时间和空间内，其中一种需要是最强的，即主导需要。在这种主导需要驱使下会出现多种动机，但只有一种最强的动机实际产生行为。

3. 行为

行为是人的主观对客观作出的可以观察到的反应，泛指人作为主体外观的各种活动，如动作、运动、工作，但不包括纯粹的思想反应过程。

人的行为是受环境影响的，德国心理学家勒温把人的行为描述为人的内在因素和外部环境相互作用的函数，即 $B = f(P, E)$，B 代表人的行为；P 为个体内在因素；E 为环境因素；f 为函数。

那么，需要、动机和行为的关系是怎样的呢？这三者之间的关系如图6—1所示。

图6—1　行为过程

需要是动机和行为的基础。人的任何行为和动机都是在需要的基础上产生的。管理者应该掌握需要、动机和行为的关系，研究人的需要，以便采取合理的管理措施，把组织目标和个体的需要结合起来，制定出有效的工作目标，满足员工的需要，激发员工的工作动机，控制和引导员工的行为。

三、激励与激励过程

1. 激励的概念

激励是组织通过设计适当的外部奖酬形式和工作环境，以一定的行为规范和惩罚性措施，借助信息沟通，来激发、引导、保持和规划组织成员的行为，以有效实现组织及其成员个人目标的系统活动。

这里有几点需要特别加以强调：（1）激励的出发点是满足组织成员的各种需要；（2）奖励和惩罚并举；（3）激励贯穿于企业员工工作的全过程。激励员工要锲而不舍；（4）信息沟通贯穿于激励工作的始末；（5）激励的最终目的是达到组织目标和员工个人目标在客观上的统一。

虽然从定义上看，激励的目的是有效地实现组织及其成员个人目标的系统活动，然而事实上成功的激励达到的往往是一种精神状态，而这种状态恰恰起到加强、激发和推动人们积极性的作用，并且引导行为指向目标；相反，如果激励不能改变人们的内心状态而只得到机械、单调而且是被动的行为，那恰恰是激励的失败。

2. 激励的过程

从上面关于需要、动机和行为的讨论中可知，人们的行为产生于需要，因此激励过程可用图6—2简单地来概括。

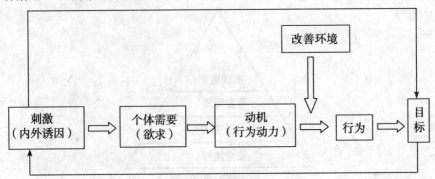

图6—2　激励过程

从图6—2可知激励过程有如下特点：

（1）激励过程是一个循环过程。这一过程包括了这样几个阶段：第一阶段，刺激人的需要产生；第二阶段，在需要及其动机产生之后，优化行为的外部环境和条件；第三阶段，对行为的结果进行强化。如果行为的结果与期望的目标一致，就会产生一种满足感，从而强化被激励者良好的行为。如果行为未能满足目标期望，行为者就受到挫折，其反应通常有两种：一是调整目标，二是调整行为。

（2）激励过程是一种典型的管理艺术的体现。在组织行为中，这样的情形是十分常见的：行为相同，动机不同，或行为不同，动机却相同。相同的动机，由于在寻找方法上的差异，会造成行为上的不一致，有的人可能会采取这种行为，而另一些人可能会采取另一种行为。反过来，相同的行为也可能是由于不同的动机造成的。这些都说明，调动人的积极性的激励，对不同的人、不同的情况，应当运用不同的方法。因此，不存在对任何人都适用的激励模式。

（3）激励手段必须针对被激励者没有得到满足的需要，并且随着被激励者需要的变化而变化。因此要做好员工的激励工作，就必须了解员工的需要构成。

第二节　激励理论

自 20 世纪二三十年代以来，国外许多管理学家、心理学家和社会学家从不同的角度对怎样激励人的问题进行了大量的研究，并提出了许多激励理论。下面将从内容型、过程型和行为改造型这三大类型进行介绍。

一、内容型激励理论

1. 需要层次理论

美国心理学家亚伯拉罕·哈罗德·马斯洛（Abraham Harold Maslow）在 1943 年所著的《人类动机的理论》一书中提出了需要层次论（Hierarchy of Needs Theory）。他把人的需要归结为 5 个层次，从低到高依次为：生理需要、安全需要、社交需要、尊重需要和自我实现需要（如图 6—3 所示）。

图 6—3　马斯洛需要层次图

（1）生理需要是维持个体生存和种系发展的一种基本需要，诸如对食物、空气等的需要。马斯洛认为，在一切需要中，生理需要是最优先的。

（2）安全需要是生理需要的延伸，人在生理需要获得适当满足之后，就产生了安全的需要，包括生命和财产不受侵害、身体健康有保障、生活条件稳定等方面的需要。诸如，人一般都喜欢一个安全的、有秩序的、可以预测的环境，要求工作有保障，生病和年老时有保障等等。安全需要如果得不到满足，人就会产生一种威胁感和恐惧感。

（3）社交需要也叫归属与爱的需要，是指个人渴望得到家庭、朋友、同事的关爱和理解，是对友情、信任、温暖、爱情的需要。诸个人强烈地需要朋友、爱人或孩子，渴望在团体中与同事之间建立深厚的感情等。社交需要比生理需要和安全需要更细微、更难捉摸。它与个人性格、经历、生活区域、民族、生活习惯、宗教信仰等都有关系，这种需要是难以察悟、无法度量的。

（4）尊重需要是希望别人尊重自己的人格和劳动，对自己的工作、人品、能力给予承认的需要。尊重的需要很少能够得到完全的满足，但基本上的满足就可产生推动力。

（5）自我实现需要是最高层次的需要，是要实现个人理想与抱负，最大程度地发挥个人潜力并获得成就的需要。马斯洛认为，自我实现需要的产生，有赖于生理需要、安全需要、社交需要以及尊重需要的满足，这样才可以期望具有最充分、最旺盛的创造力，实现人的自我价值。

需要层次论的基本观点是：

（1）五种需要之间是递进的，呈阶梯式逐级上升。一般而言，生理需要、安全需要是较低层次的需要，而社会需要、尊重需要和自我实现需要是较高层次的需要，在较低层次的需要得到满足之前，较高层次的需要的强度不会很大，更不会成为主导的需要。只有当低层次需要得到满足后，人们才会进一步追求较高层次的需要。

（2）一旦一个需要被满足，就会失去作为激励驱动力的作用。人们总是为未被满足的需要而采取行动，当一种需要被满足后，下一层次的需要就会成为主导需要。马斯洛认为，尽管没有一种需要会完全、彻底地被满足，但只要它大体上得到满足，就不会再具有激励作用了。据马斯洛估计，80%的生理需要和70%的安全需要一般会得到满足，但只有50%的社交需要、40%的尊重需要和10%的自我实现需要能得到满足。

（3）人的需要存在个体差异性。马斯洛认为，由于人的需要结构发展的状况不同，五种需要在体内形成的优势地位也不一样，如果想要激励他人，就必须了解这个人目前处在哪个需要层次上，并重点满足这一层次或这个层次之上的需要。表6—1是国外行为学家根据马斯洛的需要层次论所提出的相应激励措施。

表6—1 　　　　　　　　　　　　需要层次理论

需要层次	追求的目标	策略
生理需要	待遇、健康的工作环境、各种福利	工资、奖金、医疗保健制度、工作时间、住房等
安全需要	职业保障、意外事故的防止	雇佣保证、劳保制度、退休金制度
社交需要	友谊、团体的接纳、组织的认同	团体活动计划、互助金制度、群众组织、教育培训制度
尊重需要	地位、名次、荣誉、权力、责任、与他人收入的比较	人事考核制度、晋升制度、表彰制度、奖励制度
自我实现需要	能发挥个体特长的环境、具有挑战的工作	决策参与制度、提案制度、革新小组

尽管对于马斯洛的这一理论还存在很多的争议，认为其缺乏足够的科学依据，但我们还是可以从中得出结论：人们在工作时要满足的需要是不同的。为了创造一个有激励感的工作环境，管理者需要知道员工在组织里要满足的需要，并且明确当员工高效率地工作和为组织作出贡献后所得到的报酬是否能够满足他们的需要。通过做这些，管理者把员工的个人目标与组织目标结合起来，在实现组织目标的同时，也满足了员工个人的需要。

2. 阿尔德弗的 ERG 理论

克莱顿·阿尔德弗（Clayton Alderfer）在马斯洛需要层次论的基础上，根据其对工人进行的大量调研，将需要层次进行了重组，提出了三种人类需要，即生存需要（Existence Needs）、关系需要（Relatedness Needs）以及成长需要（Growth Needs），因此称作 ERG 理论。该理论的主要观点是：

（1）阿尔德弗同意马斯洛关于当低层次的需要得到满足后，人们才能追求满足高层次的需要的观点。然而，阿尔德弗的观点与马斯洛的观点不同的是，他不强调需要层次的顺序，认为人可以同时受不同层次需要的激励。

（2）当较低层次的需要得到满足后，对较高层次的需要会加强（满足—上进模式），然而当较高层次需要受到挫折时，个体对较高层次的需要将会减弱，对低层次需要的追求将会变强烈（受挫—衰退模式）。

（3）阿尔德弗指出，各个员工的需要结构和强度是不相同的。有的员工是生存需要占主导地位，有的员工是关系需要或成长需要占主导地位。管理者应该了解每个员工的主导需要，然后采取适当措施来满足员工的不同需要，以便激励和控制员工的行为，从而实现组织和员工个人的目标。

对照马斯洛的理论，ERG 理论的研究并没有提出特别的观点。可以说，马斯洛所论述的是带有普遍意义的一般规律，而阿尔德弗则侧重于带有特殊性的个体差异，也正因为如此，有不少人认为 ERG 理论比需要层次论更切合实际。

3. 成就需要理论

成就需要理论（Need for Achievement Theory）是美国心理学家戴维·麦克利兰（David McClelland）通过对人的需要和动机的研究，于 20 世纪 50 年代在一系列文章中提出的。该理论的主要观点为：

（1）麦克利兰把人的高层次需要归纳为：成就需要（Need for Achievement, nAch）、权力需要（Need for Power, nPower）和归属需要（Need for Affiliation, nAff）。成就需要是更好地或更有效地做事情以解决问题或控制复杂任务的需要。权力需要是控制别人以影响他们的行为或对他们的行为负责的需要。归属需要是建立和保持与其他人友好和亲热关系的需要。

（2）麦克利兰对这三种需要，特别是成就需要做了深入的研究，并发现高成就需要者有三个主要特点：

①高成就需要者喜欢能够让其独立解决问题的工作环境。他们很少自动地接受别人（包括上司）为其选定目标。除了请教能提供所需技术的专家外，他们不喜欢寻求别人的帮助或听取别人的建议，而且愿意对其行动承担责任。

②高成就需要者在选择目标时会回避难度过高的目标。他们喜欢中等难度的目标，既不是唾手可得没有一点成就感，也不是困难得只能凭运气。他们会揣度可能办到的程度，然后再选定一个难度适中的目标。

③高成就需要者喜欢能立即给予反馈的任务。目标对于他们来说非常重要，所以他们希望得到有关工作绩效的及时明确的反馈信息，从而了解自己是否有所进步。

（3）在进行大量研究的基础上，麦克利兰对成就需要与工作绩效的关系进行了十分有说服力的推断。

①麦克利兰发现，在小企业的经理人员和在企业中独立负责一个部门的管理者中，高成就需要者往往会取得成功。

②在大型企业或其他组织中，高成就需要者并不一定就是一个优秀的管理者，原因是高成就需要者往往只对自己的工作绩效感兴趣，并不关心如何影响别人去做好工作。

③权力需要和归属需要与管理的成功密切相关。麦克利兰发现，最优秀的管理者往往是权力需要很高而归属需要很低的人。如果一个大企业的经理的权力需要与责任感和自我控制相结合，那么他就很有可能成功。

麦克利兰的成就需要理论把重点放在鉴别和培养成就需要上，丰富了马斯洛对自我实现需要的描述，对于测量、评价和培养下属的成就需要有重要的意义，但对于管理者如何激励绝大多数的低成就需要者的问题没有进行深入的研究。

4. 双因素理论

美国心理学家弗雷德里克·赫茨伯格（Fredrick Herzberg）在20世纪50年代对9个企业中的203名工程师和会计师进行了1 844人次的调查。结果发现，使员工感到满意的都是属于工作本身或工作内容方面的；使员工感到不满的，都是属于工作环境或工作关系方面的。根据调查结果，赫茨伯格提出了双因素理论（Motivation-hygiene Theory），其主要观点为：

（1）使员工感到满意的因素与使员工感到不满意的因素是不相同的，前者叫激励因素，后者叫保健因素。使员工感到不满意的因素往往是由外界环境引起的，如公司政策、行为管理和监督方式、人际关系、工作条件、薪金等，赫茨伯格把这一类因素称为保健因素（hygiene factor）；而使员工感到满意的因素通常是由工作本身带来的，如成就感、得到认可、工作本身的挑战性、责任感、个人的成长和发展等。赫茨伯格将其称为激励因素（motivation factor）。

（2）满意的对立面是没有满意，不满意的对立面则是没有不满意。赫茨伯格修正了传统的满意与不满意的观点，认为满意的对立面应该是没有满意，不满意的对立面应该是没有不满意。给予员工表扬、授权（激励因素），员工会感到满意；不表扬、不授权，员工也不会感到不满意，只是没有满意。工作有报酬（保健因素），员工不会感到不满意，但若是只工作却无报酬，员工就会不满意（如图6—4所示）。

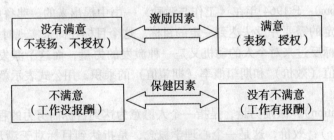

图6—4　赫茨伯格的双因素理论

（3）试图在工作中消除不满意因素的管理者只能给工作场所带来和平，而不能激励员工。要想真正激励员工努力工作，必须注重激励因素的满足。尽管赫茨伯格的双因素理论受到了种种质疑，但是赫茨伯格的陈述对我们理解激励至少有两个方面的贡献：第一，赫茨伯格帮助研究者和管理者把重点放在内在激励（联系激励因素）和外在需要（联系保健因素）的区分上。第二，他的理论给了研究者和管理者一些提示，就是如何设计或重新设计工作以使它们起到激励作用。

5. 几种需要理论的比较

对以上几种需要理论的比较如表6—2所示。

表6—2　　　　　　　　　　　　　　几种需要理论的比较

赫茨伯格的双因素理论	马斯洛的需要层次理论	阿尔德弗的 ERG 理论	麦克利兰的成就需要理论
激励因素	自我实现	成长	成就
	尊重		权力
	社交	相互关系	归属
保健因素	安全		
	生理	生存	

管理实践6—1　　　　　　　　　激励：营造员工内心的灿烂

　　一天，一个年轻人走进 IBM 公司创始人汤姆·瓦特森的办公室，告诉他自己取得了了不起的成绩，瓦特森十分高兴，想好好奖励一下这个小伙子，结果找遍办公桌的抽屉也只找到一只香蕉，他就把这只金黄色的香蕉作为奖品给了小伙子。从此，得到"金香蕉"成了 IBM 公司员工取得成绩的象征。

　　这个年轻人或许只是庞大的 IBM 帝国中的一个普通员工，或许正是这一只普通的香蕉点燃了他心中的明灯，让他焕发出极大的工作热情和创造力，使他成为那个普通职位上的优秀员工，而正是千千万万个这样普通的员工撑起了 IBM 那蔚蓝色的天空。

资料来源　http://cho.icxo.com/htmlnews/2005/03/14/563425.htm.

二、过程型激励理论

1. 期望理论

期望理论（Expectancy Theory）是美国心理学家和行为学家维克托·H. 弗鲁姆（Victor H. Vroom）于 1964 年在《工作与激励》一书中提出来的。弗鲁姆认为，人总是渴求满足一定的需要并设法达到一定的目标。这个目标在尚未实现时，表现为一种期望，这时目标反过来对个人的动机又是一种激发的力量，而这个激发力量的大小，取决于目标价值（效价）和期望概率（期望值）的乘积，用公式表示就是：

$$M = V \cdot E$$

M（motivation）：激励力量，是指一个人愿意为达到目标而努力的程度。

V（valence）：效价，这是一个心理学概念，是指达到目标对于满足个人需要的价值。同一个目标，由于每个人所处的环境不同，需求不同，其效价也就不同。同一个目标对每一个人可能有三种效价：正、零、负。效价越高，激励力量就越大。

E（expectancy）：期望值，是对实现某一目标的可能性的估计。人们往往根据过去的经验判断自己达到某种目标的可能性是大还是小，即能够达到目标的概率。效价直接反映人的需要动机的强弱，期望概率反映人实现需要和动机的信心强弱。

这个公式说明：假如一个人把某种目标的效价看得很大，估计能实现的概率也很高，那么这个目标激发动机的力量会很大。

如何使激发力量达到最大，弗鲁姆提出了人的期望模式（如图6—5所示）。

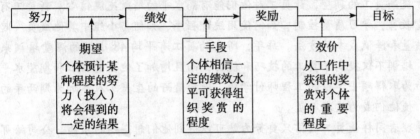

图6—5　弗鲁姆的期望理论

在这个期望模式中，需要兼顾三个方面的关系。

（1）期望或努力—绩效关系：是指个体预计某种程度的努力（投入）将会得到的一定的结果。人们期望的程度决定他是否相信高度的努力能导致高效的工作。期望值低，激励程度也会很低。

因此，管理者在施加影响进行激励时，需要确保他们的下属相信如果努力工作他们就会最终成功。除此之外，管理者为下属提供培训，以使他们有高效工作所需要的足够的专业技能也是提高下属期望值和被激励的程度的一个方法。

（2）手段或绩效—奖励关系：是指个体相信一定的绩效水平可获得组织奖赏的程度。人们总是期望在达到预期成绩后，能够得到适当的合理奖励，如奖金、晋升、表扬等。组织的目标如果没有相应的有效的物质和精神奖励来强化，时间一长，积极性就会消失。

当管理者清楚地把绩效和合理的奖励联系起来时，员工的积极性就有可能提高。另外，管理者必须清楚地把这种结合传达给下属，确保组织能够有效地基于成员的绩效进行奖赏。

（3）效价或奖励—个人需要关系：是指从工作中获得的奖赏对个体的重要程度。人们总是希望自己所获得的奖励能满足自己某方面的需要，但由于个体的种种差异，同样的奖励对于不同的人满足需要的程度就可能不同，激发的工作动力也会有所不同。因此管理者需要选择的奖励应对下属来说有很高的效价——有很大的需求，并确保当成员取得成绩时，能提供这种奖赏。

根据期望理论，受激励的程度高是由于期望值高和效价高。无论需要的奖励与绩效联系多么密切，如果一个人认为他的工作实际上不可能高效地完成，那么工作的激励性就会逐渐降低。同样的，如果一个人认为奖励没有与绩效相联系，或一个人不需要的奖励与绩效相联系，那么工作的激励性也会很低。

行为科学家对期望理论给予了很高的评价，因为这一理论能够得到验证，并较为清楚地说明了个体受到激励的原因。同时这一理论也为管理者提高员工的工作业绩指出了可供借鉴的途径。

管理实践6—2	摩托罗拉在马来西亚的激励措施

马来西亚是一个发展中国家，这里许多机构中的管理者普遍地将员工视为很容易被取代的劳动力，而不是机构的贡献者。对此摩托罗拉公司为了激励员工，首先致力于提高员工的期望，让员工对他们能有高水平的绩效充满信心。新员工有两天的课堂教育，学习质量控制、如何使用统计程序、如何与小组中其他成员一起提出提高质量和降低成本的方法。每年，所有的员工有平均48小时的课堂培训来提高技巧。培训不仅提高了员工的技巧和能力，而且增加了他们的信心和期望水平。摩托罗拉为取得硕士学位的工程师付学费，选择最好的生产工人参加为期两年的培训课程，使他们成为技术人员。

管理者同样使员工确信只要努力就可以得到他们想得到的东西。公司给那些在质量比赛中获胜的员工以奖品或其他形式的认同。那些在一年中至少提出100个降低成本的主意，并实施了其中的60%的员工将成为很有声望的"100俱乐部"的成员。虽然成为这样俱乐部的成员并没有获得物质上的奖励，但认同感对这些员工来说具有很高的效价。

2. 公平理论

公平理论（Equity Theory）是由美国心理学家亚当斯（J. Stacy Adams）在20世纪60年代提出的，他认为决定激励程度的是人们得到的报酬与人们的投入的相对比较而不是绝对的比较，特别是影响激励的是一个人的报酬/投入比率与参照对象的报酬/投入比率的比较。参照对象可能是另一个人或与自己做相同工作的一群人；参照对象也可能是自己，即将自己现在的报酬/投入比率与过去的报酬/投入比率进行历史比较；参照对象还可能是组织的薪酬制度及其运行。在对自己的报酬/投入比率与参照对象的报酬/投入比率比较后，其结果将决定今后的行为。

（1）公平。公平是指一个人（a）认为他的报酬/投入比率与参照对象（b）的报酬/投入比率相等，即

$$\frac{O_a}{I_a} = \frac{O_b}{I_b}$$

式中：O（outcome）表示报酬；I（input）表示投入。

在这种条件下，如果参照对象所得到的报酬多，意味着参照对象相对的对组织的投入也多，这样双方的比率才会相等。当公平存在时，人们为了能得到现有水平的报酬，就会受到激励继续他们对组织现有水平的投入。如果人们希望在公平条件下增加他们的报酬，他们就会受到激励从而增加他们的投入。

（2）不公平。不公平是指人们认为报酬/投入比率与参照对象的报酬/投入比率是不相等的。不公平能使人们内心产生压力和紧张，并激励他们使两个比率回到平衡状态，从而重新产生公平。

有两种类型的不公平：报酬过低的不公平和报酬过高的不公平。

报酬过低的不公平是指一个人（a）认为他的报酬/投入比率小于参照对象（b）的报酬/投入比率：

$$\frac{O_a}{I_a} < \frac{O_b}{I_b}$$

报酬过高的不公平是指一个人（a）认为他的报酬/投入比率大于参照对象（b）的报酬/投入比率：

$$\frac{O_a}{I_a} > \frac{O_b}{I_b}$$

（3）重新回到公平的方法。基于公平理论，当员工感到不公平时，可能会采取以下几种做法：①曲解自己或他人的付出或所得；②采取某种行为使他人的付出或所得发生改变；③采取某种行为改变自己的付出或所得；④选择其他的参照对象进行比较；⑤离职。

公平理论补充了期望理论和需要理论，关注了人们如何理解他们从组织中得到报酬与他们对组织的投入之间的关系。但是，公平本身是相对复杂的问题，如员工怎样界定自己的付出和所得，如何选择参照对象等等。但尽管如此，公平理论对管理者客观评价工作业绩和确定工作报酬提供了指导，仍不失为一个具有影响力且被众多研究证据所支持的理论。

3. 目标设定理论

目标设定理论（Goal-setting Theory）由美国研究者艾德·洛克（Ed Locke）和加里·莱瑟姆（Gary Latham）提出，该理论认为目标本身就具有激励作用，目标能把人的需要转变为动机，使人们的行为朝着一定的方向努力，并将自己的行为结果与既定的目标相对照，及时进行调整和修正，从而能实现目标。该理论的主要观点在于：

（1）明确、困难的目标会比模糊的、容易的目标导致更高的工作绩效。目标设定理论提出，为了能引起很高的激励性和工作绩效，目标必须明确和有困难性。明确的目标经常是在数量上的规定，与明确的目标相反的是含糊的目标，如"做到最好"或"卖出你能卖出的数量"，这些没有太大的激励作用。与困难的目标相反，容易的目标是每个人实际上都能达到的目标，中等目标是一半的人能达到的目标，容易和中等的目标都比困难的目标激励性低。

明确、困难的目标，一方面将激励人们为他们的工作作出更多的投入。明确、困难的目标比容易或模糊的目标更能使人们在遇到困难时坚持下去。另一方面，帮助人们将他们的投入置于正确的方向上。这些目标使人们知道他们应该把重点放在什么地方，是增加顾客服务的质量、价钱还是缩短新产品的开发时间等。

（2）目标设定理论适用于那些接受目标并作出承诺的人。无论是经理、员工制定明确和困难的目标还是经理与员工共同制定明确和困难的目标，都将产生很高的激励性和工作绩效。当管理者为他们的下属设定目标时，他们的下属要能接受目标或同意向目标努力，并且他们也答应实现目标或真正希望达到目标，这些都是很重要的。一些管理者发现让他们的下属参与到实际目标的设定工作中能提高他们的接受和实施目标的程度。

（3）反馈、目标承诺、自我效能、民族文化影响着目标—绩效的关系。

目标与反馈结合在一起更能提高绩效。对于组织成员来说，能得到他们工作的反馈是很重要的，他们可以获得反馈以了解在实现目标的过程中自己的工作水平如何，因为反馈有助于他们了解自己所做的与自己想做的之间是否存在差异。

个体对目标的承诺是目标设定理论的前提条件，假定个体既不会降低目标也不会放弃目标。当目标是公开的、个体是内控类型的、目标是自我设定的而不是分派而来的时，这种承诺最可能发生。

自我效能感（self-efficacy）指的是个体对于自己能否完成任务的信念。自我效能感水平越高，个体越自信能够成功完成任务。因此，我们会看到，在困难情境中，低自我效能者更可能减少甚至干脆放弃他们的努力，而高自我效能者会加倍努力迎接挑战。另外，高自我效能者面对消极反馈反而激发了努力和积极性；低自我效能者面对消极反馈时会降低努力水平。

目标设定理论受到民族文化的限制。在美国、加拿大这样的国家中，这种理论很容易为人们接受，因为其主要思想脉络与北美文化相一致。它假定下属具备合理的独立性，管理者和员工会寻求具有挑战性的目标，无论管理者还是下属都十分看重工作绩效。同理，对于像葡萄牙和智利这样的国家，不应该预期目标设定必然会提高员工的业绩水平，因为这些国家的文化特点十分不同。

图6—6总结了目标、激励、绩效之间的联系。目标设定理论的总体结论是：愿望——对具体而且困难目标的清晰阐述——是一种有力的激励力量，在适当条件下，它会导致更高的工作业绩。但是，并无证据表明目标与工作满意感的提高有关。

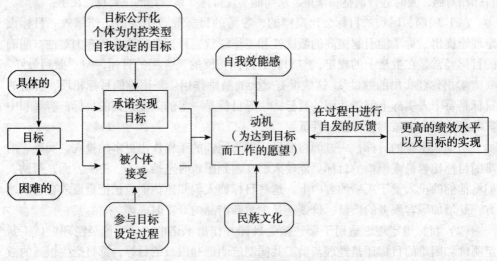

图6—6　目标设定理论图

管理实践6—3	新生活是从选定方向开始的

比塞尔是西撒哈拉沙漠中的一个小村庄，它靠在一块1.5平方公里的绿洲旁，从这里走出沙漠一般需要三昼夜的时间。可是在肯·莱文1926年发现它之前，这儿的人没有一个走出沙漠。据说，不是他们不愿意离开那儿，而是尝试过很多次都没有走出去。因为从那儿无论向哪个方向走，最后还是回到绿洲附近。肯·莱文对此难以置信，于是他亲自做了个试验，从比塞尔向北走，结果三天半就走了出来。

那么为什么世世代代的比塞尔人始终走不出那片沙漠呢？

原来，比塞尔人一直不认识北斗星，在茫茫大漠上，没有方向的他们只能凭感觉向前走。然而在一望无际的大漠中，一个人如果没有固定方向的指引，他会走出大大小小的圆圈，最终回到他起步的地方。但是，自从肯·莱文发现那个村庄之后，他便将识别北斗星的方法交给了当地的居民，比塞尔人也相继走出了他们世代相守的沙漠。

如今的比塞尔已经成了一个旅游胜地，每一个到达比塞尔的人都会发现一座纪念碑，碑上刻着醒目的文字："新生活是从选定方向开始的。"

三、行为改造型激励理论

1. 强化理论

强化理论（Reinforcement Theory）是美国心理学家斯金纳（B. F. Skinner）提出的。他通过研究发现：人的行为可以分成两类：一类是应答性行为，它是与生俱有、不学就会的本能性行为；另一类是操作性行为，是必须通过学习才能发生的行为。从反应与环境之间的关系来说，应答性行为是环境对人起作用而引起的反应，如医生轻叩病人膝关节，病人小腿就会弹起；操作性行为是人们为了达成某种目的而作用于环境的行为，如病人选择医生。斯金纳认为人们作用于环境的结果，对自己有利或能满足自己的需要，这种行为出现的频率就会增加，这就称为强化刺激。凡能增加反应强度的刺激物，称为强化物。当行为的结果对其不利时，这种行为就会减弱或消退。人们通过控制强化物来控制行为，达到改造行为的目的。

一般而言，强化可以分为两种类型：正强化和负强化。

（1）正强化。正强化是肯定那些符合组织目标的行为，以便促使员工在类似条件下重复该行为，从而有利于组织目标的实现。正强化主要通过物质奖励和精神奖励来实现，如涨工资、表扬等等。在各类强化方式中，正强化是最有效的方式。

（2）负强化。负强化是惩罚那些不符合组织目标的行为，以便使这些行为被削弱，甚至消失，从而保证组织目标的实现。负强化的方法也较多，如批评、降级、停职反省、罚款、开除等。不进行或忽视正强化，也是负强化可用的方法。

为了使某种行为得到加强或减弱，强化应在行为发生以后尽快进行，延缓强化会降低强化的效果。一种行为如果长期得不到正强化，会逐渐自然消退。

另外，强化在时间安排上可以分为持续性强化和间隔性强化，它们对员工行为的强化效果也不一样。连续性强化是指某一行为每次出现都给予强化。间隔性强化是指按一定的时间间隔给予强化。连续性强化一般见效快，但过高频率的强化会导致过早的厌烦，当取消强化后，行为会迅速减弱。连续性强化适合于新发生的不稳定的或低频率发生的行为。间隔性强化相对而言见效慢，但持续时间长，通过慢慢延长间隔期，使行为趋于巩固。间隔性强化适用于稳定的或发生频率高的行为。两种强化方式各有特色，为取得良好的强化效果，可综合使用。例如当个体刚出现某一良好行为时，可采用连续性强化方式及时予以肯定，使之受到鼓励。当该个体的这一行为不断重复或持续出现时，可采用间隔强化方式，每隔一段时间予以肯定，并不断延长间隔期，使该行为得到巩固、稳定。

尽管强化理论只讨论外部因素或环境刺激对行为的影响，忽略人的内在因素和主观能动性对环境的反作用，但许多行为科学家认为强化理论是影响和引导员工行为的一种重要方法，已被广泛地应用在激励和人行为的改造上。

2. 归因理论

归因理论（Attribution Theory）是美国心理学家海德（Heider）首先提出的，后由美国斯坦福大学的罗斯（L. Ross）等人加以发展。在管理工作中管理者应用该理论来改变人的认识，从而达到改变人的行为的目的。归因理论认为，对人们进行何种判断，取决于对于给定的行为归因于何种解释。该理论表明，观察个体行为时，我们试图判定该行为是由内在原因引起的还是由外在原因引起的。内因行为被认为是在个体的控制之下产生的，外因行为是由于外部原因产生的，也就是说，个体因为环境因素被迫采取某种行为。然而，这种决定性取决于三种因素：独特性、一致性和一贯性。

（1）独特性。该特性涉及个体是在许多情况下表现出某种行为还是仅在特定环境下表现出这种行为。一名今天迟到的员工是否被同事视为"游手好闲"之人？我们想知道的是这种行为是否不同寻常。如果是，观察者就有可能将这种行为归因于外部因素，否则，就可能判断这种行为是由内部因素造成的。

（2）一致性。如果每个人面对相似情境都有相同的反应，我们就说行为表现出一致性。如果所有走同一路线的员工今天都迟到了，那么这种迟到行为就符合上述的定义，我们就可以把该名员工的迟到行为归结为外因。反之，如果走相同路线的其他员工都准时上班，则应归结为内因。

（3）一贯性。管理者需要考察员工行为的一贯性。员工从事某些行为是否有规律性和一贯性？是不是无论何时，该员工都有同样行为？如果上班迟到10分钟对某一员工来说是一件不同寻常的事（她有7个月未曾迟到过），而对另一员工来说却是家常便饭（他一个星期迟到两三次），那么对于迟到这一行为，就不能等同看待。行为越具有一贯性，观察者越倾向于将其归因于内部因素。

图6—7概括了归因理论的主要因素。图6—7告诉我们，如果一个员工完成当前工作的水平与完成其他工作的水平大致相同（低独特性），如果从事这项工作的其他员工的绩效通常与该员工不同——更好或更差（低一致性），如果无论何时该员工完成这项工作的绩效都是稳定的（高一贯性），那么，我们就有可能将其工作绩效归于他自身的因素（内部归因）。

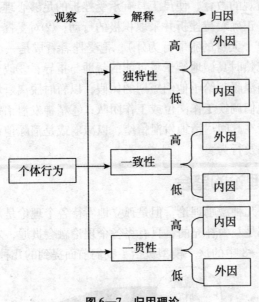

图6—7 归因理论

3. 挫折理论

挫折理论（Frustration Theory）是心理学家道蓝德（Dollard）"挫折—攻击"假说等心理学理论的集合，主要研究阻碍人发挥积极性的各种因素，了解挫折产生的原因、遭受挫折后的表现以及应对挫折的办法。

（1）挫折产生的原因

挫折理论认为，所谓挫折是指人们在通向预定目标的道路上，遇到障碍不能克服而无法实现目标和无法满足需要时的紧张状态与情绪反应；引起挫折的原因是多种多样的，人们受挫折的程度也各不相同，但总的说来，挫折都由客观因素（即环境起因，如人际关系紧张、工作岗位安排不当、管理方法不妥、领导指挥失误和同事合作不力、运气与机会不佳等）和主观因素（即个人起因，如个人生理缺陷及体力和脑力条件、健康状况、知识、经验、能力、脾气、性格、气质等）造成。

（2）遭受挫折后的表现

挫折理论对人们受挫后的表现进行了分析研究，并得出结论：受挫后的行为表现的主要特征是攻击、倒退、固执和妥协。其中攻击表现为毁坏障碍物、对人嘲笑或辱骂，甚至于伤害人身，若不能对直接"责任人"实施攻击，就有可能把攻击目标转向"替罪羊"；倒退表现为消极怠工、丧失工作责任心、消极履行工作职责与义务、拒绝或消极执行上级指令与任务安排等；固执表现为重复过去无效的行为、发牢骚、反复申述并坚持原来的观点、立场、原则与方法等；妥协表现为放弃或减弱对目标的追求、认命、寻找各种理由（归因）自我原谅或为自己的失败辩解、与比自己境况差的对象作比较从而寻求心理安慰、故作姿态掩饰自己的真实情感等。这些行为表现往往以综合的形式出现。

（3）应对挫折的方法

挫折理论提出了减轻或消除人们受挫感与消极行为的一些具体方法，这就是：①

对员工进行有关挫折观的教育，使员工具有承受挫折的足够心理准备，正确归因，树立百折不挠的精神，正确对待挫折并采取积极的行动；②对受挫者的攻击行为要有容忍的态度（除对财产、人身的犯罪行为外），把受挫者看成是一个值得同情与需要帮助的人，并在时机成熟时真诚地给予尽可能的帮助与指导；③改变情境，给他们送去领导和集体的关怀与温暖，给予他们短期的休假，以暂时脱离窘境和得到调整心态的时间，必要时同意他们调换工作岗位或工作团队；④精神发泄治疗，设定适当的场所与场景，允许受挫者在其间尽情地发泄情绪，以减弱或是消除他们的紧张情绪与心理压力，恢复理智状态及行为。

四、当代激励理论的整合

我们已经介绍了几种激励理论，但是孤立地看待各个理论是片面的。实际上这些理论里的很多思想都是互为补充的，只有将各个理论融会贯通，才可以更深刻地理解如何激励个体。图6—8中的这一模型概括了我们前面提到的几种激励理论。

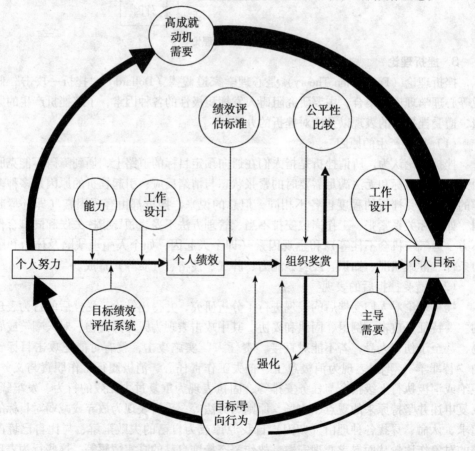

图6—8　当代激励理论的整合

从图6—8中可以看出（从左至右）：个人的努力首先受个人目标的影响，这表明在组织的工作中必须重视目标导向行为。个人的努力能否实现，能否取得绩效，有赖于个人的能力和目标绩效评估系统的公正性、客观性。因此，知人善任、公平、公开，对于组织的成员努力的影响是重要的。就绩效与奖励之间的关系而言，若个人感到自己所得的奖励来自于自己的绩效，奖励将取得好的效果。在奖励和个人的目标之间，若奖励满足了个人的目标，个人的积极性将会大大提高。图6—8所描述的过程，既是组织成员个人努力、取得成绩、得到奖励、达到个人目标的过程，也是各种激励理论正确运用、选择的过程。这同时表明了激励工作充满科学性与艺术性，绝不能采取"重赏之下，必有勇夫"的做法。

第三节 激励的原则与方法

一、激励的原则

1. 以人为本原则

在现代企业中，以人为本的原则应主要表现在对人的尊重上。首先，表现在尊重人的生命价值，提高人的生命质量；其次，尊重人的兴趣和生活方式，同时尽量满足人们生活方式的自由，创造一种宽松的环境，有利于人的发展；再次，要尊重人的劳动成果，利用及时有效的反馈系统，增强人们的成功感，防止消极情绪产生。

2. 目标结合原则

任何人的价值都是社会价值和自我价值的统一，因此，在激励过程中，首先，要尊重员工的自我价值和作为自我价值体现的个人目标，使员工的目标可满足员工个人工作的需要，提高员工对目标的认同感。其次，员工的目标设置还应纳入企业目标的设置中来，使其体现企业目标的要求，把企业的目标同员工个人的目标结合起来，使企业的目标包含更多的个人目标，使个人目标的实现离不开为实现企业目标所作的努力，这样使自我价值与社会价值结合起来，才能保证有良好的激励结果。

3. 物质激励与精神激励相结合原则

物质激励和精神激励是针对员工存在物质和精神需要进行的，因此，应该在恰当地把握员工当前需要的基础上再选择有效的激励方法。物质需要是人类最基本的需要，它是精神需要的基础，因此，满足员工的需要应从最基本的物质激励开始。同时，要在物质激励的基础上结合精神激励，并逐渐将物质激励过渡到精神激励上。值得一提的是，物质激励和精神激励应根据员工的需要和企业的实际水平来进行，避免走极端。

4. 正激励与负激励相结合原则

根据激励的强化理论可以把激励分成正激励和负激励。所谓正激励，就是对员工符合企业目标的行为进行奖励，使得这种行为更多的重复。所谓负激励，就是对员工违反组织的行为进行惩罚，以敦促其不再发生。显然，这两种激励方式都能改变员工的行为，并且通过树立榜样和反面典型来形成良好的风气，使组织行为更加积极向上，但是负激励具有一定的消极作用，容易使员工产生受挫折的心理和行为，应该慎用。因此管理者在激励时，应把两者巧妙结合，以正激励为主，负激励为辅。

5. 合理性原则

激励的合理性包括三层含义：第一，激励的措施要适度，要根据所实现目标本身的价值大小确定合适的激励量。第二，奖励要公平，激励往往通过奖励和惩罚实现，要坚持赏罚分明和适度，不徇私情，一视同仁，同时要反对平均主义的不良风气。第三，民主参与，公开评议。对于奖惩，应有民主评议和考核，让员工积极制定考评制度，提高奖惩条例的可接受性和公开性，确保真正的合理。

6. 时效性原则

激励要把握好时机，不同时间的激励其作用和效果是不同的。人们在作出努力取得成就以后都有渴望得到社会承认的心理。因此，激励越及时，越能促进人们积极性的发挥，使积极的行为得到不断的强化，保持长久的积极性。如果激励滞后，使人们感觉到多此一举，就失去了激励的意义。及时准确把握时机进行激励是至关重要的。

7. 公平原则

公平原则是组织行为的基本原则，因此在实施激励时必须做到：其一，所有组织成员在获得或争取奖酬方面的机会要均等；其二，奖惩的程度与组织成员的工作相一致，奖惩的原因必须是相关事实的结果，为此奖惩制度与事实必须明确；其三，奖惩措施实施的过程要公正、公开，即奖惩必须按章行事、公开与民主化，不得夹杂私人感情因素。

二、激励的方法

1. 物质激励

这是组织激励员工最基本的手段。激励是以货币和实物形式进行的，是对员工良好行为的一种奖励方式，或者是对员工不良行为的处罚的办法。物质利益是人们从事一切社会活动的物质动因。

物质激励就是通过满足或限制个人的物质利益的需求，来激发人们的积极性和创造性。人们为了获得或者避免失去物质利益，就会自觉用道德、法律、规章制度来约束自己，规范自己的言行，积极努力地工作，从而实现管理的目的。

物质激励的形式如下：

（1）物质激励应用中的方式有增加薪酬、颁发奖品、发奖金、分房，以及休假、疗养、旅游等。其负面激励方式有扣发奖金、工资，罚款等。

（2）股权激励。股权激励是指让企业的管理者、员工持有本企业的股票，它是一种带有长期性质的激励方式，其具体方式有：购股、增股、转股、干股、期股。股权激励能够把企业员工的长期利益同企业的长期利益结合起来，使员工关心企业的生产经营状况，把企业的事当作自己的事，为企业排忧解难，献计献策，形成利益共同体。

股票期权激励是股权激励的重要方式之一。股票期权包括股票期权合约和股票期权计划。它是企业给予员工尤其是高级管理者的一种权利，拥有这种权利的人员可以在规定的时间内以股票期权的行业价格购买本公司股票。这种新型的激励机制将企业员工的薪酬与企业长期的业绩联系起来，鼓励员工不断创新和行为长期化，关注企业的持续发展，克服短期行为。

管理实践6—4　　　　　管理者不是在耕自己的田

曾是美国首富的石油大亨保罗·盖蒂年轻时家境并不富裕，耕作着一大片收成很差的旱田，有时为了挖水井，田里会冒出黑浓的液体，后来才知道是石油，于是水井变油井，旱田变油田，雇工开采起石油来。保罗·盖蒂没事便到各油井去巡视，每次看到浪费和闲人，他都要把工头找来，要求消除浪费和闲人。然而，下次再去，浪费、闲人如故。

保罗·盖蒂百思不得其解：为何我不常来，都看得出浪费和闲人，而那些工头天天在此，却视而不见？我再三告之都不见改善？

后来，保罗·盖蒂遇到一位管理专家，便向他请教。专家只用一句话便点醒了保罗·盖蒂。他说："那是你自己的油田。"

保罗·盖蒂醒悟了，立即找来各工头，向他们宣布："从此油田交与各位负责经营，收益的25%由各位全权分配。"从此，保罗·盖蒂再到油田去巡视，不仅浪费、闲人绝迹，而且产出大幅增加。后来，保罗·盖蒂兼并了不少油田，建立了石油王国。

2. 精神激励

精神激励是指组织通过发挥员工的进取奋发精神的作用，在给予他们鼓励的同时，帮助他们从各方面消除顾虑，以使员工的积极性得到最大的发挥。现代社会管理者应认识到，精神激励是必要的，不能"见物不见人"，精神激励不仅可以弥补物质激励的不足，而且可以成为长期起作用的力量，它能激发员工的工作热情，满足自我发展需要，提高工作效率，具有不可替代的作用。

精神激励的形式如下：

（1）榜样激励法。组织管理者以某些方面的有意识的行为来激发员工的激励方法就是榜样激励法。榜样激励法包括的内容有：①吃苦在前，享受在后，即管理者在生活方面给员工做出榜样。②身先士卒，指管理者在工作上的激励行为。主管人员的率先模范作用不但要在关键时刻表现出来，而且在平时的小事上也要起表率作用。榜样的力量是无穷的。

（2）荣誉激励法。荣誉激励法是一种高层次的激励方式，是运用社会公德、职业道德的一般规范，要造成某种舆论氛围，使激励对象产生一种光荣感，获得精神上的满足。具体做法是通过组织内部的文件通报、报刊、会议及墙报、广播等，对员工先进事迹进行表扬。其内容一般是组织对其下属部门或个人授予一种荣誉称号，对一段时间的工作全面肯定，对某一方面的突出贡献予以表彰。

（3）情感激励法。情感是人们对客观事物所表现出的一种感觉。情感在人类的生活中起着巨大作用。人的任何认识和行动，都是在一定的情感推动下完成的。积极的情感可以焕发出惊人的力量去克服困难，消极的情感则会大大妨碍工作的进行。情感激励的形式多种多样，从帮助员工解决生活与工作上的实际困难，到促进他们积极上进，努力提高自身素质实现职业发展计划，也就是所谓"人情味"的管理，这样能够形成一种团结和谐、上下级之间感情融洽的氛围，这是一种比什么都重要的力量，它可以大大推动工作进展，促进工作效率的提高。

管理实践6—5　　　　　　　　　　麦当劳的全明星大赛

麦当劳公司每年都要在最繁忙的季节进行全明星大赛。

首先每个店要选出自己店中的第一名，每个店的第一名将参加区域比赛，区域比赛中的第一名再参加公司的比赛。整个比赛都是严格按照麦当劳每个岗位的工作程序来评定的，公司中最资深的管理层成员作为裁判，他们秉公执法，代表整个公司进行评估。

竞赛期间，员工们都是早到晚走，积极训练，因为如果能够通过全明星大赛脱颖而出，那么将奠定他今后职业发展的基础。

到发奖那一天，公司中最重要的人物也要参加颁奖大会，所有的店长都期盼这个人是自己的店中的。很多员工在得到这个奖励后非常激动，其实奖金也就相当于一个月的工资，但由此而获得的荣誉非常大。

（4）目标激励法。目标激励也可称为期望激励，就是组织为员工确定适当的工作目标，诱发员工的动机和行为，达到调动员工积极性的目的。目标具有引发、导向和激励的作用。管理者可以通过启发员工对高目标的追求，激发其努力奋发向上的内在动力。

（5）升降调迁激励法。升降调迁激励法指通过职务和职位的升降、调动来激励员工进取精神的方法，但升降调迁要注意：①晋升，要坚持任人唯贤、唯能是用、德才兼备的原则。②降职，要按照负激励的原则，实事求是、慎重处理。③职位调迁包括组织内部岗位调动、部门调动、任务调动、地区调动和入学深造等形式。通过这些手段，可以使员工有一种信任感、尊重感，从而激发他们产生更大的工作积极性。

（6）尊重激励法。尊重是人的基本情感需要，尊重可以激发人的自信心。管理者与员工之间的相互尊重是一种强大的精神力量，它有助于员工之间的和谐，有助于组织团队精神和凝聚力的形成，有助于激发员工参与管理的积极性。尊重激励法的操作要注意：①为员工参与管理和决策提供有利条件，建章立制；激发员工当家做主的热情。②尊重员工的地位，采用民主管理方法，集思广益。③尊重员工的人格，包括员工的价值观念、需求期望、性格爱好、生活习惯等。

（7）参与激励法。现代员工都有参与管理的要求和愿望，创造和提供一切机会让员工参与管理是调动他们积极性的有效办法。让员工参与管理，既是员工满足自尊和自我实现需要的途径，也是组织开发人力资源潜能，获得员工有价值知识的形式，可以增强员工对组织的归属感和认同感。参与激励法主要的方法有：①加强管理沟通。②建立参与管理机制。

（8）培训激励法。培训激励法是指采用提供培训和再教育的机会以激励员工积极性的方法。知识经济的特点是知识更新的速度不断加快，员工的知识结构不合理和知识老化现象日益突出。虽然员工在实践中不断丰富和积累知识，但仍需对他们采取各种形式的培训激励措施，充实员工知识，提高员工的工作适应能力，以满足他们自我实现的需要。

（9）职业发展激励法。马斯洛的需要层次理论认为，物质需要是人类较低层次的需要，而自我实现才是人的最高层次的需要。职业发展属于满足人的自我实现需要的范畴，因而会产生更大的激励作用。员工职业发展阶段大致如下：①探索阶段。探索阶段指初就业期，员工发现和形成自己的需要和兴趣，为进行实际的职业选择打好基础。②尝试阶段。判断自己当前的职业是否合适，不合适则会有调整的需求。③职业确立阶段。此阶段员工发展目标明确，实现期望的动机较强，组织应给予重视。④职业维持阶段。此阶段员工希望更新技能，希望在培训和辅导青年员工中发展自己的技能。⑤职业衰退阶段。此阶段是员工接近退休年龄阶段，员工发展的需求期望度相对降低。鉴于职业发展阶段的特点，组织要做的工作是强化、促进员工的行为动机，引导员工职业发展目标与组织目标保持一致，帮助员工实现需求期望，从根本上调动员工积极性。

（10）挫折激励法。挫折激励法即当员工遭受挫折后，心理变消极防卫为积极进取，变被动应付为主动奋争的一种激励法。员工受挫折后一般会产生两种态度：①积极适应态度。这种情况下员工会冷静分析原因，适当改变或转换需要，调整行为，或承认现实条件限制，分析自身不足，降低需求目标；不灰心丧气，以更坚强的意志追求原来的目标，满足原来的需要。②消极防卫态度。这种情况下员工会采取逃避、补偿、抑制、攻击、反问等行为。组织者要善待受挫折员工，缓解其受挫心理，促其精神振奋，帮助受挫者克服自卑心理，使其树立起自信心，把受挫者再度激励起来。

（11）竞争激励法。人的天性之一是好胜，竞争激励法就是利用人的好胜心理，通过创造公平、合理、适当的竞争环境，刺激和调动下属的积极性。一些人偏爱具有挑战性、富于刺激性的工作，对这些下属，运用竞争激励法将十分有效。竞争激励的要义，一是竞争的环境要公平、公正，任何人都有权参与竞争。二是竞争的标的要公开并且具体，目标是什么，什么时候完成目标，完成或不完成目标的奖惩措施有哪些，都要十分具体明了，并向所有下属公开。三是奖惩一定要兑现，领导者言必信，行必果，不要因为个别有"红眼病"的人说三道四就不敢兑现诺言。

小测试

当你试图激励某人时，你使用下列方法的频率如何？采用下面的打分方式：极少（VI），较少（I），有时（S），频繁（F），非常频繁（VF）。

	VI	I	S	F	VF
1. 我问他想要得到什么	1	2	3	4	5
2. 我试着指出那个人是否拥有我所需要的能力	1	2	3	4	5
3. 当另一个人总是拖拖拉拉时，那就意味着他非常懒	5	4	3	2	1
4. 我告诉别人我正在为了达到我的目标而努力	1	2	3	4	5
5. 为了激励别人，我愿意给他一些奖励	5	4	3	2	1
6. 当一个人为我做事时，我会为他提供一些反馈	1	2	3	4	5
7. 我会吓唬他以便他立即去做我让他做的事情	5	4	3	2	1
8. 我要确定所有人都被公平地对待	1	2	3	4	5
9. 我相信足够的微笑可以使别人为我更加努力地工作	5	4	3	2	1
10. 我会通过吓唬别人来满足我的需要	5	4	3	2	1
11. 我会明确有哪些需要会被满足	1	2	3	4	5
12. 我会对那些帮助我完成工作的人给予表扬	1	2	3	4	5
13. 完成工作是应该的，所以我很少会给予表扬	5	4	3	2	1
14. 我会让人们指导他们达到我的期望	1	2	3	4	5
15. 为了保证公平，我会给所有的人同样的奖励，无论他们表现如何	5	4	3	2	1
16. 如果一个人为我工作时的表现非常好，我就会马上认识到他的成就	1	2	3	4	5
17. 在给某人奖励之前，我会先试着找出什么奖励对他最有吸引力	1	2	3	4	5
18. 我认为不该对有偿劳动表示感谢	5	4	3	2	1
19. 如果人们不知道该如何完成一项任务，他们就会缺乏积极性	1	2	3	4	5
20. 如何能够正确地设计，许多工作本身就是一种奖励	1	2	3	4	5

评分标准：

90~100 分：你具备较高的知识和能力来激励工作环境中的其他人。

50~89 分：你具有一般的知识和能力来激励工作环境中的其他人。

20~49 分：为了激励工作环境中的其他人，你需要大量地学习激励的知识和方法。

资料来源　［美］安德鲁·J. 杜伯林：《管理学精要》，胡左浩、郑黎超译，303 页，北京，电子工业出版社，2007。

本章小结

1. "经济人"假设认为人的一切行为都是为了最大限度地满足自己的利益，工作动机是为了获得经济报酬；每个人只服从理性，只想以最小牺牲来满足自己的最大需要。"社会人"假设认为在社会上活动的人们不是各自孤立存在的，而是作为某一个群体的一员，有着社会和归属的需要。"自我实现人"假设认为人并无好逸恶劳的天性，人的潜力要充分挖掘才能得以发挥，人才能感受到最大的满足。"复杂人"假设认为人不是单纯的"经济人"，也不是完全的"社会人"，而应该是因时、因地、因各种情况采取适当反应的"复杂人"。

2. 通过解释人的需要、动机和行为，并对它们的关系加以阐述，从而对激励进行了概括。激励过程的三个阶段是：激励需要产生；在需要及其动机产生之后，优化行为的外部环境和条件；对行为的结果进行强化。

3. 内容型激励理论包括需要层次理论、阿尔德弗的 ERG 理论、双因素理论和成就需要理论。过程型激励理论包括期望理论、公平理论和目标设定理论。行为改造型激励理论包括强化理论、归因理论和挫折理论。

4. 激励的原则有：以人为本原则、目标结合原则、物质激励与精神激励相结合原则、正激励与负激励相结合原则、合理性原则、时效性原则、公平原则。

5. 激励的方法有物质激励法和精神激励法。物质激励的方式有增加薪酬、颁发奖品、发奖金、分房，以及休假、疗养、旅游等。其负面的激励方式有扣发奖金、工资，罚款等。持股激励是一种带有长期性质的激励方式。精神激励的方法有：榜样激励法、荣誉激励法、情感激励法、目标激励法、升降调迁激励法、尊重激励法、参与激励法、培训激励法、职业发展激励法、挫折激励法和竞争激励法。

关键术语

经济人（economic man）　　社会人（social man）　　自我实现人（self-actualizing man）　复杂人（complex man）　　激励（motivation）　　需要层次理论（Hierarchy of Needs Theory）　　双因素理论（Motivation-hygiene Theory）　　期望理论（Expectancy Theory）　公平理论（Equity Theory）

复习与思考

1. 需求如何影响激励？

2. 用激励过程来描述你做事情过程中所受到的激励。

3. 比较马斯洛需求层次理论中较低层次需求与较高层次需求的不同。

4. 描述成就需要理论中的成就需要。

5. 你认为员工队伍的多样化会给管理者应用公平理论造成什么样的困难？

6. 很多工作设计专家研究了工作的变化特点，他们指出，当人们感到有目标时比当人们追求金钱时干得更好。你是否同意这一点？请解释你的看法。

案例分析

南柯公司的年度激励计划

2006年10月，南柯公司行政总监赴英国留学，张总将他的得意门生贾有才提拔为公司新的行政总监。由于企业薪酬激励中长期存在的问题，公司的管理精英和骨干员工不断流失……张总急令刚刚走马上任的贾总监迅速拿出一个针对性的解决方案来。

对于贾有才担任行政总监一事，公司内部始终有不少议论：主要是由于他过去的工作经历一直局限在市场营销方面，从未接触过正规企业的人力资源管理和行政管理，大家对他的专业"功底"心里确实没谱。张总却认为：忠诚、可靠是比专业本身更重要的素质，况且在劳动力市场上理想的行政总监也确实很难物色。由于目前的人力资源经理和办公室主任都是各自专业上的一把好手，张总相信以贾总监为首的这个新班子还是能够干出一些令人满意的漂亮"活儿"的！

贾有才本人也对做好行政总监信心十足，他还给张总立下了军令状：如果不能在一年之内把公司员工激励和稳定的工作做好，他甘愿受罚。从2006年11月初到2007年3月，在贾总监的亲自主持之下，经过总经理办公会的反复讨论和多次修改，公司员工年度激励方案终于出台了。

方案中规定：自2007年1月1日起，公司全体员工将进行工资普调，人均工资总额增长幅度为15%；同时，公司全体员工将本人各月固定工资的一部分转化为年度绩效工资，具体比例为：高层管理者50%，中层管理者35%，基层管理者和基层员工10%。这部分工资将根据员工年度绩效考核成绩于次年二月集中发放；自2007年1月1日起，公司将每年企业新增利润的20%用于员工分红——分红将根据员工当前的工资标准及其年度绩效考核成绩与员工年度绩效工资同时发放。员工的年度绩效考核成绩低于60分者不享受分红。同时，方案中还反复强调了企业与员工风险和收益共担的价值理念以及稳定企业员工队伍的重要意义。

尽管在此之前，人力资源经理曾提醒贾总监，方案中还存在一些明显的不足，最好能在做进一步修改后从2007年下半年开始实施，但急于求成的贾总监早已等得不耐烦，经过他热情洋溢的鼓噪推销，张总表示全力支持新方案。新方案公布后，大家议论纷纷，但考虑到工资总额毕竟能够增长15%，而且年终还有分红，大家基本上还是接受了新方案。

此后一段时间，员工流失率果然有所下降，公司的整体业绩也开始有所好转，张总和贾总监对此都非常兴奋。谁也没有料到，这种昙花一现的"辉煌"仅仅维持了3个月。

从2007年6月开始，外部市场形势开始发生重大变化，公司最重要的G事业部和F事业部的效益连续3个月明显滑坡。9月，公司决定进行较大幅度的结构性调整，砍掉F事业部，精简该部门的20名员工。人力资源经理向贾总监建议：由于F事业部员工的劳动合同年底全部到期，不如先把他们暂时调整到其他部门，等到年底再统一终止劳动合同。贾总监认为这个建议太过保守，会影响整个公司的改革进程，便自行拍板，立即与F事业部的20名员工解除劳动合同并答应补偿他们每人一个月固定工资的补偿金。

谁知，被精简的员工非但不领情，反而还与公司发生了激烈的争执。他们辩解道：自己是因公司经营调整被精简的，个人本身没有任何过失，公司应当多给他们一些补偿并且支付他们 9 个月的年度绩效工资。贾总监大骂对方无赖，这 20 名员工就联名到市劳动局去告状。市劳动局的仲裁裁决书判公司支付 20 名离职员工每人 3 到 5 个月不等的经济补偿金，同时要支付他们 9 个月的年度绩效工资。理由是：尽管公司与员工之间的劳动合同是一年一签，但他们在企业都分别工作了 3 到 5 年，公司在合同期内与员工解除劳动合同，要按其在企业工作的年限每年补偿一个月工资的标准执行；同时，员工年度激励方案中虽然写明员工中途辞职或因过失被辞退就不再享受年度绩效工资等内容，但对于经营性调整等原因辞退员工的情况，方案中没有规定，员工提出的要求并非没有道理。

仲裁裁决在公司正式公布后，企业上下一片哗然，员工流失率又开始明显回升，而且这一次，就连主动辞职的员工也都全部拿到了相应月份的年度绩效工资。理由很简单，离职员工声称：员工年度激励方案今年 3 月份才正式宣布，却要从 1 月 1 日起开始实施，事先没有经过全体员工大会的表决同意，也没有一个员工在上面签字，方案本身就是非法的……已成惊弓之鸟的贾总监不顾人力资源经理的极力劝阻对此全盘接受。尽管后来贾总监责令全体仍然在职的员工必须在年度激励方案上签字确认，但员工流失的势头已经像多米诺骨牌一样一发而不可收了……

到 2008 年 1 月，由于 2007 年 6 月以来市场整体需求的严重滑坡以及企业内部的频繁波动，公司在 2007 年的经营状况很不理想，整体经济效益不但没有实现增长，反而还下降了 5%，实际上已无力推行预想中的员工分红计划。

面对尴尬的局面，张总一筹莫展，责令贾总监立即拿出应对措施，自己以业务洽谈为由单独飞到中国香港后就再不露面了。独撑危局的贾总监为了体面收场，责令人力资源经理在员工年度绩效考核成绩上进行技术处理。无奈之中，人力资源经理第二天留下一份辞呈后人间蒸发。贾总监就亲自操盘，将各部门以及全体员工的年度绩效考核成绩都核定在 60 分以下。贾总监的理由是：部门要和公司共进退，员工要和部门共进退，整个公司的效益都不进反退，你们谁还好意思把自己的考核成绩定在 60 分以上？

这样，全公司就没有一个人有资格拿到分红，而且高层管理者全年实际能够拿到的平均工资不到新工资标准的 80% 及原工资标准的 92%，中层管理者全年实际能够拿到的平均工资不到新工资标准的 86% 及原工资标准的 98.9%，其中相当一部分工资还被耽误了好几个月。

考核结果公布的当天，销售部经理就提出辞职；第二天，研发总监辞职；第三天，贾总监最好的朋友、生产总监直接闯入他的办公室指着他的鼻子大发雷霆："先走的人拿了全额工资还有那么多补偿，我们留下的倒比他们拿的还少，在公司待得越久亏得越大……这是什么浑账逻辑！"次日，他和 5 位中高层管理者也离开了公司……公司开始陷入新一轮的动荡之中，贾总监雄心勃勃的年度激励计划在 2008 年的早春最终完全变成了泡影！

资料来源　改编自倪楠：《南柯公司的激励风波》，载博锐管理在线，2006 - 06 - 23。

思考题：请分析贾总监的年度激励计划失败的原因，并提出相应的解决办法。

第七章 沟通与冲突管理

引例　　　　　　　　　　　沟通的困惑

　　塞米夫雷德公司是一家工艺面包制作公司，在首席执行官汤姆·弗雷尼尔的领导下，该公司年收入达到了 700 万美元。尽管汤姆·弗雷尼尔认为自己是一个"易接近、好相处和善于沟通的人"，但事实愈益显示出他与员工沟通中的语言障碍已成为一个严峻的挑战。他的绝大多数员工来自墨西哥、老挝、越南等，这些员工只有很有限的英语沟通技能。不过，汤姆感觉他与来源广泛的员工之间的沟通还是比较顺利的，因为一直没有发生什么大的沟通问题，至少在目前出现的一起事件以前是这样的。

　　汤姆是一位"开放式"管理方式的坚定支持者。这种管理方式强调定期地向员工们"公开账目"，让员工们共享公司的财务信息，使他们感到自己是公司的一员。最近，汤姆将各班次的员工召集在一起开会，会上他陈述了一系列数字。然后，汤姆问各位是否理解这些数字的意义，所有的人都一致点头。汤姆后来说："我当时没有意识到，他们点头纯粹是出于礼貌。"他想让员工们看到他们的行动给公司带来的财务结果，并由此激励员工，但他并没有取得预期的效果。

　　请你设身处地从汤姆的角度想一想，他应该采取什么措施提高自己沟通的效果？

资料来源　〔美〕斯蒂芬·P. 罗宾斯、玛丽·库尔特：《管理学》，7 版，孙健敏等译，294 页，北京，中国人民大学出版社，2006。

　　组织是由一群性格各异、习惯不同、背景不同的成员所组成的群体。在这样一个群体中，不同的成员在参与组织活动中提供不同的努力，所做出的贡献也各不相同，要共同生活或共同努力，通过实现组织目标以最终实现每一个人的个人目标，就必须加强相互间的沟通。良好的沟通是组织与组织成员相互了解的基本前提。组织与其成员以及成员间认知等方面存在的种种差异决定了必须建立有效的沟通机制以防止因沟通不足而可能引发的认知、态度乃至行为上的冲突。

第一节　沟通管理

一、沟通的原理

1. 沟通的概念与意义

　　沟通是指两个或两个以上的个体或群体之间为达成共识而进行的信息共享过程。这一过程通常伴有激励或影响行为的意图。

　　管理者每天的工作都离不开沟通，进入 21 世纪，人类活动的全球化和社会化的进程在快速推进，政治与文化的多元化冲突、经济之间的交融等都使得管理沟通在今天变得非常重要。

首先，沟通可以提高管理的效能。组织内外存在大量模糊的、不确定的信息，而且组织由众多成员组成，只有通过有效的沟通，才能把组织目标转变成成员的具体活动，从而提高效率。

其次，沟通是一个组织获得竞争优势的必要条件。一个组织为了获得竞争优势，管理者必须努力提高组织效率并不断创新。

再次，沟通可以改善组织内部的工作关系，充分调动员工的积极性。沟通可以了解员工的愿望，满足员工的需要，也可以让员工了解组织，参与管理，建立相互信任的工作关系。

最后，沟通是组织与外部环境之间建立联系的桥梁。企业管理者通过信息交流了解客户、供应商、股东、政府的法规条例及社会团体关心的事项等。通过信息沟通可以把握外界环境，识别变化所带来的机会，避免变化可能产生的风险。

2. 沟通的要素

沟通发生之前，必须存在一个意图，即要被传递的信息。它在发送者与接收者之间传送。信息首先被转化为信号（编码），然后通过媒介（通道）传送至接收者，由接收者将收到的信号再转译过来（解码），这样，要传递的信息就从一个人传给了另一个人。由此可见，沟通由以下要素组成：发送者、信息、编码、媒介、解码、接收者以及反馈。

3. 沟通的过程

管理学意义上的沟通是一个复杂的过程（如图 7—1 所示）。

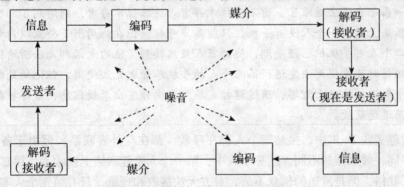

图 7—1　沟通的过程

一个完整的沟通过程由以下几个步骤组成：

步骤一：发送者发出信息。信息发送者一般出于某种原因，希望接收者了解某个信息，这时发送者要明确自己要进行沟通的内容。

步骤二：编码。编码是指发送者将信息转换成一种双方都能够理解的符号，如语言、文字、手势等。要发送的信息只有转换成可理解的符号才能够通过媒介传递。为了有效地进行沟通，所采用的符号应符合适当的媒介。例如，媒介是书面报告，符号形式可选择文字、图片或照片。

步骤三：传递信息。信息符号需要通过某种通道传递给接收者。由于选择编码的方式不同，传递的方式也不同。信息的传递主要以语言为主要形式展开，在相互沟通中，存在着发文、召开会议、打电话、面谈等多种具体形式。

步骤四：解码。解码的过程包括接收、译码和理解三个环节。信息接收者要根据信息符号传递方式，选择相对应的接收方式接收这些信息符号，将其翻译成自己能够理解的形式，了解和研究所收到信息的内容和意义。例如，信息符号是通过口头传递的，接收者就要通过倾听来接收这些信息符号，否则信息就会丢失。

步骤五：反馈。接收者要将其理解的信息再反馈到发送者那里，供发送者核查。发送者要对反馈信息加以核实和作出必要的订正。反馈是沟通的一个逆过程，它也包括发出信息、编码、传递信息、解码和再反馈几个环节，反馈构成了信息的双向沟通。

步骤六：纠偏。发送者根据反馈回来的信息再发出信息，肯定原有的信息传递，或指出已发生的某些偏差并加以纠正。

步骤七：接收者的行动。接收者按照所接收到的信息采取行动，或作出自己的反应。信息传递的目的是发送者要看到接收者采取发送者所希望的正确的行动，如果这个目的没有达到，则说明信息不灵，沟通发生了问题。

4. 沟通条件与方式

（1）沟通的条件①

从沟通的过程可以看到，沟通必须具备一定的条件。

管理实践 7—1　　　　　　　　　　　　沟通与环境

有一条船在海上遇难了，留下三位幸存者。这三位幸存者分别游到了三个相隔很远的孤岛上。第一个人没有手机，只能高声呼救，但在他周围 1 公里以内都没有人；第二个人有手机但已经受潮，他的家人虽然接到了他的电话却无法听清他的声音，发短信时又发现无法发送；第三个人的手机尽管也无法使用，但他所处的孤岛上有一个灯塔，他爬上灯塔，通过遮挡变换灯光向外发出求救信息，最终被救援飞机发现而迅速获救。

在管理实践 7—1 中，虽然三个人都在呼救，都在与外界联系，但由于各自联络的方式不同，效果截然不同。这三个人中，第一个人未能联络上接收者，第二个人虽然进行了联络，但是发送的信息不清，对方无法接收和理解，只有第三个人实现了沟通。由此可见，要进行沟通，就必须具备三个基本条件：有信息发送者和接收者；有信息内容；有传递信息的媒介。

要达到沟通的目的，还要满足以下条件：第一，信息发送者发出的信息完整、准确；第二，信息接收者能接收到完整的信息并能正确理解这一信息；第三，信息接收者愿意以恰当的形式按传递过来的信息作出反应或采取行动。

（2）沟通方式

---

① 邢以群：《管理学》，北京，高等教育出版社，2007。

为了有效地沟通，管理者（以及其他组织成员）必须为他们要传递的信息选择一种适当的媒介。为了选择一个合适的沟通媒介，管理者需要考虑三个因素：第一个也是最重要的一个是需要的信息容量。它是指一种信息媒介包含的信息量，以及在多大程度上这种媒介能够使发送者和接收者达成共识。不同的媒介有不同的信息容量。高信息容量的媒介能够承载更多的信息并能使接收者和发送者更容易达成共识。第二个要考虑的因素是沟通所需要的时间，因为管理者的时间是很宝贵的。第三个影响媒介选择的因素是传递信息时是否需要记录（纸张或电子版的）或书面档案。

按照所借助的媒介或手段，沟通可以分为：

①口头沟通。口头沟通就是以口语为媒介的信息传递，人们最经常采用的沟通方式就是口头交谈，包括开会、面谈、打电话、讨论、演讲等形式。口头沟通的优点是用途广泛、信息容量大、交流迅速、反馈及时；缺点是事后无据，也容易忘记。信息经过越多的人传送，失真的潜在可能性就越大。

管理实践7—2	网络视频的效果

科技的发展使管理者有了更多的选择，比如视频会议，在视频会议当中，处在不同地理位置的经理们通过电视屏幕互相交流，除了可节约费用，视频会议还能够帮助经理们更快地作出决策，因为视频会议可以容纳更多的人一起开会，从而节约了会后通知的时间，而且视频会议也能够使会议更加高效。一些管理者发现视频会议使得会议时间比传统面对面会议缩短了20%～30%。

②书面沟通。书面沟通是以文字为媒介的信息传递，主要包括文件、报告、信件、书面合同等。以书面文字方式的沟通往往显得比较正规和严肃。它的优点在于：有文字为据，信息可被长久保存；若有相关此信息的问题发生，可以进行检查核实；可斟字酌句，以更准确地表达信息内容；可使许多人同时了解到同一信息内容，提高信息传递速度，扩大信息传递范围。它的缺点是：需要耗费大量的时间来形成文字；信息容量上没有口头沟通那么大；若词不达意会影响对信息的理解；缺乏直接的反馈机制，无法确保发出的信息能被接收到，以及接收者能够对信息作出正确的理解。

书面沟通分为个人书面交流和非个人书面交流。个人书面交流如备忘录和书信，因为它们是写给特定个人的，而这个人确实给予注意的几率是很大的。此外，发送者能以接收者最可能理解的方式写此信息。书面邮件不能得到接收者的立即答复，但是在信息写明白并能够收到反馈的情况下，一样可以达成共识。非个人书面交流的信息容量最低，比较适合向很多接收者传递信息。因为这种信息不是发给特定个人的，准确的反馈不太可能得到，所以管理者必须确保这种方式所使用的语言所有接收者都能理解。管理者能将非个人书面交流用于各种类型的信息上，包括条例、规则、政策、新闻信息、新成员的到来以及程序变化的通知等。非个人书面交流还能用于传达诸如新机器的使用说明、如何处理工作命令和顾客要求之类的信息。

③非语言沟通。非语言沟通是指以非口头和非书面形式进行的沟通，如交通要道上的红绿灯、刺耳的警笛、演员的手势等。体态语言和语调是日常沟通中使用最广泛

的非语言沟通形式。研究者发现①：信息的 55% 来自于面部表情和身体语言，由此可见，非语言沟通对于加强信息的传递起着重要作用。

④电子媒体沟通。电子媒体沟通是以电子符号的形式通过电子媒介而进行的沟通，如电报、电话、互联网、录音、录像等。随着电子技术的发展，电子媒体在当今世界信息传递过程中充当着越来越重要的角色。电子媒体创造了一种介于口头语言和书面语言之间的沟通方式。通过电子媒体可迅速提供准确的信息，计算机和数据存储卡还可以用很小的空间保存大量的信息。电子媒体的缺点是离不开电子设备，成本相对较高。另外，某些电子媒体（如数据存储卡）不能直接提供信息反馈。

| 管理实践 7—3 | 电子邮件的利弊 |

通过电子邮件，发送者和接收者利用书面文字进行交流，只是这些文字出现在他们的个人电脑屏幕上，而不是纸张上。在商务领域，电子邮件广泛使用，以至于形成了所谓的"电子邮件礼仪"。比如，要在信息上加上标点；不要闲谈，少说废话；理解的事情不要装作不理解；注意拼写和格式。

不幸的是，电子邮件使用的增加伴随着电子邮件的滥用。比如一些雇员利用电邮进行性骚扰，或者利用公司的电脑和网络开展自己的生意。为避免各种形式的电邮滥用，管理者需要制定一项明确的政策，详细说明在什么情况应该使用电邮，什么情况下禁止使用，并把这一政策向所有组织成员清晰地传达。同时，管理者需要说明一旦发现违反政策者，将采用何种办法进行处理，以及因此带来的后果。

表 7—1 表述了各种沟通方式的优缺点。

表 7—1 各种沟通方式比较

沟通方式	举 例	优 点	缺 点
口头沟通	交谈、讲座、讨论会、电话	快速传递、快速反馈、信息量很大	传递中经过层次愈多信息失真愈严重、核实愈困难
书面沟通	报告、备忘录、信件、文件、内部期刊	持久、有形、可以核实	效率低、缺乏反馈
非语言沟通	声、光信号，以及体态、语调	信息意义十分明确，内涵丰富，含义隐含灵活	传递距离有限、界限模糊，只能意会，不能言传
电子媒体沟通	传真、闭路电视、互联网	传递快速、信息容量大、可远程传递、一份信息可同时传递给多人、廉价	单向传递，可以交流，但看不见表情

资料来源 周三多、陈传明：《管理学》，257 页，北京，高等教育出版社，2002。

二、自我沟通与人际沟通

根据信息接收者和信息发送者的不同，沟通在总体上可以分为三个层次：自我沟通、人际沟通、组织沟通。

---

① Albert Mehrabian, Silet Messages. Belmont, Calif.：Wadsworth, 1971；Albert Mehrabian, Communicating without Words, Psychology Today, September 1968, pp. 53 – 55.

1. 自我沟通

自我沟通（self-communication）也称内向沟通，即信息发送者和信息接收者为同一行为主体，自行发送信息、自行传递、自我接收和理解。在所有的沟通中，自我沟通是基础。人们进行自我沟通的目的是认识"自我"。

根据每一个人对自我的了解程度和愿意向社会公开自我的程度，人可分为四种类型：第一种人不仅了解自我，也愿意向社会公开自己，表里如一；第二种人也了解自己，但不愿意向社会公开自己，他对很多事情心里明白但喜怒不形于色；第三种人虽然对他人似乎很了解，分析起来头头是道，但对自己却不甚了解，"知人不知己"；第四种人不仅不了解自己，也不了解别人，却"自以为是"。只有增强对自我的了解，才能改进与他人的沟通效果。一个人越是接近第一种类型，就越能与他人进行有效的沟通。

对"自我"的认识准确与否必须通过自我沟通来检验。在自我沟通过程中，人们通过实践发出信息，通过反思接收信息，通过不断实践和反思验证自己的价值观、兴趣爱好和能力结构。

（1）通过实践发出信息

我们想要知道自己"注重什么、反对什么"，"喜欢什么、不喜欢什么"，"能够做什么、不能够做什么"，光靠思考和分析是得不出真实的结论的，只有通过实践，才有可能获得真实的感受，从而在此基础上通过分析获得对自我的准确认识。

例如，当我们要判断自己是否喜欢某一个人时，从主观上分析，可能认为自己非常喜欢这个人，甚至认为自己愿意为他做任何事。但当我们真的有机会与该人共处并为其效力时，却可能发现自己并不兴奋，甚至不太愿意与其共事。当然，我们也有可能发现我们真的很高兴与其相处，也真的愿意为其做各种事。不管出现哪一种情况，都表明我们只有通过实践反馈才能真正确认我们对自我的假设是否成立。

（2）通过反思接收信息

光有思考没有实践的认识是主观臆断，光有实践没有反思的实践是碌碌无为。在自我沟通过程中，只有对通过实践获得的信息反馈进行反思，才能获得对真实自我的进一步认识。

为了反思通过实践获得的信息，可采用以下方法：

①独自反省。独处意味着远离人群、远离人间的喧闹，在放松自我的过程中，对自己过去一段时间内的所作所为以及自己做事前后的感受进行反思，从而了解自己的真实价值观、自己真正喜欢的事和物、自己真正擅长做的事。

②运用自我评估问卷。我们也可以通过完成自我评估问卷对自己过去的实践进行总结，从中了解自己的个性、能力和思维模式等。由于大多数的自我评估问卷是由专业人士设计并经过统计检验的，因此具有一定的系统性和科学性；由于问卷大多数都是选择性题型，因此简单易行。但由于每一个人在回答问卷时都难免受到主观因素的影响，并且每一个人之间存在个体差异，因此，自我评价问卷分析结果往往只能作为参考，其准确性还需要通过其他两种方法加以检验。

③征询他人的反馈意见。无论我们是否已进行独自反省或自我评估，为了获得真

实的自我，我们还需要了解别人对我们的感觉。通过征询与自己来往较多、关系较好的人的意见，可进一步验证自己对自我认识的准确性。

2. 人际沟通

组织中最普遍的沟通形式就是成员间的人际沟通。一般意义上，人际沟通（interpersonal communication）是指两个或两个以上的人之间的信息沟通。

人际沟通对于一个组织来说具有重要的意义。首先，个体间的人际沟通在组织中是最基本的协调工作，认识不到这一点，就不可能完全实现企业的目标。其次，个体间的人际沟通也是由人的自利行为的客观性和多样性决定的。最后，个体间沟通对组织的重要意义还在于组织中人的管理。自 20 世纪 90 年代以来，随着外部经营环境的巨大改变，企业员工日益成为企业经营流程中专有知识的载体，成为产生企业核心竞争力的源泉。

（1）有效沟通与无效沟通

①有效沟通，是指传递和交流信息的可靠性和准确性高，还表示组织对内外噪音的抵抗能力强，因而和组织的智能是连在一起的。沟通的有效性越明显，说明组织智能越高。

人际沟通的有效性表现在 7 个方面，也被称作 7C 原则，包括：可依赖性（credibility），即沟通的发送者与接收者之间建立彼此信任的关系；一致性（context），即沟通的方式与组织内外环境相一致；内容（content），即沟通的内容具有意义；明确性（clarity），即所用的言语或词语是双方共同认可的，避免模棱两可、含糊不清、容易产生歧义的语言；持续性与连贯性（continuity and consistency），即沟通过程可以重复强化传送的内容，建立反馈机制；渠道（channel），即选择能够充分提高沟通目的和效率的渠道；接收者的接收能力（capability of audience），即员工的成熟度。

管理实践7—4	摩托罗拉公司的有效沟通

在摩托罗拉公司，每一个高级管理者都被要求与普通操作工形成介乎于同志和兄妹之间的关系——在人格上千方百计地保持平等。"对人保持不变的尊重"是公司的个性。最能表现摩托罗拉公司"对人保持不变的尊重"的个性的是它的"Open Door"模式。"我们所有管理者办公室的门都是绝对敞开的，任何职工在任何时候都可以直接推门进来，与任何级别的上司平等交流。"每个季度第一个月的 1 日至 21 日中层干部都要同自己的手下和自己的主管进行一次关于职业发展的对话，回答"你在过去 3 个月里受到尊重了吗"之类的 6 个问题。

②无效沟通。因为管理者必须与他人沟通以履行各自的角色和任务，管理者大部分的时间是用在沟通上，无论是会议、电话、电子邮件还是面对面的沟通。事实上，有专家预测管理者把大约85%的时间都用在了沟通上。

当管理者和其他成员不能有效沟通时，组织绩效就要受到损害，组织的竞争优势也可能因此失去。而且，有时不良沟通甚至是十分危险的，可能会导致人员伤亡和不必要的悲剧。比如，哈佛大学的研究人员对波士顿区的两家大医院的医疗错误进行了调查，他们发现有些医疗错误是由沟通问题导致的——内科医生缺乏正确给病人开药的信息，或者护士缺乏正确管理药物的信息。管理者因此得出结论，医院的管理者应该对一些医疗错误负责，因为他们没有采取措施改进沟通。

管理实践7—5	沟而不通

　　飞机驾驶员和机组人员以及空中交通指挥员之间经常发生沟通问题，这通常会带来灾难性的后果。1995年12月20日，美洲航空公司的965航班在接近哥伦比亚卡利机场时，飞机驾驶员希望听到"按计划飞行"或者"直接飞行"的指令，但是空中交通指挥员却把"按计划飞行"误说成"飞向卡利"。结果飞机驾驶员认为是直接飞行。而当他复查的时候，交通指挥员却说"确定"。最后，当飞机接近机场时，该飞机撞到了一座山上，导致160名乘客死亡。

　　资料来源　［美］斯蒂芬·P.罗宾斯、玛丽·库尔特：《管理学》，7版，孙健敏等译，313页，北京，中国人民大学出版社，2006。

　　了解了无效沟通造成的严重危害，作为管理者，我们就应该深入地了解和研究影响信息沟通的各种障碍，从而探索和掌握克服各种障碍的有效沟通方法，实现有效沟通。

　　（2）人际沟通中的主要障碍

　　根据对沟通模式和人们日常沟通行为的分析，人际沟通中的障碍主要来自以下几个方面：

　　第一，过滤。过滤指发送者有意操纵信息，以使信息显得对接收者更为有利。比如，下级向上级汇报时报喜不报忧，下级就是在过滤信息。由于组织中收集的信息纷繁复杂，加之管理者的精力有限，管理者往往要求下级对这些信息进行整合。在进行整合时，个人的兴趣和自己对重要内容的认识也会加入进去，并因此导致过滤。

　　第二，抵触情绪。当个体面临所接收到的信息与其观念相冲突时，就有可能表现出抵触情绪。抵触是人们为了避免认可他人的能力而降低自尊所作出的下意识调整。每个人都有一个对自我的设想，一旦出现与其设想不一致的情况，他就可能会努力通过抵触来维护自尊或减轻焦虑。例如，当某人因业绩差而受到指责时，他的第一反应常常是否认自己的业绩差。通过否认自己的错误，人们可以避免对自己能力的质疑。抵触情绪会使人歪曲事实或不肯正视事实，从而影响沟通的效果。

　　第三，语言差异。语言不通是人们相互之间难以沟通的原因之一。当双方都听不懂对方的语言时，尽管他可以通过手势或其他动作来表达信息，但其效果将大为减弱。即使双方使用的是同一语言，有时也会因一词多义或双方理解力的不同而产生误解。同样的词汇对不同的人来说含义是不一样的。词汇的意义不存在于词汇本身，而存在于我们这些使用者中。年龄、家庭、教育、经历、职业等因素都会使我们对同一词汇产生不同的理解。

　　第四，信息含糊和混乱。信息含糊主要是指信息发送者没有准确地表达清楚所要传递的信息，以致接收者难以正确理解。这可能与发送者的表达能力有关，也可能是由于受时间的限制而未能很好地表达清楚。在这种情况下，接收者不是不知所措，就是按自己的理解行事，以至于发生与信息发送者原意可能大相径庭的结果。信息混乱则是指对同一事物有多种不同的信息。例如令出多门，多个信息源发出的信息相互矛盾；朝令夕改，一会儿说这样，一会儿又说那样。所有这些，都会使信息接收者不知所措，无所适从。

第五，环境干扰。环境干扰是导致人际沟通受阻的重要原因之一。嘈杂的外部环境和杂乱的内心会使信息接收者难以全面、准确地接收信息发送者所发出的信息。诸如交谈时相互之间的距离、所处的场合、当时的情绪、电话等传送媒介的质量等都会对信息的传递产生影响。环境的干扰往往造成信息在传递途中的损失和遗漏，甚至歪曲变形，从而造成错误的或不完整的信息传递。

第六，民族文化的挑战。文化是人类特有的适应环境的能力，是人类各种行为背后的驱动力。当信息从一种文化模式传递到另外一种模式时，文化的差异就会造成人际沟通的障碍。亨廷顿认为：在新的世界里人类冲突的基本原因不是意识形态或经济，人类大的冲突与分歧的主导因素将是文化。不同的文化差异会通过自我意识与空间、交流与语言、衣着与打扮、食品与饮食习惯、时间与时间意识、信仰与态度、价值观与规范、工作习惯与实践、各种不同季节观念、人们的各种关系等方面表现出来。人际沟通不可能在全世界范围内以同样的方式进行。

| 管理实践7—6 | 沟通与文化 |

在美国，沟通类型倾向于以个人为中心，而且语义明确。美国的管理者喜欢用备忘录、通报、职务报告以及其他正式的沟通手段来阐明其对某一问题的看法。美国企业主管人员可能会隐瞒某些信息，为的是让自己看起来比别人懂得更多，而且将之作为说服员工接受其决策和计划的一种工具。为了保护自己，低层的员工们也如法炮制，采取类似的行为。

在强调集体主义的国家，如日本，有更多的相互间的互动关系，而且人们的接触更倾向于非正式的。与美国管理者不同，日本管理者在有关问题上更多的是先以口头协商方式与下属们沟通，然后再起草一份正式的文件说明已达成的共识。日本人看重协商一致的决策，因而开放式的沟通是其工作氛围的一个内在构成因素。而且，更多的是采用面对面的沟通。

资料来源　[美] 斯蒂芬·P. 罗宾斯、玛丽·库尔特：《管理学》，7 版，孙健敏等译，302 页，北京，中国人民大学出版社，2006。

（3）个体行为对沟通的影响

人际沟通与所进行沟通的行为主体的个体行为密切相关，为了提高沟通的效果，必须了解个体行为对沟通的影响。从沟通过程来看，个体行为对沟通的影响主要表现在以下几个方面：

第一，态度，其决定沟通行为。每个人对他所接触的人或事物持有不同的态度，而且个体一般总是倾向于行为与态度之间的一致。因此，影响个体沟通行为的首先是态度，态度决定了一个人的沟通行为。一般而言，人们对自己感兴趣的东西会比较关注，喜闻乐见；对自己不喜欢的事物会采取疏远的行为，沉默寡言或"听而不闻，视而不见"。

第二，个性，其决定沟通的方式。一个人的个性会影响他习惯采用的沟通方式。

例如，权利欲比较强的人在与人沟通的过程中所考虑的重点往往是如何制服对方，总想通过各种沟通渠道、施展各种技巧去控制与支配对方；自我感觉比较好的人常常刚愎自用，无视客观事实和逻辑分析，听不进别人的意见。不同个性决定了不同的沟通方式，不同的思维模式则直接影响与他人沟通的效果。

第三，情绪，其影响信息的接收。在接收信息时，接收者的感觉也会影响到他对信息的理解。不同的情绪感受会使个体对同一信息的解释截然不同。极端的情绪体验，如狂喜或悲痛，都可能阻碍有效的沟通。这种状态常常使我们无法进行客观而理性的思维活动，而代之以情绪性的判断。当个体接收了外界刺激所带来的信息后，他将从三个方面同时展开他的分析过程：逻辑判断过程，情感分析过程，生理反应过程。综合以上三方面结果的基础上，信息接收者才会对所接收到的外界信息作出相应的反应。

第四，选择性知觉，其影响沟通的效果。选择性知觉（selective perception）是指人们根据自己的兴趣、经验和态度而有选择地去解释所看到或所听到的信息。沟通过程中，在进行解码时，接收者也会把自己的兴趣和期望带进信息中。如果一位物理学博士生导师认为女性不擅长理性思维，则在选择研究生时，他会更留意男学生的申请信。对于不同的人，其知觉过程和理解能力是不同的。对同一信息，由于理解力不同，会产生不同的理解，从而产生不同的行为。例如，当高层管理者强调"要千方百计地提高经济效益"时，部分管理者理解为"要千方百计地多赚钱"，并因而在生产过程中以次充好、偷工减料，这在一定程度上就是由于理解上的差异所导致的。

（4）人际沟通的技能

人际沟通效果取决于沟通行为主体的个体行为。要提高人际沟通效果，就必须提高信息发送者和信息接收者的沟通水平。根据有效沟通的主要障碍、个体行为对沟通的影响，作为信息发送者要做到以下几点：

第一，有勇气开口：成为信息发送者。作为信息发送者，首先要有勇气开口，把自己心里所想的表达出来，这样才有可能与他人沟通。

第二，态度诚恳：使对方成为信息接收者。人是有情感的，在沟通中，双方持什么样的态度对于沟通的效果有很大的影响。由于态度决定沟通行为，而且人们对于不可知的东西常常会有戒备心理，因此只有双方坦诚相待才能消除隔阂，求得合作。

第三，选择合适的沟通媒介：为沟通创造良好条件。当进行沟通时，有一系列的沟通媒介可供管理者选择，进行选择时，管理者需要考虑必要的信息丰富程度、时间限制，以及是否有必要留下书面记录。最重要的考虑因素还应该是信息本身的性质。信息是否是私人的、是否重要、是否是非常规的、是否需要进一步确认以避免产生误解，如果答案是肯定的，面对面的沟通就是首选。

第四，提高自己的表达能力：发送清晰、完整的信息。管理者需要学会如何发送清晰的、完整的信息。清晰意味着这条信息容易被接收者理解，完整意味着这条信息包含了达成共识所需要的所有信息内容。

第五，注重反馈：在信息中包含一个反馈机制。因为反馈对于有效沟通是很重要的，管理者应该在他们发送的信息中建立一种反馈机制。管理者发送信件、备忘录或者传真，可以要求接收者给出评价或者建议，或者安排会议讨论具体事宜，或者随后打个电话进行确认。通过建立类似的反馈机制，管理者能够保证接收者会收到并且理解发送的信息。

作为信息接收者，则要注意以下几个方面：

第一，关注。因为管理者具有多重角色，要承担很多任务，要同时思考很多事情。这样，他们有时就不能对收到的信息给予足够的关注。然而，作为一名有效的管理者，不管有多忙，他都需要对收到的信息给予关注。当和一名下属讨论一个项目的事情时，一个有效的管理者会集中注意力于这个项目，而不会为随后与老板的会议分心。

第二，积极倾听。倾听是一种完整地获取信息的方法。积极倾听是指不带先入为主的判断或解释的对信息完整意义的接受，因此它要求听者全神贯注。提高积极倾听的效果，可采取的一种办法是发展对信息发送者的共情，也就是让自己处于发送者的位置。鉴于不同的发送者在态度、兴趣、需求和期望方面各有不同，因此共情使接收者更易于准确理解某一信息的真正内涵。积极倾听者可能表现出的其他具体行为如图7—2所示。

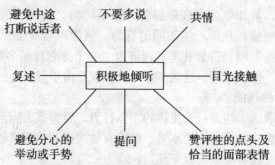

图7—2 积极倾听的行为

资料来源 ［美］斯蒂芬·P. 罗宾斯、玛丽·库尔特：《管理学》，7版，孙健敏等译，303页，北京，中国人民大学出版社，2006。

第三，移情。移情是指信息接收者试着理解发送者的感受，努力从发送者的角度去理解信息，而不总是从他们自己的立场去考虑问题。对同一问题不同的人会有不同的理解。如果管理者总是从自己的立场考虑问题，他就不能准确理解信息中包含的深层的意义，这不利于有效的沟通。

一些其他的沟通技能：

①保证双向沟通。自上而下占主导地位的沟通程序效果是不佳的。成功的程序是自上而下与自下而上的沟通达到平衡。企业如何激发自下而上的沟通呢？很多公司采取以下做法保证双向沟通：公开高层管理者的私人电子邮件，鼓励员工与他们直接进行沟通；定期召开座谈会，现场听取员工的意见；对管理者的反馈技巧进行培训，并鼓励他们在工作中运用这些技巧。

②共同承担沟通的责任。沟通是一个双向的过程。每一名管理者都有责任确保员工充分理解传达的信息。尤其在变革期间，管理者要与下属一起承担沟通的责任。变

革带来很多不确定，人们都希望从上级那里，而不是从同事或小道消息那里，了解到变革会对自己有什么影响。这就要求高层管理者及时向中低层管理者全面通报变革的规划，而中低层管理者也要及时向他们的下属传递信息，这样做可以最大限度地减少模棱两可的信息，减少人们的恐惧感。

③把沟通视为一个持续的过程。沟通应该是不间断的持续的过程，应该是信息的传递、反馈、再传递、再反馈……直到沟通双方都能彻底理解双方的意图。一个阶段沟通的结束意味着下一次沟通的开始。管理者要致力于保持信息沟通的持续性，这样才能保证任何组织成员或部门在需要时都能够得到必要的信息，从而保证工作的有效性。

④相互信任。信息发送者应该创造一个相互信任、有利于沟通的小环境。因为人们往往对自己所信任的人说的一切都能够接受，而对自己所不信任的人说的哪怕是正确的，也不愿意接受。人与人之间的相互信任，不是说出来的，而是在工作和生活中彼此真心坦诚相待获得的。

⑤缩短信息传递链。我们知道信息传递链越长，信息沟通速度越慢，信息失真程度越大。因此，必须减少组织结构层次，减少组织机构重叠的现象。同时，对于一般性的信息沟通，还可以利用非正式组织的沟通渠道，加快正式组织信息的传递速度。

管理背景 7—1	沟通格言

你说得越多，人们记住的越少；

如果你不知道怎样说才正确，那么最好管住自己的舌头；

表达意见的能力与意见本身同等重要；

没有令人尴尬的回答，只有令人尴尬的提问；

没有人真的想要建议——他们只是想从你的建议中证实某种东西；

充满热情，表现热情；

害怕提问的人就是羞于学习的人；

永远不要出于恐惧而与人谈判，也永远不要惧怕谈判；

不要自动让步；

弱者通常残酷狠毒，强者才能风度儒雅。

（5）美国管理协会特别推出的"良好沟通的十项建议"

为科学解决沟通交流的诸多障碍，美国管理协会特别推出"良好沟通的十项建议"，以飨企业管理者：沟通前把概念澄清；放出信息的人确定沟通目标；研究环境和性格等情况；听取他人的意见，计划沟通内容；及时获取下属的反馈；既要注意切合当前的需要，又要注意长远目标的配合；言行一致；听取他人的意见要专心，真正明了对方的原意；学会换位思考，提高全局意识和协作意识；本着对工作高度负责的态度和对事不对人的态度对待沟通与协作。

值得一提的是，突破沟通障碍，还有赖于企业管理者是否在管理活动中潜心去做。

三、组织沟通

组织沟通（organizational communication）指在不同组织之间或组织内部各单元之间进行信息传递，其信息的接收者和发送者是不同的组织单元。良好的组织沟通是疏通组织内外部渠道、协调组织内各部分之间关系的重要条件。

1. 组织沟通的类型与形式

在一个组织中，既有非正式的人际关系，又有正规的权力系统。因此，组织沟通可以分为两大类：正式沟通和非正式沟通。

（1）正式沟通（formal communication），是指通过正规的组织程序，按权力等级链进行的沟通，或进行完成某项任务所必需的信息交流。当上司向其下属布置任务或下属向上司请示某个问题时，当两个销售员为协调某一顾客的订单而进行联系时，他们所进行的都是正式沟通。组织内的正式沟通主要包括四种形式：

①下行沟通（downward communication）是指任何一种信息从管理者流向下属人员的沟通。下行沟通通常用于通知、命令、协调和评估下属。当管理者将目标和任务分派给员工时，就是运用了下行沟通。管理者也常通过下行沟通方式，向员工颁发职务说明书，通告组织的政策和程序，指出需要注意的问题，或者评估他们的业绩。

②上行沟通（upward communication）是指信息按照组织上下级的隶属关系，从较低的组织层次向较高的组织层次传递的沟通形式，通常表现为下级对上级信息的反馈和对下层问题的反映。它是管理者掌握基层动态和组织运转情况、发现存在的问题以改进工作的基本手段，一般采用汇报制度、建议箱、座谈会、接待日等来加以实施。这种沟通有时会受到不同层次上的主管人员的阻塞，他们在向上传递信息时常常对信息进行过滤，以去掉对自己不利的信息。

③横向沟通（horizontal communication）是指在同一组织层次的员工之间发生的沟通。命令的统一性要求信息传递上下垂直地通过等级链进行，这给横向交流带来了麻烦。死板地按等级链办，也许会延误时机，因此，不少组织规定有些信息可以进行横向沟通。这种沟通的目的是为了谋求组织相互之间的了解和工作上的协作配合，因此，它往往带有协商性和双向性。

④斜向沟通（diagonal communication）是指发生在组织中不属于同一部门和等级层次的人员之间的信息沟通。当财务部的一位主管会计直接与等级比他高的销售部经理联系时，他采用的是斜向沟通渠道。斜向沟通的目的主要是为了加快信息的传递，所以它主要用于相互之间的情况通报、协商和支持，带有明显的协商性和主动性。职能权力的实施采用的也大多是斜向沟通。为了克服其对等级链的冲击，斜向沟通往往伴随着下行沟通和上行沟通。

（2）非正式沟通（informal communication），是指没有列入管理范围，不按照正规的组织程序、隶属关系、等级系列来进行的沟通。在一个组织中，除了正式设立的部门外，不同部门的人之间还存在着朋友关系、兴趣小组等非正式群体，因此，非正式沟通的存在也就有它的必然性。非正式沟通一方面可以满足组织成员社会交往的需要，另一方面可弥补和改进正式沟通的不足。因为非正式沟通比正式沟通传播速度快、传播范围广。通过正式沟通渠道需要经过几个层次、花几天时间才能得到回复的信息，通过非正式沟通渠道，可能只需要在电话里与朋友谈上 5 分钟就可以得到回复。但非正式沟通由于不负有正式沟通所具有的责任且不必遵循一定的程序，因此其随意性较强，信息失真的可能性也较大，有时也会给组织带来一定的危害。

2. 组织沟通网络

组织中的沟通倾向以特定的模式进行。信息在团队或者组织中流动的路径被称作沟通网络（communication network）。一般存在五种沟通网络：轮状网络、链状网络、Y 状网络、环状网络和多渠道网络（如图 7—3 所示）。群体中存在的沟通网络类型取决于工作的性质以及群体成员需要沟通的程度。

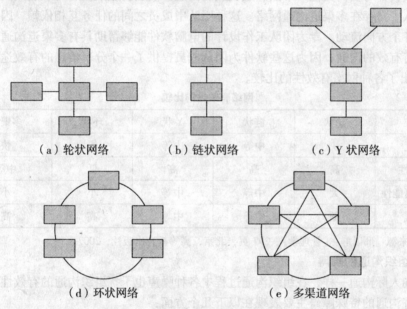

（a）轮状网络　　　　　（b）链状网络　　　　　（c）Y 状网络

（d）环状网络　　　　　　　　（e）多渠道网络

图 7—3　沟通网络

（1）轮状网络。在轮状网络中，信息从一个中心人物发出，并返回中心人物。为了达到目标，其他组织成员不必相互沟通，他们只需要从中心人物那里获取信息，并把必要信息传给他。轮状沟通网络通常存在于有集中的独立任务的指令群体中。轮状网络常常会带来高效的沟通，在不影响绩效的情况下节约大量时间。尽管群体中存在轮状网络，它却不存在于团队中，因为团队成员需要经常接触和交流，这不符合轮状网络的特征。

（2）链状网络。在链状结构中，群体成员按照预定的顺序进行交流。链状结构存在于具有顺序性任务依赖性的团体中。当群体工作必须按照预定顺序开展时，就存在链状沟通网络，因为团队成员需要与自己工序之前和之后的人进行交流。和轮状网络一样，链状结构不大可能存在于团队中，因为链状网络中的成员的接触是有限的。

（3）Y 状网络。这是一个纵向沟通网络，其中只有一个成员位于沟通的中心，成为沟通的媒介。在组织中，这一网络大体相当于组织领导、秘书班子再到下级主管人员或一般成员之间的纵向关系。这种网络集中化程度高，解决问题速度快，组织中领导人员预测程度较高。除中心人员外，组织成员的平均满意程度较低。此网络适用于主管人员的工作任务十分繁重，需要有人选择信息，提供决策依据，节省时间，而又要对组织实行有效的控制的情况。

（4）环状网络。在环状网络中，群体成员交流的对象一般与自己有相似的经历、信仰、专业技术、背景，甚至是开会时坐的位置接近。人们也倾向于与那些办公室和自己的靠近的人交流。和轮状网络及链状网络一样，环状网络一般存在于非团队的群体中。

（5）多渠道网络。多渠道沟通网络存在于团队中，它的特征是高接触水平，每个团队成员都与任何其他一个团队成员进行沟通。高层管理团队、跨职能团队和自我管理团队中常存在多渠道沟通网络。这种团队中成员之间的任务互相依赖，因此需要信息向各个方向流动。专为团队工作设计的电脑软件能够帮助具有多渠道沟通网络的团队保持有效的沟通，因为这些软件为团队成员提供了一个分享信息的有效途径。表7—2 给出了各种网络有效性的比较。

表7—2 网络有效性的比较

标准	轮状	链状	Y 状	环状	多渠道
速度	快	中等	中等	慢	快
准确性	高	高	高	低	中等
控制的可能性	大	中等	中等	小	小
士气	低	中等	中等	高	高

资料来源 邢以群：《管理学》，297 页，北京，高等教育出版社，2007。

3. 组织沟通的障碍

如同人际沟通一样，在组织沟通过程中各种噪声也干扰组织沟通的有效性。影响组织良好沟通的特殊障碍主要表现在以下几个方面：

（1）等级观念的影响。由于在组织中建有等级分明的权利保障系统，不同地位的人拥有不同的权力，这就使得组织中的人们在信息传递过程中经常是首先关注信息的来源，即"是谁讲的"，其次才是信息的内容。同样的信息，由具有不同地位的人来发布效果会大不一样。这种等级观念的影响，常使得地位较低的人传递的重要信息不被重视，而地位较高的人发布的不重要的信息则得到不必要的过分重视，从而造成信息传递失误。

（2）小集团影响。为了达到分工协作的目的，组织在形成过程中建立了各种各样的部门或机构，从而把组织分成了若干群体。由于每一个群体都有其共同的利益，因此在组织信息传递过程中，为了维护小团体自身的利益，他们可能会扭曲、掩盖甚至伪造信息，使信息变得混乱而不真实。在小集团思想的影响下，圈子外发出的信息不被重视，而对于圈子内的信息则很重视，造成了组织中"县官不如现管"的状况。另外，由于各部门看问题的角度不同，对同一问题就会产生不同的看法，当不同的部门只从自己部门的角度出发来理解问题时，也会无形中阻碍组织中的沟通。

（3）利益影响。由于信息的特殊作用，人们在传递信息时常常会考虑所传递的信息是否会对自己的利益产生影响。当人们觉得此信息对自己的利益会产生不利影响时，就会自觉或不自觉地从心理上到行动上对此信息的传递采取对抗或抵制的态度，从而妨碍组织沟通。

（4）信息的超负荷。现代组织中的信息传递快而且多。在快节奏的工作环境中，信息传递的任何延误都会造成重大损失；而信息大量增加会使人觉得难以抉择，无所适从。公文传递及召开会议本是使组织准确而迅速地传递信息的好形式，但若在组织设计中不好好确定哪些人应通过哪些渠道获得哪些信息，就会由于信息混杂而出现超负荷。信息超负荷不仅造成"文山会海"，而且导致人们对所传递信息的麻木不仁——当人们面对众多信息时，可能会无视某些信息而将其束之高阁。

4. 组织内部沟通

组织内部沟通主要指组织中的团队沟通，即组织中以工作团队为基础单位进行信息交流和传递的方式，也就是团队沟通。

团队是两个或两个以上的个体相互作用和协作以便完成组织预定的某项特别目标的单位。团队的概念包括三个要素：第一，需要两个或两个以上的人员。团队的规模可大可小，但一般都低于 15 人。第二，团队人员有规律地相互接触，彼此间不打交道的人不能组成一个团队。第三，团队人员共享绩效目标。

重视组织中的团队工作，是指要重视团队沟通的需要。团队成员要在一起工作，以便完成任务。团队的沟通结构既影响团队绩效又影响员工满意度。对团队沟通的研究集中在两个方面：团队沟通集权的程度和团队任务的性质。而这两个方面又是由企业组织中沟通网络的复杂性决定的。在集权的网络中，团队成员必须通过一个人解决问题和做决策来进行沟通。在分权网络中，个人可以随意地和其他团队成员进行沟通，团队成员平等地处理信息直至达成共识。

在高度竞争的全球环境中，组织应用群体或团队解决复杂问题。当团队活动复杂而且难度大时，所有成员都应该在一种分权的结构中共享信息，以便解决问题。团队需要在各个方向上自由沟通。应该鼓励团队成员彼此间讨论问题，员工的大量时间应该投放在信息加工上。但是，执行常规任务的团队沟通可以是集权式的，在处理信息上的时间不宜太多。

5. 组织之间的沟通

所谓的组织间的沟通是组织同其利益相关者进行的有利于实现各自组织目标的信息交流和传递的过程。组织间沟通的宗旨是充分利用社会的各种资源、协调各方利益、实现组织共生的可持续发展。

和一般性的组织中个体间沟通和组织内部沟通不同的是，组织间沟通日益成为管理学中沟通的重要一环，许多企业管理者和管理学者现在都认为，全方位的信息共享对于组织来说是极其重要的。传统的组织沟通造成了组织内部层级沟通的纵向障碍、部门间沟通的横向障碍以及组织与外在相关利益者沟通障碍。现代组织中分隔人们的界限消除了，组织边界消失了，现代组织使信息根据需要而足够便捷地流动，从而使组织发挥出整体大于部分的协同效应。

组织间沟通的重要基础，一般不是建立市场交易关系基础上的契约关系，而是建立相互信任的互惠关系。如果沟通的主要目标是有关践约和履约的问题，那组织间的关系就会走向纯粹的市场交易关系，进而失去组织间沟通的本来意义。在经济活动全球化和技术进步日益加快的背景中，组织间的沟通，尤其对互联网领域的企业而言，正起着越来越重要的作用。

6. 组织沟通的技能

要进行有效的组织沟通，就有必要掌握一些组织沟通的技能。实现良好的组织沟通要依据组织的具体情况来对症下药。在组织设计时明确各部门间的分工合作关系、经常进行信息沟通检查、完善信息沟通的准则、借助信息技术改进信息沟通的手段等都可以改进组织中的信息沟通。

（1）创造一种信任和公开的组织气氛。首先应该创造一种相互信任、鼓励畅所欲言的组织文化。如果管理者与员工之间相互猜疑，则他们在组织中都不太可能坦率地表达自己的想法。要形成组织中良好的沟通氛围，管理者应鼓励人们开诚布公地与他人沟通，并愿意为下属开发多种信息沟通渠道；对于下属提出的任何意见和看法能够以某种方式予以响应，下属可以向上级报告坏消息而不必担心受到责备。

开诚布公意味着在公司内共享各种信息，它要求企业能够经营透明化，使员工得到全局信息，知道公司的发展目标、发展战略和现实情况。对话（dialogue）是团队沟通的方法，通过这种沟通方式，可以使团队成员了解彼此并分享看法，找到共同点，并就建立一个更美好的未来达成共识。

（2）开发和使用多种信息沟通渠道。任何信息都必须通过相应的沟通渠道才能得以沟通，要改善组织内部的正式沟通，鼓励非正式沟通，就要依赖于多种信息沟通渠道的开发和使用。

通过举行部门聚会、野餐等非正式聚会，编辑公司出版物，定期进行匿名的员工满意度调查，建立正式申诉制度，开设合理化建议邮箱等，有助于改善上行沟通。通过会议、管理信息系统或内部网络、面对面的沟通、巡视等，有助于改善下行沟通。异地的管理者可以在当地参加公司组织召开的会议，通过电视屏幕增加相互间见面的机会，手机、电子邮件和传真则使沟通变得更加随时随地和顺畅。

（3）建立合理的组织结构以促进沟通。在设计组织结构时，应明确各部门各岗位的信息传递职责，落实各部门各岗位获得相关信息的权力，明确组织内信息沟通的规则，建立尽可能短的信息联络线，以确保信息能够促进组织内的分工协作，并有助于问题的迅速发现和及时解决。例如，为了增进部门之间的沟通，可以在相应部门中设立联络员岗位，可以设立临时性的各种委员会或工作组来定期讨论和解决共同问题，并确保相关部门间的沟通与协调。

（4）有效管理冲突。管理者通常需要花费大量时间来解决组织冲突问题，以下方式可以帮助管理者解决组织中的冲突：追求更高目标、扩大对各方的资源供应、改变一个或更多人的变量、利用整合策略、改变报酬制度、加强培训等，有效地实施这些措施对于解决组织中的冲突是很有效的，在本章第二节中我们会详细介绍。

7. 卓哈里窗口模型

卓哈里窗口模型——以发明人卓瑟夫·卢夫特（Joseph Zuft）和哈里·英格拉姆

（Harry Ingram）的名字命名——是培训专家对沟通风格进行评估与分类时最常使用的模型，该模型的核心是坚信相互理解能够提高知觉的精确性并促进沟通的效果。

该模型从两个维度上划分了促进或阻碍人际沟通的个体倾向性：揭示和反馈。揭示指的是个体在沟通中坦率公开自己的情感、经历和信息的程度；反馈指的是个体成功地从别人那里了解自己的程度。从图7—4中可以看到，根据这两个维度可以划分出四个"窗口"——开放区、盲目区、隐藏区和未知区。"开放"窗口包括了你自己和别人都知道的信息；"盲目"窗口包括了那些别人很清楚而你自己却不知道的事情，这种状况是由于别人没有告诉你或者由于你的自我防卫机制拒绝接受这些信息造成的；在"隐藏"窗口中的信息你自己知道而别人不知道，其中包括那些我们自己很清楚却没有告诉别人的事情或情感，之所以这样做是因为害怕被人利用这些信息来贬低我们或反对我们；"未知"窗口中包括那些自己和别人都不知道的情感、经验和信息。

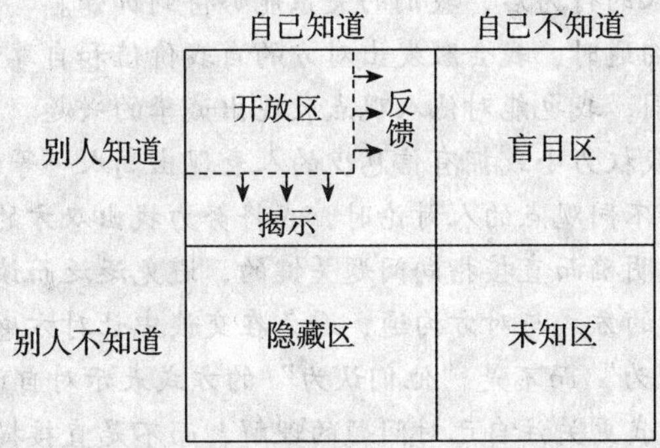

注：卓哈里窗口模型基于这样的假设：当开放区的信息量增加时，人们之间会更好地相互理解。因此他们建议人们运用坦率真诚的沟通方式。那么如何不断扩展你的"开放"窗口呢？卢夫特和英格拉姆认为，要通过揭示和反馈。不断的自我揭示会使你了解到自己内心的情感和体验。另外，有证据表明自我揭示也可以促使别人更为友善和开放。因此，对自己的揭示会带来更多的揭示，如果他人对你的行为提供反馈，就会缩小你的盲目窗口。

图7—4　卓哈里窗口模型

尽管卓哈里窗口的拥护者鼓励开放的氛围，鼓励相互之间自由地进行自我揭示，但他们承认在一些条件下谨慎的沟通是必要的，这些情况包括：暂时性的关系；对方过去的信誉不佳；在竞争环境中；组织文化不支持开放坦诚。尽管一些批评者认为几乎所有的沟通环境中都存在这些情况中的一种或几种，但卓哈里窗口的支持者们还是十分乐观，他们认为开放、真诚、坦率是人际关系中的重要品质。

卓哈里窗口模型对我们的启示就是大多数情况下开放而坦率的沟通方式将有助于增进沟通双方的信任，使信息更充分地共享，从而提高沟通效果。

沟通技能测试题

评价标准：

非常不同意/非常不符合（1分）　　　不同意/不符合（2分）

比较不同意/比较不符合（3分）　　　比较同意/比较符合（4分）

同意/符合（5分）　　　　　　　　　非常同意/非常符合（6分）

测试问题：

1. 我能根据不同对象的特点提供合适的建议或指导。

2. 当我劝告他人时，更注重帮助他们反思自身存在的问题。

3. 当我给他人提供反馈意见，甚至逆耳的意见时，能坚持诚实的态度。

4. 当我与他人讨论问题时，始终能就事论事，而非针对个人。

5. 当我批评或指出他人的不足时，能以客观的标准和预先的期望为基础。

6. 当我纠正某人的行为后，我们的关系能够得到加强。

7. 当我与他人沟通时，我会激发出对方的自我价值和自尊意识。

8. 即使我不赞同，我也能对他人观点表现出诚挚的兴趣。

9. 我不会对比我权力小或拥有信息少的人表现出高人一等的姿态。

10. 在与自己有不同观点的人讨论时，我将努力找出双方的某些共同观点。

11. 我的反馈是明确而直接指向问题关键的，避免泛泛而谈或含糊不清。

12. 我能以平等的方式与对方沟通，避免在交谈中让对方感到被动。

13. 我以"我认为"而不是"他们认为"的方式表示对自己观点负责。

14. 讨论问题时我更关注自己对问题的理解，而不是直接提建议。

15. 我有意识地与同事和朋友进行定期或不定期的私人会谈。

自我评价：

80~90分：你具有优秀的沟通技能。

70~79分：你略高于平均水平，有些地方需要提高。

70分以下：你需要严格训练你的沟通技巧。

第二节　组织冲突

沟通是为了降低组织的成本，进而降低组织之间的交易成本。但是，由于组织之间以及组织成员之间本质的区别，沟通并不会达到尽善尽美的效果，这样，组织摩擦和人员摩擦不可避免地发生，带来额外的管理组织成本。这种摩擦程度越大，组织的协调成本越高。由此便产生了冲突。

一、冲突的概念与类型

1. 冲突的概念

冲突（conflict）是指不同个人、群体的目标、利益或价值观不相容，彼此阻碍对方达到目标时所产生的不协调。冲突是一种应该被管理而不是被消灭的力量，管理者应尝试把冲突保持在一个合理水平，去促进有利于组织的变革。

| 管理实践7—7 | 冲突的意义 |

据说，盛田昭夫在任索尼公司副总裁时，田岛道治当董事长，两人常常意见不合。一天，田岛道治说："盛田，你我主张不同，既然我们想法不一致，又常常发生冲突，我不想再待在这样的公司里了。"盛田昭夫坦诚地说："如果我们在所有问题上的意见都一致，那么这家公司确实没有必要有我们两个人拿薪水，那时，不是你就是我必须辞职，正是因为我们有不同意见，公司才会少犯错误。"这可正应了威廉·里格利的一句话："当两个人意见总是一致时，其中的一个必定是多余的。"

资料来源 魏江、严进：《管理沟通》，414页，北京，机械工业出版社，2008。

2. 冲突的类型

冲突发生于对稀缺资源分配方式的分歧以及不同的观点、信念、行为、个性的冲撞。一般认为，冲突可以分为以下四个层次：

（1）个人内心的冲突。个人内心的冲突通常涉及一些目标、认知或情感的冲突。它一般发生于个人面临多种难以作出的选择时，此时会表现得犹豫不决，茫然不知所措。个人内心冲突一般表现为三种类型：①接近的冲突。它要求个人在两个或两个以上的方案中作出选择，每个选择都有积极的结果。形象地说就是个人面临"鱼和熊掌不可兼得"的局面。②接近—规避冲突。个体在选择是否去从事一件利弊难以权衡的事情时，其内心会发生冲突，如企业家是否从事高风险高收益的投资。③规避的冲突。这种冲突是指个人面对着必须在两个都可能产生消极结果的方案中作出选择，即所谓的"两害相权取其轻"。

（2）人际冲突。这是指两个或两个以上的个人感觉到他们的态度、行为或目标的对立所发生的冲突。许多人际冲突是建立在角色冲突或角色模糊的基础上的。角色的冲突多数是由于角色要求与组织的态度、价值观念和可接受的行为的看法不一致，组织成员之间所承受的压力不同，成员之间信息、压力的不相容；或者是成员之间一方的压力来自于另一方也会产生角色的冲突。

（3）团体之间的冲突。这是组织内团体之间由于各种原因而发生的对立情形。团体之间的冲突通常有垂直冲突、水平冲突、指挥系统与参谋系统的冲突、正式系统与非正式系统之间的冲突四种形式。它可能是同一团体内部成员之间的冲突，也可能是分别处在两个团体内的成员间的个人冲突逐渐升级而成的。

（4）组织层次的冲突。从系统的观点出发，任何组织都是一个更广泛的环境系统的子系统，为了生存和发展，组织必须与外界环境之间进行各种要素的交换，并在交换过程中求得一种动态平衡。于是，组织在与其生存环境中的其他一些组织发生关系时，经常会由于目标、利益的不一致而发生各种各样的冲突。甚至可以说，组织内部的冲突是在其外部冲突的影响下造成的。

按照冲突的结果，可把冲突分为：

（1）建设性冲突。建设性冲突是指支持组织目标并增进组织绩效的冲突。建设性冲突具有以下效果：激发员工的才干和能力；带动创新和改变；学习有效解决或避免冲突的方法；为组织的问题提供诊断资讯；带来整合和同心协力。

（2）破坏性冲突。破坏性冲突是指妨害组织绩效的冲突。破坏性冲突具有以下效果：浪费时间；过度展现自利倾向，妨碍组织整体的发展；持续的人际冲突带来个人情绪上和身心健康上的损害；转移及消耗组织的时间和能量；可能要付出极高的经济和情绪上的代价；导致信息错误和事实真相的扭曲；制造对立、破坏组织团结。

二、冲突的来源与过程

1. 冲突的来源

组织冲突有许多不同的来源，包括不同的目标和时间观念、权力重叠、任务依赖、不适当的评价和报酬体系、有限的资源和地位不一致。

（1）不同的目标和时间观念。管理活动的一个重要内容就是把人员和任务分配到不同的部门以获取组织目标。这些活动不可避免地导致了具有不同目标和时间取向的部门和分支机构的产生，也因此产生冲突。比如，生产部门的人通常最关心提高效率和控制成本，他们有较短期的时间取向，关注以快捷有效的方式生产产品和提供服务。相反，市场营销部门和营销经理关注销售额和顾客的反应，他们的时间取向是长期的，因为他们不仅关心现在顾客的需求，而且关心他们以后需求的变化，以便建立顾客忠诚。这些营销部门和生产部门之间的基本差异为冲突产生提供了基础。

（2）权力重叠。当两个或更多经理或部门声称对同一活动或任务拥有权力时，就会产生冲突。这恰恰正是位于华盛顿特区的 Forman 公司正在发生的事情。该公司的继承者从他们的父辈手中继承了该公司，其中一个继承人 Barry Forman 想独立控制公司而不愿意与他人分享权力。而其他几个继承人认为他们应该负责促使公司成功的几个关键领域。随之而来的是意愿之间的较量和大量的冲突，这些冲突超过了公司可以承受的限度，以至于这个家族不得不聘用咨询公司帮助他们解决问题。

（3）任务依赖。你是否有过这样的经历：你所在的团队的一个成员总是不能按时完成工作，以至于影响团队的成绩。这可能会导致冲突的产生，因为要完成一个整体项目，各成员之间的任务是相互依赖的。当个人、群体、团队或部门相互依赖时，就存在产生冲突的可能性。具有不同目标和时间取向的营销部门和生产部门之间之所以会产生矛盾就是因为它们之间是相互依赖的。营销部门依靠生产部门生产它所要销售的产品，而生产部门依靠营销部门的销售产生对其生产的产品的需求。

（4）不适当的评价和报酬体系。对相互依赖的群体、团队或部门进行评价和报酬分配的方式是冲突产生的另外一个根源。比如，评估生产经理是看其能否在保证质量的同时控制预算、降低成本，所以他们不愿意采取任何增加成本的措施，比如为赶制一个重要客户的订单而支付加班费。相反，评价营销经理则看销售是否增长和顾客是否满意，所以他们认为支付一点加班费相对于顾客忠诚而言是微不足道的。这样，生产部门和营销部门之间的矛盾就不可避免了。

（5）有限的资源。管理是获取、开发和利用资源的过程，这些资源使一个组织有效率并保持其有效性。组织资源有限时，管理就比较困难，冲突就容易产生。比如，组织财力有限，能够获得财政支持的部门和不能获得财政支持的部门之间就可能产生冲突；提升机会有限，能够获得提升的组织成员和不能获得提升的组织成员间就容易产生冲突。

（6）地位不一致。组织中的一些个人、团队或部门更受重视，这一现实也能导致冲突。比如在一些餐厅中，厨师比桌边的侍者的地位要高。厨师需要从侍者那里得到顾客的菜单，侍者也可以把顾客认为不好的食物退回去。这种地位的不一致（高地位的厨师听命于低地位的侍者）可能会成为冲突产生的原因。因为这一缘故，有些餐厅要求侍者把顾客的菜单放在一个转盘中，从而减少侍者向厨师发号施令的机会。

2. 冲突的过程

冲突的过程如图7—5所示。

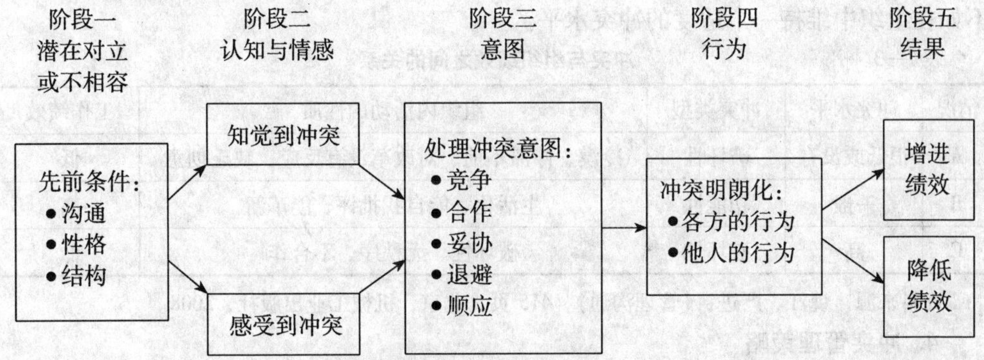

阶段一	阶段二	阶段三	阶段四	阶段五
潜在对立或不相容	认知与情感	意图	行为	结果

图7—5　冲突的过程

（1）潜在对立或不相容阶段。这是冲突的潜伏期。一些先前条件的存在为冲突的发生埋下了隐患。这些先前条件包括个人方面的和结构方面的。个人方面的条件包括个人的不良性格和态度、人际沟通的失败等；结构方面的条件是个人自身无法解决的，比如组织结构设计方面的问题、环境的重大变化等。

（2）认知与情感阶段。这一阶段潜在的冲突将要明朗化，冲突各方开始意识到冲突的存在。这种意识要么来自于对客观现实的认识，要么来自于个人的感受。

（3）意图阶段。在这一阶段，针对日渐明朗化的冲突，冲突双方开始显现出处理冲突的不同态度，即意图。

（4）行为阶段。在这一阶段，冲突彻底爆发，冲突各方根据自己的意向对冲突进行处理。处在冲突以外的人也试图对冲突的处理施加影响。

（5）结果阶段。冲突最后产生两种效果：增进组织绩效或者损害组织绩效。

3. 冲突与绩效的关系

培养有效处理冲突的技能是很重要的，因为冲突水平对一个组织的绩效有很大影响。美国学者布朗曾对冲突与组织绩效之间的关系进行过考察，他发现冲突水平与组织绩效之间有一定的关系，如图7—6所示，在A点，没有冲突或冲突很少，对应的组织绩效不好。缺乏冲突表明管理者过分追求一致，而忽略创新、反对变革，追求妥协而不是最优决策。随着冲突水平从A点上升到B点，组织绩效随之上升。当一个组织达到最佳冲突水平（B点）时，管理者倾向于鼓励不同的意见，寻求改进组织运行的有效方法，并把争论和不一致视作有效决策的必要要素。随着冲突水平从B点到C点，组织绩效下降。当一个组织的冲突水平过高时，管理者就会浪费组织资源追求个人目标，他们更关心为自己赢得竞争的胜利而不是为组织赢得竞争优势，更关心怎样与对手拼个你死我活而不是如何做好决策。

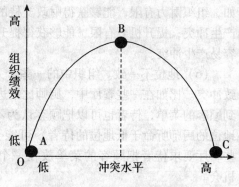

图7—6 冲突与绩效的关系

这一情况也可以用表7—3来表示。所以，布朗认为，管理者与其花费大量的精力来防止或解决组织内的各种不协调行为，不如在组织中维持一个适度的冲突水平。

表7—3　　　　　　　　　　　冲突与组织绩效之间的关系

情况	冲突水平	冲突类型	组织内活动的性质	工作绩效
A	很低或没有	破坏性	冷漠、停滞不前、对改革没有反应、缺乏创意	低
B	一般	功能性	生活化、能自我批评、能革新	高
C	高	破坏性	破坏性、无秩序、不合作	低

资料来源　魏江、严进：《管理沟通》，415页，北京，机械工业出版社，2008。

4. 冲突管理策略

组织为了达到目标，管理者必须以一种功能性的方式解决冲突。功能性冲突解决方式意味着冲突双方的妥协或者合作。妥协指冲突双方不仅关心自己的目标，也考虑到对方的目标，并且愿意进行一定的交换和让步，直到达成合理的解决方案。合作指冲突各方不用让步，而是努力找出解决分歧同时使各方都受益的新的解决方法。

当冲突各方愿意互相协作，找出各方都能接受的解决问题的方法时（通过妥协或者合作），组织目标更有可能实现。我们介绍的有效解决冲突的策略将关注两个层面，即个人层面和组织整体层面。

（1）个人冲突的解决策略

①提高对冲突来源的认识。很多时候产生冲突是因为沟通问题和误解。比如，语言方式的不同导致团队中男性比女性发言更多，提出更多意见。这些沟通差异可能导致冲突。因为男性可能错误地认为女性不感兴趣，或没有能力，因为她们不怎么参与；而女性可能认为男性太专断，不在意她们的意见，因为他们似乎总是说个不停。通过提高人们对冲突源的认识，管理者可以帮助他们更好地解决冲突。一旦男性和女性认识到他们之间的冲突来自于不同的语言模式，他们就可以更有效地沟通。男性可能给女性更多的发言机会，女性也可以更积极地发表意见。

②提高对多样性的认识和处理多样性的技能。人际冲突也可能来源于多样性。如果资历老的员工需要向比他们年轻的上级汇报，他们会感到不舒服；一个拉美人会感到和一群白人员工合不来；一个女性高级经理会觉得每当她和那些占绝对多数的男性

高级经理中的任何一个意见相左时，他们总是联合起来对付她。无论这些感觉是否正确，它们都有可能导致冲突产生。我们在前面介绍的处理多样性的技巧可以帮助管理者有效地处理来自于组织成员多样性的冲突。

③工作轮换或短期任职。有时冲突产生仅仅是因为组织成员对其他人所面对的工作需求缺乏理解。比如，一个金融分析师被要求定期向会计部门的一个成员按月提交报告，这些报告对这位金融分析师而言不是很重要，所以她一般会拖上两天才交上报告。以往到了应交报告的那天，会计师就会找到她，详细地说明为什么她必须按时提交报告，而她强辩说自己有很多其他事要做，这时冲突的产生就不可避免了。在这种情况下，工作轮换或短期任职是解决冲突的有效方法，这会增加组织成员对其他部门工作的理解。如果那位金融分析师花些时间在会计部门工作，她可能会更容易理解按时提交报告的必要性，同样的，金融部门的短期任职能够帮助会计人员理解分析师的工作需要，然后想办法尽量精简报告。

④永久调任或解雇。有时当其他的策略都不起作用时，管理者需要采取更激进的措施：永久调任或是解雇。假设同一部门的两个经理经常发生矛盾，不管他们的上级如何努力都无法化解他们之间的问题，在这种情况下，上级可能会考虑把他们中的一个调离该部门，这样他们接触的机会就会减少。

（2）组织冲突的解决策略

①改变组织结构或文化。冲突可能表明组织的结构或文化需要调整。有时管理者可以通过改变组织结构有效地解决冲突。比如，随着组织的成长，在组织规模较小时的职能结构（由不同的职能部门组成，如营销、财务、生产）可能不再有效，这时向扁平结构的转换可以有效地解决这一冲突。有时管理者可能需要采取措施改变组织文化以解决冲突，组织文化中的准则和价值观可能会导致难以解决的矛盾的产生。

②改变冲突的来源。如果冲突来源于权力重叠、不协调的评价和薪酬体系以及地位不一致，管理者可以直接改变冲突源——重叠的权利、评估薪酬体系或是地位不一致。比如，管理者可以通过重组命令链、重新安排任务解决因权力重叠而引起的冲突。

5. 冲突处理——托马斯模型

为了有效地解决组织中的人际关系冲突，美国的行为科学家托马斯（Thomas）提出了一种二维模型，用于分析冲突的可能解决方案和结果（如图7—7所示）。

（1）回避策略。回避策略是指既不合作又不坚持的策略。这时，人们将自己置身于冲突之外，忽视了双方之间的差异，或保持中立态度。这种方法指的是当事人不关心事态的发展，对自己的利益和他人的利益均无兴趣，回避各种紧张和挫折的局面。回避方法可以避免问题扩大化，但常常会因为忽略了某种重要的看法使对方受挫，易遭对手非议，若长期使用效果并不是很好。

（2）竞争策略。竞争策略是指高度坚持且不合作的策略。它代表了一种"赢—输"的结果，即为了自己的利益牺牲他人的利益。一般来说，此时一方在冲突中占绝对优势，于是，一方会认为自己的胜利是必要的，相应的，另一方必然会以失败而告终。竞争策略通常可以使人们只求达到自己的目的，所以同样不受对手的欢迎。

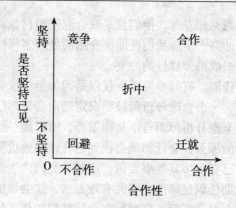

图7—7　托马斯的人际冲突处理模型

资料来源　魏江、严进：《管理沟通》，420页，北京，机械工业出版社，2008。

（3）迁就策略。迁就策略代表着一种高度合作而坚持程度较低的策略，当事人会牺牲自己的利益而满足他人的要求。通常迁就策略是为了从长远角度出发换取对方的合作，或者是屈服于对手的意愿。因为迁就策略是最受对手欢迎的，但容易被对手认为过于软弱或是表示屈服。一味迁就和牺牲自身利益也为大多数冲突的解决者所拒绝。

（4）合作策略。合作策略是在高度的合作精神和坚持的情况下采取的策略。它代表了冲突解决的双赢局面，即最大限度地扩大合作利益，既考虑了自己的利益，又考虑了他人的利益。一般来说，持合作态度以解决冲突问题的管理者有这样一些特点：认为冲突是一种客观的、有益的现象，处理得当会引起一些建设性问题的解决；相信冲突双方在地位上是平等的，并认为每个人的观点都有其合理性；创造性地解决冲突问题，突破固有的思维框架，整合双方利益。

（5）折中策略。在折中策略下，合作性和坚持程度均处于中间状态，它建立在"有予必有取"的基础之上，这种策略通常需要一系列的谈判和让步才能形成。与合作策略相比，折中策略只求部分地满足双方的要求，但折中策略却是常用的、被人们广泛接受的一种冲突管理策略。折中策略至少有以下优点：尽管它部分地阻碍了对手的行为，但仍然表示出合作的姿态；它反映了处理冲突问题的实用主义态度；它有助于保持双方之间的良好关系。一项研究表明，人们之所以欢迎折中策略，是因为折中策略的确提供了一个解决办法，能够解决管理的两难问题。

成功的管理者能比不成功的管理者，高效率的组织能比低效率的组织更多地采取合作策略处理冲突问题，因为合作策略的有效运用能够使冲突双方都产生满足感，而其他的策略都会使冲突一方的要求不能得到满足而产生挫折感，为下一次冲突埋下了伏笔。伯克曾对以上5种策略的有效程度进行过调查（1970），他发现使用合作策略常能有效地解决冲突问题；竞争策略效果很不好；回避策略和迁就策略一般很少使用，而且使用时效果都不好。根据他的统计，使用各项策略的具体效果如表7—4所示。

表7—4　　　　　　　　　　解决冲突问题的各种策略的有效性

策略	有效果（%）	没有效果（%）
回避	0.0	9.4
迁就	0.0	1 9
折中	11.3	5.7
竞争	24.5	79.2
合作	58.5	3.8
其他	5.7	3.8

资料来源　魏江、严进：《管理沟通》，421页，北京，机械工业出版社，2008。

6. 冲突处理的胜负策略模型

在冲突处理的过程中，双方都会考虑自己在冲突中的胜负得失情况。研究表明，冲突双方往往把自己的胜负看得比达到最终目的、解决冲突问题更重要，相对得益是冲突解决中影响决策者行为的重要因素，如两个原来想增加自己收益的冲突群体，到后来他们所做的许多选择不是用以增加其个人的收益，而是在减少对方的收益。似乎彼此相对的地位比绝对的利益还重要，可见冲突双方对冲突结果，特别是自己的胜负是非常关心的。考虑冲突双方的胜负情况，郭朝阳（2000）提出以下胜负策略模型（如图7—8所示）。

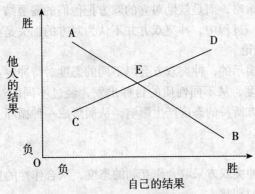

图7—8　冲突处理的胜负策略

资料来源　魏江、严进：《管理沟通》，422页，北京，机械工业出版社，2008。

沿着C—E—D线，双方的满意度成正比，冲突给双方带来的是同样的结果，可以视为冲突处理的整合方向。按照双方的胜负观，沿着C—E—D线移动时，双方的相对地位是平等的，冲突双方是一种合作关系。越往D方向移动，解决的效果越好。优秀的管理者会努力沿着这个方向提出解决方案。

沿着A—E—B线，冲突双方进行的是一场"零和游戏"，即双方的得失是此消彼长的关系，得失之和为零，可以视为冲突处理的分布式策略。沿着分配方向移动，双方特强调自己的得失，当自己越来越满意的时候，对手却付出了越来越大的代价，如分配数目固定的奖金时，一方获得越多，另一方获得就越少。与对方的对比程度是这种划分中的主要划分标准。对应于冲突双方的不同选择，可能有 4 种不同的处理策略。

（1）负—负策略。这种处理方式就是图中的 C。冲突结果使双方都处于失败的状况，任何一方都不能以牺牲对方的利益为代价获得自己的利益，结果双方都一无所获。但经过冲突后，双方的地位平等，并没有谁比对方更优越，处于一种低平衡状态，两败俱伤是这一类冲突解决方式的结果。负—负策略也许是最不受欢迎的策略，但有时却是唯一的办法，因为它反映的是一方的存在妨碍了另一方的成功的状况。

（2）胜—负策略。这种处理方式就是图中的 A 和 B。双方的行动是一种"二选一"的选择——不是你死，就是我活。其结果是使一方完全满意，相应的另一方完全失意，即一方战胜另一方。比如，为争夺某一部门经理位置而发生冲突的两名职员，一人的成功就必然建立在另一人失败的基础之上。

（3）胜—负均衡策略。这种处理方式就是图中的 E。该策略的采用使得冲突双方取得胜负均衡的结果，任何一方都没能战胜对手，但也没有负于对手，即处于无胜负状态。有时该结果是由于双方互不相让，相互对峙，使得问题悬而未决，没能找到好的解决办法，但更多的是双方相互让步，各自得到部分满足，进行妥协的结果。于是双方处于一种半满意的均衡状态。

（4）胜—胜策略。这种处理方式就是图中的 D。胜—胜策略反映了一种"双赢"局面，即双方均获得了自己的利益，同时没有牺牲对手的利益，故也是最受欢迎的策略。它不同于胜—负策略，而是鼓励对立的双方把他们的需要结合起来，以便两者都得到充分满足，在这一过程中，冲突双方并不认为对方的损失是必要的。

7. 合作冲突环理论

正如冲突过程所揭示的，冲突双方会以不同的态度对待冲突：合作或者竞争。冲突各方采取不同的态度，从不同性质的目标出发，经过不同的过程，导致不同的结果，而结果又会对双方所持的态度产生影响，从而形成一种循环，这就是合作冲突环理论，如图 7—9 所示。

（1）良性循环环

①合作性目标：冲突双方采取合作互利的态度，从合作性的目标出发，希望通过双方的互动实现自身的利益。

②信任与依赖：合作的意愿导致冲突双方的信任和依赖。双方都相信可以信赖对方，认为自身所付的努力和所冒的风险会得到应有的回报，在实际行动中留意对方的需要，并作出积极的回应。

③讨论与双赢：冲突双方为了共同的利益互相支持、分享信息，开诚布公地讨论对方的观点，充分沟通。

④迈向合作：冲突双方的合作使彼此对对方都持有正面的态度，进一步强化工作关系，增强未来合作的信心。

（2）恶性循环环

①竞争性目标：冲突双方都有自利倾向，以牺牲对方的利益为代价换取自身的利益。

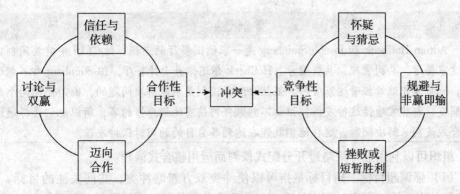

图7—9　合作冲突环

②怀疑与猜忌：双方的自利态度使得其互不信任，不愿意回应对方的要求，不愿意付出努力和冒风险。

③规避与非赢即输：相互猜忌使冲突双方不能充分沟通，强加自己的观点于对方，甚至相互诋毁，不愿意分享信息，限制信息的共享。

④挫败或短暂胜利：相互竞争的结果导致一方的挫败以及另一方的短暂胜利。挫败的一方心生不满，挫折感加强；胜利的一方的获利也是短暂的，短暂的胜利感消失后会由于不良的工作关系重新产生压力，于是双方未来合作的可能性降低。

8. 解决冲突的有效工具——谈判

谈判是两个或两个以上的、既有冲突又有一致利益的个体，相互公开意见，就某些重大问题进行磋商以求达成可能的协议的行为。当冲突双方有对等的权力时，一种重要的解决冲突的工具就是谈判。在谈判过程中，冲突各方考虑分配资源的各种可能方案，努力找出各方都能接受的解决方案。

谈判有两种形式：分配式谈判和整合式谈判。所谓分配式谈判就是有输有赢，一方所得就是另一方所失。分配式谈判能够成功，在于双方的目标都有弹性并有重叠区存在，重叠区就是双方和解达成协议的基础。谈判双方只进行谨慎的交流，不完全信任对方，甚至欺骗、威胁对方。总之，双方进行的是一场谨慎的谈判。

整合式谈判就是谈判结果能找到一种双方都受益的方案。这种谈判要求双方对另一方的需求十分敏感，各自都比较开放和灵活，双方都对另一方有足够的了解和信任。在此基础上通过开诚布公的谈判，就可能找到双赢的方案，从而建立起牢固的、长期的合作关系。

形象一点来说，在分配式谈判中，冲突双方假定他们有一个"固定大小的蛋糕"，他们需要在彼此间分配这个蛋糕，他们站在对立的立场互相竞争，各方都认为需要有所妥协但必须全力争取最大的利益。他们不考虑将来，不关心他们的关系是否因为相互竞争而遭破坏。

在整合式谈判中，冲突双方假定他们通过找出创造性的解决方法可以把蛋糕做大，他们不是把他们之间的冲突视作非赢即输的情形，而是把其视作双方都能获益的双赢局面。整合式谈判的特征是信任、信息共享和具有合作解决冲突的愿望。

管理实践 7—8　　　　　　　　　　整合式谈判

Adrian Hoffbeck 和 Joseph Steinberg 是一家德国餐厅的老板，他们 15 年前共同创建了这家餐厅，共同管理，共负盈亏。Hoffbeck 想退休并卖掉餐厅，但 Steinberg 却不想退休，他希望能继续经营这家餐厅。显然分配式谈判是不能解决问题的，因为他们两个是好朋友，都非常珍惜这份友谊，谁都不想做任何伤害他们感情的事，所以他们选择通过整合式谈判来解决问题，这样他们就能在达到各自目的的同时保持友谊。

组织可以利用五种策略避开分配式谈判而运用整合式谈判：

（1）强调超目标。超目标是指可以使冲突双方忽略冲突、共同关注的目标。提高组织的有效性、提高对顾客的反应、获取竞争优势是一些超目标的例子。超目标帮助冲突各方顾全大局，使他们认识到他们需要为一个更大的目标一起合作。Hoffbeck 和 Steinberg 在谈判过程中强调三个超目标：保证餐厅的继续生存和繁荣、允许 Hoffbeck 退休，以及允许 Steinberg 继续经营餐厅，想干多久就干多久。

（2）对事不对人。处于冲突中的人可能倾向于注意对方的短处和弱点，从而使冲突带上个人感情色彩。这样会使冲突双方互相进行人身攻击，而不是致力于解决问题。这种处理方式与整合式谈判的要求是不相符的，它将把谈判引入到分配式谈判中。冲突各方需要注意问题或者冲突源泉本身，要避免互相诋毁。

因为 Hoffbeck 和 Steinberg 是多年的好友，所以他们这方面的问题应该不大，但他们仍需注意不要使冲突带上感情色彩。Steinberg 回忆起有一次当他们为一个问题纠缠时，他不由开始想 Hoffbeck 才 57 岁，这么年轻就退休是多么懒惰，"如果他不是这样懒惰，我们就不会像现在这样一团糟"。然而 Steinberg 从没有向 Hoffbeck 提起过这些想法（Hoffbeck 后来承认有时他也无法忍受 Steinberg，因为他简直就是个工作狂），因为他知道这样做他们很难解决问题。

（3）关注利益，而不是需要。需要是一个人想要的东西；利益则是他为什么想要这些东西。当两个人身处矛盾中时，使两者的需要都得到满足是不太可能的，但他们潜在的利益是可能同时获得的。满足这些利益是整合式谈判的要义所在。

Hoffbeck 的需要是卖掉餐厅，将所得分掉，Steinberg 的需要是维持现状，很显然两种需要无法同时得到满足，但他们的利益或许可以同时得到保证。就潜在的利益而言，Hoffbeck 想退休，把钱用于投资，靠投资所得生活；Steinberg 则想继续拥有、管理餐厅，并从中获利。

（4）寻求双赢的新方案。一旦冲突各方都关注他们的利益，他们就可能获得使双方都受益的冲突解决方法。这种双赢局面意味着双方能够找出把蛋糕做大的新方法，而不是从已有的有限的方法中去选择。

Hoffbeck 和 Steinberg 设计出了这样的方案：第一，尽管 Steinberg 没有足够的资本，他仍可以"买入"Hoffbeck 的股份，也就是 Hoffbeck 不再拥有所有权，但并不抽出资金，作为回报，Steinberg 给他支付合理的投资报酬。第二，双方可寻求把 Hoffbeck 的股份卖给第三方，但保证 Steinberg 对餐厅拥有经营管理权，并从中获利。第三，双方继续共同拥有餐厅，Steinberg 经营餐厅并获得大部分利润，Hoffbeck 不参与餐厅日常经营管理，但他也能获得所有权收益。

（5）关注公平。注重公平与公平分配的原则是一致的，它强调根据对组织的贡献进行公平分配。冲突双方可能在某些特定方面意见不一，并倾向于使自己利益最大化的解决方案。注重公平将帮助双方达成一致。

Hoffbeck 和 Steinberg 利用所有这五种策略解决冲突。

Steinberg 认为既然 Hoffbeck 想和餐厅脱离关系，就应尊重他的选择。他们于是采取第二个方案，寻求一个合适的买主购买 Hoffbeck 的股份。他们成功地找到了这样的人，现在 Steinberg 继续经营着餐厅，他与 Hoffbeck 也维持着良好的友谊。

当管理者运用并鼓励其他组织成员应用这五种策略时，他们更可能有效地利用整合式谈判解决冲突。此外，管理者和其他组织成员需要知道并尽量避免可能导致错误决策的偏见，比如晕轮效应。

优秀的管理者实现有效谈判，一般要遵循如下原则：

（1）理性分析谈判的事件。抛弃历史和感情上的纠葛，理性地判别信息、依据的真伪，分析时间的是非曲直，分析双方未来的得失。

（2）理解你的谈判对手。他的制约因素是什么？他的真实意图是什么？他的战略是什么？

（3）抱着诚意开始谈判。态度不卑不亢，条件合情合理，提法易于接受，必要时可主动让步（也许只是一个小小的让步），尽可能寻找双赢的方案。

（4）坚定与灵活相结合。对自己目标的基本要求要坚持，对双方最初的意见不必太在意，那多半只是一种试探，有极大的伸缩余地。当陷入僵局时，应采取暂停、冷处理后再谈，或争取第三方调停，尽可能避免破裂。

本章小结

1. 沟通是指两个或两个以上的个体或群体之间为达成共识而进行的信息共享过程。沟通由七个要素组成：发送者、信息、编码、媒介、解码、接收者以及反馈。沟通有七个步骤：发送者发出信息、编码、传递信息、解码、反馈、纠偏、接收者的行动。沟通必须具备三个基本条件：有信息发送者和接收者；有信息内容；有传递信息的媒介。按照所借助的媒介或手段，沟通可以分为口头沟通、书面沟通、非语言沟通和电子媒体沟通。

2. 自我沟通即信息发送者和信息接收者为同一行为主体，自行发送信息、自行传递、自我接收和理解。

3. 人际沟通是指两个或两个以上的人之间的信息沟通。人际沟通的主要障碍有过滤、抵触情绪、语言差异、信息含糊和混乱、环境干扰、民族文化的挑战。个体行为对沟通的影响有态度、个性、情绪、选择性知觉。作为信息发送者的人际沟通技能有：有勇气开口、态度诚恳、选择合适的沟通媒介、提高自己的表达能力、注重反馈。作为信息接收者的人际沟通技能有：关注、积极倾听、移情。

4. 组织沟通可以分为：正式沟通和非正式沟通。正式沟通主要包括下行沟通、上行沟通、横向沟通、斜向沟通。组织沟通中一般存在五种沟通网络：轮状网络、链状网络、环状网络、Y 状网络和多渠道网络。组织沟通中的主要障碍有：等级观念的影响、小集团影响、利益影响、信息的超负荷。组织沟通的技能有：创造一种信任和公开的组织气氛、开发和使用多种信息沟通渠道、建立合理的组织结构以促进沟通、有效管理冲突。

5. 冲突可以分为四个层次：个人内心的冲突、人际冲突、团体之间的冲突和组织层次的冲突。按照冲突的结果，可把冲突分为建设性冲突和破坏性冲突。组织冲突来源包括不同的目标和时间观念、权力重叠、任务依赖、不适当的评价和报酬体系、有限的资源和地位不一致。冲突过程分为 5 个阶段：潜在对立或不相容、认知与情感、意图、行为、结果。处理个人冲突的策略包括：提高对冲突来源的认识；提高对多样性的认识和处理多样性的技能；工作轮换或短期任职；永久调任或解雇。处理组织冲突的策略包括：改变组织结构或文化；改变冲突的来源。

关键术语

沟通（communicate）　自我沟通（self-communication）　人际沟通（interpersonal communication）　组织沟通（organizational communication）　正式沟通（formal communication）　非正式沟通（informal communication）　沟通网络（communication network）　冲突（conflict）

复习与思考

1. 什么是沟通？沟通的重要性表现在哪些方面？
2. 描述沟通过程。
3. 简述信息沟通的形式及其特点。
4. 沟通有哪些可供选择的媒介？
5. 沟通过程存在哪些可能的障碍？举例说明选择性知觉是如何影响沟通过程的。
6. 讨论在当前的管理实践中为什么要加强组织间沟通。
7. 冲突的基本类型有哪些？
8. "有效的管理者应尽力消除组织的一切冲突。"这种说法对吗？请讨论。
9. 处理个人冲突的策略有哪些？
10. 如何处理组织层面的冲突？
11. 谈判的主要形式有哪些？一般原则是什么？
12. 什么叫整合式谈判？如何在实践中有效利用整合式谈判？

案例分析

戴尔的邮件门

2005 年 5 月 30 日早晨，《第一财经日报》报道了一条爆炸性消息：戴尔的一位销售人员以避免"支持中国政府"为由，在电子邮件中试图劝说 IBM 的原客户采购戴尔的产品。这组邮件是戴尔美国中大西洋地区战术项目军队系统（销售）经理与其所公关的目标客户———家总部位于美国新泽西州的公司的一位主管军队系统计算机采购的负责人之间的往来信件。该公司是一家系统集成和咨询公司，成立于 1983 年，公司的客户包括美国联邦政府以及很多美国军方客户。在一份发出日期标注为 2005 年 4 月 27 日晚上 8 时 12

分（美国东部时间）的电子邮件中，这位名叫 Chris 的戴尔公司的销售人员称："要知道，联想公司是一家中国政府控制的企业，最近刚刚收购 IBM 的个人计算机业务。尽管美国政府已经批准了联想的收购，但是，大家必须明白一点，现在客户们每买一美元的产品，都是直接支持和资助了中国政府。"戴尔这位销售人员在随后的一份邮件中进一步强调称："IBM 将个人计算机业务卖给了联想，而联想是一个中国政府控制的公司。"

消息披露后，在中国国内引起了轩然大波。复旦大学美国研究中心教授沈丁立就此认为，"这是不讲良心的做法"。沈丁立告诉记者，在美国部分所谓的精英眼中，来自中国的"穷小子"（联想）收购了 IBM 的 PC 业务，是不可接受的"。他们能接受日本企业的收购，但不能接受来自中国的收购，他们会认为是技术侵略。沈丁立表示，对戴尔公司出自市场竞争需要，而可能妖魔化中国和中国企业的做法感到遗憾。《IT 时代周刊》总编辑曹健表示，戴尔利用一些反华情绪来促销自己的产品打压对手是很卑鄙的。这一事件在网民中引起了极大关注，在新浪网进行的实时调查中，83.31% 的网民认为戴尔员工的行为违反了公平竞争，只有 11.28% 的网民认为戴尔员工的行为属于正当行为。

2005 年 5 月 30 日下午 18 时，联想集团作出正式反应，集团新闻发言人对外发表了三点看法：第一，近两个月来联想不断听到其美国销售团队反应类似情况，对于 30 日媒体报道中所提及的戴尔公司的这种做法，联想深表遗憾；第二，作为一家国际知名企业，（戴尔）应当尊重基本的商业准则，尊重各个国家的政府及企业，公平竞争；第三，在未来的国际竞争中，新联想非常有信心面对各种挑战，全凭借实力竞争，遵守商业准则，新联想会向全球客户证明自己是一家非常优秀的企业。

针对这一事件，戴尔公司最初没有直接反应，该公司中国新闻发言人 2005 年 5 月 30 日表示，不清楚有此事发生。她希望能从媒体获得进一步的信息，以便更好地对此进行核实和调查。两天后，戴尔美国总部于下午发布官方声明，承认确有此事，并宣布将对发表该言论的员工进行严肃处理。接到戴尔的声明之后，记者第一时间致电联想集团企业推广部宣传总监朱光，但他表示联想目前不愿就此作出任何评论。2005 年 6 月 3 日，戴尔通过代理公司向本报发来声明称："戴尔美国销售人员与客户邮件"一事引起了公司的高度重视，公司对该员工发表这样的言论深表遗憾，该言论绝不代表公司的立场。此外，戴尔在声明中还表示，"诚信取胜"是公司的行为守则。在戴尔公司的员工行为守则中，对于发表任何有关竞争对手及其产品的评论均有明确和严格的规定。戴尔一贯致力于在中国长期投资和发展，与中国政府有着长期良好的合作关系。戴尔公司对中国政府所给予的一贯支持表示感谢。

资料来源 陈传明、周小虎：《管理学原理》，251 页，北京，机械工业出版社，2007。

思考题：

1. 造成"邮件门"事件的主要原因是什么？你认为企业应当如何加以预防？

2. 从沟通的原理来看，你认为戴尔公司对"邮件门"事件的处理上存在哪些问题？

3. 从企业危机管理的角度来看，你认为戴尔公司处理的是否恰当，如果存在不足如何改进？

第八章 控　制

引例　　　　　　　　　　可口可乐的质量危机

　　1999 年 6 月初，比利时和法国的一些中小学生饮用美国饮料可口可乐，发生了中毒事件。一周后，比利时政府颁布禁令，禁止本国销售可口可乐公司生产的各种品牌的饮料。比利时安特卫普和法国敦刻尔克的瓶装厂商不遵守质量控制程序的举动使可口可乐公司深陷困境，1 400 万箱饮料被从欧洲 5 个国家的市场上召回。已经拥有 113 年历史的可口可乐公司遭受了历史上鲜见的重大危机。

　　2001 年 3 月的一天，可口可乐公司法国瓶装厂宣布，由于生产的缺陷造成可口可乐混入少量玻璃碎屑，公司将回收 7 000 多箱 8 瓶装可口可乐。可口可乐法国公司提醒消费者不要饮用标有 "E12P" 和 "E13P" 的瓶装可口可乐，公司将收回并予以补偿。导致这一召回决定的原因是公司在巴黎西郊的瓶装厂质量管理失控，致使每 10 000 个玻璃瓶中可能有 3 个玻璃瓶破损。可口可乐美国亚特兰大总部发言人劳拉·艾斯曼表示，目前还没有关于玻璃碴伤人的报道。这次召回影响到了已经到法国零售商手中的 7362 套 8 瓶装 250 毫升可乐。

　　资料来源　http://news. xinhuanet. com/newmedia/2006-04/16/content_4424770_10. htm；樊宏伟、杨晓：《法国回收玻璃瓶装可口可乐　我国制品无质量问题》，载《北京青年报》，2001 - 03 - 09。

　　可口可乐公司的质量问题造成的恶劣影响需要公司花数月甚至更长的时间去挽回。在当今社会，控制已成为组织管理者所面临的重要问题，缺乏有效的控制系统会严重影响一个公司的持续、健康发展。因此，控制工作非常重要，它是管理职能环节中的最后一环，是从总经理到班组长在内的每一位管理者的职能。

第一节　控制概述

一、控制的含义和特点

1. 控制的含义 [①]

　　计划提出了管理者追求的目标，组织提供了完成这些目标的结构、人员配备和责任，领导则是对下属施加影响，指导他人活动以实现组织目标，而控制提供了有关偏差的知识以及确保与计划相符的纠偏措施。控制就是根据拟订的计划，对实现目标的进展情况进行确定和衡量的过程，它与计划、组织、领导目标的实现密切相关。

　　所有的管理者都应该承担控制的职责，即便他的部门完全按照计划运作。因为管理者在对已经完成的工作与计划所应达到的标准进行比较之前，并不知道他的部门的

---

　　① 戴淑芬：《管理学教程》，25 页，北京，北京大学出版社，2000。

工作是否进行正常，而一个有效的控制系统可以保证各项行动完成的方向是朝着组织既定目标前进的。总之，控制系统越是完善，管理者实现组织目标就越容易。

2. 控制的特点

管理工作的控制职能的特点为：

（1）控制具有整体性。这包含两层含义：一是管理控制是组织全体成员的职责。完成计划是组织全体成员的共同责任，参与控制是全体成员的共同任务。二是控制对象是组织的各个方面。确保组织各部门彼此在工作上的均衡与协调，是管理工作的一项重要任务。为此，需要掌握各部门的工作情况并予以控制。

（2）控制具有动态性。管理工作中的控制不同于电冰箱的温度调控，后者的控制是高度程序化的，具有稳定的特征。组织不是静态的，其外部环境及内部条件随时都在发生着变化，从而决定了控制标准和方法不可能固定不变。管理控制应具有动态的特征，这样可以提高控制的适应性和有效性。

（3）控制是对人的控制，并由人执行控制。管理控制是保证工作按计划进行并实现组织目标的管理活动，而组织的各项工作要靠人来完成，各项控制活动也要靠人去执行。所以，管理控制首先是对人的控制。

（4）控制是提高员工工作能力的重要手段。控制不仅仅是监督，更重要的是指导和帮助。通过控制工作，管理者可以帮助员工分析偏差产生的原因，端正员工的工作态度，指导他们采取纠正措施。这样，既能达到控制的目的，又能提高员工的工作和自我控制的能力。

二、控制的目的和重要性

1. 控制的目的

在现代管理系统中，人、财、物等要素的组合关系是多种多样的，时空变化和环境变化很大，内部运行和结构有时变化也很大，加上组织关系错综复杂，随机因素很多。处在这样复杂的环境中，要想实现既定的目标，执行为此而拟订的计划，求得组织在竞争中的生存和发展，不进行控制工作是不可想象的。

在现代管理活动中，无论采用哪种方法来进行控制工作，要达到第一个目的（即控制工作的基本目的）是"维持现状"，即在变化的内部环境中，通过控制工作，随时将计划的执行结果与标准进行比较，若发现有超过计划容许范围的偏差，则及时采取必要的纠正措施，以使系统的活动趋于相对稳定，实现组织的既定目标。

控制工作要达到的第二个目的是"打破现状"。在某些情况下，变化的内、外部环境会对组织提出新的要求，主管人员对现状不满，要改革创新、开拓新局面，这时就势必要打破现状，即修改已定的计划，确定新的现实目标和管理控制标准，使之更先进、合理。

在一个组织中，往往存在两类问题：①经常产生可迅速、直接地影响组织日常经营活动的"急性问题"（acute problem）；②长期存在会影响组织的"慢性问题"（chronic problem）。解决急性问题，多是为了维持现状，而解决慢性问题就要打破现状。在各级组织中，大量存在的是慢性问题，但人们往往只注意解决急性问题而忽视解决慢性问题。这是因为慢性问题是在长期活动中逐渐形成的，产生的原因复杂多样，人们对其存在已经"习以为常"，以至于适应了其存在，不可能发现或者即使已经发现也不愿意承认和解决。而急性问题是经常产生的，对多数人的工作和利益会产生显而易见的影响，故容易被人们发现、承认和解决。因此，要使控制工作真正起作用，就要像医生诊治疾病那样，重点解决慢性问题，打破现状，求得螺旋形上升。

要打破现状，解决慢性问题，是需要一段时间的，这段时间就叫做"管理突破过程"。例如，在企业管理过程中，要分析企业的产品质量，可以将产品的优等品率作为评价考核指标之一。若一个企业要把产品的优等品率从原来的80%提高到95%，就需要一个过程。

尽管日常控制工作的目的主要是前面所说的两个，但进行控制工作的最佳目的是防止问题的产生。这就要求管理者的思想应向前看，把控制系统建立在前馈而不是简单的信息反馈的基础上，在不应发生的偏离计划的情况出现以前就能预测到并能及时采取措施来加以防范。

2. 控制的重要性

（1）任何组织、任何活动都需要进行控制。控制工作能够为主管人员提供有用的信息，使之了解计划的执行进度和执行中出现的偏差及偏差的大小，并据此分析偏差产生的原因。

（2）控制工作的重要性还表现在管理的四个职能所处的地位及相互关系。控制工作通过纠正偏差行为与其他三个职能紧密地结合在一起，使管理过程形成了一个相对封闭的系统。一旦计划付诸实施，控制工作就必须穿插其间进行。它对于衡量计划的执行进度，发现并纠正计划执行中的偏差都是非常必要的。

三、控制系统的构成

有效的控制系统可将组织潜在的利益最大化，将不良反应最小化，为达到这一目标，组织的控制系统应主要由以下几个要素组成：

（1）控制的对象。要建立控制体系，首先必须明确控制的对象，即控制什么。组织活动的成果应成为控制的重点对象。管理者必须分析组织活动想要实现什么样的目标，分析对组织有影响的重点因素。为了确保组织的预期成果，就必须在成果形成之前，对影响成果形成的各种因素进行分析，找出重点因素并把这些因素作为控制的对象。一般来说，组织控制的重点包括人员、财务活动、作业、信息、组织绩效等几个方面。

（2）控制标准。有效的控制系统必须建立在有效、准确的控制标准上，即要求控制在怎样的范围以内。控制标准一般包括时间标准、质量标准、行为准则等。控制应服从组织发展的总体目标，因此，控制标准往往是根据总目标所派生出来的分目标及各项计划指标来确定的。

（3）控制的方法和手段。控制的方法和手段是多种多样的，组织可以视不同的情景选用相应的控制方法和手段。

（4）控制的主体。组织控制系统的主体是各级管理者及其所属的职能部门。在控制主体中，由于管理者所处的地位不同，其控制的任务也不同。一般而言，中低层管理者执行的主要是例行的、程序性的控制，而高层管理者履行的主要是例外的、非程序性的控制。

第二节　控制的过程、类型及原理

一、控制的过程

控制工作的过程大致可以分为四个步骤：首先要确定标准；其次根据标准衡量工作绩效；再次分析衡量结果；最后针对问题采取管理行动。

1. 确定标准

所谓标准，就是衡量组织中的各项工作或行为是否符合组织要求的尺度，通常表现为一些具体的衡量指标。根据标准，管理者无需亲历工作的全过程就可以了解整个工作的进展情况。

（1）标准的类别。一般情况下，标准应尽量数字化和定量化，以保持控制的准确性。控制标准可以从不同的角度加以分类，如按照形态来分，可分为定性标准和定量标准。定量标准便于度量和比较，是控制标准的主要表现形式，定性标准通常是有关服务质量、组织形象、员工行为等方面的，这些方面一般都难以量化。

比较常见的是从维度的角度将控制标准划分为时间标准、数量标准、质量标准和成本标准。时间标准，是指完成一定工作所需花费的时间限度，如对顾客的投诉要在24 小时内作出响应。数量标准，是指在规定时间里所完成的工作量，如预期增长10% 的市场份额。质量标准，是指工作应达到的要求，或是产品或劳务所应达到的品质标准。航空发动机控制器的报废率是每一百万小时中出现 0.7 次事故，也就是说，每天 24 小时地飞行，连续飞行 1 个世纪，大约才有一次飞行中引擎停机。成本标准，是指完成一定工作所需的有关消耗，如成本降低5% 。

（2）标准的确定。对不同的组织、不同的计划、不同的控制环节，控制标准也有所不同。在实际工作中常用的制定标准的方法有以下三种：

①统计方法，即根据工商企业历史数据记录或对比同类企业的水平，用统计学的方法确定标准。这种方法常用于拟定与工商企业经营活动和经济效益有关的标准。

②工程方法，即指以准确的技术参数和实测的数据为基础制定的标准。这种方法主要用于生产定额标准的制定上。

③经验估算法，即指由经验丰富的管理者来制定标准。这种方法通常是对以上两种方法的补充。

标准的制定是全部控制工作的第一步，一个周密完善的标准体系是整个控制工作的质量保证。

管理实践 8—1　　　　　　　　麦当劳餐厅的食品标准

　　麦当劳餐厅交给顾客的食品的标准都是一致的，麦当劳餐厅对售出的食品质量有严格的规定。根据专业化研究的结果，售出的可口可乐统一规定保持在4℃，所有的面包都做成1厘米厚，面包里面的气泡一律为5毫米。

　　所有麦当劳食品在送到顾客手中之前，都必须经过一系列周密的品质保证系统，单是牛肉饼从生产加工至出售到顾客手中就必须经过40多次的严格质量检查。例如面包类产品，细微至一切一割，麦当劳都绝对一丝不苟。麦当劳不断研究切面包的技术，因为切割时面包的厚度和温度都会影响成品的品质，所以若切割不匀或不够流畅，切面便不可均匀烘焙，酱料便容易渗入面包，溶化纤维结构，大大地破坏美味、松脆的口感。

　　资料来源　肖建中：《麦当劳大学：标准化执行的66个细节》，53～55页，北京，经济科学出版社，2004。

2. 衡量工作绩效

　　标准的制定是为了衡量实际业绩，所以第二步工作就是要采集实际工作的数据，了解和掌握工作的实际情况。在衡量工作中，衡量什么以及如何去衡量，这是两大核心问题。

　　事实上，衡量什么的问题在衡量工作之前就已经得到了解决，因为管理者在确立标准时，随着标准的制定，计量对象、计算方法以及统计口径等也就相应地被确立下来，所以简单地说，要衡量的是实际工作中与已制定的标准所对应的要素。关于如何衡量，在实际工作中有各种方法，常用的有以下几种：

　　（1）个人观察。个人观察提供了关于实际工作的最直接的第一手资料，这些信息未经过第二手而直接反映给管理者，避免了可能出现的遗漏、忽略和信息的失真。特别是在对基层工作人员工作绩效进行控制时，个人观察是一种非常有效，同时也是无法取代的衡量方法。但是个人观察的方法也有许多局限性：首先，这种方法费时费力，需要耗费管理者大量的劳动；其次，仅凭简单的观察往往难以考察更深层次的工作内容；再次，由于观察的时间占总时间的比例有限，往往不能全面了解各个方面的工作情况；最后，工作在被观察时和未被观察时往往是不一样的，管理者有可能得到的只是假象。

　　（2）口头报告和书面报告。口头报告方式的优点是快捷方便，而且能够得到立即的反馈。其缺点是不便于存档查找和以后重复使用，而且报告内容也容易受报告人的主观影响。两者相比，书面报告要比口头报告来得更加精确全面，而且也更加易于分类存档和查找，报告的质量也更容易得到控制。

　　（3）统计报告。统计报告就是将在实际工作中采集到的数据以一定的统计方法进行加工处理后而得到的报告。特别是在计算机应用技术越来越发达的今天，统计报告对衡量工作有着很重要的意义。但尽管如此，统计报告的应用价值还是要受两个因素的制约：一是其真实性，即统计报告所采集的原始数据是否正确，使用的统计方法是否恰当，管理者往往难以判断；二是其全面性，即统计报告中是否全部包括了涉及工作衡量的重要方面，是否遗漏或掩盖了其中的一些关键点，管理者也难以肯定。

（4）专题分析报告。专题分析报告是由专门的人员对某一专题进行专门的调研后提交的报告。高层管理者聘用几名训练有素的分析人员组成一个参谋小组，专门进行某项业务的调研，其报告往往可以揭示出例行的统计图所无法反映出来的一些不正常的工作情况，有助于获得对特定问题的具体而深入的信息。

（5）审计或考核。审计是企业聘请外部或内部的审计人员对企业的会计、财务和其他业务经营活动所做的独立的定期或不定期的评价。它不仅仅局限于对会计账户的审核，也包括对经营活动的全面评价。考核可以使组织及时发现问题，及时纠正偏差。

（6）管理信息系统。管理信息系统（management information system，MIS）是由管理者计划和设计，用来为他们自己提供所需的特殊信息，从而有效地完成他们职责的信息系统。现代管理信息系统则是一个集成化的人机系统，能够被用来控制组织内的各种作业。例如，在会计部门，信息系统可以被用来了解目前支出情况的信息，以及哪些组织内的有关单位突破了预算。

在选取上述方法进行衡量工作的同时，要特别注意所获取信息的质量问题，信息质量主要体现在以下四个方面：

①准确性，即所获取的用以衡量工作的信息应能客观地反映现实，这是对其最基本的要求。

②及时性，即信息的加工、检索和传递要及时，过分拖延的信息将会使衡量工作失去意义，从而影响整个控制工作的进行。

③可靠性，即要求信息在准确性的基础上还要保证其完整性，不因遗漏重要信息而造成误导。

④适用性，即应根据不同管理部门的不同要求而向他们提供不同种类、范围、内容、详细程度、精确性的信息。

衡量工作是整个控制工作的基础性工作，而获得合乎要求的信息又是整个衡量工作的关键。

3. 分析衡量结果

分析衡量结果的工作是要将标准与实际工作的结果进行对照，并分析其结果，为进一步做好管理行动做好准备。

（1）偏差及其容限

比较的结果无非有两种可能，一种是存在偏差，另一种是不存在偏差。偏差是指实际和预期之间的差异，可分为正偏差和负偏差。

出现正偏差当然是件令人高兴的事，但如果是在控制标准比较高的情况下，对其也应进行详细分析：仅仅是因为运气好，还是因为员工的努力工作？原来制订的计划有没有问题？是否是因为标准太低？这些问题都有进一步分析的必要。如果工作结果出现负偏差，那么当然更应做进一步的分析。正因为工作的结果是由各方面因素决定的，所以偏差产生的原因也可能是各种各样的。因此，管理者就不能只抓住工作的结果，而应该充分利用局部控制，将工作过程分步骤分环节进行考虑，分析偏差出现的真实原因。

实际上并非所有的偏差都值得关注，组织往往允许有一个与标准稍有出入的浮动范围，通常将其称为偏差的容限。一般情况下，偏差只要在这个容限之内就可以不必考虑（如图8—1所示）。

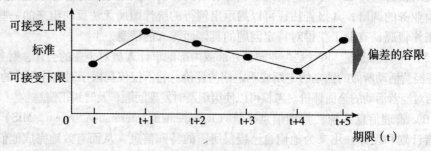

图8—1　偏差可接受的范围

（2）偏差出现的原因

一般来讲，偏差出现的原因不外乎三种：一是计划或标准本身就存在偏差；二是由于组织内部因素的变化，如营销工作的组织不力、生产工作人员的懈怠等等；三是由于组织外部环境的影响，如宏观经济的调整等。事实上虽然各种原因都可以归结为这三点，但要作出具体分析，不仅要求有一个完善的控制系统，还要求管理者具备细致的分析能力和丰富的控制经验。

分析衡量结果是控制过程中最需要理智对待的环节，是否要进一步采取管理行动就取决于对结果的分析。如果分析结果表明没有偏差或只存在健康的正偏差，那么控制人员就可以不必再进行下一步，控制工作也就可以到此完成了。

4. 采取管理行动

控制的最后一项工作就是采取管理行动，纠正偏差。偏差是由标准与实际工作成效的差距产生的，因此，纠正偏差的方法也就有两种：

（1）改进工作绩效。如果分析衡量的结果表明，计划是可行的，标准也是切合实际的，问题出在工作本身，管理者就应该采取纠正行动。这种纠正行动可以是组织中的任何管理行动，如管理方法的调整、组织结构的变动、附加的补救措施、人事方面的调整等等。总之，分析衡量结果得出是哪方面的问题，管理者就应该在哪方面有针对性地采取管理行动。

按照行动效果的不同，可以把改进工作绩效的行动分为两类：立即纠正行动和彻底纠正行动。前者是指发现问题后马上采取行动，力求以最快的速度纠正偏差，避免造成更大的损失，行动讲究结果的时效性；后者是指发现问题后，通过对问题本质的分析，挖掘问题的根源，即弄清偏差是如何产生的，为什么会产生，然后再从产生偏差的地方入手，力求永久性地消除偏差。可以说前者重点纠正的是偏差的结果，而后者重点纠正的是偏差产生的原因。在控制工作中，管理者应灵活地综合应用这两种行动方式，特别注意不应满足于"救火式"的立即纠正行动，而应从事物的原因出发，采取彻底纠正行动，杜绝偏差的再次发生。在实际工作中，有些管理者热衷于"头痛医头，脚痛医脚"式的立即纠正行动方式，这种方式有时也能得到一些表面的、一时的成效，但由于忽视了分析问题的深层原因，没有从根本上采取纠正行动，最终无法避免"被煮青蛙的命运",这是值得管理者深思的。

（2）修订标准。在某些情况下,偏差还有可能来自不切实际的标准。因为标准定得太高或太低,即使其他因素都发挥正常也难以避免与标准的偏差。这种情况的发生可能是由于当初计划工作的失误,也可能是因为计划的某些重要条件发生了改变等等。发现标准不切实际,管理者可以修订标准。但是管理者在作出修订标准的决定时一定要非常谨慎,防止被用来为不佳的工作绩效做开脱。管理者应从控制的目的出发作仔细分析,确认标准的确不符合控制的要求时,才能作出修订的决定。不切实际的标准会给组织带来不利影响,过高的实现不了的标准会影响员工的士气,而过低的轻易就能实现的标准又容易导致员工产生懈怠情绪。

采取管理行动是控制过程的最终实现环节,也是其他各项管理工作与控制工作的连接点,很大一部分管理工作都是控制工作的结果。控制过程如图8—2所示。

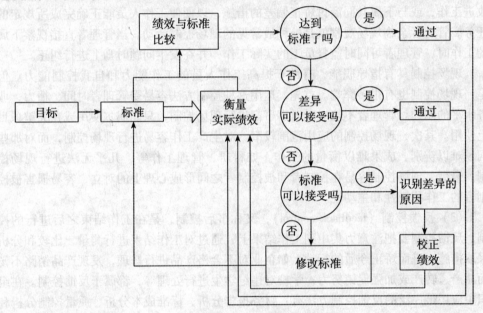

图8—2　控制过程

二、控制的类型

1. 按照控制点划分

（1）前馈控制（feedforward control）,又称预先控制或事前控制,它是在实际工作开始之前就进行控制。前馈控制是组织最渴望采取的控制类型,因为它能避免预期出现的问题。前馈控制以未来为导向,在工作之前对工作中可能产生的偏差进行预测和估计,采取防患措施,以便在实际偏差产生之前,管理者就能运用各种手段对可能产生的偏差进行纠正,将其消除于产生之前,如在企业中,规定一系列规章制度让员工遵守,进而保证工作的顺利进行;为了生产出高质量的产品而对原材料质量进行控制等,都属于前馈控制。

前馈控制的优点是:是在工作开始之前进行的控制,因而能够防患于未然,避免事后控制无能为力的弊端；是针对某项计划行动所依赖的条件进行的控制，不针对具体人员，不会造成心理冲突，易于被员工接受并付诸实施。

实施前馈控制的条件是：要对计划和控制系统做认真彻底的分析；为这个系统制定员工模型；注意保持该模型的更新，即应经常检查模型，以便了解已确定的投入变量及其相互关系是否仍能反映现实情况；经常收集投入变量数据并把它们输入到系统中去；经常评定实际投入数据与计划投入数据的差异，评估这些差异对预期最终结果的影响。

（2）现场控制（screening control）。在工作正在进行时进行控制，叫做现场控制，也叫事中控制。在活动之中予以控制，管理者可以在重大损失发生之前及时纠正问题。现场控制主要有监督和指导两项职能。监督是按照预定的标准检查正在进行的工作，以保证目标的实现；指导是管理者针对出现的问题，根据自己的经验指导下属改进工作，或与下属共同商讨矫正偏差的措施，以便使工作人员能正确完成所规定的任务。管理者亲临现场观察就是一种最常见的现场控制活动。当管理者直接视察下属的工作时，管理者可同时监督员工的实际工作，并在发生问题时马上进行纠正。

现场控制具有指导职能，有助于提高工作人员的工作能力和自我控制能力。但是，现场控制也有很多弊端。首先，运用这种控制方法容易受管理者时间、精力、业务水平的制约。管理者不能时时对事事都进行现场控制，只能偶尔使用或在关键项目上使用。其次，现场控制的应用范围较窄。对生产工作容易进行现场控制，而对那些问题难以辨别、成果难以衡量的工作，如科研、管理工作等，几乎无法进行现场控制。最后，现场控制容易在控制者和被控制者之间形成心理上的对立，容易损害被控制者的工作积极性和主动性。

（3）反馈控制（feedback control），又称事后控制，是在工作结束之后进行的控制。反馈控制要把注意力集中到工作结果上，通过对工作结果进行测量、比较和分析采取措施，进而矫正今后的行动，如企业对不合格产品进行修理，发现产品销路不畅而减产、转产或加强促销努力；学校对违纪学生进行处理等，都属于反馈控制。在组织中应用最广泛的反馈控制方法有：财务报告分析、标准成本分析、质量控制分析和工作人员成绩评定等。

反馈控制类似于成语中所说的"亡羊补牢"。它的最大弊端是在实施矫正措施之前，偏差就已经产生。但是在实践中，有些情况下，反馈控制又是唯一可供选择的控制类型。反馈控制能为管理者评定今后的计划制订与执行提供有用的信息。同时人们可以借助反馈控制，认识组织活动的特点及规律，为进一步实施前馈控制和现场控制创造条件，实现控制工作的良性循环，并在不断的循环过程中提高控制效果。

2. 按照控制性质划分

（1）预防性控制，是指为了避免产生错误又尽量减少今后的更正而采取的管理行动。一般来说，组织制定的规章制度、工作程序、员工培训计划等都起着预防控制的作用。在设计预防性控制措施时，人们所遵循的原则都是为了更有效达成组织目标，但要使这些预防性的规章制度都能真正被遵守，必须有良好的监督机构加以保证。

（2）纠正性控制，是指在事情发生之后所进行的管理上的行动。在实际管理工作中纠正性措施使用得更普遍一些。其目的是使出现偏差的组织行为返回到计划的轨道上。例如，企业的质检部门对其产品进行检查，以及时发现问题、解决问题。

3. 按照控制方式划分

（1）集中控制，是指在组织中建立一个控制中心，由它来对所有的信息进行集中统一的加工、处理，并由这一控制中心发出指令，操控所有的管理行动。集中控制有利于实现整体的优化控制。集中控制方式适用于组织规模较小、信息量不大，并且控制中心对信息的取得、存储、加工效率及可靠性都很高的情况。企业的生产指挥部、中央调度室都是集中控制的例子。

（2）分散控制。分散控制相对于集中控制来说，优点很明显，具体表现在：对信息存储和处理能力的要求较低，易于实现；由于反馈环节少，因此反应快、控制效率高；由于采用分散的决策方式，因此个别环节出现了问题，不会引起整个系统的瘫痪。但是缺点也很突出，即难以取得各分散系统的相互协调，可能会危及整体的优化，甚至导致失控。

（3）分层控制，是一种把集中控制和分散控制结合起来的控制方式。它有两个特点：一是各子系统都有各自独立的控制能力和控制条件，从而有可能对子系统实施独立的管理；二是整个管理系统分为若干层次，上一层次的控制系统对下一层次各子系统实施间接控制。因此分层控制的实施一定要注意避免出现缺乏间接控制、多层次向下重叠实施直接控制的问题。

4. 按照控制手段划分

（1）直接控制。直接控制是用来改进管理者未来行动的一种方法。这种方法着眼于培养更好的主管人员，使他们能熟练地应用管理的概念、技术和原理，能以系统的观点来进行和改善他们的管理工作，从而防止出现因管理不善而造成的不良后果。直接控制并非仅适用于管理者，自我控制也是直接控制的一种。直接控制是相对于间接控制而言的，它是通过提高主管人员的素质来进行控制工作的。因此，直接控制的原则也就是：主管人员及其下属的质量越高，就越不需要进行直接控制。直接控制的优点在于：在对个人委派任务时能有较大的准确性；可以促使主管人员主动地采取纠正措施并使其更加有效；由于提高了管理的质量，故而减少了偏差的发生，节约了开支。

（2）间接控制。间接控制着眼于发现工作中出现的偏差，分析产生偏差的原因，并追究其个人责任使之改进未来的工作。间接控制对规范化、程序化的工作较为有效，同时可以帮助主管人员总结吸取经验教训，增加他们的经验、知识和判断力，提高他们的管理水平。但是这种控制方法也存在着许多缺点，主要表现在：在纠正偏差之前时间、金钱的损失已经造成，费用支出较大；由于责任通常很难清晰地划定，因此可能导致对控制系统的质疑和责任的推卸。

三、控制工作的原理[①]

任何一个负责任的主管人员都希望有一个适宜的、有效的控制系统来帮助他们确

---

① 史斌：《统御——管理控制的理论与实践》，39～49页，北京，人民出版社，1998。

保各项活动都符合计划要求，但是，主管人员却往往认识不到他们所进行的控制工作是必须针对计划要求、组织结构、关键环节和下级主管人员的特点来设计的。他们往往不能全面了解设计控制系统的原理。因此，要使控制工作发挥有效的作用，在建立控制系统时必须遵循一些基本的原理。

1. 反映计划要求原理

这条原理可表述为：控制是实现计划的保证，控制的目的是为了实现计划，因此，计划越是明确、全面、完整，所设计的控制系统越是能反映这样的计划，则控制工作也就越有效。每一项计划和每一种工作都各有其特点，所以，为实现每一项计划和完成每一种工作所设计的控制系统和所进行的控制工作，尽管基本过程都是一样的，但在确定什么标准、控制哪些关键点和重要参数、收集什么信息、如何收集信息、采用何种方法评定成效，以及由谁来控制和采取纠正措施等方面，都必须按不同计划的特殊要求和具体情况来设计。例如，质量控制系统和成本控制系统尽管都在一个生产系统中，但二者之间的设计要求是完全不同的。

2. 组织适应性原理

控制必须反映组织结构的类型。组织结构既然是对组织内各个成员担任什么职务的一种规定，它也就成了明确执行计划和纠正偏差职责的依据，因此，组织适应性原理可表述为：一个组织结构的设计越是明确、完整和完善，所设计的控制系统越是符合组织机构中的职责和职务的要求，越有助于纠正脱离计划的偏差。例如，如果产品成本不按制造部门的组织机构分别进行核算和累计，如果每个车间主任都不知道该部门产出的产成品或半成品的目标成本，那么他们就既不可能知道实际成本是否合理，也不可能对成本负起责任。这种情况是谈不上成本控制的。

组织适应性原理的另一层含义是，控制系统必须切合每个主管人员的特点。也就是说，在设计控制系统时，不仅要考虑具体的职务要求，还应考虑到担当该职务的主管人员的个性。在设计控制信息的格式时，这一点特别重要。送给每位主管人员的信息采用的形式，必须分别设计。例如，送给上层主管人员的信息要经过筛选，要特别表示出与标准的偏差、与去年同期相比的结果以及重要的例外情况。为了突出比较的效果，应把比较的数字按纵向排列，而不要按横向排列，因为从上到下看数字要比横看数字更容易得到一个比较的概念。此外，还应把互相比较的数字均用统一的足够大的单位来表示（如万元、万吨等），甚至可将非零数字限制在两位数或三位数。

3. 控制关键点原理

控制关键点原理是控制工作的一条重要原理。这条原理可表述为：为了进行有效的控制，需要特别注意在根据各种计划来衡量工作成效时有关键意义的那些因素。对一个主管人员来说，随时注意计划执行情况的每一个细节，通常是浪费时间、精力和没有必要的，他们应当将注意力集中于计划执行中的一些主要影响因素上。事实上，控制住了关键点，也就控制住了全局。

控制工作效率的要求，则从另一方面强调了控制关键点原理的重要性。所谓控制工作效率是指：控制方法如果能够以最低的费用或其他代价来探查和阐明实际偏离或可能偏离计划的偏差及原因，那么它就是有效的。对控制效率的要求既然是控制系统的一个限定因素，自然就在很大程度上决定了主管人员只能在他们认为是重要的问题上选择一些关键因素来进行控制。

选择关键控制点的能力是管理工作的一种艺术，有效的控制在很大程度上取决于这种能力。迄今为止，已经开发出了一些有效的方法，帮助主管人员在某些控制工作中选择关键控制点。例如，计划评审技术就是一种在有着多种平行作业的复杂的管理活动网络中，寻找关键活动和关键路线的方法。这是一种强有力的系统工程方法，它的成功运用确保了像美国北极星导弹研制工程和阿波罗登月工程等大型工程项目的提前或如期完成。

4. 控制趋势原理

这条原理可表述为：对控制全局的主管人员来说，重要的是现状所预示的趋势，而不是现状本身。控制变化的趋势比仅仅改善现状重要得多，也困难得多。一般来说，趋势是多种复杂因素综合作用的结果，是在一段较长的时期内逐渐形成的，并对管理工作成效起着长期的制约作用。趋势往往容易被现象所掩盖，它不易被察觉，也不易控制和扭转。例如，一家生产高压继电器的大型企业，当年的统计数字表明销售额较去年增长 5%。但这种低速的增长却预示着一种相反的趋势。因为从国内新增的发电装机容量来推测高压继电器的市场需求，较上年增长了 10%，因而，该企业的相对市场地位实际是在下降。同样是这个企业，经历了连续几年高速增长后，开始步入一个停滞和低速增长的时期，尽管销售部门作出了较大的努力，但局面却仍未根本扭转。这迫使企业的上层主管人员从现状中摆脱出来，把主要精力从抓销售转向了抓新产品开发和技术改造，因而从根本上扭转了被动的局面。

通常，当趋势可以明显地描述成一条曲线，或是可以描述为某种数学模型时，再进行控制就为时已晚了。控制趋势的关键就在于从现状中揭示倾向，特别是在趋势刚显露苗头时就敏锐地察觉到，这也是一种管理艺术。

5. 例外原理

这一原理表述为：主管人员越是只注意一些重要的例外偏差，也就是说越是把控制的主要精力集中在那些超出正常的特别好或特别坏的情况，控制工作效能和效率就越高。

在质量控制中，例外原理被广泛地运用在控制工序质量上。工序质量控制的目的是检查生产过程是否稳定。如果影响产品质量的主要因素，如原材料、工具、设备、操作工人等无显著变化，那么产品质量就不会产生很大差异。这时我们可以认为生产过程是稳定的，或者说工序质量处于控制状态中。反之，如果生产过程出现违反规律性的异常状态，则应立即查明原因，采取措施使之恢复稳定。

需要指出的是，只注意例外情况是不够的。在偏离标准的各种情况中，有一些是无关紧要的，而另一些则不然，某些微小的偏差可能比某些较大的偏差影响更大。比如说，一个主管人员可能对利润率下降了一个百分点感到非常严重，而对"合理化建议"奖励超出预算的 20% 不以为然。

因此，在实际运用当中，例外原理必须与控制关键点原理相结合。仅仅立足于寻找例外情况是不够的，我们应把注意力集中在对关键点的例外情况的控制上。这两条原理有某些共同之处，但是我们应注意到它们的区别在于，控制关键点原理强调选择控制点，而例外原理则强调观察在这些点上所发生的异常偏差。

6. 直接控制原理

直接控制是相对于间接控制而言的。一个人，无论他是主管人员还是非主管人员，在工作过程中都常常会犯错误，或者往往不能察觉到即将出现的问题。这样，在控制他们的工作时，就只能在出现了偏差后，通过分析偏差产生的原因去追究其个人责任，并使他们在今后的工作中加以改正，这种控制方式我们称之为"间接控制"。显而易见，这种控制的缺陷是在出现了偏差后才去进行纠正。针对这个缺陷，直接控制原理可表述为：主管人员及其下属的工作质量越高，就越不需要进行间接控制。这是因为主管人员对他所负担的职务越能胜任，也就越能在事先觉察出偏离计划的误差，并及时采取措施加以预防。这意味着一种控制的最直接方式就是采取措施来尽可能地保证主管人员的质量。

四、控制工作的要求

要使控制工作发挥作用，取得预期的成效，设计控制系统与技术的系统专家在具体运用上述六条原理时，还要特别注意满足以下几个要求。

1. 控制系统应切合主管人员的个别情况

控制系统和信息是为了协助每个主管人员行使其控制职能的。如果所设计的控制系统不为主管人员所理解、信任和使用，那么它就没有多大用处。因此，建立控制系统必须符合每个主管人员的情况及个性，使他们能够理解，进而信任并自觉运用。例如不同的人提供的信息形式是不同的，统计师和会计师喜欢用复杂的表格形式；工程技术人员喜欢用数据或图表形式，甚至还有少数人（如数学家）喜欢用数学模型；而对主管人员来说，由于知识水平有限，不可能样样精通，因此，提供信息时就要注意他们的个性特点，要提供那些能够为他们所理解、所能接受的信息形式。同时，控制技术也是如此，不同的主管人员适用不同的控制技术。因为即使是很聪明的主管人员，也可能由于系统专家的某些复杂技术而被"难倒"。为此，一些聪明的专家是不愿意向他人去炫耀自己是如何的内行的，而宁愿设计一种使人们容易理解的方法，以使人们能够运用它。这样的专家愿意正视这一点，即如果他们能从一个虽然粗糙，但却是合理的方法中得到80%的好处，那么总比虽然有一个更加完善但不起作用，因而一无所获的方法要好得多。

2. 控制工作应确立客观标准

管理难免有许多主观因素在内，但是对于下属工作的评价，不应仅凭主观判断来决定。在需要凭主观来控制的那些地方，主管人员或下级的个性也许会影响对工作的准确判断。但是如果定期地检查过去所拟定的标准和计量规范，并使之符合现实的要求，那么人们客观地去控制他们的实际执行情况就不会很难。因此，可以概括地说，有效的控制工作要求有客观的、准确的和适当的标准。

客观标准可以是定量的，例如每日门诊病人数或工作完成的日期。客观的标准也可以是定性的，例如一项专门性的训练计划，或者是旨在提高人员素质的专门培训计划。问题的关键在于，在每一种情况下，标准都应是可以测定和可以考核的。

3. 控制工作应具有灵活性

控制工作即使在面临着计划发生了变动，出现了未预见到的情况或计划全盘错误的情况下，也应当能发挥它的作用。这就是说，在某种特殊的情况下，一个复杂的管理计划可能失常。控制系统应当报告这种失常的情况，它还应当含有足够灵活的要素，以便在出现任何失常情况下，都能保持对运行过程的管理控制。换言之，如果要使控制工作在计划出现失常或预见不到的变动情况下保持有效性的话，所设计的控制系统就要有灵活性。这就要求在制订计划时，要考虑到各种可能的情况而拟订各种备选方案。一般来说，灵活的计划有利于灵活的控制。但要注意的是，这一要求仅仅适用于计划失常的情况，而不适用于在正确计划指导下人们工作不当的情况。

4. 控制工作应讲究经济效益

控制所支出的费用必须是合算的。这个要求看似简单，但做起来却常常很复杂。因为一个主管人员很难了解哪个控制系统是值得的，以及它所花费的费用是多少。所谓经济效益是相对而言的，它随经营业务的重要性及规模而变动，也随着缺乏控制时的耗费情况和一个控制系统能够作出的贡献时的情况而变动。例如，为调查某种原因不明的流行病而花费大量的人力和时间去拟定调查表格，这被认为是值得的，但谁也不会说花费同样的费用去拟定一个旨在了解本单位医护人员技术状况的表格也是合算的。

由于控制系统效果的一个限定因素是相对的经济效益，因而自然就在很大程度上决定了主管人员只能在他认为重要的方面选择一些关键问题来进行控制。因此可以断言，如果控制技术和方法能够以最小的费用或其他代价来探查和阐明偏离计划的实际原因或潜在原因，那么这就是有效的。

5. 控制工作应有纠正措施

一个正确的有效控制系统，除了应能揭示出哪些环节出了差错，谁应当对此负责任外，还应确保能采取适当的纠正措施，否则这个系统就等于名存实亡。应当记住，只有通过适当的计划工作、组织工作、人员配备、领导工作等方法来纠正那些已显示出的或发生的偏离计划的情况，才能证明该系统是正确的。

6. 控制工作应具有全局观

在组织结构中，各个部门及其成员都在为实现个别的或局部的目标而活动着。许多主管人员在进行控制工作时，都往往从本部门的利益出发，只求能正确实现自己局部的目标而忽视了组织目标的实现，因为他们忘记了组织的总目标是要靠各个部门与成员协调一致的活动才能实现的。因此，对于一个合格的主管人员来说，进行控制工作时，不能没有全局观念，要从整体利益出发来实施控制，使各个局部的目标协调一致。

管理实践 8—2　　　　　　　　绩效考核中人情分的控制

　　有这样一家规模比较大的企业，组织层级较多，为了避免绩效考核不公平，人力资源部强调了员工分级的重要性，还要求领导负起责任。所以，到了考核期，各级员工都比较紧张，各层级的领导也都在忙着填表格。等到考核面谈后，大家得知考核分数都比较高，才轻松下来。一直在忙个不停的是人力资源部的绩效考核员，他不仅每天都要催促考核的进度，最让他为难的是各部门之间的平衡问题。因为各部门就具体规定的标准和权重等方面与人力资源部讨价还价，特别是在员工分级的比例上争论不休。每个部门似乎都想提高 A、B 级员工的比例，降低 C、D 级员工的比例。虽然企业硬性规定了每个级别的比例，但由于各部门互相攀比，最后全企业 95% 以上的员工被评为 A、B 级员工，不合格员工几乎没有，甚至出现了一些部门的业绩不达标，但部门的员工都是 A、B 级员工的现象。究其原因，表面上的是执行力不够，深层次的原因是绩效管理的人情化问题。

　　人是有感情的，这些情感因素会表现在人们所从事的一切活动中。有时人们可以利用情感因素使事情更顺利，有时情感因素也会让人们感到很为难。绩效考核就是一个情感因素让人感到很为难的例子。考核者可能随着他对被考核者的感情好坏程度自然地对被考核者的评估偏高或偏低。更常见的情况是，考核者考虑到情面和以后的工作，或为避免矛盾，而故意把被考核者的绩效成绩都打高。这种"人情分"的存在使得考核流于形式。

　　资料来源　http://www.boraid.com/article/52/52972_1.asp.

第三节　控制技术和方法

　　管理控制涉及组织活动的各个方面。由于管理控制的对象不同、目标不同、范围和重点不同，因此所运用的方式和方法也有所不同。以下介绍几种常见的有效控制的方法。

一、预算控制方法

　　预算是管理控制中广泛应用的一种手段，有时还被看做是实现控制的重要手段。

1. 概念

　　预算是用数字形式编制出来的未来一定时期的计划。预算即用财务术语（如在收益预算、支出预算和资本预算中）或非财务术语（如在直接工时、原材料、实物销售量或产量等的预算中）说明预期的成果。预算必须建立在计划的基础上。事实上，某些企业，特别是某些非营利性企业，确实是在不知道计划的基础上制定预算的。在这种情况下，分配给人员的经费和他们的工资、办公室面积和设备以及其他各种费用支出是某个高层主管部门和企业中主管人员之间讨价还价的结果，而这种结果往往不是根据实现预期目标的真正需要而确定的。只有明确的目标和实现目标的计划，才能使处于最高权力机构的每个人都知道究竟需要多少资金来实现预期的目标。

2. 种类

　　预算在形式上是一整套预计的财务报表和其他附表。以企业为例，按照不同的内容，可以将预算分为经营预算、投资预算和财务预算三大类。

（1）经营预算

经营预算是指企业日常发生的各项基本活动的预算。它主要包括销售预算、生产预算、直接材料采购预算、直接人工预算、制造费用预算、单位生产成本预算、推销及管理费用预算等。其中最基本和最关键的是销售预算，它是销售预测正式的、详细的说明。由于销售预测是计划的基础，加之企业主要是靠销售产品和劳务所提供的收入来维持经营费用的支出和获利的，因而销售预算也就成为预算控制的基础。生产预算是根据销售预算中的预计销售量，按产品品种、数量分别编制的。在生产预算编好后，还应根据分季度的预计销售量，对过剩生产能力进行平衡，排出分季度的生产进度日程表，或称为生产计划大纲。在生产预算和生产进度日程表的基础上，可以编制直接材料采购预算、直接人工预算和制造费用预算。这三项预算构成对企业生产成本的统计。而推销及管理费用预算，包括了制造业务范围以外预计发生的各种费用明细项目，如销售费用、广告费、运输费等。对于实行标准成本控制的企业，还需要编制单位生产成本预算。

（2）投资预算

投资预算是对企业的固定资产的购置、扩建、改造、更新等在进行可行性研究的基础上编制的预算。它具体反映了在何时进行投资、投资多少、资金在何处取得、何时可获得收益、每年的现金净流量为多少、需要多长时间回收全部投资等。由于投资的资金来源往往是企业的制约因素，而对厂房和设备等固定资产的投资又往往需要很长时间才能收回，因此，投资预算应当力求和企业的战略以及长期计划紧密联系在一起。

（3）财务预算

财务预算是指企业在计划期内反映有关预计现金收支、经营成果和财务状况的预算。它主要包括现金预算、预计利润表、预计资产负债表和预计现金流量表。必须指出的是，前述的各种经营预算和投资预算中的资料，都可以折算成金额反映在财务预算内。这样，财务预算就成为各种经营业务和投资的整体计划，故也称"总预算"。

①现金预算。现金预算主要反映计划期间预计的现金收支的详细情况。在完成了初步的现金预算后，就可以知道企业在预计的计划期间需要多少资金，财务主管人员就可以预先安排和筹措，以满足资金的需求。为了有计划地安排和筹措资金，现金预算编制期越短越好，西方有不少企业以周为单位，逐周编制预算，甚至还有按天编制的。我国最常见的是按季和按月进行编制。

②预计利润表。预计利润表是综合反映预算期内企业经营活动成果的一种财务预算。它是根据销售情况、产品成本、费用等预算的相关资料编制的，是企业财务预算中最重要的预算表之一。

③预计资产负债表。预计资产负债表主要用来反映企业在计划期末那一天预计的财务状况。它的编制需以计划期间开始日的资产负债表为基础，然后根据计划期间各项预算的有关材料进行必要的调整。

④预计现金流量表。预计现金流量表是反映企业一定期间现金流入与现金流出情况的一种财务预算。它是从现金的流入和流出两个方面，揭示企业一定期间经营活动、投资活动和筹资活动所产生的现金流量。

综上所述，企业的预算实际上包括经营预算、投资预算和财务预算三大类，由各种不同的个别预算所组成的预算体系。

3. 预算方法存在的局限性

预算使管理控制目标明确，让人们清楚地了解所拥有的资源和开支范围，使工作更加有效，但过分依赖预算，也会在一定程度上带来危害：

（1）让预算目标代替组织目标。有些管理者过分热衷于使所辖部门的各项工作符合预算的要求，甚至忘记了自己的首要职责是保证组织目标的实现；同时，预算也会加剧各部门协调的难度。

（2）预算过于详细。过于详细的预算，容易抑制人们的创造力，甚至使人们产生不满或放弃积极的努力，还会提供逃避责任的借口；同时，预算太细，带来的预算费用将增大，这是得不偿失的。

（3）预算导致效能低下。预算带有一种惯性，有时它会保护既得利益者。因为预算往往是根据基期的预算数据加以调整的，这样不合理的惯例或以前合理现在已不合理的惯例会给一些人带来利益；同时，基层预算提供者总是把数据抬高一点，以便让高层领导在审批中削减，这样，又增加了预算的不合理性。总之，不严格的预算可能成为某些无效工作的保护伞，而预算的反复审核又将加大预算编制的工作量。

（4）预算缺乏灵活性。在计划执行过程中，有时一些因素的突然变化，会使一个刚制定的预算很快过时，如果在这种情况下还受预算的约束，可能会造成重大的损失。

4. 改进的预算方法

由于预算的结果常用做控制标准，故预算方法的选定非常重要。一般预算采用固定预算，而且多根据基期数据调整，这就会带来一定的危害，这在上面有所提及。弹性预算和零基预算两种方法可以在一定程度上对此加以改善。

（1）弹性预算，又称可变预算，其基本思想是按照固定费用（在一定范围内不随产量的变化而变化的费用）和变动费用（随产量大小的变化而变化的费用）分别编制固定预算和可变预算，以确保预算的灵活性。在编制可变预算时，应根据具体情况研究各种费用的变动程度，以确定各种换算系数，这样更有利于预算的合理性、准确性，减少预算变动的频繁程度。

（2）零基预算。零基预算是由美国德州仪器公司首创的，其基本思想是在编制预算时，必须对每项费用都予以重新核查，要以目前的需求和发展趋势作为核算基准。零基预算要求每个项目的预算费用以零为基数，通过仔细分析各项费用开支的合理性，并在成本—收益分析的基础上确定预算。它避免了固定预算中只重视前段时期变化的倾向，迫使管理者重新审视每个计划项目及其费用开支，它能充分调动人们的积极性和创造性，挣脱某些惯例的束缚，并促使人们精打细算，量力而行。但需注意的是，零基预算工作量很大，成本比较高，而且在费用评估时有一定的主观性。

二、非预算控制方法

随着竞争的加剧和经营环境的日趋复杂，现代企业需要进行控制的组织层面越来越高，活动范围越来越广，因此，需要企业采用综合的方法对组织的运行过程加以控制。

（一） 全面质量管理

全面质量管理（Total Quality Management）最初是由几个美国咨询顾问提出的，包括爱德华兹·戴明（W. Edwards Deming）、费根鲍姆（A. V. Feigenbaum），但最初却在日本大受欢迎，日本把年度最佳制造奖命名为戴明奖。全面质量管理的核心是，企业的一切活动都围绕着质量来进行。全面质量管理的基本特点是全员参加、全过程、全面运用一切有效方法、全面控制质量因素、力求全面提高经济效益的质量管理模式。

1. 戴明14点

戴明提出了任何TQM项目都必不可少的14个步骤：（1）创造产品与服务改善的恒久目的；（2）采纳新的哲学；（3）停止依靠大批量的检验来达到质量标准；（4）废除"价低者得"的做法；（5）不断地及永不间断地改进生产及服务系统；（6）建立现代的岗位培训方法；（7）建立现代的督导方法；（8）驱走恐惧心理；（9）打破部门之间的围墙；（10）取消对员工发出计量化的目标；（11）取消工作标准及数量化的定额；（12）消除妨碍基层员工工作顺畅的因素；（13）建立严谨的教育及培训计划；（14）创造一个每天都推动以上13项的高层管理结构。

2. PDCA循环

PDCA循环亦称戴明循环（如图8—3所示），其是一种科学的工作程序。通过PDCA循环可提高产品、服务或工作质量。

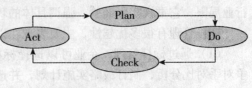

图8—3 PDCA循环

P（Plan）——计划，包括方针和目标的确定以及活动计划的制订。

D（Do）——执行。执行就是具体运作，实现计划中的内容。

C（Check）——检查。检查就是要总结执行计划的结果，分清哪些对了，哪些错了，明确效果，找出问题。

A（Action）——行动（或处理），即对检查的结果进行处理，对成功的经验加以肯定，并予以标准化，或制定作业指导书，便于以后工作时遵循；对于失败的教训也要总结，以免重现。对于没有解决的问题，应提到下一个PDCA循环中去解决。

3. 全面质量管理的内容

全面质量管理过程的全面性，决定了全面质量管理的内容应当包括设计过程、制造过程、辅助过程、使用过程等四个过程的质量管理。

（1）设计过程质量管理的内容。产品设计过程的质量管理是全面质量管理的首要环节。这里所指的设计过程包括市场调查、产品设计、工艺准备、试制和鉴定等过程（即产品正式投产前的全部技术准备过程）。

（2）制造过程质量管理的内容。制造过程是指对产品直接进行加工的过程。它是产品质量形成的基础，是企业质量管理的基本环节。它的基本任务是保证产品的制造质量，建立一个能够稳定生产合格品和优质品的生产系统。

（3）辅助过程质量管理的内容。辅助过程是指为保证制造过程正常进行而提供各种物资技术条件的过程。它包括物资采购供应、动力生产、设备维修、工具制造、仓库保管、运输服务等。

（4）使用过程质量管理的内容。使用过程是考验产品实际质量的过程，它是企业内部质量管理的继续，也是全面质量管理的出发点和落脚点。这一过程质量管理的基本任务是提高服务质量（包括售前服务和售后服务），保证产品的实际使用效果，不断促使企业研究和改进产品质量。

（二） 标杆管理

标杆管理（benchmarking）又称基准管理，起源于20世纪70年代末80年代初，在美国学习日本的运动中，首先开辟标杆管理先河的是施乐公司，后经美国生产力与质量中心系统化和规范化。标杆管理是指一个组织瞄准一个比其绩效更高的组织进行比较，以便取得更好的绩效，不断超越自己，超越标杆，追求卓越，组织创新和流程再造的过程。

从本质上看，标杆管理是一种面向实践、面向过程的以方法为主的管理方式。它与流程重组、企业再造一样，基本思想是系统优化，不断完善和持续改进。但标杆管理是站在全行业甚至全球的角度寻找标杆、突破了企业的职能分工界限和企业性质与行业局限，它重视实际经验，强调具体的环节界面和流程，因而更具有特色。

标杆管理有很多优越性，主要表现在以下几个方面：

（1）通过标杆管理，企业可以选择标杆，确定企业中、长期发展战略，并与竞争对手对比分析，制订战略实施计划，并选择相应的策略与措施。

（2）标杆管理可以作为企业业绩提升与业绩评估的工具。标杆管理通过设定可达目标来改进和提高企业的经营业绩。目标有明确含义，有达到的途径，可行、可信，使企业可以坚信绩效完全有办法提高到最佳。而且，标杆管理是一种辨识世界上最好的企业实践并进行学习的过程。通过辨识行业内外最佳企业业绩及其实践途径，企业可以制定业绩评估标准，然后对其业绩进行评估，同时制定相应的改善措施。企业可以明确本企业所处的地位、管理运作以及需要改进的地方，从而制定适合本企业的有效的发展战略。

（3）标杆管理有助于企业建立学习型组织。学习型组织的实质是一个能熟练地创造、获取和传递知识的组织，同时也要善于修正自身的行为，以适应新的知识和见解。而实施标杆管理后，有助于企业发现在产品、服务、生产流程以及管理模式方面存在的不足，并学习"标杆企业"的成功之处，再结合实际，将其充分运用到自己的企业当中。

管理实践8—3　　　　　　　　美孚石油公司的标杆管理

美孚石油公司是世界上最著名的公司之一。它们在1992年年初做了一个调查，来试图发现自己的新空间。结果发现，仅有20%的被调查者认为价格是最重要的，其余的80%想要三件同样的东西，一是快捷的服务，二是能提供帮助的友好员工，三是对他们的消费忠诚予以一些认可。美孚石油公司把这三样东西简称为速度、微笑和安抚。美孚石油公司的管理层认为：论综合实力，美孚石油公司在石油企业里已经独步江湖了，但要把这三项指标拆开看，美国国内一定还有做得更好的其他企业。美孚石油公司于是组建了速度、微笑和安抚三个小组，去找速度最快、微笑最甜和回头客最多的标杆，以标杆为榜样改造美孚石油公司遍布全美的 8 000 个加油站。

经过一番认真寻找，三个标杆都找到了。速度小组锁定了潘斯克（Penske）公司。世界上赛车运动的顶级赛事是一级方程式赛车，即 F1 赛车，但美国人不玩F1，它有自己的 F1 赛车，即"印地 500 大赛"。而潘斯克公司就是给"印地 500大赛"提供加油服务的。在电视转播"印地 500 大赛"时，观众都目睹到这样的景象：赛车风驰电掣般冲进加油站，潘斯克的加油员一拥而上，眨眼间赛车加满油绝尘而去。美孚石油公司的速度小组经过仔细观察，总结了潘斯克公司之所以能快速加油的绝招：这个团队身着统一的制服，分工细致，配合默契，而且潘斯克公司的成功部分归功于电子头套耳机的使用，它使每个小组成员能及时地与同事联系。

于是，速度小组提出了几个有效的改革措施：首先是在加油站的外线上修建停靠点，设立快速通道，供紧急加油使用；加油站员工佩带耳机，形成一个团队，安全岛与便利店可以保持沟通，及时为顾客提供诸如汽水之类的商品；服务人员身着统一的制服，给顾客一个专业加油站的印象。"他们总把我们误认为是管理者，因为我们看上去非常专业。"服务员阿尔比·达第茨说。

（三）　六西格玛

六西格玛（6σ）概念于 1986 年由摩托罗拉公司的比尔·史密斯提出，此概念属于品质管理范畴，西格玛（σ）指统计学中的标准差，6σ 是一个目标，这个质量水平意味的是所有的过程和结果中，99.99966% 是无缺陷的，也就是说，做 100 万件事情，其中只有 3.4 件是有缺陷的，这几乎趋近人类能够达到的最为完美的境界。六西格玛旨在生产过程中降低产品及流程的缺陷次数，提升品质。20 世纪 90 年代，通用电气公司把六西格玛几乎运用到了其业务活动的每一个方面，将一种质量管理的方法演变成为一个高度有效的企业流程设计、改善和优化的技术，并提供了一系列同等地适用于设计、生产和服务的新产品开发工具。该管理法通过摩托罗拉、通用、戴尔、惠普、西门子、索尼、东芝等众多跨国公司的实践证明是卓有成效的。

为了达到六西格玛，首先要制定标准，在管理中随时跟踪考核操作与标准的偏差，不断改进，最终达到六西格玛。现已形成一套使每个环节不断改进的简单的流程模式（DMAIC）：

（1）界定（Define）。确定需要改进的目标及进度，企业高层领导就是要确定企业的策略目标，中层的目标可能是提高制造部门的生产量，项目层的目标可能是减少次品和提高效率。界定前，需要辨析并绘制出流程。

（2）测量（Measure）。以灵活有效的衡量标准测量和权衡现存的系统与数据，了解现有质量水平。

（3）分析（Analyze）。利用统计学工具对整个系统进行分析，找到影响质量的少数几个关键因素。

（4）改进（Improve）。运用项目管理和其他的管理工具，针对关键因素确立最佳改进方案。

（5）控制（Control）。监控新的系统流程，采取措施以维持改进的结果，以期整个流程充分发挥功效。

六西格玛管理的核心是追求零缺陷生产，防范产品责任风险，降低成本，提高生产率和市场占有率，提高顾客满意度和忠诚度。它是获得和保持企业在经营上的成功并将其经营业绩最大化的综合管理体系和发展战略，是使企业获得快速增长的经营方式。

管理实践 8—4	西格玛水平

6 个西格玛 = 3.4 次失误/百万次机会——意味着卓越的管理，强大的竞争力和忠诚的客户。

5 个西格玛 = 230 次失误/百万次机会——优秀的管理、很强的竞争力和比较忠诚的客户。

4 个西格玛 = 6 210 次失误/百万次机会——意味着较好的管理和运营能力，满意的客户。

3 个西格玛 = 66 800 次失误/百万次机会——意味着平平常常的管理，缺乏竞争力。

2 个西格玛 = 308 000 次失误/百万次机会——意味着企业资源每天都有 1/3 的浪费。

1 个西格玛 = 690 000 次失误/百万次机会——意味着每天有 2/3 的事情做错，企业将无法生存。

（四）平衡计分卡

平衡计分卡（balanced score card，BSC）是由哈佛商学院的教授罗伯特·S. 卡普兰（Robert S. Kaplan）和复兴全球战略集团的创始人兼总裁戴维·P. 诺顿（David P. Norton）在《平衡计分卡：良好的绩效的评价体系》一文中提出的。平衡计分卡自诞生之日起就显现出了强大的生命力，它能有效地帮助企业解决两大问题：绩效评价和战略实施。平衡计分卡就是将传统的财务评价与非财务方面的经营评价结合起来，从与企业经营成功关键因素相关联的方面建立绩效评价指标的一种综合管理控制系统和方法。

平衡计分卡方法打破了传统的只注重财务指标的业绩管理方法。平衡计分卡方法认为，传统的财务会计模式只能衡量过去发生的事情，无法评估组织前瞻性的投资。正是基于这样的认识，平衡计分卡方法认为，组织应从四个角度审视自身业绩：学习与成长、内部流程、顾客、财务。该方法的实施过程如下：

（1）以组织的共同愿景与战略为内核，运用综合与平衡的哲学思想，依据组织结构，将公司的愿景与战略转化为下属各责任部门（如各事业部）在财务、顾客、内部流程、学习与成长等四个方面的系列具体目标（即成功的因素），并设置相应的四张计分卡（如图 8—4 所示）。

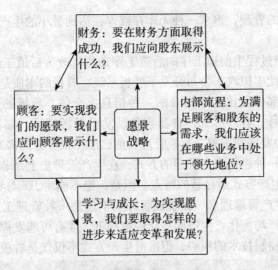

图 8—4 平衡计分卡基本框架

（2）依据各责任部门分别在财务、顾客、内部流程、学习与成长等四种可具体操作的目标，设置对应的绩效评价指标体系。

（3）由各主管部门与责任部门共同商定各项指标的具体评分规则。一般是将各项指标的预算值与实际值进行比较，对应不同范围的差异率，设定不同的评分值。以综合评分的形式，定期考核各责任部门在财务、顾客、内部流程、学习与成长等四个方面的目标执行情况，及时反馈，适时调整战略偏差，或修正原定目标和评价指标，确保公司战略得以顺利与正确地实行。

平衡计分卡反映了财务、非财务衡量方法之间的平衡，长期目标与短期目标之间的平衡，外部和内部的平衡，结果和过程的平衡，管理业绩和经营业绩的平衡，所以能反映组织综合经营状况，使业绩评价趋于平衡和完善，利于组织长期发展。

（五） 准时生产方式与看板管理

1. 准时生产方式

准时生产方式（just in time，JIT）是日本丰田汽车公司在 20 世纪 60 年代实行的一种生产方式。近年来，JIT 不仅作为一种生产方式，也作为一种通用管理模式在物流、电子商务等领域得到推行。其核心在于，追求一种无库存的生产系统，或使库存达到最小的生产系统。

在 JIT 生产方式倡导以前，世界汽车生产企业包括丰田公司均采取福特式的"总动员生产方式"，即一半时间人员和设备、流水线等待零件，另一半时间等零件一运到，全体人员总动员，紧急生产产品。这种方式造成了生产过程中的物流不合理现象，尤以库存积压和短缺为特征，生产线或者不开机，或者开机后就大量生产，这种模式导致了严重的资源浪费。丰田汽车公司的 JIT 采取的是多品种、少批量、短周期的生产方式，实现了消除库存、优化生产物流、减少浪费的目的。准时生产方式的基本思想可概括为"在需要的时候，按需要的量生产所需的产品"，也就是通过生产的计划和控制及库存的管理，追求一种无库存或库存达到最小的生产系统。

2. 看板管理

JIT 将传统生产过程中前道工序向后道工序送货，改为后道工序根据"看板"向前道工序取货，为此丰田汽车公司开发了看板系统，看板的本质是在需要的时间，按需要的量对所需零部件发出生产指令的一种信息媒介体。看板的信息包括：零件号码、品名、制造编号、容器形式、容器容量、发出看板编号、移往地点、零件外观等。经过近 50 年的发展和完善，看板管理目前已经在很多方面都发挥着重要的作用。

看板管理作为一种进行生产管理的方式，在生产管理史上是非常独特的，看板方式也可以说是 JIT 生产方式最显著的特点。但是，绝不能将 JIT 与看板方式等同起来。JIT 说到底是一种生产管理理念，而看板管理只不过是一种管理工具。看板管理只有在工序一体化、生产均衡化、生产同步化的前提下，才有可能发挥作用。看板系统是准时生产方式现场控制技术的核心，但准时生产方式不仅仅是看板管理。

小测试	你的预算控制有效吗

大学期间，你个人预算的管理能力或许预示着你今后对公司预算的管理能力。按照下面的表述回答"是"或"否"，以测评你的预算习惯。如果下面的表述不直接适用于你，请考虑你在类似情景中的行为方式。

1. 钱一到手我就花光。
2. 每周（月、学期）初，我都要列出我全部的固定支出。
3. 每周（月）末，我好像从来就没有什么钱结余下来。
4. 我能支付所有的花销，但好像总是没有钱用于娱乐。
5. 我现在还存不下钱，等大学毕业以后再说吧。
6. 我入不敷出。
7. 我有一张信用卡，但每个月总是把账户余额花得精光。
8. 我用信用卡透支。
9. 我知道每周外出吃饭、看电影及其他消遣娱乐要花多少钱。
10. 我的支出全部用现金支付。
11. 买东西时，我追求物美价廉。
12. 朋友需要时，我会借钱给他们，即使这样做会使我的现金告急。
13. 我从不向朋友借钱。
14. 我每个月存点钱，以备真正需要时用。

对 2、9、10、13、14 题回答"是"——训练有素的预算习惯；

对 4、5、7、11 题回答"是"——足够的预算习惯；

对 1、3、6、8、12 题回答"是"——差劲的预算习惯。

问题：如果你诚实地回答了问题，你可能会发现，在你的身上 3 种预算习惯兼而有之。看看你能够在哪些方面提高自己的预算能力？

资料来源　［美］理查德·L. 达夫特、多萝西·马西克：《管理学原理》，4 版，高增安等译，350 页，北京，机械工业出版社，2005。

本章小结

1. 控制的管理职能是对业绩的进展进行衡量和纠正，以便保证企业的目标以及达到这些目标的计划得以实现。这是从总裁到班组长每一位管理者的职能。

2. 不论所要控制的是哪方面，控制技术和系统基本上是相同的。无论在何处进行控制，也不论控制什么，控制的基本过程都包括四个方面：确定标准；衡量工作绩效；分析衡量结果；采取管理行动。

3. 控制工作按不同标准进行分类，可以划分为不同的类型，其中最主要的是根据控制的侧重点不同，划分为前馈控制、现场控制和反馈控制三种类型。

4. 要使控制工作发挥有效的作用，在建立控制系统时必须遵循一些基本的原理，如反映计划要求原理、组织适宜性原理和例外原理等等。同时，要使控制工作发挥作用，取得预期的成效，设计控制系统与技术的系统专家在具体运用上述原理时，还要特别注意满足一些要求，如控制系统应切合主管人员的个别情况，控制要确定目标等。

5. 在控制工作中经常应用到一些如预算控制等常见的控制方法，也有一些较为先进的综合性的控制方法，如全面质量管理、标杆管理、六西格玛管理、平衡计分卡、准时生产方式和看板管理等。

关键术语

控制（controlling） 偏差（variance） 前馈控制（feedforward control） 反馈控制（feedback control） 现场控制（screening control）

复习与思考

1. 什么是控制？控制工作有哪些常见的类型？

2. 控制工作的过程是怎样的？

3. 什么是前馈控制？它对管理者有何重要意义？

4. 结合实例谈谈控制的重要性。

5. 成功的企业是如何做好控制工作的？请举例说明。

6. 举出由于控制不力，而导致企业经营管理失败的实例，并进行分析。

案例分析

林肯电力公司

林肯电力公司是一家领先的焊接产品、焊接设备和电子马达制造公司，年销售额达 10 亿美元，在全世界范围内拥有 6000 名员工。公司产品广泛用于切割、制造和修理金属制品。虽然它是一家公开上市的公司，但是林肯家族拥有 60% 以上的股权。林肯公司采用多种多样的控制模式，任务被严格地界定，员工必须达到绩效标准，但是林肯系统的成功在很大程度上要归功于其组织文化，其组织文化建立在公开、信任、共享控制和平等精神基础之上。虽然公司中管理者和工人之间界限分明，但是管理者尊重生产工人的技能，重视他们对业务的贡献。公司倡导所有员工公平地、面对面地交流。工人们被鼓励挑战管理者的权威，只要他们认为事实和报酬不公平。大多数工人都是从高中直接雇用的，经过岗位培训和交叉培训以完成不同的工作，其中一些最终会晋升到管理岗位，因为公司更相信内部晋升。大多数员工会在公司工作一辈子。

林肯公司的创始人之一认为，公司应建立在一定的价值基础之上，包括诚信、信任、公开、自我管理、忠诚、可依赖和协作精神，这些价值一直是林肯公司文化的核心，管理者总是对那些表现出这些精神的员工给予奖励。由于林肯公司有效地实现了员工社会化，所以员工在工作中的自我控制程度很高，生产工人实行计件工资制度外加业绩奖金。员工还有依照公司财富发放的年终奖金。他们也有员工持股计划。奖金与一系列因素相关，如生产率、质量、可靠性以及同其他员工的合作等。林肯公司的员工年收入可超过 10 万美元，1996 年员工年平均收入是 6 万 2 千美元，但是还有其他一些非实物的奖励。被充分授权的跨职能团队负责制订计划、开发和市场营销。关于公司经营和财务状况的信息对公司所有员工公开。公司重视预测和解决客户问题，对销售代表进行技术培训以便使他们可以理解客户需求，帮助客户了解和使用公司产品和解决问题。对客户的重视还体现在对生产率、质量和革新采用严格的标准和正式的衡量办法。此外还采用一个被称为"Rhythm"的软件来规划生产过程中的物流。

林肯系统在美国运行得非常好，文化价值、公开的沟通和正式的控制和奖励系统相互作用，将管理者、员工和组织的目标结合在一起，鼓励学习和发展。现在公司正在研究它的系统在海外是否同样奏效。虽然公司大部分利润来自国内经营，而且 20 世纪 90 年代的一个海外合资企业使公司损失了大笔金钱，但是高层领导希望拓展海外业务，因为海外市场的发展速度远远超过了国内市场。但是林肯公司的管理者还没有为全球运营开发出一个战略控制计划，仅仅是将国内的林肯系统加以复制。

资料来源 ［美］理查德·L.达夫特、多萝西·马西克：《管理学原理》，4 版，高增安等译，352～353 页，北京，机械工业出版社，2005。

思考题：

1. 本案例描述的是什么类型的控制？是前馈控制、现场控制还是反馈控制？请加以解释。

2. 你认为林肯系统成功的原因是什么？

3. 为适应海外经营，你认为林肯公司管理者需要对管理系统做哪些调整？

第九章 管理思想的演变

引例

　　今天不同于昨天，而明天又将不同于今天，但今天是我们昨天协力作用的结果，明天也将如此。对于管理学者而言，历史中存在许多经验教训，而其中最重要的一条经验就是：把过去作为序幕加以研究。在管理思想的演变中，亚里士多德、泰勒、法约尔、韦伯、梅奥、孔茨等伟大的管理学家给他们的时代添上了浓重的一笔，也在管理历史的大地上留下了他们辉煌的足迹。正如朗弗罗《生命的赞歌》中所写的那样：

　　　　伟人的生涯全都提醒我们，

　　　　我们能使生活更为崇高；

　　　　这样，当我们离去时，

　　　　在时间的沙滩上，

　　　　将会留下我们的足迹。

　　管理思想既是文化环境的过程，也是文化环境的产物，同时它也是一个开放的系统，需要从政治、经济和社会等大文化环境中进行研究。因此我国的管理学者更应该去挖掘中国古代丰富的管理思想，并对我国企业管理实践中出现的问题进行思考、探索和解决，从而形成有中国特色的管理学，而不是一味地去学习西方管理学。从管理思想的演变规律中，我们能够得出优秀的管理学者总是在不断吸取前人管理理论的精华，同时不断推动管理理论向前发展。这要求我们在不断学习管理理论的同时，将其应用到实践中。将理论应用于实践是科研的最终目的。

　　资料来源　http：//zhouxg1213. bokee. com/viewdiary. 41179589. html.

　　自古以来就有管理，其是在人类集体协作、共同劳动中所产生的。在长期的管理实践活动中，人们积累了大量的管理经验，并逐步产生了相应的管理思想。管理思想是人们对于管理过程中发生的各种关系的认识总和，是由一系列观念或观点所构成的知识体系。管理思想是在一定的历史条件和一定的文化背景之下产生和发展起来的，并随着社会经济的发展而发展。

　　系统化的管理思想一直到19世纪末20世纪初才随着生产力的高度发展和科学技术的进步，在西方形成并蓬勃发展起来。因此，严格说来，现代管理只有100多年的历史。经过100多年的不断发展和完善，现代管理已经成为包括工商管理、社会管理、技术管理、公共管理、战略管理等很多方面的学科。20世纪初期以前属于经验管理时代，谈不上真正的科学管理或管理专业化。1912年现代科学管理之父泰勒发表了《科学管理原则》，从此开始了现代企业管理思想的发展和演变历程。在这一历程中，每一时期均有一些重要的管理理论和模式。这些管理理论，无论成功、过时与否，对当代和未来的管理实践活动都具有重要的借鉴意义和指导作用。

第一节 早期的管理思想

二、中国古代的管理思想

中国是一个具有五千年悠久历史的文明古国，中华民族在长期繁衍发展的历史长河中，创造了光辉灿烂的传统民族文化。在《尧典》中就记载着尧和舜管理国家的事迹。公元前 12 世纪至公元前 11 世纪，《周礼》第一次把中国官僚组织机构设计为360 职，并规定了相应的级别和职数，层次、职责分明。到公元前 4 世纪前后，中国已出现了相当完备的国家管理思想。春秋战国时期的《孙子兵法》一书是世界上第一部系统论述管理战略与战术问题的杰出著作。悠久的中国古代传统文化孕育了博大精深的管理思想，产生了多姿多彩、独具特色的管理方式和方法，其管理思想的精髓不仅哺育了中华民族的管理思想核心，而且也对日本、韩国及东南亚诸国的管理思想产生了深远的影响。世界任何国家的管理思想都深深地植根于这个国家和民族的生存环境和民族文化中，都无一例外地会带有国家和民族的传统文化印痕。中国古代的管理思想同样也带有鲜明的中国地域和传统文化的烙印。

（一） 中国古代管理思想的产生背景

首先，从中华民族生存的地理环境上来看，中华民族在气候温暖湿润、江河纵横交错、土地广袤富饶的自然环境中生存繁衍，从事单一的种植型农业生产活动。因此，中华民族在古代过着"日出而作，日落而息"，"鸡犬之声相闻，老死不相往来"的封闭的自给自足生活；习惯于乐天知命，安分守己，崇尚和谐、安稳、平和、缓慢的生活方式；生活中喜好中庸之道，提倡"温良恭俭让"的谦谦君子风度；人格上讲究道德修养和自我完善，具有盲目的从众心理和特别容易融入群体之中的特点。这种小农经济的长期影响，反映在管理思想上，往往具有固守封闭、不思冒险和进取、易于满足等特征。

其次，从宗法制度的角度分析。中国古代长期存在着以血缘关系为纽带的宗法制度，强悍的宗族凝聚力量和"家长制"的集权专制，将社会全体成员通过共同的风俗习惯、心理状态、行为规范牢牢地联系在一起，导致了中国管理思想上重"人治"、轻"法制"，重裙带关系、轻法律约束，整个社会就如同一张巨大的关系网，将每一个社会成员都纳入其中。由于宗法制度的影响，中国古代的管理思想既带有鲜明的专制性、等级性，同时又具有牢不可破的血缘亲情和心理上的融合、凝聚能力。

最后，儒家和道家文化的影响。儒家和道家作为两种具有不同的价值观念、思维方式的思想体系，在整个中华民族文化的融合演进中，互相影响、互相吸收、共同构成了中国传统文化的主流，同时也衍生了两种不同的管理思想。

儒家主张"积极入世"的人生态度。在个人的追求上，提倡"天行健，君子以自强不息"的奋斗精神；在认知和个人修为上主张"格物、致知"和"正心、诚意"；在个人和家国的协调发展上强调个人奋斗和家国利益的趋同一致；求的终极结果是实现"修身、齐家、治国、平天下"的和谐统一，崇尚内圣外王和天下大同思想。

与儒家相比，道家更倾向于清心寡欲和宁静自守，采取"消极避世"的管理思想。它主张凡事与世无争，顺其自然，在"无为"中追求"无不为"。在长期的儒道融合交流互促中，中国人无论在得意或失意时，都能找到思想和心理平衡的支点。中国古代的管理思想中既有"穷则独善其身，达则兼济天下"，"先天下之忧而忧，后天下之乐而乐"的积极人世追求，也有辄遇困难挫折就退隐山林、避于桃源自娱的消极遁世思想，这给中国人提供了很大的通达权变的空间，也使得中国人无论在什么样的生存状态下都能活得适得其所。

（二）　中国古代管理思想的主要内容

在浩如烟海的文史资料中蕴藏着极其丰富的管理思想，在这里，我们只取其部分精华，以收一斑窥豹之效。

1. 谋而后动的决策思想

在管理工作中，决策是一个管理者必须首先考虑的问题。那么，管理者应该如何决策才能确保决策不失误呢，我国的古代先贤给我们留下了许多精辟的见解。"凡事预则立，不预则废。""人无远虑，必有近忧。""先谋后事者昌，先事后谋者亡。"这些告诉我们无论做什么事情都要先谋而后动，只有谋划得充分、合理、科学，才能在执行时游刃有余，才能做到"不动声色，而措天下于泰山之安"，做事情才能成功而不失败。所谓"日之能烛远，势高也；使日在水中，则不能烛十步"，意思是讲作为领导者，应该具备高瞻远瞩的特质，绝对不能一叶障目，不见森林或者鼠目寸光，只看眼前利益而看不到长远利益。宋代文学家苏轼在《策别十八》："为国有万世之计，有一时之计，有不终月之计。""不谋万世者，不足以谋一时；不谋全局者，不足以谋一域"，是说做事应该有战略决策和战术决策、长远规划与短期计划之别，根据形势的变化按照既定目标相时而动，有助于管理成功。可见，预测和决策关系全局成败，中国人向来强调谋划和规划，强调战略和战术的综合运用，主张谋而后动。所以孙子说，"知彼知己者，百战不殆"，"知天知地，胜乃不穷"。

2. 义利两全的取舍思想

在中国古代社会中，虽然有一些人主张重义轻利，但是也有一批实用主义的思想家、哲学家提倡义与利并举，主张义利双兼，这种充满着浓重的讲利重义的管理思想，倡导"见利思义"，"义然后取"，"义，利也"，"兼相爱，交相利"。宋代苏轼就是其中之一，他在《利者义之和论》中说"义利利义相为用"，主张义利互为共用，二者不能偏废。春秋时的管子更是认为"自利"是人所共有的情结："民，利之则来，害之则去。民之从利也，如水之走下，于四方无择也。"然而，管子并未走向极端，他还认为"自利"与"利人"并不完全矛盾，而且"自利"之德与"利人"之德同时也是统一调和的。陈寿在《三国志·吴书·骆统传》中进一步将义利观和富民利民联系起来，指出"财须民生，强赖民力，威恃民势，福由民殖，德俟民茂，义以民行"，即财富是人民创造的，国家强大依靠人民的力量，国威靠人民的气势，福利乃由人民所树立，道德靠人民的实践来兴盛，义的实现靠人民的共同行动。这句话，可谓深刻地概括了中国义利两全的管理真谛，在普通民众之中具有广泛的影响。

3. 赏罚分明的激励思想

在激励和奖惩方面，孙子提出："合军聚众，务在激气。"诸葛亮指出："赏以兴功，罚以禁奸，赏不可不平，罚不可不均。""诛罚不避亲戚，赏赐不避仇怨"，应做到"无党无偏"，意思就是说管理者务必要做到赏罚公正分明，才能服人服众。春秋战国时期的韩非子主张"诚有功，则虽疏必赏；诚有过，则近爱必诛"。对此诸葛亮论述的更加具体，他说"赏罚之致，谓赏善罚罪也。赏以兴功，罚以禁奸。赏不可不平，罚不可不均。赏赐知其所加，则邪恶知其所畏"。

4. 德能兼备的用人思想

在中国古代的管理思想中特别重视德能兼备的标准。我国远古时代的禅让制度，就是在考察德行修养的基础上实行的推举贤能的管理制度。管子认为，国家选贤任能，要举拔有德者给予爵位，举拔有才者就任为官，把德行置于功劳之上，主张国家用人要德才兼备，德能并举，"德"与"能"不可偏废。选贤还应做到"不以年伤"，即选用人才不应受年龄的限制，从而否定了资历主义。管子强调考核官员的内容主要有三个：一是德望与其地位是否相称；二是功绩与其俸禄是否相称；三是能力与其官职是否相称。

5. 不谄不渎，上下同欲的同道思想

任何一个组织都由人群组成。什么样的组织才有战斗力，才能充分发挥组织中每个人的内在潜能，一直是管理者在努力思考的问题。《周易·系辞下》中有一句名言："君子上交不谄，下交不渎。"《庄子·山本》中指出："君子之交淡若水，小人之交甘若醴。"反对搞酒肉朋友，搞钱权交易，以利于形成清正廉洁的组织风气。《论语·为政》中认为小人勾结而不合群，总以小集团、小帮派的利益破坏整个组织的团结；君子则合群而不勾结，不是为了谋取私利，而是为了达成组织的目标，诚心诚意地搞好团结，"同心而共济，始终如一"。

正如《尚书·君陈》中所说："必有忍，其乃有济；有容，德乃大。"

6. 执要群效的统一思想

在组织理论方面，我国古代虽然没有形成完整的理论体系，但是散见于古代先贤片言之语论述中的管理思想，仍然为我们现在从事各种管理工作提供了可以借鉴的名言警句，其中执要群效的统一思想就是组织理论的雏形。《韩非子·扬权》："事在四方，要在中央。圣人执要，四方来效。"在此，韩非子第一次将决策层和执行层、中央和地方的管理职能进行了明确的划分。《管子·明法》："威不两错，政不二门。"李世民说："理国守法，事须划一。"罗贯中在《三国演义》中也有一句名言："夫为治有体，上下不可相侵。"这些论述都从不同角度强调了上下级之间权利与责任的不同，并且都明确指出统一决策指挥的不可或缺的重要作用。

7. 不偏不倚的中庸思想

"中庸"思想，是儒家须臾不可分离的管理之道。孔子说："过犹不及。"（《先进》）程熙对中庸的解释是："不偏之谓中，不易之谓庸。中者，天下之正道；庸者，

天下之定理。"（《遗书·卷七》）朱熹在《中庸章句》中说到："中者，不偏不倚，无过与不及之名。庸，平常也。"并引用尧授舜的"允执厥中"和舜授禹的"十六字心传"——"人心惟危，道心惟微，惟精惟一，允执厥中"，对中庸的精髓进行了深刻阐发。教育引导人们在处理和解决问题的时候不应该走极端，要避免过与不及的出现，应从两端入手，抓住问题的"终始本末、上下精细、无所不尽"，再"量度以取中，然后用之"。中庸之道，通俗地说，就是正确掌握事物发展的"度"，以实现管理的和谐发展。

8. 对立转化的辩证思想

我国古代先人在不断探究人与外界环境关系的基础上，逐渐形成了朴素的辩证思想，这在《易经》、《老子》、《孙子兵法》中都得到了充分体现。中国这种充满了哲学思辨的管理思想，主要表现在整体观和转化观两个方面。

与西方不同，中国古代的管理思想常常习惯于从整体到个体或者从个体角度审视和对待整体，主张整体和个体的有效统一，如中国画以"写意"为主，重视对整体的把握，并不重视对细节真实的分析。表现在集体组织中，特别注重"少数服从多数，个人服从组织，下级服从上级"，这种管理思想虽然有时容易压抑个体能动性的发挥，但是却特别容易形成拼搏、奉献、团结的战斗群体，有利于发挥团体的整体优势。

而"物极必反"、"否极泰来"和"盛极必衰"等人们熟悉的词汇中，则更多地蕴含着转化观的管理思想，体现出古人对万物相互联系、阴阳互相消长的哲学思辨。例如，《老子》中"以顺待逆，以逸待劳，以卑待骄，以静待躁"的后发制人思想，"欲先取之，必先予之"的取予之法，"不战而胜，是为上策"的战略思想，"避实而击虚"，"因敌变化而取胜"的应变之策，"千军易得，一将难求"的选材识贤的人事原则等，都是这种因应变化转化的精彩论述。

9. 以民为本的民本思想

中国古代的管理思想中，将组织环境概括为天时、地利、人和。《淮南子·主术训》中指出："上因天时，下尽地财，中用人力。"其中，天和地，反映了外部环境。《孙子兵法·地形篇》指出，"知天知地，胜乃不穷"，可见正确地判断外部环境之重要。

而人和的主要内涵是"以人为本"，即人是构成国家整体的第一要素，要求把人作为管理的重心，提倡"爱人贵民"。这种民本思想，是中国古代的重要管理理念，也是"人和"的理论基础。管子说，"君若将欲霸王举大事乎，则必从其本事矣"；"夫霸王之所始也，以人为本，本理则国固，本乱则国危"。《贞观政要》中指出："君，舟也；人，水也。水能载舟，亦能覆舟。"准确而形象地说明了领导者与群众之间的关系，为历代政治家所遵从。

"将相和"、"君臣和"是在管理层面的"人和"。"君臣遇合，天下事迎刃而解"（《观案》）指出，领导层次的良好合作是解决天下事的重要环节。

10. 诚信为本的经营思想

信誉是国家和企业的生命，这是我国长期管理实践中产生的信条。中国人从来都是重信誉的。孔子说，"君子信而后劳其民"（《论语·尧曰》）。韩非说，"小信成则大信立，故明主积于信"（《韩非子·外储说左上》）。治理国家，言而不信，出尔反尔，政策多变，从来都是大忌。故《管子》告诫主政者要取信于民，行政应遵循一条主要原则："不行不可复。""不行不可复者"，"不欺其民也"。欺骗人民只能是一次，第二次人民就不信你了。"言而不可复者，君不言也；行而不可再者，君不行也。凡言而不可复，行而不可再者，有国者之大禁也。"（《管子·形势》）

（三）　中国古代管理思想的特征

1. 从发展的趋势上看具有通变性

春秋时期的管子非常强调管理者的创新精神。"不慕古、不留今，与时变，与俗化"就是对这种创新思想的高度概括。"不慕古"反对的是因循守旧、抱残守缺；"不留今"是提示人们不要受现实所惑，陶醉于今日的成就中；"与时变"倡导的是因时而变，顺应潮流；"与俗化"即随着习俗一起发展。所谓"俗"，是指民间自然形成的事物，而非因循守旧制度之规定，这其实就是一种制度创新。在具体管理事务中，实际情况总处于动态变化之中，因此不能墨守成规陷入经验主义。例如在军事斗争中讲"兵无常势，水无常形，能因敌变化而取胜者，谓之神"。"运用之妙，存乎一心"，讲的就是要根据不同的敌情、我情、天时地利等各种条件，灵活用兵。具体到普通的管理，同样也要根据具体的情况采取不同的管理策略，才能使管理更加有效。

2. 从哲学的辩证上看具有和谐性

中国古代管理思想强调和谐，主张协同，追求和谐的境界，使矛盾和差异的双方协调统一，共同构成和谐而又充满生机的世界。"以和为贵"的人际关系准则在中国古代管理思想中一直占据着十分重要的位置。孟子提出，"天时不如地利，地利不如人和"（《孟子·公孙丑下》），其中"人和"，就是指内部的团结、和睦。《荀子·五霸》中提到："上不失天时，下不失地利，中得人和，而百事不废。"《孙子兵法》中提到："上下同欲者胜。"这些思想都说明了"和"在消除内部矛盾冲突和取得内部团结方面的重要性。日本的丰田佐吉在创建丰田纺织公司时，借鉴了我国的"和为贵"思想，其经营管理座右铭就是"天，地，人"三个字。

但"和为贵"也不是无原则的。在讲"和"的统一性时，也十分重视其中存在的差异性，即在强调"以和为贵"的同时也非常重视"和而不同"，在同中存异。孔子说，"君子和而不同，小人同而不和"，主张"君子群而不党"。这种和谐观在管理行为上的具体表现为：阴阳互补、五行反馈、刚柔相济、动态平衡、中庸和谐，以达到人与人、人与自然的和谐平衡。可见，中国古代管理思想中的"和谐观"是中国传统集体伦理观在管理上的集中体现，对指导如何处理人与人之间的关系起着润滑剂的作用。

纵观中国古代管理思想，积淀了浩如烟海的治国之道、修身之法，形成了独具特色的管理思想和理论。虽然没有形成完整的理论体系，但它是中国五千年文明的结晶，是我国乃至世界优秀传统文化的瑰宝，我们应当万分珍惜、认真学习、传承发扬，借以不断丰富和发展现代管理理论。

二、国外早期管理思想

外国的管理实践和管理思想也有着悠久的历史。在奴隶社会，管理实践和管理思想主要体现在指挥军队作战、治国施政和管理教会等活动之中。古巴比伦人、古埃及人以及古罗马人在这些方面都有过重要贡献。

公元前 1792 年，汉莫拉比成为古巴比伦国王。在其统治期间，古巴比伦建立了强大的中央集权国家，并颁布了有 282 条法规的《汉莫拉比法典》，较全面地反映了当时的社会情况，并以法律形式来调节全社会的商业交往、个人行为、人际关系、工薪、惩罚以及其他社会问题。

古埃及值得称道的管理实例是其金字塔式的管理机构。在法老之下设置了各级官吏，最高为宰相，扶助法老处理全国政务，宰相之下设有一大批大臣，分别管理财政、水利建设以及各地方事务，形成了以法老为最高统治者的金字塔式的管理机构。另外，其为了强化法老专制政权的统治而为法老修建的金字塔，被后人称为世界七大奇观之一。从管理角度上看，此浩大工程所需的成千上万人的共同劳动就需要严密的组织和管理。

古罗马在征服了希腊后，经过连年征战和吞并，逐渐成为一个庞大的帝国。管理这样一个庞大的帝国，本身就需要高超的管理方法和技能。罗马共和时期，在管理体制上，已体现了行政、立法和司法的分离。最有效的管理实例是当时统治者戴克利先（公元 284 年）对罗马帝国的重组。他重新设计了帝国的组织结构，把军队和政府分为不同的权力层次，对每一层次规定了严明的纪律以保证组织职能的发挥。

18 世纪 60 年代开始的工业革命使西方世界不仅在工业技术上而且在社会关系上出现了巨大的变化。它加速了资本主义生产的发展，社会的基本生产组织形式迅速从以家庭为单位转向以工厂为单位。在新的社会生产组织形式下，效率和效益问题、协作劳动之间的组织和配合问题、人和机、机和机之间的协调运转问题，使传统的军队式、教会式的管理方式和手段遇到了前所未有的挑战。许多新的管理问题需要人们去回答和解决，在这种情况下，不少对管理理论的建立和发展具有重大影响的管理实践和思想应运而生。

1. 理查·阿克莱特的科学管理实践

理查·阿克莱特是工业革命时期的企业家，他于 1769 年和 1771 年在英国建立了两个最早使用机械的工厂，规模都很大。由于把绵织业持续生产所需的各种活动集中于一个工厂，工厂中各种相互联系的活动如何协调和控制的问题显得异常突出。理查·阿克莱特不愧为有效管理的先驱者。

2. 亚当·斯密的劳动分工观点和"经济人"观点

亚当·斯密是英国古典政治经济学家，他对管理问题也有诸多的见解。亚当·斯密对管理理论发展的一个贡献是他的劳动分工观点。他认为分工是增进劳动生产力的重要因素，原因是：①分工可以使劳动者专门从事一种单纯的操作，从而提高熟练程度、增进技能；②分工可以减少劳动者的工作转换，节约由一种工作转到另一种工作所损失的时间；③分工可以使劳动简化，使劳动者的注意力集中在一种特定的对象上，有利于发现比较方便的工作方法，促进工具的改良和机器的发明。斯密的分工观点适应了当时社会对迅速扩大劳动分工以促进工业革命发展的要求，成为资本主义管理的一条基本原理。

亚当·斯密的另一个贡献是他的"经济人"观点。他认为，经济现象是具有利己主义的人们的活动产生的。人们在经济行为中追求的完全是私人利益。斯密的"经济人"观点是资本主义生产关系的反映，他对于资本主义管理的实践和理论都有重要的影响。

3. 查尔斯·巴贝奇的作业研究和报酬制度

查尔斯·巴贝奇是英国著名的数学家和机械工程师，他对管理的贡献主要体现在以下两方面：①对工作方法的研究。他认为一个体质较弱的人如果所使用的铲在形状、重量、大小等方面都比较适宜，那么他一定能胜过体制较强的人。因此，要提高工作效率，必须仔细研究工作方法。②对报酬制度的研究。他主张按照对生产率贡献的大小来确定公认的报酬。公认的收入应由三部分组成：A. 按照工作性质所确定的固定工资。B. 按照对生产率所作出的贡献分得的利润。C. 为增进生产率提出建议而赢得的奖金。

4. 小瓦特和博尔顿的科学管理制度

小瓦特和博尔顿分别是蒸汽机发明者瓦特和其合作者马修·波尔顿的儿子。1800年，他们接管了一家铸造工厂后，小瓦特就着手改革该厂的组织和管理，博尔顿则特别关注营销活动。他们采取了不少有效的管理方法，建立起许多管理制度，如：①在生产管理和销售方面根据生产流程的要求培植机器设备，编制生产计划，制定生产作业标准，实行零部件生产标准化，研究市场动态，进行预测；②在会计的成本管理方面建立起详细的记录和先进的监督制度；③在人事管理方面制定工人和管理者的培训和发展规划；④实行工作研究，并按工作研究结果确定工资的支付办法；⑤实行由职工选举的委员会来管理医疗福利费等福利制度。

5. 罗伯特·欧文的人事管理

罗伯特·欧文是19世纪初英国著名的空想社会主义者，他曾在其经营的一家大纺织厂中做过试验。试验是在当时工厂制度下工人劳动条件和生活水平都相当的情况下进行的，主要包括改善工作条件、缩短工作日、提高工资、改善工作条件、发放抚恤金等。试验的目的是探索对工人和工厂所有者双方都有利的方法和制度。他开创了在企业中重视人的地位和作用的先河，后人称之为"人事管理之父"。

应当说19世纪末之前的这种管理还是一种家长式的经验管理，没有形成系统、整体的管理科学理论。管理人仍然主要靠个人经验来进行，但这些思想对后来西方管理理论的创立和发展都产生了明显的影响。

第二节　古典管理理论

管理作为一门科学，自产生以来已有一百多年的历史，随着管理实践的发展和人们对管理理论的研究，管理科学也在不断地发展、演变。

18世纪到19世纪中期，资本主义生产方式从封建制度中脱胎而出，家庭手工业逐步被工厂所代替。始于英国的工业革命结果是机械动力代替部分人力。机器大生产和工厂制度的普遍出现，对社会经济的发展产生了重要影响。

随着工业革命以及工厂制度的发展，工厂以及公司的管理越来越突出。许多理论家、经济学家在其著作中越来越多地涉及有关管理方面的问题。许多实践者则着重总结自己的经验，共同探讨有关管理方面的问题。这些著作和总结为即将出现的管理科学打下了基础，是研究管理思想发展的重要参考文献。但这都是作为某个人或某个集团对某一活动单一管理实践和管理思想的体现，并没有形成一个完整的系统。管理理论的形成是在近代"科学管理"理论、管理过程与管理组织理论的研究中开始的。

　　19 世纪末出现的科学管理的开端，第一次利用了"科学管理"这一术语。这时开始了管理思想的传播与交流。人们对管理的认识已有了变化，把它看成是对人类经济活动有影响的一门完整的知识。管理者被公认为受尊敬的人，管理原理从工业界扩散到大学的课堂，管理终于成为一个独立的研究领域。

一、泰勒与科学管理理论

　　科学管理的创始人是美国古典管理学家弗雷德里克·温斯洛·泰勒（Frederick Winslow Taylor）。泰勒是从"工人为什么磨洋工"这一现象出发研究管理问题的，长期的切身观察使泰勒认识到，工人"磨洋工"（soldiering）主要是因为"落后的管理"。泰勒相信，通过科学的管理可以克服"磨洋工"现象。通过在企业中的实践和大量试验，他提出了"科学管理"理论（Scientific Management Theory）。

管理背景 9—1	泰勒其人

　　泰勒出生于美国费城一个富有的律师家庭，很早就养成了寻求真理、善于观察和学习的习惯。泰勒常常迷恋于科学调查、研究和实验，强烈地希望按事物发展的客观规律办事，这为他后来致力于劳动效率的研究和科学管理理论的探索提供了必备的条件。泰勒 1875 年进入一家小机械厂当徒工，1878 年转入费城米德瓦尔钢铁厂当机工并在夜校学习，获得工程学学士学位后被提升为总工程师。他从学徒、工人、工长、总机械师到后来成为总工程师的经历使其有充分的机会去了解工人的种种问题和态度，并意识到提高管理质量的极大的可能性。

　　泰勒一生致力于"科学管理"，他认为提高生产率不但要降低成本和提高利润，而且要通过工人提高生产率。他把生产率看作是较高工资和较高利润的保证。相信应用科学的方法来代替按惯例和凭经验办事的方法可以不必费更多精力和努力，便能取得这样的生产率。泰勒在管理方面的主要著作有：《计件工资制》（1895）、《车间管理》（1903）、《科学管理原理》（其中包括在国会上的证词，1912）。泰勒通过这一系列的著作，总结了几十年研究的成果，归纳了自己长期管理实践的经验，概括出了一些管理原理和方法，经过系统化整理，形成了"科学管理"的理论。泰勒在管理理论方面作了许多开拓性工作，为现代管理理论奠定了基础。他于1911 年出版的著作《科学管理原则》标志着系统的管理理论的诞生。泰勒 1915 年于费城去世，后人在他的墓碑上刻着：科学管理之父——F. W. Taylor。

1. "科学管理"理论的主要内容

　　（1）科学管理的中心问题是提高效率。泰勒认为要制定出有科学依据的针对工人的"合理的日工作量"，就必须进行工时和动作研究，方法是选择合适且技术熟练的工人，把他们的每一项动作、每一道工序所使用的时间记录下来，加上必要的休息时间和其他延误时间，就得出完成该项工作所需要的总时间，据此定出一个工人"合理的日工作量"，这就是所谓的工作定额原理。

（2）为了提高劳动生产率，必须挑选"第一流的工人"。所谓第一流的工人是指，"每一种类型的工人都能找到某些工作使他成为第一流的，除了那些完全能做好这些工作而不愿意做的人"。在制定工作定额时，泰勒是以"第一流的工人在不损害其健康的情况下维护较长年限的速度"为标准的。这种速度以工人能长期维持的正常速度为基础。泰勒认为健全的人事管理的基本原则是：使工人的能力同工作相配合，管理当局的责任在于为雇员找到最合适的工作，培训他成为第一流的工人，激励他尽最大的努力来工作。

（3）使工人掌握标准化的操作方法。用标准化的工具、机器和材料，并使作业环境标准化，这就是所谓的标准化原理。泰勒认为必须用科学的方法对工人的操作方法、工具、劳动和休息时间的搭配、机器的安排和作业环境的布置等进行分析，消除各种不合理的因素，把各种最好的因素结合起来，形成一种最好的方法。他认为这是管理当局的首要职责。

（4）实行计件差别工资报酬制度。为了鼓励工人努力工作，完成定额，泰勒提出了这一制度。这种计件工资制度包含三点内容：①通过工时研究和分析，制定出一个有科学依据的定额或标准。②采用一种叫做"差别计件制"的刺激性付酬制度，计件工资按完成定额的程度而浮动。例如，如果工人只完成定额的80%，就按工资的80%付酬；如果超过了定额的120%，则按工资的120%付酬。③工资支付的对象是工人而不是职位，即根据工人的实际工作表现而不是根据工作类别来支付工资。泰勒认为这样既能克服消极怠工的现象，更重要的是能调动工人的积极性，从而大大提高劳动生产率。

（5）工人和雇主两方面都必须认识到提高效率对双方都有利，都要来一次"精神革命"，相互协作，为共同提高劳动生产率而努力。试验中每个工人每天的平均搬运量从原来的16吨提高到59吨；工人每日的工资从1.15美元提高到1.88美元，而每吨的搬运费从7.5美分降到3.3美分。对雇主来说，其关心的是成本的降低；而对工人来说，其关心的则是工资的提高，所以泰勒认为这就是劳资双方进行"精神革命"和合作的基础。

（6）把计划职能同执行职能分开，变原来的经验工作法为科学工作法。所谓经验工作法是指每个工人用什么方法操作、使用什么工具等都是根据自己或师傅等人的经验来决定。泰勒主张明确划分计划职能与执行职能，由专门的计划部门来从事调查研究，为制定定额和确定操作方法提供科学依据。制定科学的定额和确定标准化的操作方法及工具，拟订计划并发布指示和命令，比较"标准"和"实际情况"，进行有效的控制等。至于现场工人则从事实质性的职能，即按照计划部门确定的操作方法和指示，使用规定的标准工具，从事实际的操作，不得自行改变。

（7）实行"职能工长制"。泰勒主张实行"职能管理"，即将管理工作予以细分，使所有的管理者只承担一种管理职能。他设计多个职能工长代替原来的一个工长，每个职能工长负责某一方面的工作。在其职能范围内可以直接向工人发出命令。他认为这种制度有三个优点：①对管理者培训花费的时间少；②管理者的职责明确，因而可以提高效率；③由于职能分工明确，工具与操作方法也已标准化，因此非熟练技术的工人也可以从事较复杂的工作，从而降低企业的生产费用。后来事实表明一个工人同时接受几个职能工长的多头领导，容易引起混乱，因此其没有得到推广，但这种职能思想为以后职能部门的建立和管理的专业化提供了参考。

（8）在组织机构的管理控制上实行例外原则。泰勒认为规模较大的企业组织和管理必须应用例外原则，即企业的高级管理者把例行的一般日常事务授权给卜级管理者去处理，自己只保留对例外事项的决定和监督权。这种以例外原则为依据的管理控制原理以后发展成为管理上的分权化原则和实行事业部制管理体制。

2. 泰勒科学管理的贡献

泰勒的科学管理为现代管理理论奠定了基础，在历史上第一次使管理从经验上升为科学，其最大贡献在于所提倡的在管理中运用科学方法和科学实践精神。另外，泰勒和他的同事还创造和发展了一系列有助于提高生产效率的技术和方法，极大地提高了人机协调，调动了人的积极性，从而使生产效率有了成倍的提高，推动了生产力的发展。这些技术和方法不仅是过去而且也是近代合理组织生产的基础。泰勒的科学管理改变了传统管理的靠体力、时间的策略，而是靠科学地制定操作规程和改进管理及金钱的刺激，从这几点看，科学管理有了很大的进步。

与泰勒同时代的科学管理理论学派的著名学者还有甘特（Henry L. Gantt，1861—1919）、"动作研究之父"吉尔布雷斯（Frank B. Gilbreth，1868—1924）和他的妻子、美国第一个心理学女博士莉莲（Lillian M. Gilbreth，1878—1972）。

二、法约尔的一般管理理论

在泰勒等人以探讨提高工厂效率为重点进行科学管理研究的同时，法国人法约尔则以管理过程和管理组织为研究重点，着重研究管理的组织和管理活动过程，形成了一般管理理论（General Administrative Theory）。

管理背景9—2　　　　　　　　　法约尔其人

　　亨利·法约尔（Henry Fayol），法国古典管理理论学家，被尊称为管理过程学派的开山鼻祖。法约尔1860年从圣埃蒂安国立矿业学院毕业后进入康门塔里·福尔香堡采矿冶金公司，成为一名采矿工程师，并在此度过了整个职业生涯。从采矿工程师到矿井经理，直至公司总经理，他在实践中逐渐形成了自己的管理思想和管理理论，对管理学的形成和发展作出了巨大的贡献。

　　1916年问世的名著《工业管理与一般管理》是法约尔一生管理经验和管理思想的总结，他认为他的管理理论虽然是以大企业为研究对象，但除了可应用于工商企业之外，还适用于政府、教会、慈善团体、军事组织以及其他各种事业。所以，人们一般认为法约尔是第一个概括和阐述一般管理理论的管理学家。

　　法约尔关于管理过程和管理组织理论的开创性研究，特别是其中关于管理职能的划分以及管理原则的描述对后来的管理理论研究具有非常深远的影响。此外，他还是一位概括和阐述一般管理理论的先驱者，是一位伟大的管理教育家，后人称他为"管理过程之父"。

1. 法约尔理论内容

法约尔认为经营并不等于管理，经营是指导或引导一个组织趋向某一既定目标，它的内涵中包括了管理。企业的经营活动可以概括为六大类：

（1）技术性的工作——生产、制造；

（2）商业性的工作——采购、销售和交换；

（3）财务性的工作——资金的取得与控制；

（4）会计性的工作——盘点、会计、成本及统计；

（5）安全性的工作——商品及人员的保护；

（6）管理性的工作——计划、组织、指挥、协调及控制。

法约尔首次提出管理活动的五项职能，即"所谓管理，就是计划、组织、指挥、协调和控制"。他首次划分了管理的五大职能，并对这五大职能进行了详细的分析和讨论。他认为计划就是探索未来和制订行动方案；组织就是建立企业的物质和社会双重结构；指挥就是使其人员发挥作用；协调就是连接、联合、调和所有的活动和力量；控制就是注意一切是否已按已制定的规章和下达的命令进行。

法约尔在《工业管理和一般管理》中提出了一般管理的 14 条原则：

（1）劳动分工。他认为这不仅是经济学家研究有效使用劳动力的问题，而且也是在各种机构、团体、组织中进行管理活动所必不可少的工作。

（2）职权与职责。法约尔认为"权力是下达命令和强迫别人服从的力量"。职权与职责是相互联系的，在行使职权的同时，必须承担相应的责任，有权无责或有责无权都是组织上的缺陷。

（3）纪律。纪律是管理所必须的，是对协定的尊重，这些协定以达到服从、专心、干劲以及尊重人为目的。就是说组织内所有的成员通过各方所达成的协议对自己在组织内的行为进行控制，它对企业的成功极为重要，要尽可能做到严明、公正。

（4）统一指挥。组织内每一个人只能服从一个上级并接受他的命令。

（5）统一领导。指一个组织，对于目标相同的活动，只能有一个领导、一个计划。

（6）个人利益服从整体利益，即个人和小集体的利益不能超越组织的利益。当利益不一致时，主管人员必须想办法使它们一致起来。

（7）个人报酬要公平。报酬与支付的方式要公平，给雇员和雇主以最大可能的满足。

（8）集权。其主要指权力的集中化程度问题。要根据各种情况，包括组织的性质、人员的能力等，来决定"产生全面最大收益"的那种集中程度。

（9）跳板原则。其是指在管理机构中，最高一级到最低一级应该建立关系明确的等级链，这既是执行权力的线路，也是信息传递的渠道，一般情况下不要轻易违反它。为了保证命令的统一，不能轻易违背等级链，请示要逐级进行，指令也要逐级下达。这样做会产生信息延误现象，为此法约尔设计了一种"跳板"，也称"法约尔桥"（Fayol Bridge）（如图 9—1 所示）。

法约尔认为在一个具有等级制度的企业里，假设要使它的 D 部门与 G 部门发生联系，这就需要沿着等级路线攀登从 D 到 A 的阶梯，然后再从 A 下到 G，这之间，在每一级都要停下来，然后再从 G 上升到 A，从 A 下降到 D，回到原出发点。

非常明显，如果通过 D—G 这一跳板，直接从 D 到 G，问题就简单多了，速度也快多了，人们一般也是这样做的。这样做要有一个前提，即 D 部门与 G 部门的上级允许他们直接联系，D 部门与 G 部门共同商定的事情也要立即分别向各自的上级汇报，这样做既维护了统一指挥的原则，又大大提高了组织的工作效率。

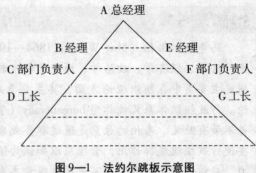

图 9—1　法约尔跳板示意图

（10）秩序原则。管理是一种有秩序的活动，按法约尔的说法，"每一事物、每一个人各有其位，每一事物、每一个人各在其位"，因此，需要按规定进行有序化的组织管理，这实际上是一项关于安排事物和人的组织原则。

（11）公平原则。工业企业和其他组织的管理主要是对人的管理，对人的管理就应该在社会文明的基础上坚持管理的公正与公平，法约尔十分强调主管人员对下属的公正与公平，由此唤起组织成员对组织的忠诚。

（12）人员稳定原则。法约尔发现人员的不必要流动是导致管理不良的一个原因，他指出，除必要的流动外，应在管理上保证人员的相对稳定性，以利于工作的熟悉和效率的提高。

（13）首创原则。管理是一种创造，法约尔十分提倡首创精神，它表现在计划拟订、指挥和控制的各个方面，因此，上级管理者应充分调动和激发下属的首创精神，以提高管理绩效。

（14）团结原则。组织是一个整体，坚持组织内管理者和操作者的团结，进行有效的组织沟通是实现组织目标的需要，也是组织内所有成员的迫切要求。法约尔认为，实现组织团结也是管理的一项主要功能和原则要求。

以上 14 条原则的许多观点，比如劳动分工、统一领导和跳板原则等对我们今天的管理工作都具有重要的指导作用。

2. 对法约尔一般管理的评价

法约尔的管理思想同泰勒的管理思想都是古典管理思想的代表，但法约尔管理思想的系统性和理论性更强，他认为人的管理能力可以通过教育来获得，也可以像技术能力一样，首先在学校然后在车间里得到，他对管理的五大职能的分析为管理科学提供了一套科学的理论构架，后人根据这种构架建立了管理学并把它引入课堂。目前大多管理学教材中的管理实务和思想，在某种程度上也可直接追溯到法约尔的一般管理理论的研究。

三、韦伯的行政组织理论

除法约尔之外，管理过程和管理理论的主要代表人物还有德国著名的社会学家马克斯·韦伯，他提出的行政组织理论对泰勒、法约尔的理论是一种补充，对后来的管理学家们尤其是组织理论学家有很大影响，被称为"组织理论之父"。

管理背景 9—3 韦伯其人

马克斯·韦伯（Max Weber，1864—1920）是德国著名的社会学家和哲学家，他对法学、经济学、政治学、历史学和宗教学都有广泛的兴趣。他在管理理论上的研究主要集中在组织理论方面，其主要贡献是提出了所谓理想的行政组织体系理论。行政组织体系又被称为 bureaucracy（官僚政治或官僚主义），与汉语不同，它并不带有贬义。韦伯的原意是通过职务或职位而不是通过个人或世袭地位来管理。要使行政组织发挥作用，管理应以知识为依据进行控制，管理者应有胜任工作的能力，应该依据客观事实而不是凭主观意志来领导，因而这是一个有关集体活动理性化的社会学概念。这集中反映在他的代表作《社会组织与经济组织》一书中。这一理论的核心是组织活动要通过职务或职位而不是通过个人或实习地位来管理。他也认识到个人魅力对领导的重要性。他所讲的"理想的"不是指最合乎需要，而是指现代社会最有效和合理的组织形式。

行政组织理论（Bureaucracy Theory）的主要内容有：

（1）明确的分工，即每个职位的权利和义务都应有明确的规定。

（2）自上而下的等级系统。组织内的各个职位，按照等级原则进行法定安排，形成自上而下的等级指挥系统。

（3）人员的任用。人员的任用要完全根据职务的要求，通过正式考试和教育训练来实行。

（4）职业管理者。管理者有固定的薪金和明文规定的升迁制度，是职业管理者。

（5）遵守规则和纪律。管理者必须严格遵守组织中规定的规则、纪律以及办事程序。

（6）组织中人员之间的关系。组织中人员之间的关系完全以理性准则为指导，只受职位关系而不受个人情感的影响。这种公正不倚的态度，不仅适用于组织内部，而且适用于组织与外界的关系。

韦伯认为，高度结构的、正式的、非人格化的理想行政组织体系是人们进行强制控制的合理手段，是达到目标、提高效率的最有效形式。该组织形式在精确性、稳定性、纪律性和可能性方面都优于其他组织形式，适用于各种管理工作及当时日益增多的各种大型组织，如教会、国家机构、军队、政党、经济企业和各种团体。

韦伯的行政组织理论，是适应传统封建社会向现代工业社会转变的需要而提出的，影响十分深远，具有里程碑意义，他也因此被人们称为"组织管理之父"，与泰勒、法约尔并称为西方古典管理理论的三位先驱。

以上介绍的三种管理理论，虽然研究内容各有不同的侧重，但它们有两个共同的特点：一是都把组织中的人当作"机器"来看待，忽视"人"的因素及人的需要、行为和心理满足，没有重视社会因素，坚持"经济人"的假设。所以，有人称此种管理思想下的组织实际上是"无人的组织"；二是没有看到组织与外部的联系，关注的只是组织内部的问题，因此是一种"封闭系统"的管理时代。由于这些共同的局限性，20世纪初在西方建立起来的这三大管理理论被统称为古典管理思想。

第三节　人际关系理论及行为科学

尽管以泰勒的"科学管理"理论、管理过程与管理组织理论为代表的古典管理理论的广泛流传和实际运用大大提高了组织的效率，但古典管理理论多着重于生产过程、组织控制方面的研究，较多地强调科学性、精密性、纪律性，对人的因素注意较少，把工人当作机器的附属品，像牛马一样干活，不是人在使用机器，而是机器在使用人，这就激起了工人的强烈不满。

20 世纪 20 年代前后，一方面工人日益觉醒，工人阶级反对资产阶级剥削压迫的斗争日益高涨，另一方面经济的发展和周期性危机的加剧，使西方资产阶级感到再依靠传统的管理理论和方法已不可能有效地控制工人来达到提高生产率和利润的目的。一些管理学家和心理学家也意识到，社会化大生产的发展需要有与之相适应的新的管理理论。一些学者开始研究企业中关于人的一些问题，于是，人际关系学派就应运而生。这个学派为以后的行为科学学派奠定了基础，也是由科学管理过渡到现代管理的跳板。人际关系学派的诞生是从著名的霍桑实验开始的。

一、人际关系理论

1. 霍桑实验

霍桑是 20 世纪 20 年代美国西方电器公司设在芝加哥附近的电话机工厂的名字。霍桑实验（Hawthorne Experiments）从 1924 年开始到 1932 年结束，先后进行过两个回合：第一个回合从 1924 年 11 月至 1927 年 5 月，在美国国家科学委员会赞助下进行；第二个回合从 1927 年至 1932 年，由乔治·埃尔顿·梅奥（George Elton Mayo，1880—1949，原籍澳大利亚的美国行为科学家）主持进行。霍桑实验在其本来意义上是属于科学管理的实验，旨在测定照明对产量的影响，但是实验结束时，它却为以后人际关系理论的研究奠定了基础。整个实验共分四个阶段：

第一阶段：工厂照明实验——"照明实验"（1924—1927 年）

工厂照明实验的目的是研究照明情况对生产效率的影响。专家们认为物质条件是影响工作效率的主要因素之一。他们选择两个工作小组：实验组；控制组。实验组照明度不断变化，控制组照明度始终不变。照明实验前后共持续了两年半的时间，然而结果却令人感到迷惑不解：两组产量都持续上升，没有什么差异，照明度等物质条件的变化不是生产率变化的决定性因素，而另有没被掌握的因素在起作用。

由于结果未能如人所愿，以致不少研究者都认为这种实验没有价值而准备放弃。在这种情况下，梅奥等人的哈佛大学研究小组应邀来到霍桑工厂，继续参与实验，但已经放弃了原来认定的物质条件影响产量的判断。

第二阶段：继电器装配室实验（1927 年 4 月）

继电器装配室实验的目的是研究各种工作条件的变动对小组生产率的影响。他们选择了五位女装配工和一位画线工，把他（她）们安置在单独一间工作室内工作，以研究新环境的影响。一开始实验引入了各种变化：改变工间休息时间、缩短工作日、缩短工作周、提供免费午餐等，结果产量上升。去掉这些变化，产量仍然保持不降。为何这些女工做得比以往任何时候都多呢？研究人员发现是社会条件和督导方式的改变导致了女工们态度的变化和生产率的提高。为了掌握更多的信息，管理部门决定通过一个访谈计划来调查职工的态度。

第三阶段：大规模的访问与调查（1928—1931 年）

实验到了第三阶段，研究小组决定进行大规模访问交谈。他们共花了两年时间对两万名职工进行访问交谈，发现所得结论与上述实验所得结论相同，即影响生产力最重要的因素是工作中发展起来的人群关系而不是待遇及工作环境。研究小组还了解到，每个工人的工作效率的高低不仅取决于他们自身的情况，而且还与他所在的小组中的其他同事有关，任何一个人的工作效率都要受他的同事们的影响，于是实验研究进入到了第四阶段。

第四阶段：接线板接线工作室实验（1931—1932 年）

在第四阶段实验中，研究小组决定选择接线板接线工作室作为研究对象，该室有九位接线工，三位焊接工和两位检查员。研究小组持续观察他们的生产效率和行为达6 个月之久，以集体计件工资制刺激，形成"快手"对"慢手"的压力以提高效率。公司当局给他们规定的标准是焊7312 个接点，但他们完成的只有 6 000～6 600 个接点。实验发现工人既不会为超定额而充当"快手"，也不会因完不成定额而成"慢手"，当他们达到他们自认为"过得去"的产量时就会自动松懈下来。其原因是，生产小组无形中达成了默契的行为规范，即工作不要做得太多，否则就是"害人精"；工作不要做得太少，否则就是"懒惰鬼"；不应当告诉监工任何会损害同伴的事，否则就是"告密者"等等。根本原因有三点：一是怕标准再度提高；二是怕失业；三是为保护速度慢的同伴。这一阶段的实验，还发现了"霍桑效应"，即对于新环境的好奇和兴趣足以产生较佳的成绩。

通过四个阶段的历时几年的霍桑实验，梅奥等人认识到人们的生产效率不仅要受到生理方面、物力方面等因素的影响，更重要的是受到社会环境、社会心理和人际关系等方面的影响，这个结论是相当有意义的，这对"科学管理"只重视物质条件，忽视社会环境、社会心理对工人的影响来说，是一个重大的修正。1933 年，梅奥发表《工业文明中的认得问题》，对霍桑实验的结果进行了总结，进而形成了人际关系理论（Human Relations Theory）。

2. 人际关系理论的内容

（1）工人是"社会人"，而不是"经济人"。以前的理论都把人看成是仅仅为了追求最大经济利益而进行活动的所谓的"经济人"。梅奥等人则认为工人是"社会人"，影响人们生产积极性的因素，除了物质方面的因素外，还有社会和心理方面的，如他们追求人与人之间的友情、安全感、归属感等。

（2）企业中除了"正式组织"之外，还存在着"非正式组织"。这种非正式组织是企业成员在共同工作的过程中，由于具有共同的社会感情而形成的非正式团体。这种无形组织有它特殊的感情、规范和倾向，左右着成员的行为。古典管理理论仅注重正式组织的作用，这是很不够的。非正式组织不仅存在，而且同正式组织是相互依存的，对生产率的提高有很大影响。

（3）企业的领导在于通过职工"满足度"的增加，来提高工人的"士气"，从而达到提高效率的目的。生产率的升降，主要取决于工人的士气，即工作的积极性、主动性与协作精神，而士气的高低，则取决于社会因素特别是人群关系对工人的满足程度，即它的工作是否被上级、同伴和社会所承认。满足程度越高，士气也越高、生产效率也就越高。所以，领导的职责在于提高士气，善于倾听下属的意见。这样就可以解决劳资之间乃至整个"工业文明社会"的矛盾和冲突，提高工作效率。

梅奥等人的人际关系学说的问世，开辟了管理和管理理论的一个新领域，并且弥补了古典管理理论的不足，为以后行为科学的发展奠定了基础。

二、行为科学理论

行为管理思想产生之初，因为侧重于研究人们之间的相互关系，所以被称作"人际关系学说"。这种思想在经历了20世纪三四十年代的迅速发展后，已经形成了一个庞大而复杂的学科群，吸引着来自心理学、社会学、人类学、管理学、人机工程等众多领域的研究者。在1949年美国芝加哥召开的一次学术会议上，来自各个不同领域的与会者一致认为，围绕行为研究所取得的现有成果已足以证明该类研究具有独立学科的地位，于是正式将之定名为"行为科学"（behavior science）。但鉴于广义的行为科学是一个研究包括人的行为以至动物的行为在内的涵盖范围广泛的学科体系，20世纪60年代后，有些专门研究行为科学在企业中的应用的学者提出了"组织行为学"这一名称。

组织行为学的研究内容大体上可分为三个层面：

（1）有关员工个体行为的研究。这是最微观层面的研究，涉及的内容主要包括人的需要、动机和激励，以及企业中人的特性问题。人际关系学说提出了员工是"社会人"而不是"经济人"的假设，后期行为研究者进一步提出了"自我实现人"的主张。

（2）有关员工群体行为的研究。该研究突出地强调了企业中的员工不是互相孤立的个人，而是各式各样正式和非正式群体的成员，彼此之间存在着一定程度的相互接触、相互影响和相互作用。关于群体压力、群体中成员互动过程的动力的研究，以及群体中沟通问题、竞争和冲突问题的研究，构成了群体行为研究的主要内容。

（3）有关组织行为的研究。这是针对组织整体这一最高层次展开的行为方面的研究，主要包括"以人为中心"的领导理论，体现人本原则的工作设计与组织设计理论，以及组织发展和组织变革理论等。

以上三个层面的研究虽然有各自不同的侧重点，但它们是相互联系、不可割裂的。但是，除了人的工作动机、行为之外，人员如何看待自己的工作，对于管理工作来讲也是极为重要的，这本质上是对人性的探讨。对员工的人性假设不仅影响到针对个体所采取的激励措施，还影响到了领导行为及其他各项管理措施。在哈佛大学和麻省理工学院长期从事心理学教学与科研工作的道格拉斯·麦克雷戈（Douglas M. McGregor），就是立足于对现实中企业管理者对员工所采取的管理方式不同而提出了

"X 理论—Y 理论"两分法。通过观察管理者处理员工关系的方式，麦格雷戈发现，管理者关于人性的观点是建立在一些假设基础之上的，而管理者又根据这些假设来塑造他们自己对下属的行为方式。他在 1957 年发表的《企业的人性面》中提出了有关人性的两种截然不同的观点：一种是消极的 X 理论，即人性本恶；另一种是基本上积极的 Y 理论，即人性本善。基于 X 理论人性的判断，阐述了独裁式的管理风格，而 Y 理论则阐述了民主式的管理风格。这一理论我们将在领导职能相应章节详细介绍。

行为科学的研究还包含人的需要和行为动机分析，构成了内容型激励理论的主要内容。

需要是人的行为的原动力，对人的需要进行研究是行为科学理论研究的起点。这类理论着重研究人的各种需要，确定这些需要的主次顺序或结构，以及满足何种需要将导致最大的激励等。其代表性的理论成果主要有：①马斯洛的需要层次理论。它认为人的需要分为生理的需要、安定或安全的需要、社交和爱情的需要、自尊与受人尊重的需要以及自我实现的需要等五个层次，当某一层次的需要得到满足之后，该需要就不再具有激励作用。②赫茨伯格的双因素理论。他把影响人员行为绩效的因素分为"保健因素"与"激励因素"，前者指"得到后则没有不满，得不到则产生不满"的因素，后者指"得到后则感到满意，得不到则没有不满"的因素。主管人员必须抓住能促使职工满意的因素。③麦克莱兰的成就需要理论。他指出，任何一个组织及每个代表了实现某种目标而集合在一起的工作群体、不同层次的人具有不同的需要，因此，主管人员要根据不同人的不同需要来激励，尤其应设法提高人们的成就需要。

组织行为是行为科学所研究的最高层次的行为，其核心问题是如何进行领导，促进组织发展，而组织领导水平的高低在一定程度上又取决于领导方式。领导行为方式理论主要研究领导者的领导方式和领导风格以及不同的领导行为对组织成员的影响，目的在于寻求有效的领导行为。按研究的侧重点及提出的先后顺序，领导理论可概括为三大类：领导特质理论、领导风格理论和领导情境理论。

总而言之，行为管理思想的产生改变了人们对管理的思考方法和行为方式，促使管理者把员工视为需要加以保护和开发的组织资源，而非简单的生产要素成本，强调从人的需求、动机、相互关系、工作环境和社会环境等方面研究管理活动对组织目标和个人成长的双重影响。行为科学理论在一定程度上克服了古典管理理论的缺陷，也为后来研究者开辟了广阔的研究空间和研究方向。时至今日以人为本的人本管理思想仍被这个时代所关注。但行为科学理论只注重感情逻辑而忽视效率逻辑，只注重精神激励而忽视物质激励成为其自身无法超越的缺陷。

第四节　当代管理理论及发展趋势

一、现代管理理论丛林

第二次世界大战之后，随着高新技术的发展和新技术革命的展开，生产社会化的程度进一步提高，社会的组织特别是企业的规模急剧扩张，生产过程日趋复杂，生产的技术基础也发生了深刻的变化。管理理论学派林立、百家争鸣，进入了一个空前繁荣的阶段。但由于人们的学科背景、经历、研究方法等不同，人们常常使用着不同的语言来讨论管理问题，从而形成了许多管理学派如雨后春笋般涌现出来。这种现象被管理学家孔茨称为管理理论发展的丛林阶段。现代管理理论丛林代表着管理理论的复杂性、渗透性和交互性，又各具特色，其本身也说明管理是一个复杂的过程，它们共同构成了现代管理理论。这些学派的代表人物和主要思想如表9—1所示。

表9—1　　　　　　　　　　**管理学派的代表人物及主要思想简介**

学派名称	代表人物	主要思想
经验或案例学派	德鲁克 戴尔	通过分析经验（通常是案例）来研究管理，学生和管理者通过研究各种各样的成功和失败的案例提高分析问题和决策的能力，进而有效地进行管理
人际关系学派	梅奥 马斯洛	运用心理学和社会心理学理论研究人与人之间的关系，人们的价值观念、激励、行为修正、领导和沟通等是这一学派研究的重点
群体行为学派	卢因 谢里夫	运用社会学、人类学和社会心理学的理论研究群体中的人的行为，并着重研究群体行为方式
合作社会系统学派	巴纳德	把组织当成人、群体相互作用的合作的社会系统来研究，是对人际关系和群体行为学派的一种修改
社会技术系统学派	特里斯特	重点研究技术系统（机器、方法、技术）和社会系统（态度、价值观念、行为）之间的相互作用
决策学派	西蒙 马奇	强调管理者的主要任务是决策和解决问题，着重研究如何制定决策的问题，以及决策对组织管理的影响
系统学派	卡斯特 约翰逊	认为任何事物都是一系列相关要素的组合，组织是由相关的职能部门或子系统组成的系统，应按照系统方法研究管理
管理科学学派	伯法 鲍曼	开发解决管理问题的数学模型，重视定量分析技术的研究及在管理工作中的应用
权变学派	莫尔斯 洛希	主要研究管理工作与环境条件之间的关系，认为管理理论和方法是环境的函数
管理角色学派	明茨伯格	通过观察管理者的实际活动来明确和研究管理者的工作内容
经营管理学派	孔茨 穆尼	强调管理职能及与管理职能相关的管理原则的研究，力图把用于管理实践的概念、原则、理论和方法结合起来，形成系统的管理学科

资料来源　李建：《现代管理学基础》，22页，大连，东北财经大学出版社，2006。

二、当代管理理论的发展

进入 20 世纪 70 年代，特别是经历了石油危机之后，美国经济持续增长的势头骤然停滞。与此同时，第二次世界大战以后的日本经济高速发展，一跃成为世界第二大经济强国，对美国构成直接威胁和挑战。这些都迫使美国人不得不从一种全新的角度去重新审视世界，冷静地反思自我，思考日本企业成功的秘诀，以寻求重新振兴经济的新对策和新出路。这一时期的管理理论发展主要表现在注重比较管理学和管理哲学，强调"企业文化"的重要性。

1973 年，美国管理学教授威廉·大内（William G. Ouchi）和理查德·帕斯卡尔（R. T. Pascale）在美国国家生产力委员会的支持下，开始对美国和日本企业的管理方法进行比较研究，进而引发了一场轰轰烈烈的美、日企业管理比较研究热潮。这些研究表明，日、美管理的根本差异在于对管理因素的认识不同。美国等国家过分强调诸如技术设备、规章方法、组织机构、财务分析等"硬"因素，而日本比较注重目标价值、宗旨、信念、人等"软"因素，即从企业文化角度看待管理，认为管理的关键在于企业通过对全体职工的教育以及领导者的身体力行、以身作则，树立起共同的信念、目标和价值观念。《Z 理论——美国企业界如何迎接日本的挑战》、《追求卓越——美国优秀企业的成功经验》、《日本企业的管理艺术》、《美国企业文化》等全球性管理畅销著作是这一阶段比较研究成果的代表。

这些著作倡导着一个共同观点，即企业文化建设是企业管理工作的核心内容之一，此外，关于企业是否应该承担社会责任的讨论也不断深入。

20 世纪 80 年代以来，管理学界更加重视战略问题，哈佛大学教授迈克尔·波特（Michael Porter，1947—）在 20 世纪 80 年代出版的《竞争战略》与《竞争优势》等著作在管理学界产生了巨大的影响，并全面带动起了一股强劲的战略研究热潮。1990 年，普拉赫拉德（C. K. Prahalad）和哈默（G. Hamel）在《哈佛商业评论》上发表文章将研究的视角从竞争优势转向核心竞争力（core competence）。20 世纪 90 年代中期，美国学者达维尼（D'Aveni）提出了超强竞争（hypercompetition）理论，明确地提出要取得优势必须先摧毁自己的优势，必须能够快速行动以建立优势并瓦解对手的优势等观点，令人耳目一新。

同时，企业在管理实践中逐渐认识到，仅仅抓住某一项管理因素或仅采用一项管理方法是不够的，应对日趋复杂的环境挑战，管理工作应该具有全局观念。因此，在管理思想上更强调系统观念和应变观念，称为"系统热"和"权变热"。

20 世纪 90 年代以来，随着企业规模的巨型化和超小型化同存，生产技术复杂程度大大增加，产品升级换代周期大大缩短，知识在经济增长中的作用日益突出，企业与社会的联系更加密切，经济活动国际化、全球化趋势明显。面对现代企业管理中的新问题、新情况、新要求，企业界和理论界纷纷投身于创新与环境相适应的管理思想、方式与方法之中，管理学说和管理创新呈现出一派欣欣向荣的景象。

或许是出于对以往管理理论进行归纳总结的需要，或许更是出于要为 21 世纪的到来做好准备，进入 20 世纪 90 年代的管理学界涌现出一股重新思考、重新设计的浪潮，强调企业再造（reengineering）、组织再造（restructuring）、再思考（rethinking）、再设计（redesign）等的管理著作纷纷出版，一些长期以来对管理理论和实践起主导作用的分工理论和组织原则受到了冲击。面对环境的巨大变化，管理学界更加突出信息社会、全球化和企业伦理等方面的研究工作。

进入 21 世纪以来，企业家精神已经成为管理理论与实践的一个核心主题。继 20世纪 80 年代的"卓越"热潮、90 年代的"再造和变革"热潮之后，企业家精神一时间成为理论界关注的热点，许多管理活动与企业家精神联系到一起，如企业家战略（entertainment strategy）、企业家领导、企业家管理、创业营销等。人们从企业家精神的本质出发，重新审视管理理论，谋求创新。下面我们介绍两个在当代具有重要影响的管理理论流派。

（一）　企业战略相关理论

20 世纪六七十年代，管理学界开始重点探讨如何适应充满危机和动荡且不断变化的国际经济环境的问题。基于此，来自战争的词汇——"战略"开始被引入管理学界。以此为切入点，形成了相关企业战略理论，其中最有影响的是：

1. 安索夫的战略规划思想

1965 年，安索夫的《公司战略》一书问世，开战略规划之先河。1975 年，安索夫的《从战略规划到战略管理》一书出版，标志着战略管理理论体系的形成。他最早提出了产品—市场矩阵。据此提出四种战略选择：市场渗透战略、产品开发战略、市场开发战略和多元化战略。同时，他认为战略管理就是面向未来动态地、连续地完成从决策到实现的过程。

2. 迈可尔·波特的战略竞争理论

迈克尔·波特是哈佛大学商学院著名教授，当今世界最有影响的管理学家之一，开创了企业竞争战略理论。他认为行业竞争中决定规模的五种力量模型为供应商力量、替代品威胁、购买者力量、潜在竞争加入者威胁、竞争对手。在分析影响五种战略力量的因素的基础上，提出了成本领先战略和差异化战略，以及运用于特殊的市场目标的聚焦战略。这三类战略类型理论体现了波特杰出的战略思想，该理论在全球范围内产生了深远的影响。

3. 相关企业战略联盟理论

战略联盟这一概念源于日本企业界的合资浪潮，由美国 DEC 公司总裁简·霍普兰德和管理学家罗杰·奈格尔最早提出。著名的战略联盟理论有：以沃纳菲尔特等学者提出的企业资源基础论、以哈默和普拉哈拉德等学者提出的企业核心能力论、以帕维特等学者提出的企业知识基础论、以拜瑞·J.内勒内夫等学者提出的合作竞争（co-operation）理论。此外，美国学者穆尔提出的生态战略理论成为战略管理理论的新模式。

（二）　相关组织设计理论

20 世纪八九十年代，信息化和全球化浪潮迅速席卷世界，跨国投资不断增加，以及顾客出现个性化、消费的多元化趋势。基于此，管理学界提出要在企业组织制度、流程、文化等方面进行创新，以使企业能够合理组织全球资源，在全球市场上赢得顾客。代表性理论有：

1. 组织设计的权变思想

1979 年，卡斯特与罗森茨韦克合著的《组织与管理——系统权变的观点》问世，标志着组织设计的权变思想形成。他们认为，在企业管理中要根据企业所处的内外条件随机应变，组织应在稳定性、持续性、适应性、革新性之间保持动态的平衡。

2. 企业再造理论（Reengineering Theory）

1993 年，原美国麻省理工学院教授迈克尔·哈默（Michael Hammer，1948—）与詹姆斯·钱皮（James Champy）出版了《再造企业》（Reengineering the Corporation）一书，提出了关于企业经营管理方式的一种新的理论和方法，即企业再造，也译为"公司再造"、"再造工程"。他们认为，企业再造的首要任务是 BPR——业务流程重组；BPR 的实施基于现代信息技术及高素质的人才两个基础，以 BPR 为起点的"企业再造工程"将创造出一个全新的工作世界。除哈默外，特蕾西·高斯、日本学者小林裕等人对企业再造理论的完善也作出了相应的贡献。

IBM 信用公司通过流程改造，实行一个通才信贷员代替过去多位专才，并减少了九成作业时间，成为这一领域的经典事例。

3. 虚拟组织思想

1990 年，《哈佛商业评论》第六期发表了哈默和普拉哈拉德的文章——《公司核心能力》。作者建议企业将经营的焦点放在不易被抄袭的核心能力上，由此引发后来的"虚拟组织热"。1994 年，史蒂文·L. 戈德曼等合著的《灵敏竞争者与虚拟组织》是反映虚拟组织理论与实践的代表作。作者认为，虚拟组织能缩短从观念到现金流的周期，可以避免环境的剧烈变动给组织带来的冲击。

4. 彼德·圣吉的学习型组织思想

该理论体现在彼德·圣吉（Peter M. Senge）的《第五项修炼》（The Fifth Discipline）一书中。圣吉认为，企业唯一持久的竞争优势源于比竞争对手学得更快更好的能力，学习型组织（Learning Organization）正是人们从工作中获取生命意义、实现共同愿望和获取竞争优势的组织蓝图。而建立学习型组织必须进行五项修炼，即建立共同愿景（building shared vision）、团队学习（team learning）、改善心智模式（improve mental models）、自我超越（personal mastery）、系统思考（system thinking）。

三、管理理论发展的展望

21 世纪管理理论和思想可能发生的重大突破与管理理论面临的挑战紧密相关，对管理理论的挑战来自于管理环境、管理对象和管理实践的变化。就管理环境而言，管理环境日趋复杂化，环境变化的速度明显加快。就管理对象而言，其变化表现在：个人行为对企业绩效的影响在增强、管理者与被管理者之间的界限越来越模糊、对知识和信息管理形成新挑战。就管理实践而言，管理目标从单一化向多元化转变，组织结构和企业治理结构面临挑战。

因此，21 世纪的管理理论与思想可能呈现如下重点研究趋势：对动态复杂环境中组织创新问题的深入探究。环境变动与组织创新是互动性活动，企业若追求可持续发展的趋势，就必须科学认识环境与组织创新之间的关系。

在知识经济时代，相关知识资本与企业核心能力命题的研究也将成为今后研究的主要趋势。知识资本的概念是革命性的，它拓展了"物质资本"与"非物质资本"概念，将"无形资产"和"有形资产"整合在一起，并与企业的组织结构、生产活力、技术创新能力紧密结合在一起，事实上共同构成了企业的"经营资产"和"核心能力"。知识资本核心能力理论的形成是知识经济时代管理理论与思想的辉煌成果。该领域今后研究的重点将体现在：从人力资本与核心员工的整合出发，关键在于企业如何构筑合理有效的知识分享机制与企业制度安排；从技术资本与核心创新能力的整合出发，关键在于如何将企业的技术创新机制体现在企业的"构架—元素"、"隐含—显性"、"个人—群体"知识复杂的交互转换过程中；从组织资本与核心组织能力的整合出发，关键在于如何通过购并、战略等企业重构的学习方式；从客户资本与营销能力的整合出发，关键在于如何体现客户资本价值的营销渠道与网络结构物化；从社会资本与核心关系能力的整合出发，关键在于对企业社会资本的具体展开是企业"大客户"价值链命题的探讨。此外，在知识经济时代工作者的管理激励和领导理论研究、隐性知识显性化研究，也将成为今后重要的研究课题。

综上所述，自泰勒提出科学管理原理，纵观将近一个世纪的管理理论的变迁与发展，我们可以看到通过不断创新，管理理论从零散到系统，从侧重物质到注重人，从单要素分析到注重全面，从只关心组织内部条件利用到注重组织外部环境适应，逐步形成了一个相对比较完整的管理理论体系。管理理论随着社会经济发展和环境的变化而不断推陈出新，这是近百年来管理理论和实践以及今后未来发展的一个普遍规律。但是，无论是行为科学理论、权变管理思想，亦或是战略管理理论、学习型组织理论，在企业生产运营的实践中，这些理论仍然具有重要的指导意义和应用价值，仍旧是这个时代关注的主题。

放眼全球，独特的文化优势将成为未来企业的核心竞争力。管理的文化特色将是永存的，它将长期地影响着世界的进程，影响着管理的发展。东西方的管理思想是相互交融、相互影响、相互促进的。作为面向未来的管理者，应随着环境的改变不断地调整自己的管理思想，探索新的管理模式。东方管理思想在多变的经济环境中不断地显示出巨大的威力，东方管理思想的主要来源是中国的传统文化。国学是中华民族智慧的结晶，它影响着东方，以至于整个世界。目前，许多学者正致力于将东方传统文化背景下的管理思维和方法形成体系并运用到未来的管理理论发展中来。东西方的管理思想各有千秋、兼容互补，只有将二者融会贯通，才能更好地从事管理活动。在管理中如何把东西方管理思想的内在精神结合起来，以适应新的历史环境，这是管理者面临的新课题，有待于我们的共同努力！

本章小结

1. 管理是在人类集体协作、共同劳动中产生的，人类发展历程的每一阶段均会产生重要的管理理论和模式，并对当代和未来的管理实践活动都具有重要的借鉴意义和指导作用。

2. 东西方的管理思想兼容互补、各有千秋、相互影响、相互促进，只有将二者融会贯通，才能更好地从事管理活动。

关键术语

"科学管理"理论（Scientific Management Theory）　一般管理理论（General Administrative Theory）　行政组织理论（Bureaucracy Theory）　霍桑实验（Hawthorne Experiments）　人际关系理论（Human Relations Theory）　行为科学（behavior science）　企业再造理论（Reengineering Theory）　学习型组织（Learning Organization）

复习与思考

1. 泰勒的科学管理理论有哪些主要内容，如何评价？
2. 法约尔提出了哪些管理的一般原则？他提出的管理的五项职能是什么？
3. 韦伯提出的理想的行政组织理论具有哪些特点？
4. 你认为古典管理理论在现代社会中具有哪些实践价值？
5. 人际关系学说的主要观点有哪些？
6. 21 世纪管理思想发展的新趋势是什么？

案例分析

德鲁克：管理问题的未来——《21 世纪的管理挑战》书评①

如同书名，德鲁克想做的是在 21 世纪尚未到来、20 世纪即将结束的关口把下个世纪的商业蓝图勾勒出来。它不是面面俱到的，因为一定程度上，面面俱到则意味着面面都不到。德鲁克只选择了管理的新范式、战略——新的必然趋势、变革的引导者、信息挑战、知识工作者的生产率以及自我管理等六个方面为切入点。在德鲁克看来，这六点将是 21 世纪主要的问题和挑战。虽然大多数人已经可以确定它们的存在，对它们进行讨论和分析以及对症下药，在某些地方，有些人可能已经在致力于这方面的研究，但是德鲁克发现，"迄今为止，能做到这一点的组织和管理者却屈指可数"。一方面，我们生活在一个意义深远的转型时期，用德鲁克本人的话来说，"这个时期甚至比 19 世纪中叶第二次工业革命带来的变化或大萧条时期和第二次世界大战引发的结构性调整更为彻底"。一方面正如弗雷德里克·温斯洛·泰勒（Frederick Winslow Taylor）的"科学管理"之于当时企业的意义，德鲁克指出，这些问题也将会是一个契机，重视并且做好应对准备的人将引领潮流，持观望态度的组织也将因此可能被远远地抛在后面，从此一蹶不振。德鲁克虽然一再声称本书提出的不是预言，不是关于未来的臆测，可是，他的洞见却让我们依然愿意相信这是一个关于 21 世纪挑战的预言。

在书一开始，德鲁克就首先颠覆了人们对管理的传统看法。他发现，从 20 世

---

① ［美］彼得·德鲁克：《21 世纪的管理挑战》，王永贵等译，北京，机械工业出版社，2006。

30年代正式开展对管理学的研究以来，人们都不知不觉地认为奠定了管理原理和管理实务的两套假设都是真实的，因此从来都没有去怀疑否定。但事实上，范式（paradigm）在不断地变化，尤其当知识劳动者（这是德鲁克著作中反复出现的词汇）越来越多占据劳动大军的时候，过去的那些管理理论显然变得苍白无力，所以，"我们需要一个最终的和全新的管理范式：只要能影响组织的绩效和成效的，就是管理的中心和责任，无论是在组织内部还是在组织外部，无论是组织能控制的，还是完全不能控制的"。德鲁克对于管理新范式的揭示，至少可以给我们两个启示：管理就是要取得成效；管理不是专利，企业需要，个人亦然。

　　紧接着，德鲁克从战略高度对管理（决策）进行了指导。在"战略——新的必然趋势"中，德鲁克一如既往地发挥着他在管理学之外社会、历史等学科的知识优势，对21世纪的社会作出了预言：发达国家的出生率将急剧下降；人均可支配收入将发生分配上的变化；绩效的定义将发生变化；越来越多企业将参与全球性竞争；经济全球化和政治分裂背道而驰。这五个被德鲁克称为"新的根本现实"将会在新世纪左右一个组织的发展。譬如，出生率的急剧下降，带来人口结构的变化：老年人口增加，劳动力减少，知识工作者的退休并不意味着不再工作……这些变化对企业来说，孕育着无限商机。

　　对于变革，德鲁克认为这是21世纪最大的挑战。这里，德鲁克延续了《创新和创业精神》的观点，从变革的政策、有计划地放弃、有组织地改进、发掘成功、创造变革，一直到变革的领导者要避免的三个容易重蹈覆辙的陷阱、两种不同的预算、测试、变革与持续、创造未来等不同角度讨论了变革必须具备的条件。按照德鲁克的说法，变革虽然不可预知，但我们应当努力追求。

　　信息挑战、知识工作者的生产率和自我管理，这三个独立的章节其实可以被解读为德鲁克"自我管理"、"目标管理"的"三段论"。就像他当年在《卓有成效的管理者》中写道的："当一名管理者，并没有什么值得自豪的，因为管理者与其他千千万万人一样，都是做他自己应做的工作。即使已成为一位卓有成效的管理者，我们仍然还有更高的人生境界。"德鲁克定义的"管理者"并不仅限于CEO、CFO、CTO等，任何一个经过协调资源创造绩效的人都是管理者。在信息的尤其倡导知识经济的时代，管理者更多是以知识工作者的身份出现的。因此，我们发现，信息挑战、知识工作者的生产率和自我管理形成了如下思想体系：每一个人都是管理者，同时也是知识工作者；在信息时代，每一个知识工作者和管理者都要参与信息系统的设计，自主决定他们需要哪些信息；科学而富有成效的决策会提高知识工作者的生产效率；在生产之外，知识工作者还将面临人生这个伟大事业的管理——"像拿破仑、达·芬奇、莫扎特这样的伟大人物都是深谙自我管理之道的。这在很大程度上是他们功成名就的源泉。但是他们毕竟是凤毛麟角，他们及其非凡的才能和成就都是常人所不能及的。现在，即使资质平庸的普通人也将需要学会自我管理"。当德鲁克一再提请人们反问自己：我是谁、我的优势是什么、我属于哪里、我能作出什么贡献、我如何规划下半生的时候，他突然变得像励志大师拿破仑·希尔、戴尔·卡耐基。

　　经济、外交、历史、哲学、教育、宗教、艺术、政治评论、科技发展……德鲁克的知识已远远超出一个管理学家要拥有的，也因此，他善于把管理问题置于社会的大环境中考察，举重若轻、从容不迫，在他的管理思想中很容易找到人性的和人文的东西："本书实际论述的是：社会的未来。"就这样，德鲁克又一次在他的管理学著作中以一个社会学家的口吻收尾。当更多的人就管理说管理的时候，他站在社会和历史的高端，鸟瞰众生，静静地旁观，默默地思考，因此，他看到了未来，比任何人更早……

资料来源　http：//dszb. whdszb. com/ cj/t20060217_829155. htm.

思考题：

1. 德鲁克从哪几个方面探讨了 21 世纪的管理挑战？

2. 请结合原著，分析和总结德鲁克在书中的观点和主张。

主要参考文献

1. ［美］斯蒂芬·P. 罗宾斯、玛丽·库尔特：《管理学》，7 版，孙健敏等译，北京，中国人民大学出版社，2006。

2. ［美］理查德·L. 达夫特：《管理学》，5 版，韩经纶、韦福祥等译，北京，机械工业出版社，2003。

3. ［美］安德鲁·J. 杜伯林：《管理学精要》，胡左浩、郑黎超译，北京，电子工业出版社，2007。

4. ［美］斯蒂芬·P. 罗宾斯：《组织行为学》，孙健敏等译，北京，中国人民大学出版社，2002。

5. ［美］盖伊·拉姆斯登：《群体与团队沟通》，冯云霞等译，北京，机械工业出版社，2001。

6. ［美］斯蒂芬·P. 罗宾斯、大卫·A. 德森佐：《管理学》，毛蕴诗译，大连，东北财经大学出版社，2004。

7. ［美］理查德·L. 达夫特、多萝西·马西克：《管理学原理》，4 版，高增安等译，北京，机械工业出版社，2005。

8. ［美］迪恩·B. 麦克法林、保罗·D. 斯威尼：《国际管理》，3 版，黄磊译，北京，中国市场出版社，2009。

9. ［美］迈克尔·E. 哈特斯利、林达·迈克詹尼特：《管理沟通——原理与实践》，葛志宏等译，北京，机械工业出版社，2008。

10. ［美］加里·德斯勒：《人力资源管理》，6 版，吴雯芳、刘昕译，北京，中国人民大学出版社，2002。

11. ［英］W. 大卫·里斯、克里斯汀·波特：《管理者培训手册》，杨悦等译，北京，机械工业出版社，2003。

12. ［美］理查德·L. 达夫特：《组织理论与设计精要》，李维安译，北京，机械工业出版社，2003。

13. ［美］哈罗德·孔茨：《管理学》，10 版，张晓君等译，北京，经济科学出版社，1998。

14. 魏江、严进：《管理沟通》，北京，机械工业出版社，2008。

15. 林泽炎、赵慧英：《组织设计与人力资源战略管理》，广州，广东经济出版社，2003。

16. 许玉林：《组织设计管理》，上海，复旦大学出版社，2003。

17. 周三多、陈传明：《管理学》，北京，高等教育出版社，2002。

18. 周建临：《管理学教程》，上海，上海财经大学出版社，2001。

19. 徐子健：《管理学》，北京，对外经济贸易大学出版社，2002。

20. 娄成武：《管理学》，沈阳，东北大学出版社，2002。

21. 王毅捷：《管理学案例100》，上海，上海交通大学出版社，2003。

22. 赵西萍：《高级管理学教程及学习指导》，北京，高等教育出版社，1999。

23. 赵伊川：《管理学教程》，北京，中国商务出版社，2004。

24. 肖建中：《麦当劳大学：标准化执行的66个细节》，北京，经济科学出版社，2004。

25. 陈传明、周小虎：《管理学原理》，北京，机械工业出版社，2007。

26. 邢以群：《管理学》，北京，高等教育出版社，2008。

27. 戴淑芬：《管理学教程》，北京，北京大学出版社，2000。

28. 芮明杰：《管理学：现代的观点》，上海，上海人民出版社，1999。

29. 柏群：《管理学》，重庆，重庆大学出版社，2003。

30. Gareth R. Jones, Jennifer M. George, Charles W. Hill, Contemporary Management. Boston, McGraw-Hill, 1998.